삼 총 사 I

알렉상드르 뒤마

일신서적출판사

□ 주요 인물

타르타냥 가스코뉴의 귀족태생. 정직함과 뛰어난 지혜를 지닌 젊은 이로 근위 총사가 되기 위해 파리로 와서 사랑하는 보나슈 부인과 왕가를 위해 충성을 다한다.

아토스 소극적이며 사교를 싫어하는 성격이나 기품있는 외모와 인격의 소유자이다.

폴토스 아토스와는 달리 귀부인들과의 연애관계가 복잡하고, 허세를 잘 부리는 인물이지만 대담한 성격을 지녔다.

아라미스 사제가 되려다가 우연히 총사의 길로 들어서서 우정을 다하는 침착한 성품의 인물.

트레빌경 루이 13세의 신임을 받고 있는 장관으로서 근위 총사들을 깊은 애정으로 보살펴 주며, 왕과 왕비에게 충성을 다하는 곧은 인품의 인물이다.

보나슈 부인 앙느 왕비의 충직한 시녀이며, 잡화상인인 보나슈의 아내이지만 다르타냥과 사랑하는 사이가 되고 위험에 빠지게 되는 아름다운 여인.

루이 13세 트레빌 경과 리슐리외 추기경 사이에서 뚜렷한 주관을 세우지 못하는 우유 부단한 성격의 전형적인 귀족정치 시대의 왕이다.

앙느 왕비 루이 13세의 아름다운 왕비로 버킹검 공의 사랑과 자신의 신분사이에서 갈등을 겪는다.

버킹검 공 영국의 덕망있는 젊은 재상으로서 앙느 왕비를 사랑하고 있다.

리슐리외 뛰어난 전략가이며 권세를 지니고 있는 추기경으로 트레빌 경이나 왕비와는 사이가 좋지 않다.

차 례

머리말 —————— 5
프롤로그 —————— 9

1. 다르타냥 노인의 세 가지 선물 —————— 12
2. 트레빌 경 저택의 대기실 —————— 33
3. 최초의 알현 —————— 47
4. 아토스의 어깨, 폴토스의 칼띠, 아라미스의 손수건 —————— 62
5. 근위 총사와 추기관의 경호사 —————— 73
6. 루이 13세 —————— 88
7. 총사의 내분 —————— 112
8. 궁중의 밀모 —————— 123
9. 다르타냥 편린을 나타내다 —————— 134
10. 17세기의 잠복처 —————— 146
11. 얽히는 사건 —————— 159
12. 버킹검 공 조르주 뷔리외 —————— 182
13. 보나슈 씨 —————— 193
14. 망에서 본 사나이 —————— 205

15. 법관과 무사 ——————219
16. 법무장관 세기외는 전에 했던 것처럼
    종을 치려고 끈을 찾았다 ——————230
17. 보나슈의 집 ——————245
18. 애인과 남편 ——————262
19. 작　전 ——————273
20. 여　행 ——————286
21. 윈텔 백작 부인 ——————301
22. 무도회 ——————313
23. 밀　회 ——————321
24. 별　채 ——————335
25. 폴토스 ——————346
26. 아라미스의 논문 ——————367
27. 아토스의 아내 ——————388
28. 귀　환 ——————413
29. 몸차림의 고심 ——————433
30. 밀레이디 ——————445

머 리 말

 이 책을 읽는 사람들의 이해를 돕기 위해 《삼총사》의 배경으로 되어 있는 시대에 대해 한 마디 언급해 두기로 한다. 이것은 프랑스 17세기, 즉 루이 13세가 치세한 왕조 시대에 있었던 일이다. 그러나 이 왕조 시대는 국왕의 권력이 절대적인 것이었고 사회가 안정된 다음 대인 14세 시대와는 달리 많은 파란이 상존하고 있던 때라서 소설의 내용 역시 흥미진진한 것들로 아로새겨져 있다. 그때만 해도 아직 봉건 제후들의 피가 흐르고 있는, 대귀족들의 중앙에 대한 반항과 반란이 꼬리를 물고 일어나는가 하면 중세에 활발했던 이른바 무사도 정신의 유물이라고 할 수 있는 귀족간의 결투가 자행되고 있던 관계로 국내의 정치는 큰 혼란의 소용돌이에 빠지기가 일쑤였다.

 게다가 앙리 4세가 급서하고 나이 어린 루이 13세가 즉위하여 정치가 불안정하게 되자 전시대부터 계속되어 온 구교도와 신교도 사이의 싸움이 다시 격렬해졌는데 이런 것도 사회의 혼란을 적잖이 부채질했던 것이다. 이때는 전쟁 외에도 내란 같은 사건들이 많았기 때문에 자연 귀족 사이에 영웅주의와 무협 기질이 숭상되던 시기이기도 했다. 그래서 문학사적으로 보더라도 루이 13세 때의 문학에는 다음 대인 루이 14세 때의 세련되고 우아한 왕조 문학과는 대조적으로 의지의 강인함과 영웅적인 정신이 고양되었던 것이 사실이다.

 루이 13세(1601~1643)는 명군으로서 칭송이 자자했던 앙리 4세와 마리 드 메디시스 사이에서 태어났는데 암살된 부왕의 뒤를 이어 즉위하였을 때 그의 나이는 겨우 아홉 살이었다. 그래서 마리 왕

대비의 섭정 시대를 낳게 하였다. 마리 드 메디시스 왕대비는 이
탈리아에서 그녀를 따라 온 이탈리아 인 콘티니를 등용하여 국정을
맡기고 있었으나 후일 루이 13세는 자신이 친정하는 데 방해가
된다는 이유로 부하를 시켜 그를 암살케 했었다. 한때 루이 13세는
어렸을 때 친구인 륀에게 국정을 맡긴 적이 있었으나 이 역시 당시의
삼대와 같이 흩어진 정국을 수습할 능력이 없는 인물이었기 때문에
리슐리외를 등용하게 되었다. 이에 따라 비로소 근세 프랑스의 왕
권을 확립하게 되었으며 중앙 집권의 새로운 역사의 막을 열게
되었던 것이다.

　리슐리외는 걸핏하면 왕권을 넘보는 봉건 제후와 대귀족의 세력을
억압하는 데 주력하는 한편 16세기 무렵부터 큰 두통거리가 되어
왔던 구교도와 신교도의 분쟁을 해결하기 위해 극력 신교도의 반
항을 진압하는 데 노력을 아끼지 않았다. 이 소설에서 묘사하고 있는
라 로셀의 전쟁은 가장 큰 결전이었는데, 이 전쟁에서 원래 군인
출신인 리슐리외는 루이 13세와 함께 몸소 진두 지휘까지 했다.

　리슐리외의 인품과 성격에 관해서는 역사가에 따라 평이 다른
실정이다. 미슐리는 그를 〈암울하고 병적으로 신경질적이면서 스
물이나 되는 악마에게 쫓기고 있던 우울한 정신〉이라 평했고, 볼
테르는 〈연속된 요행으로 성공한 정치가〉라고 평했다. 뒤마가 이
《삼총사》에서 거칠게 묘사하고 있는 추기관·총리의 이미지는 그런
대로 정확한 것이며 생생하게 살아 있다는 평을 받고 있다.

　별로 교양도 없었고 평범하면서 심약한 군주에 불과했던 루이
13세는 내심 리슐리외를 그다지 좋아하지는 않았으나 권모술수의
화신과도 같은 그의 절대적인 정치적 수완을 믿고 나라의 정치를
완전히 맡겼던 덕택으로 국가를 통일하는 데 있어서나 국위를 선
양하는 데 있어서 큰 힘을 얻었던 것이다.

　루이 13세는 에스파냐 국왕의 딸인 안느 도트리슈와 정치적인
계략에 의해 결혼했는데 부부 사이는 좋지 않았다. 안느 왕비는 결코
총명한 편은 아니었으나 빼어난 미모와 품위를 갖추고 있었으며

그가 태어난 에스파냐의 기질을 고스란히 간직한, 매우 신앙심이 강한 여자였다. 버킹검 공이 이 왕비를 뜨겁게 사랑했었다는 이야기는 미상불 사실인 것 같다. 다만 다이아몬드의 장식용 끈에 관한 사건은 뒤마가 궁중의 다른 비화에서 빌어왔다는 이야기가 있다.

어떤 곡절이 있어 그랬는지는 알 수 없으나 안느 왕비와 리슐리외 총리 사이는 항상 좋지 않았고 정치적으로도 적대 관계에 있었다. 그래서 한때 안느 왕비는 여걸인 슈블즈 공작부인 등과 짜고 리슐리외를 제거하려고 계책을 세운 적도 있었다.

앞에서도 말한 바와 같이 리슐리외는 군인 출신으로서 여러 차례 있었던 외국과의 전쟁에서도 몸소 진두 지휘했고 용감히 싸움으로써 승리를 거두곤 했다. 그는 프랑스를 유럽에서 가장 강한 나라로 만들겠다는 야심을 품고 당시 최강국이던 오스트리아 왕가와 그 친족인 에스파냐 왕가를 쓰러뜨리기 위해 계략을 세우고 있었다. 1635년 마침내 전쟁은 일어났고 다음해인 1636년에는 에스파냐 군이 파리의 근교까지 육박해 오는 위기도 있었으나 국민군이 떨치고 일어나 적군을 격퇴하게 되었는데 그때부터 연전 연승을 거두었다. 리슐리외는 7년에 걸친 정치에서 성공을 거두었고 프랑스의 국위를 크게 진작시켰으나 그는 1642년 1월, 병으로 사망했다. 그리고 그가 사망한 지 몇 달 후에 루이 13세도 세상을 떠났다.

알렉상드르 뒤마는 이 《삼총사》를 저술함에 있어서 17세기 말에 회상록 스타일의 소설을 많이 썼던 쿠르틸즈 드 상드라(Courtilz de Sandras)의 《다르타냥 씨의 회상록》과 《로슈포르 회상록》을 적잖이 참고로 하는 한편 역사에 관한 실증적인 서적들도 약간 이용한 것 같다.

이밖에 소상한 것은 하권 해설에서 뒤마의 창작 방법과 함께 기술하기로 한다.

이 소설 중에는 오늘날 사용되고 있지 않은 화폐 단위가 다양하게 나오고 있는데 자주 등장하고 있는 피스톨(pistole)은 금화이다. 그 당시 이 금화는 십 프랑 정도였던 것으로 알려져 있다. 그리고 에퀴(écu)는 시대에 따라 달라지고 있으나 16, 7세기에는 은화로써 약 삼 프랑 정도로 생각하면 무방할 것 같다. 그러나 근년에는 오 프랑 은화를 호칭한 적도 있었다. 에퀴는 방패를 뜻하는데 옛 은화에 프랑스의 방패 문장이 새겨져 있었던 데서 이렇게 호칭했던 것이다.

프롤로그

이 이야기에 나오는 인물의 OS라든가 IS라는 이름과는 관계없이 이것은 신화에서 등장하는 이름이 아니라는 것에 대하여——

나는 약 1년쯤 전에 왕립 도서관에서 루이 14세의 역사에 관해 조사하던 중 우연히 《다르타냥 씨의 비망록》이라는 활자로 인쇄된 책자를 발견했다. 이 책은 당시 바스티유 감옥의 신세를 지지 않고 하고 싶은 말을 사실대로 마음껏 기술하려고 했던 필자가 그의 습관에 따라 암스테르담에서 인쇄한 피에르 루쥐의 간행판으로 되어 있었다. 이 책의 표제가 적잖이 나를 유혹했기 때문에 나는 즉시 도서관 직원의 허가를 받아 그 책을 집으로 가지고 와서 단숨에 독파했다.

나는 여기에서 이 진귀한 기록의 내용을 장황하게 설명할 생각은 추호도 없다. 다만 당시의 풍속화에 다소 관심을 가지고 있는 분들의 참고가 될까 해서 하는 말이지만——그 책에서 대강 줄거리만 그린 인물 묘사 등은 하나도 버릴 것이 없을 정도로 매우 훌륭한 것이었다. 줄거리만을 대강 그린 이러한 것은 병영의 문이라든가 혹은 선술집의 벽 같은 데 그려진 낙서와도 같은 것이라고 할 수 있겠지만, 그러나 루이 13세를 비롯하여 안느 왕비, 리슐리외, 마자랭, 그리고 그밖의 궁중 사람들의 모습을 생생하게 그려 낸 그 솜씨는 결코 앵쿠틸(1723~1806. 프랑스의 역사가. 공포 정치 때 투옥된 적이 있다. 저서에는 평범한 내용의 《프랑스사》가 있다.) 씨의 역사에도 뒤지지 않는 것이라고 할 수 있다.

그러나 주지하고 있는 바와 같이 작가의 마음을 사로잡는 것은 언제나 독자 대중이 관심을 가지게 되는 것과 동일한 것은 아니다. 그래서 그 중에서도 작가가 특히 관심을 가지고 살펴본 것은 선인들에게 거의 잊혀지고 있는 사건들이었던 것이다.

다르타냥은 근위 총사 대장인 트레빌 경을 처음으로 알현하던 날 그 대기실에서 아토스, 폴토스, 아라미스라는 세 사람의 젊은 총사들과 만났다고 기록하고 있다.

솔직히 말해서 작가의 관심을 끌었던 것은 이 세 개의 묘한 이름이었다. 이 묘한 이름을 보았을 때 나는 어쩌면 이것은 꽤나 지체 높은 귀족이 무슨 불만이 있었거나 생활이 궁색했던 데서 본의 아니게 총사대에 들어갔을 때 세상을 속이려고 사용했던 가명이거나 아니면 다르타냥이 고의로 거짓이름을 사용했을 것이라고 생각했었다.

그런 일이 있고나서 그 시대의 다른 책들 중에서 이와 같이 호기심을 자극하는 이름과 비슷한 이름이라도 발견할 수 있었다면 작가의 마음은 평온해졌을지도 모른다.

마음의 안정을 얻기 위해 조사한 책들의 이름을 나열하는 것만으로도 너끈히 한 장(章)의 양은 될 것이다. 사실 그들 책의 이름을 열거하는 것도 적잖이 유익한 일이긴 하지만 막상 이 책을 읽는 사람들은 그런 것에 대해 별로 흥미를 갖지 않을 것으로 생각된다. 그러나 이것만은 말해두지 않을 수 없다. 그렇듯 헛된 조사를 계속하던 끝에 마침내 우리들의 친구이면서 유명한 학자인 포란 파리스 씨의 교시에 따른, 분류 번호가 4772였는지 아니면 4773이었는지는 잊었으나 4절본으로 된 한 기록을 찾아 냈던 것이다. 이름하여──.

《루이 13세의 말기로부터 루이 14세 초기에 걸쳐 프랑스 국내에서 일어난 약간의 사건에 관한 페르 백작의 비망록》

마지막으로 이 기록을 넘기고 있던 중 그 20쪽에서 아토스라는 이름을, 27쪽에서 폴토스를, 그리고 31쪽에서 아라미스라는 이름을 발견했다. 절망한 나머지 포기하려고 했던 작가가 이것을 발견했을 때 맛본 감격을 어떻게 표현하면 좋을지. 그것은 다만 독자들의 상상에 맡길 수밖에 없다.

 역사에 관한 연구가 발달한 오늘날 이와 같은 미지의 기록을 발굴했다는 것은 하나의 기적이라고도 할 수 있을 것이다. 그래서 나는 다른 자료까지 합해 가지고 학사원의 고고·고문학 학회에 들어갈 생각으로 우선 이 기록의 출판 허가부터 신청했었다. 하긴 이것은 이번의 자료 발굴에 대한 공적이 무시되고 아카데미 프랑세즈의 회원으로서 천거되지 않을 경우에 대비해서 했던 것이지만──.

 그런데 이 신청에 대해서는 다행히 허가가 나왔다. 이 나라 정부는 우리들 문인에 대해 불친절하다고 터무니없는 말을 공언하는 자가 없지 않은 터라서 굳이 이 사실을 밝혀 두는 바이다.

 각설하고. 이제 적당한 가제를 붙여 독자에게 선보이고자 하는 것은 그 귀중한 기록의 제1부에 불과하다. 만약 예상한 대로 호평을 받게 된다면 계속해서 제2부도 공개할 생각이다.

 항용 그렇듯 이름을 붙여 준 대부는 제2의 부친인 만큼 이 작품에 대한 비평의 화살은 페르 백작이 아니고 모두 작가에게 던져 주었으면 한다.

 그럼, 사설은 그만하고 이야기 쪽으로 자리를 옮긴다──.

1. 다르타냥 노인의 세 가지 선물

　1625년 4월, 첫 월요일에 있었던 일이다.《장미 이야기》(중세의 우화적인 서사시로서 2부로 되어 있다. 서정적인 1부는 기욤 드 로리스가 만들었고, 약간 깊고 풍자적인 내용을 담고 있는 2부는 장 드 망(Jean de Meung)의 작이다(1265~1270년). 이 이야기에서는 후자를 가리키고 있다. 망(Meung)의 도시는 로아르 지방. 오를레앙에서 18Km 떨어져 있으며 오래된 중세의 성당이 있다.)를 쓴 사람의 고향 도시 망은 흡사 신교도들이 제2의 라 로셀(프랑스의 서부, 대서양 연안에 있는 항구 도시. 종교전쟁 후 신교도가 이곳을 근거로 해서 완강히 저항했으며 바다를 건너 영국으로부터 원조를 받고 있었다. 1627~28년에 걸쳐 리슐리외는 해안에다 대규모의 방파제를 쌓아 영국 배가 접근하는 것을 막고 원군과의 연락을 차단함으로써 마침내 신교도를 공략하는 데 성공했다. 신교도의 비참한 농성에 관해서는 많은 이야기가 있다.)을 구축하기 위해 쳐들어오기나 한 것처럼 소란의 소용돌이에 휩싸여 있었다. 많은 시민들은 여자들이 큰거리 쪽으로 도망치는 것을 보았고 또 어린아이가 문간에서 큰소리로 엉엉 울어대는 것을 보고는 허둥지둥 갑옷을 챙겨 입었다. 그리고는 아직도 약간은 망설여지는 마음을 각자의 화승총과 창 등의 무장으로 가다듬고는 프랑 무녜 여관을 향해 달려갔다. 그 여관 앞에는 호기심으로 가득찬 덜렁이들이 벌써 사방에서 꾸역꾸역 모여들고 있었다.

그 무렵 이러한 소란은 전혀 이상하거나 드문 일이 아니었다. 어느 도시를 막론하고 그곳 관청에 비치된 기록을 조사해 보면 매일 이런 종류의 사건은 으레 하나 둘 있게 마련이었고 기록이 없는 날이 오히려 드문 실정이었다. 영주와 영주 사이의 싸움도 있었고 국왕과 추기관의 분쟁이 있는가 하면 에스파냐 왕과의 전쟁도 있었다. 그리고 시민들은 이러한 내란이나 국가간의 전쟁 외에도 도둑이나 치기배, 신교도, 늑대, 깡패들이 설치는 바람에 마음 편한 날이 없었다. 그래서 시민들은 그러한 도둑과 늑대, 깡패, 치기배 등을 물리치기 위해 자주 무기를 들어야 했다——시민들은 영주나 신교도에 대해 흔히 맞설 경우가 있었지만 때로는 국왕에 대해서도 싸울 기세를 보이곤 했다. 그러나 시민들은 추기관이나 에스파냐 왕에게만은 절대 맞서지 않으려고 했다. 그래서 이날 일어났던 소란의 와중에서도 시민들은 황색과 붉은 색깔로 된 에스파냐 국기와 리슐리외 공작의 문장이 없는 것을 확인하고는 안심하고 프랑 무네 여관을 향해 달려갔던 것이지만 그것은 하나의 습관과도 같은 것이었다.

여관 앞에 당도한 시민들은 소란의 원인을 한눈에 알 수 있었다.

그곳에는 한 청년이 있었는데 그 모습을 한 마디로 표현하면,——18세기의 돈 키호테라고나 할까. 갑옷을 입지 않은 돈 키호테. 원래는 짙은 청색이던 것이 옅은 갈색인지 혹은 밝은 하늘색인지 분간할 수 없을 정도로 묘하게 퇴색한, 털로 된 방한용 속옷을 입고 있는 그러한 돈 키호테였다. 햇볕에 그을은 길쭉한 얼굴인데다 명민하게 튀어나온 광대뼈, 그리고 턱의 근육이 이상하게 발달하고 있는 것을 보면 베레모를 쓰지 않았더라도 가스코뉴(프랑스의 한 지방의 이름. 랑드 지방, 피레네, 바스크 지방, 보르도 근방 등 에스파냐와 근접해 있는 일대를 포함한다. 가론 강의 유역에 위치하며, 프랑스 인이 사랑하는 전형적인 국왕 앙리 4세는 이 가스코뉴 지방의 포 출신이다. 베아른이란 것도 역시 가스코뉴의 일부인데 포가 그 주요 도시이다. 다르타냥의 고향인 타르브의 도시도 이 근처에 있다. 이 지방 사람의 성격은 쾌활, 명랑, 조소적, 교활, 용감 등의 현저한 특색이 있기 때문에 유명하다.) 지방의 태생임이 분명했지만 그러나 이 청년은 깃털이 달린 베레모를 의젓하게 쓰고 있었다. 두 눈은 영리하다는 것을 말해 주듯 야무지게 빛나고 있었으나 약간 휘어진 콧날은 섬세한 선을 그리고 있었다. 소년이라기에는 덩치가 큰 편이었고 성인으로 보기에는 너무 앳되어 보였다. 특별히 주의해서 허리에 차고 있는 장검을 보지 않았다면 여행하고 있는 한낱 농민의 자식으로 생각했을 것이다. 가죽으로 된 띠에 매달려 있는 그 검은 뚜벅뚜벅 걷고 있을 때에는 주인공의 정강이를, 말을 타고 갈 때에는 그 말의 털이 부수수하니 일어난 배를 치게 마련이었다.

왜냐하면 그 청년은 의젓이 자기의 말을 대동하고 있었기 때문이었다. 그리고 그 말은 남의 시선을 끌기에는 아주 보잘것없는 것이었지만, 사실 그 말은 사람들의 시선을 끌어 모았던 것이다. 베아룬 산(産)으로서 열두,세 살쯤 되어 보이는 그 말은 온몸의 털이 황색이었는데 꼬리에는 털이 없었고 대신 정강이에 종기가 나 있는 작은 말이었다. 투덕투덕 걷고 있을 때에는 으레 머리를 무릎보다 낮게 숙이기 때문에 채찍도 필요가 없었다. 그러면서도 이 말은 하루 팔십 리쯤은 걸을 수 있었다. 그러나 이 장점이 불행하게도 기묘한 털의 색깔과 모양새없는 걸음걸이에 묻혀 버리고 말았기 때문에, 누구나 말에 대해 쉽사리 평가할 수 있는 안목을 가지고 있던 그 당시인지라, 약 15분 전에 이 말이 보잔시 문을 지나 오랜 역사를 자랑하는 이 망으로 들어왔을 때에는 벌써 이 말에 대한 소문이 자자하게 퍼져 있었으며 그 악평에 대한 불똥은 당연히 이 말을 타고 온 청년에게도 튀게 되었던 것이다.

자기가 타고 있는 말에 대해 이러쿵저러쿵 헐뜯고 있는 말을 듣기란 젊은 다르타냥(로지난테 2세〔로지난테는 돈 키호테의 말 이름〕에 올라타고 등장한 이 돈 키호테의 이름을 이렇게 불렀다.)으로서는 여간 괴롭지 않았다. 아무리 그 자신이 훌륭한 기수라 할지라도 이와 같이 훌륭한 말을 탄 자신의 우스꽝스러운 몰골을 상상할 수 없는 것은 아니다. 그래서 이 말이 헐값으로라도 이십 리블 정도의 값은 나갈 터이고, 무엇보다도 이것을 선물할 때 부친이 덧붙였던 말씀이 얼마나 귀중한 것인가 하는 것은 충분히 알고 있었지만, 막상 부친이 여행길의 선물로 이 말을 주겠다고 했을 때 그는 저도 모르게 한숨을 토하고 말았던 것이다.

「내 아들아……」 하고 가스코뉴 토박이의 오랜 귀족인 노인은 앙리 4세마저 평생 벗어나지 못했다는 순수한 고향 사투리로 이렇게 입을 열었던 것이다.

「내 아들아! 이 말은 십삼 년 전에 이 아비의 집에서 태어난 이래 줄곧 이 집에서 자랐던 거란다. 해서 너도 이 말을 틀림없이 아끼고 있는 줄 안다. 절대로 남에게 판다거나 하지 말고 조용히 고상하게 여생을 살게 해다오. 만일 이 말을 타고 전쟁터에 나갈 경우에는 늙은 종을 돌보는 마음으로 소중히 하면서 말이다……. 네 집의 오랜 가문으로 보아 허용되리라고는 생각하지만 만일 궁중에 출입할 수 있는 신분이 된다면 오백 년 이상이나 조상 대대로 지켜온 이 가문의 이름을 네 자신을 위해서는 물론 주위 사람들을 위해서도 손상시켜서는 안 된다. 주위 사람들이란 양친과 너와 친근한 사람들을 두고 하는 말이다. 추기관님과 국왕 폐하 두 분을 제외하고는 누구도 용서하지 말라. 오늘날 귀족이 출세하고 이름을 떨치는 데는 용기 외에 다른 수완은 없는 것이다. 알겠느냐? 용기가 첫째란 말이다. 망설이기만 한다면 눈앞에 다가온 행복일지라도 인정사정없이 도망쳐가는 것이다. 너는 아직 젊다. 게다가 두 가지 이유로 남보다 뛰어난 용기를 가지고 있을 것이다. 첫째는 이 가스코뉴의 사람이라는 것, 둘째는 내 아들이라는 것 말이다. 주어진 기회를 두려워하지 말 것이며, 모험과는 용감하게 몸으로 부딪쳐 나가도록 하여라. 나는 너에게 이미 칼 쓰는 방법을 가르쳐 주었다. 너에게는 무쇠와 같이 강한 다리가 있고 손목은 강철과 같다. 기회가 주어질 때마다 싸우도록 하여라…… 지금 결투는 법으로 금지하고 있으니까 더욱더 그리하는 것이 좋다. 금지된 것을 자행하는 것은 두 배의 용기가 필요한 것이니까 말이다. 한데 내 아들아……. 집을 떠나는 너에게 내가 줄 수 있는 선물은 십오 에퀴의 용돈과 이 말과 지금 너에게 한 훈계, 이 세 가지밖에 없다. 그리고 너의 어머니는 집시여인에게서 배웠다던가 하는, 상처에 바르는 약의 제조방법을 이별의 선물로써 전수하시겠다는구나. 심장을 다치지 않는 한 어떤 상처라도 즉각 낫게 하는 특효약이라더구나.

이제 내가 하고 싶은 말은 단 한 가지밖에 남아있지 않다. 그것은 너에게 잠시 처세의 형을 보여 주고 싶다는 것이다……. 그렇다고 해서 이것이 나의 경우에 해당된 것은 아니다. 나는 평생 동안 궁중에서 일한 적이 없었고 종종 종교전쟁에 참전했다고는 하더라도 의용병으로서였을 뿐이다. 내가 하고 싶은 이야기란 트레빌 경에 관한 거란다. 그 사람은 전에 나와는 이웃에 살면서 친밀히 교제해 왔었다. 그는 어렸을 때 국왕인 루이 13세의 놀이상대가 된 행운아였던 거지. 때로는 그 놀이가 거칠어지면 국왕님이, 국왕님이라 해서 언제나 강할 수만은 없는 거니까, 어쩌다 놀이에 패하고 툭툭 얻어맞기도 했는데 그런 것이 도리어 트레빌 경에 대해 우정과 존경심을 가지게 하는 계기가 되었던 것이다. 그 트레빌 경이 마침내 고향을 떠나 파리로 가던 첫 여행 도중 다섯 번이나 결투를 했었다. 선왕이 붕어한 후 지금의 국왕께서 성년이 될 때까지 전쟁의 경우는 차치하고라도 일곱 번 정도는 칼을 뽑은 것으로 되어 있다. 그때부터 지금까지 있었던 결투 횟수를 따진다면 백 번도 훨씬 넘었을지 모른다. 그런 사람이기 때문에 결투를 금지하는 칙령이나 포고가 종종 있었는데도 그 사람은 버젓이 근위 총사대의 지휘관으로서 그 지위를 지켜 오고 있는 것이다. 이것은 이를테면 고대 로마 군단의 총사령관과도 같은 것으로서 폐하의 신임이 두터운 것은 두말할 나위도 없지만……. 그 무슨 일이든 그다지 무서워할 줄 모르는 사람이라 해서 유명한 추기관님도 어려워할 정도인 것이다. 즉 트레빌 경의 지위는 1년의 수입이 만 프랑이나 되니까 훌륭한 대제후라 해도 무방한 것이다. 그 사람은 원래는 오늘의 너와 같은 처지였던 거다. 이 편지를 가지고 먼저 그 사람의 저택으로 가서 면회하도록 하여라. 그리고 그 사람과 같은 처지가 되게끔 열심히 보고 익혀두는 것이 중요한 것이다.」
 다르타냥의 부친은 이렇게 말하고 나서 자신의 검을 아들에게 주고는 아들의 두 뺨에다 애정이 넘치는 키스를 함으로써 아들의 출발을 축복해 주었다.
 다르타냥이 부친에게 하직하고 모친의 방으로 가자 모친은 그 비방약을 만드는 방법을 가르쳐 주기 위해 기다리고 있었다. 조금 전에 들은 부친의 훈계를 실행하기 위해서도 이 비방약에 대한 제조방법을 배워 두는 것은 매우 중요한 것이라고 생각했다. 물론 모친과 작별하는 데는 꽤 많은 시간이 소요되었으며 부친에 비해 애정의 농도도 더욱 섬세한 것이었다. 부친 역시 하나밖에 없는 아들이 귀엽지 않은 바는 아니었으나 감정을 노골적으로 나타내는 것을 치욕으로 여기고 있는 남자였기 때문에 감정을 절제하고 있었다.
 모친의 눈물은 멎을 줄을 몰랐다. 다르타냥 또한 미래의 근위총사답게 의연한 자세를 유지하고 싶었으나 모자간의 정애가 둑을 무너뜨리고 눈물이 흘러나오는 것을 끝내 참을 수가 없었다.
 그날 안으로 청년은 부친의 전별품——십오 에퀴와 말, 그리고 트레빌 경에게 보내는 소개장을 가지고 집을 떠났다. 드디어 출발하게 되었을 때 다시 이것저것 여행하는 데 필요한 주의가 주어졌던 것은 두말할 나위도 없었다.
 그런데, 이러한 물건을 소지하고 등장한 다르타냥은 필자가 위에서 의무적으로 그 초상을 그리면서 불현듯 비교했던 저 세르반테스의 소설에 나오는 주인공과 모습만이 아니고 마음까지——똑같았다. 돈 키호테는 풍차를 거인으로 오인했고 양떼를 적의 군대로 착각했지만, 다르타냥은 지나가는 사람이 보이는 미소를 모욕으로 생각하였고 돌아보는 눈초리를 도전인 것으로 받아들였다. 그래서 그는 타르브에서 이곳 망까지 오는 동안 꼭 쥐고 있던 주먹을 한 번도 펴지 않았고 하루에 열 번도 넘게 칼 자루에 손을 대곤 했었다.

그러나 그 주먹이 다른 사람의 턱에 날지 않았고 검이 칼집에서 뽑히지 않았다는 것은 요행이었다. 이 노리끼리한 말의 모습이 통행인들의 미소를 자아내게 한 것은 사실이었지만 그들은 말 위에서 아주 훌륭한 장검이 쩔거덕쩔거덕 소리를 내고 있었고 또한 그 장검 위에는 교만하다기보다 오히려 흉포한 눈초리가 번뜩이고 있는 것을 보고는 터지려는 웃음을 꾹 참고 있었다. 그러다가도 끝내 웃음을 참지 못할라치면 그들은 모두 고대의 가면처럼 한쪽 얼굴로만 웃는 것으로 견디고 있었다. 그래서 다르타냥은 이 불행한 도시 망에 당도할 때까지 별로 자존심을 손상당하는 일 없이 그저 건방진 자세를 취한 채 올 수가 있었던 것이다.

그런데 마침내 프랑 무네 여관 앞에 이르렀을 때, 마중을 나와 발판에서 등자를 벗겨 주기는커녕 여관집 주인은 물론 하인이나 마부도 얼씬하지 않았다. 그때 다르타냥의 눈에 비친 것은 아래층의 절반쯤 열린 창을 통해 보이는 날씬하고 화사한 모습의 기사였다. 약간 불만스러운 표정이면서 의연한 모습인 그 사나이는 단정한 자세로 열심히 귀를 기울이고 있는 두 사람의 사나이를 상대로 무엇인가 지껄이고 있었다. 다르타냥은 으레 자신에 대해 말하고 있는 것으로 믿고 귀를 세웠다. 다르타냥도 이번만은 전적으로 오해를 한 것은 아니었다——왜냐하면 그들의 화제는 그 자신에 관한 것은 아니었으나 그가 타고 온 말에 대한 것이었기 때문이다. 미상불 그 기사는 이 말의 특징에 관해 모조리 열거하면서 비평을 가하고 있는 것 같았다. 그리고 방금 말한 바와 같이 두 사나이는 매우 공손히 경청하면서 하나하나 입을 크게 벌리고는 웃어대면서 맞장구를 쳤다. 약간 미소짓는 모습만 보아도 불끈 울화가 치솟는 청년이 그렇듯 떠들썩한 웃음소리를 듣고 어떤 기분이 들었으리라는 것은 쉽게 상상할 수 있는 일이었다.

그러나 다르타냥은 먼저 자신을 우롱하고 있는 건방진 사나이의 얼굴을 좀더 똑똑히 보기로 하고 그 사나이의 얼굴에다 시선을 모았다. 마흔 살에서 마흔다섯 살 정도의 눈이 검고 날카로운 그 사나이는 안면이 창백한데다 콧대가 반듯하였고 검은 입수염은 훌륭하게 손질이 되어 있었다. 속옷과 같은 색깔의 장식용 끈이 달린 자주색 반바지를 입었으며 평범한 소매부리에서는 셔츠가 약간 밖으로 삐져나와 있었다. 속옷이나 반바지도 새 것임에는 틀림없었으나 오랫동안 가방 속에 넣어 둔 여행용 옷처럼 접은 자국이 나 있었다. 이러한 특징을 다르타냥은 재빨리, 그러면서 그면엔 정밀하게 관찰해 버렸다. 그것은 어쩌면 이 낯선 사나이가 자신의 장래에 큰 영향을 안겨줄 것이다――라는 본능적인 직감에서였는지 모른다.

마침 다르타냥이 자주색 속옷을 입은 그 기사에게 시선을 모으고 있는 동안 그쪽에서는 베아룬 산 작은 말에 대해 무언가 정곡을 찌른, 가장 신랄한 비평이라도 했는지 곁에 있는 두 사나이는 자지러지게 웃음보를 터뜨렸고, 그 기사 자신도 이때만은 얼음처럼 차갑게 보였던 얼굴에 창백한 미소(이런 표현이 가능하다면)를 띄웠던 것이다. 그러니 더는 의심할 여지가 없었다. 다르타냥은 분명히 모욕을 받고 있는 것이었다. 그래서 청년은 그제는 확실한 사실인 것으로 단정하고 베레모를 깊이 고쳐 쓰고는 고향에 있을 때 여행 중인 귀족들의 모습에서 익혀 둔, 궁중 사람들의 풍속을 흉내내어 약간은 거드름을 피우는 자세로 한 손은 칼자루를 잡고 또 다른 손은 허리에 대고는 약간 몸을 흔들면서 유연히 앞으로 걸어 나갔다. 그러나 장단이 맞지 않았는지 앞으로 나아감에 따라 분노만 점점 더 격해질 뿐 일부러 마음을 써서 생각해 냈던 기품이 있고 위용을 보이는 데 충분한, 싸움을 시작할 때의 격식을 갖춘 말투도 어디론가 사라졌고, 혀끝을 맴도는 것은 다만 인간의 됨됨이를 드러내는 거친 말뿐인데다 매우 난폭한 동작마저 수반하는 것이었다.

「여보시오! 그 미늘창 뒤에 숨어 있는 분! 그렇소. 바로 당신 말이오. 귀하가 웃고 있는 까닭이 무엇인지 분명히 말해 주길 바라오. 그리고 나도 귀하와 함께 웃을 수 있게 해 주길 바랍니다만……..」

그러자 그 사나이는 지금까지 말에게만 쏟고 있던 눈을 천천히 이 청년 쪽으로 돌렸다. 별안간에 날아든 이 지극히 무례한 질책이 청년의 입에서 나온 것이라고는 얼른 믿어지지 않는 눈치였다. 그리고 확실히 그렇다는 것을 알게 되자 잔뜩 미간을 찌푸리고는 아주 느릿느릿하게 더할 나위 없이 심한 야유와 건방진 투로 이렇게 대꾸했다.

「별로 그대에게 말한 적은 없는데.」
「그러니까 이쪽에서 먼저 말하고 있는 거다.」

거만한 것인지 고상한 것인지 분간할 수 없는, 상대방의 예의와 경멸이 섞인 어조에 완전히 분통이 터진 청년은 이렇게 쏘아댔다.

처음으로 대하는 사나이는 다시 입가에다 얼핏 웃음을 띄우고는 창 저쪽으로 사라졌다가 곧 여관의 입구로부터 유유자적한 걸음으로 나타나서는 다르타냥 곁에 와서 말의 정면에 발을 멈추었다. 그 침착한 태도와 사람을 깔보는 듯한 얼굴을 보자 함께 이야기하고 있던 예의 두 사나이는 더욱더 기운을 얻어 크게 깔깔대면서 창 밖으로 얼굴을 내밀었다.

다르타냥은 상대의 모습을 보고 칼을 한 자쯤 쑥 뽑았다.

「이 말도 정녕 젊었을 땐 멋진 털을 가지고 있었는지 모르겠군.」 하고 그 초면의 사나이는 찬찬히 말을 살펴보면서 창 쪽에 있는 두 사람에게 말했다. 당장에라도 자신에게 덤빌 기세를 보이고 있는 다르타냥의 존재를 전혀 깨닫지 못하고 있는 듯한 태도였다.

「아무튼 이 색깔은 식물 분야에서는 잘 알려져 있으나 말의 분야에서는 현재로선 극히 진기한 것이야.」

「주인을 조롱할 용기가 없으니까 그대신 말을 조롱하는 것이로군.」

트레빌 경과 당당히 맞서겠다는 혈기로 가득찬 젊은 야심가는 얼굴을 빨갛게 물들이면서 이렇게 소리쳤다.

「인상을 보면 아실지 모르겠지만 나는 그다지 웃는 성격이 아니지. 하지만 내 기분이 내킬 때에는 웃도록 해 주게나.」

「난 내 맘에 들지 않을 땐 남을 웃게 하지 않는다.」

「아, 그래……」 하고 그 초면의 사나이는 더욱 침착한 자세를 취했다.

「흥 그것도 지당한 말이겠군.」

그렇게 말한 그 사나이는 여관의 정면에 있는 입구를 통해 다시 안으로 들어가려고 했다. 그 입구 곁에는 안장을 채워둔 말이 한 필 매어져 있다는 것을 다르타냥은 이곳에 당도했을 때부터 알고 있었다.

다르타냥은 자신을 우롱한 상대를 그대로 도망치게 하는 성격이 아니었기 때문에 쑥 칼을 뽑아들고는 그 사나이의 뒤를 쫓았다.

「돌아오시오! 안 그러면 등에 상처를 입게 될 테니까!」

「날 칼로 치겠다는 건가!」

상대는 발꿈치로 빙그르르 한 바퀴 돌면서 경멸과 놀람이 뒤섞인 눈초리로 흘깃 쳐다보았다.

「거두는 게 좋다! 젊은이! 정신이 돌았군.」

그리고는 혼잣말처럼 낮은 소리로

「아깝군! 근위 총사로 키울 용감한 사나이를 온 나라 안에서 찾고 계시는 폐하께 바친다면 아주 좋은 선물이 되겠는걸……」하고 중얼댔다.

그 독백이 끝나는 순간 지체없이 다르타냥의 칼이 번쩍 춤을 추었기 때문에 휙 뒤로 몸을 피하지 않았다면 그 사나이로서는 이것이 농담의 마지막이 되었을지도 몰랐다. 초면의 그 사나이도 이제는 농담의 영역을 벗어났다고 판단했는지 자신도 칼을 뽑고 가볍게 목례한 다음 진지한 자세를 취했다. 그와 동시에 창 쪽에 있던 두 사람과 여관 주인까지 합세하여 손에 몽둥이와 갈고리가 달린 무쇠연장에다 숯불집게 따위를 들고는 우르르 다르타냥에게 덤벼들었다. 순간적으로 공격의 양상은 완전히 뒤바뀌었고 다르타냥이 그쪽을 향해 필사적인 방어를 하기 시작하자, 그 사이에 막상 싸움의 상대인 그 사나이는 여전히 조금도 흐트러지지 않은 침착한 몸짓으로 칼을 칼집에 넣고는 주연의 자리에서 관객으로 변신해 있었다. 그리고 이 역할도 역시 냉정한 태도로 연출하면서 이렇게 독백하고 있기까지 했다.
「가스코뉴 태생인 놈은 고약하단 말이거든. 어서 저 황색 말에 태워 쫓아 버려라!」
「너를 죽이기 전엔 가지 않을 것이다.」
다르타냥은 난타를 퍼붓는 세 사람의 적들로부터 한 발도 물러서지 않고 온 힘을 다해 방어하면서 이렇게 소리쳤다.
「또 그 따위 소릴 뇌까리고 있군. 하여튼 가스코뉴 놈들은 어떻게 해 볼 재간이 없거든. 어이! 그 친구가 하고 싶다니까 좀더 춤을 추게 해 주어라. 그러노라면 곧 지쳐서 그만두자고 할 테니까.」
초면의 사나이는 젊은 상대가 얼마나 굳센 의지의 인간인가를 전혀 모르고 이렇게 말했다. 그러나 다르타냥은 결코 사과한다거나 하는 사내가 아니었다. 그래서 난투는 좀체로 결말이 나지 않았다. 그러는 사이에 다르타냥은 완전히 지치게 되었으며 손을 두들겨 맞고 검을 땅에 떨어뜨렸다. 그 바람에 칼은 두 동강으로 부러지고 말았다. 그와 함께 또다른 일격이 날아와 이마를 강타했기 때문에 다르타냥은 피투성이가 된 채 정신을 잃고 털썩 쓰러졌다.
시민들이 달려온 것은 바로 그때였다. 여관 주인은 세상에 대한 체면이 두려운 나머지 하인을 시켜 부상한 사람을 얼른 부엌으로 옮기게 했다.
기사는 원래 있었던 창가의 자리로 돌아와 그 주변에 모여서 움직이지 않는 군중을 못마땅한 표정으로 바라보고 있었다.
「어떻게 되었나, 그 미치광이는?」하고 그는 입구의 문이 열리는 소리에 고개를 돌리면서 문안차 들어선 주인에게 물었다.
「나리님은 부상은 당하지 않으셨습니까?」
「전혀! 난 그 젊은이가 어떻게 되었는지 묻고 있는 거다.」
「꽤 나아진 것 같습니다. 완전히 정신을 잃고 있었으니까요.」
「아, 그래!」
기사는 이렇게 말했다.
「하긴, 정신을 잃기 전엔 온몸의 힘을 모아 나리님을 불러 더욱 도전하려고 안간힘을 썼습니다만.」
「그래, 그치는 문자 그대로 귀신의 화신과도 같은 꼬마라구.」
「아닙니다. 나리님! 그렇다고 귀신 따윈 아닙니다.」
여관 주인은 경멸하는 표정으로 이렇게 말했다.
「정신을 잃고 있는 사이에 소지품을 조사해 보았습니다만, 보따리에는 셔츠가 한 벌 있었고, 지갑에는 십일 에퀴가 들어있을 뿐이더군요. 그런 주제에 기절하면서『만약 파리에서 이런 일이 일어난다면 당신도 그 자리에서 후회하게 될 것이다. 여기서는 좀더 시간이 지나야 할 수 있겠지만』따위의 잠꼬대를 하고 있었습지요.」
그 말을 듣자 기사는
「그렇다면 그치는 남의 눈을 피하고 있는 고귀한 분이라도 된다는 건가.」 하고 냉정하게 말했다.
「아무튼 저런 사람은 조심하시는 게 좋을 것 같아 여쭙는 것입니다만.」
「한창 흥분하고 있을 때 혹시 누군가의 이름을 불렀다던가 한 적은 없었나?」
「네, 실은 이런 말을 지껄이고 있었지요. 제 호주머니를 평평 두들기면서『트레빌 경이 당신을 찾아온 사나이가 욕을 당했다는 것을 알면 뭐라고 하실 것인가, 그것을 듣고 싶은 거다.』따위의 말을 하고 있었습니다.」
「뭣이, 트레빌 경?」 하고 초면의 사나이는 흠칫 놀라면서 이렇게 되풀이해 말했다.
「호주머니를 두들기면서 트레빌 경의 이름을 불렀다는 말인가……. 주인! 그 주머니를 뒤져 보았겠지? 무엇이 들어 있었는가?」
「근위 총시 대장 트레빌 경에게 보내는 편지가 한 통 있었을 뿐입니다.」
「사실이렸다, 그 말은?」
「제 말에 조금도 거짓은 없습지요, 나리님!」

그다지 사물에 대한 통찰력이 없는 주인은 자신의 말을 듣고 초면의 사나이 얼굴에 어떤 표정이 서렸는가를 깨닫지 못했다기보다 그런 것에는 전혀 관심을 갖지 않았다. 사나이는 한동안 팔꿈치를 괴고 있던 창가를 떠나 불안한 표정으로 이마를 잔뜩 찌푸린 채 서성대고 있었다. 그는 속으로

『흥! 트레빌은 저 가스코뉴 놈을 나에게 보낸 것일까?』라고 중얼댔다.

『그 꼬마 말이지만, 검을 사용하는 놈의 나이야 어떻든 검은 검인 것이다. 게다가 어린아이일수록 안심할 수 없는 것이야. 거창한 계획도 흔히 사소한 장애에 의해 와르르 무너지는 경우가 있으니까.』

초면의 사나이는 한동안 생각에 잠겨 있었다.

「여보게 주인! 그 미치광이를 어떻게 해서든 쫓아내 주지 않겠나. 인정상 난 그 꼬마를 죽일 수가 없으니까…… 한데 왠지…….」하고는 냉혹한 표정으로 이렇게 말을 이었다.

「왠지 방해가 될 것 같군. 지금 어디에 있나?」

「이층의 아내 방에서 붕대를 감고 있습니다.」

「옷가지와 보따리는 그 곁에 있는가, 속옷은 입은 채로겠지?」

「아닙니다. 그런 물건은 모두 아래 부엌에 두었지요. 그런데 그 미치광이 꼬마가 그토록 방해가 되신다면…….」

「그렇지. 그 따위 사내가 있고서는 이 여관에서도 소동을 일으키게 될 거구, 그렇게 되면 선량한 손님은 묵을 수가 없을 게 아닌가. 그러니 빨리 내 계산서를 가져 오고 부하에게도 알려 주게나.」

「그럼, 나리님은 그만 떠나시려구요?」

「그러니까 내 말에다 안장을 채워 두라고 아까 말했지 않은가. 아직도 충분한 채비가 되어 있지 않다는 얘긴가?」

「아닙니다. 다 되어 있습니다. 타실 말은 정문 입구에 언제든지 떠나실 수 있도록 만반의 채비를 해 두었습지요.」

「좋아! 그럼 시킨 대로 하게나.」

그 말을 듣자 여관 주인은

「제에기! 저 따위 철부지 꼬마가 그렇게도 무섭다는 것인가?」 하고 혼자 씨부렁댔다. 그러다가 그 사나이의 위압하는 눈초리에 그만 흠칠 놀라고는 공손히 머리를 숙여 인사한 다음 밖으로 나갔다.
「밀레이디(milady : 귀부인이라는 뜻의 영어. 이 말 뒤에는 언제나 가문의 이름을 붙여 사용하게 마련이지만, 원기록에 이렇게 되어 있기 때문에 편의상 이 소설에서는 번역하지 않고 그대로 둔다.)가 저 꼬마에게 발각되면 안 된다. 그 부인은 이제 곧 이곳을 지나갈 것이다. 벌써 약속시간이 꽤 지났으니까. 내가 말을 타고 맞으러 가는 편이 좋겠지. 한데, 그 트레빌 경에게 보내는 편지 내용이 어떤 것일까? 잠시 보고 싶은걸.」

초면의 사나이는 이렇게 혼자 중얼대면서 부엌 쪽으로 걸어갔다.

한편, 여관 주인은 속으로 저 젊은이가 있기 때문에 초면의 사나이가 자기네 여관을 떠나게 된 것이라고 확신하면서 아내의 방으로 올라갔다. 가까스로 정신을 회복한 다르타냥이 아직 거기에 있었다. 그래서 주인은 다르타냥에게 그렇듯 훌륭한 귀족에게 싸움을 건 이상 당국에서 관리가 나오게 될 것이고 그렇게 되면 당신은 호되게 당할지도 모른다고 말하면서 아무튼 초면의 그 사나이는 틀림없이 지체가 높은 사람일 것이라고 했다. 그렇게 말하고서 여관 주인은 아직 몸이 성치 않은 다르타냥을 억지로 일으켜 세워 무리한 여행을 계속 시키려고 했다.

머리에다 하얀 붕대를 칭칭 감고 아직 몽롱하니 마치 꿈 속을 헤매고 있는 것과 같은 다르타냥은 주인의 재촉을 받고 아래로 내려가려고 했다. 그러나 부엌까지 왔을 때 커다란 노르망디 산 말 두 필이 끄는 이륜마차의 발판 곁에 서서 침착한 자세로 마차 안에 있는 사람과 대화하고 있는 아까의 싸움상대의 모습이 눈에 띄었다.

마차의 창틀 속으로 얼굴이 보이는 상대는 스물을 갓 넘긴 젊은 부인이었다. 다르타냥이 그가 만났던 사람의 용모에 대해 얼마나 재빨리 기억해 두는가에 대해서는 앞에서 이미 소개한 바 있다. 다르타냥은 이때도 역시 그 여성이 젊고 매력 있는 사람이라는 것을 얼핏 보고는 머릿속에 새겨 두었다. 더구나 이 미인의 얼굴은 다르타냥이 지금까지 살았던 남쪽 지방에서는 전혀 볼 수 없었던 부류의 것이었기 때문에 강한 인상을 받았다. 안색이 창백하고, 길다란 금발의 아름다운 곱슬머리가 어깨 위에 늘어져 있었다. 거기에 어딘지 우수에 젖은 파란 눈, 장미빛 입술, 눈같이 흰 손. 그녀는 왠지 굳어진 표정으로 낯선 사나이와 이야기하고 있었다.

「그럼, 예하는 나에게 어떻게 하라구……」

여자 쪽에서 묻고 있었다.

「한시 바삐 영국으로 건너가서 공작이 이미 런던을 출발했는가를 조사해서 당신이 직접 회답하도록 하라기에……」

「그럼, 그밖에 지시하실 것은?」

「그것은 이 상자 속에 있습니다. 당신은 영불 해협을 건넌 후 그것을 열어야 합니다.」

「알았습니다. 그럼 당신은 어떻게 할거죠?」

「나 말입니까? 난 파리로 돌아갑니다.」

「그 무례한 장난꾸러기 꼬마를 혼내주진 않겠습니까?」 하고 부인이 물었다.

초면의 사나이는 그 말에 무언가 대답하려고 했다. 그가 막 입을 열려고 하던 찰나 아까부터 몸을 숨긴 채 엿듣고 있던 다르타냥이 입구 쪽으로 뛰어 나가며 소리쳤다.

「그래, 이 장난꾸러기 꼬마가 혼내줄 테다. 설마 이번엔 혼을 나야 할 인간이 아까처럼 허겁지겁 도망치진 않겠지!」

「도망치다니?」 하는 그 사나이의 눈썹이 사납게 곤두섰다.

「설마 부인의 눈앞에서 도망칠 수야 없겠지!」

「조심하세요.」 하고 밀레이디는 기사가 검에 손을 대는 것을 보고는 황급히 말했다.

「조금이라도 시간이 늦으면 모든 일이 엉망이 되니까요.」

「옳은 말씀입니다. 당신은 어서 당신의 길을 떠나십시오. 나는 내 길을 갈 테니까요.」

귀부인에게 목례로 가볍게 인사한 다음 기사는 휙하고 말에 뛰어
올랐다. 한편 그 마차의 마부는 자신의 말에다 매섭게 채찍을 가했다.
말을 주고받던 남녀는 이렇게 해서 각기 반대 방향으로 뛰기 시
작했으며 삽시간에 멀어져 갔다.
「여보세요! 계산은?」
셈을 하지 않은 채 떠나는 손님을 보고 지금까지 가지고 있던
호의가 경멸로 일변한 여관 주인은 크게 소리쳤다.
「셈해 주어라, 토착민!」
기사는 말을 몰면서 뒤에 대고 일렀다. 그러자 그를 따르던 자가
여관 주인의 발아래에다 두, 세 개의 은화를 던져 주고는 기사의
뒤를 쫓아갔다.
「네 이놈! 비겁한 놈! 불한당, 가짜 귀족!」
다르타냥은 목청껏 소리치면서 그 뒤를 따라 달려갔다.
그러나 부상자는 이런 운동에 견딜 수 있는 기력이 없었기 때문에
열 걸음쯤 쫓아갔을 때 귀가 윙윙 울렸고 눈앞이 캄캄해졌으며 피가
눈 위로 치닫는 것 같은 기분이 들어 거리의 한복판에 그대로 푹
쓰러지고 말았다. 입으로는 계속『비겁한 놈! 비겁한 놈!』을 연
발하면서——.
「정말 비겁자군, 완전히.」
여관 주인은 이렇게 지껄이면서 다르타냥 곁으로 다가갔다. 우
화에 나오는 해오라기가 달팽이에게 했던 것과 같은 식(라 퐁텐의
우화에 있는 《해오라기와 아가씨》에서 허황된 것을 바라고 있는 해오라기가
고급 먹이를 발견하려고 붕어나 문절망둑 등을 거들떠 보지도 않고 있다가 결국
마지막에 가서는 하찮은 달팽이를 만나자 반갑게 접근해 갔다는 이야기)으로
이렇게 애교를 떨면서 청년과 화해하고 싶은 것 같았다.
「그래, 참으로 비열한 놈이다. 그러나 다른 한 사람은 아름답더군.」
「어떤 사람 말입니까?」
「귀부인 말이다.」
다르타냥은 입 속으로 이렇게 중얼대고는 다시 정신을 잃고 말

왔다.

『어찌되었든 상관없다. 두 사람은 놓쳤지만 다행히 이놈은 남아 있지 않은가. 며칠 동안은 떠날 수 없겠지. 그러니까 결국 십일 에퀴는 내것이나 진배없는 거야.』

여관 주인은 다르타냥의 하루 숙박비를 일 에퀴로 하고 그 상처가 다 나을 때까지를 11일로 계산했던 것이었다. 그러나 이것은 물론 손님의 뜻과는 전혀 상관없는 일방적인 계산이었다. 그래서 다음날 아침 5시경에 다르타냥은 자리에서 벌떡 일어나 혼자서 계단을 내려 갔고 부엌에 들어가서 포도주와 미질향, 그리고 그밖에 우리들이 듣지 못했던 여러 가지 약들을 주문했으며 모친으로부터 전수받은 조제법을 한 손에 들고는 그 비방약을 만들었다. 그리고 그것을 셀 수 없을 정도로 많은 온몸의 상처에다 바르고는 자신의 손으로 습포를 갈아댔으며 의사 따위는 전혀 가까이 오지도 못 하게 했다. 집시여인이 가르쳐 주었다는 비방약 덕으로, 그리고 의사의 손이 전혀 닿지 않았던 덕도 있었겠지만 그날 저녁 다르타냥은 두 다리로 거뜬히 일어서게 되었고 다음날에는 거의 다 나아 버렸다.

그런데 막상 숙박비를 셈할 때 미질향이라든가 포도주의 값을 치를 단계가 되자, 유독 이 손님은 완전히 식사를 끊고 있었지만 노랑색 말은 여관주인의 말에 의하면 그 체력과는 걸맞지 않게 보통 말의 세배 반이나 되는 사료를 먹어치운 대식마였다고 했다―― 그것들을 지불하려고 다르타냥은 자신의 호주머니를 뒤졌다. 닳고 닳아서 떨어진 작은 지갑과 그 속에 십일 에퀴는 그대로 있었으나 트레빌 경에게 건네줄 소개장은 흔적도 없었다.

그래서 청년은 그 소개장을 찾기 위해 모든 호주머니를 스무 번도 더 뒤집어 보았고 보따리 속도 찾아 보았으며 지갑을 열었다가는 닫고 하면서 굉장한 끈기를 보였다. 그러다가 마침내 그 편지가 분실된 것을 알게 되자 이곳에서 세 번째의 발작이 일어나 조금만 더 했다가는 포도주와 기름과 비방약들이 또 한 번 필요하게 될지도 모를 형세로까지 돌변했다. 왜냐하면 이 상식을 벗어난 청년이 다시 열화와 같은 표정으로 변했고 편지를 발견하지 못하면 당장이라도 여관 안에 있는 모든 기물을 박살낼 것만 같았기 때문에 주인은 재빨리 수렵용 창을, 그의 아내는 빗자루를, 그리고 하인들은 어제 사용했던 몽둥이를 각기 손에 들고는 싸울 자세를 취했기 때문이었다.

「내가 지니고 있던 편지는 어디에 두었나? 자, 편지를 내놓아라! 그렇지 않으면 모두 하나의 다발로 엮어 멧새처럼 꼬챙이에 꿰어줄 테니 그리 알라!」

그러나 운이 나빴던지 이 협박을 실천하기에는 한 가지 좋지 않은 사정이 있었다. 그는 어제 싸움할 때 그의 장검이 쩔그렁 하고 두 동강이 났다는 것을 깜박 잊고 있었던 것이다. 그러니까 다르타냥이 잔뜩 위세를 부리며 칼을 뽑았을 때에는 겨우 팔,구 치밖에 되지 않는 칼이 손에 쥐어졌을 뿐이었다. 주인이 어제 정성껏 칼집에다 꽂아 주었던 것이 바로 그것이었다. 나머지 것은 주방장이 고기를 펠 때 쓰려고 슬그머니 치워 두었던 것이다.

그러나 청년의 분노는 그런 것으로 쉽사리 누그러지지 않았다. 다르타냥과 주인측과의 일촉 즉발의 분위기가 점차 고조되고 있을 때 다행히도 주인 쪽에서 손님의 요구가 당연한 것이라고 고쳐 생각했는지

「하긴 그렇겠군!」 하면서 손에 들었던 창을 내려 놓았다.

「한데, 그 편지는 어떻게 된 것일까?」

「내가 묻고 있는 거다. 미리 말해 두지만 그것은 트레빌 경에게 드려야 할 편지인 것이다. 그러니까 어떤 일이 있어도 찾아내지 않으면 안 되는 거다. 만약 분실했다든가 하면 그땐 그분의 손으로 찾아 주도록 할 것이다.」

이 협박은 확실히 주인을 떨게 하는 데 충분했다. 트레빌 경은 무사들은 물론 일반 시민들에게도 국왕과 추기관 다음으로 그 이름이 알려져 있었기 때문이다. 하긴 조세프 장로(캅티노 파 사제. 리슐리외의 사랑을 받았으며 유력한 상담역이었다. 회색의 예하 [L'Eminence grise]

라는 별명을 얻고 있었다.)라는 인물도 있기는 있었다. 그러나 이 사람의 이름은 다만 비밀리에 불리우고 있을 뿐이었다. 추기관의 총애를 받고 있는 사람으로서 회색의 예하라 부르고 있는 이 사람의 이름은 모두가 그렇듯 극단적으로 무서워하고 있었던 것이다.

　그러자 창을 내던진 주인은 그 아내와 하인에게도 그렇게 하라고 이르고는 그 자신이 솔선해서 행방이 묘연해진 편지를 찾기 시작했다.

　한동안 그렇게 찾고 있던 주인은
「그 편지 속에 어떤 소중한 것이라도 들어 있었던가요?」하고 물었다.
「두말 하면 잔소리다. 틀림없이 들어 있었을 것이다.」
　이 가스코뉴 태생인 청년은 그 편지야말로 자신을 궁중에서 일할 수 있게 하는 유일한 끈이라고 생각했던 것이다.
「내 자신의 전재산이 들어 있다!」
「에스파냐의 증권이라도?」하고 주인은 걱정이 되어 물었다.
「국왕 폐하 자신의 보고에서 나오고 있는 증권이다.」
　그 소개장을 끈으로 삼아 근위 무사로 등용될 것을 꿈꾸고 있는 다르타냥은 그런 정도로 과장된 말을 해도 전혀 거짓은 아니라고 생각했다.
「그렇다면 큰일이다!」
　여관 주인은 완전히 당황하지 않을 수 없었다. 다르타냥은
「뭐, 그까짓 돈문제는 아무것도 아니다.」
　이렇게 고향 특유의 침착성을 보이면서 말했다.
「오직 그 편지만 있으면 되는 거다. 그것을 분실하는 것보다는 천 피스톨을 잃는 것이 나은 거니까.」
　이천 피스톨이라고 말할 수도 있었겠으나 젊은이다운 수치심이 그렇게는 시키지 않았다.
　그러자 이제까지 어찌할 바를 몰라 파랗게 질려만 있던 주인의 머리에 별안간 번쩍 하고 떠오르는 것이 있었다.

1. 다르타냥 노인의 세 가지 선물

「옳지! 그 편지는 분실한 것이 아닙니다.」
「뭐라고?」
다르타냥은 의아스런 표정으로 이렇게 반문했다.
「그래요. 그것은 분명히 도난 당하신 것입니다.」
「도난 당했다고? 누구에게?」
「어제의 그 기사입니다. 그분은 당신의 속옷이 있는 부엌에 들어가서 한동안 혼자 있었으니까요. 그러니 그 사람이 훔쳐간 것이 틀림없습니다.」
「정말 그렇게 생각하나?」
다르타냥은 아직도 충분히 납득할 수 없다는 표정이었다. 그 편지는 어디까지나 자신의 일신에 관해서만 소중한 것이라는 사실을 누구보다도 잘 알고 있었기 때문에 타인이 그것을 훔쳐갈 만큼 욕심낸다는 것은 전혀 이해할 수 없었다. 막상 그 편지를 훔쳐가 보았자 그것으로 이득을 볼 사람은 있을 것 같지 않았기 때문이었다.
「그렇다면 전적으로 그 무례한 기사가 훔쳐간 것이라고 의심하는 건가?」하고 다르타냥은 다짐을 두었다.
「그렇게 된 것이 틀림없습니다. 내가 그분에게 『이쪽은 트레빌 경과 연고가 있는 것 같다. 그분께 보내는 편지를 가지고 계신다』고 말했을 때 그분은 매우 곤혹스런 표정으로 그 편지는 어디 있느냐고 물었으니까요. 그리고 당신의 속옷이 있는 부엌으로 뚜벅뚜벅 들어가셨지요.」
「으음. 그렇다면 필경 그놈이 도둑이다. 나는 트레빌 경에게 호소할 것이다. 그분을 통해 폐하께 상신할 수도 있을 것이다.」
다르타냥은 이렇게 말하고나서 호주머니에서 이 에퀴를 꺼내어 모자를 들고 문까지 전송나온 주인에게 점잖게 건네주었다. 그러고는 다시 그 황색 말에 올라탔다. 그리고 그 후로는 무사히 여행을 마치고 마침내 파리의 생 탕트안 문에 당도했다. 그는 거기서 삼 에퀴를 받고 말을 처분했는데 맨 마지막 여로에서는 매우 거칠게 부렸던 터라서 비교적 좋은 값으로 판 셈이었다. 하긴 다르타냥으로부터 그 말을 산 거간꾼은 현찰을 건네주면서 이렇게 터무니없이 비싼 값으로 사는 것은 단지 털의 색깔이 다르기 때문이라고 분명히 말하고 있었다.

이렇게 해서 다르타냥은 조그마한 짐을 겨드랑이에 끼고 걸어서 마침내 그리던 파리 시내에 발을 내딛게 되었던 것이다. 그는 이곳저곳 찾아 헤맨 끝에 가까스로 자신의 가난한 호주머니 사정과 걸맞는 셋방을 발견할 수 있었다. 이 셋방은 다락방과 흡사한 것이었고 뤽상부르 궁에 가까운 포소와이욜 거리에 있었다. 계약금을 치르고 다르타냥은 곧 이 방에 들어와 그날은 속옷과 장식용 끈이 붙은 바지를 손질하면서 보냈다. 그 장식용 끈은 모친이 부친의 아직 새 것인 속옷에서 잘라 남몰래 달아 주었던 것이다. 그런 다음 대장간이 있는 강변으로 나가 동강 난 칼에다 도신을 붙이게 했다. 그러고는 루브르 궁 앞으로 가서 지나가는 총사를 붙들고 트레빌 경의 저택이 있는 곳을 알아 보았다. 그 저택은 비유 코롱베 거리에 있었고 그곳은 요행히도 다르타냥이 빌린 방에서 아주 가까운 곳에 있었다. 이 우연은 자신의 출세를 위해 왠지 길조인 것만 같아 여간 기쁘지 않았다.

그래서 그는 그가 망에서 취했던 태도에 대해서도 만족스럽게 생각했으며 지나간 일에 대해 후회스러운 기분은 털끝만큼도 없었다. 다르타냥은 다만 현재에 만족하는 한편 미래에 대한 희망으로 가슴을 두근대면서 두 다리를 쭉 뻗고 누워 용자의 수면에 들어갔던 것이다.

아직 촌티를 벗지 못한, 이와 같은 수면은 다음날 아침 9시까지 이어졌다. 그 시각에야 자리에서 일어난 그는 다소 이른 시각이기는 했으나 그 유명한 트레빌 경의 저택을 향해 출발했다. 부친의 평가에 의하면 그분은 프랑스 왕국에서 세 번째로 지체가 높은 인물이었던 것이다.

2. 트레빌 경 저택의 대기실

그의 고향인 가스코뉴에서는 트로와빌 경으로 통칭하고 있으나 파리에서는 트레빌 경으로 부르도록 되어 있었다. 이 사람은 자신의 경력을 만드는 데 있어서 다르타냥과 거의 비슷하게 출발했었다. 즉 그는 땡전 한 푼 없이 다만 용기와 기지와 분별 등을 밑천삼아 고향을 떠나왔었다. 가스코뉴의 가난한 귀족 아들이 부친으로부터 물려받은 것은 페리고르와 베리 태생의 부호인 귀족이 실제로 물려받는 것보다도 장래성에 있어서 더 가치가 있었다고 할 수 있었다. 유례가 없으리만큼 엄청난 만용과 그리고 그 이상으로 신기한 요행으로 살벌한 세상의 격랑을 타고넘어 왕의 총애를 받게 된, 좀체로 얻을 수 없는 최고의 영예까지 얻게 되었지만 그 자신 또한 그 계단을 껑충껑충 뛰어올라갔던 것이다.

왕은 이 사람에 대해 육친과 같은 우정을 가지고 있었다. 세상의 모든 사람들이 잘 알고 있는 바와 같이 왕은 부왕인 앙리 4세의 덕을 사모하는 데 있어서 이만저만한 열성이 아니었다. 트레빌 경의 부친은 앙리 4세에게 시종한 사람이었는데 리그 전투에서는 발군의 공을 세우기도 했었다. 그 공적을 포상하는 데 있어서 왕은 돈이 없었기 때문에——이것은 이 베아룬 출신의 왕에게 평생 동안 없었던 것이었고, 왕은 언제나 자신의 빚을 갚기 위해 남에게 빌릴 필요가 없는 사람, 즉 그 기지로서 지불했다고 해도 과언이 아니었다——즉 현금이 없었기 때문에 그에 대신해서 선대 트레빌 공은 파리의 성이 열린 이후

  fidelis et fortis(충실하면서 강한)

이라는 글귀를 넣은 황금의 사자를 문장으로 사용할 것을 허가받았던 것이다. 그것은 더할 나위 없는 영예이기는 했으나 생활을 위해서는 전혀 도움이 되지 않았다. 그래서 앙리 4세의 유명한 이 전우가 세상을 떠났을 때 그의 적자가 유산으로 받았던 것은 검과 이 영예로운 문장뿐이었다. 그럼에도 트레빌 경은 이 두 가지 유품과 오점이 없는 가문의 덕으로 젊은 왕의 측근에서 시종하는 것이 허용되었던 것이며, 또한 검술이 능함으로써 문장의 글귀에도 걸맞을 만큼 충실했기 때문에 당시 프랑스에서 굴지의 검술가인 루이 13세는 만약 결투하는 친구가 있다면 그 입회인으로서 첫째는 자기를, 그 다음으로는 트레빌을 권장하리라, 아니 어쩌면 자신보다도 저 사나이를 먼저 입회인으로 선정할지도 모른다고 평생 동안 입버릇처럼 말했을 정도였다.

 루이 13세는 또한 진심으로 트레빌 경을 좋아했었다. 그것은 어쩌면 왕다운 이기적인 애정이었을지 모르나 어쨌든 애정임에는 틀림이 없었다. 그렇듯 험악한 시대에는 트레빌 경과 같은 기상을 가진 사람으로 자신의 주변을 튼튼하게 해 두는 것이 왕으로서는 매우 필요했던 것이다. 문장에 들어 있는 〈강한〉이라는 말을 자신의 장식 문귀로 할 수 있었던 사람은 트레빌 경 외에도 많이 있었을지 모르나, 그 위쪽에 있는 〈충실하면서〉라는 표어를 붙일 수 있는 자격을 가진 귀족은 의외로 적었는데 트레빌 경은 그 적은 사람 중의 한 사람이었던 것이다. 파수 보는 개처럼 충실한 본능, 맹목적인 만용, 예민한 눈, 재빠르게 움직이는 손, 그러한 것들을 모두 갖추고 있는 사람이었다. 그의 눈은 폐하가 불만스럽게 여기고 있는 사람이 누구인가를 찾기 위해 존재하고 있는 것이며, 손은 폐하의 기분을 상하게 한 그러한 사람, 예를 들면 벰, 몰 베르, 폴트로, 도우메레,

비트리 등등 누구든지 그때그때 처치해 버리기 위해 있다는 식이었다. 실상 트레빌에게는 지금까지 그러한 기회가 주어지지 않았을 뿐이었고 호시탐탐 그런 기회를 노리고 있었기 때문에 만약 자신의 손이 미치는 곳을 지나간다면 세 개의 털로 붙드는 것쯤은 절대 주저하지 않았을 것임에 틀림없었다. 딴엔 만사가 이런 식이었기 때문에 루이 13세는 그를 근위 총사의 지휘관으로 삼고 있었던 것이다. 이 근위 총사의 1개 부대야말로 루이 13세에게 있어서는 그 충성과 맹목적인 복종에 있어서 흡사 앙리 3세의 시종들과, 그리고 루이 11세의 스코틀랜드 위병과 맞먹는 것이었다.

추기관 역시 이런 점에 있어서는 왕에게 결코 뒤지지 않았다. 루이 13세가 막강한 정예로 자신의 신변을 철통같이 견고하게 하고 있는 것을 보고 이 프랑스의 제2인자라기보다 오히려 제1의 왕자인 자신도 친위대를 가질 생각이었고 그래서 그도 총사를 모으기로 결심했다. 그런 결과 이 두 사람의 주권자는 서로 다투어 프랑스의 방방곡곡, 아니 외국에까지 손을 뻗쳐 이름난 검객을 모으게 되었던 것이다. 리슐리외와 왕은 장기를 두면서 자기가 거느리고 있는 검객의 기량에 대해 자랑함으로써 종종 입씨름을 벌이곤 했다. 그들 두 사람은 자신이 거느리고 있는 총사의 거동과 용기에 대해 자랑했다. 일반 대중에게는 싸움이나 결투를 엄금하고 있으면서도 뒤에서는 자신의 총사를 부추겨서 싸우게 했으며, 그 싸움의 승패 소식을 접할 때마다 때로는 기뻐서 어쩔 줄 모르기도 하고, 때로는 비통해 하기도 했다. 그 당시 그와 같은 싸움의 와중에서 더러는 패하기도 했으나 대개는 승리를 거두었던 어떤 사람의 비망록을 보더라도 대충 그런 상황이었던 것을 알 수 있다.

트레빌 경은 루이 13세의 약점을 쥐고 있었다. 그다지 우정에 충실치 않았던 것으로 알려진 왕으로부터 그가 줄곧 변함 없는 총애와 예우를 받고 있었던 것은 그에게 그러한 기지가 있었기 때문이기도 했다. 추기관이 보고 있는 앞에서 자신이 거느리고 있는 근위 총사를 한 사람 한 사람 추켜 세운다거나 해서 추기관의 반백이 된 수염을 분노로 곤두서게 한다든가 하는 따위의 장난을 그는 터득하고 있었다. 트레빌 경은 이 시대를 살아가는 전략에 대해 그 비결을 속속들이 알고 있었던 것이다. 만약 적을 제물로 해서 살 수 없을 경우에는 동향인을 제물로 해서 살아가는 방법도 있었다. 부하 총사들은 무법자의 일단을 만들어 놓고 있으면서 트레빌의 명령외에는 요지부동──이라는 식으로 꾸며놓고 있었던 것이다.

옷은 벗어부치고 술에 취해 곤드레가 된, 근위 총사라기보다는 트레빌 경의 직속 무사인 이들 기사는 술집과 산책길, 도박장 등을 가릴 것 없이 큰소리로 떠들어대고 콧수염을 비비꼬고 칼을 쩔그럭쩔그럭 울리면서 활보했으며 추기관 측의 경호사와 만나기만 하면 싸움을 걸었다. 그리고 길거리든 어디든 개의치 않고 온갖 시시한 야유를 뱉으면서 칼을 뽑았는데, 때로는 살해를 당하더라도 동료들이 슬퍼해 주고 복수도 해 줄 것으로 믿고 편안한 마음으로 숨을 거두었다. 흔히 상대를 죽이더라도 신병을 보장해 주는 트레빌 경이 있는 한 감옥에서 그다지 오래 있지는 않을 거라고 믿고 있었다. 그런 면에서도 트레빌 경의 인망은 대단한 것이었다. 평소 그렇게 분별없이 만용을 부리는 호걸들도 이 사람 앞에서는 마치 교사 앞의 학생처럼 쩔쩔맸으며 아무리 사소한 말에도 절대 복종하였다. 막상 질책이라도 받게 된다면 그 치욕을 씻기 위해 언제든지 죽는다는 각오를 하고 있었다.

트레빌 경은 이와 같은 지혜를 먼저 폐하와 폐하의 친근한 사람들을 위해 바쳤다. 그리고 다음에는 자신과 자신의 친구를 위해 사용하였다. 다양한 사람들의 비망록에 남아 있는 이 시대의 그러한 기록 중에서 이 사람을 비난하는 대목은 하나도 없다. 더구나 그는 적들에게서도 비난을 받지 않고 있는 것이다. 무사들 사이에서만이 아니고 문인 중에도 적이 있었을 것이었으나──한 마디로 말해서 이 사람이 자신의 부하를 제멋대로 이용했다고 해서 비난을 받았던 흔적은 전혀 없다. 모사로서의 수완에 있어서도 일류였던 그였지만 이렇듯 비난을 받지 않았던 것은 그가 그만큼 청렴결백한 처신을 했기 때문이었을 것이다. 또한 그는 격렬한 검술과 조련으로 육체를 혹사하고 있으면서도 호색 분야에서 제1인자였고 가장 세련된 멋쟁이 남자였으며 매력적인 말을 구사하는 데 있어서도 결코 남에게 뒤지지 않는 인물이었던 것이다. 20년 전에 바송피에르(프랑수아 1579~1646. 앙리 4세의 친구이며 그 궁정에서는 화려한 존재였던 원수로서 추문이 많았던 인물. 루이 13세 시대에 한때 미움을 받아 바스티유 감옥에 투옥된 적도 있으며〈각서〉를 남기고 있다.)의 연문이 자자했던 것처럼 트레빌의 연문도 그러했다. 이것으로 독자는 트레빌 경이 어떤 인물이었는가를 대략 짐작할 수 있을 것이다. 즉 근위 총사의 대장은 존경을 받았고, 모두가 두렵게 여겼으며, 또한 사랑을 받았던 것이다. 그러고 보면 그는 인간이 누릴 수 있는 행운의 절정에 있었다고 할 수 있지 않을까?

루이 14세는 궁중의 작은 별들을 자신의 커다란 빛 속으로 완전히 흡수하고 있었다. 그런데 그와는 대조적으로 그의 부왕은 pluribus impar('많은 사람에게 각각 다른'이라는 뜻)의 태양으로서 자신의 빛을 조금씩 총애하는 신하들에게 나누어 줌으로써 자신의 개인적인 가치를 궁중의 모든 사람에게 뿌리고 있었던 것이다. 이른 아침의 왕에 대한 알현과 추기관에 대한 알현 외에도 그 당시 파리에는 모두가 노리고 있는 작은 아침의 알현이 이백 개도 넘게 있었다. 그 이백이나 되는 작은 알현 중에서 가장 인기가 있었던 것은 역시 트레빌 경 저택의 알현이었다.

비유 코롱베 거리에 있는 트레빌 경의 저택 안뜰은 흡사 군대의 진영과도 같았다. 여름에는 아침 6시부터, 겨울에는 8시부터 벌써 군대의 진영처럼 북새를 떨기 시작했다. 언제나 오, 육십 명의 총사들이 당당하게 그 인원수를 과시하면서 끊임없이 교대를 한다든가, 언제든지 당장 출동할 수 있도록 완전무장한 총사들이 오락가락하고 있게 마련이었다. 오늘날이라면 그 위에 집 한 채쯤은 너끈히 지을 수 있을 정도로 넓다란 계단을 무슨 청탁을 하기 위해 파리에서 몰려 온 탄원자라든가, 총사대에 들어가기 위해 찾아오는 시골 귀족과 여러 가지 색깔로 된 제복을 입은 사환——등이 급한 발걸음으로 뛰어내리거나 뛰어오르고 있었다. 대기실에는 길다란 의자에 선택된 사람, 다시 말해서 통지를 받고 면회하기 위해 온 사람들이 대기하고 있었다. 아침부터 밤까지 말소리가 끊이지 않았다. 트레빌 경은 대기실과 이어진 자신의 방에서 문안을 받았고 탄원을 들었으며 지시를 주고 했기 때문에, 얼핏 자리에서 일어나 창가로 간다면 마치 왕이 루브르 궁의 발코니에 서 있는 것과 흡사한 모습이었고 그대로 열병도 할 수 있는 상태였던 것이다.

다르타냥이 찾아갔던 날은 그날따라 모여든 사람의 수가 엄청나게 많았다. 다르타냥은 처음으로 대하는 그러한 광경 앞에서 아찔함을 느꼈다. 하긴 시골 사람으로서는 무리가 아니었다. 물론 이 시골뜨기는 가스코뉴 태생임에 틀림없었고, 그 당시 가스코뉴 사람들은 웬만한 일에 겁을 먹지 않는다는 것이 통념으로 되어 있는 것도 사실이었다. 꼭지가 네모 모양을 한 커다란 못을 박은 문 안으로 발을 디미는 그 순간부터 서로 고함을 지르고 싸우고 장난질 하는 무사들 속으로 떠밀어지게 마련이었다. 이러한 혼잡 속에서 길을 트게 할 수 있는 사람은 고귀한 신분의 사람이라든가 훌륭한 영주든가 아니면 아름다운 여성들뿐이었다.

우리의 가스코뉴 출신의 청년은 이러한 혼잡 속을 사뭇 두근거리는 가슴을 안고, 또 깡마른 정강이에 달라붙은 장검에 신경을 쓰면서 한 손은 모자의 가장자리에 대고, 흔히 촌뜨기가 당황했을 때 멋적어 하듯 약간 미소를 짓고는 어름어름 걸어나갔다. 한 무리 속을 지나갔을 때에는 제풀에 후유 하고 막혔던 숨이 새어나오곤 했지만 모두가 자신을 쳐다보고 있다는 것을 예민하게 감지할 수 있었다. 이제까지는 자신의 모습에 꽤 자신을 가지고 있었던 다르타냥이었으나 난생 처음으로 자신이 우스꽝스럽게 느껴졌다.

계단 곁에 이르게 되면 사정은 더욱 난감해지기 마련이었다. 계단 위에 서 있는 네 사람의 총사가 검술 연습에 열중하고 있는 중이었고, 십여 명의 사나이들이 그 곁에서 자기 차례가 오기를 기다리고 있었다.
 위쪽 계단에서 버티고 서 있는 한 사람이 칼을 뽑아 들고는 아래에서 계단 위로 올라오려는 세 사람을 막아내는, 그런 형태였다——.
 그래서 밑에 있는 세 사람은 있는 힘을 다해서 덤벼들고 있었다. 다르타냥은 처음에는 그 칼들을 연습용인 것으로만 여겼다. 그러나 얼마 후 그들이 상처를 입는 것을 보고서야 날이 새파랗게 서있는 진짜 칼임을 알게 되었다. 더구나 상처가 날 때마다 구경꾼들만이 아니고 상처를 입은 장본인까지도 함께 와자지껄 웃음을 터뜨리곤 하였다.
 상단에 있던 총사는 참으로 능숙한 솜씨로 적을 다루고 있었다. 많은 사람들이 그를 둘러싸고 있었는데 상처를 입은 자는 당장 제외되며 자신의 알현 순번을 상대에게 양보한다는 것이 규칙이었다. 약 5분 사이에 세 사람이 모두 손목과 턱, 귀 등에 각각 가볍게 상처를 입었으나 상단에 있는 사나이는 조금도 상처를 입지 않고 있었다. 그 기량에 의해 이 사나이는 세 사람 몫의 특권을 획득하게 되었던 것이다.
 설사 어떤 어려움을 만나도 끄떡하지 않겠다고 굳게 다짐해 왔던 우리의 젊은 시골뜨기였지만 이 살벌한 유희를 보고는 그만 혼비백산하고 말았다. 청년은 고향에서——유난히 그 혈기가 왕성한 인간의 고장——결투를 흉내내는 것쯤은 본 바 있었으나 지금 이 네 사람이 연출하고 있는, 그야말로 가스코뉴식 장난을 보고는 사실 이런 것은 진짜 가스코뉴에서도 보기는커녕 들어본 적도 없다고 생각했다. 그래서 그는 마치 걸리버가 실제로 가서 보고 무서운 생각이 들었다는 거인국에라도 온 것 같은 기분에 사로잡히기까지 했다. 그러나 아직 끝까지 다 간 것은 아니었다. 중단과 대기실이 남아 있었던 것이다.
 중간에 있는 계단에서는 칼을 휘두르지는 않았고 여자에 관한 이야기에 열을 올리고 있었으며, 대기실에서는 궁중에서 일어난 온갖 화제를 들먹이며 이야기꽃을 피우고 있었다. 그래서 다르타냥은 중간 계단에서는 얼굴을 홍당무처럼 붉혔고, 대기실에서는 치를 떨었다. 가스코뉴에서는 젊은 하녀라든가 더러는 젊은 부인들의 가슴을 태우게 했던 이 청년의 조숙하고 뻔뻔스런 상상력으로는 이곳에서 듣게 된 음담패설의 절반도 그릴 수가 없었다. 또 가장 유명한 이름으로 아로새겨지고 노골적으로 상세하게 장식된 연애의 4분의 1을 상상하는 것조차 불가능하였다. 이렇듯 중간 계단에서 그의 도덕심에 손상을 받았다면, 대기실에서는 추기관에 대해 그가 가지고 있던 존경심이 완전히 짓밟힌 것과도 같았다. 전 유럽을 떨게 하고 있는 추기관의 정책은 물론 그 사생활까지도 큰소리로 거침없이 비판하고 있는 것을 보고 다르타냥은 깜짝 놀랐다. 그런 문제를 꼬치꼬치 캐려고 했던 데서 파멸을 자초했던 훌륭한 제후도 적지 않았다는 것은 그도 알고 있었다. 부친 다르타냥마저 그렇듯 존경하고 있는 이 위인에 대해 트레빌 경 휘하의 총사들은 안짱다리라든가 등이 굽었다든가 하면서 실컷 비웃고 있지 않은가. 그 중에는 추기관의 애인인 에기용 부인과 조카딸인 콩바레 부인을 신랄하게 풍자한 노래를 부른다거나 추기관에게 시중드는 소년과 경호사를 비웃는 자도 있었는데 그 모두가 다르타냥에게는 제정신이 아닌 것으로 느껴졌다.

그들은 추기관에 대해 이렇게 입이 마르도록 조롱하다가도 어쩌다 왕의 이름이 불쑥 튀어나오게 될라치면 그 순간 하나같이 마개라도 씌운 듯 입을 다물어 버리는 것이었고, 혹시 트레빌 경이 있는 서재의 벽을 뚫고 이야기가 새지나 않았나 하고 주변을 돌아보면서 걱정하는 눈치들이었다. 그러다가 곧 누군가가 추기관에 대해 빈정대는 말을 다시 할라치면 더욱 크게 너털웃음을 터뜨렸고 또다시 온갖 이야기가 만발하게 되는 것이었다.

『이건 예삿일이 아니다. 이들은 모두 감옥으로 보내어져 머지않아 교수형에 처해질 사람들인 것이다. 그리고 나 자신도 이렇게 곁에서 듣고 있는 이상 공범자로 몰려도 변명의 여지가 없을 것이다. 추기관에게는 경의를 표하도록 그토록 타이르신 아버님께서 지금 내가 이 따위 인간들과 섞여 있는 것을 보신다면 무어라고 말씀하실까.』 하고 다르타냥은 온몸을 바들바들 떨면서 이런 생각에 잠겨 있었다.

그래서 두말할 나위도 없는 것이지만 다르타냥은 그런 이야기에는 일체 참여치 않고 다만 눈을 크게 뜨고는 곁에 있는 총사들의 거동을 지켜보는 한편, 귀를 쫑긋 세우고 한 마디의 말도 놓칠세라 열심히 듣고 있을 뿐이었다. 그러나 부친의 훈계에 대해서는 충분히 수긍이 가면서도 이곳에서 보고 들고 한 기괴한 것에 대해서는 어쩐지 자신도 모르는 사이에 적잖은 호기심이 솟는 것을 어쩔 수 없었다.

그럭저럭 하고 있자니까 처음 찾아온 사람이 멍청하게 서성대는 것을 본 시종이 용건을 알아보려고 다가왔다. 다르타냥은 겸손한 자세로 자신의 이름을 말한 다음 그 시종에게 트레빌 경과 잠시 면담하고 싶다는 뜻을 밝혔다. 그러자 시종은 적당한 시간에 그 뜻을 전해 드리겠노라고 친절하게 약속했다.

맨 처음에 느꼈던 놀라움이 다소 가신 다르타냥은 그제서야 안정된 마음으로 주위에 있는 사람들의 복장과 얼굴을 찬찬히 살펴보기 시작했다.

그 중에서 가장 위세가 당당한 중심 인물은 남의 눈을 끌 만큼 묘한 복장을 한, 교만스럽게 보이는 총사였다. 이 사나이는 총사대의 제복 대신 몸에 딱 달라붙은 상의를 입고 있었는데——완전히 자유로운 것은 아니었으나 오늘날보다는 제멋대로 굴 수 있었던 그 당시에는 제복이 절대 필요한 것은 아니었던 것이다——그것은 약간 색이 바랜데다 닳아서 흠집도 있기는 했으나 그 옷 위에다 실로 수를 놓은, 호사스런 검을 매다는 띠를 두르고 있었다. 그 띠는 햇빛에 반사되어 눈이 부실 정도로 빛나고 있었다. 진홍빛 비로드 외투를 어깨에 나긋나긋하게 걸쳤고, 앞쪽은 벌어져 있었는데 그 사이로 굉장히 길다란 검을 매단 아주 훌륭한 띠가 자랑스레 내비치고 있었다.

이제 막 교대를 하고 온 것 같은 이 총사는 감기에 걸렸다고 하면서 이따금 일부러 기침을 했다. 외투를 입고 있는 것도 감기 때문이라고 했다. 주위에 있는 사람, 특히 다르타냥은 그 사나이가 새된 소리로 지껄이고 거만한 태도로 콧수염을 비비꼬고 있는 동안 속으로 그 훌륭한 칼띠에 대해 감탄하고 있었다.

「어쩔 수 없는 게 아닌가. 유행이니까. 바보 같은 짓이라고는 나도 생각하고 있지. 그러나 이런 것이 유행하고 있으니 말야. 그런데다 유산이란 것은 적당히 쓰지 않으면 안 되는 것이거든.」

「여보게 폴토스! 그 칼띠를 부친께서 남겨 주신 유산으로 산 것처럼 말하지 않아도 괜찮다구. 그것은 요전 일요일에 생 트노레 문 근처에서 귀공과 만났을 때 함께 있었던 그 베일을 쓴 부인이 사준 것이겠지?」

그러자 폴토스라는 그 사나이는 기를 쓰고 항변했다.

「그래, 내가 이 새 지갑을 산 것과 같은 거지. 애인이 낡은 지갑에다 넣어 준 그 돈으로 말야.」 하고 다른 총사가 입방아를 찧었다.

「나는 사실 그대로 말하고 있는 걸세. 그 증거로 나는 십이 피스톨을 지불했거든.」

의문은 아직 풀리지 않았으나 모두의 감탄은 더욱 커졌다.

「그럴 거야. 아라미스!」 하고 폴토스는 다른 총사를 돌아보았다.

아라미스라는 총사는 그에게 말을 건 사나이와는 좋은 대조를 이루고 있었으며, 이제 겨우 스물두,세 살 정도인, 아주 온순하고 천진난만한 얼굴을 하고 있었다. 까만 눈에다 온화한 장미빛 뺨에는 가을 복숭아처럼 솜털이 보송보송했다. 고상한 콧수염이 코 밑에서 아름다운 윤곽을 그려내고 있었는데 손은 내려 놓고 있으면 혈맥이 굵어지는 것이 싫어서 그런지 귀를 만지작거리고 있었다. 평소에는 말수가 적었으며 말도 느릿느릿 하는 편이었다. 인사예절 또한 정중했으며 웃을 때에는 아름다운 치아를 슬쩍 내보이면서 조용히 웃었다. 비단 그 치아만이 아니고 몸 전체가 여간 손질이 잘 되어 있지 않은 것 같았다. 그는 친구가 말을 걸어오자 가볍게 고개를 끄덕여 보였다.

그가 긍정하는 것을 보고서야 그 칼띠에 관한 의심은 겨우 가셔진 것 같았는데, 그 후로는 다만 칭찬하는 말만 할 뿐 그다지 따지려고 하지는 않았다. 그러다가 하찮은 것이 계기가 되어 화제는 다른 문제로 옮겨갔다.

「샤레(루이 13세의 총신. 리슐리외에 대한 음모를 꾸몄다는 의심을 받고 1626년. 낭트에서 체포되어 단두대에서 처형되었다.)의 부하가 말하고 있는 것에 대해 귀공은 어떻게 생각하나?」하고 한 총사가 이번에는 상대를 정하지 않고 모두에게 말을 던졌다. 그러자 폴토스가

「한데, 그치는 뭐라 말하고 있는 거야?」하고 반문했다.

「브뤼셀에서 로슈폴(그 추기관의 심복인 로슈폴 그놈 말이다.)이 캅티노 파 사제로 둔갑하고 있는 것과 만났다는 거야. 그리고 그 변장을 이용해서 레그 경을 감쪽같이 골탕을 먹였다지 뭔가. 그 우직스런 자 말야!」

「그 우직스런 사람 말이지? 한데 그건 사실인 게야?」하고 폴토스가 물었다.

「아라미스로부터 들은 거니까.」

총사는 이렇게 대답했다.

「폴토스! 귀공은 알고 있지 않은가. 어제 내가 가르쳐 주지 않았나. 이제 더 이상 이야기 하지 않겠네.」하고 아라미스는 퉁명스럽게 말했다. 그러자 폴토스는

「그 이야긴 더 하지 않겠다고?」

이렇게 오금을 박았다.

「그래, 그 이야긴 하지 않겠다. 그만두라구. 귀공은 언제나 이야기를 빨리 결말지으려는 버릇이 있는 거야. 뭐라구? 추기관이 무사한 사람의 행위를 탐색하게 하고, 깡패를 시켜 편지를 훔치게 하고, 그 스파이 놈의 손과 편지의 힘을 빌어 샤레의 목을 자르게 한다는 게 아닌가. 그 사내가 폐하를 없애고 왕제 전하와 왕비를 결혼시킬 음모를 꾸몄다는 것이 구실이라는 거야. 아무도 이 수수께끼와 같은 사건의 내막을 알지 못했는데 귀공이 어제 우리들에게 말해 주지

않았겠나. 그래서 모두 기뻐했거든. 그런데 아직 우리들의 놀라움이 채 가시기도 전에 오늘은 더 말하지 않겠다는 것은 왜지?」

「그럼, 이야기 하겠네. 그렇게 궁금하다면 말야.」하고 아라미스는 결국 고집을 꺾고 이렇게 말했다.

「만약 내가 샤레의 부하였다면 저 로슈폴 놈에게 따끔한 맛을 보여 주지 않고는 견딜 수 없었을 거야.」

「그리고, 귀공은 붉은 모자 공(추기관이 쓴 모자가 붉은 색이었다.) 에게 약간 귀여움을 받게 될 거구.」

「붉은 모자라구? 그거 멋지군.」

폴토스는 손뼉을 치고 머리를 내두르면서 희희낙락했다.

「붉은 장관은 좋은 거야. 한번 이 말이 유행하게 해 주자꾸나. 나에게 맡겨 둬. 아라미스라는 사나이는 제법 멋진 말을 창안해 내는 사람이거든. 그가 좋아하는 천직에 따르지 않았던 것은 매우 유감스러운 일이야. 정말로 귀여운, 머리가 트인 신부가 탄생할 것인데 말이지.」

「뭐, 약간 시간이 늦어진다는 것뿐이야.」하고 아라미스는 대답했다.

「머지않아 나는 기필코 신부가 될 걸세. 내가 지금 신학을 공부하고 있는 것도 그렇게 하기 위한 것이니까 말야.」

그러자 폴토스는

「이 사나이는 실제로 그렇게 될 것 같아. 언젠가는 그렇게 되고 말거야, 조만간에.」

이렇게 말했다.

「가급적 빨리 될 생각이지.」하고 아라미스가 받았다.

「아라미스는 신부가 되기 위해 오직 한 가지만을 기다리고 있는 게 아냐?」하고 또 다른 총사가 입을 열었다.

「뭘 기다리고 있는 건데?」

또다른 총사 하나가 이렇게 물었다.

「이 사나이는 왕비가 프랑스 국왕의 계승자를 출산하시는 것을

기다리고 있는 거야.」 하자, 폴토스는
「이봐! 그런 농담은 해서는 안 된다구. 더구나 다행히 왕비는 아직 왕자를 출산하실 나이시니까.」
이렇게 충고했다.
「버킹검 공이 또 프랑스에 와 계시다는 소문이더군!」 하고 아라미스가 무슨 까닭이라도 있다는 듯이 빈정대는 투로 엷은 웃음을 띠고 이렇게 말했기 때문에 그 말만으로는 아무것도 아닌 그 말이 매우 저주스런 어떤 것을 풍자하고 있는 것처럼 들렸다.
「아라미스! 이번엔 귀공이 좋지 않은 말을 하는군 그래!」 하고 폴토스가 다시 저지했다.
「귀공의 농담은 좋지만 곧잘 정도가 지나쳐서 안돼. 만일 트레빌 경이 그런 소릴 들으신다면 큰일날 걸세.」
「호, 귀공은 나에게 설교하겠다는 건가?」
아라미스의 온화한 눈초리 속에 번쩍 하고 불빛이 스쳐갔다.
「보라구, 귀공은 근위 총사가 되든 신부가 되든 되기만 하라구. 그러나 어느 것이 되든 무방하지만 두 가지가 동시에 된다는 것은 곤란한 거야.」
폴토스는 말을 이었다.
「알겠나? 요전에도 귀공에게 아토스가 잠시 충고했지만, 귀공은 대체적으로 끼가 과다한 거야. 그렇게 화 내지 말게나. 소용이 없는 짓이니까. 귀공과 아토스와 나 사이의 약속은 잊지 않는다. 그런데 귀공이 에기용 부인에게 가서 비위를 맞춰 주는 것도 좋고, 슈블즈 부인의 사촌 누이동생인 보아트라시 부인을 찾아가는 것도 좋다. 귀공은 부인들에겐 꽤 인기가 있다는 소문이 자자하니까. 아니 결코 귀공의 염문에 관해 자백하라는 따위의 말은 하지 않겠다. 귀공의 신중한 성격은 알고 있지. 다만——귀공이 그렇듯 매사에 신중한 좋은 성격을 가지고 있다면 왕비를 위해서도 그 좋은 성격을 활용하게나. 왕 폐하든 추기관이든 내키는 쪽에 붙는 것이 좋아. 그러나 왕비님은 신성한 거야. 평을 하려면 입을 조심하지 않으면 안돼.」

「폴토스! 귀공은 나르시스(물에 비친 자신의 미모에 반했다는 그리스 신화의 미소년)와 같이 자신의 처지를 모르는 사나이군.」하고 아라미스가 퉁겼다.

「내가 아토스로부터가 아니면 훈계의 말을 듣기 싫어한다는 것쯤은 잘 알고 있지 않은가. 좋아. 그렇다면 나도 귀공의 이야기를 하겠는데, 그 칼띠는 너에겐 과분한 것이다. 나는 내가 좋을 때 신부가 될 거야. 하지만 지금은 총사니까 그 자격으로 하고 싶은 말을 분명히 하겠는데 귀공의 엉터리 같은 말은 정말 참고 들을 수가 없네.」

「아라미스!」

「폴토스!」

「어이, 그만, 그만하라구!」

주위 사람들은 이렇게 일제히 소리쳤다.

마침 그때 서재의 문이 열리고 시종이 소리쳤다.

「트레빌 경께서 다르타냥 씨를 기다리고 계십니다.」

종복이 이렇게 알려 주고 있는 동안 서재의 문이 열려 있었기 때문에 모두는 입을 다물고 있었다. 그래서 그 침묵 속을 뚫고 가스코뉴 태생의 젊은이는 곧장 대기실을 지나 근위 총사 지휘관의 거실로 빨리듯 들어갔다. 마음속으로 그 묘한 싸움의 현장에서 도망칠 수 있게 되었음을 다행으로 여기면서——.

3. 최초의 알현

 트레빌 경은 매우 기분이 언짢았으나 그래도 자신에게 머리가 바닥에 닿을 정도로 인사하는 청년에 대해 극히 정중하게 고개를 끄덕여 답례했다. 그리고 상대의 인사말에 가스코뉴의 사투리가 물씬거리는 것을 듣고는 빙긋이 웃기까지했다. 젊은 시절과 고향을 생각나게 하는, 누구에게나 그리운 고향사투리였기 때문이었다. 그러나 트레빌 경은 곧 방의 입구 쪽으로 걸어가서는 다르타냥을 돌아보면서

『너와 이야기하기 전에 저치들과 결말을 지어야 할 일이 있다.』

 마치 이렇게 말하는 것처럼 얼핏 손으로 신호를 보내고는 연거푸 세 번 이름을 불렀다. 한 사람의 이름을 부를 때마다 더욱 소리를 높였으므로 명령적인 말투와 분노가 섞인 말투의 중간음을 발한 셈이었다고나 할까.

「아토스! 폴토스!! 아라미스!!!」

 그러자 조금 전에 우리들의 화제에 등장했던, 다음 두 개의 이름을 가진 두 사람의 총사가 즉각 자리에서 일어나 거실로 들어왔다. 그 두 사람이 문턱을 넘기가 무섭게 냉큼 문이 닫혀졌다. 거실로 들어선 그 두 사람의, 완전히 침착한 것이라고는 할 수 없을지라도 의젓하면서도 순종하는 자세를 보이는 그 여유 있는 몸가짐은 다르타

냥의 눈에 여간 훌륭하게 보이지 않았다. 청년의 눈에는 이 총사들이 신에 가까운 존재로 보였고, 그 지휘관은 온갖 번개와 우뢰를 마련하고 있는 올림피아 성산의 주피터와도 같이 비치는 것이었다.

두 총사가 거실로 들어오고 문이 닫히자 대기실은 이제 막 불려간 동료의 이야기로 더욱 소란해졌지만, 거실 안에서는 무뚝뚝한 표정으로 이맛살을 찌푸린 트레빌 경이 묵묵히 서 있는 폴토스와 아라미스 앞을 마치 열병할 때처럼 지나 실내를 삼, 사 회 계속해서 왕복한 후 두 사람 앞에 우뚝 멈추어 서서는 머리끝에서 발끝까지 노기어린 눈으로 쏘아 보고 있었다.

얼마 후에야 트레빌 경은 입을 열었다.

「귀공들은 폐하께서 나에게 하신 말씀에 관해 알고 있는가? 아니면 어젯밤에 일어난 사건에 대해 알고 있는가?」

「아닙니다.」

두 총사는 이렇게 대답하고는 잠시 입을 다물고 있다가

「전혀 모릅니다.」 하고 잘라 말했다.

「대체 무슨 일인지 저희들에게 말씀해 주셨으면 합니다만.」 하고 아라미스는 매우 정중한 말투에다 부드러운 자세를 가미해서 짐짓 능청을 떨었다.

「폐하께서는 앞으로 당신의 근위 총사를 추기관의 경호사 중에서 선발할 생각이라고 분명히 말씀하셨다.」

「추기관의 경호사 중에서! 그것은 또 왜 입니까?」

폴토스가 성급하게 물었다.

「그것은, 왕께서 항상 애용하시는 술에다 다소 양질의 포도주를 섞어 갱신할 필요가 있다고 생각하셨기 때문이지.」

트레빌 경의 그 말을 듣고 두 총사는 눈알을 시뻘겋게 물들였다. 다르타냥은 전후 사정을 전혀 몰랐기 때문에 그저 잠자코 곁에 있을 수밖에 없었다.

「바로 그대로다.」 하고 트레빌 경은 흥분된 목소리로 말을 계속했다.

3. 최초의 알현

「폐하께서 그렇게 말씀하시는 것은 지당하신 것이라고 나도 생각한다. 분명히 근위 총사들의 기강이 시들해졌으니까 말이다. 추기관은 어젯밤 폐하와 장기 상대를 하면서 이런 말씀을 하셨는데 그 그럴 듯한 말투가 첫째 내 비위에 거슬렸다. 방약무인한 총사들……이라고 말이다. 유독 비꼬는 말투로 다짐을 둔 것이 더욱 내 분통에 기름을 끼얹었다…… 한데, 그 방약무인한 도당이 페르 거리에 있는 술집에서 밤이 늦도록 술을 마시면서 소란을 피웠기 때문에 밤순찰에 나갔던 자신의 경호사가 부득이 체포할 수밖에 없었다…… 는 거다. 이렇게 말하면서 추기관은 나를 바라보고 히죽이 웃기까지 했던 것이다. 이게 무슨 추태란 말인가. 귀공들은 더 소상하게 알고 있을 게 틀림없다. 근위 총사를 체포하다니! 귀공들도 물론 그 현장에 있었겠지? 아니 변명은 하지 않아도 좋다. 추기관은 버젓이 이름까지 들면서 말했으니까 말이다. 이것은 나의 실수이다. 분명히 그렇다. 내 부하를 선발한 것은 다름아닌 나 자신이었으니까. 한데 아라미스! 귀공은 신부의 옷을 입고 있는 편이 훨씬 어울리는데 왜 근위의 제복을 달라고 출원했나? 폴토스! 귀공은 또 매우 비싼 금빛 칼띠를 차고 있는데 그것은 무딘 식칼을 매달아 두기 위해서겠지? 그리고 아토스! 아니 아토스는 없군. 그 자는 어디 있는가?」

「그는 병을 앓고 있기 때문에…… 매우 중태라서…….」 하고 아라미스가 다소 껄끄러운 목소리로 말했다.

「뭣이, 중태라고. 무슨 병인가?」

「혹시 두창이 아닌가 생각하고 있습니다만…….」

「두창이라고? 바보같이! 그러나저러나 명예스런 말만 듣게 되는군. 그 나이에 두창이라고? 필연코 부상한 것이겠지. 아니지 살해당했는지도 몰라…… 아, 내가 만일 그렇다는 것을 알고 있었다면. 어이! 총사님, 나는 귀공들이 그 따위로 풍기 문란한 장소에 빈번히 출입하는 것을 결코 바라지 않는 거다. 더구나 길거리에서 싸움을 벌이고 네거리에서 칼을 뽑아드는 것은 도대체 무슨 수작이란 말인가. 첫째, 추기관의 경호사들의 웃음거리가 되는 것은 바라지 않는다. 그치들이야말로 품행이 양호하고 침착하며 여러 모로 능숙하다. 체포되는 따위의 서툰짓은 하지 않으며 또 결코 체포된다든가 하지 않으니까. 꼭 그럴 것으로 믿고 있다…… 그치들은 한 발 뒤로 물러서는 것보다는 차라리 그곳에서 자결해 버린다는 각오를 하고 있을 것이다…… 목숨이 소중한 나머지 도망치는, 그런 짓은 근위 총사들만이 하는 짓일 게야, 전적으로…….」

포르토스와 아라미스는 불끈불끈 치솟는 분노로 온몸을 부들부들 떨고 있었다. 당장 덤벼들어 트레빌 경의 목을 조르고 싶었지만 그러나 마음 한 편으로는 대장이 이렇게까지 몰아세우는 것은 사실은 자기들을 어버이와 같이 사랑하고 있기 때문이라고 생각했다. 그래서 두 총사는 발을 굴렀고 피가 밸 만큼 입술을 깨물었으며 바스러질 정도로 힘껏 칼자루를 쥐고 있었다. 한편 방 밖에서는 방금 전에 아토스, 포르토스, 아라미스의 세 사람이 호출되었던 것을 알고 있는데다 트레빌 경의 음성이 전에 없이 분노로 떨고 있는 것을 알고는 호기심으로 가득찬 열 개의 머리들이 출입구에 드리워진 장막에 딱 달라붙어 있었는데 그들 귀에는 대장의 노기 찬 음성이 낱낱이 들려왔다. 대장의 매도하는 음성은 입에서 입으로 전해졌고 대기실에 모여 있는 모두에게 퍼져 갔기 때문에 삽시간에 거실의 입구로부터 거리의 정문이 있는 데까지 저택 안은 온통 그 이야기로 들끓게 되었다.

「이게 무슨 추태란 말인가. 적어도 근위 총사라는 자가 추기관의 경호사에게 체포되다니.」

트레빌 경 역시 부하들에 못지않을 정도로 화가 나 있었다. 뚝뚝 자르듯이 내어던지는 한마디 한마디가 예리한 송곳처럼 듣는 이의 가슴에 와 꽂혔던 것이다.

「그쪽도 여섯 사람, 이쪽도 여섯 사람…… 있었다고 하지 않는가. 아냐. 난 이미 결심했다. 이제부터 루브르 궁에 올라가서 폐하께 근위 총사 대장의 사표를 바치고 오겠다. 그리고 그대신 추기관의 경호사 부대장 자리를 요청할 생각이다. 만약 허락하지 않으신다면 난 신부나 될 테다.」

이 말을 듣고 방 밖은 크게 소란해졌다. 추악한 말과 욕설이 날랐고 허공에서 뒤엉켰다. 다르타냥은 벽에 늘어져 있는 장막 뒤나 테이블 밑에라도 숨고 싶은 심정이었다.

「그렇습니다. 대장님의 말씀대로 우리도 여섯 사람, 적도 여섯 사람이었습니다.」 하고 폴토스는 자기 자신을 잊은 듯 입을 열었다. 「하지만 그치들이 불의의 기습을 가해 왔기 때문에 우리는 미처 칼을 뽑을 짬이 없었던 것입니다. 그래서 동료 두 사람은 즉사했고, 아토스는 중상을 입어 죽은 거나 진배없었습니다. 그의 기상은 대장께서도 잘 아시겠지만 두 번 일어서려고 했다가 두 번 모두 쓰러지고 말았습니다. 그리고 우리들도 절대 항복한 것은 아닙니다. 아니, 절대로…… 억지로 끌고 가려고 했기 때문에 도중에서 탈주했습니다. 아토스는 이미 죽은 것으로 믿고 일부러 데리고 도망칠 필요가 없었기 때문에 싸움터에 그대로 남겨두었던 것입니다. 대충 이렇게 된 것입니다. 할 수 없었습니다. 대장님! 언제나 승리만 할 수는 없으니까요. 저 위대한 폼페이우스도 파르살의 일전에서 패했었고, 우리 프랑스 왕 프랑수아 1세도 파비 전투에서 여지없이 패했다고 들었으니까요.」

「나는 상대방의 검을 빼앗아 한 놈을 즉사케 했습니다. 내 칼이 부러졌기 때문에.」 하고 아라미스도 곁에서 한마디 거들었다.

「죽인 것인지, 아니면 단순히 찔렀을 뿐인지는 마음대로 생각해 주십시오.」

「그런 이야긴 전혀 듣지 못했다.」 하고 트레빌 경은 약간 부드러운 투로 이렇게 말했다.

「추기관님의 이야기가 약간 과장된 것이었을까?」

「제발 소원입니다만, 아토스가 부상당했다는 것은 말하지 말아 주십시오. 그런 일을 폐하께서 알게 되신다면 그는 죽고만 싶을 것입니다. 뿐만 아니라 상처는 어깨에서 가슴을 뚫고 있기 때문에 여간 깊은 게 아닙니다. 어쩌면…….」

 대장의 기분이 나아진 것을 보고 아라미스가 이렇게 간청하고 있을 때였다.

 입구 쪽에 드리워진 장막이 올려지고 얼굴의 윤곽이 고상하면서 수려한, 게다가 몹시 창백한 얼굴이 나타났다. 그것을 보고 두 총사가 동시에 부르짖었다.

「아토스!」

 트레빌 경도 소리쳤다.

「아토스!」

 그러자 아토스는 완전히 기진한, 그러나 침착성만은 잃지 않은 목소리로

「나를 부르셨습니까?」하고 물었다.

「동료의 말에 의하면 나를 부르셨다기에 황급히 달려왔습니다. 그런데 그 용무라는 것은?」

 아토스는 이렇게 말하면서 평소와 다름없이 몸에 딱 달라붙은 복장을 하고 분명한 걸음으로 트레빌 경의 거실로 들어왔다.

 그 의연한 태도에 마음 속 깊이 감동한 트레빌 경은 무의식적으로 그에게 달려가서

「나는 지금 이 사람들에게 우리 총사들은 쓸데없는 일에 관여해서 목숨을 잃는 일이 있어서는 안 된다고 훈계하고 있던 참이다. 용감한 무사는 폐하를 위해 없어서는 아니 되는 것이다. 그리고 우리 근위의 총사야말로 이 지상에서 가장 용감한 정예들이니까 말이다. 자, 손을 내밀어라, 아토스!」

 그리고는 지금 막 들어온 아토스가 이 우정어린 말에 대답하는 것도 기다리지 않고 트레빌 경은 아토스의 오른손을 힘껏 쥐었다. 아토스는 자제하려고 안간힘을 썼는데도 무의식 중에 잠시 고통스런 몸짓을 보였고 그 얼굴은 더욱 창백해졌다.

 입구의 출입문은 절반쯤 열려 있었다. 숨겨져 있던 아토스의 부상은 이제 누구에게나 알려지게 되었는데 그런 몸으로 나왔다 해서

3. 최초의 알현 53

또 한 번 큰 소란이 일고 있었다. 지금 대장이 한 말에 의해 마음을 놓았다는 안도의 속삭임이 들려왔으며, 그런 분위기에 들뜬 두, 세 개의 머리가 다시 장막 사이에 엿보이고 있었다. 트레빌 경은 그러한 무례를 질책하려고 했겠지만 마침 그때 쥐고 있던 아토스의 손이 덜덜덜 떨리는가 싶더니 당장 기절할 것 같은 생각이 들었다. 그때까지 온 힘을 모아 고통과 싸우고 있던 아토스는 끝내 백기를 들고 굴복한 것처럼 픽 하고 바닥에 쓰러지고 말았던 것이다.

「의사를 불러라!」 하고 트레빌 경은 소리쳤다.

「내 의사, 아니 폐하의 시의를 말이닷! 가장 훌륭한 의사를 불러라. 의사다! 나의 용감한 아토스가 지금 죽어가고 있단 말이다!」

트레빌 경의 비통한 소리를 듣고 모두가 방 안으로 우르르 뛰어들었고 문을 닫는 것도 잊은 채 아토스의 곁으로 몰려갔다. 그러나 제아무리 많은 사람들이 몰려닥친들 찾고 있는 의사가 이 저택 안에 있지 않았다면 아무런 도움도 되지 않았을 것이었다. 다행히도 이 소식을 접한 저택내의 의사는 지체없이 달려와서 군중을 헤치고 또 헤치면서 기절 상태에서 사경을 헤매고 있는 아토스 곁으로 나아갔다. 그러나 의사는 이렇게 많은 사람들이 소란을 떨고 있는 데서는 치료할 수가 없다고 하면서 부상자를 조용한 다음 방으로 옮기도록 요청했다. 트레빌 경은 그 말을 듣자 당장 자신이 문을 열고 폴토스와 아라미스에게 뒤를 따르도록 지시했기 때문에 두 사람은 친구의 몸을 안아 옆방으로 운반했다. 그 뒤를 의사가 따랐고 그 모습이 사라지자 곧 문은 닫혀졌다.

평소에는 그렇듯 두렵게만 여겨졌던 트레빌 경의 거실이 마치 대기실의 연속과도 같이 되고 있었다. 그곳에서 모두는 제각기 지껄였고 큰소리로 추기관과 경호사들을 욕했으며 사뭇 저주하기도 했다.

한참 후에 폴토스와 아라미스의 모습이 나타났다. 의사와 트레빌 경만이 환자 곁에 남아 있다고 했다.

이윽고 트레빌 경도 거실로 돌아왔다. 부상자는 의식을 되찾은 것 같았다. 의사의 말에 의하면 기절은 단순히 출혈 과다에 의해서 일어난 것이기 때문에 증상에 대해서는 조금도 걱정할 것 없다고 했다.

그러자 트레빌 경이 손짓을 했기 때문에 모두는 방에서 대기실 쪽으로 나갔으며 그곳에는 다르타냥 혼자만 남게 되었다. 그는 알현을 허가받은 것을 잊지 않고 가스코뉴 사람 특유의 강한 끈기로 원래의 장소에 꼼짝않고 서 있었던 것이다.

모두가 밖으로 나간 후 문을 닫고 돌아온 트레빌 경은 청년과 단둘이 마주앉았다. 트레빌 경은 부상자의 문제로 이야기의 연결이 끊겨 있었기 때문에 이 참을성이 강한 방문자에 대해 내방 목적을 다시 한 번 묻지 않을 수 없었다. 그러나 다르타냥이 자기의 이름을 말하자 트레빌 경은 즉시 현재와 과거의 기억을 모두 되살렸고 청년의 사정을 충분히 이해하게 되었다.

「이건 실례가 많았구먼. 용서하게나. 젊은 동향 사람! 그대의 일을 망각하고 있었으니 말일세. 하지만 부득이한 일이 아니겠나. 이런 자리에 있는 사람은 순전히 한 집안의 어버이, 그것도 보통 어버이보다 훨씬 중책을 짊어진 어버이와 같은 것이지. 근위 총사들은 마치 몸뚱이만 커다란 어린아이와 조금도 다를 게 없거든. 그러나 나는 폐하의 명령과 특히 추기관님의 금령이 시행되는 것을 평소 염원하고 있는 터라서……」

그 말을 듣자 다르타냥은 저도 모르게 미소를 흘리고 말았다. 그가 미소짓는 것을 보고 트레빌 경은 상대가 순전히 바보가 아니라는 것을 짐작했는지 그때부터는 어조를 바꾸었고 이야기의 내용도 훨씬 알차게 되었다.

「나는 그대의 아버님을 퍽 좋아했었다네. 그런데 그 자제에게 내가 무엇을 해 줄 수 있을까? 자 어서 용건을 말해 주지 않겠나. 나는 한가한 사람이 아니라서……」

「고향을 떠나 이곳에 온 것은 당신께서 저의 부친과 전에 가지고 계셨고 지금도 기억하고 계시는 우정에 매달려 근위 총사의 제복을 허가해 주십사 하는 생각에서였습니다. 그러나 아까부터 두 시간 동안 실지 제 눈으로 봄으로써 제가 바라고 있는 것이 그렇듯 쉽게 얻어지는 특전이 아니라는 것을 충분히 깨닫게 되었습니다. 그래서 저와 같은 사람에게는 주어지지 않는 것이나 아닐까 하고 실은 걱정하고 있던 중이었습니다.」

다르타냥이 이렇게 말하자

「그래, 하긴 완전히 특전이라고 해도 좋을지 모르겠군.」 하고 트레빌 경은 말했다.

「그러나 그대가 생각하고 있을 정도로, 또는 생각하고 있는 것처럼 그렇게 불가능한 희망은 아니야. 다만 폐하께서 정하신 몇가지 규정이 있는데 그에 따르면 삼, 사 차는 싸움터에서 공을 세웠다든가 다른 더 화려한 곳에서 이 년 정도 경력을 쌓은 후가 아니면 총사로서 발탁될 수 없다는 것이 규정으로 되어 있기 때문에……」

다르타냥은 그 말을 듣고는 잠자코 머리를 숙였다. 그는 이루기가 어렵다는 것을 알자 더욱 총사의 제복을 입고 싶은 마음이 간절해졌다.

「그러나……」 하고 트레빌 경은 젊은 동향인의 마음 속까지 꿰뚫어 보려는 듯 날카로운 시선을 던지면서 말을 이었다.

「그러나 나의 옛 친구인 그대의 아버님을 생각해서 무엇인가 해주고 싶은 생각일세. 대체적으로 베아룬 출신의 청년 귀족은 돈과는 별로 인연이 없게 마련인데, 정녕 지금도 내가 전에 시골에서 나왔을 때와 사정은 다를 것이 없겠지. 그렇다면 그대도 호주머니 사정이 그다지 풍부한 것은 아니겠지?」

그 말을 듣고 다르타냥은 절대 타인에게 구걸하는 짓은 하지 않는다고 강변하듯 교만스럽게 몸을 곤추세웠다.

「아니, 좋아 좋아! 이거 내가 잘못했군. 나는 그런 표정에 대해 잘 알고 있다네. 나도 처음 파리에 나왔을 땐 호주머니 속에 사 에퀴밖에 없었지. 그런데 자네는 루브르 궁을 살 수는 없겠지 하고 말하는 자가 있다면 당장 그의 목을 칠 것 같은 기세군.」

다르타냥은 그 말을 듣자 더욱더 몸을 젖혔다. 말을 팔아넘긴 덕으로 그는 트레빌 경보다 사 에퀴나 더 많은 돈을 호주머니 속에 넣고 파리에 들어왔기 때문이었다.

「한데, 그대가 얼마나 많은 돈을 가지고 있는지 그것은 알 바 아니지만 우선 그것은 소중히 간직해 둘 필요가 있다는 것을 나는 말한 걸세. 그리고 또 한 가지 필요한 것은 단 한 사람 몫의 총사에게 걸맞는 여러 가지 종류의 기능을 갖춘다는 문제일세. 나는 그대에게 이제부터 왕립 무예 도장의 사범에게 소개장을 써 주겠네. 내일부터라도 자네는 그곳에 무료로 다닐 수 있을 거야. 이 사소한 호의는 사양말고 받아 주기 바라네. 가문 좋고 돈 많은 귀족일지라도 그러한 특전을 얻고자 해서 다 얻어지는 것은 아니니까 말일세. 자네는 그곳에서 마술과 검술과 춤을 배우는 것이 좋아. 그리고 그렇게 하고 있는 동안에 여러 가지 면에서 유익한 지기를 만날 수도 있을 것이고 말이야. 그러면서 때때로 나에게 와서 어떤 상태인가에 대해 알려 준다면 차차 기회를 보아 더욱 힘이 되어 줄 수 있을 걸세.」

궁중의 풍습에 익숙하지 않은 다르타냥이긴 했지만 상대의 태도가 냉정하다는 것은 감지할 수 있었다.

「부친이 써 준 소개장을 가지고 있지 않은 것이 매우 유감스럽습니다.」

「실은 나도 베아룬 출신 사람들이 유일한 밑천, 그 유일한 노잣돈으로써 가지고 오는 것을 가지지 않고 자네가 먼 길을 왔다는 것을 이상하게 생각하던 터일세.」

「나는 그것을 어김없이 가지고 왔습니다만 도중에서 나쁜 놈을 만나 도둑맞고 말았습니다.」 하고는 그 망에서 일어났던 사건에 대해 말하면서 그 이상한 귀족에 관해서도 소상하게 이야기했다.

「그거 묘하군.」 하고 트레빌 경은 잠시 생각에 잠겼다가 다시 입을 열었다.

「그럼 자네는 나에 관한 이야기를 큰소리로 말했다는 것인가?」

「네. 생각이 모자랐는지도 모릅니다. 그렇지만 당신의 이름은 저와 같은 사람에게는 여행길을 지켜 주는 방패와도 같은 위력이 있는 것이라서……. 그러나 어느 만큼 남용했는지에 대해서는 상상에 맡겨 드리겠습니다.」

당시 아첨하는 말투는 흔히들 쓰는 수법이었다. 트레빌 경도 왕이나 추기관과 마찬가지로 아첨을 좋아하는 편이었다. 그래서 트레빌 경의 입가에는 분명히 만족스런 미소가 잠시 감돌았으나 그 미소는 이내 사라지고 말았다. 그리고는 망에서의 사건으로 화제를 돌렸다.

「그 귀족이라는 자는 혹시 뺨에 상처 자국이 나 있지 않던가?」
「네. 탄환의 찰과상과 같은 것이 있었습니다.」
「꽤 미남자가 아니었나?」
「그랬습니다.」
「키가 크고?」
「네.」
「안색이 창백하고, 머리는 갈색이지?」
「그렇습니다. 전적으로 그렇습니다. 어떻게 그 사내를 알고 계십니까? 나는 그 사내를 찾기만 한다면, 아니 설사 지옥에라도 가서 기어이 찾아내지 않고서는…….」
「그런데, 여자를 기다리고 있었다고 했지?」하고 트레빌 경은 무언가를 생각하는 표정으로 또 이렇게 물었다.
「기다렸던 그 여자와 잠시 이야기한 다음 그 사나이는 그곳을 **떠났습니다.**」
「그들 두 사람의 대화는 무슨 내용이었는지 알 순 없겠나?」
「사나이는 여자에게 상자를 하나 건네주면서 이 상자 속에 명령이 있는데 이것은 영불 해협을 건넌 후 열지 않으면 안 된다고 말했습니다.」
「여자는 영국인이었나?」
「사나이가 밀레이디라 부르고 있었습니다.」
「그놈이군!」하고 트레빌 경은 중얼댔다.

「바로 그놈이야! 그 놈은 아직 브뤼셀에 있는 것으로 생각하고 있었는데…….」

「부탁합니다. 만약 그 사나이가 누구인지 아신다면 부디 그 사나이의 이름과 있는 곳을 가르쳐 주십시오. 그대신 다른 일체의 소청은 취소하겠습니다. 총사로 뽑아 주신다는 약속도 사양하겠습니다. 무엇보다도 저는 복수를 하지 않으면 안 되니까요.」

「그런 짓은 하지 않는 편이 좋을 거야. 아니지, 그 자가 저쪽에서 오는 것을 보면 자네는 다른 길로 피하는 편이 좋아. 그런 바윗돌과 같은 인간과 맞서본댔자 아무 소득도 없을 테니까. 유리처럼 산산 조각이 날 뿐이야.」

「아닙니다. 어떻게 해서든…….」 하고 다르타냥은 간청했다.

「아니야. 이쪽에서 찾아내려고 한다든가 하는 짓은 삼가는 편이 좋아. 이것은 내가 자네에게 주는 충고일세.」

이렇게 말한 트레빌 경은 문득 어떤 의심이 떠올랐는지 입을 다물고 말았다. 첫째, 부친의 편지를 도난당했다는 것이 약간 의심스러웠고, 이 미지의 사나이에게 품고 있는 젊은 여행자의 증오가 의심을 자아내게 했던 것이다. 지나치게 허풍을 떠는 증오 뒤에 혹시 어떤 방심할 수 없는 음모가 숨어 있는 것은 아닐까? 이 청년은 혹시 추기관의 첩자가 아닐까? 나를 함정에 빠뜨리기 위해 보낸 것은? 다르타냥이라고 스스로 제 이름을 밝히는 이 청년은 실은 추기관의 부하인 것이며, 우리 쪽의 비밀을 탐색하기 위해 나에게 접근하여 앞으로 나를 파멸시키려고 하는, 전에도 수차 써 온 수법에 의한 스파이는 아닐까? 이렇게 생각한 트레빌 경은 지금까지보다 더 날카로운 시선으로 상대를 노려 보았다──그러나 청년의 겸손하면서도 매우 날렵하게 움직이기 쉬운 표정만으로는 충분히 상대의 본심을 읽을 수가 없었다.

『이 사람이 가스코뉴 태생이라는 것은 틀림이 없다. 그러나 가스코뉴 사람으로서 추기관의 편이 될 수도 있는 것이고, 또 내 부하가 될 수도 있는 것이다. 좋다, 한번 시험해 보기로 하자.』

이렇게 생각한 트레빌 경은 천천히 이야기하기 시작했다.
「자네를 옛 친구의 자제로 믿고 하는 말이지만, 그리고 소개장을 도난당했다는 이야기도 진실이라고 믿지만, 어떤가? 아까 내 태도가 냉담하다고 자네가 느꼈던 것을 보상하는 뜻에서 한번 흉금을 털어놓고 우리들의 정책에 관해 공개해 주기로 하겠네. 폐하와 추기관 사이의 표면적인 불화는 어리석은 자를 속이기 위한 것이고, 사실은 두 분의 사이는 매우 좋은 것이야. 물론 전도 유망한 청년 기사가 설마 타인처럼 겉으로 위장하고 있는 것에 속으리라곤 생각지 않지만 나는 이 두 분의 정능의 주인에게 표리없는 충성을 바치고 있지. 내가 성심을 다해서 일하는 것은 그야말로 폐하와 이 프랑스에 태어난 가장 훌륭한 추기관님을 위해서가 아니겠나. 그러니까 자네도 이 점을 생각해 주었으면 하네. 만약 자네가 가족 관계에서든 교제하기 위해서든, 또는 자신의 기분에서든 무언가 추기관님에 대해 적의를 품고 있다면, 현재 근위의 총사가 흔히 품고 있듯 말이지, 나에게 어서 고별 인사를 하고 나가 주었으면 하네. 나는 앞으로 기회가 있을 때마다 도와 주긴 하겠으나 내 곁에 있게 할 순 없으니까 말일세. 아무튼 이렇듯 허심탄회하게 털어놓은 것에 대해서는 호의를 가져 주겠지? 이런 식으로 젊은이에게 솔직히 털어놓은 것도 자네가 처음일세.」
이렇게 말하고나서 트레빌 경은 속으로 중얼댔다.
『추기관이 이 젊은 여우를 나에게 밀파했다면 내가 자기를 몹시 싫어한다는 것을 잘 알고 있으니까 자기를 헐뜯고 끝까지 달라붙으라고 부추겼을 것이 틀림없어. 그러니까 지금 내가 그렇게 했더라도 놈은 짐짓 추기관에 대해 욕설을 퍼부을 것이다.』
그러나 트레빌 경의 기대는 빗나가고 말았다. 다르타냥은 매우 솔직하게 대답했던 것이다.
「저도 각하와 전적으로 같은 생각을 가지고 파리에 왔습니다. 부친은 폐하와 추기관님과 그리고 당신을 프랑스에서 가장 존경해야 할 인물로 생각하고 있기 때문에 이 세 분에게만 복종하라고 훈계했습니다.」

 다르타냥은 트레빌 경을 이렇게 두 사람 아래에도 세워 말했던 것이다. 그렇게 덧붙여 말하는 것은 결코 나쁜 결과를 가져오지 않을 것으로 생각했기 때문이었던 것이다.

「그래서 저는 추기관님께는 뜨거운 경의를 가지고 있으며, 그분께서 하시는 일은 모두 존경하고 있습니다.」

 다르타냥은 이렇게 말을 이었다.

「그러니까 각하께서 솔직히 말씀해 주신 것이 얼마나 기쁜지 모르겠습니다. 그리고 혹시 각하께서 저에게 어떤 의심을 가지고 계신다면…… 그래도 할 수 없습니다만…… 저는 솔직히 말하는 것이 도리어 신상에 해가 될지 모릅니다만. 그렇게 된다고 하더라도 할 수 없습니다. 각하께서는 저의 성의만은 사 주시겠지요…… 그것이 저에게는 무엇보다도 소중한 희망이니까 말입니다.」

 이 말을 듣고 트레빌 경은 적잖이 놀랐다. 이렇듯 통찰력이 정확하고 솔직한 청년의 말을 듣고 트레빌 경은 내심 여간 감탄하지 않았던 것이다. 그러나 그렇다고 그것으로 트레빌 경의 의심이 씻긴 것은 결코 아니었다. 다르타냥이 여느 청년보다 우수한 청년이라고 생각하면 생각할수록 만에 하나라도 자신의 눈이 흐렸을 경우 믿는 도끼에 발등 찍힌다는 식으로 그것이 몰고 올 결과가 두려워 견딜 수가 없었다. 그래도 트레빌 경은 다르타냥의 손을 꼭 쥐고는 이렇게 말했다.

「이제 보니 자네는 아주 훌륭한 청년이군. 그러나 지금 당장은 아까 이야기한 것 외에는 도와 줄 수가 없네. 이 저택에는 언제나 찾아 오게나. 언제든지 나를 만날 수 있고, 그에 따라 언제든지 기회를 붙들 수 있을 테니까 자네는 언젠가는 바라는 것을 꼭 성취할 수 있을 것일세.」

「결국, 제가 스스로의 힘으로 각하의 마음에 드는 어떤 일을 할 때까지 기다리고 계시겠다는 말씀이시군요. 좋습니다. 자신이 있으니까요.」 하고 달타냥은 가스코뉴인답게 가벼운 마음으로 덧붙였다.

「그렇게 오래 기다리시게 하지는 않겠습니다.」

이렇게 다짐하고나서 다르타냥은 이제부터 또 해야 할 일이 있기라도 한 것처럼 성큼 밖으로 나가려고 했다.

「잠시 기다리게나. 왕립 무예 도장의 사범에게 소개장을 써 주겠다고 약속하지 않았나. 아니면 그런 것은 필요 없다는 생각이라도?」

「아닙니다. 그렇지 않습니다. 이번에는 절대 소홀히 하지 않을 것입니다. 소중히 가지고 가서 그분께 틀림없이 드리도록 하겠습니다. 만약 도중에 또 훔치려는 놈이 나타나면 이번에는 결코 용서하지 않겠습니다.」

다르타냥이 이렇게 말하자 트레빌 경도 빙긋이 웃었다. 그리고는 다르타냥을 창가에 세워둔 채 자신은 소개장을 쓰기 위해 테이블 쪽으로 갔다. 트레빌 경이 소개장을 쓰고 있는 동안 다르타냥은 하릴없이 창의 유리를 손끝으로 툭툭 치면서 총사들이 삼삼오오 무리를 지어 거리의 모퉁이로 사라지는 것을 바라보고 있었다.

이윽고 트레빌 경은 쓰는 것을 마치고 편지를 봉하고는 자리에서 일어섰다. 그리고 그것을 다르타냥에게 건네주려고 그에게 다가갔다. 다르타냥이 그것을 받으려고 막 손을 내밀던 순간이었다. 다르타냥은 마치 감전이라도 된 듯 몸을 한 번 부르르 떨고는 분노로 얼굴을 사뭇 새빨갛게 물들인 채 거실을 획 뛰쳐나갔다.

「썅! 이번엔 놓치지 않을 것이닷!」

「그게 누구냐? 도대체.」

트레빌 경이 이렇게 황급히 묻자

「그놈입니다. 편지를 훔쳐 간 놈입니다. 에이! 비겁한 놈!」

다르타냥의 모습은 그대로 사라지고 말았다.

「미친 꼬마놈!」 하고 트레빌 경은 혼자 중얼거렸다.

「어쩌면 실패했다는 것을 깨닫고 잽싸게 도망쳤는지도 모르지.」

4. 아토스의 어깨, 폴토스의 칼띠, 아라미스의 손수건

흡사 아수라와도 같은 험상궂은 몰골로 다르타냥은 대기실을 삼단조로 가로질렀고 단숨에 계단을 뛰어내리려고 했다. 그러나 그 기세가 너무 강했기 때문에 그만 옆에 있는 입구에서 막 나오려고 했던 한 사람의 총사와 부딪치고 말았다. 다르타냥의 머리로 어깨 언저리를 세차게 박치기당한 그 사나이는 억 하고 신음소리를 토했다.
「용서해 주십시오!」
다르타냥은 그대로 치달으려고 하면서 사과했다.
「마침 급한 일이 있어서……」
다르타냥이 이렇게 말하고 뛰어내리려고 하는 찰나 무쇠와 같이 억센 손이 그의 외투자락을 잡고는 놓치 않았다.
「급하다고?」
그 총사의 얼굴은 백지장처럼 하얗게 질려 있었다.
「그 따위 구실로 나를 그저 치받고는 용서해 주십시오 하고 한 마디 하는 것으로 끝났다고 생각하나? 그렇게는 안 된다. 젊은이! 아까 트레빌 경이 우리들에게 꽤 거만하게 말하고 계신 것을 보았기 때문에 그 따위 무례를 해도 무방한 것으로 착각하고 있겠지? 허나 그건 크게 틀린 것이다. 귀공은 트레빌 경이 아니니까 말이다!」

4. 아토스의 어깨, 폴토스의 칼띠, 아라미스의 손수건

「아니, 절대로……」

다르타냥은 그가 아토스라는 것을 알았다. 의사의 치료를 받고 돌아가던 참이었던 것이다.

「절대 고의로 한 짓은 아닙니다. 고의로 한 짓이 아니니까 용서해 주십시오 하고 사과한 것이 아닙니까? 그것으로 족하다고 생각합니다. 더 말할 필요도 없겠지만 반복해서 말합니다. 나는 급한 일이 있습니다. 매우 급한 상황입니다. 제발 그 손을 놓아 주십시오. 일을 해치우기 위해 가도록 해 주십시오.」

「젊은이!」 하고 아토스는 손을 떼면서 말했다.

「귀공은 예의를 모르는 사나이군. 시골에서 온 것 같은데?」

다르타냥은 벌써 이, 삼 단을 뛰어내리고 있었지만 아토스의 말을 듣고 다시 우뚝 발을 멈췄다.

「어떤 시골에서 왔든 당신 따위에게 예법을 배우진 않을 작정이오.」

「과연!」

「만약 내가 이렇게 급하지만 않다면, 뒤쫓고 있는 인간이 없다면……」

다르타냥은 재빨리 이렇게 말했다.

「야, 다급한 젊은이! 날 찾는 데는 그렇게 뛰지 않아도 되지.」

「어디서?」

「카름 데쇼 근처야.」

「때는?」

「오늘 정오 무렵.」

「정오라고? 좋소! 꼭 가겠소.」

「기다리지 않도록 해 주게나. 정오를 십오 분 지나게 되면 이편에서 나가서 두 귀를 잘라 버릴 테니까.」

「좋아! 정오의 십 분에 가 있겠소!」

다르타냥은 이렇게 소리쳤다.

그러고는 다시 신들린 사람처럼 뛰기 시작했다. 그 느릿느릿한 걸음으로는 아직 그렇게는 멀리 가지 않았을 것으로 생각했었다.
 거리로 나가는 대문 곁에서 폴토스는 경비하고 있는 총사와 이야기하고 있었다. 그들 두 사람 사이에 마침 한 사람이 지나갈 수 있는 간격이 있었기 때문에 다르타냥은 그것이면 충분하겠다 싶어 살같이 빠져나가려고 했다. 그러나 다르타냥은 바람을 고려에 넣지 않았던 것이었다. 지나가려던 순간 획 하고 돌풍이 일어나 폴토스의 외투를 불룩하게 했기 때문에 다르타냥은 그 외투에다 얼굴을 처박고 말았다. 폴토스는 왠지 이 외투의 소중한 부분을 몸에서 떼고 싶지 않은 양으로 잡고 있던 소매를 손에서 떼기는커녕 도리어 자기 쪽으로 끌어당겼다. 그 서슬에 다르타냥은 폴토스의 억센 저항에 의해 일어난 선회운동으로 그 비로드 외투 속으로 말려들어가고 말았다.
 총사가 하는 욕지거리만 들리고 있었기 때문에 다르타냥은 빨리 외투 밖으로 나오려고 그 속에서 바둥거리고 있었다. 특히 예의 훌륭한 칼띠를 훼손시켜서는 안 된다는 생각뿐이었다. 그래서 얼른 눈을 떠보니 자신의 얼굴은 폴토스의 어깨가 있는 곳에, 그것도 하필이면 그 칼띠 위에 딱 붙어 있는 것이었다.
 알고 보니 이 칼띠 역시 거죽만 반지르르한 세상 사물의 예에서 크게 벗어날 것 없이 앞쪽만 금으로 수놓은 것이었고, 뒤쪽은 여느 가죽에 불과한 물건이었다——. 허영심이 강한 폴토스는 앞뒤를 모두 금으로 반짝이게 할 수 없기 때문에 앞쪽만 그렇게 해 두었던 것이다. 감기에 걸려 외투를 벗을 수 없다고 했던 그 까닭을 알 수 있었다.
 「뭐야! 뭐야!」 하고 폴토스는 등에 딱 달라붙어 있는 다르타냥을 뿌리치려고 힘을 다하면서 이렇게 소리쳤다.
 「내원참! 이렇게 부딪치다니 정신이 돈 거 아냐?」
 「용서해 주십시오.」
 다르타냥은 그제야 가까스로 거인의 어깨가 있는 데서 얼굴을 내밀 수가 있었다.
 「좀 급하게 사람을 뒤쫓고 있던 중이라서…….」

「사람을 뒤쫓을 때에는 항상 눈은 잊으시는 건가?」
「아니, 그렇진 않습니다만……」
다르타냥은 버럭 울화가 치솟았다.
「잊기는커녕 이 눈으로 타인의 볼 수 없는 것까지 정확하게 보고 있지요.」
이 말의 뜻을 폴토스가 알았는지 어떤지는 몰라도 아무튼 그는 싹 노기를 띠면서 쏘아붙였다,
「어이! 말해 두겠는데 총사에게 이따위로 부딪친다면 으스러지게 마련인 것이다.」
「으스러진다구? 그건 약간 가혹한 말이군.」
「항상 많은 적을 상대하고 있는 사람은 항용 그런 말을 쓰고 있는 거지.」
「훙! 그대가 타인에게 속을 보이고 싶지 않은 까닭을 똑똑히 알게 되었다구.」
부지중 자신이 내뱉은 멋진 농담으로 기분이 썩 좋아진 다르타냥은 목청껏 크게 웃으면서 가려고 했다. 그러자 폴토스는 끓어오른 분노로 이를 뿌드득 갈면서 당장 덤벼들려고 했다──.
「다음에 합시다. 좀더 후에.」
다르타냥은 이렇게 말했다.
「당신이 그 외투를 벗고난 다음에……」
「한 시에 뤽상부르 궁 뒤에서.」
「좋다! 그럼 한 시에.」
다르타냥은 그렇게 대답하고는 길모퉁이를 돌아갔다.
그러나 지금 지나 온 거리에는 물론 훤히 보이는 거리에도 사람은 하나도 없었다. 그렇듯 유연히 걷고 있던 사나이가 벌써 멀리 가버린 것일까? 아니면 누군가의 집으로 들어가버린 것일까……. 다르타냥은 길에서 만나는 사람마다 붙들고 물어 보았다. 도선장까지 내려가 보았고 또 센 거리와 크로아르주 거리도 샅샅이 찾아보았지만 끝내 발견할 수 없었다. 다만 이 추적에서 이익이 있

었다면 이마에 땀이 흠뻑 배어나왔기 때문에 점차 마음의 안정을 찾을 수 있었다는 것이다.

그래서 다르타냥은 그날 일어났던 사건을 하나하나 되새겨 보았다——사실 발생했던 사건의 수는 많았으나 그다지 만족할 수 있는 것은 아니었다. 지금은 아직 아침이고 11시가 될까말까한 시각이지만 이 이른 아침에 이미 트레빌 경의 노여움을 사지 않았던가. 다르타냥의 그와 같은 갑작스런 퇴출에 대해 무례하다고 생각했을 것이 뻔했다.

그뿐만이 아니었다. 두 개의 벅찬 결투까지 약속하지 않았던가. 상대의 총사는 혼자서 다르타냥 따위라면 세 사람 정도는 너끈히 해치울 사나이들, 즉 근위 총사인 것이다. 바로 다르타냥 자신이 다른 누구보다도 훨씬 우수한 사람들이라고 해서 평소 감복해 마지않던 사람들인 것이다.

앞으로의 전망 역시 결코 낙관적인 것은 아니었다. 아토스에게 틀림없이 살해될 것으로 각오하고 있었기 때문에 폴토스와의 결투에 대해서는 전혀 마음을 쓰지 않았다. 그러나 무릇 인간의 마음에서 마지막으로 소멸하는 것이 희망이라고 말했듯 다르타냥도 꽤 깊은 상처는 입게 되겠지만 이 두 개의 결투에서 그래도 목숨만은 부지하게 될지 모르겠다는 한 가닥 희망을 가지기 시작했다. 그래서 다르타냥은 만약 살아남을 경우를 생각해서 앞으로의 교훈을 삼기 위해 다음과 같이 반성했던 것이다.

『나는 어쩌자고 그 따위로 경솔한, 얼간이 같은 짓만 했던 것일까. 저 용감한 아토스는 가엾게도 어깨에 심한 상처를 입고 있는데 나는 하필이면 거기에 숫양이나 다른 짐승처럼 박치기를 했으니 말이다. 그는 왜 그 자리에서 당장 나를 죽이지 않았을까. 그 점이 이상해서 견딜 수 없는 거다…… 막상 그렇게 했어도 할 말은 없는 것인데. 내가 안겨준 통증은 필연코 대단했을 것이다. 하지만 폴토스는…… 아니, 폴토스 쪽은 이건 그야말로 우스꽝스러운 것이었지.』

다르타냥은 그만 제풀에 깔깔 웃고 말았다. 그러나 통행인들은 자신이 이렇게 웃고 있는 까닭을 전혀 모를 것이기 때문에 혹시 기분 나빠할 사람도 있지 않을까 해서 그는 얼른 주위를 살펴보았다.

『폴토스의 경우는 분명히 가관이었지. 그러나 내가 경솔했다는 것에는 역시 틀림이 없다. 아무런 말도 하지 않고 그런 식으로 남에게 부딪치는 법은 없는 것이니까. 그리고 남의 외투 속으로 용무도 없이 파고 들다니. 그 칼띠 문제로 내가 그렇게 야유만 하지 않았던들 그가 그렇게 분노하지는 않았을 것이 아닌가. 하긴 더할 나위 없이 멋진 야유이긴 했지만. 사실 나는 저주받은 가스코뉴 사람인 거야. 튀김냄비 속에 들어가서도 나는 시시한 익살을 던질 것이 틀림없다. 어이! 다르타냥! 알겠나(하고 그는 자신에게 가급적 온정을 담아 타이르는 것이었다.). 만약 네가 이번 결투에서 무사할 수 있다면, 그것은 매우 어려운 일이긴 하지만——만일 무사히 넘길 수만 있다면 앞으로는 의젓하게 예의범절을 지키지 않으면 안 되는 거다. 상냥하고 예의바르게 한다고 해서 용기가 없는 것은 아니니까. 저 아라미스를 보라구. 아라미스는 온화와 우아의 화신과도 같은 인간이지만 그런데 어떤가. 아라미스를 비겁한 사람이라고 하는 사람이 이 세상에 있던가? 약에 쓰려고 해도 그런 사람은 없는 것이다. 좋아. 나는 앞으로 모든 점에서 아라미스를 표본으로 삼기로 하자. 원 저런! 마침 그 장본인이 저기 있지 않은가!』

다르타냥은 이렇게 혼자 지껄이면서 에기용 저택 바로 가까이까지 왔을 때 그 저택 앞에서 아라미스가 역시 근위 총사들 세 사람과 쾌활한 음성으로 이야기하고 있는 것을 보았다. 아마리스 쪽에서도 다르타냥의 모습을 보았으나 그는 오늘 아침 트레빌 경에게 다르타냥이 보는 앞에서 질책을 당했던 것을 아직 기억하고 있었다. 대장으로부터 잔소리를 듣고 있던 광경을 목격했던 사람을 대한다는 것은 총사로서 결코 유쾌한 일이 아니라서 그는 짐짓 모른 척했다. 아라미스의 그러한 심정을 모르는 다르타냥은 화해와 예의를 갖추려는 자세로 네 사람의 젊은이들에게 정중히 인사하고 애교가 있는 미소를 짓고는 다가갔다. 그러나 네 사람은 다르타냥이 접근해

가자 약속이나 한 것처럼 하던 이야기를 뚝 끊고 입을 다물었다.

다르타냥 역시 자신이 방해자라는 것을 깨닫지 못하리만큼 바보는 아니었다. 그러나 그는 자기가 충분히 알지 못하고 있는 사람이 자기와 관계가 없는 이야기를 하고 있는 곳에서 우연히 만나게 된 거북함에서 넌지시 비켜설 만큼 사교계의 기지에 익숙하지는 않았다. 그래서 그는 어떻게 해서든지 서툰 솜씨를 드러내지 않고 그 장소를 벗어날 수 있는 방법은 없을까 궁리하고 있었다. 그러자 그때 아라미스는 손수건을 땅에 떨어뜨리고는 무심히——그렇게 보였다——그것을 발로 짓밟고 있는 것이 눈에 띄었다. 하릴없이 따분하던 다르타냥으로서는 구원받을 수 있는 좋은 기회였다. 그는 허리를 굽혀 가급적 붙임성 있는 몸짓으로 그 손수건을 아라미스의 발밑에서 꺼냈던 것이다. 그리고 그것을 건네주면서 이렇게 말했다.

「이 손수건은 잃어버려서는 곤란한 것이겠지요.」

그 손수건에는 실제로 아주 훌륭한 수가 놓여 있었고 한 쪽 모서리에는 왕관의 표와 문장이 붙어 있었다. 아라미스는 홍당무처럼 얼굴을 붉힌 채 그것을 받는다기보다 가스코뉴 청년의 손에서 홱 나꿔챘다.

그것을 보고 있던 다른 총사가 아라미스에게 이렇게 한 마디 했다.

「이봐! 이봐! 아라미스 그래도 귀공은 보아트라시 부인과 이젠 친하게 지내는 사이가 아니라고 말할 셈인가? 그 아름다운 부인이 귀공에게 그 손수건을 빌려주었는데도 말이지.」

이때 아라미스가 다르타냥에게 던진 시선은 상대에게 불구대천의 원수를 만났다는 것을 느끼게 하리만큼 사나운 것이었다. 그러나 그는 타고난 유순한 태도로

「그것은 착각일세. 이 손수건은 내 것이 아니야. 왜 이 사람이 나에게 이것을 건네주는지 그 까닭을 모르겠군그래. 내 말이 거짓이 아니라는 증거는 이 호주머니 속에 내 것이 들어 있다는 것으로 충분하지 않겠나.」

아라미스는 이렇게 말하면서 호주머니에서 자신의 손수건을 꺼내

보였다. 그것 역시 매우 우아한 것이었고 그 당시에는 진귀했던 고급 백모시 제품이었지만 그 손수건에는 자수와 문장은 없었고 다만 임자의 머리글자가 하나 들어 있을 뿐이었다.

다르타냥은 한 마디도 하지 않았으나 자신이 큰 실수를 범했다는 것을 직감했다. 한편 아라미스의 친구들은 그가 부정하는 것을 믿으려고 하지 않았으며, 그 중 한 사람은 짐짓 고지식한 척하면서 이렇게 말했다.

「만일 귀공의 말에 거짓이 없다면 그 손수건은 반드시 내 손으로 회수하지 않으면 안 되는 것이다. 알고 있겠지만 주인인 보아트라시는 나와 각별한 사이니까. 그 사나이의 아내 물건을 그렇듯 자랑스럽게 내보이는 것을 그냥 둘 순 없으니까.」

「유감스럽지만 거절한다. 귀공의 말이 옳다고 인정해도 좋으나 형식적으로는 받아들일 수가 없다.」

그러자 다르타냥은 주저주저하면서 입을 열었다.

「나는 그 손수건이 아라미스 씨의 호주머니에서 떨어진 것을 확실히 본 것이 아니라서. 다만 발로 짓밟고 계시기 때문에 그래서 이것을 이분의 것인 줄로 착각했을 뿐입니다……」

그러자 아라미스는

「그 짐작은 크게 빗나간 것이다.」 하고 상대방의 기분도 생각지 않고 퉁명스럽게 쏘아붙였다. 그러고는 보아트라시의 친구라고 자칭한 기사 쪽을 돌아보면서 말했다.

「허나 생각해 보니 보아트라시의 친구라고 귀공 자신이 말했듯이 그 사나이와의 친근함에 있어서는 나 역시 귀공과 다를 게 없다. 그러니까 말이다. 이 손수건은 내 호주머니에서 떨어진 것이라고 할 수도 있고, 귀공의 호주머니에서 떨어진 것이라고 할 수도 있는 것이다.」

「천만의 말씀. 명예를 걸고……」

「귀공은 명예를 걸고 맹세하고 나는 말을 걸고 맹세한다. 그렇다면 우리 두 사람 중에서 누군가 거짓말을 한 것이 되겠군. 그럼 좋다!

이렇게 하자구. 몽타랑! 우리 둘이서 절반씩 가지면 좋을 게 아닌가.」
「손수건을 말이지?」
「그렇지.」
「그게 좋겠군!」하고 다른 두 총사가 소리쳤다.
「그야말로 솔로몬 왕의 명재판이 아니냐. 정말 아라미스! 귀공은 여전히 지혜가 대단하거든.」하고 젊은 귀족들은 크게 웃었다. 그리고 이 이야기는 그것으로 말끔히 물에 흘려 버렸다. 그리고나서 곧 잡담을 집어치우고 그들은 우정어린 악수를 교환하고는 뿔뿔이 흩어졌다.
그러자 그 동안 저만큼 떨어진 곳에 혼자 서 있던 다르타냥은
『이 정직하고 우아한 사람과 화해하기에는 마침 좋은 기회군.』하고 혼잣말을 하고는 자기에게는 눈길조차 주지 않고 가 버리려는 아라미스의 뒤를 쫓아갔다.
「여보세요! 저, 내가 한 짓에 대해 언짢게 생각하진 않겠지요?」
「아니오. 그러나 아까 당신이 한 짓은 분명 분별 있는 사람이 할 짓은 아니지. 그것만은 충고해 두겠소.」
「뭐라고요? 당신은 내가…….」
「나는 당신을 바보라고 생각지는 않지. 설사 가스코뉴의 촌에서 갓 올라왔다고 하더라도 손수건을 발로 짓밟고 있는 데는 그만한 이유가 있을 것이라는 것을 알아야 했다는 말이오. 파리의 시가를 온통 백모시 천으로 깔아 놓은 것은 아니니까…….」
「나를 그렇듯 수치스럽게 몰아세우는 것도 좋지 않은 것이지요.」
싸움을 좋아하는 본성이 벌써 온화했던 최초의 결심 속에서 슬금슬금 얼굴을 내밀기 시작했던 다르타냥은 이렇게 말했다.
「나는 분명히 가스코뉴 태생입니다. 두말할 나위 없이 잘 알고 있겠지만 가스코뉴 사람은 불같이 급한 성격을 가졌지요. 그래서 설사 아무리 바보같은 과오를 범했다 하더라도 일단 사과했으면

그것으로 충분한 보상을 한 것으로 생각하지요.」
「내가 굳이 싸움을 하겠다는 것은 아니오. 나는 자객을 사고파는 인간은 아니니까. 총사가 된 것도 일시적인 것일 뿐이지. 싸우는 것도 만부득이한 경우 뿐이고, 그것도 내키지 않는 기분으로 하는 것이야. 그러나 이 경우는 일이 너무나 중대한 거요. 당신에 의해 한 사람의 부인의 명예가 훼손되었으니 말이오.」
「우리들에 의해, 라고 말해야 하겠지.」하고 다르타냥이 말했다. 「왜 귀공은 그 손수건을 나에게 건네주는…… 그 따위 어리석은 짓을 한 것인가?」
「왜 그것을 땅에 떨어뜨린다거나 짓밟는 어리석은 짓을 한 거죠?」
「그것에 대해선 아까 한 번 말했으나 다시 반복해서 말하자면 그 손수건은 나의 호주머니에서 떨어진 것이 아니다.」
「그렇다면 당신은 두 번 거짓말을 하는 겁니다. 나는 이 눈으로 똑똑히 떨어지는 것을 보았으니까.」
「으음, 그런 투로 끝까지 나온다면 가스코뉴 태생인 젊은 사람에게 약간 세상의 예법을 가르쳐 줄까?」
「그 따위 설교라면 당신의 미사 때나 하시오. 그렇다면 어떤가? 지금 여기서 결판을 내는 것이?」
「아냐. 여기서는 절대 안 된다. 똑바로 정면에 있는 에기용 저택에는 추기관의 일당이 바글바글하니까 지금도 귀공이 추기관님의 수하로서 나의 목을 노리고 온 것인지도 모를 일이야. 하지만 나는 나의 이 목이 이렇게 의젓이 어깨 위에 보기 좋게 붙어 있는 한 그렇게 쉽사리 진상하지는 않는다. 그래서 나는 부득이 귀공을 끝장내 줄 작정이니 그렇게 생각해 주었으면 하네. 다만 극히 비밀리에, 남의 눈에 띄지 않는 장소에서 죽이고 싶은 거다. 귀공이 자신의 죽는 모습을 사람들 앞에서 화려하게 자랑할 수 없는 장소에서 말이다.」
「그건 나 역시 바라던 바요. 그러나 그렇게 독선적으로 결정하지 않는 편이 현명할 것이오. 그리고 이 손수건은 당신의 것이든 아니든 아무튼 가지고 가 주시오. 또 필요할 때가 있을지 모르니까.

「그대는 가스코뉴 태생인가?」하고 아라미스가 물었다.

「그렇소. 결투를 연장하는 것은 꼭 신중한 때문만은 아니겠지.」

「신중이라는 미덕은 총사에게는 그다지 필요한 것이 아니지. 그것은 나도 알고 있다. 그러나 그것은 신부에겐 불가결한 것이다. 내가 총사가 되어 있는 것은 당분간 뿐일 테니까 신중하게 하고 싶다. 그럼 두 시에 트레빌 경의 저택에서 기다리기로 하겠다. 그때 적당한 장소를 가르쳐 주기로 하고.」

두 청년은 목례를 교환했다. 그리고나서 아라미스는 뤽상부르 궁이 있는 방향으로 떠났고, 다르타냥은 아토스와 약속한 시간이 다가왔다는 것을 생각하고 카름 데쇼 쪽을 향해 걷기 시작했다. 길을 걸어가면서 다르타냥은 줄곧 혼자 중얼댔다.

『이거야말로 정이 떨어져 말조차 나오지 않는군. 그러나 어차피 총사의 손에 죽음을 당할 테니까.』

5. 근위 총사와 추기관의 경호사

다르타냥은 아직 파리에는 아는 사람이 없었기 때문에 아토스와의 결투에는 입회인 없이 혼자 나갈 수밖에 없었다. 상대자가 선정해 주는 것으로 참을 생각이었다. 그리고 가능하면 상대자인 용감한 총사에게 약점을 보이지 않고 다시 한 번 사죄해 보려는 결심도 하고 있었다. 이런 종류의 결투, 즉 한 쪽이 원기왕성한 젊은이이고 상대가 쇠약한 부상자인 경우에는 자칫하면 불미스러운 결과를 가져오기가 쉽기도 했다. 패하면 상대는 두 배로 승리를 자랑하게 되고, 승리를 해도 승리했다는 것일 뿐 어른답지 않은 나쁜 짓을 한 것처럼 말들이 많기 마련이었으니까.

원래 이런 모험을 좋아하던 다르타냥은 지금까지 서술해 온 것에 의해 독자들도 이미 납득할 수 있었겠지만 보통 성격의 소유자가 아니었다. 그래서 그는

『나는 반드시 살해될 것이다.』하면서도 결코 여느 사나이가 이런 경우에 임했을 때처럼 그렇게 호락호락 죽는 것에 체념하고 있는 것은 아니었다.

그는 자신의 결투 상대들의 각각 다른 성격을 검토해 보고 다시 한 번 자신의 처지를 분명히 정립해 보려고 했다. 아토스에게는 성의껏 사과함으로써 물에 흘려 보내도록 할 수도 있을 것으로

생각되었다. 아토스의 영감님다운 대범함과 장중한 풍모는 매우 마음에 들었던 것이다. 폴토스에게는 그 칼띠 사건으로 골려 줄 수 있지 않을까 생각되었다. 만약 즉석에서 살해당하는 것이 아니라면 그 이야기를 다른 모두에게 공개함으로써 폴토스는 수치를 당하게 되고 견딜 수 없게 될 것이었다. 마지막으로 아라미스인데——이 사나이는 그다지 두렵지 않았다. 여기까지 결투가 진행된다 하더라도 아라미스는 어떻게든 처치할 자신이 있었다. 적어도 저 시저가 봄베이의 병사들에 대해 그렇게 하도록 권고한 것처럼 얼굴을 정면에서 공격해서 그가 그토록 뽐내고 있는 미모에 뼈아픈 상처를 입혀 주면 될 것이었다.

다르타냥의 머릿속에는 부친의 훈계가 움직일 수 없는 결심의 지주로 새겨져 있었다.

『왕 폐하와 추기관과 트레빌 경 외에는 그 누구도 용서해서는 안 된다.』라고 부친은 늘상 말했던 것이다. 시간을 보고 아토스와의 약속 시간이 다 되었다고 깨달은 그는 약속 장소인 카름 데쇼 수도원의 방향으로 걷는다기보다 날아가듯 달렸다. 이것은 그 당시에는 데쇼였는데 창이 없는 건물과 같은 것이었고 주위는 황량한 들판이었다. 그래서 이 들판은 프레 오 클레르(파리 시내, 생 제르맹 성당 앞의 공터로서 옛날에는 이곳이 산책과 대학생들의 결투장으로 이용되었다고 한다.) 공터의 상점처럼 생각돼 왔으며 빨리 일을 해결하려는 사람들에게 곧잘 이용되고 있었던 것이다.

다르타냥이 이 수도원 아래쪽의 공터가 보이는 곳까지 왔을 때 아토스는 이미 그 5분 전부터 와서 기다리고 있었다. 그때 막 정오를 알리는 종이 울리고 있었다. 즉 아토스는 사마리텐의 호종처럼 정확했던 것이다. 이 점은 아무리 결투에 대해 시비가 많은 사람일지라도 비난할 여지가 없었다.

아토스는 이곳에 오기 조금 전에도 트레빌 경의 주치의로부터 치료를 받긴 했으나 아직 상처가 몹시 아픈 것 같았으며 길바닥의 표석 위에 앉아 항상 그 얼굴에서 사라질 줄 모르는 온화하면서도

5. 근위 총사와 추기관의 경호사

야무지게 굳어진 표정으로 다르타냥이 오기를 기다리고 있었다. 아토스는 다르타냥의 모습을 보자 두세 걸음 앞으로 나와 예의바르게 맞았다. 다르타냥도 모자를 벗어 들고 그 깃털 장식이 땅에 닿을 정도로 머리를 숙여 답례했다.

「나는…….」하고 아토스가 먼저 입을 열었다.

「오늘의 결투를 위해 두 사람의 친구에게 입회해 줄 것을 부탁했습니다만 그 두 사람이 아직 오지 않고 있습니다. 왜 늦는지 이상하게 생각하고 있던 중입니다. 좀체 약속을 어기는 사나이들이 아니니까요.」

「나에겐 입회인이 없습니다.」하고 다르타냥이 대답했다.

「사실, 어제 파리에 도착했던 터라서 트레빌 경 외에는 누구 하나 아는 사람이 없습니다. 그분은 부친과 약간 친분이 있는 분입니다만, 부친이 가라고 하셔서 온 것이지요.」

그러자 아토스는 한참 생각하고 나서

「트레빌 경밖에 모르신다고요?」했다.

「그렇습니다. 아는 사람은 그분뿐입니다.」

「그건 정말…….」하고 아토스는 반은 자신에게, 그리고 반은 다르타냥에 대해 말하는 투로 중얼댔다.

「당신과 같은 사람을 죽인다는 것은 어른답지 않은 것 같군요.」

「전적으로 그런 것은 아니겠지요.」

다르타냥은 늠름한 자세로 약간 고개를 숙이면서 이렇게 말했다.

「당신은 그렇듯 깊은 부상을 하고 있으면서도 나의 상대를 해 주겠다고 하시는데 정녕코 부자유스러우시겠지요?」

「분명히 부자유스럽긴 합니다. 게다가 아까 당신은 나에게 매우 가슴아픈 생각을 하게 했습니다. 그러나 나는 왼손으로 싸울 것입니다. 언제나 이런 경우에는 그렇게 하는 것이 버릇이니까요. 결코 당신을 얕보고 그러는 것이라고는 생각하지 말아 주세요. 나는 좌우 어느 손이나 같으니까요. 아니 오히려 당신께서 불리할지도 모릅니다. 사전 연락도 없이 왼손잡이와 만난다는 것은 승산이 여간 적은 일이 아니니까요. 이것을 미리 예고했어야 했는데 매우 잘못했군요.」
「여러 가지로 정중하게 말씀해 주셔서 감사합니다.」
다르타냥은 이렇게 말하면서 또 머리를 숙였다.
「그렇게 말씀하시면 황송합니다.」
아토스도 귀족다운 의젓한 자세로 이렇게 대답했다.
「그럼, 싫지 않으시다면 다른 이야기라도 할까요? 아니, 앞서 당신이 머리로 받았던 곳이 여간 아프지 않군. 어깨가 타는 것 같고.」
하고 아토스는 몹시 괴로워했다. 그래서 다르타냥은
「만일 용서해 주신다면……」 하고 주저하면서 말했다.
「무엇인가요?」
「나는 상처에 매우 잘 듣는 약을 가지고 있습니다. 모친에게서 전수받은 것입니다만 내 자신이 이미 시험해 본 것입니다.」
「그래서요?」
「그래서 이 약을 쓰시면 당신의 상처는 삼 일 이내에 반드시 치유될 것으로 생각합니다. 그렇게 해서 삼 일이 지나 당신이 낫게 되면 그때야말로 언제든지 당신을 상대하겠다는 생각을 가지고 있습니다만……」
다르타냥은 이 말을 예의바른 자세로, 조금도 자신의 용기를 의심받을 만한 낌새를 보이지 않고 담담하게 말했다.
「정말, 당신의 의견은 매우 기쁘게 들었습니다. 그렇다고 그 의견을 그대로 받아들일 수는 없지만, 그와 같은 말에는 십 리를 떨어져 있어도 고귀한 기사의 마음을 느낄 수가 있고…… 무사의 전형이라고 해도 무방한 샤를마뉴 대제 시대의 기사는 그와 같은 식으로 말을 했지요. 허나 지금은 불행하게도 그 대제의 시대가 아닙니다. 추기관님의 시대니까 말입니다. 오늘부터 삼 일 사이에는 아무리 비밀로 한다 해도 우리들이 결투한다는 소문이 밖으로 새어 나가고 말 것입니다. 그렇게 되면 우리의 승부는 여러 가지로 마가 끼게 되겠지요. 한데 그건 그렇고. 도대체 이 친구들은 어디서 방황하고 있는 것일까?」

「서둘러야 한다면」하고 다르타냥은 방금 전에 결투를 삼 일간 연장할 것을 제의했던 때와 같은 담담한 투로 말했다.

「급하시다면 제발 당장 나를 처치해 버리십시오. 사양마시고.」

「그 말 역시 매우 맘에 드는군요.」

아토스는 기품 있게 고개를 끄덕이면서 말했다.

「사려가 없는 인간의 말이 아니고 분명히 기개가 있는 무사의 말입니다. 나는 당신과 같은 기상을 가진 사람을 좋아합니다. 만일 오늘 이곳에서 결투를 하지 않는다면 당신과 재미있는 이야기를 즐길 수 있을텐데 말입니다. 아무튼 그들이 오는 것을 기다리기로 하지요. 나는 조금도 급한 게 아니니까요. 그렇게 하는 것이 방식에 합당한 것이니까. 아, 저기 한 사람이 오는군요.」

그의 말대로 보지랄 거리의 모퉁이에 폴토스의 거구가 나타났다.

「뭐라고요?」

다르타냥은 놀랐다.

「당신이 말한 입회인의 한 사람이 폴토스 씨인가요?」

「그렇습니다. 저 사람으로는 안 됩니까?」

「아니, 절대……」

「옳지, 또 한 사람이 왔습니다.」하고 아토스가 가리킨 방향을 보자 눈에 들어온 것은 아라미스의 모습이었다.

「이것은!」

다르타냥은 아까보다 더 큰소리로 말했다.

「다른 한 사람의 입회인은 아라미스입니까?」

「그렇습니다. 당신은 우리들이 절대로 제각기 따로 있는 일이 없다는 것, 총사들 사이에서는 물론 경호사들 사이에서도, 궁중에서도 도시에서도 우리들에 대해〈아토스, 폴토스, 아라미스의 막역한 삼우〉라고 한다는 것을 모르고 있었나요? 하긴 당신은 닥스라든가 포 쪽에서 나오셨으니까 모르는 것이 무리는 아니겠지요.」

「타르브입니다.」하고 다르타냥은 정정했다.

「사실, 당신들은 그 별명에 걸맞나 보군요. 그리고 오늘 나와의 사건으로 다소 평판이 일어나게 되면 당신들의 그와 같이 두터운 우정이 성격의 차이에만 기인하는 것이 아니라는 증거가 더욱 확실해지겠지요.」

그러고 있는 사이에 폴토스가 다가와서 아토스와 악수를 했다. 그리고나서 그는 다르타냥 쪽을 돌아보았는데 그 순간 어안이 벙벙해지고 말았다.

이에서 한 마디 밝혀 둔다면 폴토스는 아까의 칼띠를 다른 것으로 바꾸었고 외투도 벗고 왔었다.

「이게 도대체 어떻게 된 거야?」 하고 폴토스가 입을 열었다.

「나는 이 젊은이와 승부하는 걸세.」

아토스는 다르타냥을 가리키면서 그와 같은 동작으로 목례를 했다. 그러자

「나도 이 사람과 결투한다.」

폴토스도 이렇게 말했다.

「그렇습니다. 한 시에……..」

다르타냥이 말했다.

「나도 이 사람과 하는 거다.」 하고 이번에는 아라미스가 결투장에 들어서면서 이렇게 말했다.

「두 시에.」

다르타냥은 이번에도 매우 침착한 자세로 이렇게 다짐했다.

「한데, 귀공은 무슨 이유로 결투를 하는 건가?」

아라미스가 묻자

「그다지 분명한 것은 아니지만 이 사람은 내 어깨에 박치기를 한 거야. 그럼 귀공은, 폴토스?」

「응, 나는 단지 결투를 하고 싶으니까 하는 거지. 그것뿐이야.」

폴토스는 약간 얼굴을 붉히면서 말을 더듬었다.

무엇 하나 간과하지 않는 아토스는 가스코뉴 청년의 입가에 야유하는 미소가 스치고 지나가는 것을 발견했다.

「옷 문제로 우리는 약간 입씨름했던 것입니다.」하고 다르타냥이 보충 설명했다.
「그럼, 귀공은, 아라미스?」
아토스는 또 이렇게 물었다.
「난 약간 신학적인 문제로……」
아라미스는 진짜 이유는 밝히지 말아달라는 듯이 다르타냥에게 눈치를 주었다.
아토스의 눈에 또 다르타냥의 엷은 미소가 비쳤다.
「그렇겠군.」
아토스는 고개를 끄덕였다.
「그렇습니다. 성 아우구스티누스의 문제로 약간 의견이 맞지 않았기 때문에……」
다르타냥이 이렇게 보충해서 말했기 때문에
『제법 재치있는 말을 할 줄 아는 사나이로군!』
아라미스는 속으로 이렇게 중얼댔다.
「그럼, 이렇게 모두 모이셨으니까 한 마디 사과 말씀을 드릴까 합니다만……」
〈사과〉라는 말을 듣는 순간 아토스의 얼굴에는 어두운 표정이 떠올랐다. 동시에 폴토스의 입술은 경멸하는 미소로 일그러졌고, 아라미스는 듣지 않겠다는 몸짓을 했다.
「아닙니다. 내가 하는 말의 뜻을 오해하지 마시기 바랍니다.」
다르타냥은 쓱 머리를 세우고 말했다. 마침 그때 햇빛이 그 위에 드리웠기 때문에 아름답고 긴장된 얼굴의 선이 선명하게 드러났다.
「내가 사과를…… 한다는 것은 세 분 모두에게 자신의 의무를 완전히 다할 수 없을지도 모르기 때문에, 그런 경우를 위해 미리 양해를 구해 두자는 것입니다. 즉 아토스 씨는 맨 먼저 나를 죽일 권리를 가지고 계십니다. 따라서 폴토스 씨! 당신의 권리는 매우 박약한 것이 되고, 아라미스 씨! 당신에 이르러서는 거의 없는 것이나 진배없는 것이 된다고 해도 과언이 아니겠지요. 그래서 말하는 것입니다만, 반복해서 한 말씀 사과를 해 두는 것입니다. 단지 그것뿐입니다. 그럼 아토스 씨! 준비를 해 주시지요.」

이렇게 말하고나서 다르타냥은 가장 씩씩한 태도로 칼을 뽑았던 것이다.

다르타냥의 머리에는 욱 하고 피가 치솟았다. 이 순간 그는 왕국의 전체 총사를 상대하더라도 지금 아토스, 폴토스, 아라미스를 향해서 했듯이 힘껏 칼을 뽑았을 것임에 틀림없었다.

정오를 15분쯤 지나고 있었다. 태양은 지금 막 중천에 떠있었고 이 결투장 일대에는 직사광선이 내리쬐고 있었다.

「꽤나 무덥군!」 하고 아토스는 칼을 뽑으면서 말했다.

「나는 속옷을 벗을 수 없습니다. 아직도 상처에서 피가 나오고 있기 때문에 당신이 칼로 친 것이 아닌 상처에서 나오는 피를 보는 것은 당신도 불쾌할 테니까요.」

「그렇군요. 내가 하수인이든 아니든 당신과 같이 훌륭한 무사의 피를 보는 것은 가슴아픈 일입니다. 그럼 나도 속옷을 입은 채 시합하기로 하지요.」

다르타냥은 이렇게 말했다. 그러자 폴토스가

「어이! 어이!」 하고 소리쳤다.

「이젠 그 따위 정중한 말을 하지 말라. 다음 순번을 기다리고 있는 사람이 있다는 것을 생각해 달라!」

「그 따위 무례한 말은 입 속으로 하는 거다, 폴토스!」

아라미스가 핀잔을 주었다.

「나는 이 사람이 말하고 있는 것은 완전히 귀족답고 우아한 말투라고 생각하고 있다.」

「자! 그럼 언제라도.」 하고 자세를 취한 아토스가 유인했다.

「그 말이 나오길 기다리고 있었지요.」

다르타냥은 이렇게 말하고 검을 교차했다.

그런데, 두 개의 장검이 접촉하고 쨍그랑 소리를 낸 순간 주사크 대장이 인솔하고 있는 추기관 측의 경호사 한 조가 수도원 저쪽

5. 근위 총사와 추기관의 경호사

네거리에 나타났다.

「추기관의 경호사다. 두 사람 모두 검을 거두어라!」하고 폴토스와 아라미스가 동시에 소리쳤다.

그러나 때는 이미 늦었다. 한창 결투 중인 두 사람은 현장을 전혀 숨길 수 없는 상태에서 발각되고 말았던 것이다.

「여보세요, 총사 여러분!」

부하인 경호사들에게 뒤를 따르라 지시하고 주사크가 접근해 왔다.

「당신들은 이곳에서 결투하실 작정인가요? 금령이 내렸다는 사실을 잊으신 모양이군요.」

「근무하시느라 수고가 많습니다, 경호사 여러분!」하고 아토스는 한맺힌 소리로 말했다. 주사크는 엊그제 있었던 싸움에서 적의 한 사람이 아니었던가.

「당신들이 결투하시는 현장을 목격하더라도 우리들은 절대 방해하지 않으리다. 그러니 우리들에게도 눈감아 주기 바랍니다. 수고할 것없이 약간 흥미있는 구경을 하실 수 있을 테니까요.」

「아니 아니, 모처럼의 말씀이지만 그것은 불가능한 일입니다. 분명히 거절합니다.」

주사크는 이렇게 말했다.

「의무를 수행하는 것이 무엇보다 중요하니까요. 자, 칼을 거두고 우리를 따라오시오.」

「아니지. 우리 생각대로 할 수 있는 일이라면 기꺼이 초대에 응하겠으나…… 모처럼의 말씀이지만 그것은 불가능합니다.」

아라미스가 상대의 말투를 흉내내면서 이렇게 말했다.

「첫째 트레빌 경이 허락치 않으실 거요. 그러니 냉큼 지나가시오. 그렇게 하는 것이 이 경우 가장 무사한 것일 테니까.」

이러한 조롱으로 주사크는 화가 불끈 치솟았다.

「만약 따라오지 않으면 쳐들어 갈 수밖에 없다.」

「저치들은 다섯 명, 우리는 세 명이다.」하고 아토스가 낮은 소리로 속삭였다.
「또 패하게 될 거다. 이번에는 여기서 죽지 않으면 안 되겠군. 알겠나? 나는 다시 한 번 패한 꼴을 대장에게 보일 순 없으니까.」
주사크가 부하를 정렬시키고 있는 동안에 아토스, 폴토스, 아라미스는 한 군데로 모였다.
이 짧은 시간에 다르타냥의 결심은 굳혀졌다. 눈앞에서 일어나려 하고 있는 일은 한 사나이의 일생을 좌우하는 종류의 사건이었던 것이다. 왕이나 추기관 중에서 어느 한 쪽을 택해야 하는 순간이었던 것이다. 그리고 일단 선택한 이상 끝까지 그에게서 떨어져서는 안 되는 것이었다. 그곳에서 싸우는 것은 곧 법을 위반하는 것이며, 따라서 목숨을 위험 속에 내던지는 것이며, 곧 권세가 있는 추기관의 적이 되는 것이었다. 다르타냥의 머리에는 그러한 생각이 번개처럼 스쳐갔다. 그러자 그는 잠시도 주저할 수 없었다——이것은 칭찬할 만한 것이었다. 그는 아토스와 그 동료가 있는 쪽으로 빙그르르 몸을 돌리고는 말했다.
「당신이 하신 말씀을 약간 정정해 주셨으면 합니다. 지금 우리는 세 사람이라고 하셨는데, 내 생각으로는 네 사람인 것 같으니 말입니다.」
「귀공은 우리들의 동료가 아니야.」
폴토스가 이렇게 말했다.
「그건 그렇지요. 나는 제복을 입지 않았으니까요. 그러나 혼은 가지고 있습니다. 내 마음은 총사인 것입니다. 그것을 나는 마음 속으로 느끼고 있지요. 그리고 그것이 말하고 있는 것입니다.」
「비키라고. 거기 있는 젊은이!」
다르타냥의 수작을 지켜보고 있던 주사크는 이렇게 소리쳤다.
「귀공은 이곳을 떠나도 좋다. 깨끗한 얼굴에 상처가 나기 전에 어서 가게나.」
그러나 다르타냥은 움직이지 않았다.
「확실히 좋은 청년이야.」 하고 아토스는 다르타냥의 손을 꼭 쥐었다.
「자, 어떻게 할 것인가 어서 결정하라!」 하고 주사크는 독촉했다.
「좋아! 어떻게 해 보지 않겠나?」
폴토스와 아라미스도 아토스를 부추겼다.
「제법 혈기가 있는 대장이군!」
아토스는 이렇게 중얼댔다.
그러나 세 사람은 모두 다르타냥의 나이가 아직 어리다는 점과 경험이 부족하다는 것을 걱정하고 있었다.
「우리는 세 사람, 그 중 한 사람은 부상자, 그리고 다른 한 사람은 아직 어린아이다. 그래도 후일 네 사람이었다고 할 것이 틀림없다.」
아토스가 또 말했다.
「그건 그렇다. 그렇다고 어떻게 물러설 수 있겠는가?」
폴토스가 이렇게 말했다.
「그럴 순 없지!」
이것은 아라미스가 한 말이었다.
다르타냥은 세 총사가 주저하고 있는 의중을 알 수 있었다.
「어쨌든 나를 시험해 보시기 바랍니다. 설사 패한다고 하더라도 나는 결코 이곳을 떠나지 않을 결심이니까요.」
「이름은?」 하고 아토스가 물었다.
「다르타냥……」
「좋다! 아토스, 폴토스, 아라미스, 그리고 다르타냥, 앞으로 나오라!」
마침내 아토스가 이렇게 소리쳤다.
「어떤가, 귀공들. 마지막 결심은 섰는가?」
주사크가 세 번째로 독촉하는 말이었다.
「그렇다!」
아토스가 목에 힘을 주고 대답했다.
「어떻게 할 것인가?」
「실례지만 귀공들의 피를 칼의 녹으로 하려는 거다.」

그렇게 말하면서 아라미스는 한 손으론 모자를 약간 치켜올렸고, 다른 한 손으론 칼을 쓱 뽑았다.

「뭐야, 저항하겠다는 건가?」

주사크도 이렇게 고함쳤다.

「두말 하면 잔소리다. 왜 놀랐다는 건가?」

그래서 순식간에 아홉 사람의 검사는 어느 정도의 예의를 유지하면서 뒤섞여 맹렬히 싸우기 시작했다.

아토스는 추기관이 총애하는 카유작이라는 사나이를, 폴토스는 비카라를 상대로, 아라미스는 두 사람의 적과 싸웠다.

다르타냥은 주사크에게 정면에서 돌진해 갔다. 가스코뉴 청년의 가슴은 당장이라도 툭 터질 것처럼 쾅쾅 고동치고 있었다. 그것은 물론 무서워서가 아니었으며 오직 청년다운 경쟁심에서였다. 그는 적의 주위를 열 번 이상이나 빙글빙글 맴돌았고 자세와 위치를 어지럽게 바꾸면서 성난 호랑이처럼 싸웠다. 주사크는 당시 검법의 묘수라고 일컫고 있을 정도로 강자였으며 실전 역시 수없이 체험하고 있었다. 그러한 그가 쉴 새 없이 뛰어다니고 있는 이 민첩한 상대를 막는 것만으로 쩔쩔매고 있는 꼴이었다. 하긴 시종 법칙을 무시하고 사방팔방에서 덤벼들면서 자신의 몸에는 조금도 닿지 못하게 하려고 세심하게 배려하고 있지 않은가.

결국 이와 같은 전법이 주사크로 하여금 약이 오르게 했다. 흡사 어린아이와 같이 생각하고 있던 상대에게 이렇듯 괴로움을 당하고 있다는 것에 화가 치밀고 분노가 터진 그는 마침내 손끝이 흔들리게 되고 말았다. 다르타냥은 사실 경험은 부족했으나 이론은 완벽하게 터득하고 있었기 때문에 공격력을 강하게 하는 데 더욱 박차를 가했다. 주사크는 어서 처치해 버리겠다는 일념에서 맹렬히 돌진하면서 힘껏 찔렀다. 그러나 상대는 잽싸게 몸을 날려 칼을 피했다. 그리고 주사크가 흩어진 자세를 가다듬으려고 했을 때 다르타냥은 간발을 두지 않고 뱀처럼 칼날 밑을 미끄러지듯 빠져나가 칼을 적의 옆구리에다 깊이 꽂았다. 그러자 주사크는 퍽 하고 쓰러지고 말았다.

그리고나서 다르타냥은 싸움터 전체를 휙 돌아보았다. 아라미스는 벌써 한 사람의 적을 쓰러뜨리고 있었지만, 다른 한 사람은 맹렬히 파고들고 있었다. 그러나 아라미스는 유리한 자세였기 때문에 충분히 방어할 수 있었다.

폴토스와 비카라는 마침 서로 찌르고 찔린 상태였다. 폴토스는 팔을, 비카라는 허벅지를 찔렸던 것이다. 그러나 두 사람 모두 상처가 얕았기 때문에 곧 다시 전보다 더 맹렬한 기세로 싸우기 시작했다.

아토스는 다시 카유작에게 부상을 당하고 더욱 안색이 창백해졌으나 한 발도 물러서지 않고 있었다. 그는 칼을 왼손으로 잡고 싸우고 있었다.

당시 결투의 규칙으로는 다르타냥과 같은 경우에는 자기 편의 누구에게나 가세할 수 있었다. 눈으로 쭉 살펴보고 도움을 필요로 하는 편을 찾고 있던 다르타냥의 눈은 아토스의 눈과 마주쳤다. 그의 눈은 분명히 원조를 호소하고 있었다. 아토스는 도움을 구하기보다는 차라리 잠자코 죽었을 것이지만 눈으로 호소하여 원조를 청하는 것쯤은 할 수 있었던 것이다. 다르타냥은 그것을 깨닫고는 맹렬한 기세로 고함치면서 카유작에게 맹호처럼 덤벼들었다.

「내가 상대하겠습니다, 경호사님!」

그러자 카유작은 다르타냥을 돌아보았다. 마침 물러서기에 안성맞춤인 시기였다. 지금까지 사력을 다해 버티고 있었던 아토스는 푹 하고 무릎을 꺾었다.

「그놈을 죽이진 말아다오. 부탁이야. 내 상처가 낫게 되면 그 자와 다시 결판을 내야 할 테니 말이다. 다만 검을 두들겨서 떨어뜨리게만 해 주게나. 칼날을 얹어서…… 그렇지. 그것으로 족하다. 아주 훌륭해!」

이러한 감탄이 아토스의 입에서 새어 나왔을 때 카유작의 검은 이십 보 정도 저쪽으로 날아가고 있었다. 다르타냥과 카유작은 그것을 쫓아갔으나 다르타냥이 한 발 앞섰고 벌써 그 검을 발로 짓밟고 있었다.

그러자 카유작은 아라미스에게 살해된 경호사 곁으로 뛰어가서 그의 검을 잡았다. 그리고 되돌아오려고 했지만 도중에서 아토스와 만났다. 다르타냥의 도움으로 잠시 한숨 돌릴 수 있었던 아토스는 자신의 적을 행여 다르타냥이 죽이지나 않을까 걱정이 되었기 때문에 스스로 다시 승부를 계속할 심산이었던 것이다.

다르타냥은 이런 경우 굳이 자신이 카유작을 상대하는 것은 도리어 아토스에 대해 불친절한 것이라고 생각했다. 사실 그로부터 얼마 후에 카유작은 아토스의 칼에 목을 찔리고 쓰러졌다.

이와 같은 시각에 아라미스는 반듯이 쓰러져 있는 적의 가슴에다 검을 대고는 어서 목숨을 구걸하라고 호통치고 있었다.

아직 폴토스와 비카라의 승부가 남아 있었다. 폴토스는 허세를 부리고 실컷 희롱하고 있었다. 그는 싸우면서 시간을 묻는가 하면 비카라의 동생이 나바르의 연대에서 중대장이 된 것에 대해 축하의 말을 하기도 하였다. 그러나 폴토스는 그 상대를 야유하고 있으면서도 단숨에 승리를 거둘 수는 없었다. 상대자인 비카라는 죽을 때까지 싸워야 직성이 풀린다는 강자였기 때문이었다.

그러나 어떻게 해서든 빨리 결판을 짓지 않으면 순찰이 달려와서 부상자든 그렇지 않은 자든, 국왕파든 추기관파든 가릴 것없이 모두를 한 묶음으로 체포해 갈 우려가 있었다. 그래서 몸이 달았던 아토스, 아라미스, 다르타냥은 비카라의 주위에 삥 둘러서서 항복할 것을 촉구했다. 혼자서 적의 전부와 상대하고 더구나 허벅지에 부상까지 입고 있으면서도 비카라는 계속해서 싸울 작정이었다. 그러나 팔꿈치를 짚고 가까스로 일어난 주사크가 소리쳐 항복하라고 했다. 비카라는 다르타냥과 같이 가스코뉴 태생이기 때문에 못들은 척하면서 웃고 있었다. 그리고 그는 칼을 막는 사이에 자신의 칼로 지면을 가리키고는 성서의 한 귀절을 흉내내면서

「이곳에서 비카라는 죽고자 한다. 그와 함께 있었던 자들 중에서 오직 한 사람.」

이렇게 외쳤다.

5. 근위 총사와 추기관의 경호사

「하지만 상대는 네 사람인 것이다. 이젠 중지하라. 나는 명령하고 있는 거다.」

「아, 명령한다고 하나. 그렇다면 할 수 없지. 귀공은 대장이니까. 그 명령에 복종하지 않으면 안 되겠지.」

비카라는 이렇게 말하고는 뒤로 한 걸음 물러나 검을 상대에게 빼앗기지 않으려고 무릎으로 뚝 잘라 수도원의 담 너머로 휙 집어 던지고는 팔장을 끼고 추기관파의 노래를 부르기 시작했다.

비록 적일망정 그 용기에 대해서는 경의를 표하는 것이 상례였다. 총사들은 비카라에 대해 검으로 경의를 표한 다음 모두 칼을 칼집에다 꽂았다. 물론 다르타냥도 그렇게 하였다. 그리고나서 쓰러지지 않았던 단 한 사람인 비카라를 도와 주사크, 카유작, 그리고 아라미스의 상대로서 부상한 사나이를 수도원의 문 아래로 운반했다. 또 한 사람의 경호사는 앞에서 말한 바와 같이 죽어 있었다. 그리고는 종을 울리고 다섯 개 중에서 네 개의 검을 전리품으로 하고 총사들은 기쁨에 충만된 모습으로 트레빌 경의 저택으로 위풍도 당당하게 개선했던 것이다.

총사들은 길을 가면서도 서로 팔을 끼었고 거리가 비좁을 정도로 활보하였으며 만나는 다른 총사들과 얼싸안기도 했는데 마침내는 개선행진과도 같은 소동으로 바뀌었다. 다르타냥의 마음은 더할 나위 없는 기쁨으로 넘쳐 있었다. 그는 아토스와 폴토스 사이에 끼어 두 사람을 교대로 껴안으면서 걸어갔다.

「나는 아직 정식 총사는 아니지만.」

트레빌 경의 저택 대문을 들어가면서 다르타냥은 새 친구들을 돌아보고 말했다.

「그러나 이것으로 수습은 통과한 셈이겠죠! 안 그래요?」

6. 루이 13세

　이 사건에 관한 소문은 금방 자자하게 퍼졌다. 트레빌 경은 총사들에게 표면적으로는 엄하게 질책했으나 낮은 음성으로는 입이 마르도록 칭찬했다. 그러나 지체없이 이 사건에 대해 폐하에게 보고해 둘 필요가 있었기 때문에 서둘러 루브르 궁으로 올라갔다. 이미 늦은 시간이라서 왕은 추기관과 거실에 들어가 있었다. 시종은 지금 폐하께서는 한창 일을 하시기 때문에 만나실 수 없다고 했다. 그날 밤 트레빌 경은 왕의 골패놀이 시간에 갔었다. 왕은 계속해서 이기고 있는 때라서 원래 인색한 성격인 만큼 기분이 썩 좋았다. 그래서 먼 발치에서 트레빌 경의 모습을 보자 곧 소리쳤다.

　「어서 이리로 오시오. 대장! 약간 질책할 일이 있네. 좀전에 추기관이 와서 그대의 부하인 총사에 대해 불만을 토하고 갔지. 그 사람은 오늘 밤 몸이 나쁘다고 할 정도로 매우 격한 어조로 분노하고 있었다네. 미상불 그 총사들은 처치곤란한 깡패들이 아닌가?」

　「아닙니다. 절대 그렇지는 않습니다.」 하고 트레빌 경은 앞으로 어떻게 형세가 바뀔 것인가를 생각해 보면서 이렇게 대답했다.

　「그런 일은 없습니다. 그들은 모두 선량한 양과도 같이 온순한 인간들입니다. 그들이 한결같이 바라고 있는 것은 오직 한 가지, 즉 폐하께 도움이 될 때에만 칼을 뽑겠다는 것뿐입니다. 그러나 어떻게 된 영문인지 추기관님 측 경호사들이 항상 싸움을 걸어오기 때문에 부득이 그들도 방어하지 않을 수 없어서 결국 이렇게 된 것입니다.」
「우선 잘 듣게나. 그대의 말을 듣고 있노라면 마치 신도단이나 다른 무엇인가의 평판을 듣고 있는 것 같단 말이야. 어떤가? 그대에게 주었던 사령장을 되돌려받아 슈메로 양에게 주는 것이. 그 사람을 수도원 원장으로 임명하겠다고 약속을 했으니까 말야. 아니지. 나는 그대의 말을 무조건 믿지는 않는다. 나에 대해 세상에서는 공정한 왕 루이라 말하고 있거든. 우선 찬찬히 사건의 진상을 조사해 보기로 하지. 마음을 진정시키고 말이지.」
「그러한 폐하의 공정한 기질을 신뢰하고 있기 때문에 폐하의 놀이가 끝날 때까지 이렇게 제가 기다리고 있는 것이지요.」
「우선, 좀더 기다리고 있으라고. 좀더 기다려요. 그렇게 오래 걸리진 않을 테니까 말이지.」 하고 왕은 말했다.
실제로 형세가 바뀌어 폐하 쪽의 패색이 짙어지기 시작했기 때문에 어떻게든 구실을 찾아 이 승부에서 멋지게 이김으로써 끝내려는 생각인 것 같았다. 그래서 왕은 곧 자리에서 일어나 자신의 앞에 있는, 놀이에서 딴 돈을 호주머니에 넣고는
「그럼, 라뷔유빌! 내 대신 승부하는 것이 좋겠다. 나는 트레빌 경과 해야 할 중요한 이야기가 있으니까. 응, 나에게는 팔십 루이 있었으니까 그것과 같은 돈을 걸어 두거라. 패한 사람에게 불만이 없도록 말이지. 무엇보다도 공정한 것이 첫째인 거야.」
이렇게 말한 다음 트레빌 경을 돌아보고 창가로 함께 걸어갔다.
「그래서, 결국 싸움을 건 것은 추기관의 경호사라는 말이군. 그대는?」
「그렇습니다. 언제나 그렇듯이……」
「그 사건의 발단은 어떤 것이었나? 여하튼 쌍방의 말을 충분히 듣지 않으면 공평하다 할 순 없으니까 말야.」
「아니, 그건 참으로 분명한 일인 것입니다. 우리 측에서 가장

우수한 세 사람, 폐하께서도 아시는, 한 번만이 아니고 폐하의 칭찬을 받았던 자들로서 전적으로 폐하께 충성을 바치고 있는 자들입니다만, 이 가장 우수한 세 사람이 오늘 아침 제 집에서 알게 된 가스코뉴 태생인 젊은이와 놀러 가기로 약속했던 것입니다. 분명히 생 제르맹에 갈 예정이었던 것으로 생각합니다만 만나기로 한 장소가 카름 데쇼로 돼 있었습니다. 그런데 그 집합 장소에 주사크, 카유작, 비카라, 그 밖의 두 사람의 경호사가 왔던 것입니다. 그렇게 많은 사람이 온 것을 보면 이들은 금령에 위배되는 무슨 짓을 하려고 왔던 게 틀림없는 것으로 생각됩니다.」

「그래, 나도 그런 생각이 드는군. 그자들은 결투라도 하기 위해 갔던 것이 틀림없을 거라고 말야.」

왕은 이렇게 말했다.

「저는 지금 그것을 따지자는 게 아닙니다만, 그와 같은 인기척이 없는 장소에 다섯 사람이나 되는 사나이가 무기를 가지고 간 이유에 대해서는 다만 폐하의 상상에 맡겨 드리겠습니다.」

「잘 알겠네. 잘 알겠다구.」

「한데, 그들은 총사들의 모습을 보고 별안간 최초의 목적을 바꾸었던 것은 증오의 감정 때문에 개인적인 원한을 망각해 버렸던 것일까요. 아무튼 폐하의 직속 총사들은 추기관 측 경호사의 당연한 적이니까요.」

「그렇겠구먼.」

왕은 탄식하는 투로 이렇게 말했다.

「이렇게 프랑스가 두 파로 갈라지고 나라에 두 사람의 지배자가 있다는 것은 유감스러운 일이지만, 그러나 이것은 머지않아 없어질 것이야. 트레빌! 이것은 머지않아 없어진다. 그런데 그 경호사들 쪽에서 총사들에게 싸움을 걸었다는 것인가?」

「정녕 그랬을 것으로 추측하고 있습니다만, 꼭 그렇다고 단정은 하지 않겠습니다. 사건의 진상이라는 것은 꽤 알기 힘든 일이니까요. 폐하와 같이 공정왕이라고 칭송될 만큼 뛰어난 직감력을 가지신

분이 아니고서는 도저히……」

「좋아, 그런데 총사들 외에 또 하나의 꼬마가 있었다는데?」

「그렇습니다. 더구나 총사의 한 사람은 부상자였습니다. 즉 근위의 삼총사라고는 해도 그 한 사람은 부상자였고 또 한 사람의 꼬마가 포함돼 있었습니다. 이렇게 넷이서 추기관 측에서 가장 뛰어나다는 다섯 명의 강자와 싸운 셈입니다만, 그런데도 그 다섯 사람 중 네 사람을 쓰러뜨린 것입니다.」

「굉장한 승리가 아닌가? 그것은.」

왕은 기쁨으로 얼굴을 환하게 빛내면서 이렇게 말했다.

「이러쿵저러쿵 따질 수조차 없는 승리인 거야.」

「네, 완전한 승리였습니다. 저 새 다리의 승리처럼.」

「네 사람 중 한 사람은 부상자였고, 또 한 사람은 어린아이라고 했지?」

「아직 청년이라고 하기엔 어린 나이입니다. 그렇지만 이 자는 이번 싸움에서 매우 훌륭한 태도를 보여 주었기 때문에, 외람되오나 폐하께 천거하고자 생각하고 있습니다만……」

「이름은 무엇이지?」

「다르타냥이라고 합니다. 저의 옛 친구의 외아들입니다만, 그 부친은 선왕 폐하께 사군했었고 종교전쟁때 공을 세운 무사입니다.」

「그래, 그 젊은이의 태도가 그렇게도 훌륭했다는 거지? 그에 관한 이야기를 들려 주지 않겠나? 나는 아다시피 전쟁과 무공에 관한 이야기를 좋아하니까 말이야.」

루이 13세는 이렇게 말하고 약간 몸을 흔들면서 콧수염을 자랑스럽게 꼬았다.

「아까도 여쭌 바와 같이 다르타냥은 아직 어린아이와도 같습니다. 아직 총사라는 명예를 얻지 못하고 있기 때문에 그날도 평복을 입고 있었습니다. 추기관의 경호사도 이 자의 나이가 너무 어린 것을 보고, 또 한 청년이 대에 속해 있지 않다는 것을 생각하고는 공격에 들어가기 전에 그곳에서 떠나라고 권했던 것입니다.」
「음, 그렇다면 역시 저편에서 선수를 친 것으로 생각되는군.」
「말씀과 같습니다. 그것은 확실한 일입니다. 그들은 그곳에서 젊은이에게 떠날 것을 권했습니다만, 이 자는 『나는 마음으로는 총사이고 폐하에게 충성을 맹세하고 있는 터이다. 그러니까 끝까지 총사들과 함께 이곳에 머물러 있을 결심이다』라고.」
「오, 용감한지고……」
왕은 이렇게 감동했다.
「그리고는 그 말대로 머물렀습니다. 더구나 이 젊은이의 수련은 그 주사크를 통렬한 일격으로 쓰러뜨렸던 것이지요. 추기관님이 그토록 분노하시는 직접적인 이유는 바로 이것입니다.」
「뭐라고? 주사크를 쓰러뜨렸던 것이 그 젊은 아이였다는 건가? 그 꼬마가 말이지. 아니 트레빌! 그건 도저히 믿을 수가 없군그래.」
「그것은 사실입니다. 조금도 거짓이 아닙니다.」
「국내 굴지의 검객이라던 그 주사크를…….」
「그렇습니다. 뜻하지 않았던 강적을 만나 적이 놀랐던 것이겠지요.」
「그 젊은이를 만나 보자구. 난 꼭 만나 보고 싶다. 만약 무엇인가 해 줄 수 있다면 고려해 보자꾸나.」
「언제 알현할 수 있도록 윤허해 주시겠습니까?」
「내일, 정오가 좋겠군.」
「그 아이만 데리고 올까요?」
「아니지. 네 사람 모두 데리고 오라구. 모두와 만나 치하해 주고 싶으니까. 진심으로 충성을 바치고 있는 무사는 적지 않거든. 충성에 대해 보답하는 것이 중요한 거니까.」
「그럼, 정오에 루브르 궁으로 데리고 오겠습니다.」
「저, 옆에 있는 계단으로 오라고. 정면으로는 안 오는 게 좋아. 추기관에게 알릴 필요는 없으니까…….」
「알겠습니다.」

「알겠나? 트레빌! 금령은 역시 금령인 거야. 어디까지나 결투하는 것은 금지되어 있으니까 말이다.」
「그러나 이번 싸움은 여느 결투와는 완전히 다른 것입니다. 말하자면 돌발적인 충돌이었을 것입니다. 그 증거가 곧 추기관 측이 다섯 명이었던 데 대해 저희 쪽에서는 삼총사와 다르타냥뿐이었으니까……。」
「과연 그렇겠군. 하지만 그건 좋다. 아무튼 옆 계단으로 데리고 오도록 하게나.」

트레빌 경은 빙긋이 웃었다. 기가 약한 왕이 평소에 머리를 들 수 없는 사람에게 반항심을 일으키게 할 결과를 얻었다는 것만으로도 충분히 만족해도 좋았기 때문에 공손히 인사하고 매우 기쁜 마음으로 하직했다.

그날 밤 안으로 세 사람의 총사는 알현에 관해 통고를 받았다. 총사들은 전에도 왕을 배알한 적이 있었기 때문에 그다지 마음의 안정을 잃지 않았으나 다르타냥은 그렇지 않았다. 그는 가스코뉴인다운 공상으로 자신의 빛나는 운세가 바야흐로 열리게 된 것을 생각하며 그날 밤은 금빛 찬란한 꿈을 꾸면서 지냈다. 따라서 다음날 아침에는 8시에 벌써 아토스의 집에 가 있었다.

다르타냥이 도착하자 총사는 이미 옷을 갈아입고 외출할 채비를 마치고 있었다. 배알시간이 정오였기 때문에 아토스, 폴토스, 아라미스 등은 뤽상부르 궁의 마굿간 곁에 있는 정구장에 가기로 약속하고 있었다. 아토스는 다르타냥에게도 함께 갈 것을 집요하게 권했기 때문에, 다르타냥은 아직 한 번도 그런 유희를 해 본 적은 없었으나 9시부터 정오까지의 시간은 달리 할 일도 없고 해서 함께 가기로 했다.

폴토스와 아라미스는 이미 와서 정구놀이를 하고 있었다. 무슨 경기든 탁월한 재간을 가진 아토스는 다르타냥과 짜고 다른 두 사람에게 도전했다. 그러나 1구만을 쳤을 뿐으로, 그것도 왼손으로 했으나 이런 경기를 하기에는 아직 부상에 대한 영향이 크다는 것을 깨닫고 물러갔다. 그래서 다르타냥은 혼자 남게 되었다. 그는 자신이 정식으로 경기를 하기에는 무리라고 하면서 점수를 따지지 않고 다만 공을 치는 것만 하기로 하고 있었다. 그런데 폴토스의 강한 팔로 쳤던 공이 다르타냥의 얼굴 곁을 휙 하고 지나갔다. 그래서 다르타냥은 만약 그런 공이 얼굴 정면에라도 맞는다면 그날의 알현은 불가능하게 될 것이라는 생각이 들었다. 그런 얼굴을 하고 폐하 앞에 나갈 수는 없을 것이기 때문이었다. 이 알현이야말로 자신의 앞날의 운세를 결정하는 매우 중대한 일이었기 때문에 그는 폴토스와 아라미스에게 정중하게 목례를 보내고 서로 비슷한 솜씨로 공을 칠 수 있을 때까지 경기는 삼가하기로 하고 관람석으로 돌아왔다.

그때 구경꾼 속에는 불행하게도 추기관 측 경호사 한 사람이 섞여 있었는데, 이 사나이는 전날의 싸움에서 동료가 여지없이 참패했던 것에 대해 몹시 분노하고 있었고 기회만 있으면 복수할 것을 굳게 다짐하고 있었다. 그래서 그는 마침 좋은 기회라 생각하고 옆 자리에 있는 사나이에게 들으라는 듯이 이렇게 말했다.

「저 청년이 저렇게 공을 무서워하는 것도 무리는 아니지. 저치는 아직 총사의 병아리니까.」

그 말을 듣자 다르타냥은 마치 뱀에 물린 것처럼 홱 돌아보고 무례한 말을 뇌까린 경호사를 뚫어질 듯이 노려 보았다.

「뭐야, 내 얼굴에 뭐가 묻기라도 했나? 하지만, 어이 꼬마! 내가 한 말은 분명한 것이다.」 하고 그 사나이는 다르타냥을 잔뜩 깔보는 표정으로 마주보면서 콧수염을 비비꼬았다.

「당신이 하신 말씀은 조금도 변명할 여지가 없을 정도로 분명한 것이니까 잠시 이쪽으로 와 주실까요?」

다르타냥은 조심하면서 이렇게 말했다.

「언제 말인가?」

그 사나이는 여전히 조롱하듯 물었다.

「지금 당장이 어때?」

「내가 누구인지 알고는 있겠지 ? 필경.」
「아니, 전혀 모른다. 그러나 그런 것은 전혀 상관없는 일이야.」
「그렇다면 경솔한 짓이다. 내 이름을 알게 되면 그렇게 서둘지는 않을 테니까.」
「그럼, 그대의 성함은 ?」
「벨나주.」
「좋다 ! 그럼 벨나주 씨 ! 입구에서 기다리겠다 !」
다르타냥은 조금도 변하지 않은 얼굴로 이렇게 말했다.
「그럼, 먼저 나가시오. 뒤따라 갈 테니까.」
「아니지. 그렇게 서둘 것 없다구. 우리들이 하는 짓을 다른 사람이 알면 방해가 들어오니까.」
「과연 그렇겠군 !」
 자신의 이름이 전혀 효과가 없다는 것을 이상하게 여기면서 경호사는 이렇게 대답했다.
 사실 벨나주의 이름을 모르는 사람은 다르타냥 뿐이었다. 국왕과 추기관의 금령이 근절시킬 수 없는, 나날의 그와 같은 싸움에서 가장 많이 화제에 오르는 것이 바로 이 사나이의 이름이었던 것이다.
 폴토스와 아라미스는 경기에 열중해 있었고, 아토스도 그것을 관전하는 데 정신을 팔고 있었기 때문에 다르타냥이 밖으로 나가는 것을 미처 깨닫지 못했다. 다르타냥이 약속한 대로 입구에서 기다리고 있자 한 발 늦게 경호사가 왔다. 정오에 알현해야 할 입장에 있는 다르타냥은 시간을 낭비할 수가 없었기 때문에 잽싸게 주위를 살펴보고 거리에 사람이 없는 것을 확인하고는 말했다.
「경호사쯤 되는 당신이 상대자로 이런 수습 총사를 가지게 된 것은 불운이군요. 그러나 안심해 주십시오. 나도 전력을 다할 셈이니까. 자 !」그러나
「하지만.」하고 상대는 주저하면서
「이 장소는 적당치 않은 것 같다. 생 제르맹 사원의 뒤쪽이든가 프레 오 클레르 쪽이 좋겠는걸.」

이렇게 말했다.
「지당한 말씀이오. 하지만 유감스럽게도 나는 정오에 약속이 있기 때문에 짬이 없소이다. 자 그러니 이곳에서!」
 벨나주도 이렇게 두 번이나 도전을 받고 물러설 사나이가 아니었다. 검이 그의 손에서 번쩍였던 순간 맹렬한 기세로 뛰어들었다. 상대가 젊다는 것을 보고 겁을 주기 위해서였는지도 몰랐다.
 그러나 다르타냥은 어제 이미 수습을 거친 데다 승리로 사기가 충천했었고 오늘의 알현에 가슴이 뛰고 있었기 때문에 한 발도 물러서지 않겠다고 마음을 단단히 가다듬고 있었다. 그래서 두 개의 검은 팽팽히 대립하게 되었는데 다르타냥이 끝까지 뒤로 물러서지 않았기 때문에 벨나주가 한 발 뺄 수밖에 없었다. 더구나 발을 빼는 순간 그 칼끝이 약간 동요하는 것을 노리고 간발없이 다르타냥은 잽싸게 칼이 얽힌 것을 푸는 것과 동시에 날카롭게 벨나주의 어깨를 찔렀다. 그렇게 해놓고 다르타냥은 뒤쪽으로 뛰어내려 검의 자세를 바로했다. 벨나주는 뭐 이까지 것쯤 했을 뿐 이번에는 맹렬법으로 쳐들어 왔지만 그 기세로 도리어 상처만 입고 말았다. 그러나 그는 아직 쓰러지거나 항복도 하지 않은 채 잠시 트렘외 저택(이 집에서 그의 친족이 시종들고 있었다.) 방향으로 후퇴했다. 다르타냥은 지금 적이 받은 상처의 깊이를 몰랐기 때문에 더욱 맹렬히 추적했으며 제3격을 가해 그의 숨통을 끊어 주려고 덤벼들었다. 그러나 그때에는 예삿일이 아닌 듯한 기합소리가 정구장까지 들렸기 때문에 다르타냥이 좀전에 말하고 있던 것을 알고 있었고 또 그 모습이 사라지고 없는 것을 본 경호사의 친구 두 사람이 칼을 뽑아 들고 달려왔다. 그와 동시에 아토스, 폴토스, 아라미스도 모습을 나타냈으며 다르타냥에게 덤벼들려고 하는 두 사람을 밀어젖혔다. 그때 벨나주는 털썩 쓰러지고 말았다. 두 사람의 경호사는 상대가 네 사람인 것을 보고 큰소리로 외쳤다.
「트렘외 저택에 있는 분들! 나와서 가세해 주시오!」
 그 소리를 듣고 저택 안에 있던 사람들이 우르르 달려나와 네

사람에게 덤벼들었기 때문에 이쪽에서도

「총사대 사람들은 나오시오!」하고 뒤질세라 소리쳤다.

총사들의 이 호소는 평소에도 꽤 반응이 좋았던 것이다. 총사는 추기관의 적이라는 것을 세간에서는 잘 알고 있었기 때문에 추기관을 증오하고 있다는 한 가지 이유만으로도 세간에서는 총사들에게 호의적이었다. 그래서 리슐리외 공 이외의 제후에 속해 있는 무사들은 모두 이와 같은 분쟁에서는 으레 근위 총사의 편이었다. 그 때 마침 이 거리를 지나가고 있던 에살 후작의 경호사 세 명 중 두 명이 즉시 네 사람에게 가세하였고 한 사람은 트레빌 경의 저택으로 달려갔다.

「총사 여러분! 나와서 가세해 주시오!」하고 소리치면서 돌아다녔다. 항상 그랬듯이 트레빌 경의 저택에는 총사들로 가득차 있었기 때문에 모두 쏜살같이 달려온 것은 두말할 나위가 없었다. 그래서 소동은 더욱 커지고 말았다. 결국 우세한 것은 총사 쪽이었다. 추기관 파와 트렘외 저택의 무사는 저택 안으로 후퇴하였고 적이 쳐들어오지 못하게 냉큼 문을 닫아 버렸다. 최초에 부상했던 사람은 죽임을 당하기 전에 운반해 갔지만 앞에서 말한 바와 같이 그는 여간 중상이 아니었다.

총사들과 그쪽에 모인 사람들은 극도로 흥분해 있었으며 무례하게도 근위의 총사를 향해 덤벼들었던 트렘외 저택 사람을 응징하기 위해서는 그 저택에다 불을 지르는 것이 어떨까 하고 토의까지 했다. 그 의견이 크게 갈채를 받고 있을 때 다행하게도 11시의 종이 울렸고, 다르타냥 등은 알현해야 한다는 것을 생각해 냈다. 그래서 그들은 이 통쾌한 일을 감행하는 마당에 자신들이 빠진다는 것은 심히 유감스러운 일이 아닐 수 없다고 생각했을지도 모른다. 그러나 그들은 서둘러 모두를 타일렀으며, 마침내 냉정을 되찾게 했었다. 모두는 길에다 깔아놓은 돌을 그 저택 안으로 던지는 것으로 참았다. 대문은 끝내 열리지 않았고, 모두는 약간 지쳐 있었다. 그러는 사이에 이 소동을 일으켰던 장본인은 벌써 이 군중 속에서 **빠져나와** 트레빌 경의 저택을 향해 바삐 가고 있었다. 트레빌 경은 이 충돌사건을 이미 알고 대기하고 있었다.

「어서 루브르 궁으로 가자. 일각이라도 지체해서는 안 된다. 폐하께서 추기관의 입을 통해 이 사건을 듣기 전에 만나 뵙지 않으면 안 된다.」 하고 트레빌 경은 서둘렀다.

「그리고 이것은 어제 일어났던 사건에 이어진 것이라고 말씀드려야겠다. 그러면 두 사건이 잘 연결될 테니까.」

트레빌 경은 네 사람을 데리고 루브르 궁으로 달려갔다. 그런데 그날 따라 왕 폐하께서는 생 제르맹의 숲으로 사슴사냥을 가셨다는 이야기였다. 납득할 수 없었던 트레빌 경은 두 번을 거듭 물었다. 그때마다 총사들은 트레빌 경의 얼굴이 붉게 물드는 것을 보았다.

「폐하께서는 어제부터 사냥에 가실 예정이셨나?」 하고 트레빌 경은 시종에게 물었다. 그러자 시종은

「아닙니다.」

이렇게 대답하고는

「실은 주엽관이 아침에 와서 폐하께 어젯밤부터 사슴을 풀어 놓았다고 여쭈었습니다. 폐하께서는 처음에는 가지 않겠다고 말씀하셨습니다만, 사냥의 즐거움에 결국 지신 모양으로 식사 후 떠나셨습니다.」

「폐하는 추기관님과 만나셨는가?」

「정녕 만나신 것 같습니다. 왜냐하면 오늘 아침 추기관님의 마차에 말이 매어져 있는 것을 보고 어디 가시느냐고 물었더니 생 제르맹이라고 대답했으니까요.」

「앞질렀군 그래.」

트레빌 경은 이렇게 말하고나서

「나는 오늘밤 폐하를 만나 뵙겠다. 귀공들은 굳이 뵙지 않는 편이 나을 것으로 생각된다.」

그 말은 타당한 데다 왕의 성격을 속속들이 알고 있는 트레빌 경이 하는 말이기 때문에 네 사람은 그 말에 복종할 수밖에 없었다.

6. 루이 13세

 그래서 각자 집으로 돌아가서 하회를 기다리기로 했다.
 트레빌 경은 집으로 돌아오자 먼저 소송을 제기해 둘 필요가 있다고 생각했기 때문에 급히 트렘외 저택으로 사람을 보냈다. 그에게 써 보낸 편지에서는 추기관의 경호사를 저택 밖으로 옮길 것, 총사에 대해 무례한 짓을 감행한 가인을 견책할 것을 요구했다. 주인인 트렘외 공은 벨나주의 친척인 시종으로부터 이미 사건내용을 전해듣고 있었기 때문에, 불만을 말할 수 있는 것은 트레빌 경과 총사가 아니고 오히려 부하가 상처를 입고 또 집에다 방화하겠다는 등 그러한 협박을 들은 이쪽이 아니겠느냐고 답장을 보내왔다. 입씨름으로 결말을 낼 수는 없다고 생각한 트레빌 경은 단번에 해결하는 방법을 택했다. 즉 자신이 트렘외 공을 직접 만나보기 위해 찾아갔던 것이다.
 두 사람의 영주는 서로 겸손하고 점잖게 인사를 교환했다. 피차 우정까지는 몰라도 서로 경의는 표하고 있는 사이였기 때문이었다. 두 사람 모두 용기가 있고 의리에 밝은 인물이었다. 트렘외 공은 신교도로서 궁중에 출입하는 일도 드물었기 때문에 어느 당파에도 속하지 않고 있으며 사교면에서도 별로 편견이 없는 사람이었다. 그러나 그날은 응대하는 태도가 겸손하고 점잖기는 하였으나 어딘지 냉랭한 것을 느끼게 했다.
 트레빌 경이 먼저 입을 열었다.
 「우리들 양쪽 모두 불만의 씨가 있는 것 같기에 차라리 두 사람이 직접 만나서 결말을 지을까 하고 찾아 뵈었습니다.」
 「좋습니다.」 하고 트렘외 공은 대답했다.
 「실은 나도 이미 사정을 소상하게 듣고 있습니다만 당신 쪽의 초아들에게 모든 책임이 있는 것 같습니다.」
 「당신은 공정한 데다 사리에 밝은 분이기 때문에 내가 말하려는 안에 대해 찬성해 주실 줄 믿습니다만…….」
 「말씀하시지요, 그 안을.」
 「벨나주의 용태는 어떤가요? 당신 부하의 친족이라고 들었습니다만.」

「매우 중태인 것 같습니다. 팔에 입은 상처는 그다지 위험한 것은 아니지만 가슴도 다쳤습니다. 의사는 회복하기가 어려울 것 같다고 말하고 있습니다.」

「그래도 의식은 회복했겠지요?」

「네, 그것은 완전히……」

「말은 할 수 있을까요?」

「편하진 않으나 말은 합니다.」

「그럼 이렇게 하시지요. 나와 당신이 함께 그 사나이 곁에 가기로 합시다. 그리고 곧 곁으로 가게 되겠지만 신의 이름으로 진실을 말하도록 맹세를 하게 합시다. 나는 이를테면 그 사나이에게 자신에 대한 재판을 스스로가 하도록 하자는 것입니다. 그리고 그가 하는 말을 전적으로 믿을 것입니다.」

그 말을 듣고 트렘외 공은 잠시 생각에 잠겼다가 그 제안보다 나은 생각이 떠오르지 않았기 때문에 동의했다.

그래서 두 사람은 부상자가 있는 방으로 갔다. 부상자는 지체가 높은 사람이 함께 들어왔기 때문에 자리에서 일어나려고 했으나 그럴 만한 기력도 없으면서 무리했기 때문에 정신을 잃고 쓰러지고 말았다.

트렘외 공이 다가가서 각성제를 맡게 하자 다시 정신이 돌아왔다. 트레빌 경은 병자를 학대했다는 말을 듣는 것이 싫었기 때문에 트렘외 공에게 질문하도록 했다.

트레빌 공의 예상은 적중하였다. 생사의 기로를 헤매고 있는 벨나주는 사건의 진상을 거짓으로 꾸며댈 만한 기력도 없었으며 그저 술술 사실대로 실토했다.

트레빌 경은 대만족이었다. 그래서 벨나주에게 하루속히 회복하도록 하라는 위로의 말을 남기고 자신의 저택으로 돌아왔다. 트레빌 경은 저택으로 돌아오자 곧 식사에 초대하려고 했던 네 사람에게 통지했다. 트레빌 경의 저택에 초대를 받고 오는 사람은 모두 상류층 사람들이었으며 반추기관파뿐이었다. 따라서 식탁에서 화제가 된 것은 오로지 추기관 측 경호사가 최근 두 번이나 패배했으며 그 사건이 서로 관련되어 있다는 것은 쉽게 상상할 수 있다는 것 등이었다. 그리고 이 두 번의 사건에서의 영웅은 다르타냥이었기 때문에 찬사는 연달아 그에게 쏟아졌다. 아토스와 폴토스, 아라미스도 젊은 친구에게 영광의 꽃다발이 돌아가도록 마음을 써 주었다. 그것은 우정에서 그렇게 했을 뿐만 아니라 그들도 각기 과거에 그와 같은 경험이 여러 차례 있었기 때문이었던 것이다.

6시 무렵 트레빌 경은 이제부터 루브르 궁에 가지 않으면 안 된다고 말했다. 그러나 왕께서 허락했던 알현 시간은 이미 지나 있었기 때문에 옆에 있는 계단을 통해 올라가지 않고 네 사람과 함께 대기실에 앉고 말았다. 왕은 아직 사냥에서 돌아오지 않았다. 반 시간쯤 궁중의 지체가 높고 이름난 사람들과 섞여 기다리고 있자니까 문이 열리고 왕이 환궁했음을 알려 주었다.

이 소식을 듣자 다르타냥은 뼈까지 달달달 떨려왔다. 확실히 이 순간에 자신의 부침이 걸려 있다는 것을 느꼈다. 두 눈은 불안한 빛을 띠고 왕이 들어설 문에 딱 달라붙어 있었다.

루이 13세는 맨 앞에 서서 들어왔다. 먼지투성이가 된 사냥복에다 커다란 장회를 신었고 손에는 채찍을 들고 있었다. 다르타냥은 한 눈에 왕의 기분이 험악한 상태라는 것을 직감했다.

그렇듯 왕의 기분이 좋지 않다는 것이 역력한데도 조정의 신하들은 복도에 줄지어 서서 왕을 맞았다. 궁중의 대기실에서는 전혀 왕의 눈에 띄지 않는 것보다 설사 불쾌한 눈초리라도 좋으니 왕이 보아 주는 편이 그래도 좋은 것이었다. 세 사람의 총사들도 사양하지 않고 한 발 앞으로 나섰으나 다르타냥만은 뒤에 숨어 있었다. 폐하는 아토스 등을 알고 있었지만 전혀 눈에 들어오지 않는 듯 돌아보지도 않고 그냥 지나쳐 버리고 말았다. 트레빌 경은 왕의 시선과 마주치자 꼼짝 않고 마주보았기 때문에 왕께서 먼저 시선을 거두었다. 그러고는 무언가 입 속으로 중얼거리면서 왕은 거실로 들어갔다.

「왠지 좋지 않은 형세군.」

아토스는 이렇게 속삭이면서 피식 웃었다.

「이런 분위기라면 기사로 서훈해 주시지 않겠는걸.」

그러자 트레빌 경은

「십 분쯤 기다리고 있게.」

이렇게 말하고 나서

「십 분이 지나도 내가 나오지 않거든 지체하지 말고 저택으로 돌아가라. 그 이상 기다리고 있어도 소용이 없을테니까.」

네 사람은 10분, 15분, 30분을 기다렸으나 그래도 트레빌 경의 모습이 나타나지 않았기 때문에 어떻게 된 것일까 하고 불안해하면서 퇴출했다.

트레빌 경이 왕의 거실로 감연히 들어가자 루이 13세는 안락의자에 앉아 채찍으로 툭툭 장화를 두들기면서 매우 불쾌한 표정을 짓고 있었다. 트레빌 경은 그런 것에는 개의치 않고 침착한 모습으로 건강 상태는 어떠시냐고 물었다.

「나쁘지, 매우 나쁘다구. 따분하군!」하고 왕은 대꾸했다. 이것은 실제로 루이 13세의 가장 나쁜 병이었다. 이 왕은 곧잘 조정의 신하 중에서 누군가를 불러 창가로 데리고 가서는

「어떤가, 한번 따분해 보지 않겠나?」

이렇게 말하는 버릇이 있었다.

「무슨 말씀을 하시는 것입니까. 폐하께서 따분하시다구요? 하지만 오늘은 사냥놀이에서 유쾌하지 않으셨던가요?」

「굉장히 유쾌했지. 근자에는 모든 일이 나빠지기만 할 뿐이야. 사냥감이 발자국을 남기지 않는 것인지 사냥개의 코가 나빠진 건지 알 순 없지만 말이야. 먼저 사슴을 풀어놓고 여섯 시간 뒤쫓게 되는데 드디어 바짝 쫓아가서 상 시몽이 신호하려고 뿔피리를 막 입에 댈라치면 사냥개의 무리가 모두 속아서 큰소리를 내며 사슴 쪽으로 뛰어가지 않겠나. 벌써 새 사냥을 중단한 것처럼 짐승 사냥도 집어치우지 않으면 안 될것 같아. 아, 나는 정말 불행한 왕이야. 보라구

트레빌! 단지 한 마리 가지고 있던 매가 그저께 죽고 말았으니 말야.」
「폐하의 심중은 충분히 짐작할 수 있습니다. 매우 커다란 손실이지요. 그러나 아직은 포콘이라든가 에펠뵈라든가 티엘스레라든가 여러 종류의 매를 많이 소유하고 계시니까……」
「한데, 그것을 길들일 사람이 하나도 없는 거야. 매장이는 차례로 모두 사라졌고 사냥개를 다루는 기술을 터득하고 있는 사람도 지금은 나뿐이니까. 내가 사라진 후엔 그것도 끝장인 게지. 덫이나 함정으로 사냥할 수밖에 다른 방법이 없겠지. 그래서 나는 누군가에게 그에 관한 기술을 전수해 줄 짬이 있었으면 하지만…… 틀렸다고 틀렸어! 추기관이 곁에 있으면서 잠시도 쉬게 해 주지 않거든. 에스파냐의 문제, 오스트리아의 문제, 영국의 문제…… 끊임없이 이러쿵저러쿵 와서 말하니 말야……. 아, 그래, 추기관의 문제로 생각이 났는데, 트레빌! 나는 그대에게 또 잔소리를 하지 않으면 안 되겠군!」
실상 트레빌 경은 이야기가 이 문제에 미칠 것을 처음부터 기대하고 있었던 것이었다. 왕의 기질은 그 소년 시절부터 익히 알고 있던 그였다. 최초의 푸념은 말하자면 서론과 같은 것으로서 자기 자신에게 기운을 북돋기 위한 자극이었고, 결국 지금부터의 것이 하고 싶은 본론이라는 것을 트레빌 경은 너무나 잘 알고 있었다.
「도대체 무슨 문제로 제가 폐하의 기분을 언짢게 해 드렸을까요?」하고 트레빌 경은 짐짓 능청을 떨었다.
「그대는 그것으로 직무를 완수하고 있는 것으로 자인하고 있는 셈인가? 그대를 총사의 지휘관에 임명하고 있는 것은 부하들이 제멋대로 사람을 죽이고 거리를 소란케 하고 파리를 불태운다거나 하는, 그따위 난폭한 짓을 하도록 하기 위해서라고 생각하나? 더구나 그대는 부하들에게 잔소리 한 번 하지도 않고…… 하지만 이렇게 추궁하는 것은 시기상조였는지도 모르겠군. 정녕 난폭자들은 벌써 감옥에 처넣었고 그대는 처형을 끝냈다는 것을 보고하기 위해 왔을지도 모르니까 말일세.」

「폐하!」하고 트레빌 경은 침착한 자세로 대답했다.

「저는 폐하의 심판을 요청하기 위해 왔습니다.」

「누구를 심판하라는 거지?」

「사실을 왜곡해서 선전하는 자들을 말입니다.」

「하하, 그것 참 뜻밖의 말을 듣게 되는군. 그대는 그대의 부하인 삼총사, 즉 아토스, 폴토스, 아라미스 등과 베아룬 출신의 청년이 저 가엾은 벨나주에게 덤벼들어 빈사의 상태로 만들었다는 것을 말하기 위해 온 것이 아닌가. 그리고 또 총사들은 트렘외 공의 저택을 습격해서 불을 질러 모두 태워 버리려고 하지 않았나? 하긴 그곳은 신교도의 소굴이니까 만일 이것이 난세였다면 그런 짓은 크게 문책받지 않아도 될지 모르지만 이러한 화평 시대에 그런 짓을 한다면 곤란하거든. 어떤가? 이런 사실을 그대는 부정할 셈인가?」

「매우 잘 꾸며 낸 이야깁니다만 그것을 폐하에게 여쭌 사람이 누구일까요?」

「이 말을 누가 했느냐고…… 저, 내가 잠들고 있는 동안엔 언제나 깨어 있고 내가 놀고 있을 땐 언제나 일을 하며, 국내에서나 국외에서도 프랑스의 일이나 유럽의 일까지 일체 자신의 손으로 요리하고 있는 인물, 바로 그 사람을 제외하고 나에게 이런 말을 할 사람은 없지 않은가?」

「폐하께서는 신을 가리키고 계시는군요.」하고 트레빌 경은 말했다.

「저는 폐하보다 권세가 우세한 사람, 그런 사람은 모르니까요.」

「그렇지 않다. 내가 말하는 것은 이 왕국의 대들보요 나의 유일한 말 상대, 유인한 친구, 즉 추기관인 것일세.」

「그 분은 법왕이 아닙니다!」

「그건 무슨 뜻인가?」

「절대로 그릇됨이 없는 것은 법왕뿐인 것이며, 이 그릇됨이 없다는 것이 절대 추기관에게까지 미치진 않는다는 것이지요.」

「그대는 추기관이 나에게 거짓을 말하고 있다는 것이군. 그 사람을 즉 비난하고 있군그래. 그러면 그렇다고 솔직히 말하라구.」

「그런 것은 아닙니다. 저는 추기관님 자신이 잘못하고 계시다고 감히 단언하고 있을 뿐입니다. 즉 그분은 사건의 진상에 대해 잘 알지 못하고 있습니다. 그러니까 그런 것을 가지고 평소 미워하고 계시는 근위 총사에 대해 이러쿵저러쿵 하시는 것은 약간 성급한 것이지요. 사실을 확실한 곳에서 아직 듣고 있지 않은 것입니다.」

「그러나, 트렘외 공 자신이 소장을 제출하고 있는 걸세. 그대는 그에 대해선 어떻게 생각하나?」

「트렘외 공은 이 사건의 공정한 증인이 되기에는 직업적으로 관계가 깊은 사람이라고 생각합니다만, 그러나 저는 공의 성실한, 귀족다운 성격을 잘 알고 있으니까 그분의 말이라면 믿어도 좋습니다. 허나 한 가지 조건이 있습니다.」

「어떤?」

「공을 이곳으로 부르셔서 폐하 스스로 조사해 주셨으면 합니다. 전혀 어떤 누구도 들어오지 못하게 하시고 폐하 자신이 말씀입니다. 그리고 공이 나타나거든 저도 곧 폐하의 곁으로 돌아오겠습니다.」

「좋아! 트렘외 공의 말이라면 믿겠다는 거지?」하고 왕은 다짐을 두었다.

「그렇습니다.」

「그 사람의 판단을 액면 그대로 승인하겠다고?」

「네. 합니다.」

「공이 무슨 보상을 요구한다면 그에도 따르겠나?」

「물론입니다.」

그러자 왕은

「라슈네!」하고 시종을 불렀다.

루이 13세의 심복인 시종은 언제나 입구에 서서 대기하고 있었기 때문에 곧 왕의 거실로 들어왔다.

「라슈네! 트렘외 공을 곧 불러오도록 하라. 오늘 밤 직접 하고 싶은 이야기가 있다고 말하라.」
　왕은 이렇게 분부했다.
「폐하께서는 트렘외 공과 저 외에는 아무도 만나지 않겠다고 약속해 주실 수 있겠습니까?」하고 트레빌 경이 확인했다.
「아무도 만나지 않겠네. 맹세하지.」
「그럼, 내일 뵙겠습니다.」
「좋아! 내일.」
「시간은 언제로 할까요?」
「언제든 그대가 좋은 대로 하게나.」
「그래도 너무 일찍 와서 폐하의 휴식을 방해해서는……」
「뭐, 방해한다고? 내가 밤에 잠을 잔다고 생각하나? 내가 잠을 자다니. 종종 꿈을 꾸고 있는 거지. 그것뿐이야. 그러니까 아무리 빨라도 괜찮은 거지. 그럼 일곱 시에, 그러나 총사들에게 죄가 있는 것으로 판정되면 그땐 각오하지 않으면 안 되는 걸세.」
「만약 총사들의 죄상이 명백해지면 그들 전부를 폐하에게 넘겨 드릴 테니까 마음대로 처형해 주십시오. 그밖에 더 들을 일이 있을까요? 듣겠습니다.」
「아니, 이젠 없네. 세간에서 나를 루이 공정왕이라 부르는 것도 당연한 일이겠군…… 그럼, 내일, 내일 만나기로 하세나.」
「안녕히 계십시오.」
　아무리 왕이 불면증이라 해도 트레빌 경은 그 이상으로 그날 밤 잠을 잘 수가 없었다. 그날 밤 안으로 세 사람의 총사와 신참인 다르타냥에게 사람을 보내어 다음날 아침 6시에 저택에 모이도록 지시해 두었다. 그리고 그 다음날 아침 자신이 그들을 궁중으로 데리고 가는 도중에서도 앞으로의 일에 대해 전혀 확실한 언질은 주지 않았으며 앞으로 일어날 일은 전적으로 주사위에 맡길 수밖에 없다는 것을 굳이 부인하지도 않았다.
　궁중에 이르자 트레빌 경은 그들을 옆으로 나 있는 계단 곁에서 기다리게 해놓고는 왕이 아직도 분노하고 있는 경우에는 그대로 돌아들 가고, 만약 알현을 허가하면 부르겠다고 약속했다.

왕의 거실 다음에 있는 방으로 들어가자 그곳에 라슈네가 있었다. 그는 어젯밤 트렘외 공은 자택에 있지 않았고 돌아왔을 때에는 이미 궁중에 들어올 수 없는 늦은 시각이었기 때문에 오늘 아침에야 들어왔으며 지금 폐하와 만나고 있는 중이라고 말했다.

트레빌 경은 마침 잘 되었다고 생각했다. 그렇다면 트렘외 공과 자신의 진술 사이에 타인의 불필요한 의견이 끼어들 걱정이 없었기 때문이었다.

10분도 채 되기 전에 거실의 문이 열리고 트렘외 공이 나타났다. 거실 밖으로 나온 트렘외 공은 이렇게 말했다.

「트레빌 씨! 폐하께서 어제의 사건에 대해 듣고 싶다고 나를 부르셨습니다. 그래서 나는 사실 그대로 여쭈었습니다. 즉 과실은 전적으로 내 집의 시종에게 있는 것이며, 그래서 언제든지 내 자신이 사죄하고 싶다는 것을 말입니다. 마침 여기에서 뵙게 되었으니까 부디 나의 사과를 받아 주십시오. 그리고 앞으로도 전과 다름없이 절친하게 지내도록 부탁드립니다.」

「아닙니다. 당신의 신의는 충분히 신뢰하고 있었기 때문에 폐하의 질책에 대해 당신 자신이 지켜 주셨으면 해서 그렇게 했던 것입니다. 내 눈은 틀리지 않았던 것이지요. 프랑스에 내가 지금 여쭌 것과 같이 사실 그대로를 말하는, 틀림이 없는 인물이 한 분 있다는 데 대해 진심으로 감사드립니다.」

「아니, 좋아! 좋아!」

문 밖에서 두 사람의 대화를 엿듣고 있던 왕은 이렇게 말했다.

「하지만 트레빌! 공작은 그대의 친한 친구라고 말했으니까 그 사람에게 그렇게 말해 주었으면 좋겠네. 나도 그렇게 했으면 하는데 저편에서 요즘엔 그다지 와 주지 않는 거야. 벌써 삼 년 이상 만나지 않았을 걸세. 그것도 이쪽에서 사람을 보내지 않으면 만날 수 없으니까 말이야. 그 사람에게 내 말을 전해 주었으면 하네. 아무래도 이런 일은 왕 자신이 할 말이 아니라서.」

「황송합니다.」
　트렘외 공은 이렇게 대답했다.
「그런데 말씀입니다만, 시종 폐하의 곁에 붙어 있는 것만이 충성하는 것은 아니라고 생각해 주셨으면 합니다. 아니지요. 이것은 결코 트레빌 경을 두고 하는 말씀은 아닙니다……」
「저런, 내가 한 말을 들은 것 같구먼. 아니 그 편이 좋겠지!」
　왕은 문이 있는 곳까지 걸어와서
「야, 트레빌! 그대의 총사들은 어디 있는 건가? 그저께 데리고 오라 했는데 왜 그렇게 하지 않았나?」
「아래에서 기다리게 해 두었습니다. 허락하신다면 라슈네를 시켜 불러 오도록 하겠습니다.」
「좋아 좋아! 곧 이리로 오도록 하게나. 벌써 여덟 시 무렵이겠지? 아홉 시에는 날 만나러 오는 사람이 있거든. 그럼 공작! 또 나와요. 트레빌은 이쪽으로.」
　공은 목례한 다음 밖으로 나갔다. 문을 여는 순간 라슈네의 안내를 받은 삼총사와 다르타냥의 모습이 계단 위에 나타났다.
「어서들 오게나, 용감한 사람들. 혼내 줄 테니까 이리로 오라고.」
　왕은 이렇게 엄포를 놓았다.
　총사들은 몸을 굽힌 자세로 앞으로 나아갔고 그 뒤를 다르타냥이 따랐다.
「성가신 일을 하는군. 그대들 네 사람이 단지 이틀 사이에 추기관의 경호사를 일곱 명이나 쓰러뜨렸다고 하니 말야. 너무 지나쳤어. 다소 조절을 하라구. 이래선 추기관도 삼 주 사이에 경호사를 모두 교체하지 않으면 안 될 거고, 나 역시 이번만은 금령을 철저히 엄수하도록 하지 않으면 안 되니 말이야. 한 사람쯤이면 적당히 넘겨 주겠지만 이틀에 일곱 명이라면 너무 한 걸세. 전적으로 지나친 거야.」
「그래서 폐하! 이 자들은 이렇게 모두 전적으로 후회도 하고 송구스럽게 여긴 나머지 사죄드리기 위해 찾아뵌 것입니다.」

「후회하고 송구스럽게 여긴다고, 홍! 아니지, 나는 이 사람들이 별안간에 짓고 있는 군자연한 얼굴을 도무지 신뢰할 수가 없는 거야. 게다가 저 뒤에는 가스코뉴 인 같은 고집이 센 얼굴이 보이는군. 자, 더 앞으로 나오게나.」

다르타냥은 왕의 음성이 자신에게 떨어진 것을 알고 더할 나위 없이 비통한 표정을 짓고는 앞으로 나왔다.

「원 이럴 수가! 청년이라고 들었는데 이건 아주 어린아이가 아닌가. 이봐요, 트레빌! 완전한 어린아이야. 이 아이가 주사크를 쓰러뜨렸다는 것인가?」

「그리고 벨나주에게도 깊은 상처를 안겨 주었습니다.」

「정말 대단하군!」

「그리고 그뿐 아니라……」 하고 아토스가 입을 열었다.

「만약, 저를 비카라의 손에서 구해 주지 않았다면 저는 오늘의 이 알현의 영광을 누릴 수 없었을 것입니다.」

「그야말로 이 가스콘(가스코뉴 인이라는 뜻)은 귀신의 화신이 아닌가. 이런 생활을 하고 있으면 속옷에 곧잘 구멍이 뚫릴 것이고 검도 부러질 것이 아닌가? 트레빌! 그런데 가스코뉴 인은 어쨌든 가난하다고 들었는데…….」

「말씀하신 바와 같이 아직 가스코뉴의 산에서는 금광이 발견되지 않고 있는 것 같습니다. 그 지방은 성왕 폐하의 건국 위업을 도와드린 공으로 그러한 기적을 하늘에서 내려 주셔도 좋겠습니다만…….」

「그렇다면 내가 왕위에 있는 것도 가스코뉴 인의 힘이 그 토대가 되었다는 이야기가 되지 않은가. 선왕은 나의 부군이니까 정말 그건 틀림이 없는 거야. 라슈네! 잠시 가서 내 옷의 호주머니를 뒤져 돈을 모두 가져 오게나. 사십 피스톨 정도는 있을 테니까. 한데 그건 그렇다 치고 젊은이! 양심에 부끄럽지 않게 말해서 이번 사건은 어떻게 해서 일어난 것인가?」 하고 왕은 물었다. 그래서 다르타냥은 어제 일어났던 사건에 대해 소상히 이야기했다. 알현한다는 기쁨으로 잠도 자지 못하고 세 시간 전부터 아토스의 집에 갔던 일과 그리고 정구장에 가서 공이 혹시 얼굴에 맞기라도 할까 두려워했던 나머지 벨나주로부터 조소를 받았던 일, 그래서 벨나주는 목숨을 잃을 뻔했었고, 사건과는 아무런 관계도 없는 트렘외 공은 하마터면 저택을 불태울 뻔했던 전말에 관해 하나도 숨기지 않고 이야기했던 것이다.

「응! 그 말대로야. 공작으로부터 들었던 것과 조금도 다르지 않군. 가엾은 것은 추기관이지.」하고 왕은 중얼댔다.

「가장 사랑했던 일곱 사람의 경호사를 이틀 사이에 잃게 되었으니 말야. 하지만 이것으로 충분해. 알겠나? 모두 이것으로 족한 거다. 그대들은 페르 거리의 복수를 했으니까. 아니지. 그 이상인지도 모른다. 이젠 만족해도 좋지 않겠나?」

「폐하께서 만족하신다면 저희들은 더할 말씀이 없습니다.」하고 트레빌 경이 대답했다.

「그래, 이제 나는 만족하네.」

왕은 라슈네의 손에서 금화 다발을 받아 그것을 다르타냥에게 하사하면서 말했다.

「자, 이것이 나의 만족하다는 징표인 거다.」

그 당시는 오늘날 유행하고 있는 위신이나 체모를 지키는 풍조는 아직 없었다. 귀족이라 할지라도 왕의 손에서 직접 금은을 받는 것이 보통이었고, 그것을 조금도 수치로 생각지 않았다. 다르타냥은 그래서 그 금을 받아 아무렇게나 호주머니에 넣으며 폐하에 대해 깊은 사례를 표했다.

「그럼!」하고 왕은 시계를 보았다.

「이젠 여덟 시 반이니까 물러들 가게나. 아까 말했던 대로 아홉 시에는 만나야 할 사람이 있으니까. 그대들의 충성에는 다시 사례하겠다. 앞으로 기대해도 좋겠지?」

「물론입니다!」하고 네 사람은 이구동성으로 대답했다.

「폐하를 위해서라면 몸을 갈기갈기 찢기라도 하겠습니다.」

「고맙네. 하지만 앞으로 당분간은 무사한 몸으로 있어 주길 바라네. 그렇게 하는 편이 좋으니까. 더 많은 힘이 되어 줄 수 있을 테니 말야. 트레빌!」하고 왕은 다른 사람이 물러나고 없는 사이에 낮은 소리로 불렀다.

「그대의 총사대에는 공석이 없는 데다 입대하려면 수습을 거쳐야 하는 게 규칙이니까 저 청년을 그대의 동서인 에살 후작의 경호대에 넣도록 하게나. 정말 트레빌! 나는 추기관의 찌푸린 얼굴을 상상만 해도 불쾌해서 견딜 수가 없거든. 꽤나 화를 내겠지. 하지만 상관 없다구. 나는 내 자신의 권리에 의해 하는 것이니까!」

그렇게 말하고 왕은 트레빌 경의 손을 쥐었다. 트레빌 경이 하직하고 총사들이 있는 곳으로 나오자 네 사람은 다르타냥이 하사 받은 사십 피스톨을 분배하고 있는 중이었다.

추기관은 왕의 예언대로 몹시 화를 내고 있었다. 8일 동안 골패놀이의 상대에도 나오지 않을 정도였으나, 왕은 전혀 개의치 않고 더할 나위 없이 기분 좋은 표정으로 추기관을 만날 때마다 짐짓 상냥한 말로

「이봐요 추기관! 그대의 가엾은 벨나주와 주사크의 용태는 어떤가?」하고 묻곤 했다.

7. 총사의 내분

다르타냥이 루브르 궁을 나와 폐하로부터 하사받은 사십 피스톨 중에서 자기 몫을 어떻게 쓸 것인가에 관해 상의하자 아토스는 요정에서 호화로운 연회를 베풀어 실컷 먹고 마시자고 하였고, 폴토스는 종을 고용할 것을, 아라미스는 적당한 여인을 찾으라고 권했다.

그래서 연회는 그날 중으로 실행에 옮겼는데 새로 채용한 종이 당장 시중을 들었다. 잔치 문제를 맡아 재치있게 처리한 것은 아토스였고, 종을 주선한 것은 폴토스였다. 이 종은 피카르디 태생의 사내였는데 마침 그날 이 사나이는 토울네르 다리에서 강물에다 침을 뱉아 동그라미를 만들면서 즐기고 있을 때 폴토스의 눈에 띄었던 것이었다.

폴토스는 이 사나이가 하고 있는 짓은 사려가 깊고 명상적인 성격을 보여주는 것이라고 생각했다. 그래서 다른 조건은 일체 말하지 않고 데리고 왔던 것이다. 프랑셰(이것이 그 종의 이름이다.)는 폴토스의 의젓한 인품이 마음에 들어 따라왔지만, 이미 그곳에는 무스크톤이라는 종이 있었고 또 약간 크기는 했으나 두 사람의 종이 있을 수 있을 만한 집이 아닌 것을 보고는 약간 실망하였다. 그래서 다르타냥의 집에서 시중들기로 할 수밖에 다른 도리가 없었던 것이다. 그러나 프랑셰는 그 연회에서 새주인이 호주머니에서 아무렇지도 않은 표정으로 금화를 꺼내는 것을 보고는 이것으로 자신의 운이 트인 것으로 생각하였고 이러한 복을 내려 주신 신께 오히려 감사했다. 이러한 기분은 그 잔치가 끝날 때까지 지속되었으며 잔치상에서 남은 음식으로 오랫동안 주리고 있던 창자를 충분히 채울 수가 있었다. 허나 그날 밤 막상 주인의 잠자리를 마련할 때가 되자 프랑셰의 즐거운 미래의 꿈은 홀연히 사라지고 말았다. 거실과 침실 두 개밖에 없는 이 집에는 침대가 단 하나밖에 없었다. 프랑셰는 다르타냥의 침대에서 끌어온 이불을 깔고 거실에서 잠을 잤다. 그래서 다르타냥은 이불 없이 견딜 수밖에 없었던 것이다.

아토스에게도 종이 한 사람 있었는데 그는 평소 그 종을 자신의 성격에 맞춰서 길들이고 있었다. 그 종의 이름은 그리모였다. 인품이 의젓한 귀족——이것은 물론 아토스를 두고 하는 말이지만 매우 조용한 성격이었다. 동료인 폴토스와 아라미스 등과 친밀히 교제해 온 5, 6년 동안 미소를 짓는 일은 종종 있었으나 소리를 내어 웃은 적은 단 한 번도 없었다. 그의 말은 언제나 간결하고 분명했으며 하고 싶은 말을 정확하게 표현하였고 그 이상 군말은 일체 하지 않았다. 전혀 몸을 치장하지도 않았으며 그의 이야기는 삽화 등을 섞지 않은 사실 그대로였다.

아토스 역시 나이가 삼십 세 정도였고, 정신이나 육체가 두드러지리만큼 훌륭한 미남자였는데도 애인 비슷한 여성은 하나도 없었다. 여자에 관한 이야기 따위는 절대로 하지 않는 사나이였다. 다른 사람이 그 앞에서 여자에 관한 이야기를 하는 것은 상관하지 않았으나 그래도 그는 항상 신랄하게 염세적인 말을 던질 뿐 여자에 관한 이야기를 즐기지 않는 것이 명백했다. 매사에 소극적이면서 말수가 적었으며 사교를 싫어하는 성격이었기 때문에 그는 흡사 노인처럼 보였다. 그는 그러한 자신의 성격에 걸맞게 하기 위해 그리모로 하여금 자신의 사소한 몸짓이나 입술의 움직임만으로 지시를 분별할 수 있도록 길들이고 있었다. 그리고 그는 여간 중대한 일이 아니고서는 소리를 내어 말하지 않았다.

 그리모는 주인을 불처럼 무서워 하면서도 그 인품과 재간에 대해 완전히 반해 있었고, 때로는 나름대로 주인의 마음을 읽고는 뛰어나갔다가 전적으로 뒤죽박죽인 짓을 하는 경우도 있었다. 그런 경우 아토스는 어깨를 움츠렸고 별로 성난 표정도 아니면서 그리모를 때렸다. 그럴 때의 아토스는 약간 잔소리를 하기도 했다.

 독자들은 이것으로 어느 정도 감이 잡혔을 것으로 생각되지만, 폴토스는 아토스와는 그 성격이 정반대였다. 폴토스는 말이 많을 뿐더러 큰소리로 떠들었다. 가관인 것은 그는 언제나 상대에게 자신의 이야기를 들려 주려는 생각보다는 다만 지껄이는 것에 대한 즐거움, 자신의 음성을 듣는 것을 즐기기 위해 신나게 지껄여댔다. 폴토스는 무엇이든 가리지 않고 이야기했으나 오직 한 가지 절대 말하지 않는 것이 있었다. 그것은 학문에 관한 것이었지만 그는 어렸을 때부터 무릇 학자에 대해서는 고질적으로 증오심을 품고 있었다는 것이었다. 그는 아토스에 비하면 풍채가 약간 뒤졌기 때문에 아토스와 처음 교제했을 무렵에는 화려한 복장을 함으로써 어떻게든 아토스의 기를 꺾으려고 노력하였다. 그리고 일종의 열등감에서 상대에게 껄그럽게 대했으나 아토스는 총사의 여느 제복을 입더라도 그 일거수 일투족에서 저절로 풍겨나오는 기품으로 언제나 근위 총사의 첫째 자리를 차지하며 젠 체하는 폴토스를 둘째 자리로 밀어냈던 것이었다. 그렇게 되자 폴토스는 체념을 하고는 잦은 자신의 연애담――아토스에게는 거의 불가능한 그런 잡담으로 트레빌 경의 저택 객실과 근위의 대기실을 떠들썩하게 함으로써 자신의 부족한 점을 메꾸기로 방침을 바꾸었다. 귀족이든 무사든 법관의 아내든 가리지 않고 그의 정사는 전전하고 있었는데 요즘에는 그에게 터무니없이 호의를 보여주고 있는 외국의 귀부인에 대한 이야기가 폴토스의 입에 자주 오르내리고 있었다.

 옛말에 〈그 주인에 그 시종〉이라고 했던가.

 아토스의 종에 대해서는 위에서 말했으므로 이번에는 폴토스의 시종에 대해 이야기하기로 한다. 즉 그리모의 이야기에서 무스크톤의 이야기로——.

무스크톤은 노르망디 태생으로서 원래 보니마스라는 부드러운 이름을 가지고 있었는데 주인인 폴토스가 어감이 강한 무스크톤으로 이름을 바꾸어 주었던 것이다. 그는 폴토스에게 시중드는 조건으로서——의복만을 입혀 주고 입주케 하는 것으로 족하나, 단 의복은 꽤 화려하게 해주어야 한다고 했다. 그리고 자신의 용돈을 벌기 위해 하루 두 시간은 다른 일을 할 수 있게 해 달라고 요구했다. 폴토스는 그의 요구가 마음에 들었기 때문에 승낙했었다. 그래서 폴토스는 자신이 입던 낡은 옷과 예비 외투를 고쳐 무스크톤에게 주었다. 그러한 헌옷을 뒤집어 말쑥하게 고쳐만드는 솜씨 있는 기술자가 이웃에 있었기 때문이었다——하긴 그 기술자의 아내와의 문제로 폴토스의 평생에 걸친 귀족 취미도 의심스러운 것이라고 험담하는 사람들도 없지 않았지만, 어쨌든 그런 까닭으로 무스크톤은 주인을 따라 외출할 때에는 언제나 제법 의젓한 풍채를 뽐내고 있었다.

아라미스에 관해서는 그 성격도 대충 설명한 것으로 생각되기도 하려니와 앞으로 이 이야기를 진전시켜 나감에 따라 자연 다른 그의 동료들과 함께 더 소상하게 그려 나갈 생각이지만 그의 종은 바장이라고 했다. 주인인 아라미스가 조만간 사제가 될 예정이었기 때문에 시종 역시 사제의 시종답게 항상 검은 옷을 입고 있었다. 사십 세에 가까운 베리 태생의 사나이로서 유순하고 조용하면서 통통한 얼굴을 하고 있었다. 짬이 있을라치면 언제나 종교서적을 열심히 읽었으며, 주인을 위해서는 막상 가짓수는 적으나 맛있는 요리를 준비했다. 평소 말이 적었고 아무것에도 관심을 갖지 않았으며 전혀 재치 같은 것도 없었으나 성실성만은 그 누구에게도 뒤지지 않았다.

이렇게 해서 일단 주인과 시종들의 윤곽은 알게 된 셈이다. 이제부터는 각자의 처소를 살펴보기로 한다.

아토스는 뤽상부르 궁 곁의 페르 가에 살고 있다. 말끔히 정돈된

두 개의 방을 빌리고 있다. 아직은 젊고 아름다운 그집 안주인이 아토스에게 이상야릇한 시선을 보내곤 했으나 그는 전혀 아랑곳하지 않고 있다. 이 단촐한 처소 안의 벽의 여기저기에는 호화로웠던 지난날의 생활을 말해 주듯 갖가지 물건들이 장식되어 있다. 그 중 하나는 그 모양으로 보아 프랑수아 1세때의 것으로 추정되는 상감으로 훌륭하게 장식한 한 자루의 검이다. 온통 보석을 박아 넣은 손잡이만 해도 이백 피스톨의 값어치는 충분했다. 이 검을 아토스는 아무리 생활이 쪼들린다 해도 절대 전당포에 잡힌다거나 팔지 않았다. 폴토스는 이 검에 대해 오랜 동안 군침을 흘렸고, 이 검을 손에 넣을 수만 있다면 비록 수명이 10년쯤 준다 해도 아까울 게 없다고까지 생각했다. 폴토스는 언젠가 어느 공작부인과 밀회하게 되었을 때 아토스에게 잠시 이 검을 빌려 달라고 한 적이 있었다. 그러자 아토스는 입을 꼭 다문 채 호주머니에 있는 돈을 모두 꺼내고 보석과 지갑과 금사슬 등을 모조리 폴토스 앞에 내놓았다. 그리고는 「이 검만은 이 장소에서 조금도 움직이게 할 수 없다. 이 셋집에서 내가 이사갈 때가 아니고서는 이 검이 있는 장소는 절대로 변경할 수 없는 것이다.」

이렇게 분명히 말한 바 있었다. 이 검 외에도 그 방에는 앙리 3세 때 귀족의 호상이 있다. 그 옷은 매우 훌륭하였고 생 페스트리 훈장을 달고 있는 이 초상의 얼굴은 어딘지 아토스와 닮아 있기 때문에 혈연이 있는 것을 생각하게 했으며, 이 훈장을 달고 있는 대제후는 그 조상이 아닌가 생각하게 하기도 했다.

그리고 마지막으로 이것 역시 금은세공으로 된 아주 훌륭한 손궤가 있는데 거기에도 검이나 초상에 있는 것과 동일한 문장이 새겨져 있다. 이것은 벽난로의 선반 중앙에 놓여 있었기 때문에 다른 허술한 장식품과는 월등하게 빛나 보였다. 아토스는 이 손궤의 열쇠를 언제나 몸에 지니고 있었지만, 언젠가 한번 폴토스가 보는 앞에서 열어 본 적이 있었다. 그때 폴토스의 눈에 띈 것은 편지와 서류 등이었다. 사랑의 편지라든가 가족들 사이에 주고 받았던 편지인 것 같았다.
 폴토스가 살고 있는 처소는 비유 코롱베 가에 있는 외모가 당당한 방이었다. 폴토스는 언제나 친구와 이 방의 창(그 창에는 항상 무스크톤이 제복으로 정장한 모습으로 서 있었다.) 앞을 지나갈 때에는 반드시 머리와 손을 들어 「이것이 내 처소일세.」 하고 말했다. 그러나 그는 이 처소 안에 있는 적은 거의 없었으며 남에게 안으로 들어가자고 권한 적도 없었기 때문에 이 외모가 당당한 실내는 얼마나 훌륭한 것인지 타인은 전혀 상상할 수조차 없었다.
 아라미스는 침실과 식당, 거실 등 셋으로 된 아주 조촐한 집에 살고 있었다. 침실은 다른 방과 마찬가지로 아래층에 있었고 아담한 정원에 면하고 있기 때문에 무성한 푸른 나무들에 가려 밖에서는 볼 수 없었다.
 한편 다르타냥에 대해서는 그가 방을 구하던 경위라든가 시종인 프랑셰를 고용하던 일까지 앞에서 소상히 기술한바 있다.
 사물에 관한 통찰력이 남달리 예리한 사람의 한 표본인 다르타냥은 호기심 또한 여느 사람보다 두 배나 강했기 때문에 아토스라는 사나이의 정체를 알아 보기 위해 많은 노력을 아끼지 않았다. 폴토스와 아라미스 역시 그런 별명으로 진짜 이름을 숨기고 있었다. 그 중에서도 유독 아토스는 먼 발치에서 보더라도 어딘지 대귀족다운 품격이 있었다. 그래서 다르타냥은 아토스와 아라미스에 관해 알고 싶은 것은 폴토스에게 물었고, 폴토스에 관해서는 아라미스에게 묻는 식으로 하고 있었다.
 기대와는 달리 폴토스는 말수가 적은 아토스에 관해 극히 표면적인 것밖에 알지 못했다. 연애 문제로 매우 불행하게 되었고 여자의 배신으로 일생을 망치게 되었다는 이야기였다. 그 배신이 어떤 것이었는가에 관해서는 아무도 모르고 있었다.
 폴토스는——그의 진짜 이름은 다른 두 사람의 경우처럼 트레빌 경만이 알고 있었지만——그 외의 문제, 즉 그의 생활에 관해서는 아주 알기 쉬웠다. 그는 허풍이 센데다 다변가였기 때문에 마치 유리처럼 환히 투시할 수가 있었다. 다만 한 가지 상대를 헤매게 하는 것은 그의 말을 액면 그대로 믿을 수 없기 때문이었다.

그러나 아라미스야말로 조금도 숨기는 일이 없는 것 같은 표정을 짓고 있으나 사실은 비밀로 응고된 젊은이였다. 그는 타인에 관한 것을 질문할 경우 결코 많은 이야기를 하지 않았으며 어쩌다 자신에 관한 이야기가 나오면 곧잘 화제를 딴곳으로 돌리곤 했다. 어느 날 다르타냥은 그에게 폴토스에 관해 물었을 때 어느 공작 부인과의 연애 문제로 폴토스에 대한 소문이 파다하다는 말을 했기 때문에 그 기회에 아라미스 자신의 실상은 어떤지 알아 보고 싶었다. 그래서 다르타냥은 이렇게 말했다.

「그럼 귀공 자신의 경우는 어떻습니까? 귀공은 폴토스의 남작 부인을 비롯한 백작부인, 공작 부인들과의 사랑 이야기만 하고 있는데 말입니다.」

「아냐. 나는 다만 폴토스 자신이 그런 이야길 떠벌리고 있으니까 말했을 뿐인 거야. 폴토스는 으레 내 앞에서 그런 이야길 자랑삼아 말하거든. 허나 다르타냥! 나는 그런 이야기를 굳이 폴토스로부터 듣지 않더라도 다른 정보통에 의해 다 듣고 있었던 거야.」

「그거야 그렇겠죠. 하지만 당신 자신도 귀부인의 문장 등과 그다지 무관한 것이 아닌 것 같기에 말입니다. 귀공과 내가 서로 알게 된 계기가 되었던 그 수놓은 손수건만 하더라도 말입니다.」

다르타냥이 이렇게 말하자 아라미스는 이번에는 노하지는 않았으나 별안간 초연한 표정을 지었다.

「내가 천주교의 사제가 되고 싶어한다는 것을 잊지말아 주게나. 나는 온갖 세속적인 것을 피하려고 노력하고 있으니까 말일세. 그 손수건은…… 그것은 내가 받은 것이 아니고 친구가 깜빡 잊고 간 것이라구. 나는 친구 애인의 이름을 손상시켜서는 안 되겠다 싶어 그것을 보관하고 있었던 것뿐이야. 나는 애인 따윈 한 사람도 없지만 또 굳이 가지겠다는 생각도 없다구. 이 점은 내자신이 저 현명한 아토스를 본받고 있는 것으로 자처하고 있는 셈이지. 아토스도 애인 같은 것은 절대 가지려고 하지 않으니까 말야.」

「하지만 귀공은 아직 사제도 아니구 지금은 총사가 아닙니까? 그러니까……」

「가짜…… 총사인 셈이지. 즉 본뜻이 있어서 하고 있는 총사가 아닌 거야. 하지만 마음만은 완전히 사제야. 아토스와 폴토스가 나를 끌어들였던 거야. 나는 그때 정식으로 사제서품을 받으려고 했었는데 약간 물의를 일으키는 바람에…… 아냐, 이런 이야긴 별로 흥미도 없을 거야. 그대에게 시간만 낭비하게 할 뿐일 테고.」

「절대 그렇지 않습니다. 아주 재미가 있는 걸요. 나는 지금 달리 할 일도 없고…….」

「아, 그래도 말야. 나는 약간 기도서를 읽어야 하고 에기용 부인으로부터 청탁받은 시도 써야 하거든. 그리고 슈블즈 부인이 부탁한 입술연지를 구하기 위해 생 트노레 거리에도 갈 계획이니까 말야. 귀공 쪽은 급한 일이 없다 해도 나는 이래뵈도 매우 바쁘다구.」

아라미스는 이렇게 말하면서 유연한 손길로 악수를 청하고는 밖으로 나갔다.

다르타냥은 나름대로 많이 고심했으나 그 이상 새 친구들의 신변에 대한 것을 알 수는 없었다. 그래서 그는 더는 캐지 않기로 하고 앞으로 좀더 소상한 고백이 있을 때까지 기다리기로 했다. 그리고 다르타냥은 아토스를 아실처럼, 폴토스를 아작스처럼, 아라미스를 조세프처럼 여기기로 마음먹었다.

그런 대로 네 사람의 생활은 느긋했고 밝았다. 아토스는 놀음에서 줄곧 패하고만 있었다. 그는 자신의 돈을 남에게 빌려 주기는 했으나 남에게 돈을 빌리는 짓은 절대 하지 않았다. 만약 돈이 없어 구두약속으로 승부했을 경우에는 다음날 아침 6시에는 어김없이 채권자를 찾아가 잠을 깨우고라도 빚을 갚았다.

폴토스는 성격이 불같았으며 도무지 침착성이 없었다. 어쩌다 놀음에서 이길라치면 기가 살아 희희낙락했지만 지는 날에는 며칠 동안 어디론가 행방을 감추었다가 지쳐 파김치가 된 몰골로, 그러나 호주머니를 돈으로 듬뿍 채워가지고 다시 나타나곤 했다.

아라미스는 절대 도박을 하지 않았다. 총사로서나 친구로서나 그는 가장 좋지 못한 편이었다. 만찬 같은 때 술이 한 순배 돌고 바야흐로 이야기꽃이 피기 시작해서 모두가 아직 2, 3시간 더 있으려고 할 경우에도 아라미스는 시계를 들여다 보고는 그 부드러운 미소를 흘리면서 종교에 관한 이야기를 하기 위해 간다는 것을 이유로 총총히 빠져나가기가 일쑤였다. 그렇지 않으면 논문을 써야 하니까 방해하지 말라고 당부까지 했다.

그럴 경우 아토스는 다만 그 약간 침울한 듯한 용모에 걸맞는 미소로 전송할 뿐이었으나, 폴토스는 저치는 기껏 시골의 신부밖에 되지 못할 것이라고 투덜대면서 연거푸 술잔을 기울였다.

다르타냥의 시종인 프랑셰는 모처럼 얻게 된 행운을 성실하게 지키고 있었다. 삼십 스우의 일급을 받고 한 달 동안은 언제나 검은방울새처럼 활기차게 돌아왔었고 주인의 시중도 열심히 들고 있었다. 그러다가 이윽고 포소와이율 거리에 쌀쌀하고 덧없는 세상의 바람이 불기 시작했을 때, 다시 말해서 폐하로부터 받은 사십 피스톨이 몇 푼 남지 않게 되었을 때, 슬슬 불평을 토하기 시작했다. 그렇다는 이야기를 듣고 아토스는 구역질이 난다고 일갈했고, 폴토스는 발칙한 놈이라고 화를 냈으며, 아라미스는 가소롭기 짝이 없는 놈이라고 깔깔댔다. 그래서 아토스는 다르타냥에게 그런 놈은 해고하라고 권고했고, 폴토스는 무조건 두들겨 주어야 한다고 주장했고 아라미스는 주인이란 무릇 시종이 하는 인사말 외에는 일체 들어서는 안 된다고 말했다.

「당신들은 모두 자기 멋대로 말할 수 있는 형편이니까…….」하고 다르타냥은 항변했다.

「첫째 아토스, 귀공은 그리모에게 조금도 말을 하지 못하게 하고 있고 그쪽도 말하는 것을 삼가고 있지요. 그러니까 달갑잖은 말을 듣는 기회가 없는 거지요. 폴토스, 귀공은 화려한 생활을 함으로써 무스크톤에게 신처럼 존경을 받고 있거든요. 그리고 아라미스, 귀공

또한 언제나 신학 공부만 함으로써 양순하고 신앙심이 깊은 바장으로 하여금 평소 경의를 표하게 하고 있으니까요. 한데 나는 어떤가요? 신망도 없고 돈도 없는 데다 총사도 아니고 경호사도 아니지 않습니까. 이런 내가 어떻게 프랑셰에게 충실한 마음을 가지게 하거나 두려움과 경의를 가지게 할 수 있겠습니까?」

「그건 매우 중요한 문제인 거야.」 하고 세 사람은 이구 동성으로 말했다.

「그건 가정내의 문제인 거야. 시종도 여자와 마찬가지로 처음에 어떻게 길들이느냐가 무엇보다 중요한 거라구. 잘 생각해서 하지 않으면 안 되는 거야.」

그래서 다르타냥은 곰곰이 생각했다. 그리고 마침내 프랑셰를 한번 두들겨 주기로 결심했다. 그리고 그는 이것을 그의 기질적인 양심에 따라 실행했다. 다르타냥은 프랑셰를 두들겨 준 다음 허가를 받지 않고 멋대로 집을 나간다든가 해서는 안 된다고 엄명했다. 그리고나서 다르타냥은 프랑셰에게 나에게는 반드시 약속되어 있는 장래가 있는 것이다, 나는 지금보다 나은 때가 반드시 올 것으로 믿고 있는 터이다, 내 곁에 계속 있으면 너의 운명도 자연히 열리게 될 것이다, 그러니까 너를 해고함으로써 모처럼 너에게 찾아온 행운을 잃게 하는 것은 주인으로서 차마 할 수 없는 것이라고 타일렀다.

다르타냥이 이렇듯 강경책을 취했던 것에 대해 총사들은 갈채를 보냈다. 프랑셰 역시 적잖은 위압을 받았기 때문인지 다시는 나가겠다는 말을 하지 않았다.

젊은 네 사람의 생활은 점차 간격이 없어지게 되었다. 시골에서 갓 올라와 새로운 세계의 생활에 어리둥절했던 다르타냥도 이윽고 친구들의 생활방식에 보조를 맞추게 되었다.

겨울에는 8시, 여름에는 6시에 일어나 트레빌 경의 저택으로 가서 일반적인 상황을 듣고 명령을 받아야 했다. 다르타냥은 아직 정식 총사는 아니었으나 그의 근무 상태는 놀랄 만큼 성실했다. 그는 세 사람의 친구 중 한 사람이라도 근무하고 있을 때에는 반드시 그 곁에 있었기 때문에 거의 매일 대기소에 있는 꼴이었다. 그래서 총사의 대기소에 있는 사람은 모두 그를 알게 되었고, 호감이 가는 청년이라는 평이 파다하게 떠돌았다. 처음부터 남다른 관심을 가지고 어버이처럼 알뜰히 마음을 쏟고 있던 트레빌 경은 기회만 있으면 왕에게 그를 천거하는 것을 잊지 않았다.

물론 세 사람의 총사들도 성심껏 신참인 젊은 친구를 돌봐 주었다. 네 사람의 우정은 날이 갈수록 깊어 갔으며 용무가 있을 때나 결투가 있을 때나 놀이가 있을 때나 하루에 삼, 사 회는 반드시 서로 얼굴을 보지 않고서는 견딜 수 없을 정도였는데, 그것은 마치 물체와 그림자와도 같았다. 뤽상부르에서 생 슐피스 광장으로, 비유 코롱베 가에서 뤽상부르로 부단히 서로의 처소를 찾아 오고 있는 그들의 모습을 사람들은 흔히 볼 수 있었던 것이다.

그러는 사이에 다르타냥에 대한 트레빌 경의 약속도 이루어지고 있었다.

어느 날 왕은 에살 후작을 불러 다르타냥을 그의 경호사대에 청년병사로서 편입시킬 것을 당부했다. 그러나 다르타냥은 한숨을 내쉬면서 그 제복을 입었다. 만약 그것을 총사의 제복과 바꿀 수 있다면 10년의 수명과 바꾸는 것도 서슴치 않겠다고 생각했던 것이다. 그래서 트레빌 경은 2년간의 수습만 끝나면 반드시 그의 희망을 이루어 주겠다고 다짐했다. 수습 기간이 2년이기는 하나 다르타냥이 폐하에 대해 특별한 공을 세운다거나 아주 훌륭한 공명을 떨칠 기회만 있으면 훨씬 빨리 총사가 될 수도 있다고 했다. 그래서 다르타냥은 그 약속을 가슴 속에 꼭 간직하고 그 다음날부터 에살 후작의 경호사로서 근무에 들어갔다.

그렇게 되자 이번에는 다르타냥의 근무처에 아토스, 폴토스, 아라미스 등이 찾아오게 되었다. 이렇게 해서 에살 후작의 경호사대는 다르타냥 한 사람을 추가한 날부터 네 사람의 군센 무사를 얻게 된 셈이었다.

8. 궁중의 밀모

 그런데 루이 13세로부터 하사받았던 사십 피스톨은 세간의 통례에 어긋남이 없이 시작이 있으면 끝이 있었다. 그리고 이 〈끝〉에 이르러 네 사람의 생활은 매우 궁핍해지고 말았던 것이다. 그렇게 되자 맨 처음에는 아토스가 자신이 가지고 있던 돈으로 공동 생활을 꾸려 나갔다. 그 다음에는 폴토스가 전에 했듯 종종 자취를 감춘 덕으로 약 15일 정도의 생활비를 감당했다. 마지막에는 아라미스의 차례였는데 그는 그 소임을 흔쾌히 떠맡았다. 실상 아라미스는 약간의 돈을 마련하기 위해 신학 서적을 팔았던 것이다.
 그런 다음 그들은 항용 그렇게 했던 것처럼 트레빌 경이 있는 곳으로 가서 가불을 약간 해 왔다. 그러나 경호사는 차치하고 세 명의 총사는 이미 빚이 누적되어 있었기 때문에 그 정도의 가불금은 한강 투석이나 진배없었다.
 마침내 더는 어떻게 해 볼 재간이 없게 되자 마지막 수단으로서 폴토스는 있는 힘을 다해 긁어모은 십 피스톨 정도의 돈으로 도박을 했다――그러나 어지간히 운이 나빴던 탓으로 몽땅 날린데다 이십오 피스톨의 빚까지 안게 되고 말았다.
 만사가 뜻대로 되지 않았던 관계로 끝내 밥조차 먹을 수 없게 된 네 사람은 시종을 거느리고 강변과 부대의 대기소를 돌아다니면서 친구에게 식사 신세까지 져야 할 비참한 처지가 되고 말았다. 아라미스의 의견에 의하면 여유가 있을 때 사방에다 선심을 뿌려 두면 궁색해졌을 때 약간은 건지면서 다닐 수 있다는 것이었다.

그래서 아토스는 친구들과 그 시종까지 데리고 네 번 식사 초대를 받았다. 폴토스도 그와 같은 기회를 여섯 번 만들었고 그때마다 동료들을 동반했다. 아라미스는 여덟 번 그렇게 했다. 이 사나이는 전에도 말했듯 아주 조용했지만 그런 일에는 가장 능숙했던 것이다.

파리에 한 사람도 아는 사람이 없는 다르타냥의 사냥감은 동향인인 사제의 집에서 초콜릿으로 만든 조반에 초대받은 것과 경호사대 기수의 집에서 만찬 초대를 받은 것이 전부였다. 다르타냥은 친구들과 우르르 사제의 집으로 가서 두 달 분의 식량을 완전히 먹어치웠다. 그리고 기수는 꽤나 무리를 해서 만찬을 차려 주었던 것이다. 그러나 아무리 배가 터지도록 먹는다 해도 프랑세의 말마따나 사람이란 한 번에는 한 끼분밖에 먹을 수가 없는 것이다.

그래서 다르타냥은 친구들에게 기껏 한 번 반밖에 주선할 수 없었던 것을 미안하게 생각했다. 사제의 집 아침 식사는 절반의 가치밖에 되지 않았기 때문이었다. 다르타냥은 젊은이의 순진한 마음에서 자신이 이미 한 달 동안이나 이 친구들을 부양해 왔다는 것을 잊고는 동료들을 위해 무엇인가 하지 않으면 안 되겠다고 혼자 애가 닳았다. 그래서 그의 머리는 민활하게 움직이기 시작했다. 그는 이렇듯 젊고 건강하고 대담한 네 사람의 사나이들이 모여 있는데도 하릴없이 거리를 방황한다거나 검술을 한다거나 농담만 주고받고 한다는 것은 매우 유감된 일이라고 생각했다.

실제로 지갑은 물론 목숨까지도 공동의 소유로 하고 있는 네 사람이 아닌가. 그들은 서로 도우면서 모든 일에서 한 발도 물러서지 않았으며, 막상 혼자서 하든 함께 하든 반드시 협의해서 함으로써 사면을 위협하는 네 개의 팔이었고, 또한 오직 한 곳만을 지향하고 있는 네 개의 팔이기도 했던 것이다. 이런 힘이 있기 때문에 숨어서든 또 공공연하게든, 갱도에서나 참호에서나 책략에 의해서든 힘으로든 아무리 멀고 험난한 목표일지라도 어떻게든 도달하지 못할 까닭이 없었다. 한 가지 다르타냥이 몹시 이상하게 생각한 것은 친구들 중에서 한 사람도 이런 문제에 대해 진지하게 생각해 본 적이 없다는 사실이었다.

다르타냥은 그 자신이 이 문제에 대해 생각해 보기로 마음먹었다. 그리고 그는 진지한 자세로 머리를 쥐어짜 이 하나가 된 네 배의 힘이 나아갈 방향을 어떻게 해서든 찾아내려고 했다. 만약 이 힘으로 밀고만 나간다면 아르키메데스가 발견하려고 했던 지레처럼 이 세상이라도 들어올릴 수 있다고 믿었던 것이다. 그가 진지하게 이 문제에 대해 골몰하고 있을 때 문을 두드리는 소리가 들렸다. 다르타냥은 잠을 자고 있는 프랑셰를 깨워 문을 열도록 지시했다.

이렇게 말한다고 해서 독자들은 이 시각이 한밤중이 아니라는 것을 알아 주었으면 한다. 좀전에 낮 4시가 울렸을 뿐이었으니까. 두 시간 전에 프랑셰가 주인에게 밥을 먹고 싶다고 했을 때 주인은 〈잠든 자는 식사를 한다. 배가 고플 때에는 잠을 자야 한다〉는 속담을 인용해서 대답했었다. 그래서 프랑셰는 잠을 자는 것으로 식사를 대신했던 것이다.

프랑셰가 문을 열자 전혀 본 적이 없는 상인차림의 사나이가 느릿느릿 안으로 들어왔다.

프랑셰는 식후의 디저트로 생각하고 그들 대화를 엿듣고 싶었으나 들어온 사나이가 다르타냥에게 이것은 꼭 비밀로 해야 할 이야기니까 단둘이 이야기할 것을 요청했다.

그래서 다르타냥은 프랑셰를 밖으로 내보내고 손님에게 의자를 권했다.

두 사람은 잠시 동안 입을 다문 채 탐색하듯 서로 지그시 노려보고 있었다. 그러다가 이윽고 다르타냥은 그럼 듣겠으니 말하라는 투로 고개를 끄덕였다.

「저는 다르타냥님께서 매우 젊고 용감하신 분이라는 소문을 들었기 때문에, 그래서 한번 들어 주십사 하고 비밀을 털어놓을 생각입니다만……」
 그 사나이는 이렇게 입을 열었다.
「아무튼 쭉 이야기해 보시라구요.」
 다르타냥은 이것은 들어 주어서 나쁘지 않을 것이라는 직감이 들었기 때문에 그 사나이에게 다음 말을 재촉했다.
 그 사나이는 다시 한동안 입을 다물고 있다가 말을 꺼냈다.
「제 아내는 왕비님의 속옷을 맡고 있는 시녀입니다. 그래서 어느 정도는 머리가 영리하기도 하고 용모도 세법 아름답습니다만, 저하고는 삼 년 전에 결혼했습지요. 지참금은 아주 형편없는 것이었지만 아무튼 왕비님의 시중을 드는 라폴트님이 그녀의 대부이기도 하고 해서 무척 귀여워 했습지요.」
「그렇겠군. 그래서요?」
「한데 그만…… 실은 제 처가 어제 아침 작업실에서 나오려고 했을 때 유괴되었습니다.」
「도대체, 누구에게 유괴된 것인가요?」
「확실한 것은 모르지만 조금은 짐작이……」
「짐작이 가는 사람은?」
「전부터 그녀의 뒤를 밟고 있던 사내지요.」
「괘씸하군!」
「사실을 말씀드리자면 이것은 단순한 색정 문제가 아니고 정치적인 문제가 얽히고 있는 것으로 생각되는 거라서.」
「색정보다 정치적?」
 다르타냥은 납득할 수 없다는 듯이 이렇게 반문했다.
「도대체 당신은 무슨 말을 하고 있는 건가요?」
「그것을 귀하에게 여쭈어도 괜찮을런지……」
「이봐요. 나는 생면부지인 당신에게서 무얼 듣고 싶은 것도 아니었는데, 당신 쪽에서 아닌 밤중에 홍두깨 식으로 불쑥 나타나서 비밀을 털어놓겠다고 한 것이 아니었소? 좋을 대로 하시오. 잠자코 있을 생각이면 지금 물러가 주시오.」

「아니, 그 그런 것은 아닙니다…… 귀하께서는 마음이 매우 바른 분이라는 것을 알고 있기 때문에, 그거야 이미 저는 믿고 있습지요. 그래서 다시 말해서 제 처가 유괴된 것은 그녀 자신의 애정 따위가 아니고 훨씬 지체가 높은 귀부인의 사랑…… 말하자면 그 때문에 말려든 것이 아닌가 싶어서……」

「흐응! 보아트라시 부인의 사건인가?」

다르타냥은 궁중의 사정에 꽤 밝은 척하고 싶은 마음에서 이렇게 말했다.

「그보다 더 지체가 높으신 분이지요.」

「그렇다면 에기용 부인이겠지?」

「더 높은…….」

「그럼 슈블즈 부인?」

「아니, 더 훨씬 위의.」

「그럼, 왕…….」

다르타냥은 다음 말을 삼키고 말았다.

「그렇습니다.」 하고 그 사나이는 사뭇 떨리는 목소리로 속삭이듯 말했다.

「그럼, 그 상대는?」

「그분은 저…… 공작…….」

「뭣이…… 공작?」

「그렇습지요.」

그 사나이의 말소리는 더 작아졌다.

「한데, 그렇게 복잡한 것을 당신은 어떻게 알고 있지요?」

「어떻게 알고 있었느냐고요?」

「그래, 바로 그것을 묻고 있는 것이오. 어물쩡한 밀고는 안 되는 거요. 싫다면…….」

「아내로부터 모두 들었습지요. 아내의 입을 통해서…….」

「그렇다면 그대의 부인은 누구에게서 들은 거요?」

「라폴트 씨입지요. 좀전에 말했듯이 그분은 제 처의 대부이고 왕비님의 신임이 두터운 사람입지요. 그래서 라폴트 씨는 왕비님을 위로해 드리기 위해, 그리고 이런저런 이야기하시는 것을 들어드리는 소임을 하도록 제 처를 왕비님 곁에 보냈던 것이지요. 아무튼 왕비님은 왕 폐하께서 관심을 가져 주시지 않는 데다 추기관님에게 언제나 뒤쫓기고 계시고, 또 모두로부터 배신을 당하고 계시는 가엾은 분이라서……」

「음, 이제야 약간 확실해진 것 같군!」

「나흘 전에 제 처가 집에 돌아왔었지요. 한 주에 두 번은 집에 보내 주신다는 약속이었기 때문에. 이렇게 말하면 무엇합니다만 제 처는 저를 사랑하고 있습지요. 그래서 그때 집에 돌아와서의 이야기로는 요즘 왕비님께서 몹시 가슴아파하고 계신다고……」

「딴은 그렇겠군.」

「요즘에 와서 추기관님이 유난히 괴롭혀 드린다더군요. 저 사라방트에서 있었던 일을 잊지 않고 계시는 게 아닌가 생각됩니다. 한데 귀하는 사라방트에서 있었던 일을 알고 계시는지요?」

「알고 있는 정도가 아니지.」

다르타냥은 아무것도 모르면서 짐짓 알고 있는 척했다.

「그래서 이젠 믿다기보다 복수를 하려는 심사인 것 같다구요.」

「흠!」

「왕비님의 생각으로는…….」

「왕비님은 어떻게 생각하시는데?」

「필연코 적이 당신의 이름으로 버킹검 공에게 편지를 보냈을 것이 틀림없을 거라고…….」

「왕비님의 이름으로 말이지?」

「그렇지요. 그것으로 공을 파리로 유인해서 틀림없이 함정에다 밀어넣으려는 속셈인 것이라고.」

「놀랍군. 한데 당신의 부인은 그런 일과 어떤 관계가 있지요?」

「세간에서는 제 처가 왕비님에게 매우 성실하게 시중들고 있다는 것을 알고 있으니까요. 그래서 제 처를 왕비님에게서 강제로 떼어

놓고 가능하면 협박을 가해서 왕비님의 비밀을 캔다거나 제 처를 유혹해서 밀정으로 쓰겠다는 것이 아닌가 해서……」

「그럴 수도 있겠군. 그런데 유괴한 사람을 당신은 알고 있나요?」

「약간 짐작이 가는 사람이 있습지요.」

「이름은?」

「그, 그것은 모릅니다. 다만 알 수 있는 것은 추기관님의 심복일 거라는 것뿐입지요.」

「본 적은 있나요?」

「네, 언젠가 아내가 저 사람이라고 가르쳐 준 적이 있으니까요.」

「그 사나이의 인상에 무슨 특징이라도?」

「있습지요. 키가 크고 머리가 검으면서 살갗이 약간 거무스름한 귀족으로서 눈이 날카롭고 치아는 하얀데다 관자놀이에 상처가 나있습니다.」

「관자놀이에 상처! 음.」

다르타냥은 그 말을 듣고 신음했다.

「그리고 치아가 하얗고 눈이 날카로우면서 검은 머리에다 햇볕에 그을은 얼굴, 키가 큰 사나이! 분명히 그놈이다. 망에 있었던 나의 원수인 바로 그놈인 거다!」

「귀하의 원수라고요?」

「그렇다고 그것과 이것과는 전혀 별개다…… 아니, 그렇지도 않다. 당신의 적과 나의 적이 같은 사람이라면 일이 간단해서 좋지. 한 번에 두 가지 복수를 할 수 있을 테니까 말야. 한데 그놈은 어디 있는 거지?」

「전혀 알 수가 없습니다.」

「살고 있는 곳에 어떤 짐작이 가는 거라도?」

「그것이 없는 거라서. 언젠가 루브르 궁에 들어갔을 때 저의 처가 그 사나이가 들어오는 것을 보고 저치라고 가르쳐 주었을 뿐이라서……」

「그렇다면 뭐란 말인가?」하고 다르타냥은 또 신음하는 소리를 토했다.

「어쩐지 당신의 이야기는 마치 안개 속을 떠도는 것 같군. 그런데 도대체 당신은 부인이 유괴되었다는 것을 어떻게 알게 되었던 거요?」

「라폴트 씨로부터 들었습지요.」

「그 전후에 있었던 소상한 이야기도?」

「아니지요. 그것은 그분도 모르는 것 같았습니다.」

「그밖에 다른 사람으로부터 무언가 단서가 될 만한 것은 듣지 못했나요?」

「그렇지요. 약간 들었을뿐…….」

「뭔데?」

「왠지 그것까지 말하는 것은 지나치게 무분별한 것 같아서…….」

「또 그런 말을. 하지만 이젠 물러설 수 없는 일이 아니오?」

「아니죠. 물러서진 않습지요.」

그 사나이는 이렇게 다짐하면서

「이 보나슈의 맹세에 의해…….」

「당신의 이름이 보나슈인가요?」

「네, 그렇습니다.」

「아니. 이게 당신의 맹세를 방해해서 미안하군. 하지만 그 이름은 어디선가 들은 것 같은걸.」

「그럴 것입니다. 저는 이 집의 주인이니까요.」

「그래, 어쩐지…….」

다르타냥은 반신을 일으켜 목례하면서 말했다.

「그러고 보니 나의 집주인이군요.」

「그렇지요. 귀하가 삼 개월 전에 저의 집에 들어오신 이후 여러 가지로 바쁘셔서 집세를 주시는 것을 완전히 잊으신 것 같았습니다만 한 번도 청구한 적은 없었지요. 그러한 저의 배려를 생각해 주실 것이라 믿고…….」

「아니, 보나슈 씨! 그렇지 않아도 당신의 그러한 배려에 대해서는 고맙게 생각하고 있지요. 그래서 말입니다만, 만약 내가 도울 수 있는 것이라도 있다면…….」

「네, 벌써부터 귀하에 대해서는 온전히 신뢰하고 있으니까요. 좀전에 말한 것처럼 이 보나슈의 이름에 맹세하고 이젠 완전히…….」

「그럼 이야기를 계속해 주시지요.」

그러자 보나슈는 호주머니에서 종이 쪽지를 꺼내어 다르타냥에게 건네주었다.

「편지군!」하고 다르타냥은 그것을 받았다.

「오늘 아침에 받았습지요.」

다르타냥은 그 편지를 손에 들고 주변이 벌써 어두워졌기 때문에 창가로 갔다. 보나슈도 따라갔다.

『네 처의 행방을 찾지 말라. 만일 수색 따위를 한다면 네 목숨은 위태로울 것이다.』

「이것은 분명한 말이군.」

그 편지를 읽고나서 다르타냥은 이렇게 말했다.

「그러나 이것은 협박이 아니오?」

「그렇습니다. 그 협박이 저에게는 무서운 것입니다. 저는 기사도 아니고 더구나 저 바스티유 감옥이 무서우니까요.」

「그렇겠지요. 아니 나 역시 바스티유는 그다지 좋아하지 않으니까…… 검으로 결말을 지을 수 있는 것이라면 좋겠는데…….」

「하지만 저는 귀하를 매우 신뢰하고 있습니다요.」

「정말이오?」

「귀하의 주위에는 언제나 훌륭하고 씩씩한 총사분들이 붙어 있는 것을 보았고, 게다가 총사분들은 추기관님과는 원수지간이 아닙니까. 왕비님을 위해 무엇인가 도와 드리고, 그것으로 추기관님의 콧대를 꺾을 수 있다면 귀하들도 만족해 하지 않을까 생각했기에…….」

「그건 그렇지만.」

「거기에다 삼 개월 분의 방세도 내지 않고 계신 터라서…….」

「그만 하면 잘 알았소이다. 논리적인 말이군.」
「그리고 앞으로도 저의 집에 계시는 한 방세는 절대 말하지 않을 생각이지요.」
「좋습니다.」
「또한 만약 필요하시다면 오십 피스톨 정도는——설마 생활이 곤란하진 않으시겠지만——도와 드리기로 하겠습니다.」
「그건 굉장한 일이군. 그러고 보니 당신은 대단한 부호로군요. 보나슈 씨!」
「부자는 아니지만 그저 마음 편하게 살아 갈 수 있을 정도죠. 자질구레한 물건을 팔고 있고, 또 저 유명한 항해자 장 모케의 최근 여행에다 약간 투자도 하고 해서 이, 삼천 에퀴의 연금이 될 수 있는 것을, 말하자면, 긁어모은 것이지요. 그러니까 이런 실정이라서 부디…… 아니!」하고 보나슈는 이야기하다가 별안간 큰소리로 외쳤다.
「왜 그러죠?」
다르타냥이 이렇게 묻자
「저건 누구일까요?」
「어디?」
「이 창의 맞은편 입구 곁에 검은 외투에다 몸을 감춘 사람이 있지 않습니까?」
「그놈이군!」
다르타냥과 보나슈는 그 사나이를 보고 동시에 소리쳤다.
「이번엔 놓치지 않겠다!」
다르타냥은 이렇게 외치면서 검이 있는 곳으로 뛰어갔다.
그리고 칼을 쑥 뽑아들고는 우당탕 밖으로 뛰어나갔다.
계단을 나서자 아토스와 폴토스를 만났다. 두 사람이 홱 몸을 피하는 순간 다르타냥은 쏜살같이 빠져나갔다.
「어이, 다르타냥! 그렇게 빨리 어딜 가는 거야?」하고 두 총사가 불러세우자

「망에서의 그 사나이닷!」

이렇게 다급한 목소리로 소리쳤는데 벌써 그 모습은 거기에 없었다.

그 동안 다르타냥은 동료들에게 그 미지의 사나이와 얽혔던 사건, 그 사나이가 중대한 것으로 보이는 용건을 어떤 귀부인에게 전하고 있었던 것에 대해 수차 말한 바 있었다.

아토스는 다르타냥의 그 소개장은 싸우고 있는 사이에 분실했을 것이라고 했다. 다르타냥의 말로는 그 사나이는 귀족임이 분명한데──원래 귀족이란 남의 편지를 훔치는 따위의 비열한 짓은 할 수 없다는 것이 그의 지론이었다.

폴토스는 귀부인과 기사가 밀회하고 있는 곳에 다르타냥과 황색털말이 끼어들어 방해했던 것이라고 했다.

아라미스는 그런 일을 풀기란 매우 어려운 것이라고 했다. 그는 깊이 생각해 보았으나 끝내 알 수 없다고 머리를 가로저었다.

그런 일이 있었기 때문에 다르타냥이 한 마디 던진 것만으로 아토스와 폴토스는 그 일이라는 것을 직감했다. 다르타냥이 그 사나이를 따라잡을 수 있을 것인가, 놓치고 말 것인가 하는 것은 알 수 없지만, 아무튼 이곳으로 돌아올 것은 틀림없을 것으로 생각되었기 때문에 아토스와 폴토스는 그대로 걷고 있었다.

다르타냥의 방에 들어가자 방에는 아무도 없었다. 다르타냥과 그 수수께끼의 사나이 사이에 한바탕 소동이 벌어질 것으로 생각한 보나슈는 사라지는 것이 현명하다 싶어 냉큼 자취를 감추었던 것이다.

9. 다르타냥 편린을 나타내다

　아토스와 폴토스가 예상한 대로 30분쯤 지났을 때 다르타냥이 돌아왔다. 이번에도 그 사나이를 놓치고 말았다. 그 사나이는 마치 마술을 부리듯 사라지고 말았던 것이다. 다르타냥은 날이 시퍼런 칼을 들고 그 일대를 두루 찾아 보았으나 끝내 발견할 수 없었다. 다르타냥은 마지막에 맨 먼저 조사해 보는 것이 좋았을 것이라 생각하고는 그 수수께끼의 사나이가 서 있던 집의 입구로 돌아와 열 번도 넘게 힘껏 문을 두드렸지만 아무런 반응도 없었다. 그 소리를 듣고 이웃 사람들이 모두 창 밖으로 얼굴을 내밀고는 그 집은 벌써 반 년 전부터 모든 입구가 폐쇄된 빈집이라고 가르쳐 주었다.
　다르타냥이 그렇게 거리를 뛰어다녔고 문을 두드리고 하는 사이에 아라미스도 찾아와서 합류했기 때문에 다르타냥이 집에 돌아오자 그들 네 사람은 모두 모인 셈이었다.
　「그래, 어찌되었나?」
　세 사람의 총사는 이마에 땀을 흘리면서 성난 몰골로 돌아온 다르타냥을 보자 이렇게 물었다.
　「그치는 순전히 악마 같은 놈이야.」 하고 다르타냥은 칼을 침대에다 내팽개치면서 분하다는 투로 중얼댔다.
　「유령의 그림자처럼 사라져 버렸으니 말야.」

「귀공은 유령이 있다고 믿나?」
아토스와 폴토스가 물었다.
「난 내 눈으로 보는 것밖엔 믿지 않거든. 유령은 본 적이 없으니까 믿을 수가 없는 거지.」
그러자 아라미스가
「성서에서는.」하고 참견을 했다.
「우리에게 유령이 있는 것으로 믿으라 말하고 있지. 사무엘의 망령이 사울 앞에 나타난 적이 있거든. 이것은 믿어야 하는 것이니까 의심하는 것은 옳지 않은 거라구. 폴토스!」
「인간이든, 악마든, 진짜 사람이든, 유령이든간에 그 사나이는 나를 미치게 하기 위해 태어난 놈이 틀림없다구. 그놈이 나타난 덕에 매우 흥미있는 이야기를 날리고 말았으니 말야. 그 일은 백 피스톨, 아니 그 이상의 가치가 있었을 것인데 말이야.」
다르타냥이 이렇게 말하자
「그건 또 무슨 말인가?」하고 폴토스와 아라미스가 물었다. 아토스만은 평소 말이 적은 그대로 입을 꼭 다문 채 다만 눈으로 궁금하다는 표정을 지었을 뿐이었다.
그러자 다르타냥은
「어이, 프랑셰!」하고, 마침 그때 절반쯤 열린 입구에다 머리를 내밀고 그들의 이야기를 엿듣고 싶어 하던 시종을 불렀다.
「집주인 보나슈 씨 가게에 가서 보장시의 포도주를 반 다스만 보내달라고 해. 꼭 그 상표가 붙은 것이어야 한다고 말야.」
「이제 보니 귀공의 집주인은 외상도 주는 모양이군.」
「그렇지. 그것도 오늘부터 말야. 안심들 하라구. 만약 술이 좋지 않으면 다른 것을 가져오게 할 테니까.」
「이용은 해도 좋지만 남용은 금물일세.」하고 아라미스가 엄숙한 투로 말했다.
「그래서 나는 항상 다르타냥을 우리 네 사람 중에서 가장 영특한 사람이라고 생각했던 거야.」

아토스는 이렇게 말하고는 다르타냥이 잠시 목례를 보내는 사이에 재빨리 원래의 침묵 상태로 돌아갔다.
「한데, 그건 무슨 까닭에서이지?」
폴토스가 궁금하다는 표정으로 말했다.
「그래서.」 하고 아라미스도 덧붙였다.
「그 까닭을 듣고 싶군. 하지만 부인의 명예를 손상시킬 우려가 있는 이야기라면 듣기가 거북하니까 차라리 잠자코 있는 편이 좋다구.」
「안심들 하게나. 명예가 손상될 사람은 아무도 없는 이야기니까.」
다르타냥은 이렇게 말하고는 집주인이 찾아왔던 것과 그의 처를 유괴한 사나이가 망의 여관에서 있었던 사건 이래 자신의 숙적으로 되어 있는 인물과 동일하다는 것에 관해 소상히 들려 주었다.
그러자 아토스는 주선답게 술을 한 모금 마시고 술맛이 나쁘지 않다는 표정으로 고개를 끄덕이고는
「과연, 그것은 흥미로운 이야기군.」 했다.
「그 집주인으로부터 오십이나 육십 피스톨의 돈은 받을 수 있겠지. 허나 그 오십 내지 육십 피스톨의 돈에 네 사람의 목숨을 걸 가치가 있는가의 여부가 문제군그래.」
「한 가지 생각해 주었으면 하는 것은……..」 하고 다르타냥이 정색을 했다.
「이 이야기에는 유괴를 당하고 어쩌면 협박을 받고 있거나 고통을 겪고 있는 여자가 있다는 것이야. 더구나 그녀는 자신의 여주인인 왕비에게 충성했다는 그 이유만으로 말이지.」
「조심하라구. 다르타냥! 내 생각으로는 귀공은 보나슈의 처 문제로 어쩐지 지나치게 흥분하고 있는 것 같아서 말야. 여자란 것은 자칫 우리 남성을 파멸시키기 위해 존재하는 것이니까.」
아라미스가 이렇게 말하는 것을 듣고 아토스는 이마를 찌푸리고는 입술을 꼭 깨물었다.
「내가 몸달아 하는 것은 보나슈의 처 따위가 아니구 왕비님인

거야. 평소 왕 폐하로부터는 냉대를 받으시고 추기관으로부터는 박해를 받을 뿐만 아니라 당신 편 사람들의 목이 모조리 잘리고 말았으니 그분이야말로 가엾은 분이 아니겠나.」

「왕비께서는 왜 우리들이 가장 싫어하는 에스파냐 인과 영국인을 좋아하시는 걸까?」

「에스파냐는 그분의 고국이 아닌가.」

다르타냥이 말했다.

「그러니 그 나라 사람을 좋아하시는 것은 당연한 거지. 또 영국인을 좋아하는 것이 아니고 한 사람의 영국인을 좋아하고 계신다는 소문이구.」

「그 영국인을 왕비께서 좋아하게 되신 것도 무리가 아닌 게야. 난 그렇게 멋있는 풍채를 지닌 사람을 본 적이 없으니까.」

아토스가 이렇게 말하자 폴토스도

「거기에다 옷을 그렇듯 멋있게 차려입는 것은 아무도 흉내낼 수 없을 거야. 그 사람이 루브르 궁에서 진주를 마구 뿌렸을 때 보았지만, 그때 나는 두 개를 주웠는데 한 개에 십 피스톨씩 받고 팔았지. 아라미스! 귀공도 그 사람을 알고 있지 않은가?」

「알고말고. 나는 아미앙의 정원에서 그분을 붙잡았던 사람 중의 한 사람이니까. 그곳으로 왕비의 시종인 퓨탄주 씨가 데리고 갔었지. 나는 그 무렵 신학교에 있었지만 그 사건은 왕 폐하께는 안 된 일이라고 생각했거든.」

「그건 사실이겠지만 나는 버킹검 공이 계시는 곳을 안다면 얼른 그의 손을 잡고 왕비님 곁으로 안내할 걸세. 그것으로 추기관의 기분을 언짢게 해 줄 수 있다면 그것만으로도 마음이 후련해질 테니까 말야. 사실 우리들 정면의 적은 추기관이 아니겠나. 보게나 귀공들! 그 사람을 실컷 골려 줄 수단이 있다면 난 목을 내던져도 여한이 없을 거야.」

「그래서 그 잡화상 주인은 귀공에게.」 하고 아토스는 처음 이야기로 화제를 돌렸다.

「버킹검 공에게 가짜 편지를 보냈다고 왕비님께서 생각하고 계신다는 말을 했다고 했지?」
「왕비님께서는 그에 대해 매우 상심하고 계시다는 이야기였다구.」
「좀더 자세히 말해 보게나.」
아라미스가 옆에서 이렇게 말했다.
「뭐라구?」
폴토스가 반문했다.
「좀더 말을 계속해 보라는 거지. 내게도 약간 짚이는 것이 있기에 말야.」
「나는 결국 이 왕비님의 시녀 유괴와 버킹검 공을 파리로 유인하려는 것에는 필연코 어떤 관련이 있는 것으로 의심했던 거야.」
다르타냥은 이렇게 잘라 말했다.
「역시 가스코뉴 사람은 지혜가 있거든.」 하고 폴토스가 솔직히 감동을 표했다.
「나는 이 사람의 이야기를 듣는 것이 좋단 말야. 그 고향사투리가 더할 나위 없이 애교가 있거든.」
이것은 아토스가 한 말이었다.
「모두 내 말을 듣게나.」 하고 아라미스가 말했다.
「그럼, 아라미스의 말을 들어 보세나.」
세 사람은 이구 동성으로 이렇게 말했다.
「어제, 나는 종종 나의 연구 관계로 의견을 듣기 위해 가곤 하는 어느 박식한 신학자 댁에 갔던 거야.」
그러자 아토스가 빙긋이 웃었다.
「그 신학자는 다소 호젓한 곳에 살고 있거든. 취미나 작업상 그렇게 하는 것이 좋아서 말이지. 그런데 내가 그 집에서 막 나오려고 했을 때…….」
아라미스가 여기서 말을 잠시 끊었기 때문에
「왜 그래?」 하고 세 사람은 일제히 다음을 계속해 말할 것을 재촉했다.

9. 다르타냥 편린을 나타내다

아라미스는 약간 거짓을 섞은 이야기를 하는 사람이 잠시 말이 막히고 궁해진 때처럼 머뭇거리고 있었지만, 세 사람의 눈이 지그시 자신을 주시하고 있기 때문에 뒤로 물러설 수도 없었다.

「그 신학자에게는 조카딸이 하나 있거든.」 하고 아라미스는 할 말을 찾은 듯 이야기를 계속했다.

「뭣이, 조카딸이 있다구?」

폴토스가 이렇게 말을 막았다.

「매우 몸가짐이 단정한 부인이야.」

아라미스가 새삼스럽게 덧붙여 말하자 세 사람은 웃고 말았다.

「그렇게 귀공들이 웃기만 하고 믿지 않는다면 그만두겠네.」

아라미스가 토라지는 것을 보고 아토스는 당황해 하면서

「아니야. 우리들은 귀공의 이야기를 마치 마호메트 교 신자처럼 믿고 관에 있는 시체처럼 침묵하기로 하겠네.」

이렇게 다짐했다.

「그렇다면 계속하겠네. 그 조카딸 역시 가끔 큰아버지를 찾아오곤 했는데, 마침 그 날은 나와 함께였거든. 우연히 말이지. 그래서 돌아올 때 마차가 있는 곳까지 내가 데려다 주지 않으면 안 되었던 거야.」

「자가용 마차를 가지고 있었군그래. 그 박사의 조카딸은.」 하고, 조금도 말에 맺는 데가 없는 것이 주된 단점의 하나인 폴토스가 이렇게 말했다. 그러자 아라미스는

「폴토스!」 하고 핀잔을 주었다.

「귀공은 쓸데없이 참견을 하는 버릇이 있으니 조심하라고 수없이 충고했지 않은가? 여인들이 자네를 싫어하는 것은 첫째 그래서라고 말야.」

「어이 어이! 진지한 이야기가 아닌가.」

바야흐로 사건의 핵심에 들어가기 시작했다는 것을 직감한 다르타냥이 모두를 긴장하게 했다.

「쓸데없는 농담은 가급적 삼가도록 하자구. 아라미스, 다음을

계속해봐.」
「그때 별안간 키가 크고 햇볕에 그을은 사내가…… 그래…… 다르타냥! 이것도 귀공의 그 사내와 같은 모습인데 말야.」
「같은 사내였을 게야. 틀림없이.」
「그럴지도 모르지. 그 사나이가 뚜벅뚜벅 나에게 접근해 오지 않겠나. 오, 륙 명의 부하를 거느리고 있더군. 그리고는 매우 정중한 태도로『공작! 그리고 귀부인님』이렇게 내가 안내해 온 부인에게 말하고는…….」
「학자의 조카딸에게 말이지?」
「입을 봉하고 있으라구. 폴토스! 성가신 놈이군.」
아토스는 이렇게 나무랐다.
「『부디 이 마차에, 조용히 이대로 타십시오.』이렇게 말하지 않겠나?」
「그치는 귀공을 버킹검 공으로 오인한 거로군.」
다르타냥의 말이었다.
「그랬을 거라고 생각해.」하고 아라미스가 말을 이었다.
「한데, 여자 쪽은?」
폴토스가 이상하게 여기자
「왕비라고 생각했던 거겠지.」
다르타냥이 딱 잘라 말했다.
「바로 그 말대로였던 거야.」
그러자
「가스콘은 마성이 있거든. 무엇 하나 놓치지 않으니까 말야.」
아토스가 감탄했다.
「다시 말해서」하고 폴토스가 말했다.
「아라미스는 키도 같은 정도였고 그 미남인 공작과 어딘지 비슷한 풍모를 지니고 있으니까 말야. 한데 그 총사의 제복은?」
「나는 커다란 외투를 걸치고 있었거든.」
「이 무더운 칠 월에 말이지? 놀라운 사나이군. 학자에게 찾아오는 자네를 남이 보면 안 될 거라도 있었나?」

폴토스가 다시 짓궂게 말했다.

「외모를 보고 오인했다는 것은 이해가 가지만」 하고 아토스가 말했다.

「얼굴은 어떤가?」

「커다란 모자를 쓰고 있었거든.」

아라미스는 다시 설명했다.

「원 세상에! 신학을 연구하면서 그 얼마나 철저한 경계인가?」 하고 폴토스는 또 농담을 했다.

「그렇다면 지금 우리가 농담이나 하면서 시간을 낭비할 때가 아니지 않은가. 흩어져서 보나슈의 처를 찾아 보는 게 어떻겠나? 그것이 사건의 열쇠일 테니 말이지.」

다르타냥이 이렇게 제안하자 폴토스는

「신분이 비천한 그 따위 여자를?」 경멸하듯 입술을 삐쭉 내밀었다.

「하지만 그 여자의 대부는 왕비님의 측근 시종인 라폴트라구. 틀림없이 그렇게 말한 적이 있을 터인데. 그리고 왕비로서도 그렇듯 비천한 사람을 심복으로 삼은 데는 어떤 이유가 있었을 거야. 훌륭한 사람은 곧 남의 눈에 띄게 되거든. 게다가 추기관은 남보다 두 배는 예리한 눈을 가지고 있으니까 말이지.」

「그렇다면 좋다! 그럼 우선 잡화상 주인과 홍정하기로 하자꾸나. 충분히 비싼 값으로 말야.」 하고 폴토스가 말했다.

「그것은 불필요한 짓일 거야.」

다르타냥의 말이었다.

「실은 그 보나슈에게 보수를 지불하라고 하지 않아도 다른 분으로부터 틀림없이 충분한 보상을 받게 될 테니 말이야.」

막 그런 이야기를 하고 있을 때 계단에서 어수선한 발소리가 들리는가 싶더니 문이 거칠게 열리고는 보나슈가 사색이 된 얼굴로 굴러들어왔다.

「사, 살려 주십시오. 부, 부디. 살려 주십시오……네 사람의 사내들이 찾아와서 날 잡아가려고 합니다. 부디 살려 주십시오!」
그러자 폴토스와 아라미스가 벌떡 자리에서 일어났다.
「잠깐 기다리게나.」하고 다르타냥은 두 사람이 절반쯤 뽑은 칼을 다시 칼집에다 꽂도록 눈짓했다.
「잠시 기다리게나. 이런 경우 필요한 약은 용기가 아니고 신중이라는 것이니까!」
「그렇다고 이런 경우 설마 이대로…….」
폴토스가 볼멘소리를 하자
「다르타냥에게 맡기라구.」하고 아토스가 덮어씌우듯 말했다.
「되풀이해서 말하지만 우리들 네 사람 중에서 이 사람이 가장 현명하거든. 아무튼 나는 이 사나이의 말에 따를 거다. 다르타냥! 귀공의 생각대로 해 주게나.」
그때 네 사람의 경호사들이 입구에 우르르 나타났으나 네 사람의 총사가 검을 쥐고 서 있는 것을 보고는 약간 기가 꺾인 자세로 엉거주춤 했다.
「누추하지만 들어오십시오.」하고 다르타냥이 말했다.
「여기는 내 처소입니다. 우리들은 모두 폐하와 추기관의 충실한 종이니까요.」
「그럼 귀공들은 우리가 그 명령에 따라 시행하는 일에 이론은 없겠지요?」
그들 중의 상사가 이렇게 말했다.
「이론이 있기는커녕 필요하시다면 기꺼이 도와드리리다.」
그러자 폴토스는
「저치가 지금 무슨 소릴 하고 있는 거야!」하고 중얼댔다.
「쉿! 잠자코 있으라구.」
아토스가 이렇게 제지했다.
「하지만 좀전에 귀하는…… 도와주겠다고…….」
풀이 죽은 표정으로 어름어름 이렇게 말하는 보나슈에게 다르

9. 다르타냥 편린을 나타내다

타냥은

「우리들은 어떻게든 자유로운 몸이 아니고서는 그대를 구할 수 없는 거요.」

이렇게 재빨리 속삭였다.

「만약 이곳에서 방해를 했다가는 우리들까지 붙들리게 되니까 말야.」

「허지만, 이대로 제가……」

「자, 사양하실 것은 없습니다.」 하고 다르타냥은 큰소리로 말했다.

「우리는 추호도 이 사람을 지켜주겠다는 생각은 없습니다. 나는 오늘 아침 처음으로 만났던 것뿐입니다. 그것이 무슨 용무였는지는 그 자신도 말하겠지만 뻔뻔스럽게도 나에게 방세를 청구하려고 왔던 것입니다. 이봐요, 보나슈! 안 그런가?」

「그건 사실입니다만, 그래도……」

「나나 나의 동료들에 관해 한 마디도 해선 안 돼. 특히 왕비에 관한 것은 절대 말해선 안 된다. 그렇지 않으면 그대 자신도 살아날 수 없지만 우리 모두도 당하고 말 테니까…… 자, 부디 이 사람을 데리고 가십시오.」 하고 다르타냥은 얼이 빠진 보나슈를 가리키며 경호사에게 말했다.

「괘씸한 사람이거든. 나에게, 이 총사인 나에게 돈을 뜯으러 오다니! 감옥에다 처넣으시오. 감옥에다 말입니다. 그것도 가급적 오래도록 감금해 주십시오. 그래야 그 사이에 나도 돈을 마련할 수 있을 테니까요.」

그러자 경호사들은 황송해 하면서 사냥감을 체포해 갔다. 막 나가려고 할 때 다르타냥은 뒤에서 상사의 어깨를 툭 치면서

「어때요? 우리 서로의 건강을 위해 축배를 드는 것이?」

이렇게 말하고는 보나슈가 기증한 보장시를 잔이 넘치게 부었다.

「이건 영광입니다. 감사히 받겠습니다.」

「그럼, 먼저 귀하의 건강을…… 존함은?」

「보아르날!」

「보아르날 씨!」
「귀하의 건강을…… 한데 귀하의 존함은 어떻게 부르십니까?」
「다르타냥!」
「건승을 축원합니다…….」
「그럼, 우리들은 차치하고 폐하와 추기관님의 건강을 위해…….」
하고 다르타냥은 신이 나서 말했다.
 상대의 사나이도 혹시 술이 좋지 않았다면 다르타냥의 본심을 의심했을지 모르지만 술이 워낙 고급품이라서 그만 믿고 말았다.
「도대체! 귀공은 어떻게 그런 비겁한 짓을 하는 것인가?」
 경호사들이 물러가고 그들만이 남게 되자 폴토스가 당장 추궁하고 나섰다.
「이게 무슨 꼴이람! 네 사람이나 총사가 있으면서 구원을 요청하고 있는 가엾은 사람을 죽게 내버려 두다니. 더구나 귀족인 자가 저따위 말단 직원과 건배를 하다니!」
 그러나 아라미스가
「폴토스!」하고 불렀다.
「좀전에 아토스가 귀공에게 바보라고 했는데 나도 그 의견에 찬성한다. 다르타냥! 귀공은 과연 훌륭한 인물이야. 만일 귀공이 후일 트레빌 경의 자리에 앉는 날이 오면 부디 나를 수도원의 원장으로 천거해 주길 부탁하네…….」
「원 세상에! 무슨 소리를 하는 건지 도무지 모르겠군.」하고 폴토스는 혼자 투덜댔다.
「귀공마저 다르타냥이 한 짓을 잘 했다고 하는가?」
「물론 나 역시 그렇게 생각하지.」
 아토스가 이렇게 대변했다.
「잘 했다고 생각할 뿐만 아니라 대단한 성공이었다고 감복하고 있네.」
「그럼…….」
 다르타냥은 자신이 취한 행동에 대해 한 마디도 폴토스에게 해명하지 않고 입을 열었다.
「이제부터 우리들은 〈4인 일체〉라는 말을 표어로 삼는 것이 어떻겠나?」
「하지만.」
폴토스는 아직도 이해할 수 없는 투였다.
「손을 내밀고 맹세하자구.」
아토스와 아라미스가 동시에 찬성했다.
다른 사람들이 하는 짓을 보고 폴토스는 중얼중얼 하면서도 손을 내밀었고, 네 사람은 함께 다르타냥이 제시한 표어를 크게 외쳤다——〈4인 일체〉.
「그럼 됐네. 모두 각자 자기 처소로 돌아가기로 하자구.」
다르타냥은 지금까지 줄곧 지휘자의 자리에 있던 사람처럼 이렇게 말했다.
「그리고 우리는 더욱 정신을 차려야 할거야. 이제부턴 마침내 추기관과 정면 대결을 하게 될 테니까 말이야.」

10. 17세기의 잠복처

〈쥐덫놓기〉가 창안된 것은 현대에 와서의 일이 아니다. 사회가 구성되고 경찰이라는 제도가 만들어졌을 때 이 잠복처도 곧 탄생했던 것이니까.

목자들은 어쩌면 아직 예루살렘 도시의 술어에 대해 모르고 있는 것으로 생각되기 때문에, 또는 이 이야기를 쓰기 시작한 지 15년이 되는 동안 이 말을 처음 사용하게 되었기 때문에 이 〈쥐덫놓기〉라는 것에 대해 잠시 설명해 두기로 한다.

가령, 한 가정의 가족 중에 무슨 죄에 의해 체포된 사람이 있을 경우 체포되었다는 이야기는 당분간 비밀에 부쳐지게 된다. 그리고 그 집에는 사, 오 명의 경찰을 잠복시켜 두고는 입구의 문을 두드리는 사람이 있으면 곧 문을 열고 들어오는 사람을 안에서 나꿔채어 가두거나 체포해 버린다. 이런 방식으로 2, 3일간 이 집과 친밀한 관계가 있는 사람을 거의 모두 체포하게 된다──이것이 소위 〈쥐덫놓기〉인 것이다.

그래서 보나슈의 주거는 곧장 〈쥐덫놓기〉로 변했고, 그곳에 찾아오는 사람은 한 사람도 빠지지 않고 추기관의 수하에 의해 체포되었으며 심문을 받게 되었던 것이다. 물론 다르타냥이 살고 있는 방에는 다른 통로가 있었기 때문에 이곳에 오는 사람들은 그와 같은

10. 17세기의 잠복처

곤욕을 치르지 않게 되었지만——딴은 다르타냥의 처소를 찾는 사람은 세 사람의 총사뿐이기도 했다.

이 세 사람은 각기 따로 수사를 개시하고 있었으나 이렇다 할 단서는 찾지 못했다. 아토스 등은 직접 트레빌 경에게 질문을 하기도 했다. 평소 말수가 적은 그로서는 드문 일이었기 때문에 트레빌 경은 의외로 생각했다. 트레빌 경도 전혀 단서가 될 만한 것을 모르고 있었으나 다만 한 가지 최근에 와서 왕과 왕비, 그리고 추기관과 만났던 상황으로 미루어 볼 때, 추기관은 어딘지 마음에 걸리는 것이 있는 듯한 기색이었고, 왕은 불안해 하는 것 같았다. 그리고 왕비는 간밤에 잠을 잘 수 없었는지 아니면 울었는지 충혈된 눈을 하고 있었다. 그러나 왕비는 결혼 후 줄곧 잠을 자지 못한다든가 운다거나 하는 경우가 결코 드물지 않았기 때문에 막상 충혈된 눈을 보았더라도 트레빌 경은 별로 마음에 두지 않았다는 이야기였다.

아무튼 왕과, 특히 왕비에 대해서는 앞으로 충분히 신경을 쓰도록 트레빌 경은 아토스에게 당부하였고, 다른 동료들에게도 그렇게 전하라고 분부했다.

다르타냥은 집에서 한 발짝도 나오지 않았다. 그는 자신이 거처하고 있는 방을 잠복 장소로 만들었다. 창을 통해서는 이 집에 찾아왔다가 체포되는 사람의 모습이 보였다. 한편 그는 마루의 판자를 몇 장 벗겨냈기 때문에 아래에 있는 방과의 사이를 차단하는 것은 엷은 천장판뿐인 관계로 아래층에서 심문하고 있는 것을 환히 엿들을 수 있었다.

체포된 사람에 대해서는 먼저 신체 검사부터 철저히 시행하였고, 그런 다음 심문을 시작하기 마련이었는데 그것은 대체적으로 다음과 같았다.

『보나슈 부인이 남편이나, 또는 그밖의 사람에게 무엇을 전해 주라고 부탁한 것은 없는가?』

『보나슈가 그의 처, 또는 그밖의 사람에게 무엇을 전해 달라고 부탁하지 않았는가?』

『그들 부부가 그대에게 직접 무슨 비밀을 말한 적은 없는가?』
다르타냥은 만약 그들이 무엇인가 확실한 것을 파악하고 있었다면 이러한 심문은 하지 않을 것이라고 생각했다. 그렇다면 그들은 도대체 무엇을 알고 싶어 하는 것일까? 버킹검 공이 파리에 와 있는가. 아닌가? 공은 왕비와 이미 만났는가? 그리고 최근 만나기로 되어 있는가, 그렇지 않은가? 미상불 그런 것이리라——.
다르타냥은 그렇게 생각했다. 지금까지 귀에 들어온 것을 가지고 추측해 보면 어쩐지 그런 문제인 것만 같았다.
그러는 동안 〈쥐덫놓기〉는 일상적인 것이 되어 버렸고, 다르타냥의 감시도 그에 따라 지속되었다.
보나슈가 체포된 다음날 밤 9시경에 그때까지 다르타냥 처소에 와 있던 아토스는 트레빌 경의 저택으로 가겠다면서 떠나갔고, 아직 침상 준비를 하지 않고 있던 프랑세가 막 그 일을 하려고 했을 때였다. 거리로 나 있는 대문을 두드리는 사람이 있었고 그러자 곧 대문이 열렸다가는 닫히는 소리가 들렸다. 누군가 또 〈쥐덫놓기〉에 걸려든 것이다.
그래서 다르타냥은 미리 판자를 벗겨 둔 곳으로 뛰어가 배를 깔고 엎드려 귀에 온 신경을 모았다.
이윽고 비명소리가 들렸고, 신음하는 것과 같은 소리를 막으려고 하는 소리가 들렸다. 그러고는 신음하는 소리는 끊어지고 말았다.
「뭐야. 이번엔 여자군!」
다르타냥은 이렇게 중얼댔다.
「신체 검사를 하기 때문에 저항한 거다. 거칠게 다루고 있군. 지독한 놈!」
다르타냥은 평소의 신중성과는 달리 당장 아래층에서 벌어지고 있는 현장에 뛰어들고 싶은 충동을 억제하는데 필사적인 노력을 했다.
「글쎄, 난 이 집 가족이라고 말했지 않습니까. 나는 보나슈의 아내라고. 저 왕비님에게 시중들고 있는 사람이라고요.」

10. 17세기의 잠복처

여자는 목청껏 호소하고 있지 않은가.
『보나슈의 아내!』
다르타냥은 이렇게 입 속으로 되뇌었다.
『모두 혈안이 되어 찾고 있는 사람이 운좋게 불쑥 내 손 안에 날아든 것이 아닌가!』
「실은 우리들이 고대하고 있던 것이 바로 그대였다고.」하고 심문 담당자인 사내가 여자에게 소리쳤다.
여자의 음성이 점점 작아졌고 동동대는 소리가 들렸다. 그 여자는 네 사람의 사내를 상대로 있는 힘을 다해 저항하고 있는 것 같았다.
「용서해 주세요. 제발 용서를……」
그 소리는 가냘프게 들려왔다.
「재갈을 물리고 있군. 이제부터 어딘가로 데리고 갈 모양이야!」
다르타냥은 용수철이 퉁기듯 발딱 일어났다.
「어이! 검을 다오. 아니 그만둬라. 내 곁에 있었군. 프랑세!」
「네, 나리님!」
「아토스, 폴토스, 아라미스를 불러 와라! 세 사람 중 누군가 집에 있을 것이다. 세 사람 모두 돌아와 있을지도 모른다. 무기를 가지고 뛰어오라고 해라. 오 그렇군! 아토스는 트레빌 경에게 가 있을 것이다.」
「그런데, 나리님은 어딜 가시려는 겁니까?」
「나는 창에서 아래로 뛰어 내린다. 그러는 것이 빠를 테니까. 너는 마루바닥의 판자를 원상태로 해놓고 청소한 다음 지금 말한 대로 황급히 뛰어가도록 해라.」
「그러다가 나리가 살해되고 끝장이라도……」
「바보 같은, 잠자코 있어!」
다르타냥은 창가에 손을 걸고 다행히 그다지 높지 않은 이층에서 긁힌 데 하나 없이 사뿐히 뛰어내렸다.
그리고는 앞쪽 대문을 쿵쿵 두드리려고 다가가면서 혼자 중얼댔다.

「이번에는 내가 〈쥐덫놓기〉에 걸리게 되겠지만, 이런 쥐와 만나게 되는 고양이야말로 꽤나 재난이겠지.」

그가 두드리는 대문소리가 나자 그 순간 집 안에서 들리던 소리가 뚝 끊어지고는 발소리가 다가왔다. 대문이 열림과 동시에 파랗게 날이 선 칼을 손에 쥔 다르타냥은 보나슈가 거처하고 있던 방으로 휙 뛰어들었다. 뒤쪽 문은 용수철로 장치해 놓은 듯 꽈당 하고 절로 닫혔다.

곧이어 같은 집에 살고 있는 사람들의 귀에는 크게 울부짖는 소리와 쿵쾅대는 발소리, 칼이 부딪치는 소리, 가구가 부서지는 소리 등이 연거푸 들려왔다. 그러자 곧 소동에 놀라 창 밖으로 목을 내밀고 있던 사람들의 눈에 들어온 것은 대문을 박차고 집 안에서 나온다기보다 쫓기는 사람처럼 허둥지둥 도망쳐 가는 검은 옷을 입은 네 사람의 사내들이었다. 그들은 모두 갈기갈기 찢긴 날개처럼 옷과 외투의 찢긴 자락을 테이블 모서리와 땅 위에다 떨어뜨리면서 정신없이 도망쳐 갔다.

다르타냥은 별로 힘을 들이지 않고 일을 끝냈다. 무기를 가지고 있던 자는 한 사람뿐이었는데 그것도 다만 형식적으로 방어했을 뿐이었기 때문이었다. 그밖의 세 사람은 의자와 걸상, 토기로 대항했으나 다르타냥의 장검으로 두, 세 군데 약간 상처를 입자 기세가 꺾이고 말았다. 그리하여 10분만에 결판이 나고 말았다. 그러한 소동에 익숙한 근처 주민들은 매우 침착한 자세로 검은 옷 차림의 네 사람이 도망치는 것을 보고는 다시 유연하게 창문을 닫았다. 이것으로 한 편의 활극은 끝났다고 생각했기 때문이었는지도 몰랐다.

꽤 늦은 시각이긴 했지만 그 무렵에도 이 뤽상부르 지역 주민들은 모두 일찍 취침했던 것이다.

보나슈 부인과 단둘이 있게된 다르타냥은 부인 쪽으로 몸을 돌렸다. 여자는 안락의자 위에 반듯이 누워 있었고 반은 정신을 잃고 있었다. 다르타냥은 재빨리 바라보고 모든 상황을 간파했다.

이십오, 륙 세 가량의 갈색 머리에다 눈이 파란 아름다운 여자였다. 코는 약간 치켜올라 갔지만 치아는 매우 깨끗했으며 장미빛과 우유빛이 혼합된 얼굴이었다. 이 여자를 귀부인으로 착각할 수 있는 특징은 단지 그것뿐이었다. 손은 하얗기는 했으나 화사하지는 않았으며 발의 모양도 지체 높은 부인으로는 보이지 않았다. 다행하게도 다르타냥은 이러한 세밀한 점에 대해 평가하리만큼 경험이 없었다──그래서 보나슈 부인의 모습을 바라보고 발밑에 시선을 던졌을 때 거기에 한 장의 고급스런 모시 손수건이 떨어져 있는 것을 발견했다. 항상 그렇게 했듯이 그것을 집어들자 그 손수건의 귀퉁이에 앞서 그것으로 아라미스와 결투할 뻔했던 그 손수건에 붙어 있던 것과 동일한 머리글자가 붙어 있는 것을 볼 수 있었다.

 표가 붙어 있는 손수건에는 신물이 나 있었기 때문에 다르타냥은 잠자코 그것을 보나슈 부인의 호주머니 속에 넣어 주었다.

 마침 그때 보나슈 부인은 의식을 회복했다. 눈을 빠끔히 뜨고는 접먹은 표정으로 주변을 돌아보았다. 그리고 방 안은 텅 비었고 자기를 구해 준 사람과 단둘만이 있다는 것을 깨닫고는 곧 미소를 지으면서 손을 내밀었다. 보나슈 부인의 미소는 더할 나위 없이 귀여웠다.

「아, 당신이 절 살려 주셨군요. 정말 감사합니다.」

「부인! 나는 귀족으로서 의당 해야 할 일을 했을 뿐이라서 감사할 것은 없습니다.」

「아닙니다. 은혜도 모르는 여자를 구해 준 것이 아니라는 것을 어떻게든 알려 드리고 싶습니다. 그런데 그 자들은 절 어떻게 하려고 했을까요. 처음에는 도둑들인 줄로만 생각했지요. 저 보나슈는 이곳에 없나요?」

「부인! 그 자들은 도둑과는 다른, 아주 위험한 놈들입니다. 그들은 모두 추기관님의 수하들이지요. 당신의 주인은 실은 이곳에 있지 않습니다. 어제 포리(捕吏)가 와서 그 사람을 바스티유 감옥으로 데리고 갔으니까요.」

「바스티유로, 그 사람을요？」 하고 보나슈 부인은 놀라서 소리쳤다.

「원 세상에. 그이가 무슨 짓을 했다는 것일까요？ 그 아무 죄도 없는 사람을……」

이렇게 말하는 이 젊은 여자의 놀란 표정 속에는 잠시 미소의 그림자가 지나갔다.

「무슨 짓을 했느냐고 말하는 것입니까？」

다르타냥은 이렇게 말했다.

「그 사람의 죄는 단 한 가지밖에 없다고 생각됩니다. 당신과 같은 아름다운 여자의 남편이 된 행운과 불행을 동시에 가졌다는 것……」

「하지만 당신은 설마……」

「나는 당신이 유괴당했었다는 것을 알고 있었지요.」

「누구에게서？ 그럼 그 사람을 알고 계시나요？ 아시면 말씀해 주시지요.」

「사십 세 가량의 머리가 검은 사나이, 햇볕에 얼굴이 그을렸고 왼쪽 관자놀이에 상처가 나있는……」

「네, 그렇습니다. 그 말씀대로입니다. 그럼 그 사람의 이름은？」

「이름？ 그것은 모릅니다.」

「제 남편이 제가 유괴당했다구 말했나요？」

「그 사람은 유괴한 사내가 보낸 편지로 알게 된 것이지요.」

「그럼, 유괴당한 이유도 깨닫고 있는 눈치였는지 모르겠군요.」 하고 보나슈 부인은 약간 거북한 표정으로 이렇게 말했다.

「그 사람은 정치적인 일이라고 하더군요.」

「저도 처음엔 설마 하고 생각했습니다만, 지금은 저도 그렇게 생각하고 있지요. 그럼…… 남편은 저에 대해 혹시 잠시라도 의심했다거나……」

「천만에요. 그렇지 않습니다. 그 사람은 부인의 몸가짐이 남달리 정숙하다는 것과 특히 깊은 애정에 대해 자랑했을 정도였으니까요.」

다르타냥이 이렇게 말하자 보나슈 부인의 얼굴에는 또 보일 듯

말 듯 희미한 미소가 그녀의 장미빛 입술 언저리를 스쳐 갔다.

「한데, 부인은 어떻게 도망쳐 왔나요?」

「혼자 있게 되었을 때 그 틈을 이용해서 도망쳤습니다. 오늘 아침부터 유괴된 까닭을 어렴풋이 알게 되었기 때문에 그 기회를 이용해서 욧잇을 찢어 밧줄로 만들어 타고 내려왔습니다. 그리고 남편이 이곳에 있는 것으로 생각하고 곧장 달려왔던 것인데……」

「그의 보호를 받기 위해 그랬나요?」

「아니지요. 그인 결코 절 보호하지는 못합니다만, 따로 부탁할 것이 있기에 그것을 말하려고 왔습니다만……」

「그 부탁할 것이란 무엇인가요?」

「하지만, 이것은 저 혼자만의 비밀이 아니라서 말씀드릴 수가 없습니다.」

「아무튼.」 하고 다르타냥은 말했다.

「난 하찮은 경호사입니다만, 경고해 두겠는데 아무튼 이곳은 비밀을 털어놓을 장소가 아닙니다. 아까 쫓아버린 놈들이 패거리를 끌고 다시 우르르 몰려올지도 모르고, 그렇게 되면 우리들은 이번엔 도망칠 수도 없을 테니까요. 나도 세 사람의 친구들에게 사람을 보내긴 했지만 그들이 집에 있을지도 알 수 없고……」

「네, 그래요. 당신의 생각대로예요.」

보나슈 부인은 몸을 바르르 떨면서 대답했다.

「그럼, 어서 도망치기로 해요. 이곳을 빨리 떠나도록 해요.」

이렇게 말하면서 보나슈 부인은 다르타냥의 팔 밑에다 자기의 손을 넣고는 힘껏 끌었다.

「한데, 어디로 도망칠 생각이시죠?」

「아무튼, 이 집에서 나가도록 해요. 안 그래요? 어떻게 되겠지요.」

젊은 여자와 청년은 대문도 닫지 않은 채 재빨리 포소와이율 거리에서 포세 무슈 르 프랑스 거리로 나와 생 슐피스 사원 앞 광장까지 왔다.

「이제부턴 어떻게 하죠? 어디로 부인을 데리고 가는 것이 좋을까요?」 하고 다르타냥이 말했다.
「솔직히 말씀드려서 저도 잘은 모릅니다만…… 저는 맨 처음 남편에게 부탁해서 라폴트 씨에게 물으면 이, 삼 일 동안 루브르 궁에서 일어났던 일들도 알 수 있고 제가 궁내로 들어가도 위험하지 않은가 어떤가도 알 수 있을 거라고 생각하고…….」
「나도 라폴트 씨에게 가는 것쯤은 할 수 있습니다만.」
「그건 그렇겠지만. 사실은 루브르 궁에서는 보나슈의 얼굴을 알고 있기 때문에 그 사람이 아니면 들여보내 주지 않을 거예요. 그분들은 당신을 모르니까 절대 들여보내 주지 않을 겁니다.」
「과연 그렇겠군요. 그렇다면 당신은 루브르 궁의 협문에 있는 사람 중에서 누구든 당신 편이 되어 줄 사람을 알고 있나요? 가령 당신의 암호든 무어든 듣고…….」
그러자 보나슈 부인은 다르타냥의 마음 속을 꿰뚫어보려는 눈초리로 그의 얼굴을 지그시 쏘아보았다.
「당신은 그 암호를 한 번 사용한 다음 아주 잊어 주시겠어요?」
「반드시 그렇게 하리다.」 하고 다르타냥은 상대가 의심할 여유도 주지 않고 힘있게 다짐했다.
「그럼 좋아요. 저는 당신의 그 말을 믿기로 하겠어요. 당신은 성실한 분 같으니까요. 성심을 다해 주시면 머지않아 그 보상도 받게 되실 거예요.」
「나는 다만 왕 폐하를 위하는 일과 왕비님이 기뻐하실 일이라면 아무런 조건없이 무슨 일이든 성심껏 할 수 있는 사람입니다. 부디 친구로 생각하고 나에게 돕도록 해 주시지요.」
「그럼, 그 사이 저는 어디서 기다리고 있으면 될까요?」
「라폴트가 부인을 데리러 올 수 있는 장소는 없나요?」
「아니예요. 지금 저는 아무도 믿을 수가 없는 걸요.」
그러자 다르타냥은
「잠깐!」 하고 발을 멈추었다.
「걷고 있는 동안에 아토스의 집 근처까지 왔군. 음, 그렇지!」

「아토스란 누구인가요?」
「나의 친구입니다.」
「하지만, 그분이 집에 돌아와서 나를 본다면……」
「그 사람은 지금 집에 없을 겁니다. 나는 부인을 그 집 방에다 넣고는 열쇠를 가지고 갈 테니까요.」
「그래도 그분이 돌아온다면?」
「절대 돌아오진 않습니다. 그리고 그 사람에게는 내가 한 사람의 여자를 데리고 와서 귀공의 방을 잠시 빌리고 있는 중이라고 말해 두겠어요.」
「그런 짓을 하면 저에 대해 좋지 않은 소문이 날 것 같아서……」
「염려 없습니다. 당신이 누구인지 아는 사람도 없고, 게다가 지금 이런 경우 온당한 짓만 할 순 없으니까요.」
「그럼 그 친구 집에 가겠어요. 어딘가요?」
「페르 거리입니다. 바로 저기.」
「그럼 빨리……」

두 사람은 다시 걷기 시작했다. 다르타냥의 말대로 아토스는 부재중이었다.

항상 그렇게 했듯 다르타냥은 열쇠를 받아 보나슈 부인을, 전에 약간 사용한 바있는 아토스의 작은 방에 있게 했다.

「부디 편안한 마음으로…… 안에서 문을 잠그고 기다리십시오. 누가 오더라도 절대 문을 열어서는 안 됩니다. 내가 돌아오면 세 번 두드립니다. 이런 식으로.」 하고 다르타냥은 두드려 보였다. 두 번은 꽤 세게, 그리고 약간 짬을 두었다가 가볍게 한 번.

「알겠습니다. 그럼 이번에는 하실 일에 대해 제가 가르쳐 드릴 차례군요.」

보나슈 부인은 이렇게 말했다.

「루브르 궁의 레셀 거리 쪽 통용문으로 가셔서 제르망이라는 사람을 찾으세요.」

「네, 그리고는?」

「틀림없이 용무를 물을 테니까 그때〈츨브뤼셀〉이라고 하십시오. 그러면 그 사람은 당신의 말씀에 따를 겁니다.」
「그리고, 내가 부탁할 말은?」
「왕비님 전속 시종인 라폴트 씨를 불러 달라고 말씀하세요.」
「라폴트 씨가 나오면?」
「누구든 보내서 저를 데리고 가 주시도록 말씀해 주세요.」
「좋습니다. 한데 당신과는 또 어디서 어떤 식으로 만날 수 있을까요?」
「당신은 저를 다시 한 번 만나고 싶으신가요?」
「꼭……」
「그럼, 그 문제는 저에게 맡기세요. 걱정마시고.」
「당신의 그 약속을 믿겠습니다.」
「네, 기대해 주세요.」

다르타냥은 목례하면서 보나슈 부인의 작고 아름다운 몸매에다 온갖 시선을 퍼부었다. 계단을 내려갈 때 뒤에서 이중 자물쇠를 채우는 소리가 절그덕 하고 들렸다. 곧장 루브르 궁으로 가서 통용문에 이르자 10시가 울렸다. 지금까지 있었던 여러 가지 사건은 모두 반 시간 사이에 일어났던 것이다.

만사는 보나슈 부인의 지시대로 진행되었다. 예의 암호를 말하자 제르망은 잠시 머리를 숙였다. 10분 후에는 라폴트 씨가 수위 대기소에 모습을 나타냈다. 다르타냥은 간추려서 일을 설명하였고 보나슈 부인이 있는 곳을 알려 주었다. 라폴트 씨는 그곳이 정확한가를 두 번 다짐한 후 밖으로 뛰어갔으나 십 보쯤 가서는 다시 되돌아왔다.

「젊은이! 한 가지 충고할 게 있네.」
「무슨?」
「오늘 있었던 사건에 관련되었다 해서 젊은이에게 혹시 피해가 있을지 모른다.」
「그렇게 생각되시나요?」

「응! 젊은이는 정확한 시간보다 늦게 가는 시계를 가진 친구를 혹시 알고 있는가?」

「그래서요?」

「그런 친구가 있으면 곧 그 사람이 있는 곳으로 가게나. 그대가 아홉 시 반에 그 집에 있었다는 것을 증명해 주면 되는 거니까. 재판에서는 그것을 부재 증명이라고 하지.」

「그 말을 듣자 다르타냥을 그럴 법한 충고라 생각하면서 나는 듯 트레빌 경 저택으로 갔다. 다른 사람들이 모여 있는 객실로는 들어가지 않고 곧장 거실로 가고 싶다는 뜻을 전했다. 다르타냥은 언제나 저택에 있는 사람 중의 한 사람이었기 때문에 곧 동의하고는 그길로 트레빌 경에게 나가 젊은 동향인이 무언가 화급한 일로 혼자서 뵙기를 요청하고 있다는 말을 아뢰었다. 다르타냥은 혼자 있게 된 사이에 큰 시계를 재빨리 45분이나 늦게 돌려 놓았다. 5분 후에 트레빌 경이 나타났고 이렇게 늦은 시간에 무슨 용무인가 하고 의아한 표정으로 다르타냥을 건너다 보았다.

「매우 실례가 많습니다. 저는 아직 아홉 시 이십오 분이기 때문에 아직은 뵐 수 있는 시간이라고 생각했습니다만.」

「뭐라고, 아홉 시 이십오 분? 그렇지 않을 터인데.」 하고 트레빌 경은 이렇게 말하면서 시계를 보았다.

「잘 보시지요. 저 시계가 증거이니까요.」

「그렇군! 귀공의 말대로군.」 하고 트레빌 경은 고개를 끄덕끄덕했다.

「더 늦은 시간이라고 생각했는데 말야. 한데 그 용건이란 무엇이지?」

트레빌 경은 이렇게 말하면서 넌지시 다르타냥을 바라보았다.

그래서 다르타냥은 트레빌 경에게 왕비 문제를 둘러싸고 일어나고 있는 이야기를 하기 시작했다. 왕비에 대한 자신의 우려를 숨김없이 말한 다음, 추기관이 버킹검 공에 대해 획책하고 있는 흉계에 관해 소상히 보고했다. 자신에 넘친 다르타냥의 태도를 보고 트레빌 경은 앞에서 말한 바 있듯 추기관과 왕, 왕비간의 사이에 무언가 최근에 일어나고 있는 것 같은 예감이 있는 터라서 다르타냥의 보고를 액면대로 믿었다.

  10시가 울리자 다르타냥은 작별 인사를 고했다. 트레빌 경은 새로운 사실에 대해 충분히 알게 해 준 것을 고마워 했으며, 앞으로도 왕과 왕비 두 폐하에 대해서는 끝까지 신경을 쓰도록 당부까지 하고는 객실로 돌아갔다. 다르타냥은 계단 아래까지 왔을 때 단장을 그냥 두고 온 것을 깨닫고 잰걸음으로 다시 거실로 돌아가서는 아무도 눈치채지 않도록 조심하면서 감쪽같이 시계 바늘을 원래대로 돌려놓았다. 그는 이것으로 자신의 부재 증명을 해 줄 사람이 생겼다고 안심하고는 계단을 내려와 곧장 거리로 나왔다.

11. 얽히는 사건

 트레빌 경의 저택에서 나온 다르타냥은 깊은 생각에 잠기면서 집에 돌아왔는데 돌아오는 길은 일부러 가장 먼 길을 택했다.
 그는 이렇게 먼 길을 택해 돌아오면서 밤하늘의 별을 바라보고는 한숨을 짓기도 하고 또 혼자서 빙긋이 웃기도 했다——그렇다면 그는 도대체 무엇을 생각하며 왔던 것일까?
 그가 돌아오면서 생각했던 것은 오로지 보나슈 부인에 대해서였다. 이 수습 총사에게 있어서 그 젊은 여인은 거의 이상에 가까운 여인이라 해도 좋았다.
 아름답고 신비에 싸여 있으면서 궁중의 사정을 자세히 알고 있어서인지 애교가 넘치는 얼굴에는 어딘지 우아하고 정중한 품위가 흐르고 있을 뿐더러 전혀 교만한 티가 없는 여자——이러한 것은 사랑의 초심자에게 있어서 더할 나위 없는 매력이 아닐 수 없었다. 뿐만 아니라 다르타냥은 이 여자의 몸을 검색한다거나 난폭한 짓을 자행하고 있던 적의 손에서 구해 주었기 때문에 두 사람 사이에는 얼마든지 달콤한 사랑으로 발전할 수 있는 야릇한 감정이 싹터 있는 것이 분명했다.
 그래서 다르타냥은 벌써 공상의 나래를 타고 그 부인이 보낸 사람이 찾아와 밀회를 약속하는 편지와 함께 황금의 사슬, 또는 다이아몬드 등을 주고 가는 모습을 머릿속에 그리고 있었다. 앞에서도 말한 바 있지만 그 당시 젊은 기사는 왕으로부터 친히 금은을 하사받는 것을 조금도 부끄럽게 생각하지 않았다. 일반적으로 사물에 관해 까다롭게 따지지 않았던 그 당시에는 애인의 경우에 있어서도 그러한 일에 대해 수치스럽게 생각지 않았던 것이다. 그래서 여자 쪽에서는 영구히 남을 만한 선물을 곧잘 보냈는데, 애정의 덧없음을 그렇듯 영구성이 있는 물건으로 보완하고 있었는지도 몰랐다.

그 무렵에는 자신의 출세를 위해 여자를 이용하는 것도 결코 부끄럽게 여기지 않았다. 단지 미모만을 장점으로 하고 있는 여자들은 자신의 아름다움만을 바쳤다. 그래서 그〈가장 아름다운 아가씨는 자신이 가지고 있는 것밖에 줄 수가 없다〉는 속담까지 낳게 되었던 것이다. 부유한 여자는 자신이 가지고 있는 돈의 일부를 주기가 일쑤였는데, 이 시대를 장식한 많은 기사 중에는 그들의 애인이 말안장 곁에 약간의 돈을 넣은 주머니를 매달아 주지 않았더라면 박차도 구할 수 없었고 정작 싸움터에 나가 공을 세울 수도 없는 사람이 적지 않았던 것이다.

다르타냥은 무엇 하나 가진 게 없었다. 시골뜨기라는, 순식간에 져버릴 꽃과 같은 열등감은 세 사람의 총사가 가르쳐 주는 그다지 온당치 않은 교육으로 휙 날아가 버린 지 오래였다. 다르타냥은 파리에 있으면서도 싸움터에 서 있는 것과 같이 긴장하고 있었다. 풍운이 긴박한 프랑돌 지방에 있는 기분이었다. 그곳에서의 적은 에스파냐 인이었으나 이곳 파리에서는 여자가 적이었다. 아무튼 어느 곳에 있든 싸워야 할 적은 있게 마련이었으며, 부과해야 할 징발금이 있기에는 매한가지였던 것이다.

그러나 분명한 것은 다르타냥은 아직도 순수한, 욕심이 없는 담담한 마음을 가진 청년이었다. 잡화상 주인은 자신이 풍족하다고 했지만 그렇듯 얼간이인 이상 보물상자의 열쇠는 마누라가 가지고 있다는 것쯤 그도 간파할 수 있던 게 틀림없었다. 그러나 그런 생각은 그가 보나슈 부인의 모습을 본 순간, 싹튼 애정에 섞여 있었던 것은 아니었다. 그래서 차츰 발전하게 될 이 사랑의 과정에서는 이 이욕에 대한 관심은 거의 없었다고 해도 좋았다. 그러나 어쨌든 젊고 아름답고 영리한 데다 부유하다는 조건은 사랑의 초기에 장애가 되기커녕 도리어 사랑을 굳게 다지는 밑거름이 되었던 것이다.

풍족한 생활에는 용모와 자태를 아름답게 갈고 닦는 데 여러 가지로 귀족적인 발상이 따르게 된다. 순백의 고급 양말, 비단옷, 레이스로 만든 가슴의 갑옷, 발에는 화사한 반장화, 머리에는 산뜻한 리본을 감았다고 해서 추녀가 아름다워질 수는 없지만 아름다운 여자에게는 그러한 치장들이 더욱 아름답게 해 준다. 거기에다 손의 아름다움은 모든 것을 돋보이게 해 주는 것이다. 그래서 여자가 손을 아름답게 유지하려면 일 따위를 해서는 안 되었다.

이미 독자들도 잘 알고 있듯 다르타냥은 결코 백만장자가 아니다. 언젠가는 그렇게 되기를 바라고 있지만 그 소망이 이루어지는 것은 먼 훗날의 일이다. 그래서 그는 우선 자신이 사랑하는 사람에게 여자라면 누구나 가지고 싶어하고 또 유일한 행복으로 생각하고 있는 그 자질구레한 물건들을 마음대로 사줄 수 없는 것에 대해 앞으로 혼자서 얼마나 벙어리 냉가슴 앓듯 해야 할지 몰랐다. 그러나 여자가 부자라면 사내가 사 줄 수 없는 것을 자신이 살 수도 있지만 대개의 경우 여자가 그러한 즐거움을 마음껏 누릴 수 있는 것은 남편의 돈에 의해서가 아니던가. 그렇다고 여자가 남편에게 고맙다고 여기는 경우는 아주 드문 일이다.

또한 다르타냥은 보나슈 부인에 대해 가장 다정한 애인이 되겠다고 다짐하면서도 한편으로는 친구들에 대한 성의에 있어서도 조금도 변함이 없었다. 보나슈 부인을 두고 사랑의 방법에 대해 여러 가지로 궁리하면서도 그렇다고 동료에 관한 것을 결코 소홀히 하지 않았다. 그는 아름다운 보나슈 부인에 대해 생각하고 있을 때에도 이 여자를 아토스, 폴토스, 아라미스 등과 함께 데리고 가서 생 도니의 벌판과 생 제르맹의 큰 도시를 산책할 것을 꿈꾸고 있었다.

그리고 모두에게 자신의 애인을 자랑하고 싶었다. 그렇게 먼 길을 걷게 되면 자연 배도 고플 것으로 생각하고 그는 그 문제에 관해서도 마음을 쓰고 있었다. 다르타냥은 조촐한 만찬을 베풀고 한 손으로는 친구의 손을 잡고, 한 손으로는 애인의 발을 어루만진다는 일거 양득의 기쁨도 상상해 보았다. 만일 전과 같이 모두의 생활이 궁핍해진다면 이번에야말로 자신이 모두를 살리는 사람이 되겠다는 계획도 세웠다——.

그런데 다르타냥이 경호사에게 넘겨준 보나슈는 어떻게 되었을까? 큰소리로는 퉁겼고 낮은 소리로는 도와주겠다고 약속했던 그였지만 솔직히 말해서 그는 지금 보나슈 문제는 거의 잊고 있었다. 머리에 떠오른다 해도 보나슈가 어디에 있든 전혀 관심이 없었다. 사랑은 정말로 가장 이기적인 감정이라던가.

그러나 독자들은 안심해 주기 바란다. 다르타냥이 사랑에 빠져 아무리 집주인에 대한 것을 잊고 있더라도, 그리고 있는 곳을 알 수 없다는 구실로 잊은 척하고 있지만 필자는 결코 잊을 수가 없는 것일 뿐더러 틀림없이 그가 있는 곳을 알고 있기 때문이다. 그러나 당분간은 우리들도 이 사랑에 빠진 가스코뉴 청년을 지켜보기로 한다. 그 의리의 사나이 잡화상 주인의 이야기는 좀더 시간이 지난 후 다시 하기로 한다.

다르타냥은 앞으로의 찬란할 사랑 문제로 머릿속을 가득히 채우면서 밤과 이야기하고 별에게 미소를 던지면서 세르슈 미디 거리(당시의 이름은 샨스 미디 거리)를 걷고 있었다. 마침 아라미스가 살고 있는 곳에 왔기 때문에 그는 잠시 아라미스의 처소에 들려 오늘 프랑셰를 보내어 잠복처로 곧 와 달라고 했던 까닭을 말해 주려고 했다. 프랑셰가 갔을 때 아라미스는 집에 있었을 것이니까 곧장 그가 포소와이율 거리로 뛰어갔을 때에는 다른 두 사람의 동료만이 있을 뿐 모두 뭐가 뭔지 몰라 망연했을 것이 분명했다. 그래서 사람을 놀라게 한 이상 한 마디쯤은 해명해 주는 것이 옳은 행동이 아닌가 ——다르타냥은 이렇게 중얼대고 있었다.

그리고 또 마음 한 구석에서는 보나슈 부인에 대해 다소 과장해서 이야기할 수 있는 좋은 기회가 아닌가도 싶었다. 그때 다르타냥의 마음은 온통 그 문제만으로 가득차 있었다. 첫사랑은 신중히 해야 한다고 하지만, 그것은 무리한 이야기인 것이다. 첫사랑이란 그야말로 억제할 수 없으리만큼 환희가 치솟고 가슴에서 넘쳐흐르기 때문에 그대로 있으면 숨통이 막힐 것만 같은 그런 것이 아니던가.

파리의 거리는 벌써 두 시간 전부터 캄캄해졌고 오가는 사람도 뜸했다. 포브르 생 베르맹 근처의 큰 시계가 일제히 11시를 알렸다. 아주 기분 좋은 계절이었다. 다르타냥은 지금은 아사스 거리로 되어 있는 곳의 좁은 길을 보지랄 거리 쪽에서 부는 밤바람에 실려오는 향기를 가슴 가득히 마시면서 걷고 있었다. 어딘가 먼 곳에 있는 술집에서 새어나오는 노랫소리가 아련히 들려오고 있었다. 비좁은 골목길 모퉁이에서 다르타냥은 왼쪽으로 돌았다. 아라미스의 집은 카셋 거리와 셀 반드니 거리의 중간에 있었다.

다르타냥은 카셋 거리를 지나 울창한 단풍나무와 선인장 아래로 아라미스의 집이 보이는 곳까지 왔다. 마침 그때였다. 셀 반드니 거리의 네거리에서 불쑥 사람의 그림자 같은 것이 어른거렸다. 외투에 감싸여 있는 것 같았다. 다르타냥은 그가 사내인가 생각했으나 그 몸집이 가냘픈 데다 동작이 활발하지 않으면서 걷는 폼이 힘들어 보였기 때문에 여자라는 것을 알았다. 그 여자는 목적한 집에 닿은 것인지 아닌지 분명히 알지 못하는 것 같았다. 그 여자는 오른쪽을 살펴보기도 하고 발을 멈추고는 뒤쪽을 돌아보기도 하면서 어리둥절해 하고 있었다. 그 광경을 지켜보고 있던 다르타냥은 이상한 예감에 사로잡혔다. 그래서 그는

『곁으로 가서 용건을 물어볼까?』

이렇게 생각했다.

『저 걸음걸이로 보면 젊은 여자임에 틀림없다. 아름다운 여자인지도 모른다. 음, 그런 것만 같다. 그러나 이렇게 늦은 시각에 여자가 혼자서 거리를 헤매고 있는 것은 애인을 찾아가기 위해서가 아닐

까？ 경솔히 뛰어들었다가 밀회하려는 것을 방해라도 하게 된다면 원망만 듣게 될 것이 아니겠나.』

 다르타냥이 이런 생각에 잠기고 있는 동안 그 젊은 여자는 집들의 처마와 창들을 하나 둘 세고 있었다. 그것은 별로 힘이 들거나 시간이 걸리는 일이 아니었다. 이곳에는 거리 쪽에 집이 세 개 있을 뿐이었고 거리 쪽에 나 있는 창은 두 개인데 그 하나는 아라미스의 작은 집과 나란히 서 있는 집이었고 다른 하나는 바로 아라미스의 집이었던 것이다.

 『저 여자는 어쩌면……』 하고 다르타냥은 속으로 중얼댔다. 그 신학자의 조카딸이라는 여자가 갑자기 떠올랐기 때문이었다.

 『무슨 일일까？ 이렇게 늦은 시간에 집을 찾는 것은 약간 괴이하지만 분명히 그런 것 같지 않은가. 어이, 아라미스！ 오늘에야 똑똑히 너의 정체를 알게 된 거다！』

 이렇게 생각한 다르타냥은 몸을 굽혀 어두운 벽의 움푹한 곳에 있는 돌의자 곁에 몸을 숨겼다. 젊은 여자는 그런 줄도 모르고 앞쪽으로 걸어오고 있었다. 나긋나긋한 그 걸음걸이만이 아니고 그때 한 번 토한 가벼운 기침도 아주 젊은 여자의 그것이었다. 다르타냥은 이 기침소리가 신호인 것이라고 생각했다.

 그러자 이 기침소리와 비슷한 다른 신호가 답했는데, 아니면 마침내 찾던 집을 확인하게 되었는지 여자는 아라미스가 거처하고 있는 집의 창으로 잽싸게 다가가서 미늘창을 세 번 같은 간격으로 똑똑똑 두드렸다.

 『분명히 아라미스의 집이다. 어이, 가짜 군자！ 귀공이 신학 연구를 하고 있는 장면을 드디어 똑똑히 목격했다구.』

 다르타냥은 속으로 이렇게 중얼댔다. 세 번 노크하자 안쪽 문이 열리고 그 순간 두겹으로 된 문의 유리를 통해 빛이 새어나왔다.

 『옳거니. 안에선 벌써부터 기다리고 있었던 게 분명하군. 이제 곧 저 두겹문이 열리고 여자는 안으로 빨리듯 들어가겠지. 흥！ 잘 한다 잘 해！』

11. 얽히는 사건

그런데 어찌된 영문일까. 문은 열리지 않았고 아까 새어나왔던 빛도 훅 꺼지고 말았으니.

그것을 보고 다르타냥은

『설마 언제까지고 저러진 않겠지.』

이렇게 생각했다. 그래서 눈과 귀에 온 신경을 모으고는 계속 감시의 눈을 번뜩이고 있었다.

다르타냥의 이 예상은 빗나가지 않았다. 이윽고 안쪽에서 두 번을 똑똑 두드리는 소리가 났다. 이번에는 젊은 여자가 한 번만 두드렸는데 그러자 아니나다를까 곧 문이 열렸다.

독자들은 이때 다르타냥이 이 광경을 얼마나 열심히 보았고 또 듣고 있었는지 충분히 상상하고도 남음이 있을 거라고 믿는다.

예상했던 것과는 달리 이번에는 불빛이 다른 방으로 옮겨갔다. 다르타냥의 눈은 이미 어둠에 익숙해 있었다. 세상에서 말하듯 가스코뉴 사람이라서 고양이의 눈처럼 어둠 속에서도 잘 볼 수 있었는지 몰랐다.

다르타냥의 눈에는 젊은 여자가 호주머니에서 하얀 것을 꺼내 분주히 펼쳐보이는 것이 보였다. 그것은 손수건과 같은 모양이었다. 펼치면서 여자는 상대에게 귀퉁이를 확인하도록 했다.

그것을 보고 있던 다르타냥의 머리에는 보나슈 부인의 발밑에 떨어져 있던 손수건이 떠올랐으며, 그 손수건은 또한 아라미스의 발밑에도 떨어져 있었던 것을 연상하게 했다.

『도대체 저 손수건은 어떤 의미를 가지고 있는 것일까?』

자신이 숨어 있는 곳에서는 아라미스의 얼굴이 보이지 않았다. 다르타냥은 처음부터 그 젊은 여자와 이야기하고 있는 사람이 아라미스임에 틀림없다고 믿고 있었다. 신중함보다는 호기심에 사로잡혔던 다르타냥은 두 사람이 손수건을 보는 것에 정신을 팔고 있는 틈을 이용해서 지금까지 숨어 있던 곳에서 나와 발소리를 죽이고는 전광 석화처럼 날렵하게 벽의 한 구석에다 몸을 딱 붙였다. 그곳에서는 아라미스의 방 안이 구석까지 환하게 들여다 보였다.

그곳으로 옮겨왔을 때 너무나 놀란 나머지 다르타냥은 크게 소리칠 뻔했다. 깊은 밤에 찾아온 여자와 이야기하고 있는 것은 아라미스가 아니고 그 또한 여자가 아닌가. 다르타냥은 그녀가 입고 있는 옷을 볼 수는 있었으나 얼굴 모습만은 볼 수 없었다.

마침 그때 안에 있던 여자가 제2의 손수건을 꺼내어 아까의 것과 바꾸었다. 그리고는 두 여인은 두, 세 마디의 말을 짤막하게 주고받았다. 그런 다음 다시 문이 닫혔다. 창 밖에 서있던 여자는 돌아서서 다르타냥이 숨어 있는 바로 곁을 지나가면서 외투의 두건을 푹 내려썼다. 그러나 그녀의 그와 같은 주의도 이미 때는 늦었던 것이다. 다르타냥은 그가 보나슈 부인이라는 것을 확인하고 있었으니까.

보나슈 부인! 좀 전에 손수건을 꺼냈을 때 그 여자가 아닌가 하는 의심이 언뜻 머리를 스치고 갔었다. 그러나 자기를 루브르 궁으로 데리고 가 줄 것을 라폴트 씨를 찾아 말해 주도록 부탁했던 그 여자가 야심한 시각에 혼자서 유괴당할 위험을 무릅쓰고 파리 시내를 나돌아다닌다는 것은 있을 수 없는 일이었다——.

틀림없이 화급을 요하는 일이 있었을 것이다. 그렇다면 이십오 세인 여자로서 화급을 요하는 일이란 도대체 무엇이란 말인가——사랑.

그리고 이와 같이 위험한 짓을 하고 있는 것은 자기 자신 때문일까, 아니면 다른 사람을 위해서일까? 다르타냥은 그런 것을 생각해보았다. 그러자 그의 마음 속에는 연인다운 질투의 불꽃이 활활 타오르기 시작했다.

보나슈 부인의 향방에 대해서는 간단히 알 수 있는 방법이 있었다. 그것은 그녀의 뒤를 밟는 것이었다. 이 방법은 가장 자연스러웠기 때문에 다르타냥은 별다른 생각없이 그녀를 미행했다.

그런데 마치 주방에서 귀신이 나온다는 식으로 어둠 속에서 불쑥 청년의 모습이 보이자 그만 소스라치게 놀란 보나슈 부인은 악 하고 소리치고는 도망쳤다.

다르타냥은 그 뒤를 쫓아 뛰었다. 외투자락이 발에 휘감기는 바람에 발을 옮기는 것이 불편한 여자를 따라잡기란 식은 죽 먹기와도 같았고 그는 숨어 있던 거리의 삼분의 일쯤 간 데서 그녀를 붙들 수 있었다. 여자는 지쳤다기보다 무서운 나머지 꼼짝도 못했다. 다르타냥이 어깨를 잡자 여자는

「죽이려면 죽이세요. 하지만 나는 아무 말도 하지 않을 테니까요.」
이렇게 말하고는 퍽 하고 무릎을 꺾었다.

다르타냥은 그 여자의 허리에다 팔을 감고 안아서 일으켰다. 몸의 무게로 보아 여자가 기절하기 직전이라는 것을 직감했던 다르타냥은 당황한 나머지 부드러운 말로 안심부터 시키려고 했다. 그러나 그런 말은 보나슈 부인에게 아무런 도움도 되지 않았다. 친절한 말 뒤에는 무서운 악의가 감춰진 경우도 결코 적지 않다는 것을 잘 알고 있었기 때문이었다.

그러나 음성을 속일 수는 없었다. 젊은 부인은 그 음성이 귀에 익은 것 같았기 때문에 빠끔히 눈을 떠서 그 사내를 살펴보았다. 그리고 지금까지 그토록 무서웠던 사람이 다르타냥이라는 것을 알게 되자 기뻐서 어쩔 줄 몰랐다.

「어머! 당신이었군요. 어쩜 이렇게…… 정말 얼마나 고마운지 모르겠어요!」

「그렇습니다. 납니다. 신께서 당신을 지키도록 나를 보내신 것이지요.」

「처음부터, 그럴 작정으로 절 미행하셨나요?」

젊은 여자는 교태를 담아 방긋 웃었다. 곧잘 남을 골려주는 평소의 버릇이 다시 살아났던 것이다. 적이라고 여겼던 사람이 내 편이라는 것을 알게 된 순간부터 두려운 마음은 안개처럼 말끔히 사라지고 말았기 때문이었다.

「아닙니다. 실은 그런 게 아니고 당신의 뒤에 붙어 걷게 된 것은 아주 우연이었지요. 내 친구 집의 창문을 두드리고 있는 부인이 눈에 띄었던 거라서……」

「당신의 친구?」
「그렇습니다. 아라미스는 내 친한 친구의 한 사람이니까요.」
「아라미스란 누구죠?」
「그만두어요.. 당신은 아라미스를 모른다고 시치밀 떼려는 것입니까?」
「정말 그런 이름은 처음 듣습니다.」
「그 집에 간 것은 처음이었나요?」
「물론이에요.」
「그 집에 살고 있는 사람이 젊은 남자라는 것도 모르셨나요?」
「네.」
「그이가 총사라는 것도?」
「전혀.」
「그렇다면 그 남자를 만나려고 온 것이 아니었군요?」
「그렇죠. 그리고 당신도 직접 보셨겠죠? 저와 이야기했던 사람이 여자였다는 것을.」
「그렇긴 합니다만…… 그러나 그 여자는 아라미스가 알고 있는 사람이겠죠?」
「전 그런 것은 모릅니다.」
「하지만, 그 집에 살고 있으니까요.」
「저와는 상관없는 일입니다. 그것은…….」
「그 여자는 누구입니까?」
「그것은 비밀이기 때문에…….」
「보나슈 부인! 당신은 매우 아름답습니다. 허나 그와 동시에 아주 이상한 분이군요.」
「그래서 제가 흉하게 보이시나요?」
「아닙니다. 그와는 반대로 더 매력적입니다.」
「그래요? 그럼 팔을 빌려 주세요.」
「자, 부디, 그럼 지금부터는?」
「지금부터는 데려다 주세요.」

11. 얽히는 사건

「어디로?」
「제가 가는 곳에……」
「당신은 어디로 가시는 거죠?」
「가시면 아시게 돼요. 당신은 그 집 입구까지만 가 주시면 됩니다.」
「거기서 기다리고 있는 겁니까?」
「그럴 필요는 없습니다.」
「그럼 돌아갈 땐 나 혼자서?」
「네, 그렇게 될지도 모르고, 그렇지 않을지도 모릅니다.」
「그 후에 데려다 주는 것은 남자입니까, 여자입니까?」
「아직은 모릅니다.」
「나는 알아 볼 것입니다.」
「어떻게?」
「기다리고 있다가 나오시는 것을 보면……」
「그런 말을 하신다면, 안녕.」
「왜요?」
「난 당신이 오시지 않아도 좋으니까요.」
「하지만 틀림없이 당신 쪽에서……」
「협기가 있는 분의 도움을 바랬던 것이에요. 하지만 간첩의 감시는 바라지 않으니까요.」
「약간 심한 말을 하시는군.」
「억지로 따라오는 사람에겐 뭐라고 하죠?」
「얌체!」
「그것으론 너무 부드러워요.」
「그럼 좋습니다. 당신의 말씀대로 하겠어요.」
「왜 처음부터 그런 착한 마음씨를 갖지 않으셨을까?」
「이제 그걸 후회한들 소용이 없는 것 아닐까요?」
「정말 후회하고 계시나요?」
「그건 나자신도 잘은 모르겠습니다. 다만 알고 있는 것은 당신이 가시는 데까지 데려다 드릴 수 있다면 무슨 일이든 바라시는 대로 할 것을 약속하고 싶다는 것뿐입니다.」
「거기까지만, 그리고는 헤어지는 거예요.」
「알겠습니다.」
「제가 나오는 장면은 보지 않으시도록……」
「물론!」
「맹세할 수 있나요?」
「무사의 맹세입니다.」
「그럼, 팔을 빌려 주세요. 자, 걷기로 해요.」
 보나슈 부인은 다르타냥이 내민 팔에 기대고 반은 웃고 반은 흠칫흠칫 놀라면서 걷기 시작했다. 그렇게 해서 두 사람이 라 알프 거리의 끝까지 왔을 때 젊은 부인은 좀전에 보지랄 거리에서 한 것처럼 다시 잠깐 주저하는 모양이었다. 그러나 어떤 표지가 있는 것처럼 여자는 한 집의 문간에 다가가더니
「여기가 저의 용무가 있는 곳입니다. 친절하게 데려다 주셔서 여기까지 무사히 온 것을 진심으로 감사드립니다. 저 혼자였다면 도중에서 무슨 일을 당했을지도 모르니까요. 하지만 당신은 이제 약속을 지킬 때가 온 것이에요. 여기가 그 집이니까요.」
「돌아갈 땐 걱정이 없습니까?」
「무서운 것은 도둑뿐이에요.」
「그럼 그 도둑은 상관이 없는 것인가요?」
「그런 것은 아니에요. 하지만 저에게서 무엇을 빼앗아갈 수 있을까요? 동전 한 푼 가지고 있지 않은 걸요.」
「그 문장이 새겨진 수놓은 손수건은?」
「어느 것을 말씀하시는 거죠?」
「당신의 발밑에 떨어져 있었기 때문에 주어서 호주머니에다 넣어 드렸지요.」
「그런 말을, 그런 말을…… 왜 하시는 거죠? 당신은 제가 어떻게 되든 상관없다구…….」
「그것 보세요. 당신에게는 아직도 위험이 있는 게 아닙니까? 내가

단지 한 마디 한 것으로도 그렇게 안색이 달라지는 것을 보면. 그 한 마디를 타인이 듣게 되면 그땐 끝장이 나는 것이겠지요. 아닌가요, 부인!」하고 다르타냥은 부인의 손목을 꼭 쥐고는 부드러운 눈길로 지그시 바라보면서 말했다.

「좋습니까? 좀더 관대한 기분으로 털어놓으세요. 이 내 눈을 보고도 내 마음이 당신에게 잘 해 주겠다는 진심과 동정으로 가득차 있다는 것을 모르시나요?」

「알고 있어요.」

보나슈 부인은 이렇게 낮은 소리로 대답했다.

「제 자신만의 비밀이라면 얼마든지 털어놓겠어요. 하지만 다른 분의 비밀은 그런 것이 아니니까요…….」

「좋아요. 그렇다면 내 자신이 탐색해 보지요. 그러나 그와 같은 비밀은 당신의 목숨과도 관계가 있을지 모르니까 나로서는 결코 남의 일이라고 강 건너 불구경할 수가 없는 겁니다.」

「조심하세요.」하고 젊은 부인은 다르타냥에게 그녀 자신도 모르는 사이에 가슴이 뛸 만큼 진지한 어투로 이렇게 말했다.

「당신 자신과 직접 관계가 없는 일에 그렇듯 관여하려고 해서는 안 됩니다. 제가 하고 있는 일을 도우려고 생각해서는 안되니까요. 저에게 호의를 가져 주시기 때문에 특별히 충고하는 거예요. 저에게 지금까지 해 주신 것에 대해 사례하기 위해서도 이렇게 말씀해 두고 싶어요. 그 동안 기뻤던 것은 평생…… 잊지 않겠어요. 제가 한 말을 절대 잊지 마세요. 아셨죠? 이제부터는 절 깨끗이 잊어 주세요, 전 당신을 위해선 필요없는 여자니까요. 만나지 않았던 때와 마찬가지로요…….」

「아라미스에 대해서도 나에게 한 것과 똑같이 하는 것입니까?」하고 다르타냥은 약간 뾰루퉁한 투로 이렇게 물었다.

「당신은 아까부터 두 번이나 그 이름을 말씀하시지만 저는 진짜 그런 분은 모릅니다.」

「생판 모르는 사람의 집 창문을 두드렸단 말인가요? 그만두세요.

나를 꽤나 얼간이로 취급하시는군요…….」
「만들어 낸 게 아닙니다. 근거가 없는 것이 아니니까요. 실제로 있었던 이야기를 하고 있을 뿐입니다.」
「그럼 당신의 친구분이 정말 그 집에 살고 계시다는 말씀이신가요?」
「그렇지요. 이미 세 번이나 반복합니다만 그 집은 내 친구인 아라미스의 집입니다.」
「언젠가, 좀더 시간이 지나면 여러 가지 일이 밝혀질 거예요. 그러니 지금은 아무 말도 하지 마세요.」
여인은 이렇게 중얼대듯 말했다.
「만일 당신이 내 마음 속을 똑똑히 볼 수만 있다면…….」 하고 다르타냥은 덧붙였다.
「너무나 호기심으로 가득차 있다는 것에 놀라고 틀림없이 동정해 주실 것입니다. 그리고 완전히 사랑에 빠진 것을 보고 그 호기심에 대해 당장 만족시켜 주실 것입니다. 자기를 사랑하는 사람을 두렵게 여길 필요는 조금도 없는 것이니까요.」
「매우 성급하게 사랑이란 말을 하시는군요.」 하면서 그 여인은 머리를 가로저었다.
「사랑 쪽에서 성급하게 나타난 거죠. 더구나 첫사랑이 말입니다. 나는 아직 스물도 채 되지 않았으니까요.」
이 말에 젊은 부인은 살며시 청년의 옆모습을 훔쳐보았다.
「잘 들으세요. 나는 대충 짐작하고 있어요.」 하고 다르타냥은 계속했다.
「지금부터 약 삼 개월 전에 나는 하나의 손수건 문제로 아라미스와 결투를 할 뻔했지요. 그 손수건은 당신이 그 사나이 집에서도 어떤 여인에게 보여 주었던 것과 같은 것이었기에, 그 손수건에 있는 표시도 분명히 같은 것이었다고 생각하지요.」
「당신의 그런 질문을 받게 되면 저는 퍽 피곤해집니다. 정말로.」
「하지만 매사에 신중한 당신이니까 잘 생각해 보십시오. 만약 당신이 체포되고 그 손수건을 빼앗긴다면 곤란해지는 것이 아닐까요?」
「그건 왜죠? 그 머리글자는 저의 것입니다. 세. 베(C.B) 즉 콩스탕스 보나슈(Constance Bonaceux)이니까요.」
「카뮤 드 보아트라시(Camille de Boistracy)라 해도 되지 않습니까?」
「제발 입을 다물어 주세요. 그런 말을 해선 안 됩니다. 제가 위험하다고 하는 데도 그렇게 나오신다면 당신 자신도 위험하다는 것을 생각하셔야 합니다.」
「내가?」
「그렇다니까요. 바로 당신이 말이에요. 감옥에 끌려간다는 위험. 저하고 알게 된다는 것은 목숨까지 위험한 것입니다.」
「그렇다면 나는 절대 당신 곁을 떠나지 않겠습니다.」
「당신!」
여인은 두 손을 꼭 쥐고 애원했다.
「부디 한 사람의 무사의 명예를 위해, 한 사람의 귀족으로서의 예의라 생각하시고 부디 이곳에서 떠나 주세요. 자 보세요, 벌써 열두 시가 울리고 있지 않아요? 약속한 시간이에요.」
「부인!」 하고 다르타냥은 공손히 허리를 굽히면서 말했다.
「그렇게 말씀하시면 더는 거역할 수 없습니다. 안심하십시오. 떠날 테니까요.」
「그리고서 또 미행하시진 않으시겠죠? 슬그머니 엿듣는다거나?」
「곧장 집으로 가겠습니다.」
「저는 잘 알고 있습니다. 당신이 얼마나 고지식한 분인가를.」
이렇게 말한 보나슈 부인은 한 손은 청년에게 내밀고, 또다른 손은 벽의 움푹한 곳에 있는 작은 문의 망치 위로 뻗었다. 다르타냥은 여인의 손을 쥐고 뜨거운 키스를 퍼부었다.
「아, 나는 당신과 만나지 않았어야 했던 건데……」 하고 다르타냥은 솔직하게 그 심정을 약간 거친 말투로 표현했다. 이런 말투는 새침하고 예의바른 것보다 여인의 마음을 사로잡기 마련이었다. 심중에 있는 것을 꾸밈없이 토로함으로써 감정이 이성보다 앞서 있는 것을 잘 표현할 수 있었기 때문이다. 그러자 보나슈 부인은
「어머. 그래요?」 하고 교태가 담긴 음성으로 다르타냥의 손을 꼭 쥐고는 말했다.
「저는 당신처럼 생각하지는 않지만 오늘 안 되더라도 앞으로 언제까지 안 되는 것은 아니잖아요? 언젠가 제가 자유의 몸이 되면 당신의 기분을 만족시켜 드릴 수도 있을지 모르고……」
「나의 사랑에 대해서도 그런 약속을 해 주시겠습니까?」
다르타냥은 기쁨에 넘친 표정을 지었다.
「아니예요. 그에 대해선…… 저는 약속할 수가 없습니다. 당신에 대해 어떤 기분을 가지게 될지가 문제니까요.」
「그럼, 오늘은 이것으로……」
「오늘은 감사하는 마음만으로……」
「아, 당신은 어쩌면 이렇게도 매력적인 분일까요?」
다르타냥은 약간 슬픈 표정으로 말했다.
「당신은 나의 사랑을 조종하고 계십니다.」
「아니예요. 저는 당신의 관대한 기분을 이용하고 있을 뿐입니다. 하지만 무엇을 해 주어도 후에 서로 반드시 끌어당기게 되는, 그런 상대도 있는 것이니까요.」
「당신은 나를 가장 행복한 사람으로 만들어 주었습니다. 오늘 밤의 일은 잊지 말아 주세요. 그리고 그 약속도.」
「안심하세요. 때와 장소에 따라 반드시 생각하게 될 테니까요. 그럼 이젠 돌아가 주세요. 부디. 돌아가세요. 열두 시가 약속 시간인데 벌써 지났으니까요.」
「오 분간만.」
「네, 좋아요. 하지만 경우에 따라서는 오 분간이 5세기와도 같아지는 거지요.」

「사랑을 하고 있을 때에는……」
「그래요. 제가 만나기 위해 가는 상대가 애인이 아니라는 것을 누가 말했을까?」
「당신을 기다리고 있는 사람은 남자인가요?」
다르타냥의 음성은 다시 거칠어졌다.
「그만 하세요. 또 입씨름할 것 같군요.」
보나슈 부인은 약간 지겨운 듯, 그러나 반은 웃으면서 말했다.
「그래요. 이젠 그만두겠습니다. 돌아가겠습니다. 나는 당신을 믿고 있으니까요. 당신에게 온갖 정성을 바침으로써 인정받기로 하겠습니다. 이 정성이 손해를 보는 한이 있어도 좋습니다. 안녕! 부인, 안녕히……」

다르타냥은 이렇게 말하고는 꼭 쥐고 있던 손을 뿌리친 다음 뛰듯이 사라져갔다. 보나슈 부인은 이곳에서도 규칙적으로 세 번 노크했다. 저만큼 떨어진 거리에서 다르타냥이 돌아보자 그 문은 열리는가 싶더니 다시 닫혔고 아름다운 잡화상 부인의 모습은 벌써 그곳에 없었다.

다르타냥은 줄곧 걸었다. 어떻게 하는가 지켜보지 않아도 한 번 약속한 이상 보나슈 부인이 어떻게 되든 자기의 처소로 돌아갈 생각이었다.

그로부터 5분 후 다르타냥은 포소와이윰 거리에 와 있었다.
『가엾은 아토스.』하고 다르타냥은 혼자 중얼댔다.
『그에게 사실을 그대로 말해 줄 순 없다. 나를 기다리다 지쳐서 잠이 들었거나 자기 처소로 돌아갔는지도 모른다. 그의 집으로 돌아가면 집을 비운 사이에 여자가 왔었다는 것을 다른 사람으로부터 듣게 되겠지. 아토스의 집에 여자가! 아라미스의 집에도 여자가 한 사람 있지 않았던가. 어쩐지 이상한 일만 계속되는 날인가 보군. 결국 어떻게 결말이 날 것인지 기필코 나는 알아보고 싶은 거다.』

그가 이렇게 혼자 중얼대고 있을 때.
「안 됩니다. 나리님! 그것은 절대 불가능한 것이니까요.」 하는 음성이 들렸는데 그것은 바로 프랑셰였다.

　깊은 생각에 잠긴 사람처럼 큰소리로 혼자 중얼대면서 걷고 있던 그는 어느 틈엔가 자신의 처소 계단 앞에 있는 골목길까지 와 있었던 것이다.

　「왜 안 되는 거지? 무슨 소릴 하는 거야. 너는 바보군. 무슨 일이 일어났다는 거야?」

　다르타냥은 이렇게 물었다.

　「더할 나위 없이 언짢은 일이……」

　「무슨 일인데?」

　「첫째 아토스 님이 체포되셨습니다.」

　「뭣이, 아토스가 체포되었다고? 왜지?」

　「나리님의 방에 있었기 때문이었죠. 틀림없이 그분을 나리님으로 착각하고.」

　「그렇다면 어째서 자신의 이름을 밝히지 않았던 거야? 자신은 아무 관계가 없는 사람이라고 왜 말하지 않았던 거야?」

　「일부러 밝히지 않았던 것입죠, 나리님! 저의 곁에 와서 『너의 주인은 지금 자유로이 있고 싶은 몸이지만 난 그렇지 않다. 또 그 사람은 모든 사정을 알고 있지만 나는 아무것도 모른다. 나를 착각해서 감금하고 있는 동안 그는 시간을 벌 수 있을 거다. 사흘이 지나면 나는 내가 누구라는 것을 밝힐 테니까 그렇게 되면 석방하지 않을 수 없을 게다』라고요.」

　「잘 했구나! 아토스는 역시 훌륭한 사나이야! 과연 그 말대로 하고도 남을 사람이지. 한데 포교는 어떻게 했나?」

　「네 사람이 아토스님을 어딘가로 데리고 갔습죠. 바스티유가 아니면 폴 레벡이겠죠. 두 사람이 검은 옷을 입은 패거리와 남아서 방 안을 온통 벌집 쑤시듯 하고는 서류를 모조리 가지고 갔습죠. 그러고 있는 동안 다른 두 사람이 파수를 보고 있었는데 일이 끝나자 모두 횡 하니 밖으로 나갔습죠.」

　「폴토스와 아라미스는 어찌 되었나?」

「그분들은 집에 없었기 때문에. 그리고 그 후에도 오지 않았습지요.」

「하지만 내가 기다린다고 했으니까 이제라도 올지 모르겠구나.」

「그렇습지요.」

「좋다! 너는 여기서 꼼짝말고 있어야 한다. 만약 그 사람들이 오거든 그 동안에 일어났던 사건에 대해 말해 주고 전에 갔던 그 요정에서 기다리도록 전해야 한다. 여기 있기에는 위험하니까. 감시를 받고 있을지도 모르거든. 나는 지금부터 트레빌 경에게 보고하기 위해 갔다가 그 요정에서 그들과 만날 계획이다.」

「알겠습니다.」

프랑세가 이렇게 대답했다.

「이곳에 꼭 있어야 한다. 무섭진 않겠지?」

다르타냥은 이렇게 시종을 격려했다.

「끄떡없습니다. 나리님! 아직 저의 담력이 얼마나 센지 보여 드리진 못했습니다만 저에게도 그만한 용기는 있습니다. 정말입니다요. 그런 생각이 일어나느냐가 중요한 것입죠. 첫째 전 피카르디 출신이 아닌갑쇼.」

「그렇다면 안심한다. 설혹 죽는 한이 있더라도 이곳을 떠나지 말라!」

「네, 이제 나리님께 몸을 바치고 있다는 것을 보여 드리기 위해서라면 무슨 짓이라도 할 생각이니깝쇼.」

『됐다!』하고 다르타냥은 속으로 중얼댔다.

『이 사내에 대한 나의 훈련 방식은 그런 대로 성공한 것 같군. 기회가 있을 때 활용하기로 해야지.』

이렇게 생각하면서 다르타냥은 그날 있었던 여러 가지 일로 다소 피곤하기는 했으나 그래도 전속력으로 트레빌 경의 저택을 향해 걸어갔다.

그러나 트레빌 경은 부재중이었다. 그의 총사대가 루브르 궁에서 경비하는 날이었기 때문에 트레빌 경도 루브르 궁에 가 있었다.

다르타냥은 그를 꼭 만나야 했다. 오늘 일어난 사건을 어떤 일이 있어도 보고해야만 했던 것이다. 그래서 다르타냥은 루브르 궁에 들어가기로 마음먹었다. 에샬 후작 휘하의 경호사 제복을 착용하면 충분히 통과할 수 있었다.

그래서 그는 경호사의 제복을 입고 프티조귀스탱 거리를 줄곧 내려가 퐁 뇌프 다리(퐁 뇌프[새 다리]라 불리우고 있으나 현재에는 파리에서 가장 오래된 다리. 앙리 4세 때 건조된 아름다운 다리인데, 이 다리 위에는 앙리 4세의 기마상이 서 있다.)를 건너기 위해 강변을 거슬러 올라갔다. 문득 도선장에서 건널 것을 생각하고 무심히 호주머니에 손을 넣은 그는 배를 타는 데 필요한 돈이 없는 것을 알았다.

게네고 거리 근처까지 왔을 때였다. 도핀 거리의 네거리에서 한 쌍의 남녀가 나타났는데 그 모습이 왠지 수상쩍게 보였다.

여자의 모습은 보나슈 부인과 같았고 남자는 영락없는 아라미스였다. 더구나 여자는 다르타냥이 보지랄 거리의 창문과 라 알프 거리에 있는 집 대문에서 보았던 것과 똑같은 검정 외투를 입고 있지 않은가. 한편 사내가 입고 있는 것은 총사의 제복이었다.

여자는 두건을 깊이 내려썼고 사내는 손수건으로 얼굴을 덮고 있었는데 그들 남녀는 다리를 건너기 시작했다. 루브르 궁으로 가던 다르타냥과 같은 길인 것이다. 그래서 다르타냥은 그들의 뒤를 밟기로 했다.

다르타냥은 이십 보도 채 가기 전에 여자는 보나슈 부인이고 사내는 아라미스라는 것을 확신하게 되었다.

그 순간 그는 질투심에서 일어난 신경질적인 의심이 가슴을 쥐어뜯기 시작했다.

그는 이중으로 배신을 당한 것만 같았다. 친구와, 그리고 이미 애인처럼 생각하고 있는 여인으로부터. 보나슈 부인은 아라미스 따위의 사내는 전혀 모른다고 그렇듯 굳게 다짐했는데 그런 지 15분이 지난 지금 그 당사자인 아라미스의 팔에 기대고 있지 않은가.

다르타냥이 이 아름다운 잡화상의 부인을 알게 된 것은 불과 3시간 전부터였고, 그 부인으로서는 검은 복장을 한 사내들로부터 구해 주었기 때문에 다소 감사하는 마음을 가졌을 뿐 그에게 그 이상의 것은 아무것도 약속한 것이 없다는 것을 다르타냥은 전혀 생각지 않았던 것이다. 그래서 그는 자기는 벌써 속았으며 배신을 당한 애인이라는 식으로 아주 비장한 생각에 젖어 있었다. 더운 피와 분노로 얼굴이 화끈 달았던 그는 분명한 결말을 지으리라고 결심했다.

한편 젊은 한 쌍의 남녀 쪽에서도 미행당하고 있다는것을 깨닫고 걸음을 재촉했다. 다르타냥도 성큼성큼 걸어 두 사람을 앞질렀다 가는 곧 되돌아와서 가로등이 환하게 비추고 있는 사마리텐(지금은 없으나 17세기 때 퐁 뇌프 다리 위에 건조되어 루브르와 샤틀레 부근에 센의 물을 공급했던 커다란 수압 펌프. 예수와 사마리아 여인이 만나는 장면을 새긴 장식이 붙어 있었기 때문에 이런 이름이 붙여졌다. 이것은 다리의 오른쪽 언덕에서 두 번째 아케이드 가까이에 있었다. 지금은 퐁 뇌프 다리 오른편 언덕 가까이의 백화점 사마리텐에 그 이름이 남아 있다.) 앞에서 두 사람과 딱 마주쳤다.

다르타냥이 먼저 우뚝 발을 멈추었기 때문에 저쪽에서도 발을 멈추었다.

「어떻게 하시려는 것입니까?」 하고 총사복을 한 사나이는 한 발 뒤로 물러서며 말했다. 그의 말소리를 듣는 순간 다르타냥은 자신의 추측이 전혀 빗나갔다는 것을 깨달았다.

「아라미스가 아니었나!」

「아닙니다. 아라미스가 아닙니다. 놀라는 것으로 보아 사람을 잘못 알았나 보군. 용서해 드리리다.」

「용서해 준다고?」

다르타냥은 앵무새처럼 이렇게 반복했다.

「그렇소이다.」 하고 그 미지의 사나이는 말했다.

「나에게 용무는 없을 테니 우리를 앞으로 나가게 해 주시오..」

「그러지요.」 하고 다르타냥은 말했다.

「그렇소. 난 당신에겐 용무가 없소. 용무가 있는 것은 바로 부인 쪽이니까요.」
「뭐 부인? 당신은 이 사람을 알지 못할 터인데.」
「한데, 알고 있지요.」
「당신은!」 하고 그제야 보나슈 부인은 질책하는 투로 말했다.
「저는 당신의 무사로서의 말씀과 귀족으로서의 약속을 믿어도 되는 것으로 생각하고 있었는데…….」
「하지만 당신도 나에게…….」
다르타냥은 약간 말을 더듬거렸다.
「내 팔을 잡으시오. 앞으로 가십시다.」 하고 정체 불명의 사내가 재촉했다.
그러고 있는 동안 다르타냥은 뜻밖의 사건 앞에 어리둥절한 채 팔짱을 끼고 총사와 보나슈 부인 앞에 우뚝 서 있었다.
총사는 두 걸음 앞까지 와서 손으로 다르타냥을 밀어젖혔다.
다르타냥은 뒤로 휙 물러나서는 칼을 뽑았다.
그와 동시에 같은 속도로 상대의 사나이도 칼을 뽑았다.
그러자 보나슈 부인은 기겁을 하고
「제발 잠시 기다려 주세요. 공작님!」 이렇게 부르짖고는 두 사람 사이에 뛰어들어 칼을 두 손으로 잡았다.
「공작님!」
다르타냥은 그 순간 번개처럼 머리에 떠오른 것이 있어 소리쳤다.
「공작님이라고 하니까 알겠군요. 용서해 주십시오. 당신은 혹시…….」
「버킹검 공이십니다!」 하고 보나슈 부인이 속삭였다.
「이런 짓을 하시면 우리 모두를 위험에 빠뜨리는 것과 마찬가지에요.」
「아니, 이거 매우 실례했습니다. 용서해 주십시오. 난 실은 사랑을 하고 있었습니다. 그래서 잠시 질투의 화신이 되었던 것이지요. 공작께서는 사랑한다는 것이 어떤 것인지 잘 알고 계시리라 믿습니다. 용서해 주십시오. 그리고 당신을 위해 몸바쳐서 할 수 있는 일이 있다면 분부해 주십시오.」
「그대는 아주 훌륭한 젊은이군.」
버킹검 공은 이렇게 치하하면서 손을 내밀었다. 내민 손을 다르타냥은 공손히 잡았다.
「나를 위해 무슨 일이든 해 주겠다니 그 성의를 기꺼이 받아드리리다. 루브르 궁에 도착할 때까지 뒤를 지켜 주었으면 좋겠소. 만약 우리를 탐색한다거나 첩자가 있을 땐 가차없이 처치해 주었으면 하오.」
다르타냥은 칼을 뽑아 든 채 버킹검 공작과 보나슈 부인에게 이십 보 앞을 가게 하고 그 뒤를 따라갔다. 기회가 주어지기만 하면 이 우아하고 미남인 영국 총리의 분부를 말 그대로 실행할 각오였다.
그러나 다행하게도 젊은 경호사는 자신의 충성을 보여 줄 기회가 없었으며, 미남인 가짜 총사와 젊은 부인은 무사히 루브르 궁의 레셀 통용문을 들어갈 수 있었다.
다르타냥은 그 후 곧장 그 요정으로 가서 그곳에서 기다리고 있는 폴토스와 아라미스를 만났다.
그러나 다르타냥은 그들에게 급히 와달라고 했던 이유에 대해서는 소상히 밝히지 않았으며, 일을 도와 주었으면 해서 그랬으나 혼자서 처리했다고만 어물쩡하게 말했다.
그럼 이 이야기가 꽤 많이 진행되고 있으니까 여기서 잠시 세 사람의 동료들이 각기 자기 집으로 돌아가는 것은 차치하고 우리는 루브르 궁의 샛길을 따라 버킹검 공과 길안내자의 뒤를 밟아보기로 하자.

12. 버킹검 공 조르주 뷔리외

　보나슈 부인과 버킹검 공작은 아무런 방해도 받지 않고 무사히 루브르 궁에 들어갔다. 보나슈 부인은 왕비 전속 시녀로서 얼굴이 알려져 있는 터였고, 공작은 그날 밤 마침 경비를 맡고 있던 트레빌 경 휘하의 총사 제복을 입고 있었기 때문이었다. 게다가 수위 제르망은 왕비 편이었는데, 만일 무슨 일이 발생하면 보나슈 부인이 왕비의 애인인 버킹검 공작을 궁내로 안내한 책임을 혼자서 떠맡기로 각오하고 있었다. 그리고 보나슈 부인 또한 그런 경우 일체의 책임을 질 결심을 하고 있었다. 만약 그렇게 되면 보나슈 부인에 대한 평판은 좋지 않을 것이 뻔했다. 그러나 고작 잡화상의 처에 대한 이야기 따위가 무슨 문제가 되겠는가?
　궁내에 들어가자 공작과 보나슈 부인은 벽을 따라 이십오 보쯤 거리를 두고 걸었다. 그리고 거기서 보나슈 부인은 밤에는 으레 닫혀 있는 비밀문을 살며시 밀었다. 그러자 그 문은 소리없이 열렸다. 두 사람은 캄캄한 어둠 속에 있었으나 보나슈 부인은 다른 시녀와 시종들과 함께 일상적으로 드나들던 곳이라서 일대의 사정을 환하게 알고 있었다. 그녀는 다시 문을 닫고는 공작의 손을 잡고 두, 세 걸음 더듬어가서 난간을 잡았다. 그리고는 발로 계단을 더듬어 한 단 한 단 오르기 시작했다. 공작은 이층에 올라왔다는 것을 감지했다.

그런 다음 오른쪽으로 꺾어 길다란 복도를 걸었고 다시 한 층 아래로 내려간 다음 몇 발자국 걸어가서는 열쇠로 문을 열고 공작을 장명등만이 비치고 있는 방으로 밀어넣었다.
「여기서 잠시만 기다려 주십시오. 이제 곧 오십니다.」
보나슈 부인은 이렇게 속삭이듯 말하고는 그 입구를 통해 미끄러지듯 밖으로 빠져나가 열쇠를 채웠기 때문에 공작은 문자 그대로 감금된 꼴이 되었다.

그러나 버킹검 공작은 혼자서 그렇게 감금되어 있다고 해서 조금도 불안해 하거나 떨지 않았다. 공작의 특징적인 성격의 하나는 모험을 즐기는 것과 공상적인 취미였다. 어떤 일에든 뛰어드는 용감한 이 사람이 이런 일로 위험과 부딪치는 것은 결코 처음이 아니었다. 왕비의 편지를 받고 파리에 왔지만, 그 편지가 함정인 가짜였다는 것을 알고도 영국으로 돌아가기는커녕 도리어 찾아온 김에 기필코 왕비를 한 번 만나보지 않고서는 떠나지 않겠다고 작정했을 정도였다.

물론 왕비는 그렇게는 할 수 없다고 했지만 혹시 공작이 절망한 나머지 무모한 짓이라도 감행할지 몰라 불안했다. 그래서 결국 왕비는 공작과 만나기로 결심하였고, 공작을 만나 곧 영국으로 돌아갈 것을 권할 생각이었으나 공작을 맞으러 가기로 했던 보나슈 부인의 행방이 묘연하게 되었던 것이다. 이틀간 전혀 소식이 두절되었기 때문에 그 계획은 정지 상태가 되었으나 가까스로 도망쳐 나온 보나슈 부인이 라폴트와 손이 닿았던 데서 다시 추진하게 되었던 것이다. 보나슈 부인이 그렇게 되지만 않았던들 이 위험한 소임은 이미 3일 전에 끝냈을 것이었다.

버킹검 공은 혼자가 되자 거울 앞으로 다가갔다. 총사의 제복이 아주 잘 어울렸다.

당시 삼십오 세인 공작은 영국과 프랑스 양국을 통틀어 가장 미남이고 가장 전아한 귀족이라 해서 세간의 칭송이 자자했는데 그것은 당연한 자격이었다.

두 분 국왕에게 사랑을 받고 있는 데다 막대한 재산을 가지고 있으면서 거의 전능에 가까운 권력을 쥐고 왕국을 멋대로 주무르고 있는 버킹검 공작 조르주 뷔리외는 사후 수세기에 걸쳐 하나의 경이로서 온 세상에 널리 알려지리만큼 호화로운 생활을 과시하고 싶어했다.

자신의 권세를 굳게 믿고 있는 그는 남을 속박하는 법 따위는 자신에게는 절대 미칠 수 없는 것으로 생각하고는 한 번 목적한 것이 있으면 그것이 비록 아무리 높은 것일지라도, 보통 사람들은 올려다보는 것만으로 눈이 아찔해질 목표일지라도 그것을 향해 거침없이 돌진해 가는 사람이었다. 프랑스 왕비 안느 도트리슈의 몸 가까이에 수차 접근해서 마침내 상대를 현혹시켰던 것도 그가 그런 사람이었기 때문이었다.

앞에서도 말한 바와 같이 조르주 뷔리외는 거울 앞에 서서 모자의 무게로 망가진 아름다운 금발머리의 형태를 손질하고는 콧수염을 약간 추켜세웠다. 그리고 오랫동안 그토록 바랬던 순간이 이제 곧 눈앞에 나타날 것을 생각하고는 사뭇 가슴이 설레이는 것을 어쩌지 못했다. 그는 자존심과 희망으로 제풀에 빙긋이 웃었다.

마침 그때 커튼으로 가려져 있는 문이 열리고 여자의 모습이 나타났다. 거울을 통해 그 모습을 본 버킹검 공은 자신도 모르게 앗 하고 신음했다. 그는 바로 왕비였기 때문이었다.

안느 도트리슈는 그때 이십육, 칠 세——바야흐로 그 아름다움이 절정에 있었다.

그 자태는 여왕이나 여신에 흡사했다. 그의 눈은 에메랄드처럼 투명하였으며 우아함과 위엄으로 넘쳐 있었고 입은 홍옥과 같은 색으로 매우 작았다. 오스트리아 왕실 사람답게 아래 입술이 약간 앞으로 나와 있었으나 미소지을 때에는 무어라 형언할 수 없이 부드러웠으며 경멸하는 표정을 지을 때에는 몹시 차가워지는 입술이었다.

살갗은 비로드처럼 매끄러웠고 손과 팔의 아름다움은 당시의 시인들이 다투어 찬탄했던 게 아닌가——.
 그리고 마지막으로, 젊었을 때 금발이었던 머리는 갈색으로 변해 있었고 그 빛깔은 아주 훌륭하게 얼굴의 윤곽을 뚜렷이 부각시키고 있었다. 그 얼굴에서 좀더 붉은 색이 가시고 코의 선이 조금만 더 섬세하다면 그것은 완벽한 아름다움이라고 할 수 있을 것이었다.
 버킹검 공은 잠시 동안 왕비의 너무나 아름다운 모습에 현혹된 나머지 꼼짝도 하지 못했다. 지금까지 야회나 무도회, 그리고 경기장 같은 곳에서 보았던 것과는 달리 오늘 밤처럼 왕비가 한층 더 아름답게 보인 적은 없었다. 왕비는 간단한 흰 공단 옷차림이었고 에스테파냐 시녀를 거느리고 있었다. 이것은 모두 왕의 질투와 리슐리외 경의 박해로 쫓겨난 시녀들 중에서 오직 하나 남아 있는 에스파냐 인 시녀였다.
 왕비 안느는 두 발자국 앞으로 걸어왔다. 버킹검 공은 얼른 그 발밑에 무릎을 꿇고 왕비가 미처 피할 겨를도 주지 않고 그 옷자락에 입을 맞추었다.
 「편지를 보낸 사람이 내가 아니라는 것을 아셨더군요.」
 「네, 알고 있었습니다. 저는 허공에서 내리는 눈에 따스한 온기가 있다거나 대리석이 두꺼워지는 경우가 있다고 생각하는 것은 어리석음의 극치라고 생각합니다만 그러나 사랑을 하고 있을 때에는 상대의 마음을 경솔히 헤아리려고 하는 것인지도 모릅니다. 그리고 이번 여행은 결코 헛된 것이 아니었습니다. 이렇게 아름다우신 모습을 뵈올 수 있었으니 말입니다.」
 「네. 하지만 내가 당신을 만나는 이유를 아시는지 모르겠군요. 내가 아무리 걱정을 해도 그런 것은 조금도 아랑곳하지 않으시고, 당신은 자신의 목숨을 잃게 될지도 모르구, 또 나의 명예도 손상시킬지 모르는, 매우 위험한 이곳에 무한정 머물러 계시니까요. 내가 만나려고 한 것은 우리는 결국 헤어지지 않으면 안 될 운명이라는 것을 말씀드리기 위해서인 것입니다. 깊은 바다, 국가간의 전쟁, 신성한 맹세, 이러한 모든 것이 우리 사이를 가로막고 있으니까요.

이러한 모든 것에 위반하는 짓은 그야말로 신을 두려워하지 않는 것이 되겠지요. 다시 말해서 우리들은 앞으로 다시는 만나서는 안 된다는 것을 여쭙고 싶은 것입니다.」

「말씀해 주십시오. 왕비님! 얼마든지 그렇게 계시면서 말씀해 주십시오……. 당신의 부드러운 음성이 냉혹한 말씀을 충분히 융화시켜 주고 있으니까요. 신을 두려워하지 않는다고 하셨지만 그러나 신께서 맺어 주신 두 사람의 마음을 따로따로 갈라놓는 것이야말로 신의 뜻을 업신여기는 것이 아닐까요?」

「공작!」하고 왕비는 질책하듯 말했다.

「당신은 내가 절대 당신을 사랑한다고 말한 적이 없다는 것을 잊고 계십니다…….」

「허나 왕비님! 사랑하지 않는다는 말씀도 하시지 않으셨습니다. 그런데도 지금 그런 말씀을 하시는 것은 원망스럽습니다. 나의 이 사랑, 시간과 공간, 또는 희망이 희박하다는 것조차 부정할 수 있는 이 사랑에 견줄 만한 것이 어디에 있을까요? 리본의 끝이라든가 아무렇지도 않은 눈매,무의식 중에 입에서 새어나오는 말씀만으로도 더할 나위 없이 만족하고 있는 사랑인 것입니다.

제가 당신을 처음 뵈온 것은 삼 년 전이었지요. 그 후 삼 년 동안 저는 줄곧 왕비님을 사모하여 왔습니다.

처음 뵈었을 때 왕비님께서 어떤 옷을 입고 계셨는지 여쭈어 볼까요? 그때 귀하신 몸을 장식하고 있던 물건들을 하나하나 여쭈어 볼까요? 그렇습니다. 아직도 그 때의 고귀하신 모습이 제 눈에 뚜렷이 새겨져 있는 것입니다. 당신께서는 에스파냐 풍의 보료 위에 앉아 계셨습니다. 은과 금으로 수놓은 녹색 공단의 옷을 입으셨고 축 늘어진 소매를 그 아름다운 팔 위에서 커다란 다이아몬드가 고정시키고 있었습니다. 옷에는 둥근 주름으로 된 동정을 달고 계셨으며 옷과 같은 색깔의 작은 모자를 머리에 쓰고 계셨는데 거기에는 백로의 깃털이 붙어 있었습니다——.

그렇습니다. 지금도 이렇게 눈을 감으면 그때의 아름다웠던 모습이 환하게 보입니다. 그리고 눈을 뜨면 지금의 당신이, 즉 전보다 백 배나 더 아름다우신 모습을 볼 수 있는 것입니다.」

「어쩌면 그렇게도 분별이 없으실까요?」

왕비는 자신의 모습을 그토록 선명하게 마음 속에다 새겨두고 있는 상대에게 화를 낼 용기는 없었다.

「절대 이룰 수 없는 사랑을 그와 같은 옛 일을 생각해서 확대시킨다는 것은……」

「그러나 당신은 제가 무엇 때문에 살고 있는 것으로 생각하십니까? 저는 이제 추억밖에는 아무것도 없는 사람입니다. 그것만이 저의 행복이요 보물이요 희망인 것입니다. 당신을 뵈올 때마다 저는 마음 속의 보물상자에다 다이아몬드를 한 개씩 담아 두고 있습니다. 이 삼 년 동안에 저는 당신을 네 번 뵈었습니다. 아까 말씀드린 것이 처음 뵈었을 때의 일이었고, 두 번째는 슈블즈 부인 댁에서, 그리고 세 번째는 아미앙의 정원에서……」

그러자 왕비는

「공작!」 하고 얼굴을 붉히면서 말했다.

「제발 그 정원에서의 이야기는 하지 마세요……」

「아닙니다. 말하게 해 주십시오. 그날 밤이야말로 더할 나위 없이 행복하고 찬란한 한때였으니까요. 무척 아름다운 밤이었다는 것을 기억하고 계시는지요. 주위는 평온하였고 향기가 넘쳐 흘렀으며 맑은 밤하늘에는 별이 가득했던……아, 그때만은 잠시 동안이나마 당신과 나는 단둘이 있을 수 있었던 것입니다. 그때 당신은 고독의 쓸쓸함과 심적인 고뇌 등 모든 것을 저에게 솔직히 털어놓으셨던 것이지요. 나의 이 가슴에 기대고 계시면서 말입니다. 제가 얼굴을 가까이 가져가면 향긋한 머리에 약간 닿았던 것입니다. 그럴 때마다 저는 온몸이 떨려 견딜 수 없었습니다. 오, 왕비님! 당신은 그때 제가 느꼈던 최상의 황홀과 낙원의 기쁨을 결코 짐작조차 하지 못하셨을 것입니다. 제가 지니고 있는 부와 명예, 그리고 앞으로의 수명도 그 일순간을 위해, 그런 하룻밤을 위해서라면 모두 버려도 아깝지 않을 겁니다.그날 밤만은 당신은 저를 사랑해 주셨으니까요.」
　「네, 그랬을지로 모릅니다. 그곳의 분위기라든가 아름다운 밤의 매력, 그리고 당신의 눈이 끌어당기는 힘, 여자를 사로잡는 데 안성맞춤인 분위기가 그날 밤에는 나의 주변에 모두 모여 있었으니까요. 하지만 공작! 당신은 기억하고 계시겠지요? 마음이 연약했던 여자에게 왕비로서의 체통과 힘이 소생했던 것을. 당신이 결연한 자세로 무언가 말씀을 하시려던 순간 잠자코 듣고만 있어서는 안 되겠다는 생각이 들었기 때문에 나는 사람을 불렀던 것입니다.」
　「네, 그렇습니다. 지금 하신 말씀 그대로였습니다. 만일 제가 아닌 다른 사람이었다면 그러한 무정과 부딪쳤을 경우 산산조각이 났을 것입니다. 그러나 저의 사랑은 시련을 받고서 도리어 뜨겁게 불붙기 시작했던 것이지요. 당신은 파리로 돌아가면 그것으로 저를 피하실 수 있다고 생각하셨겠지요. 제가 주군으로부터 지키라고 명령받고 있는 소중한 것을 떠나지는 않을 것이라고 생각하셨겠지요. 하지만 팔 일 후 저는 다시 돌아왔던 것입니다. 그런데 저에게 있어서 소중한 일과 국왕은 무엇일까요? 그 때 당신은 저에게 아무 말씀도 하지 않으셨습니다. 저는 한 번만이라도 당신을 만나기 위해 목숨과 국왕의 총애를 걸었던 것이었습니다. 저는 당신의 손끝 하나 건드리지 않고 얌전히 있었기 때문에 그렇게 순종하는 모습을 보고서야 당신은 저를 용서해 주셨던 것이었지요.」
　「네, 그래요. 하지만 이런 문제로 내자신은 아무런 가책을 느낄 것이 없었는데도 이러쿵저러쿵 곤욕을 치루었던 것입니다. 왕 폐하는 추기관으로부터 귀에 거슬리는 간언을 들으시고는 매우 역정을 내셨던 거지요. 그래서 베르네 부인과 퓨탕제는 멀리 내침을 받았고 슈블즈 부인도 왕의 총애를 잃고 말았으니까요. 그리고 기억하고 계시나요? 당신이 영국의 사절로서 이곳에 올 것을 희망했을 때 폐하 자신이 반대하셨다는 사실을 말예요.」
　「그렇습니다. 프랑스에 대해서는 왕이 거절하신 데 대해 전쟁으로 지불하게 할 작정입니다. 저는 이제 다시는 당신을 볼 수 없을지도 모릅니다만 그래도 좋습니다. 그 대신 당신의 귀에 저에 대한 소문을 매일 들을 수 있게 해 드릴 테니까요.

제가 계획하고 있는 레 섬에 대한 공략과 라 로셸의 신교도들과의 동맹은 그 목적이 무엇인지 아시겠습니까? 그것은 오로지 당신을 만나겠다는 일념에서인 것입니다.

저는 군대를 이끌고 파리에 진군해 올 생각은 없습니다. 그러나 결국 전쟁은 강화로 끝나게 되고, 그 강화에는 교섭할 사신이 필요할 것입니다. 저는 그 사절이 되는 거지요. 그렇게 하면 그땐 저를 거절할 수 없을 테니까요. 그렇게 되면 저는 파리에 와서 다시 당신을 만나겠습니다. 그리고 한순간 행복하게 되겠지요. 이 순간적인 행복을 맛보기 위해 수천 명이 목숨을 잃게 될지도 모릅니다. 허나 그런 것은 아무렇지도 않은 것입니다. 제가 당신과 만날 수만 있다면 말입니다. 이런 짓을 하는 것은 그야말로 미친 짓과도 같고 완전히 무분별한 짓이겠지만 그래도 어쩔 수 없는 것입니다. 저만큼 뜨거운 사랑을 하고 있는 사내가 과연 이 세상에 또 있을까요? 저만큼 정성을 바치는 종에게 시중받고 있는 왕비가 또 있을까요?」

「당신은 당신의 뜻을 이루기 위해 더욱 사악한 짓을 생각해 낸 것 같군요. 당신이 사랑의 징표로 보여 주시려는 것은, 그것은 온전히 죄악인 것이니 말예요.」

「당신이 절 사랑해 주시지 않기 때문입니다. 당신께서 다소라도 저를 사랑해 주신다면 제가 하는 말도 그렇듯 죄악으로는 생각지 않을 것입니다. 하지만 만일 당신에게 사랑을 받게 된다면, 오, 그야말로 저는 너무 행복한 나머지 미쳐 버릴 것입니다. 아까 말씀하신 슈블즈 부인은 왕비님처럼 무정하지는 않았습니다. 오랑의 사랑을 받고 그 사랑에 부드럽게 응해 주었던 부인이었으니까요.」

「슈블즈 부인은 왕비는 아닙니다······.」

안느 도트리슈는 본의는 아니었으나 너무나 열정적인 말에 그만 힘을 잃고 이렇게 중얼댔다.

「그렇다면 당신이 왕비의 자리에 앉아 계시지 않으시다면 저를 사랑해 주시겠습니까? 분명히 말씀해 주십시오. 저를…… 사랑해 주시겠습니까? 지금 당신이 그렇듯 무정한 태도로 계시는 것은 단지 왕비라는 신분이 방해하고 있기 때문이라고 생각해도 좋겠군요. 만약 당신이 슈블즈 부인이었다면 이 가엾은 버킹검도 희망을 가질 수 있는 것으로 생각해도 좋을까요? 감사합니다. 그 상냥한 말씀을 듣게 된 것만으로도…… 아름다운 왕비님, 감사합니다.」

「아니에요. 그것은 내 말을 오해하고 계시는 것입니다. 나는 그런 뜻으로 여쭌 것은…….」

「이제 더는 아무 말씀도 하지 마십시오. 설사 제가 잘못 알고 행복하게 되었다 하더라도 그것으로 족합니다. 그 오해를 수정하시지 마시고 그대로 두시기 바랍니다. 저는 꾸며놓은 덫에 뛰어든 것이라고 아까 말씀하셨지요. 저는 사랑을 위해서라면 그러한 위험에 뛰어들어도 상관없습니다. 하긴 실제로 그렇게 될지도 모릅니다……. 이상하게도 요즘 저에게는 곧 죽을 것이라는 예감이 들고 있으니까요.」

공작은 이렇게 말하면서 쓸쓸한, 그러나 매력적인 미소를 지었다.

「어쩜, 그런 흉한 말씀을…….」 하고 왕비는 말보다도 훨씬 더 공작의 몸을 걱정하는 마음을 열어 보이면서 사뭇 두렵다는 듯이 이렇게 말했다.

「당신에게 겁을 주기 위해 여쭙는 것은 아닙니다. 아니지요. 이런 것을 당신 앞에서 말하는 것은 어리석은 짓입니다. 저는 그런 꿈 따위에는 조금도 신경쓰지 않고 있습니다. 오직 좀전에 말씀하신 한 마디 말씀, 저에게 희망을 안겨주신 그 말씀을 생각하면 제 목숨 같은 것은 그야말로 어떻게 되든…….」

「그러고 보니 나에게도, 네, 그래요, 예감 같은 것이 있어요. 꿈을 꾼다든가 하는…… 당신이 상처를 입고 피투성이가 된 채 쓰러져 계신 장면을…….」

「왼쪽 옆구리를 칼에 찔려…… 그렇지 않던가요?」

「네, 그래요…… 왼쪽이 칼에 찔려 있었지요. 내가 그런 꿈을 꾸었다고 누가 당신에게 말했을까요. 나는 그런 이야기를 아무에게도 하지 않았고…… 다만 기도하면서 말했을 뿐인데…….」

「이제 이 이상 바라는 것은 없습니다. 당신은 저를 사랑하고 계시니까요.」

「내가 당신을 사랑하고 있다구요?」

「그렇고말고요. 만일 저를 사랑하지 않으신다면 어찌 신께서 우리들에게 같은 꿈을 꾸도록 해 주셨을까요. 우리 두 사람의 영혼이 하나로 이어져 있지 않다면 어떻게 같은 예감을 하게 되겠습니까. 왕비님! 당신은 나를 사랑하고 계십니다. 제가 죽게 되면 슬퍼해 주시겠지요?」

「어쩜 그런 말씀을 하시는 거죠? 왜 나에게 자신이 용기가 없다는 것을 말씀하시는 거죠? 그럼 이제는 빨리 돌아가 주십시오. 내가 당신을 사랑하고 있는지 사랑하고 있지 않는지는 나 자신도 모릅니다. 다만 확실한 것은 일단 맹세한 것은 절대 배반하지 않겠다는 것뿐입니다. 제발 나를 가엾게 생각하시고 이곳을 빨리 떠나 주세요. 만일 당신이 이 나라에서 위해를 받기라도 한다면, 더구나 나를 사랑해 주신데서 그렇게 될 경우 나는 평생을 후회해도 다하진 못할 것입니다. 틀림없이 그렇게 되면 미치고 말 것입니다. 그러니까 제발 돌아가 주십시오.」

「정말, 그렇게 하시고 계시는 것을 보니 얼마나 아름다우신지 모르겠습니다. 저는 진심으로 당신을…….」

「제발 부탁입니다. 이대로 돌아가 주셨다가 다시 한 번 이곳에, 이번에는 경호원에게 둘러싸이고 당당하게 시종을 거느린 사절이 되셔서 와 주세요. 그렇게 되면 나는 당신의 목숨을 걱정하지 않고 기쁜 마음으로 뵈올 수 있을 테니까요.」

「그 말씀은 진정이십니까?」

「네…….」

「그렇다면 당신의 상냥한 마음의 징표가 될 만한 어떤 기념품을, 꿈을 꾼 것이 아니라는 증거로서, 당신의 몸에 지니고 계신 것을 저도 몸에 지니고 있을 수 있도록 반지든 목걸이든 사슬이든 그 무어든 주실 순 없으신지요?」

「그것을 드린다면 틀림없이 돌아가시겠는지요?」

「네.」

「곧장?」

「네.」

「프랑스에서 떠나 영국으로 돌아가시겠지요?」

「맹세합니다.」

「그럼 잠시 기다려 주십시오.」

이렇게 말한 안느 왕비는 거실로 들어갔다가 곧 돌아왔다. 손에는 금으로 아로새긴 자신의 머리글자를 상감으로 만든 작은 상자를 들고 있었다.

「자, 그럼 이것을 받으시고 나를 추억하는 뜻으로써 가지고 계시길 바랍니다.」

그러자 버킹검 공은 그것을 받고는 다시 무릎을 꿇었다.

「나가겠다고 약속하셨지요?」

「약속은 지키겠습니다. 바라건대 왕비님! 다시 한 번 손을……. 곧 나갈 테니까요.」

왕비는 눈을 감은 채 한 손을 내밀었고, 또 다른 손은 시녀에게 기대었다. 이제는 온몸의 힘이 빠지는 것 같았다.

버킹검 공은 열정을 담아 그 아름다운 손에 입술을 대고 일어서면서

「이제부터 육 개월 이내에, 제가 만일 그때까지 살아 있다면 반드시 뵙게 될 것입니다. 설사 그런 일로. 온 세계를 뒤집는 한이 있더라도.」

이렇게 말하고는 약속한 대로 방에서 총총히 나가 버렸다.

복도에서 기다리고 있던 보나슈 부인은 들어왔을 때와 같은 신중성과 요행에 의해 버킹검 공을 루브르 궁 밖으로 훌륭하게 안내했다.

13. 보나슈 씨

 이렇듯 여러 가지 사건들이 얽히고 설키는 동안, 독자들도 알고 있겠지만, 매우 불안한 처지에 놓여 있는 한 사람을 팽개쳐 둔 꼴이 되었다. 그 사람이 곧 보나슈 씨인데 이 사람이야말로 이 무협과 풍류가 만발했던 시대에 착잡했던 정치와 연애의 소용돌이에 휘말렸던 가련한 희생자였다.
 독자는 기억하고 있는지 모르겠으나 나는 앞서 이 사내의 모습을 잊지 않도록 노력하겠다고 약속한바 있다.
 보나슈를 체포한 포리는 그를 곧장 바스티유 감옥으로 데리고 가서 덜덜덜 떨고 있는 이 사내를 탄약을 장전한 총을 들고 서 있는 군졸 앞을 지나가게 했다.
 그리고는 지하 복도와 같은 곳으로 끌고가서는 심한 욕설과 혹독한 고문을 했다. 포리들은 그가 귀족이 아니라는 것을 알고 완전히 상놈 취급을 했다.
 약 30분쯤 지나자 기초 조사를 담당하고 있는 사람이 나왔고 그래서 고문은 일단 중지되었으나 드디어 본격적인 심문실로 데리고 가라고 했다. 그 말을 듣자 보나슈의 불안은 더해 갔다. 대개의 경우 심문은 그 사람 집에서 하기 마련이었으나 상대가 보나슈라서 그런 것은 용인되지 않는 것 같았다.

두 사람의 경관이 잡화상 주인을 끌고 안뜰을 가로질러 세 사람의 수위가 서 있는 복도를 지나 문을 열고는 천장이 낮은 방으로 밀어넣었다. 그 방에는 테이블 하나에다 의자가 하나 있을 뿐이었고, 그 의자에는 상사가 앉아 무언가 서류를 작성하고 있었다.

경관은 죄수를 테이블 앞으로 데리고 가서 상사의 신호에 따라 소리가 들리지 않는 곳까지 물러갔다.

서류에다 고개를 떨구고 있는 조사관은 상대자인 보나슈의 얼굴을 보기 위해 머리를 들었는데——그는 코끝이 뾰족하고 노르스름하니 튀어나온 광대뼈에다 작으면서 날카로운 눈초리를 가진 사내로서, 사람이라기보다 여우나 족제비에 흡사한 몰골이었다. 빙글빙글 움직이는 길다란 목에 받혀져 있는 머리가 움직일 때마다 마치 거북이가 등딱지에서 목을 내미는 것과 같은 형상으로 헐렁한 검은 법복에서 빠져나오곤 했다.

그는 먼저 보나슈에게 성명과 연령, 신분, 주소 등을 차례로 물었다.

피고는, 자크 미셸 보나슈라는 이름으로서 당년 오십일 세, 잡화상, 주소는 포소와이율 가 십일 번지라고 대답했다.

그는 잠시 심문하는 것을 중지하고는 이름도 없는 한낱 서민 주제에 정치에 관여하는 것이 얼마나 위험한 것인가에 대해 일장 훈시를 했다.

또한 그는 추기관이 유례가 없는 훌륭한 재상이며 고금을 통해 비할 자가 없으리만큼 강대한 권세와 행위를 가지신 분이라는 것에 대해서도 장황하게 늘어 놓았기 때문에 그의 말을 듣고 있는 측에서는 뭐가 뭔지 갈피를 잡을 수가 없게 되었다. 그는 또 그 권세와 행위에 맞서는 자는 비록 미물이라 할지라도 결단코 그 화를 모면할 수는 없을 것이라고 덧붙였던 것이다——.

이렇게 지껄인 다음 그는 독수리와 같은 매서운 눈을, 지그시 가련한 보나슈에게 고정시키고는 자신의 입장이 얼마나 위험한 것인가에 대해 반성하라고 촉구했다.

그러나 잡화상 주인은 이미 반성하고 있었다. 그는 라폴트 씨가 대부인 여인을 자신의 아내로 삼을 것을 생각했던 순간을 두고두고 원망했으며, 특히 이 여인이 왕비의 시녀로 채용되었던 것을 마음속으로 저주해마지 않았다.

보나슈 씨는 지독한 구두쇠에다 이기주의자였으며 그 온몸은 극단적인 겁쟁이라는 껍질로 덮여 있었다. 젊은 처에 대한 애정도 이차적인 감정이었기 때문에, 앞에서 말한 성격적인 감정에서 볼 때 그것은 애매한 것이었다.

보나슈는 심문하는 자의 말을 듣고는 여러 가지로 괴로워하면서 반성하였다.

「하, 하지만 말입죠, 나리님. 나는 원래 우리들을 다스리고 계시는 추기관님을 존경하는 것에 있어서는 결코 남에게 뒤지지 않는다고 생각하고 있습지요.」

「정말인가, 그 말은?」

심문관은 믿을 수 없다는 표정으로 이렇게 말했다.

「만일 그렇다면 왜 이 바스티유 감옥에 끌려 온 건가?」

「왜 끌려왔는가고 말씀하십니다만, 저 역시 제가 왜 여기에 왔는지 도무지 알 수 없는 거라서 제 자신 전혀 알 수가 없습니다. 하지만 추기관님의 뜻을 거역한 것은 아니라는 것(제가 모르고 한 것이라면 몰라도)은 확실한 것이지요…….」

「그러나 너는 무언가 죄를 범한 것임에 틀림없다. 대역죄라는 죄명으로 되어 있으니 말이다.」

「대역죄!」하고 보나슈는 너무나 놀란 나머지 큰소리로 외쳤다.

「아니 도대체 왜, 신교도와 에스파냐 인을 가장 싫어하는 내가 도대체 왜 대역죄 따위로 심문을 받아야 하는 겁니까? 생각 좀 해 보십시오. 그건 저로선 절대 불가능한 일이 아니겠습니까?」

그러자 심문관은

「보나슈!」하고 피고의 뱃속까지 환히 꿰뚫어 볼 수 있다는 듯이 그 작은 눈을 번득였다.

「너에겐 처가 있지?」
「네, 그런데요?」
 잡화상인은 왠지 이야기가 꼬인다는 것을 느끼고는 바들바들 떨면서 대답했다.
「결국, 그렇게 된 거라서.」
「뭐라고? 그렇게 된 것이라고? 그렇다면 지금은 없다는 뜻인가? 그건 무슨 뜻이지?」
「유괴당한 것이지요.」
「유괴당했다고? 흥!」
 보나슈는 이〈흥!〉하고 심문관이 콧방귀를 뀌는 것을 보고 더욱 일이 꼬이는 것을 직감했다.
「유괴당했단 말이지. 그러면 그 범인을 너는 알고 있는가?」
「알 것도 같습니다만······.」
「그렇다면 어떻게 생긴 인물인지 말해 봐라!」
「저는 절대로 분명한 말을 하고 있는 것은 아닙니다. 나리님! 다만 약간 의심을 하고 있다는 것에 불과한 것이지요.」
「누구를 의심하고 있다는 거냐? 어서 솔직히 말해라.」
 이렇게 되자 보나슈는 당황하지 않을 수 없었다. 모른다고 말해 버릴까, 아니면 깡그리 털어놓을까? 모른다고 잡아떼면 아프지도 않은 뱃속까지 휘젓게 될 것이고, 털어놓으면 성의만은 우선 인정 받게 될 것이다. 그래서 그는 털어놓기로 결심했다.
「제가 의심하고 있는 사람은 키가 크고 갈색 머리를 가진 사내인데 훌륭한 귀족과 같은 풍모를 하고 있습지요. 이 사내가 몇 차례나 제가 루브르 궁의 통용문에서 아내를 기다리고 있을 때 미행하고 있는 것을 느꼈으니까요.」
 그러자 심문관은 답답하다는 표정으로 말했다.
「그럼, 그 사내의 이름은?」
「이름 말씀인가요? 그 이름은 전혀 알 수가 없습니다만, 만약 그 사람을 보면 만인 중에서도 어김없이 가려낼 수 있을 것입니다.」

이 말을 듣자 심문관의 얼굴에 싹 홍조가 퍼졌다.
「만인 중에서도 식별할 수 있다 이 말이지!」
「즉, 다시 말해서……」
보나슈는 다소 말이 지나쳤다는 것을 깨닫고 이렇게 더듬거렸다.
「확실히 그 사내를 기억하고 있다고 대답한 거지. 그럼 좋다. 오늘 조사는 이것으로 충분하다. 심문을 진행시키기 전에 아내를 유괴한 사내를 네가 알고 있다는 것을 우선 보고하지 않으면 안 되니까.」
「하지만 저는 그 사내를 알고 있다고는 절대 말하지 않았습니다. 전혀 그런 말은……」
보나슈는 당장 울음보를 터뜨리기라도 할 것 같은 표정으로 이렇게 말했다.
「죄수를 끌고 가라.」 하고 심문관은 두 사람의 경관에게 말했다.
「이번에는 어디에 넣습니까?」
「지하 감옥이다.」
「어느?」
「뭐 어디든 좋다. 자물쇠가 잘 채워지는 곳이라면 어디든 상관없다.」
심문관이 얼음처럼 냉랭하게 말했기 때문에 보나슈는 완전히 공포에 사로잡히고 말았다.
『이게 무슨 꼴이람! 가공할 불행이 내 머리 위를 덮치고 있다. 마누라가 무슨 나쁜 짓을 저질렀고 나도 틀림없이 공모한 것으로 의심받고 있는 것이다. 나도 마누라와 함께 처벌을 받겠지. 그년이 자백하면서 나에게 모든걸 말했다고 했겠지. 여자란 원래 천박한 것이니까 말야. 지하 감옥, 어디든 상관없다구? 고스란히 당하고 마는군. 하룻밤쯤은 곧 지나가 버리는 거지만, 내일이면 능지처참이든가 교수형이겠지! 오 하나님! 불쌍히 여기시옵소서.』
보나슈의 넋두리와는 아랑곳없이 그런 일에는 익숙한 두 사람의 경관은 팔 하나씩을 거머쥐고 끌고 갔다. 그러는 동안 심문관은 부하를 기다리게 하고는 무엇인가 급히 글을 쓰고 있었다.
 지하 감옥이 견딜 수 없어서 그랬다기보다 불안에 사로잡혔던 보나슈는 눈을 붙이려고 하지 않았다. 온 밤을 의자에 앉은 자세로 바스락 하는 소리에도 가슴을 덜컥 하면서 지새웠다. 그리고 실내에 아침해가 처음으로 비쳤을 때에는 이 새벽마저 불길한 예감으로 넘쳐 있는 것만 같았다.
 철커덕——자물쇠를 따는 소리가 나자 보나슈는 펄쩍 뛰었다. 마침내 처형장으로 끌려가는구나, 이렇게 생각했으나 눈앞에 사형 집행인이 아닌 어제의 심문관과 그 부하만이 나타난 것을 보고는 그만 그 목에 매달리고 싶으리만큼 기뻤다.
 「자네의 사건은 어젯밤 이래 매우 어렵게 되었다구. 이젠 모조리 자백하는 것이 좋아. 추기관님의 분노를 완화시키려면 개전의 정을 분명히 보여 주는 것밖에 다른 방도가 없으니까 말야.」
 심문관은 이렇게 말했다.
 「이젠 뭐든지 털어놓을 작정입니다. 적어도 제가 알고 있는 것이라면 말이지요. 부디 심문해 주십시오.」
 「그렇다면, 먼저 너의 처는 어디 있는가?」
 「저, 그것은 말씀드린 대로 유괴당했기 때문에…….」
 「그렇다. 한데 어제 저녁 다섯 시경에 너의 안내로 처가 도망친 게 아니냐?」
 「넷? 아내가 도망쳤다고요! 아, 어떻게 생겨먹은 여자일까요. 하지만 아내가 도망친 것은 결코 나 때문이 아닙니다.」
 「그렇다면 너는 어제 이웃 사람인 다르타냥 집에 왜 갔었느냐? 거기서 장시간 이야기하고 있었다는 말인데…….」
 「아, 그래요. 그 문제라면. 네 그것은 사실입니다. 몹시 나쁜 짓을 했습지요. 네, 분명히 저는 다르타냥의 집에 갔습니다.」
 「그를 찾아간 목적은?」
 「아내를 찾는 문제를 도와 주십사하고, 그렇게 해도 괜찮을 것으로 생각했습니다만 결국 그렇게 했던 것이 잘못이었던 것 같습니다.

정말 잘못했습니다.」
「다르타냥은 뭐라고 했나?」
「다르타냥 씨는 도와주겠다고 약속하셨습니다. 허나 후에 나는 그 사람은 믿을 수 없는 사람이라는 것을 차츰 깨닫게 되었던 거라서…….」
「너는 법을 속여 넘기려는 작정이구나. 다르타냥은 너와 굳게 약속했고, 그 약속에 따라 너의 처를 애서 붙든 포리를 내쫓고는 또다시 행방을 감추게 하지 않았는가?」
「다르타냥 씨가 제 처를 데리고 갔다는 말씀인가요? 그렇다면 무슨 까닭으로…….」
「다행히 다르타냥은 그 후 체포했다. 이제 곧 너와 대질시킬 거다.」
「정말 놀랍군요. 아닙니다. 그건 아주 잘 된 것이지요. 낯익은 사람과 만나는 것은 싫지 않으니까요.」
「다르타냥을 이곳으로 데리고 오라.」
그 명령에 따라 두 사람의 경관은 아토스를 데리고 들어왔다.
「다르타냥 씨.」
심문관은 아토스에게 말했다.
「귀공과 이 사람과의 사이에 어떤 일이 있었던가에 관해 말해 주시오.」
「이 사람은!」 하고 보나슈는 기가 막히다는 얼굴로 말했다.
「이, 이 사람은 다르타냥 씨가 아닙니다…….」
「뭣이? 다르타냥이 아니라고?」
심문관이 이렇게 반문했다.
「네, 아닙니다.」
「그렇다면 여기 있는 사람은 누구인가?」
「그것은 말할 수 없습니다. 저는 모르는 사람이니까요.」
「뭐라고, 모르는 사람이라고?」
「네.」
「지금까지 한 번도 만난 적이 없는가?」

「아닙니다. 그건 아닙니다만…… 그러나 이름은 모릅니다.」
「당신의 이름은?」하고 심문관은 아토스 쪽을 돌아보면서 말했다.
「아토스.」하고 총사가 대답했다.
「그런 이름은 없다. 그것은 산의 이름인 거다.」
약간 머리가 헷갈리게 된 심문관은 어처구니가 없다는 투로 말했다.
「그것이 나의 이름이다.」
아토스는 침착한 자세로 대답했다.
「하지만 귀공은 다르타냥이 자신의 이름이라고 처음에 말하지 않았는가?」
「내가?」
「그렇지.」
「실은 이렇게 된 것이다.『당신은 다르타냥이겠지?』했기 때문에 『그렇게 생각하나?』하고 내가 다짐을 받았다. 그러자 포리들은 이젠 틀림없다고 모두 떠들어댔지. 나 역시 굳이 대항하려고 하지 않았던 거다. 어쩌면 나도 착각하고 있었는지 모른다…….」
「귀공은 법의 존엄성을 모욕할 셈인가?」
「천만에, 조금도…….」하고 아토스는 어디까지나 태연자약한 태도였다.
「귀공은 다르타냥인 것이다.」
「어떤가, 그대도 또 그렇게 말하고 있지 않은가?」
그러자 그 때 보나슈가
「그건…….」하고 끼어들었다.
「나리님! 다르타냥 씨는 내 집에 세들고 있는 분이라서 집세는 지불해 주시진 않지만, 또한 그렇기 때문에 나는 그분을 잘 알고 있습지요. 그 다르타냥 씨는 아직 스무 살이 될까말까한 젊은 분이고 여기 계시는 분은 벌써 삼십 세는 족히 되셨을 겁니다. 다르타냥 씨는 에살 후작의 경호사대에서 근무하고 계시고, 이 분은 트레빌 경의 총사대의 총사라는 것을 이 제복을 보시면 아실 것입니다.

제복을…….」
「과연!」하고 심문관은 중얼댔다.
「전적으로 그 말이 옳다.」
마침 그때 문이 세차게 열리고는 바스티유 감옥의 교도관의 안내를 받고 온 사자가 들어와서는 한 통의 편지를 심문관에게 건네주었다.
「음, 어쩌면 이렇듯 발칙한 계집인가!」
그 편지를 읽은 심문관은 이렇게 투덜댔다.
「무, 무슨 일입니까? 누구 말씀인가요? 설마 제 처에 관한 일은…….」
「한데, 바로 너의 계집에 관한 일인 것이다. 일이 더욱더 꼬이는군. 알겠나.」
「아, 나리님! 부디.」하고 보나슈는 더는 견딜 수 없다는 듯 큰소리로 말했다.
「제가 집에 없는 동안에 제 처의 문제로 어찌 그렇듯 일이 꼬이게 된 것입니까? 제발 좀더 자세히 말씀해 주십시오..」
「네 처는 너희들이 결정한 계획을 끝까지 계속해서 하고 있는 거다. 뻔뻔스런 계획인 거다.」
「맹세코 여쭙니다만, 나리님! 당신은 엉뚱한 오해를 하고 계십니다. 나는 처가 한 짓 따윈 조금도 모르며 아무런 관계도 없습니다. 만일 아내가 무슨 잘못을 저질렀다면 나는 이제 그 여자를 아내로 생각지 않을 것입니다. 인연을 끊을 것입니다. 저주할 것입니다…….」
「제에기.」
아토스는 심문관을 향해 말했다.
「만일 나에게 당장 일이 없다면 어딘가로 가게 해 주었으면 한다. 이 보나슈의 곁에 있는 것은 귀찮아 견딜 수 없으니까.」
「죄수를 각각 원래 있던 곳으로 데리고 가라. 그리고 전보다도 더 엄중하게 가두어 두어라.」

심문관은 아토스와 보나슈를 함께 턱으로 가리켰다.
「하지만 용무가 있는 것은 다르타냥이 아닌가?」
아토스는 평상시와 마찬가지로 조용한 태도로 물었다.
「내가 무슨 관계로 다르타냥의 대용이 되어야 하는 것인지 모르겠다.」
「명령대로 하라. 그리고 이것은 절대로 비밀인 거다. 알았는가?」
하고 심문관은 큰소리로 꾸짖었다.
아토스는 어깨를 움츠렸고 보나슈는 호랑이의 마음이라도 찢을 듯한 애처로운 비명을 울리면서 경관에게 끌려 나갔다.
잡화상인은 어젯밤을 지새웠던 지하 감옥으로 다시 들어가게 되었다. 보나슈는 잡화상답게 그곳에서 온종일 홀쩍홀쩍 울고만 있었다. 그것은 무리가 아니었다. 그는 무사가 아니다——이것은 그 자신이 밝힌 그대로였으니까.
밤 9시경에 잠자리에 들어가려고 하자 복도에서 발소리가 들렸고 그 소리는 점점 가까이 오더니 입구가 열리고 심문관이 나타났다.
「이리로 오라.」 하고 그 부하인 경관이 불렀다.
「오라니? 이 늦은 시각에. 도대체 어디로 가자는 것입니까?」
하고 보나슈는 이젠 죽나보다 생각하고 이렇게 물었다.
「데리고 가라고 명령을 받은 곳으로 가는 거다.」
「하지만 그것은 대답이 아니지 않습니까?」
「우리로선 그 이상 아무 말도 할 수 없다.」
「아, 어쩌면 그렇게도 무정한……」 하고 보나슈는 중얼댔다.
『이번엔 마침내 끝장이 온 거다.』
눈에 익은 복도, 안뜰, 본관 등을 차례로 통과한 다음 정면의 입구로 나왔다. 말을 탄 네 사람의 경호사가 한 대의 마차를 둘러싸고 서 있었다. 보나슈는 그 마차에 태워졌고 곁에 경관이 앉았다. 승차구에는 자물쇠가 채워졌다. 이렇게 해서 그는 움직이는 감금실에 갇힌 꼴이 된 셈이었다.
마차는 느릿느릿, 흡사 영구차처럼 움직이기 시작했다. 자물쇠를 채운 목책 사이로는 집과 보도밖에는 보이지 않았다. 그래도 토박이 파리 사람인 보나슈에게는 거리의 표지판과 간판과 가로등을 보는 것만으로도 거리의 이름을 정확하게 알 수 있었다. 항상 바스티유 감옥의 죄수를 처형하는 생 폴 앞에 왔을 때에는 거의 기절 상태에 있었고 두 번 십자가를 그었다. 마차가 이제 곧 머물겠지 하고 생각했으나 그대로 지나가는 게 아닌가.

약간 더 앞쪽으로 나가자 또다시 큰 공포가 그를 엄습했다. 그것은 정치범을 매장하는 생 장 묘지 곁을 지나갔기 때문이었다. 다만 한 가지 그를 안심케 했던 것은 대개의 경우 그러한 죄수를 매장할 때에는 먼저 목을 자르고나서의 일이라는 것이었다. 그런데 그의 목은 아직 어깨 위에 붙어 있었다. 그러나 마차가 그레브 광장과 통하는 길로 들어서자 시청의 뾰족한 지붕이 보였고, 마차가 이윽고 반구형 문을 지났을 때에는 드디어 끝장이 난 것으로 생각되었기 때문에 곁에 있는 경관에게 마지막 고해를 하려고 했으나 거부당했으므로 무어라 형언할 수 없는 가련한 소리를 질렀다. 그러자 경관은 만일 무한정 그 따위 묘한 소리로 떠들어댄다면 재갈을 물리겠다고 겁을 주었다.

이렇게 겁을 주자 보나슈는 오히려 기분이 안정되는 것 같았다. 만약 그레브에서 사형에 처할 것이라면 굳이 재갈을 물릴 필요가 없을 게 아닌가. 처형장에 거의 당도해 있었기 때문이다. 사실 마차는 그 무서운 장소에는 멎지 않고 그대로 통과했다. 이제 걱정이 되는 것은 단지 라 크로아 뒤 트라오왈뿐이다. 그런데 마차는 똑바로 그 방향으로 나아가고 있는 게 아닌가.

이번에야말로 의심할 여지가 없었다. 이 라 크로아 뒤 트라오왈이라는 곳은 그다지 신분이 높지 않은 사람을 처형하는 장소였다. 보나슈가 생 폴과 그레브 광장을 무서워한 것은 너무 흥분되어 있었기 때문이었다. 분명히 라 크로아 뒤 트라오왈이야말로 그가 멀리 끌려온 것과 운명에 마지막을 장식하는 데 알맞는 장소인 것이다. 아직 그 불길한 십자가는 보이지 않고 있으나 이제라도 곧 그것이 눈앞에 나타날 것 같은 생각이 들었다. 이제 그곳에 닿으려면 이십 보쯤 남은 곳에서 어떤 시끄러운 소리가 들려 왔고 그러자 마차가 우뚝 멈추었다. 지금까지 연이어 극도의 불안과 공포에 사로잡혀 있던 보나슈로서는 완전히 기진맥진한 나머지 임종 때와 같은 약한 신음소리를 발한 다음 그대로 기절하고 말았다.

14. 망에서 본 사나이

 이곳에 그렇게도 많은 사람이 모여 있던 것은 이제부터 교수형을 받는 사람을 기다리고 있었던 것이 아니고 이미 사형이 집행된 죄인을 보기 위해서였다.
 마차는 잠시 그곳에 머물렀으나 곧 움직이기 시작했으며 혼잡 속을 헤치고 앞으로 나아가 생 트레노 가를 단숨에 지나 봉 장팡 가를 돌아 어느 대문이 낮은 집 앞에서 멎었다.
 그 동안의 동작은 완전히 기계적으로 이루어졌던 것이다.
 보나슈는 꿈 속을 헤매는 기분으로 걸어 왔다. 물체가 마치 안개 속에 있는 것처럼 희미하게 보였으며 귀에 들어오는 소리도 어렴풋이 들려올 뿐이었다. 만약 이때 사형을 당한다 해도 조금도 저항하지 않고 비명조차 지르지 않았을 것이다.
 그래서 그는 이런 모습으로 벽에다 등을 기대고 두 팔을 축 늘어뜨린 채 의자 위에 꼼짝도 하지 않고 앉아 있었다.
 그러는 사이 보나슈는 조금씩 자신의 주변을 돌아보았으나 별로 무서운 형상은 없었고 우선 위험스러운 것도 없다는 것을 알게 되었다. 앉아 있는 의자도 딱딱하지 않고 푹신하니 기분이 좋았으며, 벽은 훌륭한 콜드버 가죽으로 덮여 있었고, 창 앞에는 금빛 바퀴로 고정시킨 커다란 붉은색 단자로 된 커튼이 바람에 살랑살랑 나부

끼고 있었다. 그런 상황으로 보아 자신이 지금까지 느꼈던 공포는 다소 지나쳤다는 것을 차츰 깨닫게 되었다. 보나슈는 고개를 좌우 상하로 흔들어 보았다.

이러한 동작을 하고 있는 데 대해 아무도 저지하지 않는 것에 기운을 얻은 그는 한쪽 다리를 약간 움직여 보았고 또 다른 쪽 다리를 구부려 보기도 했다. 그리고나서 두 손을 짚고 몸을 의자에서 들어올려 보자 일어설 수가 있었다——.

마침 그때 풍채가 당당한 한 사람의 근시가 입구 쪽의 커튼을 열고 누군가 옆방에 있는 사람과 한동안 이야기하고 나더니 이윽고 죄수 쪽을 향해 말했다.

「보나슈란 그대인가?」

「그렇습니다. 네. 네.」

「이리로 오시오.」

그렇게 말하면서 근시는 보나슈를 지나가게 하기 위해 자신의 몸을 한쪽으로 피했다. 보나슈는 그가 시키는 대로 옆방으로 들어갔다.

다양한 무기로 벽을 장식한 커다란 서재였다. 아직 9월말인데도 문은 닫혀있고 난로에는 불이 지펴져 있었다. 방의 중앙에는 네모로 된 탁자가 놓여 있었고, 그 위에 많은 책과 서류가 쌓여 있는데 책 위에는 라 로셀 거리의 커다란 시가 지도가 펼쳐져 있었다.

난로 앞에는 거만한 용모를 가진 중키의 사내가 서 있었다. 넓은 이마에다 날카로운 눈, 콧수염 외에도 입술 밑에 기른 수염이 깡마른 얼굴을 더욱 가늘어 보이게 하고 있었다. 이 사내는 고작 서른여섯, 일곱의 나이였으나 머리와 수염은 벌써 반백이 되어가고 있는 중이었다. 검을 차고 있지는 않았으나 충분히 무사처럼 보이는 면모였으며, 아직 먼지가 약간 남아 있는 장화를 그대로 신고 있는 것을 보면 그날 말을 타고 어딘가에 갔었다는 것을 말하고 있었다.

이 사람이야말로 바로 아르망 장 뒤 브레시, 즉 리슐리외 추기관이었던 것이다.

이 인물은 우리들이 흔히 상상할 수 있는, 늙어서 순교자와 같이 괴로워하고 체구는 꺾이고 구부러졌으면서 음성은 쇠약하고 산송장처럼 안락의자에 깊이 몸을 묻고 있는 노인, 오직 정신력만으로 살고 있으며 지력만으로 전 유럽을 적으로 싸워 왔던 사람이 아니었고——지금 눈앞에 있는 사람은 이 시대에 실제로 존재했던 그대로의 모습이었다. 다시 말해서 머리가 영민하고 날렵한 무인, 막상 체력은 쇠약해지기 시작하고 있으나 전대 미문의 걸물다운 정신력으로 넘쳐 있고 망토와 공령에서 누벨 공을 원조하여 님므를 공략하였고 카스트르, 위제스를 탈취한 후 드디어 영국군을 레 섬에서 쫓아내고는 라 로셸을 공격하려는 의욕으로 가득찬 사람이었던 것이다.

얼핏 본 바로는 추기관이라 해서 별로 다른 것이 없었기 때문에 얼굴을 모르는 사람은 누구 앞에 와 있는지 알 수가 없었다.

잡화상인이 초연한 모습으로 입구에 서 있는 동안 방금 묘사한 인물의 눈은 지그시 그를 쏘아보고 있었는데, 그 눈초리는 거의 밑바닥까지도 투시하는 것처럼 보였다.

「저치가 그 보나슈인가?」 하고 그는 얼마 후 이렇게 물었다.

「그렇습니다. 예하!」

근시는 이렇게 대답했다.

「좋아. 서류를 여기에 놓아두고 물러가 있게나.」

그러자 근시는 지시한 서류를 탁자 위에서 집어 건네주고 공손히 허리를 굽힌 다음 밖으로 나갔다.

보나슈는 그 서류가 바스티유 감옥에서 진술한 심문서라는 것을 알았다. 이따금 난로 앞에 서 있는 사람의 눈은 서류에서 떠나 가련한 잡화상인의 마음 속까지 후비는 비수처럼 지그시 던져졌다.

10분 정도 그 서류를 읽고 10초 가량 그렇게 관찰한 후 추기관의 마음은 확고히 정해진 것 같았다.

『이 사내는 별로 음모와는 관계가 없는 것 같으나 아무튼 일단은 조사해 보기로 하자.』

이렇게 중얼대고 나서
「당신은 대역죄의 혐의를 받고 있군.」하고 천천히 말하기 시작했다.
「그런 것 같습니다, 예하!」
보나슈는 좀전에 근시가 했던 존칭을 그대로 흉내내어 이렇게 공손히 대답했다.
「하지만 저는 전혀 모르는 일입니다.」
그러자 추기관은 웃음을 참으면서
「그대는 그대의 처, 슈블즈 부인과 버킹검 공 등과 공모한 것으로 되어 있는데?」
「네. 그런 이름은 아내의 입을 통해 들은 적은 있습니다만……」
「어떤 경우에 말인가?」
「그녀의 말로는 리슐리외 추기관님은 버킹검 공을 왕비님과 함께 없애기 위해 파리로 유인하셨다고……」
「뭐야, 그런 말을 했던가?」하고 추기관은 매서운 소리로 말했다.
「네, 그렇습지요. 그래서 저는 처에게 그런 소릴 하는 게 아니다. 추기관님은 그런 행동을 하실 분이 아니다라고……」
「닥쳐라! 바보 같은 놈……」
「제 처도 저에게 그렇게 말했습니다만……」
「그대는 처를 누가 유괴했는지 알고 있는가?」
「모릅니다.」
「그래도 짐작이 가는 사람은 있을 게 아닌가?」
「네. 있긴 있습니다만, 그러나 그것을 여쭈어서 심문관님의 기분을 언짢게 해 드린 것 같아 다시는 그것을 말하지 않기로……」
「그대의 처는 그 후 또 도망쳤다고 하는데 그것을 알고 있었는가?」
「아닙니다. 몰랐습니다. 감옥에 들어간 후에야 알게 된 것입니다. 그것도 심문관님으로부터 듣고 알았습니다. 네, 그분은 매우 친절한 분이었기에……」

그러자 다시 추기관은 쓴웃음을 삼켰다.
「그렇다면 네 처가 도망친 후의 일에 관해서는 아무것도 모르는 게 아닌가?」
「눈꼽만큼도 모릅니다. 그렇지만 처는 루브르 궁으로 돌아갔을 것입니다.」
「아침 한 시에는 아직 돌아와 있지 않았거든.」
「네? 그렇다면 도대체 어떻게 된 것일까요?」
「이제 그것은 곧 알게 될 거다. 뭐 걱정할 것은 없다. 추기관의 눈을 속일 순 없으니까. 추기관은 뭐든지 알고 있거든.」
「만약 아시게 되신다면 추기관님은 저에게 처에 관한 소식을 가르쳐 주실까요?」
「가르쳐 줄지도 모르겠군. 그러나 무엇보다도 그대는 그대의 처와 슈블즈 부인과의 관계를 숨김없이 자백하지 않으면 안 된다.」
「하지만 예하! 저는 전혀 아무것도 모르기 때문에, 또 그분들과 만난 적도 없고……..」
「그대가 처를 맞으려고 루브르 궁에 갔을 때에는 언제나 곧장 집으로 돌아갔었나?」
「아닙니다. 좀체로 그렇게 하진 않았습지요. 언제나 삼베 가게에 용무가 있다고 해서 그 가게에 들르기 마련이었지요.」
「그 삼베 가게는 몇 집 있는가?」
「두 집이 있습니다.」
「어디에 있나?」
「하나는 보지랄 거리에 있고, 또한 집은 라 알프 거리에 있습니다.」
「처와 함께 가게 안으로 들어갔던가?」
「아닙니다. 저는 언제나 입구에서 기다리고 있었습지요.」
「혼자서 들어가기 위해 처는 어떤 핑계를 대던가?」
「별로 이렇다할 핑계는 대지 않았습니다. 기다리라고만 했기 때문에 저는 그냥 기다리고 있었을 뿐이었지요. 네.」
「마음씨 착한 남편이군, 그대는. 보나슈 씨!」

추기관은 이렇게 말했다.
『나를 보나슈 씨라고 불러 주는군. 이걸 보면 점차 상태가 나아지는 것 같군.』
보나슈는 이렇게 속으로 중얼댔다.
「그 집의 대문을 잘 알고 있겠지?」
「네.」
「번지수도?」
「알고 있습지요.」
「몇 번진가?」
「보지랄 가 이십오 번지, 또 하나는 라 알프 가 칠십오 번지입지요.」
「좋아!」
이렇게 말한 추기관은 손을 뻗어 은으로 된 초인종을 눌렀다. 곧 근시가 들어왔다.
「로슈폴을 불러 주게나. 집에 돌아오거든 곧 오도록.」
낮은 소리로 분부했다.
「백작은 마침 와 계십니다. 전하께 급한 일로 뵙자고 했습니다.」
「그럼 오라 하게. 이곳으로 빨리.」
리슐리외의 음성은 흥분되어 있었다.
근시는 추기관의 시중을 드는 시종의 특색인 민첩한 몸짓으로 냉큼 거실을 빠져나갔다.
『전하라고 했으렸다.』하고 보나슈는 멍청한 눈을 빙글빙글 굴리고 있었다.
근시가 밖으로 나간 지 채 5초도 되지 않아서 입구의 문이 열리고 다른 사람의 모습이 나타났다.
「아! 그 사람이다!」하고 보나슈는 무의식 중에 소리치고 말았다.
「뭐가 그 사람이라는 건가?」
「저의 처를 데리고 갔던 사람입니다······.」

추기관은 다시 초인종을 눌러 들어온 근시에게
「이 사내를 데리고 왔던 경호사에게 맡겼다가 내가 부를 때까지 대기하고 있도록 하게나.」
「아닙니다, 아닙니다. 그렇지 않습니다.」 하고 보나슈는 성급히 취소했다.
「제가 잘못 알았습니다. 전혀 다른 사람입니다. 이분은 그런 나쁜 짓을 하지 않는 결백한 분입니다……..」
「이 바보놈을 빨리 데리고 가라.」
근시는 보나슈를 두 사람의 경호사가 있는 대기실로 데리고 갔다.
새로 나타난 사내는 초조한 눈초리로 보나슈가 나가는 뒷모습을 물끄러미 바라보고 있다가 문이 닫히자 추기관 앞으로 뚜벅뚜벅 걸어갔다. 그리고 사내는 말했다.
「드디어 만나게 되었습니다.」
「누가?」
「두 사람말입니다.」
「왕비와 공작이겠군?」 하고 리슐리외는 반문했다.
「그렇습니다.」
「어디서 말인가?」
「루브르 궁.」
「틀림없나?」
「확실합니다.」
「누구에게서 들었나?」
「라노아 부인입니다. 그 사람이 완전히 예하 편이라는 것은 알고 계시겠지요?」
「왜 그 사람은 좀더 빨리 알려 주지 않았던 것인가?」
「우연한 것인지, 아니면 조심하기 위해서인지 왕비는 슐지 부인을 함께 잠을 자도록 하고는 또 온종일 곁에 있게 했다는 것입니다.」
「할 수 없군. 이번 승부에선 우리가 진 거다. 복수를 하자꾸나.」
「걱정하실 것은 없습니다. 도와드리는 데는 저의 한 몸을 바칠 테니까요.」
「도대체 어떤 식이었나? 사건의 경위는?」
「자정이 삼십 분 지났을 때 왕비는 시녀들과 함께 계셨습니다……..」
「어디에?」
「침소에 말입니다.」
「좋아.」
「마침 그곳에 속옷담당인 시녀가 손수건을 건네주려고 왔습니다.」
「그래서?」
「그러자 곧 왕비는 왠지 흥분된 빛을 얼굴에 나타내시고 볼연지를 바르고 계셨는데 얼굴은 완전히 창백해지셨고……..」
「그리고는?」
「그리고는 성큼 일어서시고는 여느때와는 다른 음성으로 『십 분 후에 다시 올 테니 모두 이곳에서 이대로 기다리고 있도록.』 이렇게 말씀하셨습니다. 그리고는 침실의 문을 열고 나가셨던 것입니다.」
「그 사이에 라노아 부인은 알려 주기 위해 오지는 않았던가?」
「그땐 아직 확실한 것을 알 순 없었을 것입니다. 거기에다 왕비가 『그곳에서 기다리고 있도록.』 하고 분부하신 이상 그 말씀에 따를 수밖에 방법이 없었을 것으로 생각됩니다.」
「왕비는 얼마 동안 방을 비우셨다던가?」
「약 한 시간입니다.」
「시녀는 아무도 시중들지 않았는가?」
「도나 에스테파냐 님만을 거느리고 가셨습니다.」
「그리고는 한 시간이 경과한 후에야 돌아오신 게로군.」
「그렇습니다. 그런데 머리글자가 들어 있는 장미나무로 만든 상자를 들고 곧 다시 나가셨던 것입니다.」
「이번에 돌아오셨을 때 그 작은 상자는 가지고 계셨나?」
「아닙니다.」
「라노아 부인은 그 작은 상자 속에 무엇이 들어 있었는지 알고 있나?」
「네, 폐하가 왕비에게 선물하신 다이아의 장식용 끈이었지요.」
「그 작은 상자를 갖지 않으시고 왕비께서는 돌아오신 거로군.」
「그렇습니다.」
「라노아 부인은 왕비가 그것을 버킹검 공에게 건네주신 것으로 생각하고 있겠지?」
「분명 그런 것으로 믿고 있습니다.」
「무슨 이유로?」
「그 다음날 라노아 부인은 장신구 담당이 자신이라는 것을 기화로 그 작은 상자를 찾아보고 없어진 것에 짐짓 놀란 척하고는 왕비에게 물어 봤던바……」
「왕비는?」
「왕비는 별안간 얼굴을 붉히시면서 전날 밤 보석의 하나를 망가뜨렸기 때문에 세공사에게 수선하도록 보냈다고 대답하셨답니다.」
「그렇다면 그 세공사에게 가서 사실 여부를 확인해 볼 필요가 있군.」
「제가 조사해 보고 왔습니다.」
「과연. 그런데 세공사는?」
「그런 분부는 받은 바 없다고 말했지요.」
「응, 좋아! 잘했다, 로슈폴! 아직 완패한 것은 아닌 것 같군. 어쩌면 도리어…… 도리어 바라는 바였는지도 모르겠군.」
「원래 저는 예하의 뛰어나신 지략이 항상……」
「부하들의 실책을 보상한다고 말하고 싶은건가?」
「여쭈려고 했던 것은 바로 그 말씀이었습니다.」
「그런데, 슈블즈 부인과 버킹검 공의 은신처는 알게 되었나?」
「아니, 그것을 모르고 있기 때문에…… 부하들을 총동원해서 찾고 있습니다만 아직도 단서를 잡지 못해서…….」
「나는 알고 있다.」
「네? 예하께서?」

「그렇다. 적어도 짐작이 가는 데가 약간 있지. 두 사람 중 한 사람은 보지랄 거리 이십오 번지에, 또 한 사람은 라 알프 거리 칠십오 번지에 있는 것이 틀림없다.」
「두 사람을 당장 체포할까요?」
「아니, 이미 늦었을 거다. 어디론가 또 모습을 감추고 말았을 테니까.」
「괜찮습니다. 아무튼 확인해 보겠습니다.」
「나의 경호사 열 명을 데리고 가서 그 두 집을 수색해 보게나.」
「네. 그럼 다녀오겠습니다.」
로슈폴은 이렇게 말하고 그길로 뛰어 나갔다.
혼자가 된 추기관은 약간 고개를 갸우뚱하고는 세 번째 초인종을 눌렀다. 그러자 근시가 나타났다.
「아까 그 사나이를 데리고 오게나.」
보나슈가 다시 나타났고, 근시는 추기관의 신호에 의해 물러갔다.
「그대는 거짓말을 했더군.」
추기관은 엄한 어조로 이렇게 말했다.
「제가 각하에게 거짓말을…… 천만의 말씀입니다.」
「그대의 처가 보지랄 거리와 라 알프 거리에 간 것은 삼베 가게에 간 것이 아니다.」
「그렇다면 어디에 갔다는 말씀인가요?」
「슈블즈 부인과 버킹검 공작이 있는 곳에 간 거다.」
「딴은……」하고 보나슈는 기억에 남아 있는 것이 완전히 생각 났다는 척하면서 말했다.
「그렇군요. 각하의 말씀이 맞는 것 같습니다. 제가 처에게 종종 말했던 것이 있었습지요. 삼베 상인이 그렇게 간판도 없는 집에 살고 있다는 것이 이상하다고 말입니다. 그런 말을 할 때마다 제 아내는 깔깔댔습니다만, 정말!」
보나슈는 갑자기 추기관의 발아래에 무릎을 꿇고 큰소리로 말했다.

「정말, 각하께서는 추기관님이십니까? 세상 사람 모두가 다투어 존경하고 있는 지혜의 화신이라고 하는 추기관님이신가요?」

이것은 하찮은 보나슈의 찬탄이긴 했으나 그런 말을 듣자 추기관은 결코 불쾌하지는 않았다. 그와 동시에 무언가 새로운 생각이라도 떠오른 듯 입가에 미소를 지으면서 잡화상인에게 손을 내밀고는 말했다.

「일어나시오, 나의 친구. 그대는 정직한 사람이야.」

「추기관님께서 저의 손을 잡아 주셨다. 나의 손이 이렇듯 고귀한 분의 손에 닿은 거다. 게다가 이 못난 나에게 『나의 친구』라고 불러 주시다니」 하고 보나슈는 미친 사람처럼 지껄여댔다.

「그래, 그대의 말대로지.」

추기관은, 이 사람을 충분히 알고 있는 사람이라면 반드시 경계하는 것이었으나 이따금 사용하는 그 온화한 말로 이렇게 말했다.

「죄도 없는 그대가 부당한 혐의를 받고 고생한 것은 가엾은 일이었다. 응! 꼭 그에 대한 보상을 하지 않으면 안 되겠군. 자. 이백 피스톨이 들어 있는 주머니를 받고…… 날 용서해 주게나.」

「용서라니요? 당치도 않은 말씀입니다.」

보나슈는 농담이 아닌가 의심하며 그 주머니를 잡을까말까 머뭇거리고 있었다.

「저 같은 사람을 체포하든 고문을 하든 막상 사형에 처하든 당신의 자유가 아니신가요? 당신은 일체의 주권자이시기 때문에 그런 처우를 받는다 해도 군말 하나 할 수가 없는 거지요. 용서하다니요? 당찮은 일입니다. 물론 농담으로 하신 말씀이시겠지요?」

「아닐세. 꽤나 기분 좋은 말을 해 주는군. 마음이 관대하다는 것을 보여 주시는군그래. 고맙네. 어쨌든 이 주머니를 받고 불만스럽지 않은 기분으로 돌아가 주지 않겠나?」

「불만이라니요? 벌써 더할 나위 없이 기쁜 마음인걸요.」

「그럼, 안녕, 이라기보다 곧 다시, 라고 하는 게 좋겠지. 곧 다시 만날 수 있겠지?」

「예하께서 바라신다면 언제든지 좋습니다.」
「그럼 종종 만나 주게나, 정말 그대와 이야기하는 것은 매우 유쾌하니까 말이지.」
「정말 이젠……..」
「자, 그럼! 보나슈 씨!」
 추기관은 손을 들어 신호를 하였고 보나슈는 납거미처럼 몸을 굽혀 그에 답했다. 그리고는 뒷걸음으로 물러났는데, 다음 방에서 다시 큰소리로
「예하 만세! 대추기관 만세!!」
 이렇게 그가 외치고 있는 것을 추기관은 듣고 있었다. 추기관은 이 보나슈의 감격적인 표시에 대해 히죽이 웃으면서 듣고 있었으나 이윽고 그 소리가 멀리 사라지자
「음! 이것으로 나를 위해 죽어도 좋다는 사람이 또 하나 생긴 셈이군.」
 혼자 이렇게 중얼댔다.
 추기관은 앞에서 설명했던 것과 같이 탁자 위에 펼쳐놓은 라 로셀 지도를 찬찬히 조사하기 시작했다. 18개월 후에는 이 포위된 도시의 항구를 봉쇄해 버릴 유명한 방파제를 구축할 선을 연필로 표시했다.
 이렇게 해서 책략을 세우기 위해 깊은 생각에 잠겨 있을 때 입구의 문이 열리고 로슈폴이 돌아왔다.
「어떻게 되었나?」
 추기관이 벌떡 자리에서 일어날 정도로 다급해 하는 동작만 보더라도 백작에게 지시한 일이 얼마나 중대한 것인가를 짐작할 수 있었다.
「한데, 각하께서 지시한 집에는 이십륙, 칠 세의 부인과 서른다섯에서 마흔 정도로 보이는 사내가, 한 편은 사 일, 또 한 사람은 오 일간 체재했다고 했습니다. 그런데 부인은 어젯밤, 사내는 오늘 아침에 각각 나갔다는 이야깁니다.」
「그렇다!」하고 추기관은 시계를 보면서 강한 어조로 말했다.

「허나 이제 뒤쫓기엔 너무 늦었다. 부인은 츨에, 공작은 브로뉴에 이미 도착했을 테니까. 따라잡을 수 있는 곳은 런던뿐인 것이다.」
「그러시다면 각하께서 새로 지시하실 것은?」
「이 사건에 관해서는 일체 비밀에 부쳐야 한다. 왕비는 당분간 그대로 방치해 둘 것. 우리들이 그분의 비밀을 파악하고 있다는 것을 알려서는 안 된다. 우리가 골몰하고 있는 것은 어떤 다른 음모 사건에 대한 탐색이라고 그분에게 넌지시 생각하도록 해 두어야 한다. 법무장관인 세기외를 불러 주게나.」
「그 사내는 어떻게 하셨습니까?」
「그 사내라니?」
「그 보나슈라든가 하는…….」
「그치는 벌써 이상적인 자로 만들어 두었지. 그 처에 대한 스파이로 말이지.」

로슈폴 백작은 보스의 민첩한 솜씨에 감복한 듯 공손히 목례한 다음 밖으로 나갔다.

혼자가 된 추기관은 자리에 앉아 편지 한 통을 써서 자신의 도장을 찍고 봉인한 다음 초인종을 눌렀다. 근시가 네 번째로 나타났다.
「뷔트레를 불러라. 여장을 갖추고 오라 하라.」

그러자 곧 나타난 사내는 여행용 구두에다 박차까지 달고 들어왔다.
「뷔트레! 지금부터 급히 서둘러 런던으로 가는 거다. 잠시라도 도중에서 쉬어서는 안 된다. 이 편지를 밀레이디에게 건네주는 거다. 여기에 이백 피스톨의 표가 있으니까 이것을 가지고 가서 회계원으로부터 받도록 해라. 소임을 마치고 육 일 이내에 이곳으로 돌아오면 그 때 같은 액수의 돈을 주겠다.」

뷔트레는 한 마디도 하지 않고 경례를 하고 편지와 표를 받아들고는 밖으로 나갔다.

편지의 내용은 이런 것이었다.

『밀레이디에게

　버킹검 공이 나가시는 최근의 무도회에 나갈 것. 공작의 가슴에는 열두 개의 다이아몬드로 된 장식용 끈이 있을 터인즉 다가가서 그 두 개를 잘라낼 것.

　보석을 손에 넣으면 곧 알려 줄 것.』

15. 법관과 무사

 이런 사건이 발생한 다음날 아토스가 여전히 나타나지 않자 다르타냥과 폴토스는 그런 사실을 트레빌 경에게 보고했다.
 아라미스는 개인적인 용무로 5일간의 말미를 얻어 투앙으로 갔다는 이야기였다.
 트레빌 경은 부하인 총사들에게는 자신이 부친인양 자처하고 있었다. 아무리 너절한 인간일지라도 일단 총사대의 제복을 입게 되면 그때부터는 이 사람에게서 형제들로부터 받는 것과 동등한 도움을 받기 마련이었다.
 그래서 트레빌 경은 곧장 경시 총감을 찾아갔다. 크로아 르쥐 구의 총경을 호출했다. 여러 가지로 조사한 바 아토스는 지금 폴 레벡의 유치장에 구금되어 있다는 것을 알게 되었다.
 아토스는 대체적으로 보나슈가 받았던 취조를 하나하나 경험했던 것이다.
 아토스와 보나슈의 대질 장면은 위에서 본 바와 같지만 아토스는 그때까지 다르타냥의 일을 방해해서는 안 되겠다 싶어 일체 입을 열지 않았던 것이다. 그리고 그때에야 비로소 자기는 아토스이고 다르타냥이 아니라는 것을 분명히 밝혀 말했던 것이다.
 그리고 보나슈 부부 따위는 전혀 본 적도 없으며, 이야기해 본 적도 없다고 부정했다. 자기는 그날 밤 10시경에 친구인 다르타냥 집에 우연히 찾아갔던 것이며, 그 시각 전까지는 트레빌 경의 저택에 있었고 저녁식사도 그곳에서 했던 것이라고 말했다. 이 사실에 대해 증인이 필요하다면 스무 명이라도 대겠다고 단언했으며 그 증인으로 트렘외 공작 등 아주 저명한 대귀족의 이름도 열거했다.

두 번째로 조사를 한 심문관도 최초의 심문관과 마찬가지로 아토스의 솔직하고 간결한 대답 태도에 쩔쩔매게 되었다. 사법관은 으레 이와 같은 무사의 머리를 억누르는 것을 흔쾌히 여기는 것이었지만 아토스의 경우 결코 그렇지 않았다. 트레빌 경이라든가 트렘외 공작의 이름을 듣자 약간 망설이지 않을 수 없었던 것이다.

아토스도 역시 일단 추기관에게 넘겨졌으나 마침 추기관은 루브르 궁에서 왕 폐하와 만나고 있었다.

그때 경시 총감과 작별하고 폴 레벡 감옥에 들러 그곳에 아토스가 있다는 것을 확인하고 온 트레빌 경이 폐하를 뵙고자 왔다.

총사대의 지휘관인 트레빌 경에게는 어떤 때든 배알할 수 있도록 허용되어 있었다.

왕이 평생 동안 왕비에 대해 어떠한 의심을 가지고 있었는가에 관해서는 세상 사람들이 다 아는 바이지만 그 의심에 불을 지르고 있는 사람은 바로 추기관이었다. 추기관은 음모에 관해서는 남자보다도 여자에게 더 많은 의심의 눈길을 돌리고 있는 편이었다. 이와 같은 의심의 가장 큰 진원은 왕비와 슈블즈 부인(이 소설에서 종종 등장하는 이 귀부인은 역사적 실재인물이다. 프롱드 전쟁 때 중요한 역할을 맡았던 용감한 여성. 공작 부인.)의 친교였다. 이 두 여인은 에스파냐와의 전쟁이나 영국과의 분쟁, 그리고 재정난 이상으로 왕의 머리를 아프게 하고 있다. 슈블즈 부인은 왕비를 위해 그 정치적인 책동을 돕고 있을 뿐만 아니라 연애의 교섭에도 여러 가지로 재치있게 공헌하고 있는 것이 틀림없다고 왕은 그렇게 확신하고 있는 터였다.

집 안에서 근신하라는 명령을 받고 쪽에 있는 것으로만 알았던 슈블즈 부인이 갑자기 파리에 와서 5일간이나 머물러 있으면서 경찰의 눈을 피하고 있었다는 말을 추기관으로부터 들은 왕은 열화처럼 분노했다. 변덕이 심한 데다 바람기가 없지 않았던 일생이면서도 이 왕은〈공정왕 루이〉라든가〈정결왕 루이〉따위의 칭호로 불리우고 싶은 야심이 있었다. 때문에 단지 있었던 사실만을 나열하는 데 그치고 설명다운 설명을 가하지 않는 역사가의 평을 보는 것만으로는 이 사람의 성격을 후세 사람이 이해하기에는 곤란할 것이다.

추기관이 슈블즈 부인은 단순히 파리로 왔을 뿐만 아니라 왕비와 당시의 용어로서〈밀모〉라 일컬었던 통신 수단을 빌어 여러 가지 것을 약속하고 있었다는 것과 그러한 밀모의 조작을 탐지하고 확실한 증거와 함께 현장을 덮치려고 했을 때 왕비 쪽 수족인 한 사람의 총사가 폐하의 명을 받들고 수사를 집행하려던 관리들에게 칼을 뽑아들고 덤벼들어 법의 집행을 방해했던 것 등을 누누이 말했을 때 왕은 완전히 자제력을 잃은 듯 창백해진 안면을 하고 쪼르르 왕비의 거실 쪽으로 달려갔다. 이렇게 해서 분노가 폭발되는 날에는 그때는 더할 나위 없이 냉혹해지는 사람이었다.

그런데, 이 담화에서 추기관은 버킹검 공에 관해서는 아직 한 마디도 언급하지 않았던 것이다.

마침 그때 트레빌 경이 냉정한 표정에다 위의를 갖추고 들어왔다.

추기관이 왕의 곁에 있다는 것과 왕의 홍분된 얼굴에서 대개의 상황을 즉각적으로 감지한 트레빌 경은 페리시테 앞에 나간 삼손(완력으로 유명한 히브리의 재판관. 페리시테 인을 언제나 적으로 알고 있었다. 오페라〈삼손과 델릴라〉및 많은 그림에서 소재로 다루어지고 있다.)처럼 자신만만함을 느꼈다.

루이 13세는 이미 문의 손잡이를 쥐고 있었는데 트레빌 경을 보자

「옳지! 마침 잘 왔군.」하고 말했다. 왕은 홍분 상태가 어느 선에 달하면 그땐 무엇 하나 마음 속에 묻어 둘 수 없는 사람이었다.

「나는 그대 편 총사의 괘씸한 행동에 관해 이제 막 듣고 있었던

참이다.」

「저도 (트레빌 경의 말은 냉정했다.) 폐하의 사법관들의 발칙한 짓을 이제부터 여쭙고 싶습니다만…….」

「뭐라구?」하고 왕은 거만한 자세를 취했다.

「실은 이런 것입니다……심문하는 관리와 경관 등의 일당이 모두 평소 존경해야 할 사람들임에는 틀림없습니다만, 걸핏하면 무사들에 대해 노골적으로 적의를 드러내고 있다는 것은 유감 천만의 일입니다. 며칠 전에도 제 부하인 한 총사를 어느 민가에서 체포하여 폴 레벡 감옥에 투옥시켰습니다. 누구의 지시에 의한 것인가에 대해서는 입을 봉하고 말하지 않습니다. 그 체포된 총사는 제 부하라곤 하지만 결국 폐하의 친위 총사가 아니겠습니까? 그는 평소 품행이 방정하고 무사의 전형이라 해서 평판이 자자할 뿐더러 전에 배알의 영광을 주시기까지 하셨던 그 아토스이옵니다.」

「아토스, 들던 이름 같군.」

「기억하고 계시다면 다행입니다. 아토스는 전에 있었던 불행한 싸움 때 카유작에게 중상을 입혔던 그 총사이지요…… 한데 추기관님! 카유작은 완전히 나았다고 들었습니다만 사실이온지요?」

「문병해 주어서 송구스럽군요.」하고 추기관은 분노를 머금은 입술을 꼭 깨물었다.

「아토스는 그 날 친구인 가스코뉴 출신의 젊은이를 찾아갔으나 마침 부재중이었습니다. 이 젊은이는 에살 후작 소속의 경호사입니다. 그래서 아토스가 그 빈집에서 기다리고 있으면서 막 책을 보려고 했을 때 경관과 경호사의 일단이 쳐들어와서 여기저기 대문들을 두드리고는…….」

트레빌 경이 이렇게 말하자 추기관은 왕에게

『좀전에 여쭌 그 사건을 조사하기 위해서였던 거지요.』

이렇게 눈짓을 했다.

「그 일이라면 이미 알고 있지. 그 자들은 임무를 수행하고 있던 거니까.」하고 왕은 반박하듯 말했다.

「그렇다면 제 편의 결백한 총사를 경호사가 체포해서 죄인처럼 거리를 끌고 가는 것도 임무라 해서 폐하에게 충성을 표한 것일까요? 폐하를 위해 열 번도 더 피를 흘렸고 앞으로도 그럴 각오로 있는 영예로운 무사를 욕지거리를 퍼붓는 천민들의 한복판으로 끌고 다닌다는 것도……」

「뭐라구, 정말 그런 짓을 했다는 건가?」

왕은 약간 동요의 빛을 보였다.

「트레빌 경은 그 이야기의 결백하고 영예로운 무사가 그로부터 한 시간 전에 어느 중대한 사건에 대해 조사하기 위해 내가 파견한 네 사람의 관리를 검으로 난타했다는 사실을 잊고 계시는 것 같군요.」 하고 추기관은 가지고 있는 모든 침착성을 내보이면서 말했다.

「그렇다면 그 사실을 추기관님께서 증명해 주실까요?」

트레빌 경은 완전히 가스코뉴 인의 솔직함과 무인으로서의 거친 태도를 드러내면서 다가갔다.

「아토스는 원래 성격이 매우 온화한 귀족다운 품격의 사나이입니다만, 그날 밤에는 내 집에서 저녁 식사를 하고 그 후에는 객실에서 손님으로 와 있던 트렘외 공작과 시뤼스 백작과 담소하고 있었던 것입니다.」

트레빌 경이 이렇게 말하자 왕은 추기관을 홀깃 쳐다보았다.

「조서가 증명합니다.」 하고 추기관은 왕의 눈이 말한 질문에 대해 이렇게 확실히 대답했다.

「현재 행패를 당한 관리들의 손으로 작성한 조서를 곧 폐하께 보여드릴 심산입니다……」

「말단 관리들이 작성한 조서와 무사의 맹세를 동일시하시는 건가요?」 하고 트레빌 경이 당당한 자세로 말했다.

「어이, 어이, 트레빌! 그만두게나.」

「만일 폐하께서 제 부하의 한 사람에게 어떤 혐의를 가지신다면 추기관님보다 먼저 제 자신이 조사를 하고 싶습니다.」

「수색이 집행된 집에는 총사의 친구인 가스코뉴 출신의 젊은이가 동거하고 있었던 게 아닙니까?」

추기관은 이렇게 냉엄하게 말했다.

「그것은 다르타냥을 말하는 것이겠지요.」

「귀하가 매우 관심을 기울이고 있다는 그 소문이 자자한 청년이지요. 트레빌 경!」

「네. 그렇습니다.」

「그렇다면 그 젊은이가 무언가 나쁜 지혜를 주어 부추겼다고는 생각지 않습니까?」

「아토스에게 말입니까? 두 배나 나이가 많은 사내가. 절대 그런 일은 없습니다. 그리고 첫째 그날 밤 다르타냥 자신도 내 집에 와 있었으니까요.」

「그러고보니 모두가 당신 댁에 모여 있었던 셈이군요.」

「추기관님은 내 말을 의심하시는 건가요?」

트레빌 경의 얼굴에 확 핏기가 피어올랐다.

「아니, 천만의 말씀입니다. 한데 그 젊은이가 댁에 있었던 것은 몇 시경이었나요?」

「그래요, 그 시각이라면 확실히 말할 수 있지요. 왜냐하면 그 사내가 들어왔을 때 꽤 늦은 시각이라고 생각되었기 때문에 부지중에 시계를 보았더니 마침 아홉 시 반이었던 것을 기억하고 있으니까요.」

「그런 다음 몇 시에 돌아갔나요?」

「열 시 반. 즉 그 관리에게 행패 운운하는 사건이 발생하고나서 한 시간 후입니다.」

「하지만 어쨌든.」

트레빌 경의 말의 성실성만은 한 번도 의심해 본 적이 없던 만큼 추기관은 자신의 승리가 점점 희박해지는 것을 느끼고 있었다.

「아토스는 그 포소와이율 거리에 있는 집에서 체포된 것이니까.」

「친구가 친구를 찾아가는 것이 나쁜 건가요? 내 밑에 있는 총사가 에살 후작의 경호사와 친밀하게 지내서는 안 된다는 것인가요?」

「그렇지요. 그의 친구가 살고 있는 집이 당국으로부터 혐의를 받고 있을 경우에는 좋지 않겠지요.」

그러자 이번에는 왕이

「그 집은 말야. 트레빌! 약간 혐의를 받을 만한 이유가 있는 거야. 그대는 어쩌면 그런 내용을 모르고 있었겠지만.」하고 말했다.

「그것은 전혀 모르고 있었습니다. 그러나 그 집의 어느 부분이 혐의를 받고 있대도 어쩔 수 없는 일이겠으나, 다르타냥이 살고 있는 장소만은 의심을 받을 만한 점이 전혀 없는 것입니다. 그 점은 제가 보증합니다만 그 젊은이만큼 폐하께 충성심을 가지고 있고 또 추기관님을 존경하고 있는 사람은 이 세상에 없으니까요.」

「언젠가 카름 데쇼 수도원 근처에서 소동이 있었을 때 주사크를 찌른 것이 그 다르타냥이 아니었나?」

왕은 화가 치밀어 얼굴이 빨개진 추기관을 흘겨보면서 이렇게 말했다.

「그 다음날에는 벨나주도 해치웠습지요. 네, 바로 그 청년입니다. 폐하께서는 기억력이 매우 좋으십니다.」

「그렇다면, 결국 이 문제는 어떻게 처리하는 것이 좋겠나?」

「그것은 폐하의 지시에 따라야 하겠습니다만, 아무튼 저는 유죄를 주장하겠습니다.」

추기관이 이렇게 대답하는 것을 기다릴 수가 없었던 트레빌 경이 말했다.

「저는 물론 무죄라고 생각합니다. 하지만 폐하께서는 법관들이 있으니까 그들이 흑백을 가릴 것으로 생각합니다.」

「그래. 이 사건은 재판에 회부하도록 하지. 재판하는 것은 그들 법관의 소임이거든. 그들에게 판정하도록 맡기는 것으로 하자구.」

「다만 한 가지 여쭙고 싶은 것은」하고 트레빌이 덧붙였다.

「최근의 세태는 매우 험악한 상태라서 눈처럼 결백한 생활을 하고 아무것도 비난할 것이 없는 소행마저 자칫하면 박해를 받는 실정입니다. 그 중에서도 무사들은 사직의 손에 의해 부당한 취급을 받는 경향이 있습니다. 이래서는 국민의 불만이 끊이지 않을 것으로 생각되고…… 매우 개탄스러운 일이 아닌가 생각되는 것이라서…….」

이것은 사실 지나친 말이었다. 그러나 트레빌 경은 이 말의 효과를 미리 기대하고 일부러 이렇게 말했던 것이다. 선수를 쳐서 작열하게 하는 말을 던져 비밀에 싸인 갱도를 일거에 태워 버리자는 의도인 것이다. 그 불길로 숨겨진 많은 것이 밝혀질지도 모른다.

「뭐라구, 사직당국의 처사가 부당하다구?」

왕은 트레빌 경의 말꼬리를 붙들고 날카롭게 반문했다.

「그것이 그대와 무슨 관계가 있는가? 그대는 총사의 뒷바라지를 하면 되는 거다. 다른 문제로 번거롭지 않도록 해 주길 바란다. 어쩐지 그대의 말을 듣자니 총사 한 사람을 잘못 체포하게 되면 프랑스 전국이 위태롭게 된다고 말할 것만 같군. 그 따위 총사 한 사람을 가지고 거창하게! 그런 자는 열 명이라도 체포하도록 해 보일 테다. 백 명이라도 말야. 뭣하면 총사대 전체라도 상관없다! 그렇게 하면 이러쿵저러쿵 말이 없을 테니 좋을 게 아닌가.」

「폐하의 신임을 잃었다면 이제 총사들은 모두 죄인과 같은 것입니다. 따라서 저도 폐하에게 이 검을 반환해 드리기로 마음 먹었습니다. 추기관님은 제 부하인 자의 죄를 폭로했습니다. 이제 곧 그 여파가 저에게도 미칠 것은 뻔합니다. 그렇기 때문에 저보다 먼저 체포된 아토스, 그리고 앞으로 곧 체포될 다르타냥 등과 마찬가지로 자수함으로써 자진해서 죄인이 되고 싶습니다만…….」

「또, 그 가스코뉴 인의 고집이 나오는군. 이제 그만두지 않을 텐가!」 하고 왕은 당혹한 듯 이렇게 말했다.

「폐하(트레빌은 조금도 언성을 낮추지 않는다.)! 저의 총사가 부대에 복귀할 수 있도록, 그런 다음 재판에 의해 흑백을 가리도록 명령해 주시지 않으시겠습니까?」

「재판에 회부하는 것이 좋습니다.」

추기관이 말했다.
「좋습니다. 그것으로 됐습니다. 허나 그런 경우에는 피고를 위해 제가 당당하게 변호할 수 있는 허가를 폐하로부터 받을 것입니다.」
트레빌 경이 이렇게 나오자 왕은 격렬한 충돌이 발생할 것을 우려하고는
「추기관 쪽에서 특별한 이의가 없다면……」
이렇게 말했다. 그러자 추기관은 왕이 하려는 말을 짐작하고 곧 선수를 쳤다.
「아닙니다. 제가 어떤 선입관을 가지고 판단하고 있는 것으로 생각하셔서는 곤란합니다. 이제 물러가겠습니다.」
「그럼, 그대는 (트레빌 경을 향하여) 작고하신 부군의 혼을 걸고 맹세할 텐가? 아토스는 사건이 발생했을 때 그대의 저택에 있었고, 그 사건과는 아무런 관계가 없다고 말야?」
「영예로우신 선왕 폐하의 영과 제가 가장 경애하는 폐하의 어전에서 굳게 맹세합니다.」
「만일 죄수를 이대로 석방한다면 사건의 진상을 규명할 수 없게 된다는 것을 생각해 주셨으면 합니다……」
추기관이 한 마디 했다.
「아토스는 도피하지 않습니다. 사법상의 심문이 필요할 때에는 언제든지 응하도록 하겠습니다. 그런 걱정은 없으니까 부디 추기관님은 안심하도록 하십시오. 제가 책임질 테니까요.」 하고 트레빌 경은 곧 응수했다.
「그것은 트레빌의 말이 옳다. 도피할 우려는 없으니까.」
왕은 이렇게 수긍했다.
「언제든지 호출할 수 있는 거다. 거기에다 (하고 소리를 낮추어 추기관에게 간청하는 듯한 눈초리로) 어떤가? 그들에게 다소 의기를 돋구워 주는 것이 정책적으로……」
루이 13세의 〈정책〉이란 말은 리슐리외를 웃게 했다.
「특사는 폐하의 권한입니다. 언제든지 하명만 하시면……」

「원래 특사란 죄인으로 확정된 자에게만 적용되는 것으로서……」
트레빌 경은 끝까지 자신의 뜻을 철저히 관철시키려고 했다.
「저의 총사는 결백합니다. 따라서 특사가 아니고 정당한 재판을 바란다고 했습니다만……」
「지금 아토스는 폴 레벡 감옥에 있다고 했는가?」
왕은 이렇게 물었다.
「그렇습니다. 남이 볼까봐 지하 감방에 극악한 죄수처럼 감금되어 있습니다.」
「그건 너무 가혹하다. 그럼 어떻게 하면 되겠는가?」
「석방하라는 칙서에 서명하시면 되옵니다. 폐하께서도 저와 마찬가지로 트레빌 경이 보증하니까 만족하실 것으로 생각되니까요.」
트레빌 경은 공손히 허리를 굽혔다. 기쁨으로 가슴이 벅차기는 했으나 그래도 일말의 불안이 없는 것은 아니다. 왜냐하면 이렇듯 술술 일이 풀리는 것보다는 오히려 추기관의 완강한 저항을 받는 편이 후사를 위해 마음이 놓이기 때문이다.
왕은 사면장에 서명하였고, 트레빌 경은 그 사면장을 냉큼 호주머니에 접어넣었다.
물러가려고 할 때 추기관은 무슨 속셈에서인지 부드러운 미소를 보내고는 왕에게 말했다.
「폐하의 근위 총사들 쪽에서는 장관과 부하 사이에 정말로 아름다운 사랑이 통하고 있는 것 같습니다. 그래야만 충성을 다할 수 있을 것이고, 타의 모범이 되고도 남겠지요.」
『저 자는 앞으로 더욱 내 쪽에 대해 방해할 것이 틀림없다구. 저 따위 인간을 상대하다가는 정말 안심할 수 있는 날이 없을 것이다 ──하지만 아무튼 서둘러야 한다. 폐하의 마음이 변하게 되면 큰일이니까. 사실 체포된 죄수를 감옥에 감금시켜 두는 것보다는 일단 석방한 인간을 다시 바스티유라든가 폴 레벡에다 처넣는 편이 더 어려워질 테니 말이지.』
트레빌 경은 의기양양하게 감옥으로 달려가서 아직도 태연한 자세로 감방에 있는 총사를 구해 냈다. 그리고는 다르타냥을 보자 곧 그 자리에서 이렇게 말했다.
「위험한 짓을 하고 있구나. 딴은 이것은 귀공이 주사크를 쓰러뜨렸던 그 배상이라 생각하라. 그러고 보니 아직 벨나주에게 했던 것이 남아 있지만, 그렇게 항상 나에게 기대하고 있진 말게나.」
트레빌 경이 추기관은 안심할 수 없다고 중얼댔고, 아직도 이것만으로는 끝나지 않을 것으로 생각했던 그의 예감은 매우 정확한 것이었다. 총사대의 장관이 밖으로 나가고 문이 닫히자 추기관은 왕의 곁으로 다가가서 이렇게 속삭였던 것이다.
「다른 사람이 나갔으니까 진지한 이야기를 할 수 있겠습니다만, 폐하! 버킹검 공은 오 일 전부터 파리에 와 있다가 바로 오늘 아침에야 이곳을 떠났습니다.」

16. 법무장관 세기외는 전에 했던 것처럼
종을 치려고 끈을 찾았다.

 추기관이 한 몇 마디의 말이 루이 13세에게 어떤 충격을 주었는가 하는 것은 이루 상상조차 할 수 없는 것이었다. 루이 13세가 문자 그대로 붉으락푸르락 하는 것을 보고 추기관은 자기 쪽의 불리해졌던 형세를 단번에 만회할 수 있다는 것을 분명히 깨달았다.
 「버킹검 공이 파리에 와 있었다구? 그건 도대체 무엇 때문이었나?」
 「어쩌면 폐하께 반항하고 있는 신교도단과 에스파냐 인들과 비밀 모의를 하기 위해서였겠지요.」
 「아니지. 그것은 아닐 게다. 슈블즈 부인과 롱빌 부인, 그리고 콩데 일족과 공모해서 나의 명예를 손상시킬 어떤 일을 하려고 왔을 게다.」
 「터무니없는 것을 생각하십니다. 왕비는 그렇게 사려가 없는 짓을 할 분이 아니시고 또 첫째 폐하를 사랑하고 계시니까요…….」
 「여자의 마음은 물에 뜬 나무조각처럼 이렇게도 저렇게도 움직이는 것이야. 추기관! 그리고 나를 사랑하고 있다는 그 애정이 어떤 것이라는 것을 나는 벌써 확실히 알고 있다.」
 「저는 역시 버킹검 공이 파리에 온 것은 단지 정치적인 목적에서였다고 생각합니다만…….」

「아니지. 나는 다른 목적이 있어서 파리에 왔다는 것을 잘 알고 있다. 만일 왕비가 그 따위로 잘못을 했다면 그 땐 각오하는 것이 좋을 거다.」

「그러한 추측은 가장 불길한 것임에 틀림없겠습니다만, 실은 폐하께서 하신 말씀을 듣자 저에게도 약간 짐작이 가는 것이 있습니다. 라노아 부인을 몇 차례에 걸쳐 심문했던 바 오늘 아침에 이런 말을 했습니다…… 왕비님은 어젯밤 늦게까지 주무시지 않으시고 크게 우셨던 것 같았으며 온종일 무엇인가 글을 쓰고 계셨다는 것이었지요.」

「그거야. 그 사내에게 보내는 것이겠지. 추기관! 어떻게 해서든 왕비가 썼다는 그 글을 손에 넣지 않으면 안 된다.」

「어떻게 그것을 손에 넣을 수 있겠습니까? 폐하! 저 역시 결코 그런 일을 맡을 수 있는 처지가 아니라서…….」

「그 앙크르 원수부인의 경우는 어떻게 했었나? (왕의 분노는 이제 극도에 달하고 있다.) 선반을 뒤졌고 부인의 몸까지 조사하지 않았던가?」

「앙크르 원수부인은 말하자면 단순한 원수부인에 불과합니다. 피렌체 태생인 비속한 신분에 불과합니다. 그러나 이쪽은 폐하의 배우자이며 프랑스의 왕후인 안느 도트리슈, 다시 말해 전세계에서 가장 권세를 자랑하고 있는 왕비의 한 분이 아니십니까?」

「그렇지만 죄는 죄임에 다를 게 없다. 왕비가 자신의 높은 지체를 망각하고 있다면 천민의 경우보다 더 저주를 받는다 해도 할 수 없는 게 아닌가. 나는 벌써 훨씬 오래 전부터 이와 같은 정책과 연애의 기교, 밀모는 근절시키지 않으면 안 된다고 결심하고 있었던 거다. 왕비는 또 버킹검 공작 외에도 라폴트라든가 하는 사람을 심복으로 삼고 있지 않은가?…….」

「그렇습니다. 그 사나이가 일체를 조종하고 있는 흑막의 인물이라고 저는 알고 있습니다만…….」

「추기관! 그대도 나처럼 왕비가 나를 배신하는 행동을 하고 있는 것으로 믿고 있는가?」

「폐하께 반복해서 여쭙니다만…… 왕비는 비록 폐하의 권세를 떨어뜨리는 일에 가담하고 계시지만, 절대 폐하의 명예를 손상시키는 짓은 하고 계시지 않은 것으로 저는 굳게 믿고 있습니다.」

「나는 왕비가 그 두 가지를 모두 하고 있는 것으로 생각하는 거다. 왕비는 결코 나를 사랑하고 있지 않다. 다른 사람을 사랑하고 있는 게지. 저 가증스런 버킹검을 사랑하고 있는 거야. 어찌 그대는 그 사내가 파리에 있는 동안에 체포하지 않았는가?」

「공작을 체포하라고 하십니까? 그 영국왕의 재상인 그 인물을 말씀입니까? 옳은 정신에서 그런 것을 생각하고 계신가요? 만일 그렇게 했을 경우 어떤 소동이 벌어지게 될까요? 더구나 제가 아직 믿을 수 없다고 여쭙는 폐하의 의심에 어떤 근거라도 있다는 말씀인가요? 그렇게 되면 더욱더 어떤 소동이 전개될지…….」

「그러나 그 사내가 그렇듯 어슬렁어슬렁 거리를 걷기라도 한다면 그것은 더욱…….」

이렇게 말하던 루이 13세는 하려던 말이 너무나 무서운 나머지 그대로 삼키고 말았다. 리슐리외는 목을 길게 빼고는 다음 말을 듣고야 말겠다는 자세였으나 그 말은 끝내 왕의 입술에서 사라지고 말았다.

「차라리?」

「아냐. 아무것도 아니야.」하고 왕은 부정했다.

「아무것도 아니다. 허나 그가 파리에 머물고 있는 동안 그대는 줄곧 감시는 하고 있었겠지?」

「물론 하고 있었습니다.」

「어디서 묵고 있었나?」

「라 알프 가 칠십오 번지.」

「그곳은 도대체 어느 쪽인가?」

「뤽상부르 근방입니다.」

16. 법무장관 세기외는 전에 했던 것처럼 종을 치려고 끈을 찾았다

「왕비는 그 사내와 만나지 않았다고 생각하나?」
「그와 같은 경솔한 짓은 하지 않으셨을 것으로 믿습니다.」
「하지만 그들 두 사람은 편지를 주고받긴 했다는 거지? 왕비가 온종일 썼다는 것은 분명 그 사내에게 보낼 편지였을 것이다. 추기관! 그 편지를 반드시 입수해서 가져다 주길 바란다.」
「그래서 말씀이옵니다만…….」
「어떤 희생을 치르는 한이 있더라도 그것이 꼭 필요한 거다.」
「그러나 제 입장에서 여쭙고 싶은 말씀은…….」
「그러면 그대마저 나를 배신하는 자의 편이 되었다는 것인가? 내 뜻에 반대하려는 것을 보면 그대도 에스파냐 인이나 영국인, 그리고 슈블즈 부인과 왕비와 결탁하고 있다는 말인가?」
그러자 추기관은
「폐하!」하고 한숨을 내쉬었다.
「저에게 그와 같은 의심을 품으신다는 것은…… 천만 뜻밖의 일입니다.」
「그렇다면 내가 하는 말은 알겠지? 그 편지가 필요한 거다.」
「방법은 오직 한 가지 뿐입니다.」
「어떤?」
「이런 소임은 법무장관인 세기외에게 분부해야 한다는 것이지요. 그 사람의 직분이니까요.」
「그렇다면 당장 그를 불러 주게나.」
「그 사람은 지금쯤 제 집에 와 있는 것으로 생각됩니다. 좀전에 불렀습니다. 제가 궁중에 들어간 후에 오거든 기다리고 있도록 지시하고 왔으니까요…….」
「곧 이곳으로 오도록 해라!」
「만사는 폐하의 뜻에 따라 처리하겠습니다. 하지만…….」
「하지만?」
「왕비는 정녕 승낙하지 않을 것입니다.」
「내 명령에 대해서도?」

「네, 그 명령이 폐하께서 직접 내리셨다는 것을 왕비께서 모르신다면……」
「좋아. 그렇다면 확실히 해 두겠다. 내가 직접 왕비에게 말하고 오겠다.」
「부디 제가 불화를 일으키지 않도록 최선을 다했다는 것을 잊지 마시기 바랍니다.」
「그건 알고 있다. 그대는 항상 왕비를 비호하는 사람이니까. 실제로 지나치게 비호하고 있다고 해도 과언이 아니다. 그 문제에 대해서는 다음에 다시 이야기 하기로 하지. 불원간…….」
「언제든지 듣겠습니다. 저로서는 폐하와 왕비의 사이가 화목하게 되시기만 한다면 목숨을 희생하더라도 더할 나위 없는 행복이요, 영광으로 생각하고 있으니까요.」
「음, 그것으로 좋다. 그럼 아무튼 법무장관을 이곳으로 불러 다오. 나는 왕비에게 다녀올 테니까.」
왕은 이렇게 말한 다음 문을 열고 안느 왕비의 거실과 통하는 복도로 나가려고 했다.
그때 마침 왕비는 기토 부인, 사브레 부인, 몽바종 부인, 게메네 부인 등의 귀부인들에게 둘러싸여 있었다. 방 한쪽 구석에는 마드리드에서 데리고 온 에스파냐 인 시녀 도나 에스테파냐가 있었다. 게메네 부인은 책을 읽고 있었으며 모두 열심히 그것을 듣고 있었다. 다만 듣는 척하면서 마음대로 딴 생각을 할 수 있다는 생각에서 독서할 것을 권했던 왕비만이 전혀 듣고 있지 않았다.
왕비의 머릿속에서는 이제 막 사라지려는 사랑의 잔영이 황금빛으로 물들어 있기는 하나 그 사랑에는 역시 어두운 그림자가 짙게 드리워져 있었다. 안느 왕비는 한 편으로는 남편의 사랑을 상실했고, 또 한 편으로는 자신의 호의를 무참히 거부했다는 것을 이유로 추기관의 증오가 집요하게 달라붙어 있는, 그러한 처지에 놓여 있었다. 더구나 추기관의 미움을 받아 수난의 일생을 보냈던 왕태후 마리드 메디시스의 예가 기억에 생생했다. 옛기록에 의하면 왕태후는 추기관의 그러한 호의를 처음부터 받아들였다고도 하지만 안느 왕비는 끝까지 물리치고 있었다. 왕비의 주위에 있던 사람——찾아오는 친한 사람이든, 말 상대이든, 특히 관심을 쏟았던 사람들은 추기관에 의해 차례차례 제거되기 마련이었다. 그 옛이야기에 나오는, 불길한 마력에 걸린 사람처럼 왕비의 손길이 닿는 순간 반드시 불행이 발생했다. 그래서 왕비가 우정을 표시한다는 것은 곧 박해를 초래하는 운명의 신호와도 같았다. 슈블즈 부인과 베르네 부인은 이미 멀리 내침을 받았고, 최근에는 라폴트마저 언제 체포될지 모른다고 말할 정도였다.

이러한 매우 음울한 상념에 잠겨 있을 때였다. 입구의 문이 열리고 뜻밖에도 왕의 모습이 나타났다.

그 순간 책 읽는 것은 중단되었고 시녀들은 모두 자리에서 일어났기 때문에 갑자기 조용해졌다.

왕은 전혀 목례 같은 것도 하지 않은 채 뚜벅뚜벅 왕비 곁으로 다가와서 여느때와는 다른 음성으로 말했다.

「당신에게 곧 법무장관이 올 것이오. 그 사람에게 내가 명령한 것을 듣길 바라오.」

그러자 지금까지 이혼이라든가 추방이라든가 재판에 회부한다든가 하는 등의 협박을 많이 들어 왔던 불행한 왕비는 다소 안색을 바꾸면서 이렇게 말했다.

「무슨 일로 오는 것일까요? 폐하 자신이 말할 수 없고 법무장관이 대신 말한다는 것이 무엇일까요?」

그러나 왕은 아무 말도 하지 않고 빙그르르 등을 돌렸다. 그와 동시에 근시장인 기토가 와서 법무장관의 도착을 알렸다.

법무장관의 모습이 나타났을 때는 벌써 왕은 다른 문을 통해 밖으로 나가 버린 후였다.

법무장관은 반은 미소를 띠우고 반은 얼굴을 붉히면서 들어왔다. 이 사람은 앞으로 또 나오는 인물이기 때문에 여기서 잠시 소개해 두는 것이 좋을 것 같다.

이 법무장관은 애교가 매우 많은 사람이었다. 노트르담 사원의 사제 회원인 드 로슈 말이라는, 원래는 추기관의 시종이었던 사람이 그를 매우 충실한 사람이라고 천거했기 때문에 채용했는데 추기관은 그 결과에 매우 흡족해했다.

이 사나이에 대한 일화로 몇 가지가 전해지고 있는데, 그 중에는 이런 것이 있다——.

주색에 빠져 청년 시절을 허송한 이 청년은 어느 수도원에 들어가 그 청년기의 욕정을 씻어내고 몸을 깨끗하게 하려고 결심했다고 한다.

그런데 이 신성한 곳에 들어갈 때 입구의 문을 빨리 닫지 못했던 데서 욕정이 그와 함께 안으로 들어온 것 같았다. 그래서 모처럼 몸과 마음을 깨끗이 씻으려고 마음 먹었던 이 사람은 전과 다름없이 욕정의 포로가 되었고 그것을 끊임없이 호소하였기 때문에, 수도원의 원장은 그를 유혹하는 악마를 물리치는 한 가지 방법으로써 욕망이 생길 때마다 종각에 매단 종을 힘껏 치라고 했다. 그 종소리를 듣게 되면 그대가 지금 마귀에게 고통을 당하고 있는 것으로 알고 모두가 일제히 기도하게 될 것이라고 했다.

미래의 법무장관은 원장의 말을 듣고 기도의 힘으로 어떻게 해서든지 악마를 물리치려고 시도했다. 그러나 일단 그곳에 정착한 악마는 쉽사리 물러가지 않았다. 기도에 힘이 들어가면 갈수록 유혹도 강력해지는 것인지 종은 낮과 밤을 가리지 않고 울려퍼졌으며 육체를 괴롭히는 욕정의 혹심한 폭풍우를 사방에 알렸던 것이다.

그 덕분에 그 수도원에 있던 수도사들은 잠시의 휴식도 취힐 수가 없었다. 낮에는 예배당을 오르내리는 데 지쳤고, 밤에는 또한 간단없이 침대에서 내려와 수도원의 싸늘한 마루바닥에 무릎을 꿇고 기도하지 않으면 안 되었다.

악마가 결국 물러났는지, 아니면 수도사 쪽에서 손을 들고 말았는지는 소상히 밝혀진 바 없는 3개월 후에 이 구도자는 지금까지 전혀 없었던 마귀에게 사로잡힌 사람이라는 낙인이 찍힌 채 끝내 속세로 돌아오고야 말았다.

　수도원을 나온 후 그는 법조계에 들어가 큰아버지의 뒤를 이어 고등법원의 법관이 되었고, 어느 틈엔가 빈틈없는 처세 수완으로 추기관 일파에 끼어들게 되었다. 그리하여 마침내 법무장관의 지위까지 오르게 되었고, 왕태후와 왕비를 괴롭히는 일에도 가담하여 추기관을 도와 열심히 일했다. 샤레 사건에서는 판사를 부추겼고 엽관인 라푸마 씨에 대한 일에 있어서는 약간 추문이 있기도 했다. 이렇게 해서 마침내 추기관의 전폭적인 신뢰를 오로지 자신의 힘에 의해 얻게 된 그는 오늘 이 괴상한 소임을 명령받고 왕비에게 왔던 것이다.

　이 사나이가 들어왔을 때 왕비는 곧 안락의자에 앉았고 시녀들에게 푹신푹신한 방석과 의자에 모두 앉도록 지시함으로써 가능한 한 지체가 높다는 것을 과시한 다음 입을 열었다.

　「무슨 용무로 여기에 오신 거지요?」

　「폐하의 어명을 받잡고 왕비님께는 매우 죄송한 일입니다만 가지고 계신 서류를 조사하는 것을 허락해 주십시오.」

　「뭐라구요. 서류를 조사한다구? 나의…… 어쩜 그렇게 무엄한…….」

　「부디 용서해 주십시오. 오늘 일은 순전히 폐하의 어명에 따른 것입니다. 좀전에 폐하께서 이곳에 오셔서 그에 대해 예고하시지 않으셨던가요?」

　「조사해요. 무언가 의심을 하고 있는 것이겠지요. 에스테파냐! 테이블과 책상의 열쇠를 주어라.」

　법무장관은 형식적으로 책상 등을 일단 조사하기는 했으나 왕비가 썼다는 그토록 소중한 편지는 그런 곳에 없다는 것을 잘 알고 있었다.

　법무장관은 스무 번이나 더 책상 서랍을 열고 닫고 하고 나서 내키지 않는 일이지만 결국 시작하는 수밖에 다른 도리가 없다고 생각했다. 즉 왕비의 몸을 조사하는 일이었다. 법무장관은 안느 왕비 쪽으로 다가가서는 매우 당혹한 표정으로 어름어름 입을 열었다.
「그럼 끝으로 가장 중대한 조사가 남아 있습니다만……」
「무슨 일인데요?」
왕비는 그가 말하는 것을 전혀 모르고 있는 것인지, 아니면 모르는 척하고 있는 것인지 이렇게 반문했다.
「왕 폐하께서는 오늘 왕비께서 낮에 분명히 편지를 쓰셨고 그 편지는 아직 발송되지 않았다고 말씀하셨습니다. 그런데 그 편지는 책상에도 다른 서랍에도 없습니다. 틀림없이 다른 어딘가에 있을 것입니다만.」
「그대는 왕비의 몸에 손을 대려는 것인가?」
안느 왕비는 성큼 일어서서 위압하는 눈으로 법무장관을 지그시 노려 보았다.
「저는 다만 왕 폐하의 한낱 종에 불과합니다. 폐하의 명령이라면 무엇이든 실행하지 않으면 안 됩니다.」
「좋아. 그건 그렇겠지. 추기관님의 간첩은 꽤나 빈틈없이 살폈던 것 같군…… 나는 분명히 오늘 편지를 썼어요. 그리고 아직 보내진 않았고 바로 여기에 있어요.」
이렇게 말하고 왕비는 아름다운 손으로 가볍게 가슴을 눌렀다.
「그것을 꺼내 주십시오.」
「폐하에게라면 꺼내드리지요.」
「만약 폐하 자신이 받으실 생각이시라면 자신이 요청하셨을 것입니다. 되풀이 해서 여쭙겠습니다만 제가 대신 받는 소임을 명령 받았기 때문에 만약 건네주시지 않을 경우에는……」
「그런 경우에는?」
「어떻게 해서든 받아 가지고 가는 것이 저의 소임이라서……」
「뭐라고, 그건 무슨 뜻인가?」
「즉 저의 임무를 수행하겠습니다. 왕비님의 몸에서 직접 그 편지를 찾는 권한도 부여받고 있는 터이니까요.」
「원, 지금 무슨 말을 하는 건가!」

16. 법무장관 세기외는 전에 했던 것처럼 종을 치려고 끈을 찾았다   239

「그러하오니 부디 평온한 방법을 택해 주셨으면 합니다.」
「그것은 정말 불결한…… 폭력 사건이다. 알겠소?」
「어명입니다. 용서하십시오.」
「아니야, 그런 짓은 용서할 수 없다! 차라리 죽는 편이 나을 테니까!」
　왕비는 이렇게 부르짖었다. 에스파냐 인과 오스트리아 인의 과격한 피가 몸 안에서 들끓고 있었다.
　법무장관은 공손히 목례를 했다. 그러나 자신의 소임을 실행하는 것에 대해서는 한 발도 양보하지 않겠다는 자세를 보이고는 마치 고문에 착수하는 사람처럼 안느 왕비에게 다가갔다. 왕비의 눈에서는 분한 눈물이 뚝뚝 떨어지고 있었다.
　왕비는 누차 말한 바와 같이 매우 아름다운 부인이었다. 그래서 이러한 소임은 아주 미묘한 것이라고 할 수 있었다. 왕이 이런 일을 타인에게 분부한 것은 버킹검 공에 대한 질투 때문에 다른 모든 타인에 대한 질투를 잊었던 것이라고 할 수 있었다.
　어쩌면 세기외는 이때 눈으로 지난 날 자신이 울렸던 종의 끈을 찾았을지 모르지만 볼 수 없었기 때문에 과감하게 좀전에 왕비가 편지는 여기에 있다고 자백한 바로 그곳에다 손을 뻗었다.
　그러자 안느 왕비는 한 발 뒤로 물러섰다. 이제 곧 숨을 거두려는 사람처럼 얼굴이 창백했다. 그리고 왼손으로 뒤에 있는 탁자를 짚어 몸을 받치고는 오른손으로 가슴에서 종이 쪽지를 꺼내어 그것을 법무장관에게 내밀었다.
「자, 이것이…… 편지요.」
　왕비의 음성은 가닥가닥 끊어졌고 굳어 있었다.
「이것을 가지고 어서 그 보기 싫은 모습을 보지 않게 해 다오.」
　법무장관 역시 흥분으로 몸을 떨면서 편지를 받고는 머리가 땅에 닿을 정도로 깊은 인사를 드린 다음 밖으로 나갔다.
　문이 닫히는 순간 왕비는 기절한 사람처럼 시녀들의 팔 속에 쓰러지고 말았다.

법무장관은 그 편지의 내용에 대해서는 전혀 알려고 하지 않고 곧바로 왕에게 가지고 갔다. 왕은 떨리는 손으로 그것을 받아들고 먼저 수취인의 이름부터 살폈으나 기재되어 있지 않았기 때문에 창백한 표정으로 천천히 개봉했다. 처음에 씌어진 몇 자를 보자 그것이 에스파냐 왕에게 보내는 것이라는걸 알고는 단숨에 읽어 내려갔다.

편지의 내용은 추기관을 처치하기 위한 자질구레한 문제였다. 왕비는 동생과 오스트리아 황제에게 끊임없이 오스트리아 왕가를 몰락시키려고 노력하고 있는 리슐리외 경의 정책에 대해 분노하고 프랑스에 대해 일부러 선전 포고를 하는 척하고는 그 강화 조건으로서 추기관을 해임할 것을 요구하는 것이 어떤가——그런 문제를 논하고 있었다. 그 편지 속에는 사랑에 관한 글자는 단 한 자도 없었다.

그것을 읽고 기분이 좋아진 왕은 추기관이 아직 궁중에 있는지 어떤지를 물었다. 아직 서재에서 폐하의 명령을 기다리고 있다는 대답이었다.

왕은 그 말을 듣고 당장 그곳으로 가서는

「그래, 추기관! 그대의 말이 옳았어. 나는 오해하고 있었던 거지. 내용은 오로지 정치적인 것이었고 이 편지에는 조금도 사랑에 관한 것은 씌어 있지 않았어. 그 대신—— 그대에 관해서는 굉장히 많이 써 있더군.」

추기관은 그 편지를 받아 찬찬히 읽고 또 되풀이해서 읽었다.

「이대로입니다. 저의 적은 이렇게까지 온갖 수단을 강구하고 있으니까요. 만약 폐하께서 저를 해임시키지 않으시면 이들 두 나라는 조만간 싸움을 걸어올 것입니다. 제가 폐하의 입장에 있다고 하더라도 그런 강국의 위력에는 따를 수밖에 없는 것으로 생각됩니다. 게다가 저 역시 현직에서 물러나는 것이 옳다고 평소에도 생각하고 있었기 때문에…….」

「무슨 소릴 하는 거야?」

16. 법무장관 세기외는 전에 했던 것처럼 종을 치려고 끈을 찾았다

「이런 적과 싸운다거나 과격한 직무에 매달려 있으면 더욱더 건강을 해칠 뿐이지요. 그리고 이번의 라 로셀 전쟁에서는 도저히 피로를 감당할 수 없을 것이라 생각하고 있습니다. 콩데 공이라든가 바송피에르 경이라든가 그러한 유능한 인물을 대신 임명하시는 편이 이로울 것입니다. 그 사람들이야말로 전쟁을 승리로 이끌 수 있는 능력을 가지고 있으니까요. 저같이 원래 사제의 몸으로서 조금도 재능이 없는 분야의 일에만 몰두하고 애석하게도 천직을 등한히 하고 있는 것과는 다릅니다. 그렇게 하시는 편이 폐하는 물론 국내의 화평도 유지하실 수 있고, 국외에 대해서도 더욱 위신을 떨칠 수 있을 것이기 때문에 그야말로 일거양득인 것이지요.」

「아니, 그대의 심정은 알고도 남음이 있지만 걱정할 것은 없다. 이 편지 속에 있는 사람은 모두 벌할 작정이다. 왕비라 해서 다를 것이 없으니까.」

「무슨 말씀을 그렇게 하십니까? 그런 일로 왕비님으로부터 원망을 듣게 된다면 큰일입니다. 폐하께서는 제가 언제나 그분의 편이라고 질책하십니다만, 왕비님 편에서는 언제나 저를 미운 놈으로 생각하고 계시니까요. 만약 왕비님이 폐하의 명예를 손상시키는 행위를 하신다면 그때는 제가 솔선해서 깨끗이 처단하시도록 진언하겠습니다.『폐하! 용서하지 마십시오.』라고 말입니다. 그러나 지금으로서는 다행하게도 그러한 걱정은 없는 것입니다. 폐하 자신이 똑똑히 그 증거를 보셨으니 말입니다.」

「그건 그렇다. 그대가 하는 말은 언제나 모두 옳아. 그러나 왕비에 대해 내가 분노하고 있는 것에는 조금도 변함이 없다.」

「폐하야말로 왕비님으로부터 원망을 듣고 계십니다. 어떻게 분노하시든 무리한 것은 아니겠지요. 폐하는 그렇듯 가혹한 수단을 취하셨으니까요.」

「나는 언제나 나의 적에 대해서는 그렇게 해 줄 작정이다. 그대의 적에 대해서도 말이지. 제아무리 신분이 높은 사람일지라도, 그로 인해 어떤 위험을 받는다 해도 상관없다.」

「왕비님은 저의 적입니다만 폐하에게는 그렇지 않습니다. 그렇지 않다기보다 매우 정숙하신, 한 점 부족함이 없는 배우자이십니다. 부디 저의 주선으로 화해해 주십시오.」

「그건 왕비 쪽에서 먼저 사과한다면 그렇게 해도 좋다!」

「아닙니다. 그래서는 안 됩니다. 폐하께서 모범을 보여 주셔야 합니다. 부당하게 의심하신 것은 폐하 쪽이었으니까요. 그것은 나쁜 일입니다.」

「나에게 사과하라고…… 그건 절대로 할 수 없다.」

「제발, 부탁입니다.」

「그럼, 어떤 식으로 화해를 하라는 것인가?」

「왕비님이 기뻐하실 것은 무어든 하십시오.」

「어떤 일을?」

「무도회를 여십시오. 왕비님이 무도회를 좋아하신다는 것을 아시고 계시지 않습니까? 그와 같은 위안을 베풀어 드리면 그분의 원망도 결코 오래 지속되는 않을 테니까요.」

「하지만 추기관! 내가 그런 놀이 따위는 일체 싫어한다는 것을 알고 있겠지?」

「바로 그 점입니다. 폐하께서 싫어하시니까 그만큼 왕비님께서 기쁘게 생각하실 것이 아니겠습니까. 그리고 언젠가 폐하께서 왕비님의 탄신일에 선물로 주셨던 다이아몬드의 장식용 끈을 몸에 달 수 있는 좋은 기회이기도 할 것입니다. 지금까지는 그것을 달아 볼 기회가 한 번도 없었으니까요.」

「그럼, 그 문제는 생각해 보기로 하겠다.」

왕은 왕비의 죄가 자신과는 아무 상관도 없다는 것이 밝혀졌고 가장 두렵게 생각했던 것에 대한 의심도 완전히 풀린 것이 적잖이 기뻤기 때문에 왕비와 화해한다는 것이 싫지는 않은 것 같았다.

「하지만, 확실히 그대는 지나치게 관대한 것 같군.」

「준엄한 것은 장관에게 맡기시는 것이 좋습니다. 관대하다는 것은 왕자의 덕이니까 그것을 행사하시는 것이 좋습니다. 그렇게 하시는

16. 법무장관 세기외는 전에 했던 것처럼 종을 치려고 끈을 찾았다

편이 폐하에게도 이로운 것이지요.」

이렇게 말하고는 추기관은 시계가 11시를 치는 소리를 듣고 물러가는 인사를 했다. 부디 왕비와 화해할 것을 다시 한 번 권하면서.

왕비는 편지 사건이 있은 후 엄한 문책이 있을 것으로 예상하고 있었으나 다음날 왕 쪽에서 화해할 것을 바라는 태도를 보였기 때문에 도리어 이상하게 생각했다. 그래서 처음에는 거부하려고 했다. 여자의 긍지와 왕비의 품위가 손상된 이상 그렇게 쉽사리 화해할 수 없는 일이기 때문이었다. 그러나 주위에 있는 시녀들의 권고에 따라 그 일은 잊은 것처럼 가장하기로 했다. 이러한 계기를 이용해서 왕은 가까운 날에 야회를 개최할 생각이라고 했다.

불행한 왕비에게는 그러한 잔치가 결코 흔한 것이 아니었기 때문에 추기관의 예상대로 마음 속은 어찌되었든간에 얼굴에서는 원한의 그림자가 말끔히 가시게 되었다. 왕비는 언제 그런 잔치를 베풀 예정인가고 물었다. 그러자 왕은 추기관과 충분히 상의하지 않으면 안 된다고 대답했다.

사실 왕은 매일과 같이 추기관에게 의향을 물었으나 추기관은 으레 무언가 구실을 만들어 연기하고 있었다.

이렇게 해서 10일 정도가 지나갔다.

이런 사건이 발생하고나서 8일째 되던 날 추기관은 런던의 소인으로 된 한 통의 편지를 받았다. 이 편지에는 다음과 같은 간단한 내용이 기재되어 있었다.

『그것을 손에 넣었습니다. 그러나 런던을 출발하는 것은 여비 부족으로 불가능합니다. 오백 피스톨을 송금해 주시기 바랍니다. 돈을 받은 사, 오 일 후에는 파리에 도착하게 될 것입니다.』

이 편지를 추기관이 받은 날 왕은 또 그 무도회 문제를 상의했다. 리슐리외는 손가락을 꼽으면서 중얼댔다.

『돈을 받고나서 사, 오 일 후에는 도착한다고 했다. 돈이 그곳에 도착하는 데 역시 사, 오 일은 소요된다.그렇다면 이곳으로 돌아오는 데 필요한 사, 오 일을 합하면 십 일이다.게다가 풍향 문제와 여자의 여행 등을 감안하면 십이 일 정도면 되겠군.』

「어떤가, 추기관! 생각은 결정되었나?」하고 왕이 말했다.

「네. 오늘은 구월 이십 일입니다. 시월 삼 일을 시청 쪽에서 축제일로 한다고 했으니까 그 날이라면 좋을 것입니다. 왕비님을 위해 특별히 선심을 쓰시는 것처럼 보이지 않을 테니까요.」

추기관은 이렇게 말하고는 덧붙였다.

「왕비님에게 그 야회에서는 다이아몬드의 장식용 끈을 달고 있는 모습을 보시고 싶다는 말씀을 꼭 잊지 마시고 하셔야 합니다.」

17. 보나슈의 집

 리슐리외가 다이아몬드의 장식용 끈에 대한 이야기를 한 것은 이것으로 두 번째였기 때문에 루이 13세는 약간 이상한 느낌이 들었으며 여기에는 반드시 무슨 곡절이 있지 않을까 생각했다.
 현대의 경찰과는 비교할 수 없다고 하더라도 당시로서는 매우 훌륭한 조직망을 가지고 있던 추기관은 왕의 부부 생활 문제에 대해서도 왕 자신보다 사정에 밝았기 때문에 왕은 머리를 들 수 없는 경우가 결코 한, 두 번이 아니었다. 그래서 이번에는 자신이 한번 왕비와의 대화를 통해 무엇인가 새로운 비밀을 캐내어 추기관에게 말해 주는 것이 어떨까 생각했다. 막상 그것을 추기관이 알고 있는 것이든 모르는 것이든 그것은 상관이 없다. 어떻든 자신의 견식을 높이는 데 도움이 될 것이 아니겠는가? 왕은 그런 생각이 들었던 것이다.
 그래서 왕은 왕비가 있는 곳으로 갔다. 항용 그렇게 했듯 왕은 왕비의 측근자들에게 듣기 싫은 말을 던지면서 왕비 곁으로 다가 갔다. 그러자 안느 왕비는 얼굴을 떨구고 언젠가는 끝날 때가 있겠지 하는 모습으로 왕의 그런 말을 흘려 버리고 있었다. 그러나 오늘의 루이 13세에게는 딴 뱃심이 있었다. 입씨름을 벌이고 거기에서 무슨 단서를 잡자는 야심이었다. 왠지 추기관이 무언가 일을 꾸미고 있는 것만 같고, 항상 그렇게 해 왔듯이 이번에도 생각지 않은 연극을 혼자서 계획하고 있다——이런 생각이 들자 견딜 수 없었기 때문이었다. 그래서 끝까지 듣기 싫어하는 말을 지껄여 목적을 달성하려고 했다.

「그런데 도대체 저에게 무슨 불만이 있는 것입니까? 분명히 말씀하시진 않으셨잖아요.」 하고 왕비는 이유도 없는 잔소리가 지겨운 나머지 이렇게 말했다.

「도대체 제가 어떤 나쁜 짓을 했을까요? 어떤 죄를 범했나요? 제가 오빠에게 썼던 편지 문제로 이렇듯 허풍을 떨어 말씀하신다는 것은 지나쳐도 한참 지나친 것입니다.」

이렇게 왕비가 딱 잘라 말하는 것을 보자 왕은 그만 말문이 막히고 말았다. 그래서 왕은 지금이 추기관이 충고한 것을 말하기에 가장 좋은 기회라고 생각했다.

「이제 곧 시청에서 무도회가 있소. 시청 직원에게 경의를 표하기 위해 그 날 당신은 정장을 하고 나왔으면 하오. 그리고 당신 생일에 내가 선물한 다이아몬드 장식용 끈을 꼭 달고 나오길 바라오…… 이것이 나의 대답인 것이오.」

그 대답은——실로 무서운 효과가 있었다. 안느 왕비는 왕이 하나에서 열까지 모두 알고 있는 것으로 생각했다. 요 7, 8일 동안 잠자코 있었던 것은 추기관의 지시였을 것이라고 짐작했다. 그러자 얼굴빛은 삽시간에 창백해졌고 작은 탁자 끝에 그 아름다운——이 때는 정말로 납세공처럼 투명한 손을 얹고 잔뜩 겁먹은 눈초리로 왕의 얼굴을 지켜보았는데 입은 완전히 굳어져 있는 것 같았다.

「아셨지요?」

왕은 그 까닭은 몰랐으나 왕비의 당황해 하는 모습을 마음껏 즐기고 있었다.

「들었지요?」

「네, 알고…… 있습니다.」

왕비는 입 속으로 이렇게 말했다.

「무도회에는 나갈 수 있겠지요?」
「네.」
「그 장식용 끈을 달고?」
「네.」
이렇게 대답하는 왕비의 핏기가 가신 얼굴은 더욱더 파랗게 변했고, 그것을 의식한 왕은 타고난 냉혹성으로 빙긋이 웃고 있었다.
「그럼 약속한 거요. 내가 하고 싶은 말은 이것뿐이요.」
「…… 그 무도회는 어느 날인가요?」
이렇게 묻는 왕비의 음성이 모기소리만큼이나 가늘었기 때문에 루이 13세는 분명히 말하지 않는 편이 좋을 것으로 직감했다.
「그건…… 아주 가까운 날에 있을 예정인데 어느 날이었는지 깜박 잊었군. 곧 추기관에게 물어 보기로 하지.」
「그럼 그 무도회를 계획한 것도 추기관님이었군요.」하고 왕비는 다소 날카로운 음성으로 말했다.
「그렇소. 하지만 그것이 어떻다는 거요?」
왕은 놀란 듯이 반문했다.
「내가 장식용 끈을 달도록…… 한 것도 그분이었나요?」
「즉…….」
「아니예요. 그분이 한 짓임에 틀림없어요.」
「홍! 그 사람이든 나든 그게 무슨 상관이겠소. 그렇게 하도록 권했다는 것에 무슨 나쁜 이유라도 있다는 거요?」
「아닙니다.」
「그럼 됐소. 나는 기대하고 있을 테니까.」
왕은 입구 쪽으로 걸어가면서 이렇게 말했다.
왕비는 허리를 굽혀 목례를 했지만 그것은 예의상 그렇게 했다기보다 무릎이 흔들렸기 때문이었다.
왕은 매우 기분좋은 마음으로 나갔다.
『아, 나는 이제 만사가 틀렸다. 추기관에게는 모두 탄로가 난 거다. 폐하는 아직 모르지만 불원간 아시게 될 것이다. 이젠 글렀다. 아,

어떻게 하면 좋지?』

　왕비는 방석 위에서 무릎을 꿇고 사뭇 떨리는 두 팔로 얼굴을 받치고는 기도를 드렸다.

　완전히 궁지에 몰려 버린 꼴이다. 버킹검 공은 이미 런던으로 돌아가 버렸고 슈블즈 부인도 츨로 돌아갔지 않았는가. 더구나 시녀 중의 한 사람, 그가 누구인지 잘은 알 수 없으나 배신자가 있다는 것을 왕비는 어렴풋이 느낄 수 있었다. 라폴트는 루브르 궁에서 한 발도 밖에 나갈 수도 없는 사람이다. 그렇다면 누구 하나 왕비가 믿을 수 있는 사람은 없는 것이다.

　의지할 데가 하나도 없는 막막한 기분으로 왕비는 흐느끼고 있었다.

　「제가 왕비님을 도와 드릴 수는 없는 것입니까?」

　그때 상냥한, 동정심으로 가득한 목소리가 왕비의 귀에 들려 왔다.

　왕비는 번쩍 정신이 들어 돌아보았다. 그 음성은 얼핏 들은 것만으로도 적의 첩자가 아닌 것임을 직감할 수 있었다.

　거실의 입구 쪽 한 구석에 아름다운 보나슈 부인의 얼굴이 보였다. 왕이 들어왔을 때 왕비의 의상과 속옷 등을 정돈하던 참이라서 미처 밖으로 나갈 수 없었던 그녀는 아까부터의 대화를 모두 엿들었던 것이다.

　왕비는 때가 때인지라 처음에는 라폴트의 천거로 시중들게 된 시녀라는 것도 모르고 소리를 지르고 말았다.

　「걱정하지 마옵소서, 왕비님!」하고 젊은 시녀는 여주인의 불행에 대해 자신도 동정의 눈물을 흘리면서 두 손을 안타까운 듯 꼭 쥐고 있었다.

　「아무리 왕비님의 곁에서 멀리 떨어져 있어도, 그리고 아무리 비천한 신분일지라도 저는 왕비님에게 몸과 마음을 바치고 있습니다. 왕비님의 어려움을 어떻게든 구해 드릴 방법이 있는 것으로 생각했기에……」

　「어쩜, 네가 어떻게 그런 일을! 얼굴을 이쪽으로 돌려보렴. 나는 주변에 있는 자들에게 배신만 당하고 있는 터라서…… 너에게도 마음을 놓을 수 있을지 모르겠구나.」
「아, 왕비님! 왕비님을 위해서라면 언제 죽더라도 좋은 사람입니다.」
이 말은 마음 속 깊은 데서 우러나온 것이었기 때문에 최초의 말과 마찬가지로 이제 그 진의를 의심할 여지가 없었다.
「그러하옵니다. 이곳에는 배신자가 많이 있습니다. 하지만 저만은…… 성모의 이름에 맹세하옵고 이 몸처럼 왕비님의 편인 사람은 없습니다. 저, 아까 폐하가 말씀하신 장식용 끈은 버킹검 공에게 드리셨겠지요? 그분께서 가지고 가신 작은 상자 속에 들어 있었던 것이겠지요. 제가 잘못 생각했는지 모르겠습니다만. 왕비님! 분명 그러시겠지요?」
「어쩜, 너는 무슨 말을!」
왕비는 너무나 무서운 나머지 이까지 덜덜 떨었다.
「알았습니다. 그 장식용 끈을 기필코 되찾지 않으면 아니 됩니다.」
「그건 그렇다 치고…… 어떻게 그것을 회수할 수 있겠느냐?」
「누군가를 공작님에게 보내시면 되는 것입니다.」
「하지만, 누구를? 누구에게 그런 일을 부탁할 수 있다는 거냐?」
「저에게 맡겨 주십시오. 계략을 세우도록 해 주십시오. 그 사자는 제가 꼭 발견하겠습니다.」
「그래도 편지를 쓰지 않으면…….」
「그렇습니다. 그것을 부탁하지 않으면 안 됩니다. 왕비님의 친필로 한 말씀. 그리고 왕비님의 서명도…….」
「그 한 마디가 만약에 발각된다면 그땐 파멸이다. 이혼하든가 국외로 추방되든가…….」
「네, 만약 적의 손에 빼앗긴다면…… 그러나 그 편지는 반드시 안전하게 전해지도록 하겠습니다.」
「그렇다면 나의 목숨과 명예가 모두 네 손에 달려 있게 되는 셈이구나.」

「그렇습니다. 왕비님께 해가 가지 않도록 반드시 제가 지켜 드리겠습니다.」
「그렇다면 그 방법이라는 것이 무엇인지 말해 줄 수 있겠느냐?」
「제 남편이 이,삼 일 전에 용서를 받고 집에 돌아왔습니다. 아직은 시간이 없어 만나지 못하고 있습니다만, 그 사람은 정직하고 고지식한 자로서 적이나 편이 없는 사람입니다. 제 부탁은 반드시 들어 줄 것으로 생각합니다. 저의 부탁을 듣고 그는 무슨 용무인지도 모른 채 그곳에 가서 왕비님의 편지를 그분에게 전해 줄 것으로 생각합니다.」

그러자 왕비는 젊은 시녀의 두 손을 힘껏 쥐고는 그녀의 마음 속까지 꿰뚫어 보려고 지그시 얼굴을 바라보았다. 그 아름다운 눈이 오직 순진한 성실성만으로 빛나고 있는 것을 확인하고는 상냥하게 입을 맞추었다.

「그럼, 그렇게 해다오. 그것이 나의 목숨과 명예를 구할 수 있는 마지막 방법이니까.」
「이제 그런 말씀은 하지 마십시오. 기쁜 마음으로 하는 사소한 봉사입니다. 왕비님은 심지가 고약한 사람들 때문에 고통을 받고 계실 뿐이시고, 또 그것은 제가 구해 드린다고 할 수 있는 것이 아니니까요.」
「그래, 그대로야. 너의 말대로인 거야.」
「그럼, 어서 편지를 써 주십시오. 한시도 지체해선 아니 됩니다.」

왕비는 글을 쓸 채비를 하고 그대로 책상으로 달려가서 두 줄 정도의 편지를 쓴 다음 자신의 사인으로 봉하고 나서 보나슈 부인의 손에 건네주었다.

「가만, 잊었던 것이 있었구나.」
「무엇입니까?」
「돈…….」

보나슈 부인은 돈이란 말을 듣고 얼굴을 붉혔다.
「그렇습니다. 사실을 말씀드리면 남편은…….」

17. 보나슈의 집

「그다지 돈이 없다는 말을 하고 싶은 거지?」
「아닙니다. 가지고 있기는 합니다만 워낙 구두쇠라서. 그것이 그 사람의 결점이랍니다. 그래도 걱정마십시오. 어떻게든 마련을 하고…….」
「실은 나도 가지고 있는 것은 아니야(모트빌 부인의 비망록〔모트빌 부인은 17세기의 궁중 여성 중에서도 가장 현명한 재녀로서 안 도트리슈 왕비의 시중을 들었으며 훌륭한 조언자였다. 왕비의 사후 은퇴하여 비망록을 저술했다.〕을 읽은 사람이라면 이 대답에 대해 이상하게 생각지 않을 것이다). 하지만 약간은 가지고 가 다오.」
안느 왕비는 보석상자를 가지고 오더니
「자, 이 반지는 굉장히 비싼 것인 듯하니까. 나의 오빠인 에스파냐 왕으로부터 받은 거야. 이것은 내 것이니까 어떻게 하든 상관없겠지. 이것을 가지고 가서 돈으로 바꾸어 그대의 남편을 떠나게 해 다오.」
「한 시간 후에는 꼭 그렇게 하도록 하겠습니다.」
「수취인의 이름은 잘 보았겠지. (왕비의 음성은 들리지 않을 정도로 낮았다.) 런던, 버킹검 공…….」
「틀림없이 전해 드리겠습니다.」
「용감하고 착한 사람, 정말.」
왕비의 입에서는 이런 말이 새어나왔다.
보나슈 부인은 왕비의 손에 입을 맞춘 다음 편지를 속옷에다 간직하고는 참새처럼 날렵한 몸짓으로 사라졌다.
10분 후에 그녀는 집에 돌아와 있었다. 왕비에게 말한 대로 석방된 남편과는 아직 만나지 못하고 있었다. 그래서 추기관에 대한 남편의 태도가 어떻게 달라졌는지도 몰랐다. 그가 석방된 후 로슈폴 백작이 두, 세 번 찾아와서 완전히 친해졌고 보나슈의 사고를 일변시켜 버렸다는 것도 알 까닭이 없었다. 처를 한때 유괴한 것은 결코 악의가 있어 그런 것이 아니라고 순전히 정치적인 필요에 의해 했던 것에 불과한 것이라고 그 점에 대해서도 어렵잖게 납득시키고 있었다.
보나슈가 집에 돌아와 보니 가구는 거의 모두 파괴되었고 찬장은 텅 비어 있었다. 솔로몬 왕도 지나간 후에 흔적을 남기지 않는 세 가지 중에서 법을 들지는 않았다. 식모는 주인이 체포되자 도망쳐 버렸다. 가엾게도 이 소녀는 넋이 빠졌고 파리에서 고향인 부르고뉴까지 걸어서 돌아갔던 것이다.

고지식한 잡화상인은 집에 돌아오자 자신의 석방 소식을 듣고 냉큼 아내에게 알렸다. 아내로서는 그것이 천만 다행한 일이었다. 그래서 짬이 생기는 대로 즉시 돌아가겠다는 답을 해왔다.

아내에게 짬이 생긴 것은 그로부터 5일 후의 일이었다. 여느때 같았으면 지루하게 생각되었겠지만 추기관을 만나기도 하고 로슈폴이 찾아오기도 하고 해서 지금의 보나슈에게는 이것저것 생각해야 할 일들이 많았다. 그리고 사실 여러 가지 것을 생각할 때에는 시간이 가는 것도 여간 빠르지 않았다.

더구나 보나슈가 생각해야 할 것은 모두가 좋은 일뿐이었다. 로슈폴은 친한 친구처럼 대해 주었고, 추기관의 관심도 대단한 것이라고 추켜세웠다. 잡화상인은 이제 곧 출세의 문이 활짝 열릴 것만 같았기 때문에 기분이 여간 들떠 있지 않았다.

한편, 보나슈 부인에게도 고민이 없지 않았다. 하긴 그것은 출세와는 거리가 멀었다. 본의는 아니나 자꾸만 마음이, 미남인데다 용감하고, 흠뻑 사랑에 빠진 것 같은 청년에게 달려가는 것이었다. 열여덟 살 때 보나슈에게 시집왔었고 그 이후로는 줄곧 사랑 같은 기분을 일순간일지라도 느끼게 할 수 없는 남편의 친구들에게만 둘러싸여 살아온, 신분에 비해 심지가 고상하게 타고난 이 젊은 여인은 주위의 속된 유혹 따위에는 전혀 눈길도 주지 않고 지금까지 살아 왔었다. 그러한 보나슈 부인이기는 했으나 딴은 이 시대에 귀족이라는 칭호는 서민들에 대해 그 위력이 대단했던 것이다. 그리고 다르타냥은 그러한 귀족이었다. 게다가 경호사의 제복까지 입고 있다. 이것은 총사의 제복 다음으로 부인들에게 매력이 있었던 것이다. 또 거기에다 몇 번이고 반복해서 말하는 것 같지만 이 청년은 미남이었고 신선했으며 모험을 즐겼다. 사랑을 말할 때에는 완전히 사랑에 빠져 버린 사람, 사랑을 받고 싶은 갈증으로 몸을 태우고 있는 사람처럼 말하는 젊은이였다. 이 정도의 조건이라면 스물세 살 여인의 머리를 멍하게 하는 데 충분한, 아니 그 이상인 것이 있다고 해도 결코 과언은 아니다. 보나슈 부인은 이제 바야흐로 인생의 꽃이라고도 할 수 있는 나이가 되고 있었던 것이다.

이들 부부는 8일 이상이나 만나지 않았지만 그 사이에 일어난 각자의 중대한 사건이 있던 터라서 그다지 마음을 활짝 열고 접근할 수가 없었다. 그래도 보나슈는 매우 반가워 하는 표정으로 두 팔을 벌리고는 아내 쪽으로 다가갔다.

부인은 이마를 내밀었을 뿐 곧

「잠시 할 이야기가 있어요.」하고 딱딱하게 말했다.

「뭐라고?」

보나슈는 뜻밖이라는 표정을 지었다.

「네, 그래요. 잠시 진지하게 의논할 이야기가 있어요.」

「그래? 실은 나도 약간 중요한 일에 대해 당신에게 듣고 싶은 것이 있다구. 첫째 당신이 납치되었을 때의 상황에 대해 말해 주지 않겠나?」

「그런 이야기를 할 때가 아니예요. 지금은.」

「그렇다면 무슨 일이야. 내가 체포되었던 이야기야?」

「그 이야긴 그 날 모두 들었으니까요. 하지만 당신은 조금도 잘못한 게 없고, 정치적인 일에 관여한 적도 없었고, 말려들 만한 일을 한 적도 없었기 때문에 난 그런 문제는 그다지 마음쓰지도 않았던 거예요.」

「마음 편한 말을 하고 있군…….」

보나슈는 아내가 냉담한 것에 대해 불끈 화가 치밀었다. 그래서 그는 이렇게 말했다.

「당신은 내가 바스티유 감옥의 지하 감방에 하루의 낮과 밤을 갇혀 있었던 것을 알고 있소?」

「하루의 낮과 밤은 곧 지나가는 거예요. 그 이야기는 다음으로 미루고 내가 왜 돌아왔는지 그 이유부터 말하겠어요.」
「뭣이, 돌아온 이유라고 ? 그것은 한 주 동안이나 만나지 못했던 남편의 얼굴이 보고 싶어서가 아니었소 ?」
잡화상인은 더욱더 자존심이 상했다.
「그건 그래요. 하지만 또 다른 이유가 있어요.」
「그 이유가 뭔지 말해 보라구.」
「그것은 말예요. 아주 중대한 일이에요. 우리들의 운수도 그에 따라 결정될 만큼 말예요.」
「우리의 운수라고 말한다면 당신이 집에 없는 동안에 전과는 굉장히 달라진 거라고. 이제 이, 삼 개월 후에는 우리도 모두가 부러워할 신분이 될지도 모르니까 말요.」
「네. 내가 지금부터 부탁하는 것을 들어 준다면 더욱더 그렇게 될지도 모르지요.」
「부탁 ?」
「네, 그래요. 당신에게 부탁하는 거예요. 옳은, 도리에 맞는 일을 해 주었으면 해요. 그리고 돈도 듬뿍 받게 될 테니까.」
보나슈 부인은 돈에 대해 이야기를 하는 것이 남편의 급소를 찌른다는 것을 잘 알고 있었다.
그러나 막상 상대가 잡화상인일지라도 리슐리외 추기관과 만나 10분만 이야기하고 온 사나이라면 누구나 변신해 버리게 마련이었다.
「돈이 듬뿍 들어온다고 ?」
보나슈는 입술을 뽀죽하게 하면서 말했다.
「네, 듬뿍 !」
「도대체 어느 정도 ?」
「글쎄, 천 피스톨 정도일까 ?」
「그렇다면 그 일이란 매우 중대한 것이겠군 ?」
「그래요.」
「무슨 일인데 ?」

「지금부터 곧 떠나 주었으면 해요. 내가 어떤 서장을 드릴 테니까요. 그것을 어떤 일이 있더라도 간직하고 있어야 해요. 그리고 그쪽에 반드시 직접 건네주어야 하는 거예요.」

「한데, 가는 곳은?」

「런던……」

「야, 이 내가 런던에? 농담말라고. 놀리지 말라고. 난 런던 같은 데 일은 없으니까.」

「하지만 당신이 그곳에 가 주었으면 하는 사람이 있거든요.」

「그 사람이 도대체 누구야? 확실히 밝혀 두지만 나는 이제부터는 눈을 가린 채 하는 것이라면 아무것도 하지 않을 거야. 나에게 부탁한 일이 무엇인가 하는 것만이 아니고 누구를 위한 것인가, 하나하나 확인할 작정이니까.」

「어느 지체가 높은 분이 당신을 사자로 쓰시는 거예요. 그리고 저쪽에 있는 분도 역시 지체가 높은 분이지요. 보상은 상상 이상이라는 것. 이 이상은 나로선 이야기할 수가 없어요.」

「그것은 틀림없이 음모의 계략인 거야. 항상 그 따위 일뿐이지. 아니 이젠 지긋지긋해. 나는 바보처럼 그 따위 음모에 말려들진 않을 거야. 추기관님이 그런 계략을 모두 가르쳐 주셨으니까 말야.」

「넷? 추기관! 당신은 추기관님을 만나고 왔나요?」

「저쪽에서 부르셨던 거야.」 하고 잡화상인은 콧대를 세워 대답했다.

「그럼, 당신은 부른다고 해서 어슬렁어슬렁 나갔던 거군요. 구멍이 뚫린 사람이니까.」

「나간다거나 나가지 않는다거나 제 마음대로 할 수도 없는 게 아닌가. 경호사에게 끌려 갔으니까. 솔직히 말해서 그때는 아직 추기관이 어떤 사람인지 나는 몰랐으니까 나가지 않았더라면 그보다 다행한 것은 없었다고 내심으론 생각하기도 했지만.」

「그래서 가혹한 짓을 당하셨죠? 무서운 말을 실컷 지껄이진 않던가요?」

「나에게 손을 내밀고는 『친한 친구여』라고 하셨지. 알겠소, 부인！ 나는 저 위대한 추기관님의 『친한 친구』인 거요.」
「위대한 추기관님이라고？」
「그렇게 말해선 안 된다는 거요？」
「아니에요. 그런 것은 아니구요. 하지만 그 따위 재상이란 분의 후원은 영속성이 없으니까 그런 사람의 편이 되는 것은 사려나 분별이 없는 짓이라고 생각해요. 그분보다도 위의 권세라는 것이 엄연히 있으니까요. 더욱 확실하고 그때그때의 형편에 따르는 것이 아닌 후원이 말예요. 그러한 힘에게 편을 들어야 하는 거예요.」
「유감스럽게도 나는 내가 현재 봉사하고 있는 위대한 분 외에 그러한 권세나 힘이 있는 분은 없다고 생각해.」
「당신은 추기관님에게 봉사하고 계신가요？」
「그렇지！ 그분의 신하로서 나는 당신이 말요, 국가의 치안을 방해하는 음모에 가담한다거나 프랑스 인이 아닌, 에스파냐 인의 마음을 가진 부인에게 시중드는 것도 앞으로는 용서할 수 없단 말요. 저 위대한 추기관님이 계셔서 무엇이든 꿰뚫어 보는 날카로운 눈초리로 노려 보고 있다는 것이 나라를 위해 얼마나 다행한 일이겠소.」

보나슈는 한 마디 한 마디 로슈폴 백작에게서 들은 말을 그대로 옮기고 있었다. 그러나 그의 아내는 남편을 믿고 왕비와 약속하고 온 만큼 직면한 위험을 극복할 수단이 떠오르지 않는 안타까움으로 견딜 수가 없는 심정이었다. 그러나 남편의 약점, 평소의 탐욕을 알고 있는 만큼 어떻게 해서든 목적을 관철해 보리라는 희망을 버리지는 않았다.

「어쩜, 당신은 어느 틈엔가 추기관의 편이 되셨군요. 자신의 아내를 괴롭히고 왕비님께 무례한 짓을 하는 사람들에게 봉사하고 있으면서 아무렇지도 않은 거요？」
「자기 한 사람의 이해 따위가 대중의 이해 앞에 무슨 가치가 있다는 건가. 나는 국가를 구제하려는 사람들을 위해 일하고 있는 거야.」

보나슈는 콧대를 세우고 이렇게 으시댔다.

이 말도 로슈폴 백작이 했던 말이었는데 마침 좋은 기회다 싶어 빌렸을 뿐이다.

「한데, 그 국가라는 것이 어떤 것인지, 그렇게 말하고 있는 당신 자신은 알고 있나요?」

보나슈 부인은 어깨에 힘을 주고 응수했다.

「당신 따위는 평범한 시민으로서 만족하는 것이 분수를 아는 거예요. 그리고 당장 이득이 될 만한 것이나 하면 되는 거구요.」

「무, 무어라고?」

보나슈는 둥근 손잡이가 달린 주머니를 펑펑 두드리면서 말했다. 주머니를 두드리자 짤랑짤랑 은화소리가 났다.

「그럼 당신이 말하는 것은 무슨 일인데? 설교자인 부인!」

「그 돈은 어떻게 된 거죠?」

「모르고 있었나?」

「추기관으로부터?」

「그분과, 친구인 로슈폴 백작으로부터야.」

「로슈폴! 그 사람이야. 날 납치해간 사람은!」

「그럴지도 모르지.」

「그런 사람에게서 돈을 받아도 되는 거예요?」

「그 유괴 사건은 정치적인 문제라고 당신 입으로 말하지 않았나.」

「그래요. 하지만 그것은 나에게 주인을 배신하게 하려고 그랬던 거예요. 나에게 고문을 해서라도 소중한 주인님께 불리한 무언가를 자백시키려고……」

「당신의 소중한 주인은 부정한 에스파냐 여자야. 그러니 추기관님이 그렇게 하시는 것도 지당한 거지.」

「나는 말예요. 당신이라는 사람이 비겁하고 인색하고 우둔한 사람이라는 것은 진작부터 알고 있었어요. 하지만 그렇듯 수치를 모르는 사람이라고는 생각지 못했어요!」

「무, 무엇이! 무슨 소릴 하고 있는 거요? 당신은!」
 지금까지 아내가 진지하게 화를 내는 것을 보지 못했던 보나슈는 약간 주춤거렸다.
「당신과 자리를 같이할 수 없다는 것을 말했을 뿐이에요.」
 부인은 남편이 주춤하는 기미를 보이자 계속 몰아세웠다.
「당신이야말로 음모와 같은 짓을 하고 있는 게 아녜요? 훌륭한 추기관의 끄나풀이 되었다는 것이군요. 홍! 돈에 몸과 혼을 몽땅 팔아 버린 게지. 악마에게……」
「추기관님에게 그렇게 한 거라고.」
「마찬가지예요. 리슐리외라는 자도 악마와 다를 바 없으니까요.」
「닥쳐! 조용히 하라고. 누가 듣기라도 하면 어떻게 하자는 거야.」
「그렇군요. 당신의 말 대로예요. 이렇게 비겁한 사람이 하는 말을 누가 듣는 것은 나 역시 부끄러운 일이니까.」
「한데, 도대체 나에게 무엇을 어떻게 하라는 거요?」
「좀전에 이야기했잖아요? 곧 이곳을 떠나 내가 부탁한 어떤 소임을 충실히 완수하고 오는 거예요. 그렇게 하신다면 모든 것을 잊어 드리겠어요. 용서하겠어요. 그 외에 또 있어요……」 하고 아내는 손을 내밀었다.
「자, 우리 화해하기로 해요.」
 보나슈는 겁쟁이인데다 인색하긴 했지만 아내를 사랑하고 있었다. 그래서 결국 정에 이끌리고 있었다. 쉰 살이나 된 사내가 아직 스물셋밖에 안 된 젊은 아내에게 그렇게 오랫동안 원한을 품고 있을 수는 없는 것이다. 보나슈 부인은 남편이 망설이고 있는 것을 보고는
「자, 이젠 결심하셨죠?」 하고 재촉했다.
「하지만 말야. 당신이 말하는 것에 대해 좀 생각해 보라고. 런던이라면 파리에서 결코 가까운 곳이 아니야. 무척 먼데다 부탁을 받고 가는 용무라는 것도 정녕코 위험이 없는 것은 아니지 않겠나……」

「괜찮을 거예요. 요령껏 잘 피해서 가기만 한다면.」
「아냐.」 하고 잡화상인은 대답했다.
「아냐. 그것은 깨끗이 거절하겠어. 그와 같은 음모의 심부름은 위험해서 견딜 수가 없으니까. 나는 바스티유 감옥을 보고 왔거든. 그 바스티유를 말야. 생각만 해도 몸서리가 쳐지거든. 살갗에 소름이 쭉 끼친다구. 고문하겠다는 협박을 받았지. 고문이 무엇인지 알고 있소? 뼈가 바스러질 때까지 두 다리 사이에다 몽둥이 쐐기를 찔러넣기도 하고 하는 거야. 아니, 난 않겠어. 도대체 당신 자신이 왜 가지 않는 거지? 완전히, 극히 최근까지 난 당신에 대해 착각하고 있었던 거요. 당신은 여자가 아니고 남자인 거요. 그것도 무서움을 모르는 남자란 말요.」

「그렇다면 당신은 여자인 거죠. 의지가 약하고 우둔하고 쓸모없는 여자 말예요. 그렇죠, 무서운 거죠? 그럼 좋아요. 당신이 듣지 않는다면 왕비님의 명령으로 곧 체포해서 그 무서운 바스티유 감옥에 처넣어 버리게 할 테니까요.」

그 말을 듣자 보나슈는 깊은 생각에 잠기고 말았다. 그의 머릿속에서는 추기관과 왕비의 양쪽 명령 중에서 어느 것이 무겁고 어느 것이 가벼운가를 진지하게 저울질하고 있었다. 결국 추기관 쪽의 명령이 훨씬 무겁다고 깨달은 것 같았다.

「왕비의 명령으로 체포하겠다면 체포하라지. 나는 추기관 편이 될 테니까.」

이렇게 분명히 말했다.

그 말을 듣는 순간 보나슈 부인은 자신이 한 말이 조금 지나쳤다는 것을 직감했다. 이렇게 깊이 들어간 것이 무섭기도 했다. 그래서 그녀는 남편의 우둔한 얼굴을 한동안 바라보았다. 그 얼굴은 어떤 공포심을 가진 백치의 얼굴처럼 움직일 수 없는 굳은 결심을 나타내고 있었다.

「좋아요, 그렇다면……」

그녀는 체념한 듯이 말했다.

「하긴 당신의 말이 옳을지도 몰라요. 여자보다는 남자 쪽이 역시 정치적인 문제는 잘 알고 있을 테고, 특히 당신은 추기관을 만나고 오기도 했으니까요. 하지만 내가 언제나 신뢰할 수 있다고 생각했던 남편으로부터 이렇듯 간단히, 얼핏 생각했던 것마저 들어 주지 않는 것은 가혹한 짓이라고 생각해요.」

「그 얼핏 생각했다는 것이 엄청난 결과를 불러올 것만 같기 때문이야. 그래서 섣불리 들어줄 수가 없는 거지.」

「그렇다면 이젠 이 문제는 단념하겠어요. 좋아요. 이 이야긴 그만 하기로 해요.」

젊은 아내는 한숨을 내쉬면서 이렇게 말했다.

「한데, 내가 런던에 가야 했던 그 용무란 대체 무엇인지 말해 주지 않겠소?」

보나슈는 약간 늦기는 했지만 아내의 비밀을 살펴보라는 로슈폴의 충고가 생각나서 이렇게 물었다.

「그건 당신과는 아무 관계도 없는 일이에요.」

슬금슬금 경계해야겠다는 기분이 든 아내는 갑자기 뒷걸음질치기 시작했다.

「실은 여자라면 누구나 가지고 싶어 하는, 하찮은 물건을 저쪽에 가서 사다 주었으면 했던 거예요. 그에 대한 사례는 듬뿍 준다고 해서…….」

아내가 밝히지 않으려고 하면 할수록 보나슈에게는 그 비밀이 왠지 중대한 것이라고 느껴졌다. 그렇다면 서둘러 로슈폴 백작에게 가서 왕비가 런던으로 보낼 사자를 찾고 있다는 것을 보고하지 않으면 안 된다고 생각했다.

「잠시, 난 외출해야겠소. 당신이 돌아올 줄은 모르고 친구와 만나기로 약속했거든…… 곧 돌아올거야. 만일 기다려 준다면 일이 끝나는 대로 돌아와서 루브르 궁까지 바래다 주지.」

「고마워요. 하지만 당신은 내 일을 해줄 용기도 없는 사람이니까 루브르 궁에는 혼자서 가겠어요.」

17. 보나슈의 집

「그럼 좋을 대로 하라고. 그럼 곧 또 만나게 될까?」
보나슈가 물었다.
「네, 어쩌면 내주쯤. 만일 짬이 난다면 집 안을 정돈하기 위해 오겠어요. 꽤나 난잡하게 흩어져 있으니까요.」
「좋아. 기다리기로 하지. 이젠 날 섭섭하다고는 생각지 않고 있겠지?」
「나요? 아니, 조금도.」
「그럼, 곧 또……..」
「네, 그래요.」
보나슈는 아내의 손에 입을 맞추고 허둥지둥 밖으로 나갔다.
남편이 대문을 닫고 나간 뒤 보나슈 부인은 혼자서 중얼댔다.
『정말 저 할배가 추기관 편이 된 것은 처음부터 성격에 맞았던 거야! 그것도 모르고 나는 그 불쌍한 왕비님에게 안이하게 일을 맡았고 굳은 약속까지 했으니…… 아, 어떻게 하면 좋지! 왕비님은 나를 궁중에 우글대고 있으면서 간첩의 소임을 하고 있는 야비한 여자들과 같은 한 패라고 생각하시겠지. 아, 보나슈! 나는 지금까지 당신을 별로 좋다고 느낀 적이 한 번도 없었지만 이제는 그게 아니고 진정으로 증오하게 된 거야. 기억해 두라구. 보복해 줄 테니까.』
이런 독백을 하고 있을 때 천장의 저쪽에서 똑똑똑 두드리는 소리가 들렸다. 그래서 위쪽을 바라보자 천장판자를 통해서 음성이 들려 왔다.
「보나슈 부인. 뜰 쪽에 있는 작은 문을 열어 주세요. 당신 곁으로 갈 테니까요.」

18. 애인과 남편

「아, 부인」하고 다르타냥은 젊은 보나슈의 아내가 열어 준 문을 통해 들어오면서 소리쳤다.
「실례의 말씀입니다만 당신은 불량배 남편을 가지게 되셨더군요.」
「우리들의 이야길 들으셨나요?」
보나슈 부인은 걱정이 되어 이렇게 말하면서 다르타냥의 얼굴을 바라보았다.
「완전히.」
「하지만, 왜 그런 짓을?」
「그것은 말입니다. 나밖에 알지 못하는 어떤 방법에 의해서지요. 전에도 그 방법으로 당신이 추기관측의 직원과 싸우고 있는 것을 들었습니다.」
「그래서, 우리들의 이야기를 듣고 무엇을 아시게 되셨지요?」
「많은 것들을. 첫째 당신의 남편은 이래저래 구제할 수 없는 바보라는 것. 다행입니다만. 다음은 이것은 도리어 …… 당신이 지금 어려움에 처해 있다는 것. 이것도 저로서는 매우 기쁜 일입니다. 즉 내가 당신을 위해 도와 드릴 수 있는 기회를 얻은 셈이니까요. 당신을 위해서라면 불길 속에라도 뛰어들 수 있는지 어떤지는 신께서도 아시는 것이지요. 마지막으로 왕비가 런던에 보내실 사자로서 용감하고 총명하며 성실한 인간을 찾고 계시다는 것. 한데 나는 적어도 이 세 가지 자격을 모두 갖추고 있습니다. 그렇게 생각했기 때문에 지금 이곳에 나타난 것입니다.」

이에 대해 보나슈 부인은 아무런 대답도 하지 않았다. 그러나 기쁨으로 가슴은 뛰었고 눈은 희망으로 빛나기 시작했다.

「그렇다면, 제가 이 소임을 당신께 부탁한다면 어떤 보증을 해 주시겠어요?」

「당신에 대한 나의 사랑입니다. 자, 어서 속히 말씀해 주십시오. 명령해 주세요. 무얼 꾸물대고 계십니까?」

「어떻게 하죠?」

보나슈 부인은 중얼댔다.

「이토록 중대한 일을 당신에게 털어놓아도 되는 건지. 하지만 당신은 아직 어린아이와 같은 분이라서.」

「그럼 알겠습니다. 당신은 누군가 내 보증을 서 주는 사람이 있으면 좋겠다고 생각하시는 거죠?」

「그런 사람이 있다면 어느 정도 안심할 수 있지만……」

「아토스를 알고 있습니까?」

「아니오.」

「폴토스는?」

「아니오.」

「그럼 아라미스는?」

「모릅니다. 그들은 도대체 어떤 분들이죠?」

「근위 총사들입니다. 그럼 장관인 트레빌 경이라면 알고 계시나요?」

「네, 네, 그분이라면 알고 있습니다. 직접 만나뵙진 않았습니다만 왕비님이 곧잘 그분은 매우 용기가 있고 충직한 사람이라고 말씀하시는 것을 들었습니다.」

「그분이 추기관과 통해서 당신을 배신할 것이라고 생각하십니까?」

「아니예요. 절대 그런 일은.」
「좋습니다. 그렇다면 그분에게 그 비밀을 털어놓으십시오. 그리고 그분에게, 그것이 얼마나 귀중하고 중대한 비밀인지는 모르지만 나에게 말해도 좋은가 나쁜가를 물어봐 주십시오.」
「하지만 이 비밀은 나의 비밀이 아니어서. 제 생각만으로 털어놓을 수가 없습니다.」
「당신은 그 중대한 비밀을 보나슈 씨에겐 말하려고 하더군요.」
다르타냥은 이렇게 원망스럽다는 투로 말했다.
「그것은 마치 편지를 숨기려고 했을 때 무의식 중에 나무의 구멍이나 비둘기장, 개의 목걸이 등에 눈을 돌리는 것과 같은 것이었으니까요.」
「이 나는 당신을 사랑하고 있는 게 아닙니까?」
「그렇게 자신은 말씀하고 계시지만……」
「나는 이름을 중히 여기는 무사입니다.」
「그건 알고 있어요.」
「용기도 있고.」
「네, 그것도 똑똑히 보고 알고 있어요.」
「그렇다면 나를 시험해 보십시오.」
그래도 보나슈 부인은 주저하는 마음을 완전히 버리지 못한 채 지그시 젊은이의 얼굴을 바라보았다. 그의 눈 속에는 정열의 불꽃이 활활 타고 있었고 음성에는 상대를 믿지 않고는 배길 수 없는 박력이 넘쳐 있었기 때문에 지금 당장이라도 그에게 모든 것을 맡기고 의지하려는 기분이 될 것만 같았다. 더구나 지금 자신의 처지가 성공하느냐 실패하느냐의 기로에서 기필코 운명을 시험해야 할 막다른 골목에 몰리고 있는 판이 아닌가. 비밀을 조심성 없이 누설하는 것은 틀림없이 왕비를 위태롭게 하겠지만, 지나치게 조심하는 것도 같은 결과를 초래할 수 있지 않겠는가? 그리고 솔직히 말해서 이 젊은 의협심이 강한 청년에 대해 느끼기 시작하고 있던 어떤 야릇한 기분에 이끌려 그녀는 마침내 털어놓기로 결심했다.

「그렇다면 잘 들어 주세요. 당신의 열성에 결국 제가 지고 말았어요. 하지만 이것을 지켜보고 계시는 천주님께 나는 맹세합니다. 만일 당신이 배신한다면 설사 적의 손을 피한다 해도 나는 반드시 자살하고 맙니다. 죽는 순간 당신을 실컷 저주하면서……」

「나도 맹세하겠습니다. 만일 내가 그 사명을 수행하는 과정에서 적에게 붙들린다면 그로 인해 누구에게 누를 끼치는 말을 한다거나 하기 전에 반드시 자결해 버리겠습니다.」

그래서 젊은 여인은 이미 퐁 뇌프 다리 위에서 일어났던 사건으로 그 일부가 알려져 있는 중대한 비밀을 고백했던 것이다. 그것은 그들 사랑의 고백과도 같았다고 할 수 있다.

다르타냥은 기쁨과 긍지로 얼굴이 빛났다. 이 비밀을 알게 되고 이런 여인을 사랑하고 이렇게 마음을 터놓는 상담까지 받는다는 것, 처음으로 해 보는 사랑, 그러한 것으로 그는 별안간 자신이 거인이나 된 것처럼 몸이 크게 부푸는 것을 느꼈다.

「그럼 다녀오겠습니다. 지금 곧 출발해서.」

「그렇다고 벌써 출발하는 거예요? 부대 쪽과 대장님에게는?」

보나슈 부인은 깜짝 놀라서 이렇게 물었다.

「아니, 정말. 당신 때문에 그런 일을 완전히 잊고 있었군요. 귀여운 콩스탕스…… 그렇지. 당신의 말대로야. 휴가를 받지 않으면 안 되니까.」

「아, 또 하나 성가신 일이 생겼군요.」하고 보나슈 부인은 한숨을 쉬었다.

「뭐, 그 정도의 일로.」

다르타냥은 잠시 생각하고나서 이렇게 말했다.

「틀림없이 잘 해치울 것입니다. 부디 걱정하지 마십시오.」

「어떤 식으로?」

「오늘밤 트레빌 경을 찾아뵙고 그분의 매제인 에살 후작에게 휴가 문제를 부탁해 주시도록 여쭐 것입니다.」

「또 하나의 걱정이……」

「무엇인가요?」
 보나슈 부인이 말하기가 거북한 것 같아 다르타냥이 묻자
「정녕 돈은 없으시겠죠?」
「정녕이란 말은 필요 없습니다만.」
 다르타냥은 웃으면서 대답했다.
「그럼…….」
 보나슈 부인은 찬장을 열고 반 시간 전에 그토록 남편이 소중하게 매만지고 있던 주머니를 꺼냈다.
「이 주머니를 가지고 가세요.」
「추기관에게 받은 것이군요. 이것은!」하고 다르타냥은 소리높여 웃었다. 위층의 마루판을 벗겨 놓았기 때문에 잡화상 부부의 대화는 한 마디도 빠짐없이 듣고 있었던 것이다.
「추기관이 준 것이에요. 이렇게 되고 보니 제법 도움이 되는 것으로 보이지 않나요?」
「정말! 추기관의 돈으로 왕비님의 위급을 구할 수 있다는 것은 이중으로 유쾌한 일이니까요.」
「당신은 정말 상냥하고 좋은 분이군요. 왕비님께서도 절대 이 일을 잊지 않으실 거예요.」
「아닙니다. 난 벌써 충분한 보수를 받고 있으니까요. 내가 당신을 사랑하고 있다는 것, 그것을 이렇게 서슴지 않고 말하는 것을 당신은 허용해 주시고 있으니까요. 이것만으로도 제겐 엄청난 행복입니다.」
「쉿! 조용히.」
「왜죠?」
「거리에서 사람 소리가 들립니다.」
「저 음성은…….」
「남편입니다. 네, 분명히」
 그러자 다르타냥은 재빨리 입구로 가서 빗장을 걸었다.
「내가 나갈 때까지 들어와서는 곤란하지. 내가 나간 뒤에 열어 드리세요.」

「하지만 나도 그가 들어오기 전에 나가지 않으면 안 돼요. 그리고 여기 있다가는 그 돈이 없어진 것에 대해 해명할 수 없을 테니까요.」
「그도 그렇군. 나가는 편이 좋겠는걸.」
「한데, 어떻게 밖으로 나가죠? 발각될 텐데요.」
「그럼, 내 방으로 가는 것이 좋겠어요.」
「그렇게 말하니까 어쩐지 난 무서워서……」
보나슈 부인은 이렇게 말하면서 눈에 눈물을 머금었다. 그 눈물을 보자 가엾은 생각이 든 다르타냥은 그녀의 무릎 밑에 몸을 던지고는
「내 방에 오더라도 마치 성당에 있는 것처럼 당신은 마음 놓고 있을 수 있을 겁니다. 귀족으로서 맹세합니다…… 그러니까.」
「그럼 가겠어요. 당신의 말을 신뢰하고.」
다르타냥은 살며시 빗장을 벗겼고 두 사람은 그림자처럼 슬그머니 뜰의 문을 통해 빠져나갔다. 그리고는 발소리를 죽이면서 계단을 따라 다르타냥의 방으로 들어갔다.
방에 들어가서도 다르타냥은 만일의 경우를 대비해서 출입문을 안쪽에서 움직이지 않도록 잠궜다. 그리고 창의 미늘창 사이로 내다보자 보나슈가 외투를 입은 사내와 서서 무언가 이야기하고 있는 모습이 보였다.
그 외투를 입은 사내를 보는 순간 다르타냥은 벌떡 일어나 검을 뽑아 들고 문을 향해 뛰어갔다.
망에서 만났던 사내였던 것이다.
「어딜 가시는 거예요? 안 돼요.」
「저 자는 내가 꼭 죽인다고 맹세했던 자입니다.」
「당신의 몸은 지금 어느 분에게 바쳐진 것이기 때문에 당신 자신의 것이 아니잖습니까. 왕비님의 이름으로 나는 당신이 앞으로의 과업과 무관한 그런 위험 속에 뛰어드는 것을 금합니다.」
「당신의 이름으로는 아무것도 명령하지 않는 것입니까?」
「네, 그래요. 내 이름에 의해서도…… 부탁하고 말고요. 자, 잠시

들어 보세요. 저 사람들 무언가 나에 관한 이야기를 하고 있는 것 같으니까요.」

다르타냥은 창가로 가서 귀에 온 신경을 모았다.

보나슈는 문을 열고 집 안에 아무도 없는 것을 보고는 다시 거리에 있는 외투의 사나이 곁으로 돌아갔다.

「아내는 벌써 나가고 없습니다. 지금쯤은 루브르 궁에 돌아가 있겠지요.」

「그 사람은 당신이 외출한 목적이 무엇이었는지 조금도 눈치채지 않았다는 건가. 분명히?」

외투의 사내가 보나슈에게 물었다.

「어떻게 알겠습니까?」

보나슈는 자신만만하게 대답했다.

「아내는 지극히 생각이 얕은 여자거든요.」

「젊은 경호사는 집에 있나?」

「아니, 없을 것입니다. 보세요, 저렇게 미늘창이 닫혀 있고 창 사이로 불빛이 새고 있지 않으니까.」

「그것으로 안심할 수는 없는 일이야. 잘 확인해 보지 않구선……」

「하지만, 어떻게?」

「방문을 두드려 보는 거지.」

「그 사람의 시종을 불러 볼까요?」

「가 봐요.」

보나슈는 방금 그들 두 남녀가 지나왔던 작은 문에서 나와 이층에 올라가 다르타냥의 방문을 똑똑똑 두드렸다.

그러나 아무런 응답이 없었다. 마침 그날 밤은 폴토스가 그 허세를 부리는 상투 수단으로 프랑세를 빌려 가지고 나간 후였다. 다르타 냥은 물론 응답할 생각이 없었다.

「아무도 없는 것 같은데요.」

보나슈는 돌아와서 이렇게 말했다.

「일단 당신 집에 들어갑시다. 문간에 서서 이야기하는 것보다 그렇게 하는 편이 안전할 테니까.」

「큰일이군요. 이젠 말소리를 들을 수 없으니까요.」

보나슈 부인이 소근대자

「아니 상관없어요. 그러는 편이 오히려 더 잘 들을 수 있거든.」

다르타냥은 이렇게 말해 안심을 시켰다.

그리고는 마루의 깔판을 서너 개 들어올린 다음 그 위에다 융단을 깔아 마치 방을 도니 왕(시라크사의 폭군 Denys 왕을 말함)의 귀 모양의 청음실처럼 꾸몄다. 이렇게 해서 만들어진 구멍 곁에 웅크리고 앉으면서 보나슈 부인에게도 그렇게 하라고 신호했다. 아래에서는 ——.

「아무도 없다는 게 확실한가?」하고 미지의 사내가 말했다.

「보증합니다만.」

이것은 보나슈.

「부인은?」

「루브르 궁으로 돌아갔습니다.」

「당신 외에는 아무도 만나지 않고?」

「그것은 확실한 일입니다.」

「이것은 중요한 일이야. 알겠나?」

「…… 그런데, 결국 알려드린 것은 매우 도움이 되시는 일이었겠지요?」

「대단히, 정직하게 말해서 그렇소.」

「그럼 추기관님도 만족하실까요?」

「물론. 그럴 것이오.」

「위대한 추기관님!」

「부인과의 대화 속에서 혹시 딴사람의 이름 같은 것은 나오지 않았던가?」

「듣지 못한 것 같습니다만.」

「가령, 슈블즈 부인이라든가, 버킹검 공이라든가 베르네 부인이라든가 하는 이름을 말하지 않던가?」

「아닙니다. 다만 나를 런던으로 보내는 것은 어느 고귀한 분의 용무라고만 말했습니다.」

그러자 보나슈 부인은

「배신자!」하고 중얼댔다.

「쉿!」

다르타냥은 이렇게 제지하면서 여인의 손을 꼭 쥐었다.

「아무튼」하고 외투를 입은 사내는 말을 계속했다.

「당신이 그 사자의 소임을 떠맡는 척해 보이지 않은 것은 바보 짓이었어. 편지를 손에 넣을 수 있었는데 말이지. 그러면 국가의 위기를 살릴 수 있고, 당신도……」

「나도?」

「뭐, 당신도 추기관님으로부터 귀족의 칭호를 받을 수 있었는데 말이오.」

「그런 말씀을 그 동안 하신 적이 계셨나요?」

「말씀하셨지. 언젠가 그러한 포상으로 당신을 깜짝 놀라게 해 주실 생각인 것 같아.」

「그렇다면 좋습니다. 아내는 그래도 저를 사랑하고 있는 편이니까 아직 늦진 않았지요……」

「바보!」하고 보나슈 부인은 중얼댔다.

「입을 다물어요.」

다르타냥은 쥔 손에 더욱 힘을 주었다.

「왜 늦지 않았다는 거지?」

외투의 사내가 반문했다.

「나는 지금부터 루브르 궁으로 뛰어가 아내를 불러달라고 해서, 아까의 이야기는 고쳐 생각했노라고 말하는 겁니다. 그렇게 해서 일을 원상으로 되돌리고 그 편지를 손에 넣은 다음 추기관님에게 뛰어가면 되니까요……」

「좋아요. 그럼 빨리 가 보시오. 나는 곧 돌아와서 그 결과에 대해 듣기로 하겠소.」

미지의 사내는 밖으로 나갔다.
「수치도 모르는 놈!」
보나슈 부인은 이렇게 남편을 욕했다.
「잠자코 있으라니까요.」
다르타냥은 더욱 더 힘을 주어 여인의 손을 쥐었다.
마침 그 때 무어라 형언할 수 없는 신음소리가 아래에서 울려왔다. 돈이 들어 있는 주머니가 없어진 것을 알고 도둑으로 몰아세우고 있는 남편이었다.
「큰일이에요. 저렇게 큰소리를 지르고 있으면 이웃 사람들이 떠들게 될지 모르니까요.」
보나슈 부인은 걱정이 되는 듯 이렇게 말했다.
보나슈는 장시간 떠들어댔으나 그런 소리는 이상한 것도 아닌데다 특히 요즘에 와서 이 잡화상 집을 모두가 무서워하고 있기 때문에 이웃 사람들은 한 사람도 나와 보려고 하지 않았다. 효과가 없는 것을 깨닫고 보나슈는 소리치면서 거리로 나왔는데, 그 소리는 바크 거리의 방향으로 사라져 갔다.
「저 사람이 나갔으니까 이번에는 당신이 나가실 차례예요.」
보나슈 부인이 다르타냥에게 말했다.
「용기를 내서, 라기보다…… 신중을 기해 주세요. 아셨죠? 왕비님을 위하는 것이라 생각하시고.」
「그분과 당신을 위해서지요.」
다르타냥은 힘차게 대답했다.
「안심하십시오. 아름다운 콩스탕스! 왕비님으로부터 칭찬을 받게 되겠지요. 그러나…… 돌아왔을 때 당신의 사랑, 그것을 기대할 수 있을까요?」
아름다운 보나슈 부인은 두 뺨을 빨갛게 물들이는 것으로 대답을 대신했다. 얼마 후 드디어 다르타냥은 집을 나섰다. 역시 커다란 외투로 몸을 감싸고 그 끝을 장검의 칼집으로 씩씩하게 펄럭이면서
―.

보나슈 부인은 그 뒷모습을, 여자가 남자에게 사랑을 받고 있다는 것을 느꼈을 때 보이는, 여운이 감도는 눈초리로 지그시 바라보고 있다가 그 모습이 모퉁이로 사라지려는 순간 퍽 하고 무릎을 꿇었다. 그리고 두 손을 꼭 쥐면서

「천주님! 왕비님을 지켜 주십시오. 저도 지켜 주십시오.」

이렇게 기도했다.

19. 작　　전

　　다르타냥은 그 길로 곧장 트레빌 경의 저택으로 갔다. 우물쭈물 하다가는 저 적의 앞잡이로 보이는 얄미운 수수께끼의 사나이가 또 추기관에게 보고해 버리고 말 것이라고 생각했기 때문에 일각도 지체할 수가 없었다.
　　다르타냥의 마음은 지금 환희로 터질 것만 같았다. 공명과 부, 일석 이조의 기회가 눈앞에 나타난 데다가 그를 부채질하는 것처럼 좋아하는 여자에게 접근할 수 있는 계기가 만들어진 것이 아닌가. 우연히 단숨에 만들어 준 이 행운은 하늘에 기원해서 얻어지는 이상인 것이었다.
　　트레빌 경은 항상 찾아오는 귀족들과 함께 객실에 있었다. 다르타냥은 친근하게 출입하는 사람으로 알려져 있었기 때문에 그대로 거실을 지나 중요한 문제로 면담하고 싶다는 뜻을 전했다.
　　5분도 채 기다리지 않았는데 트레빌 경이 나왔다. 다르타냥의 얼굴에 희색이 만면한 것을 본 트레빌 경은 또 무슨 새로운 일이 일어났다는 것을 직감했다.
　　오면서 내내 다르타냥은 트레빌 경에게 사실 그대로를 털어놓아야 할 것인가, 아니면 그 비밀의 과업에 대해 아무것도 묻지 않고 묵인해 주도록 요청할 것인가에 대해 여러 가지로 궁리했다. 그러나 트레빌 경에게는 평소 그렇듯 은혜를 입고 있는 처지였고, 왕과 왕비에게는 충성을 맹세하고 있을 뿐만 아니라 추기관에 대해서는 철두 철미하게 증오하고 있는 사람이기 때문에 일체를 털어놓기로 결심했다.
「나에게 용무가 있다구?」
「네, 일의 중대성을 아신다면 이런 식으로 폐를 끼쳐 드린 것을 용서해 주시리라 믿고……」
다르타냥은 이렇게 입을 열었다.
「그럼 그 이야기를 들어 보자꾸나.」
「이것은 온전히 왕비님의……」하고 다르타냥은 음성을 낮추었다.
「명예…… 라기보다 일신의 안위와도 관계가 있는 중대사입니다만.」
「뭐라구?」
트레빌 경은 이렇게 말하고는 자신의 주변에 누가 있지나 않은가를 살펴본 다음 무척 궁금해 하는 눈으로 지그시 다르타냥을 바라보았다.
「실은, 어떤 우연한 계기로 알게 되었습니다만, 어떤 비밀을……」
「그 비밀을 지킬 생각이겠지, 귀공은? 목숨을 걸고……」
「그래도 각하에게는 그에 관해 여쭈지 않을 수 없습니다. 각하의 도움을 빌지 않으면 왕비님을 위한 과업을 완수할 수 없는 터라서……」
「그 비밀은 귀공에 관한 것인가?」
「아닙니다. 왕비님의……」
「왕비님께 나에게 말해도 좋다는 허가를 받고 왔는가?」
「아닙니다. 절대 다른 사람에게 말해서는 안 된다고 엄중히……」
「그렇다면, 어찌 그 명령을 배신하려고 하는 건가, 나의 경우에 한해서?」
「하지만, 그것은 각하의 힘을 빌지 않고서는 아무것도 할 수 없기 때문입니다. 만약 제 목적을 알지 못하신다면 지금부터 요청하는 것에 대해서도 허용하지 않으실 것으로 생각되었기 때문에……」

「비밀은 듣지 않도록 하겠다. 다만 그 요청 사항만을 말해 보게나.」
「에살 후작님으로부터 십오 일간의 휴가를 받을 수 있도록 말씀해 주셨으면 합니다만.」
「언제부터인가?」
「오늘 밤부터입니다.」
「파리를 떠나는 일인가?」
「사자로서 떠납니다.」
「행선지는 어딘가?」
「런던입니다.」
「귀공이 그 과업을 수행하는 것을 기필코 방해하겠다는 사람은 없는가?」
「필연코 추기관님은 저를 방해하기 위해서 어떤 희생이라도 지불할 것입니다.」
「한데, 귀공 혼자서 갈 셈인가?」
「혼자서 갑니다.」
「그렇다면 본디도 벗어날 수 없을거야. 알겠나? 이 트레빌이 단언하는 거다.」
「왜입니까?」
「살해되고 말 테니까.」
「과업을 완수하기 위해서는 물론 죽을 각오로……」
「하지만 그것으로 사명을 완수할 수는 없는 거다.」
「과연……」
다르타냥은 비로소 생각에 잠겼다.
「알겠나? 그런 성격의 과업을 수행하는 데는 보통 네 사람이 필요한거야. 그 중의 한 사람이 목적을 완수하기 위해서…….」
「지당하신 말씀입니다. 다행히도 아시는 바와 같이 아토스, 폴토스, 아라미스 등 세 사람이 있으니까 가세해 줄 것으로 생각합니다만……」
「그 비밀을 조금도 밝히지 않고 말이지? 나도 들으려고 하지 않았는데.」

「저희들은 전에 맹목적인 신뢰와 철저한 헌신을 서로 맹세했습니다. 그리고 각하께서 그들에게, 나는 그를 신뢰하고 있다고 한 말씀해 주신다면 그들은 절대 아무 말도 하지 않을 것으로 믿습니다.」

「내가 할 수 있는 것은 잠자코 세 사람에게 휴가를 주는 일이겠군. 아토스에게는 상처의 요양을 위해 온천에 갈 것을 권하고, 폴토스와 아라미스에게는 친구의 증상이 걱정이 된다면 우정을 위해 동반해서 가라고 말해 주겠다. 휴가를 주면 이 과업에 대해 내가 허용한 증거가 될 테니까.」

「감사합니다. 무어라고 사례를 드려야 할지 모르겠습니다.」

「그럼, 그들과 만나러 가게나, 지금 곧. 그리고 오늘 밤 안으로 실행에 옮겨야 한다. 아, 그렇지. 귀공의 예살 후작 앞으로 휴가원을 써놓고 가도록. 어쩌면 벌써 귀공의 뒤를 첩자가 미행하고 있었는지도 모른다. 그렇다면 오늘 밤 여기 온 것을 추기관이 알고 있을 테니까 변명할 것을 생각해 두어야 할 거야.」

다르타냥이 쓴 휴가원을 받으면서 트레빌 경은 새벽 2시 전에는 네 개의 휴가에 대한 허가서가 각자의 집에 닿도록 하겠다고 약속했다.

「저의 것도 아토스의 집으로 보내 주시기 바랍니다. 저의 집에 돌아가면 또 무슨 성가신 문제가 일어날 것만 같기에 드리는 말씀입니다.」

「알겠네. 그럼 건투를 비네. 그런데……」 하고 트레빌 경은 다르타냥을 불렀다. 그가 돌아오자

「돈은 있는가?」

이렇게 물었다. 다르타냥이 대답 대신 호주머니 속에 있는 주머니를 짤랑거리자

「충분한가?」

「삼백 피스톨 있습니다.」

「그럼 됐다. 그 돈이라면 세계의 끝이라도 갈 수 있을 테니까. 그럼 가게나.」

다르타냥은 목례를 하면서 감사와 경의를 가득 담아 트레빌 경이 내미는 손을 잡았다. 파리에 도착한 이래 이 사람에게는 완전히 감복만 느끼고 있는 셈이다. 위엄이 있고 성실하면서 인물의 크기에 있어서는 비할 데가 없는 것이다.

다르타냥의 발이 맨 먼저 향한 곳은 아라미스의 집이었다. 보나슈 부인의 뒤를 미행했던 그날 밤 이후 이 집에는 온 적이 없었다. 더구나 요즘들어 이 친구와 만날 기회가 거의 없었고, 더러 만날 때에는 언제나 침통한 표정인 경우가 많았다.

그날 밤에도 아라미스는 무엇인가 심각하게 생각하고 있었다. 다르타냥이 우울해 하는 원인에 대해 물어보자 아라미스는 내주까지 성 아우구스티누스의 제18장 주서를 쓰지 않으면 안 되기 때문에 그것이 마음에 걸려서라고 말했다.

한동안 이런저런 이야기를 하고 있을 때 트레빌 경의 사자가 봉서를 가지고 들어왔다.

「이게 뭔가?」

아라미스가 이렇게 묻자

「제출한 휴가원에 대한 허가장입니다.」 하고 대답했다.

「그런 것을 낸 적이 없는데.」

「잠자코 받아 두게나.」 하고 다르타냥이 옆에서 가로막고는

「아니, 수고했네. 이것이 징표일세. 받아두게나. 드레빌 경에게는 아라미스가 진심으로 사례했다고 전해 드리게나.」

심부름 온 사람은 공손히 인사하고는 돌아갔다.

「도대체, 이건 무슨 일인가?」

아라미스는 연막에 싸인 표정을 지었다.

「이 주 정도의 여행에 필요한 채비를 하고 잠자코 나를 따라 와 주기 바라네.」

「하지만 지금 나는 파리를 떠날 수가 없는 거야. 그 일을 알기

전에는……」
 아라미스는 이렇게 말하다가 입을 다물었다.
「그 부인의 소식을…… 이렇게 말하고 싶은 게 아냐?」
 다르타냥의 말이었다.
「누구 말인가?」 하고 아라미스는 깜짝 놀라는 표정을 지었다.
「언젠가 이 집에 있었던 부인이지. 수놓은 손수건의 주인 말야.」
「도대체, 누가 귀공에게 이 집에 부인이 있었다고 말하던가?」
「아라미스는 파랗게 질린 얼굴로 다르타냥에게 다가섰다.
「내 눈으로 직접 본 거야.」
「그럼 그 부인이 누군지 귀공은 알고 있었나?」
「약간 짐작은 하고 있지.」
「어이!」
 아라미스는 진지한 표정으로 이렇게 물었다.
「그렇게 모두 알고 있으면 묻겠는데 그 부인은 그 후 어떻게 하고 있는지 알고 있나?」
「츨에 벌써 돌아간 것으로 알고 있는데.」
「츨에? 흥! 그러고 보니 귀공은 역시…… 알고 있었군. 한데 왜 나에게 한 마디도 하지 않고 츨에 돌아가 버린 것일까?」
「체포되면 곤란하다고 생각했기 때문이지.」
「그래도 편지 정도는 보내 줄 수 있지 않았나…….」
「후에 귀공에게 폐가 되면 안 된다고 생각했기 때문이겠지.」
「다르타냥! 그 말로 귀공은 나를 소생시켜 주었군! 나는 무시당하고 배신당한 것으로만 알았었네. 그때 만날 수 있어서 그렇게 기뻤는데 말야! 하지만 나만을 위해서 그토록 모험을 했다고는 생각할 순 없거든. 도대체 어떤 이유로 파리에 왔을까, 그 부인은?」
「오늘 우리가 영국으로 떠나는 것과 근본은 같은 이유야.」
「그 이유라는 것은?」 하고 아라미스는 추궁했다.
「이제 곧 알게 될 걸세, 아라미스! 하지만 지금은 언젠가의 그 〈학자의 조카딸〉의 예에 따르기로 하겠네.」

아라미스는 언젠가 밤에 모두에게 들려 주었던 이야기를 생각해 내고 씁쓸하게 웃었다.

「좋아! 그 사람이 무사히 파리를 떠났다면 나도 더는 이곳에 미련이 없네. 언제든지 귀공을 따라가겠네. 한데 어디에 간다고 했나?」

「아토스의 집이야. 우선은 말이지. 만약 나와 함께 가겠다면 좀 서둘러 주었으면 좋겠네. 꽤 시간이 걸렸으니 말야. 그리고 바장에게 알려 두는 게 좋아.」

「그도 함께 가는 건가?」

「아, 어쩌면. 아무튼 아토스의 집까지 오게 하는 게 좋지.」

아라미스는 바장을 불러 아토스의 집으로 뒤에서 따라오도록 지시하고는

「자, 가자구!」

외투와 검과 세 자루의 권총을 챙기면서 재촉했다. 또한 그는 밖으로 나가기 전에 서너 개의 서랍을 뒤져 행여나 돈이 남아있지는 않은지를 확인해 보았으나 헛수고임을 알고는 다르타냥의 뒤를 따라 밖으로 나왔다. 그러나 아직 그의 마음 속에서는 이 젊은 수습 경호사가 자기 집에서 묵고 간 부인에 관해 알고 있을 뿐만 아니라 그 후의 소식까지 소상하게 알고 있다는 데 여간 신경이 쓰이질 않았다.

대문을 나설 때 아라미스는 다르타냥의 팔에다 손을 얹고 다르타냥의 얼굴을 지그시 바라보았다.

「그 부인에 관한 이야기는…… 그래, 아무에게도 말하지 않았겠지?」

「물론이지.」

「아토스나 폴토스에게도 말이지?」

「그들에게도 전혀 말하지 않았다구.」

「그건 정말 고맙군!」

이렇게 해서 불안감이 사라지자 아라미스는 다르타냥과 나란히

걷기 시작했다.

 아토스의 집에 당도하자 그는 한 손에는 휴가를 허가한다는 통지서를, 또 한 손에는 트레빌 경의 친서를 들고는 살펴보고 있는 중이었다.

 「방금 이런 것이 왔는데 이 통지와 편지가 무슨 뜻인지 귀공은 알고 있나?」하고 아토스는 망연한 표정으로 물었다.

 『친애하는 아토스 씨.
 귀하의 건강은 휴양이 절대 필요한 것으로 생각되기에 지금부터 2주간의 휴양을 간곡히 권합니다. 그럼 포르주 온천(센 앙페릴에 있으며, 철분을 많이 함유한 냉천이 솟는다. 빈혈증, 위화병(萎黃病)에 유효하다.)이나 다른 적당한 곳으로 가서 신속히 가료하시길 바랍니다.
트레빌.』

 「즉, 이 휴가를 허가하는 통지와 편지의 의미는…… 내가 가는 곳에 동행하라는 거야. 아토스!」
 「포르주의 온천에 말야?」
 「그곳이 아니더라도, 어디든 말이지.」
 「폐하에 대한 일 때문인가?」
 「폐하와 왕비를 위해서지. 우리는 모두 두 폐하에게 충성을 맹세한 무사들이 아닌가?」
 이때 폴토스가 나타났다.
 「어이! 어이! 묘한 일이 생겼다구. 도대체 언제부터 총사에게 바라지도 않은 휴가를 주게 되었지?」
 「친구가 본인을 대신해서 출원하도록 되었기 때문일세.」
 다르타냥이 이렇게 대답했다.
 「하, 하! 무언가 사건이 일어난 것 같군.」하고 폴토스는 약간 납득할 수 있다는 표정을 지었다.」
 「그렇지. 지금부터 출발하는 거다.」

아라미스가 말했다.
「어디로?」
「뭐 그건 나도 전혀 모른다. 다르타냥에게 물어 보라구.」
아토스의 말이다.
「런던에 가는 거야. 우리들은!」하고 다르타냥은 비로소 행선지를 밝혔다.
「런던? 무슨 용무로 런던까지 가는 건데?」
폴토스가 놀란 소리로 물었다.
「그건 지금은 밝힐 수 없지만…… 아무튼 날 믿어 주기 바라네.」
「하지만 런던까지 가려면…….」하고 폴토스가 참견했다.
「돈이 있어야 할 게 아닌가? 나는 돈이 없다구.」
「나도.」하고 아라미스가 말했다.
「나도 없는데.」
아토스도 따라 이렇게 말했다.
「한데, 나에게는 있거든.」
다르타냥이 이렇게 말하고는 호주머니에서 그 비장의 주머니를 꺼내어 탁자 위에 놓았다.
「이 주머니 속에 삼백 피스톨이 있네. 각자 칠십오 피스톨씩 나누어 갖기로 하세나. 그 정도면 런던 왕복 여비는 충분할 테니 말이지. 하지만 안심들 하게나. 우리 모두가 함께 런던까지 갈 필요는 없으니까.」
「그건 왜지?」
「정녕 그렇게 되리라고 생각하지만 우리들 중 몇 사람은 도중에서 머물게 될 것 같거든.」
「도대체, 우리들이 이제부터 가는 것은 전쟁 때문인 건가?」
「그렇지. 가장 위험한 싸움이라고 생각해 주길 바라네.」
「흠! 아무튼 목숨을 걸고 하는 일이라면 좀더 소상하게 까닭을 말해 줄 수 없겠나?」
폴토스가 말했다.

「그것을 듣고서야 필요한 귀공이라면……」하고 아토스가 비꼬 았다.
「나도, 그러나 폴토스와 같은 의견이네.」
아라미스가 이렇게 말했다.
「폐하는 언제나 우리들에게 일에 대한 이유를 설명하셨던가? 그렇지는 않은 게 아닌가.『지금부터 가스코뉴에서 전쟁을 시작한다. 또는 프랑돌에서 싸운다. 모두 싸움터로 가라.』다만 이렇게 분부하실 뿐이지. 그리고 귀공들은 모두 용감하게 나가지 않는가. 무엇 때문에? 그런 것을 의심하는 귀공들이 아닐 것이다.」
「다르타냥의 말은 옳아.」하고 아토스는 크게 고개를 끄덕여 보였다.
「트레빌 경으로부터 세 통의 휴가 허가장이 와 있다. 어디서 들어왔는지는 모르나 삼백 피스톨의 돈도 있다. 어디든 가라는 곳으로 가서 죽으면 될 게 아닌가. 인생이란 그렇게 하나하나 이유를 따질 만큼 가치가 있는 건가? 다르타냥! 나는 언제든지 귀공을 따라갈 테다.」
「나도 간다.」
폴토스.
「나도다!」
아라미스도 찬성했다.
「파리를 떠나가는 것도 나쁘지 않거든. 마침 기분 전환도 하고 싶었던 때였으니까.」
「좋다! 기분 전환은 실컷 시켜 줄테다. 보장한다!」
다르타냥은 이렇게 약속했다.
「한데, 출발은 언제 하는 건가?」
아토스가 물었다.
「이제부터 곧이야. 일각인들 우물쭈물하고 있을 때가 아니니까.」
다르타냥이 이렇게 말했다.
「어이! 그리모, 프랑세, 무스크톤, 바장!」

네 사람의 무사는 각기 시종을 불렀다.

「장화를 닦고 저택에 가서 말을 끌고 오라!」

총사의 말은 그 부하의 말과 함께 부대에 두도록 대장의 저택에 맡겨 두고 있었다. 프랑셰, 그리모, 무스크톤, 바장은 전력을 다해 뛰어갔다.

「자, 그럼 지금부터 작전을 세우자구. 최초의 목적지는 어딘가?」 하고 폴토스가 질문했다.

「그건 카레야. 런던에 가려면 당연한 길의 순서니까.」

다르타냥이 이렇게 대답했다.

「그렇다면 내게 생각이 있는데.」 하고 폴토스가 말을 이었다.

「들어 보자구.」

「네 사람이 함께 간다면 의심을 받을 게 뻔하거든. 다르타냥이 각자에게 지시하기로 하고, 나는 선두로 브로뉴 가도로 가기로 한다. 두 시간 후에 아토스는 아미앙 가도로 출발하고, 아라미스는 노와 이용 가도를 지나 오는 거다. 그리고 다르타냥! 귀공은 프랑셰의 옷을 입고 어느 길이든 좋을 대로 택해서 가는 것이 좋을 거다. 그리고 프랑셰에게 경호사의 제복을 입혀 다르타냥으로 위장시켜 우리들보다 약간 늦게 오도록 하는 거야.」

「내 생각은?」 하고 이번에는 아토스가 말했다.

「부하들은 이런 경우 쓰지 않는 편이 좋아. 비밀은 귀족에 의해서도 어쩌다 배신을 당하는 경우가 있긴 하지만 저 따위 부하라는 것은 반드시 그것을 파는 상습자이니까.」

「폴토스의 의견은 미안하지만 왠지 따를 수 없다는 생각이 드는군.」 하고 다르타냥은 말했다.

「내가 모두에게 지시를 하는 것으로 되어 있지만 어떻게 지시를 해야 할 것인지 나도 전혀 모르고 있어. 실은 나는 편지를 한 통 가지고 있는데 그것 뿐이야. 정확하게 봉인이 되어 있으니까 따로 세 통을 복사할 수 없거든. 그래서 내 생각에는 역시 네 사람이 함께 여행할 수밖에 없다구. 그 편지는 이곳에 들어 있어. 이 호주머니 속에.」
 다르타냥은 이렇게 말하고는 그 편지가 있는 곳을 손으로 눌러 보였다.
「그러니까, 만일 내가 살해되면 귀공들 중의 한 사람이 이것을 간직하고 곧바로 여행을 계속해 주길 바란다. 만약 그 사람이 죽게 되면 또 다른 사람이 맡는 거다. 이런 식으로 차례로 계속해 가는 거지. 그 중에서 한 사람이 그곳에 도착하면 목적은 이루어지는 거니까.」
 그러자 아토스는
「아주 잘 말해 주었다. 다르타냥! 나도 전적으로 동감이라구.」
 이렇게 힘주어 말했다.
「그러나 일을 마친 후의 문제에 대해서도 고려해 둘 필요가 있어. 나는 온천에 요양차 가지 않으면 안 되는 사람 아닌가. 귀공들은 나를 돌봐 주기 위해 가는 것이거든. 그런데 포르주 온천에 가는 것을 바꾸어 차라리 해수욕하러 가는 거다. 어디든 그것은 나의 자유니까 말이지. 만약 도중에 체포되면 트레빌 경의 편지를 보이는 거다. 그리고 귀공들은 휴가의 허가장을 보이는 것이 좋다. 만약 도전해 온다면 방어는 한다. 조사를 받을 경우에는 잠시 바다의 짠물을 끼얹기 위해서일 뿐이고 다른 목적은 없다고 버티는 거다. 네 사람이 각각 흩어지면 붙들리기 쉽지만 한데 뭉쳐 간다면 그거야말로 철통 같은 진인 것이다. 네 사람의 부하에게는 총과 권총을 휴대케 하고, 만일 적이 1개 부대를 보내 온다면 그땐 싸움이 불가피한 거다. 그리고 살아 남은 자가 방금 다르타냥이 말한 편지를 간직하고 여행을 계속하는 것이다.」
 아토스가 말을 마치자 아라미스는 「아주 훌륭한 웅변이군. 아토스!」 하고 감탄했다.
「귀공은 좀체 말을 하지 않는 사람인데 일단 입을 열면 마치 황금의 혀라고 칭송했던 성 장(Jean)과 같군 그래. 나는 아토스의 의견에 따르겠다. 어때, 폴토스?」

「나도 그렇게 하겠다. 다르타냥에게 이의가 없다면 말이야. 다르타냥은 편지를 간직하고 있으니까 마땅히 이 과업을 수행하는 데 있어서 수령인 것이다. 이 사람이 결정하는 것을 우리들이 실행하도록 하자구.」

「좋아! 그럼 내가 결정한다. 아토스의 의견을 채택해서 지금부터 반 시간 후에 우리는 출발한다!」

「찬성!」하고 세 사람의 총사는 이구 동성으로 말했다.

그리고 나서 각자는 손을 돈주머니에 내밀어 칠십오 피스톨씩 받은 다음 정해진 시간에 출발하기 위해 채비를 서둘렀다.

20. 여　　행

 밤 2시에 네 사람의 친구는 생 드니 문을 통해 파리에서 나왔다. 날이 밝기 전까지는 모두 말이 없었다. 사실 어둠 속에서는 복병이 도처에 있는 것처럼 느껴지기 마련이다.
 새벽빛이 비치기 시작하자 그들의 굳어져 있던 혀가 차츰 풀리기 시작했고 태양이 떠오름과 동시에 평소의 쾌활함이 되살아났다. 전쟁의 전야처럼 가슴이 뛰었고 눈은 초롱초롱 빛나고 있었다. 이제부터 얼마 안 있어 이별하게 될지도 모르는 이 세상은 아무튼 그다지 나쁜 곳은 아니었다——이런 감회가 각자의 가슴 속에 오갔는지도 모른다.
 이들 일행의 외모는 꽤 화려한 것이었고——총사들의 검정 말과 그 늠름한 풍채, 기사의 행진 그대로의 두드러진 말의 보조 등 이것만 보더라도 제아무리 본바탕을 숨기려 해도 소용없었다.
 또한 뒤에는 빈틈없이 무장한 부하들이 따르고 있지 않은가.
 샹티에 도착한 것은 8시 무렵이었고 그때까지는 아무 일도 없었다. 아침 식사를 하지 않으면 안 되었다. 그래서 성 마르탱이 옷의 절반을 잘라 가난한 사람들에게 주고 있는 간판 그림이 걸려 있는 여관 앞에서 말을 내렸다. 부하들은 말의 안장을 벗기지 않고 언제든지 출발할 수 있도록 곁에서 떠나지 말도록 명령을 받았다.

네 사람은 식당에 들어가 식탁에 앉았다.

다마르탕 가도 쪽에서 도착한 기사 한 사람이 먼저 와서 같은 식탁에서 아침 식사를 하고 있었다. 이 사나이는 날씨 등에 관해 먼저 입을 열었다. 이쪽 일행도 적당히 응대했으며 저쪽에서 건배를 해 왔기 때문에 이쪽에서도 그에 응답했다.

얼마 후 부하인 무스크톤이 말의 채비가 되었다고 알려 왔기 때문에 일동은 식탁에서 일어나려고 했다. 그때였다. 상대의 기사가 폴토스에게 리슐리외 추기관의 건강을 축원하지 않겠느냐고 했다. 그러자 폴토스는 대단히 좋은 일이다, 단 그 후에 폐하의 건강을 축원한다면, 이라고 대답했다. 그 기사는 추기관 외에 왕 따위는 인정하지 않는다고 큰소리쳤다.

「주정뱅이 놈!」하고 폴토스가 고함치자 상대는 벌써 검을 뽑아 버렸다.

「바보짓을 했군!」하고 아토스가 혀를 찼다.

「괜찮다! 그놈을 작살내라. 그리고 최대한으로 빨리 뒤쫓아 오라!」

폴토스가 상대의 몸통에다 당장 벌집을 만들어 주겠다고 큰소리치고 있는 동안에 세 사람은 재빨리 말에 올라타고 열심히 뛰기 시작했다.

「벌써 한 놈이 당했군!」

얼마 동안을 달렸을 때 아토스가 입을 열었다.

「한데, 왜 그 사내는 하필이면 폴토스를 골라 싸움을 걸었을까?」

아라미스가 이상히 여겼다.

「결국, 폴토스가 가장 큰소리로 지껄이니까 대장격이라 생각한 게지.」

다르타냥이 이렇게 말하는 것을 가로막고는

「항상 하는 말이지만 이 가스코뉴의 소년병은 지혜의 샘 같은 놈이라구.」하고 아토스는 감탄한 듯 중얼댔다.

그리고는 또 전진을 계속했다.

보베에서는 말에게 휴식을 주기 위해, 그리고 폴토스를 기다리기 위해 두 시간을 머물렀다. 그러나 두 시간이 지났는데도 폴토스의 모습은 보이지 않았고 아무런 소식도 없었기 때문에 그들은 다시 출발했다.

보베에서 십 리쯤 가자 길은 경사로 비좁고 험했는데 십여 명의 사내가 길을 수리하는 척하면서 도리어 구멍을 파기도 하고 도랑을 만들기도 하면서 진흙투성이가 되어 파헤치고 있었다.

아라미스는 자신의 장화가 진흙으로 더러워지는 것이 불쾌한 나머지 말 위에서 고함쳤다. 아토스가 만류하려고 했으나 아뿔사 때는 늦었다. 인부들이 이구 동성으로 욕지거리를 퍼부었기 때문에 냉정한 아토스까지 불끈 화가 치밀어 그 중의 한 사람을 말에 채이게 하고 지나갔다.

그러자 그들은 일제히 물러서는가 싶더니 도랑 속에다 숨겨 두었던 각자의 총을 꺼내들었다. 순식간에 일행 일곱 명 위로 탄환이 싸락눈처럼 쏟아졌다. 아라미스는 어깨를 관통당했고 또 한 발은 무스크톤의 허리에서 아래의 살이 많은 곳에 박혔다. 그러나 말에서 떨어진 것은 무스크톤뿐이었는데 이 사내는 중상은 아니었으나 탄환을 맞은 곳이 보이지 않기 때문에 틀림없이 중상인 것으로 여겨졌다.

「복병이닷. 발포하지 말라. 이대로 그냥 전진하는 거닷!」

다르타냥은 이렇게 외쳤다. 아라미스는 부상했지만 말의 갈기를 붙들고 다른 일행에 뒤질세라 달렸다. 무스크톤을 떨어뜨린 말도 함께 따라와 어김없이 제 자리에서 뛰고 있었다.

「이것은 바꿔타는 말로 하자구.」

아토스가 말하자 다르타냥은

「나는 바꿔쓸 모자가 필요하다구. 총탄으로 날아가 버렸거든.」

하고 웃으면서 말했다.

「그 편지를 모자 속에 넣지 않았던 것이 천만다행이야.」

「하지만 늦게 올 폴토스는 틀림없이 저놈들에게 당하겠는걸.」

아라미스가 걱정을 했다.

「아직 폴토스가 걸을 수 있다면 벌써 따라왔어야 한다. 그 주정뱅이는 검을 뽑는 순간 싹 제정신이 돌아온 게 아닐까?」

거기에서 다시 2시간쯤 계속 달렸다. 말은 벌써 녹초가 되어 있었다——.

일행은 조심하여 샛길을 택했다. 크레브쿨까지 왔을 때 아라미스는 더는 갈 수 없다고 했다. 몸가짐이 단정한 이 사나이의 성격상 그렇게 실토하는 것은 당연한 것이었으리라. 몇 번이고 얼굴에서 핏기가 가시고 안장 위에서도 누군가가 받쳐주지 않으면 안 되었다. 겨우 한 집밖에 없는 여관 앞에서 말에서 내려 놓고, 일단 유사시에는 도리어 성가신 존재인 바장을 곁에 있게 하고는 다시 출발했다. 그날 안으로 기필코 아미앙에 도착하고 싶어서였다.

「잘못했다, 잘못했어! 끝내 둘만 남게 되었군——부하를 제외하면. 이제 앞으로는 절대로 함정에 빠지진 않을 테다. 카레에 도착할 때까지는 입도 열지 않을 것이며, 검에도 손을 대지 않을 거다. 맹세코…….」

다시 밖으로 나오자 아토스는 몹시 분해 했다.

「맹세는 하지 않는 것이 좋을 거야. 어쨌든 달려 가자구. 말이 쓰러질 때까지…….」

이렇게 말하고 다르타냥은 사정없이 말의 배에다 박차를 가했다. 아미앙에 도착한 것은 한밤중이었다. 그곳에서는 금백합관이라는 여관에 투숙했다.

여관 주인은 매우 호인처럼 보였다——한 손에는 촛대, 또 한 손에는 잠잘 때 쓰는 모자를 들고 손님을 맞았다. 주인은 두 사람의 손님을 따로따로 매우 훌륭한 방으로 안내하려고 했는데 그 훌륭한 방은 이 여관의 끝과 끝에 있었다. 아토스와 다르타냥은 사절했다. 그렇게 되면 귀족에게 알맞는 방은 없다고 했다. 한 방에서 바닥에 자리를 깔고 잘 테니까 괜찮다고 대답했다. 주인은 같은 말을 되풀이했지만 손님 쪽에서도 완고하게 응하지 않았다. 그래서 결국 주인은 손님들이 하자는 대로 따를 수밖에 없었다.
 두 사람은 잠자리를 준비하고 방문이 열리지 않도록 안에서 문단속을 철저히 했다. 그때 뜰 쪽에서 문을 두드리는 사람이 있었다. 부하 프랑세였다.
「말 당번은 그리모 혼자서도 충분합니다. 만일 나리님들이 희망하신다면 제가 문의 버팀목이 되어 자겠습니다. 그렇게 하면 쳐들어오는 놈이 있을 경우 곧 알게 될 테니까요.」
「그럼, 넌 어디서 잘 셈인가?」
「이것이 제 침대입니다.」
 이렇게 말하고 한 아름의 짚을 보였다.
「그렇다면 와 다오. 네 말은 지당하니까 말야. 왠지 이 집 주인은 수상쩍거든. 붙임성이 지나쳐서 말야.」
 다르타냥은 이렇게 말했다.
「나도 그렇게 생각하고 있었네.」
 아토스도 동의했다.
 프랑세는 창을 넘어 들어와서 입구의 버팀목이 되어 잠을 잤다. 그리모는 아침 5시에는 말의 채비를 해 놓겠다고 약속하고는 마굿간으로 돌아갔다.
 밤은 조용했다. 2시경 누군가 입구를 열려고 온 자가 있었으나 프랑세가
「누구냣!」하고 일갈하자 잘못 찾았다고 사과하고는 가 버렸다.
 아침 4시경 마굿간 쪽에서 커다란 비명소리가 울렸다. 그리모가 마굿간 담당자를 깨우려고 하자 그 패거리들이 느닷없이 두들겨 팼던 것이다. 창을 열고 내다보니 그리모는 갈퀴자루로 머리를 강타당한 채 기절해 있었다.
 프랑세가 안뜰로 나가 말에다 안장을 채우려고 하자 모든 말이 움직일 수 없는 상태로 되어 있었다. 무스크톤이 탔던 말로서 주인을 떨어뜨리고 따라왔던 말만은 분명히 오늘 쓸모가 있을 것이었으나 이 또한 기괴한 착오로 여관집 말의 정맥을 잘라 나쁜 피를 뽑기

위해 불려온 수의가 잘못 알고 이 말에다 시술해 버렸다는 것이다.

아무래도 이야기가 좀 이상하다. 이런 사건의 연속은 모두 우연한 일인지도 모르나 고의로 꾸민 짓이라고 생각해야 앞뒤가 맞는다. 아토스와 다르타냥이 나오는 사이에 프랑셰는 근처에 말을 파는 곳이 없는가 알아 보기 위해 뛰었다. 여관의 입구까지 오자 안장을 채운 씩씩한 말 두 필이 서 있었다. 얼씨구나 하고 말의 주인을 알아 보니 이것은 역시 이곳에 숙박한 손님의 것으로서 그들은 지금 주인에게 셈을 치르고 있는 중이었다.

다르타냥과 프랑셰를 여관의 입구에서 기다리게 하고 아토스는 셈을 치르려고 들어갔다. 주인은 안쪽의 천장이 낮은 방에 있었다. 아토스는 무심코 들어가서 셈하려고 두 개의 금화를 꺼냈다. 카운터에 혼자 앉아 있던 주인은 그 금화를 받아들고 이리저리 자세히 살펴보고 있다가 별안간 큰소리로 외쳤다.

「이것은 가짜돈이다. 이 자와 그리고 함께 온 자를 붙들라. 가짜돈을 만드는 자다!」

이렇게 떠들어댔다.

「바보새끼! 귓불을 잘라 버릴 테다.」 하고 아토스는 덤벼들 자세를 보였다.

그와 동시에 야단스럽게 무장한 네 사람의 사내가 옆문에서 나와 아토스에게 덤벼들었다.

「붙들렸다!」

아토스는 목청껏 외쳤다.

「도망쳐라! 다르타냥! 빨리 빨리!」

아토스는 이렇게 소리치면서 권총 두 발을 계속해서 발사했다.

다르타냥과 프랑셰는 그것을 신호로 입구에게 대기하고 있던 두 마리의 말에 뛰어올라 박차가 끊어지리만큼 말의 배를 차면서 바람처럼 사라졌다.

「아토스가 어떻게 되었는지 너는 보지 못했나?」

다르타냥은 달려가면서도 친구를 걱정했다.

「권총 두 발로 두 사람의 사내가 퍽 하고 쓰러진 것은 기억하고 있습니다만…… 그리고 유리창 너머로 보니까 다른 놈들과 칼을 휘두르고 계시는 것 같았습니다.」

「씩씩한 사내군. 그런 친구를 버려두고 가지 않으면 안 되다니! 어차피 앞으로도 무사히 끝나진 않겠지만, 어이! 프랑셰! 빨리 가자꾸나. 너도 이제 보니 힘이 좋구나.」

「그래서 말하지 않았습니까. 피카르디 사람은 사용해 보지 않으면 모른다구요. 게다가 이 근처는 나의 고향이거든요. 해서 절로 용기가 나는 뎁쇼.」

속력을 더해서 두 사람은 단숨에 생트멜에 도착했다. 이곳에서는 조심해서 고삐를 잡은 채 말을 쉬게 하고 거리에 서서 식사를 했다. 그리고는 다시 출발했다.

카레의 입구로부터 백 보쯤 되는 곳에서 다르타냥의 말은 마침내 쓰러지고 말았다. 그리고는 끝내 일어나지 못하고 말았다. 눈과 코에서 피가 흘러나오고 있었다. 프랑셰의 말 역시 숨을 멎은 채 움직이려고 하지 않았다.

다행히 도시는 멀지 않았다. 두 사람은 말을 길가에 버리고 항구까지 뛰었다. 프랑셰는 주인에게, 우리들의 오십 보 정도 앞을 한 사람의 귀족이 역시 부하를 대동하고 걸어가고 있다고 주의를 환기시켰다.

두 사람은 빠른 걸음으로 그 귀족에게 접근했다. 가까이에 가서 보니 승마용 장화는 먼지투성이였고 아무래도 급한 일로 여행하고 있는 사람같았다. 그들은 곧 런던으로 가는 배는 없는가 하고 선착장에서 묻고 있었다.

「네, 마침 시간에 맞춰 오셨습니다만…….」 하고 이제 막 떠나려고 채비하고 있는 배의 선장이 이렇게 대답했다.

「실은 오늘 아침 상부에서 지시가 내려와서 추기관님의 특별 허가장이 없는 사람은 아무도 태워서는 안 된다고 해서…….」

「나는 그 허가장을 가지고 있다. 바로 이거다.」

귀족은 호주머니에서 허가장을 꺼내 보였다.
「그러면 거기에 항구 관리인의 도장을 받아오셨으면 합니다. 그런 다음에 배를 타십시오……」
「그 관리인은 어디 있는가?」
「그분의 별장에 계십지요.」
「별장은 어딘가?」
「도시에서 열 마장 정도 떨어진 곳인데…… 보십쇼, 저기 보입니다. 작은 언덕 위에 있는 슬레이트 집에…….」
「그래, 알았다.」
귀족은 부하를 데리고 그 별장 쪽을 향해 걷기 시작했다.
다르타냥과 프랑셰도 약간 거리를 두고 그들의 뒤를 밟아 갔다. 도시를 벗어나자 다르타냥은 씽씽 걸음을 빨리했고 어느 작은 숲에 들어갔을 때에는 바로 가까이까지 갔다.
「여보세요!」하고 다르타냥은 그 귀족에게 말했다.
「매우 급하신 것 같군요.」
「실은 일각도 지체할 수 없는 급한 용무라서…….」
「그건 큰일이군요. 나도 매우 급한 일이라서 잠시 부탁하고 싶은 것이 있는데.」
「무엇입니까?」
「날 먼저 가도록 해 주시지요.」
「그것은 거절하겠습니다. 나는 이틀 동안 낮과 밤을 줄곧 육십여 리나 달려왔고 또 이제부터 내일 정오에는 런던에 도착하지 않으면 안 되는 몸이니까…….」
「나 역시 이틀간에 같은 거리를 달려온 겁니다. 그리고 내일 아침 열 시에는 런던에 도착할 예정으로.」
「모처럼의 부탁이지만…… 내가 먼저 도착했으니까 양보할 순 없습니다.」
「모처럼의 부탁인데…… 내가 늦게 왔지만 먼저 가게 해 주십시오.」

「폐하의 일인 거요!」
「내 일이다!」
귀족은 이렇게 소리쳤다.
다르타냥은 한 마디도 지려고 하지 않았다.
「귀공은 시비를 걸 셈이군.」
「그렇다는 걸 아직 모르고 있었나?」
「도대체 무슨 까닭으로……」
「그것을 알고 싶은 것인가?」
「……그렇다.」
「그럼 좋다. 나는 그대의 호주머니 안에 있는 허가장이 필요한 거다. 나에겐 그런 것이 없기 때문에 그 허가장이 꼭 필요하다.」
「농담하지 마라!」
「농담은 한 적이 없다.」
「비켜라!」
「그렇게 보낼 순 없다.」
「철이 없는 놈! 머리통이 산산조각이 나도 좋은가? 어이! 뤼방! 권총을 다오!」
「프랑셰! 부하를 부탁한다. 나는 이 자를 맡겠다.」
프랑셰는 앞서의 일로 기분이 좋은 때였기 때문에 뤼방이라 불리운 부하를 향해 무턱대고 덤벼들었다. 그는 힘이 세었기 때문에 어렵잖게 상대를 땅에다 메어쳤고 무릎으로 가슴을 짓이기면서
「부디 그쪽을 처치해 주십시오. 이쪽은 제가 해치울 테니까요.」
하고 소리쳤다.
이것을 보고 주인인 귀족은 검을 뽑아 다르타냥을 향해 왔는데 상대는 그렇게 허술하지 않았다.
몇 차례 칼날을 교합하는 사이에 다르타냥의 검은 세 번이나 적에게 상처를 입혔다. 칼끝이 닿을 때마다
「이 일격은 아토스, 이것은 폴토스, 이번에는 아라미스.」 하고 차례로 소리쳤다.

세 번째 칼에 찔리자 귀족은 퍽 하고 쓰러졌다.
다르타냥은 상대가 죽지는 않았더라도 기절한 것으로 보고 다가가서 허가장을 빼앗으려고 했다. 막 손을 뻗어 몸을 뒤지려고 하는 찰나 쓰러진 사내는 아직 손에 들고 있던 검으로 다르타냥의 가슴을 밑에서 푹 찔렀다.
「이 일격은 귀공에게.」
「나의 일격은 이런 거다! 마지막엔 가장 멋진 것!」 하고 다르타냥은 네 번째의 일격으로 적의 몸통을 대지에다 꼬챙이 꿰듯하면서 분연히 부르짖었다.
이것으로 귀족은 눈을 감았으며 정신을 잃고 말았다.
다르타냥은 그의 호주머니에서 통과 허가장을 꺼냈다. 그것은 왈드 백작이라는 이름으로 되어 있었다.
그리고나서 다르타냥은 정신을 잃고 있는——이라기 보다 어쩌면 죽어 있는 아직 스물다섯 살 정도 돼보이는 미남 귀공자에게 잠시 시선을 보냈다. 자기들의 존재조차 알고 있는지 없는지도 모를 사람들의 이해관계를 위해 이런 식으로 목숨을 주고받는 짓을 하는 인간의 불가사의한 운명을 생각하니 그의 입에서는 한숨이 절로 나왔다.
그러나 뤼방의 막 끊어질 것같은 신음소리를 듣자 이런 명상의 안개는 일순간에 사라지고 말았다.
프랑셰는 그 사내의 숨통을 힘껏 죄고 있었다.
「내가 이렇게 죄고 있으면 소리를 내지 않지만 조금이라도 손을 느슨하게 하면 곧 멍멍 짖어댑니다요. 아무래도 이치는 노르망디 놈인 것 같습니다. 그쪽 놈은 기질이 강하니까요.」
과연 그는 그렇게 목을 죄이면서도 무슨 소리를 내고 있지 않은가.
「잠깐!」 하고 다르타냥은 손수건을 꺼내서 재갈을 물렸다.
「이놈을 나무에다 묶어라.」
그리고는 왈드 백작의 몸을 부하 곁으로 운반했다. 이제 곧 해가 질 것이고 게다가 숲속이기 때문에 내일 아침까지는 남의 눈에 띄지 않을 것이라고 생각했다.
「자, 그럼 이제부터는 관리인의 집으로 가야 한다.」
「하지만 나리님은 부상하고 계십니다……..」
「뭐 이 정도는 아무렇지도 않다. 급한 일부터 먼저 하고 상처는 그 다음의 문제야. 어차피 대단한 것은 아니니까.」
두 사람은 관리인의 별장을 향해 걸음을 재촉했다.
왈드 백작의 이름으로 고하게 했다. 그러자 곧 다르타냥은 들어가게 되었다.
「추기관님이 서명한 서류는 가지고 계시겠지요?」하고 관리인은 형식적으로 물었다.
「네. 이것입니다.」
「과연, 이것은 규칙대로 된 것이군요. 그리고 훌륭한 소개까지 곁들여 있고.」
관리인의 말이었다.
「조금도 이상할 게 없지요. 나는 추기관님으로부터 가장 신임을 받고 있으니까요.」
「예하께서는 누군가가 영국으로 건너가려는 것을 막고 싶으신 게죠?」
「그렇습니다. 다르타냥이라는 이름의 가스코뉴 태생인 귀족으로서 세 사람과 한 패가 되어 런던으로 가려고 하기 때문에.」
「그 사람을 당신은 알고 계신가요?」
「누굴 말이지?」
「그 다르타냥이라는…….」
「잘 알고 있지요.」
「잠시, 그렇다면 그의 인상을 가르쳐 주셨으면 좋겠는데요.」
「뭐 그거야 어려울 게 없지요.」
다르타냥은 왈드 백작의 인상에 대해 자세히 말해 주었다.
「부하는?」
「뤼방이라는 사내를 한 사람 대동하고 있지요.」

「철저히 살펴보도록 하겠습니다. 만약 우리들이 체포하게 되면 이젠 추기관님께서 마음을 놓으셔도 되는 거죠. 충분한 경호를 붙여 파리로 호송하게 할 테니까요.」
「그렇게 되면 추기관님의 신임도 두터워지겠지요.」
「돌아가시면 예하와 만나시겠지요 ?」
「그거야 물론.」
「내가 충실한 종이라는 것을 예하께 꼭 전해 주십시오.」
「알겠습니다.」
이렇게 승낙하자 관리인은 크게 기뻐하고는 통과증에 검인을 찍어 다르타냥에게 건네주었다.
다르타냥은 더이상 비위를 맞추는 데 시간을 소비하지 않고 목례하고는 밖으로 나왔다.
다르타냥과 프랑셰는 뛰었다. 그러나 그 숲으로는 가지 않고 길을 돌아 다른 문을 통해 도시로 돌아왔다.
떠날 채비를 끝내고 선장은 항구에서 기다리고 있었다.
「어떻게 되셨습니까 ?」
선장은 다르타냥의 모습을 보고 말했다.
「통과증에 검인을 받아 왔으니까 보게나.」
「또 한 분은 ?」
「그 사람은 오늘은 출발할 수 없게 되었지. 하지만 걱정할 건 없다. 나는 두 사람 분의 뱃삯을 지불할 테니까.」
「그렇다면 빨리 출범하겠습니다.」
「응, 그래야지.」
다르타냥도 이렇게 말했다.
그리고는 프랑셰와 함께 거룻배에 뛰어올라 곧 본선으로 옮겨 탔다.
가까스로 시간에 댈 수 있었던 것이다. 약 오 리 정도 바다로 나갔을 때 빛이 비치고는 대포소리가 울려왔다. 이것은 항구를 닫는 신호였다.

이제 이쯤해서 상처에 대한 치료를 해도 무방한 때였다. 다행히도 다르타냥이 생각했던 것처럼 상처는 무겁지 않았다. 칼끝이 늑골에 닿아 뼈를 약간 스쳤을 뿐이다. 그런데다 속옷이 곧 상처에 달라붙어 버렸기 때문에 출혈도 극히 소량으로 끝나 있었다.

다르타냥의 전신은 물먹은 솜처럼 녹초가 되어 있었다. 그는 갑판에다 침구를 깔게 하고 그위에 눕자마자 그대로 깊은 잠에 빠지고 말았다.

다음날 아침, 날이 밝았을 때에는 벌써 영국의 해안에서 삼, 사십 리 되는 곳까지 와 있었다. 밤 동안에 그다지 바람이 강하지 않아 배의 속도가 느렸는데도.

10시에 배는 도버 항에 닻을 내렸다.

「드디어 도착했군……」

10시 반에 처음으로 영국 땅을 밟은 다르타냥은 저도 모르게 이렇게 중얼댔다.

그러나 아직 과업은 끝난 것이 아니었다. 그러므로 가지 않으면 안 된다. 영국에서는 역마의 설비가 잘 되어 있는 편이었다. 다르타냥과 프랑세는 각기 역마를 빌어 탔고 그 앞을 선구가 달렸다. ──4시간 후에는 수도의 입구에 닿을 수 있었다.

다르타냥은 처음이었다. 영어라면 한 마디도 모른다. 그러나 종이에다 버킹검 공의 이름을 써 보이자 모두 친절하게 공작의 저택을 가르쳐 주었다.

공작은 지금 왕을 모시고 윈저로 사냥을 가 있다는 이야기였다.

다르타냥은 공의 측근 근시에게 어떤 여행시에나 반드시 모시고 가는 사람을 불러 달라고 했다. 이 사내는 프랑스 어를 알고 있었다. 그래서 자기는 파리에서 매우 중대한 용무가 있어 왔기 때문에 한시바삐 공작을 뵙고 싶다고 했다.

다르타냥의 진지한 모습을 보고 그 파토리스라는 이름의 근시도 감동한 것 같았다. 곧 쌍두마차를 준비하게 하고는 이 젊은 경호사를 자신이 안내하기로 했다. 프랑세도 완전히 기진맥진하여 말 위에서 안아서 내려야할 정도였다. 다르타냥만이 무쇠같은 몸이다.
 이 궁에 도착하여 알아 보자 왕과 공작은 그곳에서 이십 리쯤 떨어진 늪지대에서 매사냥을 하고 있다고 했다.
 20분 정도 걸려 그곳에 가자 곧 파토리스의 귀에 매를 부르고 있는 주인의 음성이 들려 왔다.
「공작님께 당신의 이름을 무어라고 여쭈면 될까요?」하고 파토리스가 물었다.
「어느날 밤 퐁 뇌프 다리 위의 사마리텐 앞에서 공작에게 싸움을 걸었던 젊은이라고 해 주십시오.」
「묘한 전갈이군요.」
「그래야만 당장 효과가 있다는 것을 알게 될 것입니다.」
 파토리스는 말을 달려 공작 곁으로 가서 그대로 전하고 그가 기다리고 있다는 것을 알렸다.
 버킹검 공은 그가 다르타냥이라는 것을 곧 알아차렸다. 프랑스에서 어떤 변이라도 일어난 것이 아닌가 하고 덜컥 가슴이 내려앉는 심정으로 당장 그 사자가 기다리고 있는 곳을 물었다. 그리고는 먼 곳에서 경호사의 제복을 보자 말을 몰아 다르타냥 앞으로 달려왔다. 파토리스는 저만큼 물러났다.
「왕비에게 무슨 변이 생긴 것은 아닌가?」
 그렇게 묻는 공작의 말 속에는 그의 우려와 사랑이 그대로 나타나고 있었다.
「그런 일은 없는 것으로 생각합니다. 그러나 왕비님께서는 지금 무언가 중대한 위험에 빠져 계신 것 같습니다. 공작님 외에는 그것을 구할 수 있는 분이 없는 것 같습니다.」
「내가? 만일 그분에게 도움이 된다면 그것은 매우 기쁜 일이지만…… 어서 사정을 말해 주게나.」
「먼저 이 편지를 받으십시오.」
 다르타냥은 이렇게 말했다.
「이 편지는 도대체 누가 보낸 건가?」

「왕비님으로부터인 것으로 압니다.」
「왕비님으로부터?」
이렇게 말하는 버킹검 공의 얼굴이 순간적으로 창백해졌기 때문에 다르타냥은 혹시 기분이라도 나빠진 게 아닌가 생각했다.
그는 편지를 개봉하려다가
「여기가 터져 있는 것은 왜지?」하고 그 편지에 구멍이 뚫려 있는 것을 달타냥에게 보였다.
「원 이럴 수가. 지금까지 그걸 모르고 있었습니다. 그것은 왈드 백작이 제 가슴을 관통시키려다 실패한 자국입니다.」
「그렇다면 그대는 부상하고 있는 게 아닌가?」
버킹검 공은 편지를 뜯으면서 이렇게 물었다.
「아닙니다. 대단치 않습니다. 스쳐간 상처니까요.」
다르타냥은 아무렇지도 않다는 듯이 이렇게 대답했다.
「이거 야단났군. 무슨 꼴이람……」
편지를 들고 있는 공작의 손이 바들바들 떨리고 있었다.
「파토리스! 너는 이곳에 있으면서 어떻게 해서든 폐하 곁으로 가서 나는 별안간 급한 일이 생겨 런던으로 돌아갔다고 사과말씀을 여쭈어 다오.…… 그럼 가자! 어서…….」
공과 다르타냥은 다시 런던 시내를 향해 다급하게 말을 몰았다.

21. 윈텔 백작 부인

　말을 타고 달리면서 공작은 다르타냥이 알고 있는 범위내에서 이것저것 물었다. 다르타냥이 조금씩 말하는 것을 자신의 기억과 결합시켜 본 공작은 이 왕비의 간단한, 뚜렷하지 않은 편지로서도 대개는 일의 중대성을 짐작할 수 있었다. 다만 한 가지 이상한 것은——이 청년에게 어떤 일이 있어도 영국 땅을 밟게 하고 싶지 않을 추기관이 왜 도중에서 막지 못했는가 하는 점이었다. 공작의 얼굴에는 그와 같은 불식의 표정이 뚜렷했기 때문에 다르타냥은 출발 전에 세웠던 작전의 내용과 도중에서 피투성이가 되어 쓰러진 세 명의 친구 덕으로 자기는 왕비의 편지에 구멍을 뚫은 가벼운 상처만을 입고 비교적 무사히 이곳까지 올 수 있었던 것이라고 그간의 경위를 설명했다. 그 이야기하는 모습이 매우 솔직했기 때문에 공작은 청년의 옆얼굴을 몇 번이고 이상하다는 눈으로 훔쳐보았다. 아무리 생각해도 그토록 완벽한 신중성과 용기, 그리고 충절이 아직 스무 살도 채 되지 않은, 이렇듯 젊고 앳된 얼굴에는 걸맞지 않은 것으로 생각되었기 때문이었다.
　말은 바람처럼 달려 4, 5분 사이에 런던의 교외까지 왔다. 다르타냥은 시내에 들어가면 공작도 말의 속도를 늦출 것으로 생각했으나 그렇지 않았다. 공작은 말의 속도를 조금도 늦추지 않았으며 거리의 통행인이 말발굽에 채이는 것에도 전혀 관심이 없는 것 같았다. 실제로 거리를 가로지를 때 두, 세 번 그런 일이 일어났으나 공작은 뒤도 돌아보지 않았다. 다르타냥은 시민들의 와자지껄한 속을 공작의 뒤를 따라 달렸다.

저택의 앞뜰로 들어가자 버킹검 공은 말에서 뛰어내려 고삐를 말의 목에다 내던지고는 뒤도 돌아보지 않고 집 안으로 뛰어갔다. 다르타냥도 그 뒤를 쫓았으나 마음 속으로는 말에 신경이 쓰였다. 그런데 곧 부엌문 쪽에서 삼, 사 명의 부하가 나와 말을 붙들었다.

공작은 다르타냥도 따라갈 수 없을 정도의 빠른 걸음으로 프랑스의 대제후들도 생각할 수조차 없는 화려한 방을 연달아 지나 침실로 들어갔다. 이곳 역시 굉장한 장식으로 치장되어 있었으며 그의 고상한 취미를 엿볼 수 있었다. 침대가 있는 알코브 안에 문이 있고 그 위에는 색실로 무늬를 짜 넣은 직물이 드리워져 있었다. 이 문을 공작은 목에 걸고 있는 금줄에 매단 작은 황금 열쇠로 열었다. 다르타냥은 예의상 약간 뒤쪽에 서 있었다. 버킹검 공은 열린 입구의 문턱 위에 서서 주저하고 있는 다르타냥을 보고

「이리 들어오게나. 만약 그대가 언젠가 왕비로부터 뵐 것을 허가받는 기회가 있다면 이곳에서 본 것을 그대로 여쭤 주길 바라기 때문일세.」

지시에 따라 다르타냥은 공작의 뒤를 따라 들어갔고 뒤에 있는 문을 닫았다.

두 사람은 거기에서 페르시아 직물과 금실자수로 빈틈없이 쳐놓은 신당과도 같은 방으로 들어갔다. 수많은 촛불로 비쳐지고 있는 제단 같은 곳에 홍백의 깃털장식을 붙인 파란 비로드의 막이 드리워져 있었고 그 아래에는 안느 왕비의 등신상이 걸려 있었다. 너무나 실물과 흡사하기 때문에 방금이라도 왕비의 붉은 입술에서 말이 새어나올 것만 같아 다르타냥은 저도 모르게 앗 하고 소리치고 말았다.

초상 앞에는 다이아몬드의 장식용 끈이 들어 있는 상자가 놓여

있었다.

　공작은 마치 사제가 그리스도 앞에 나가듯 경건한 자세로 단 앞에 나가 무릎을 꿇고는 그 상자를 손에 들었다.

　「보게나. 바로 이것일세. 나는 죽게 되면 이 장식용 끈과 함께 묻도록 지시하려고 마음 속에 맹세까지 하고 있었다네.」

　공작은 이렇게 말한 다음 그 작은 상자에서 보석이 찬연한 빛을 발산하고 있는 파란 끈을 꺼냈다.

　「이것을 왕비는 나에게 주셨던 거지. 그리고 지금 다시 회수하시려는 거야. 그러나 그분의 뜻은 신의 뜻과 같은 것…… 그에 반대할 순 없는 거다.」

　공작은 그 보석의 하나하나에 입술을 댔다.──그러다가 공작은 가공할 정도로 고함쳤다.

　「왜 그러십니까?」

　다르타냥은 걱정이 되어 이렇게 물었다.

　「돌이킬 수 없는 사태가 벌어진 거다.」

　공작의 얼굴은 죽은 사람처럼 완전히 창백해지고 말았다.

　「보석이 두 개 부족하다. 열 개밖에 없다…….」

　「분실하신 것인가요. 아니면 누가 훔쳤다고 생각하십니까?」

　「도난당한 거야. 추기관의 짓이다. 자, 보게나. 이 보석을 잇고 있는 끈이 가위로 잘려져 있지 않은가.」

　「그 도둑에 대해 혹시 짐작이 가시는 거라도…… 그 사람의 손에 아직 그 보석이 있을지도 모릅니다.」

　「아니 잠깐! 그 보석을 몸에 장식했던 것은 단지 한 번뿐이었고 그것은 폐하가 베푸신 무도회 때였지. 한 주 전에 윈저 궁에서였다. 그 무도회에서 약간 사이가 벌어졌던 윈텔 백작 부인이 화해하기 위해 내 곁에 와 있었지. 그 화해는…… 그러고 보니 질투했던 여인의 복수였던 것이군. 그 날 이후에는 만난 적이 없는데 그 여자가 추기관의 앞잡이인 거다.」

　「이젠 온 세계에 뿌리를 뻗고 있군요.」

다르타냥은 기가 질려 이렇게 말했다.
「그렇지 그런 거라구.」하고 버킹검 공은 분노로 이를 뿌드득 갈면서
「정말 무서운 강적이군. 한데 이번 무도회는 언제 있는가?」
「다음 월요일입니다.」
「다음 월요일? 아직 오 일간의 여유가 있는 셈이군. 좋다. 여유는 충분하다. 파토리스! 파토리스!」하고 공작은 입구에서 근시를 불렀다. 그러자 심복 근시가 나타났다.
「보석상과 비서를 불러다오.」
근시는 잠자코 바람처럼 모습을 감추었다. 무엇 하나 거역하지 않고 맹목적으로 복종한다는 것을 알 수 있었다.
먼저 부르게 했던 것은 보석상이었으나 저택내에 있는 비서가 먼저 달려왔다. 버킹검 공작은 침대의 테이블에 앉아 명령서를 자필로 쓰고 있었다.
「잭슨! 그대는 지금부터 법무장관에게 가서 이 명령서를 내가 주었다고 전해 주게나. 이 명령은 당장 공포하기를 바라는 거다.」
「한데 각하! 만일 법무장관이 이와 같은 비상 수단을 취하시게 된 동기에 대해 질문하면 어떻게 대답하면 좋겠습니까?」
「내가 그렇게 하는 것을 바란다고 해라. 내 의사에 대해 설명할 필요는 없다고 말하라.」
「폐하께 대한 대답도 그 말씀으로 되실런지 모르겠습니다만.」
비서는 미소를 지으면서 말했다.
「만일 말입니다…… 폐하께서 왜 영국의 모든 항구에서 나가는 배에 대해 일제히 정선 명령을 발했는지? 이상히 여기실 경우…….」
「과연, 그렇겠군. 폐하께는 내가 드디어 프랑스에 대해 전쟁을 선포하기로 결정했다, 그리고 이것은 프랑스에 대한 최초의 도전적인 시위인 것이라고 여쭈면 된다.」
그러자 비서는 목례를 한 다음 밖으로 나갔다.
「그 문제는 우선 이것으로 안심할 수 있다.」

21. 윈텔 백작 부인

버킹검 공은 다르타냥을 돌아보며 이렇게 말했다.
「아직 보석이 프랑스로 가지 않고 있다면 그대보다 늦게 도착하게 될 테니까 말이야.」
「왜 그렇게 됩니까?」
「나는 지금 영국 항구에 정박중인 모든 배에게 밖으로 나가지 못하도록 명령을 내린 거다. 특별 허가가 없는 한 어느 배를 막론하고 당분간 나갈 수 없는 거지.」

국왕이 신뢰해서 부여하고 있는 무한한 권력을 자기 개인의 사랑을 위해 사용하려고 하는 사람을 다르타냥은 다만 망연한 눈으로 바라보고 있었다. 버킹검 공도 다르타냥의 얼굴 표정에서 그런 심중을 읽고는 빙긋이 웃었다.

「사실인 거야. 나의 진정한 여왕이니까. 그분의 말 한 마디로 나는 국가를 배신하고 왕이나 신을 배신한대도 결코 후회하지 않을 테니 말이다. 내가 라 로셀의 신교도들과 약속했던 원조를 중단해 달라고 안느 왕비가 부탁했을 때 나는 왕비의 말을 두말 않고 따른 적이 있었지. 그래서 나는 신교도들에 대한 약속을 지키지 못했지만 뭐 어떻게 하겠나. 그 부인의 희망에 따를 수밖에. 그 덕으로 나는 큰 보상을 받았거든. 저 초상을 얻었으니까 말야.」

한 나라 국민의 운명과 많은 사람들의 목숨이 그 얼마나 하잘것 없는 것이며 숨어 있는 권력의 끈에 의해 조종되고 있는가——그런 것을 생각하고 다르타냥은 한동안 아연 실색하고 있었다.

그가 깊은 상념에 잠겨 있을 때 마침 금은세공사가 들어왔다. 아일랜드 인의 건강한 장인으로서 버킹검 공의 일에서만도 1년에 십만 리블이나 돈을 벌고 있다고 그 스스로 말하고 있는 사내였다.

공작은 그를 좀전의 그 작은 방으로 들어오게 했다.
「이 다이아몬드의 장식용 끈을 보게나. 한 개 값이 얼마나 되겠나?」

오렐리라는 이름의 이 세공사는 그 훌륭한 보석을 한 번 힐끗 보고는 머릿속에서 계산한 다음 곧 대답했다.

「한 개에 천오백 피스톨입니다.」
「이것과 똑같은 것을 두 개 만드는 데 며칠이 걸리겠나? 두 개가 부족하기 때문이야.」
「팔 일은 소요됩니다.」
「한 개에 삼천 피스톨 주겠다. 모래까지 필요한 걸세.」
「…… 그렇게 해 보겠습니다.」
「정말, 기특하군. 그런데…… 그 외에 조건이 있다. 그 보석에 관해서는 절대 남에게 누설해서는 안 된다. 그러니 꼭 이 저택 내에서 만들지 않으면 안 되네.」
「그것은 곤란합니다, 공작님. 그 원품과 똑같은 것을 만드는 것은 저 외에는 불가능한 일입니다.」
「그러니까 자네를 이 저택에 당분간 감금시켜 두겠네. 이제 돌아갈 생각을 말도록 하게나. 잘 생각해서 수발을 들어 줄 제자는 누구 누구인지 말해 보게나. 그리고 가져 와야 할 연장은 어떤 것인지도 말하구.」
세공사는 공작의 성품을 잘 알고 있었다. 섣부른 반대는 통하지 않는다―그래서 곧 마음을 굳혔다.
「아내에게 알려 주어도 좋겠습니까?」
「좋다뿐이겠나. 만날 수도 있지. 감금한다고 해도 지극히 소중하게 대접할 테니 안심하게나. 그런 불편에 대해서는 의당 보상하지 않으면 안 될 테니까. 자 이것은 보석 대금과는 별도로 천 피스톨의 어음일세. 우선 이것으로 거북하고 답답한 것은 잊어 주길 바라네.」
다르타냥은 사람과 거액의 돈을 마음대로 쓰고 있는 재상의 행동을 보고 마치 꿈을 꾸고 있는 듯한 느낌이었다.
그래서 세공사는 처에게 천 피스톨의 어음을 첨부해서 편지를 썼다―이것을 보는 대로 가장 기술이 뛰어난 제자를 보내고, 다이아몬드 한 벌(그 중량과 품종을 소상히 적어서)과 필요한 연장 일습을 보낼 것.
버킹검 공은 세공사에게 방 하나를 제공해 주었는데 이 방은 반 시간 후에 완전히 세공장으로 바뀌었다. 그 문간마다 파수꾼을 세웠고 근시 파토리스 이외에는 아무도 근접할 수 없게 했다. 안에서 일하는 직공들도 어떤 이유로든 일체 외출이 금지된 것은 두말할 나위가 없다.

이와 같은 상황을 돌아본 뒤에 공작은 다르타냥이 있는 곳으로 돌아왔다.

「그럼, 이번에는 그대 차례다. 영국 왕국은 지금 우리 두 사람의 손 안에 있는 거야. 무엇이 필요한가? 무엇을 줄까?」

「침상을……」

다르타냥은 조금도 주저하지 않고 이렇게 말했다.

「그것이 지금의 저에게는 가장 필요한 것입니다. 솔직히 말해서 너무 지쳤으니까요.」

버킹검 공은 자신의 거실 바로 옆에 있는 방을 다르타냥에게 주었다. 이 청년은 안심할 수 있는데다 왕비에 대한 이야기를 수시로 할 수 있는 말 상대가 될 것이기 때문이었다.

그로부터 1시간 후에는 런던 전역에 프랑스로 가는 배는 비록 우편선이라 할지라도 일체 출항하는 것을 금한다는 포고가 공포되었다. 그것은 누구의 눈에도 드디어 양 국가간의 선전 포고로 보였던 것이다.

다음날 11시에 부탁했던 두 개의 다이아몬드가 완성되었다. 참으로 정교하게 만들었기 때문에 버킹검 공은 도저히 원품과 구별할 수가 없었다. 가장 훌륭한 감정가에게 보여도 충분하리라고 생각되었다. 그래서 공작은 곧 다르타냥을 불렀다.

「그대가 가지고 갈 것을 이제야 건네주게 되었다. 내가 최선을 다했다는 것을 그대는 증인이 되어 줄 것으로 믿는다. 나는 사실상 최선을 다했으니까 말일세.」

「걱정 마십시오. 저는 이 눈으로 본 것을 모두 여쭙겠습니다. 그런데 이 보석은 상자에 넣지 않고 가져다 드리는 것입니까?」

「상자는 방해가 될 것이다. 그리고 이것은 소중한 기념품이기도

한 거지. 그래서 내가 소장할 심산이다. 그렇게 전해 주기 바란다.」
「그대로 여쭙겠습니다.」
「그럼 이것으로 작별이군.」
버킹검 공은 이렇게 말하면서 다르타냥의 얼굴을 그윽히 바라보았다.
「그대에게는 어떻게 사례하는 것이 좋을까?」
이 말을 듣는 순간 다르타냥의 얼굴은 화끈 달아올랐다. 공작께서 자기와 자기의 친구들이 흘린 피에 대해 영국의 금으로 보상하려고 하는 것을 보고는 불쾌한 감정이 치솟았기 때문이었다.
「실정을 충분히 생각하시고 오해가 없으시길 바라는 마음에서 여쭙겠습니다만, 저는 프랑스의 국왕과 왕비에게 시중들고 있는 사람입니다. 에살 후작 소속의 경호사입니다만, 저의 장관은 처남인 트레빌 경 못지않게 양 폐하에게 진심으로 충성을 맹세하고 계시는 분입니다. 그리고 그것만이 아닙니다. 이번의 과업을 제가 맡게 된 이면에는 제가 기쁘게 해 주고 싶은 한 부인이 있습니다. 마치 공작님에게 왕비님과 같은…….」
「응, 그렇군!」
공작은 미소를 지으면서 말했다.
「그 부인은 나도 알 것 같군. 그렇다면…….」
「각하! 저는 이름을 여쭙지 않았습니다.」 하고 다르타냥은 힘주어 말했다.
「그러고 보니 내가 감사해야 할 사람은 오히려 그 부인인 셈이군그래.」
「그렇습니다. 왜냐하면……이렇게 해서 드디어 양국간에 전쟁이 야기가 나오게 된 오늘 저는 각하를 뵈오면 한 사람의 영국인, 따라서 윈저 별궁의 정원이나 루브르 궁의 복도에서 뵙는 것보다 오히려 싸움터에서 만나는 것이 떳떳할 거라는 느낌이 드니까요. 그렇지만 하명된 소임을 완수하기 위해서는 물론 목숨을 바칠 각오라는 것에는 아무 변함이 없습니다. 그러나 반복해서 여쭙니다만 개인으로서는 각하께서 제가 한 일에 대해 고마워 하실 필요가 없다는 것은 언젠가의 밤에 제가 했던 것에 대해 사례를 하실 필요가 없으셨던 경우와 똑같기 때문입니다.」

「우리 나라에서는 이것을 〈스코틀랜드 인의 품위〉라고 하지.」 하고 버킹검 공은 혼자 중얼댔다.

「저희 나라에서는 〈가스코뉴 인의 콧대〉라고 합니다. 가스코뉴 인은 이를테면 영국의 스코틀랜드 인인 셈이군요.」

이렇게 말하고 다르타냥은 머리를 숙여 인사한 다음 밖으로 나가려고 했다.

「그럼, 이대로 갈 셈인가 ? 어디에서 어떻게 돌아갈 생각이지 ?」

「참, 그렇군요.」

「이거야 원 ! 프랑스 인은 무작정이군그래.」

「저는 영국이 섬나라이고 공작께서 그 지배자라는 것을 깜박 잊고 있었습니다.」

「항구에 가서 〈샌드〉라는 돛단배를 찾아 선장에게 이 편지를 주게나. 그러면 그대를 어떤, 아무도 모르는 작은 항구로 보내 줄 걸세. 보통은 어선밖에 닿지 않는 장소라네.」

「그 항구의 이름은 ?」

「산 발레리라고 하지. 그리고 또 말해 둘 게 있네. 그곳에 닿으면 허술한 여인숙 하나가 있을 테니 그 집으로 들어가게나. 여인숙은 이름도 간판도 없는 어부들이 모이는 장소와 같은 집이지. 그 집밖에 없으니까 모를 까닭이 없네.」

「그리고나서는……..」

「여인숙 주인을 찾아 포워드(Forward)라고 말하게나.」

「무슨 뜻입니까 ?」

「〈전진〉이라는 뜻인데 이것이 암호일세. 그렇게 말하면 안장을 채운 말을 주고 갈곳을 가르쳐 줄 거야. 이렇게 해서 도중에 네 개의 역마를 차례차례 바꿔 탈 수 있을 걸세. 파리에 있는 그대의 주소를 역에다 말해 두면 이 네 필의 말은 후일 그대의 집으로 보내질 거야. 그대는 그 동안 이곳의 말 두 필을 이미 시험해 보고 마음에 들어한 것 같더군. 그 역마도 결코 그 말에 뒤지지 않을 걸세. 내 말을 믿게나. 우리들도 그 말을 탔었으니까. 딴은 전쟁시에 대비해서 준비해 둔 말이거든. 그대가 아무리 고집이 세더라도 그 중의 한 필을 받아 주었으면 하네. 나머지 세 필은 그대의 친구들에게 주게나. 우리 나라와 싸울 땐 군마가 되기도 하겠지. 〈목적은 수단을 가리지 않는다〉는 속담이 프랑스에는 분명히 있지 않은가, 안 그래?」

「아닙니다. 진심으로 감사히 받겠습니다. 그리고 충분히 활용하겠습니다.」

「그럼, 악수하자구. 정녕코 가까운 장래에 싸움터에서 만나게 되겠지만, 그래 오늘만은 의좋게 작별하는 게 어떤가?」

「그렇습니다. 언젠가는 적으로서 만나뵐 날을 기약하면서……」

「안심하게나. 약속하겠네.」

「그 말씀을 믿겠습니다.」

다르타냥은 이렇게 말하고 공작에게 목례한 다음 빠른 걸음으로 대문을 향했다.

런던탑 맞은편에서 공작이 지정해 준 배를 발견했다. 편지를 건네주자 선장은 관리의 검인을 받아다 주었고 곧 출범 준비를 끝냈다. 이미 출범 채비를 끝낸 채 정박하고 있는 배가 오십 척이나 있었다.

그 중 한 척의 배가 스칠듯 아슬아슬하게 지나갈 때 다르타냥은 언젠가 망의 도시에서 본 여인, 수수께끼의 기사가 밀레이디라고 불렀던 아름다운 여인을 언뜻 본 것 같았다. 그러나 물의 흐름이 빨랐고 뒤쪽에서 부는 바람으로 배가 워낙 빨리 치달았기 때문에 깜빡할 사이에 그 모습을 놓치고 말았다.

다음날 아침 9시 무렵 산 발레리에 도착했다.

다르타냥은 곧 공작이 말했던 여인숙을 찾았다. 안에서 와자지껄 떠드는 소리가 새어나오고 있는 것을 보고 다르타냥은 그 집이라는 것을 당장 알 수 있었다. 드디어 영국과 프랑스 사이에 전쟁이 터지게 될 것 같다고 수근거리고 있었다. 쾌활한 뱃사람들이 모두 큰소리로 떠들고 있었다.

다르타냥은 사람들 사이를 비집고 주인 곁으로 다가가서 〈포워드〉라고 속삭였다. 그러자 주인은 곧 일어나 따라오라고 신호하고는 안뜰의 마굿간으로 데리고 갔다. 거기에는 이미 안장을 채워 둔 말이 준비되어 있었다. 그리고 주인은 다른 일은 없는가 하고 물었다.

「이제부터 가는 길을 가르쳐 주시오.」

「먼저 블런디로 가십시오. 그곳에서 뉴셔틀로. 뉴셔틀에서 〈황금의 써레〉라는 여인숙에 들어가서 주인에게 암호를 대면 이곳에서와 같이 말을 줄 것입니다.」

「사례로는 얼마를 드릴까요?」

다르타냥이 물었다.

「이미 선불로 받았습니다. 더구나 충분히 받았으니까요. 그럼 떠나십시오. 내내 조심하시고.」

「감사합니다.」 하고 다르타냥은 열심히 치달았다.

4시간 후에 뉴셔틀에 도착했다.

가르쳐 준 대로 하고 다시 말을 바꿔탔다. 먼저 탔던 말의 안장에서 권총을 빼내어 가지고 가려고 하자 새로운 안장 주머니에도 이미 같은 형의 권총이 들어 있지 않은가.

「파리에 있는 주소는?」

「에살 후작 소속, 경호사 대기실.」

「알겠습니다.」

「지금부터 갈 길은?」

다르타냥이 물었다.

「루앙 가도입니다. 도시를 왼쪽에 두고 가시면 됩니다. 에퀴 마을에서 머물고, 그곳에는 하나밖에 없는 〈프랑스의 방패〉라는 여관이 있습니다만, 외모는 허술하지만 마굿간에는 이 말과 똑같은 말이 매어져 있습니다.」

「암호도 같은가요?」
「네. 그렇습지요.」
「그럼, 갑니다. 주인!」
「부디 안녕히. 달리 무슨 용무는 없으신지요?」

다르타냥은 고개를 가로젓고 말에다 박차를 가했다. 에퀴에서도 같은 일이 되풀이되었다. 눈치 빠른 여관 주인. 힘이 센 역마. 같은 주소를 대고는 폰트어즈로——. 폰트어즈에서 마지막으로 바꿔 탄 역마는 밤 9시에 트레빌 저택의 앞뜰로 말굽소리를 울리면서 뛰어들었다.

12시간에 약 육백 리를 달려온 셈이었다.

트레빌 경은 다르타냥을 마치 그날 아침에도 만났던 것처럼 맞았다. 그러나 그 손을 쥐었을 때에는 평소에는 없었던 힘이 들어 있었다. 트레빌 경은 그에게 마침 에살 후작의 경호사대가 루브르 궁의 경호 당번으로 가 있으니까 곧장 가서 근무하는 게 좋겠다 ——고 말했다.

22. 무도회

　다음날, 파리 시내는 시의 의회가 왕과 왕비를 위해 개최하는 무도회에 대한 화제로 들끓었다. 양 폐하는 그 무도회에서 왕이 특히 좋아하는 유명한 멜레종의 발레를 추신다는 이야기도 자자했다.
　벌써 8일 전부터 이 성전을 위해 만반의 준비가 진행되었다. 참석하는 귀부인들을 위해서는 높은 관람석이 마련되었고 대회당에는 이백 개나 되는 백랍의 대촉대가 준비되어 있었다. 이것은 당시로서는 처음 보는 호화판이었다. 한편 스무 명의 악사가 초빙되었는데 그 보수도 평소의 두 배라고 했다. 그것은 철야 연주였기 때문이다.
　오전 10시, 근위의 기수인 라 코스트가 두 명의 총사와 수명의 총사수를 대동하고 시청 서기 크레망으로부터 시청의 각 문과 방의 열쇠를 인수하려고 왔다. 열쇠에는 하나하나 표가 붙어 있었고, 이것을 받으면 그 시각부터 라 코스트가 시청의 각 문과 통로의 경호를 맡는 것으로 되어 있었다.
　11시에 근위 대장인 뒤아리외 경이 오십 명의 총사수를 인솔하고 도착, 각각의 담당 장소에다 배치했다.
　3시에는 2조의 근위 경호사가 나타났다. 1조는 프랑스의 무사였고 다른 1조는 스위스 인 조이다. 이 경호사의 인원은 뒤아리외 경 소속과 에살 후작 부하가 반반씩 섞여 있었다.

저녁 6시에는 초청된 사람들이 도착하기 시작했다. 모두 대회당의 높은 관람석으로 안내되었다.

9시가 되자 대법관의 부인이 도착했다. 이 사람은 왕비 다음으로 이 무도회의 고귀한 부인이기 때문에 시청 고관들의 영접을 받았고 왕비석 정면에 있는 관람석으로 들어갔다.

10시에는 성 요하네 성당 쪽의 작은 방에서 왕에게 드릴 다과 준비가 네 사람의 총사수들이 경호를 받고 있는 시청내의 백은식 기장 앞에서 시행되었다.

한밤중인 12시, 커다란 환호가 울려퍼졌다. 왕이 드디어 루브르 궁을 출발, 시청으로 오고 있었던 것이다. 그 통로는 모두 오색등으로 휘황찬란했으며 눈이 부실 정도였다.

시의 의원들은 즉시 예복으로 바꿔입고 봉화를 든 여섯 명의 부하를 거느리고 왕을 영접하기 위해 나갔다. 시청의 정문 계단에서 맞아 시장이 정중하게 환영 인사를 했다. 왕은 늦어진 데 대해 사과하였는데 왕은 정무를 위해 11시까지 붙들고 놓아 주지 않은 추기관에게 죄가 있다고 변명했다.

정장한 왕의 뒤에는 왕제 전하, 소파송 백작, 대수도원장, 롱빌 공, 델브프 공, 다르클 백작, 라 로슈 기용 백작, 리앙쿨 경, 바라다 경, 크라마이외 백작, 스브레 경 등 기라성 같은 귀빈들이 따르고 있었다.

모두의 눈에는 왕의 심기가 좋지 않은 것처럼 보였다.

왕과 왕제에게는 별실이 마련되어 있었고 그곳에 가장할 의상도 준비되어 있었다. 왕비와 대법관 부인에게도 그런 식으로 준비되어 있었다. 그리고 대동한 귀부인과 제후들은 다른 대기실에서 두 사람씩 옷을 갈아입게 되어 있었다.

방에 들어가기 전에 왕은 추기관이 도착하면 곧 알리라고 명령했다.

그로부터 반 시간 후 다시 환호성이 울려퍼졌다. 왕비가 도착한 것이다. 시청 관리는 아까와 같은 순서로 영접하였다.

22. 무도회

　대회당으로 조용조용 걸어가고 있는 왕비의 얼굴에는 역시 좀전 왕의 얼굴에 감돌고 있던 것과 같은 우수의 그림자가 드리워 있었다.
　왕비가 들어오는 것과 동시에 지금까지 축 쳐져 있던 작은 단의 커튼이 슬며시 걷히고 스페인 기사의 복장을 한 추기관의 창백한 얼굴이 슬그머니 나타났다.
　날카로운 눈이 왕비에게 쏠린 순간 기괴한 미소가 추기관의 입가에 떠올랐다. 왕비는 다이아몬드의 장신구를 달고 있지 않은 것이다.
　왕비는 한동안 의원들의 인사와 귀부인들의 목례에 답하고 있었다.
　갑자기 왕과 추기관의 모습이 입구 쪽에 나타났다. 추기관이 무언가 소곤대고 있었다. 왕의 얼굴은 몹시 창백해졌다.
　왕은 혼잡 속을 헤집고 탈도 쓰지 않은 채 방한용 속옷의 끈마저 보기 흉하게 풀어진 모습으로 왕비의 곁으로 다가가서 정상적인 것으로는 도저히 생각할 수 없는 음성으로 말했다.
　「어째서 그 다이아몬드의 장식을 달지 않는 거요? 내가 보고 싶다고 그만큼 말했는데……」
　그 말을 듣고 왕비가 슬며시 주위를 돌아다 보자 섬뜩한 미소를 머금고 있는 추기관의 얼굴이 바로 뒤에 있었다.
　「이와 같은 혼잡 속에서 분실하면 큰일이다 싶어서……」
　왕비의 음성은 떨리고 있었다.
　「그건 잘못이오. 그것은 당신의 몸에 달도록 내가 선물한 거요. 잘못한 거요. 그건……」
　왕의 음성이 분노로 떨고 있었기 때문에 사람들은 슬그머니 귀를 세우고 까닭을 알려고 동태를 살폈다.
　「그러시다면…… 이제부터 루브르 궁으로 사람을 보내 가져오도록 하겠습니다. 그렇게 하면 기분이 나아지실는지요?」
　왕비는 이렇게 말했다.
　「그렇게 해요. 가능한 한 빨리. 이제 한 시간 후면 무도가 시작될 테니까.」
 왕비는 목례를 하고나서 시녀와 함께 별실로 사라졌다.
 왕도 자신의 거실로 돌아갔다.
 대회당은 잠시 술렁이는 것 같았다.
 뭔가 왕과 왕비 사이에 문제가 있는 것이다——모두 그렇게 느꼈다. 그러나 이야기소리가 워낙 낮은 데다 모두 사양해서 좀 거리를 두고 있었기 때문에 실제 대화 내용은 아무도 듣지 못했다. 바이올린이 일제히 울리기 시작했다. 그러나 아무도 그것에는 관심이 없었다.
 왕이 맨 앞에 서서 거실에서 나왔다. 맵시 있고 산뜻한 사냥복 차림이었다. 왕제와 다른 제후들도 모두 똑같은 복장이었다. 이 복장은 왕에게 빈틈없이 잘 어울렸기 때문에 이런 복장을 했을 때만은 누구의 눈에나 과연 왕국 제일의 귀공자로 보였다.
 추기관이 왕 곁으로 다가가서 작은 상자 하나를 건넸다. 그 상자 안에는 다이아몬드 알이 두 개 들어 있었다.
「이게 뭔가?」
 왕은 의아스러운 표정으로 물었다
「아무것도 아닙니다. 만일 왕비가 그 장신구를 달고 계시거든——과연 달게 되실는지 어떨는지——그 보석의 수를 세어 보십시오. 만약 열 개밖에 없으면 왕비에게 이 두개를 훔친 사람이 누구인지 물어 보십시오..」
 왕은 무어라 말하려고 추기관의 얼굴을 매섭게 노려 보았다. 그러나 말할 짬이 없었다. 그곳에 있는 모두의 입에서 일제히 환호성이 터져 나왔던 것이다. 왕이 이 나라 첫째의 귀공자로 보였다면 왕비의 자태는 그야말로 프랑스 제일의 미녀로서 눈이 부실 만큼 아름다운 빛으로 이 대회당을 빛냈던 것이다.
 그것은 사냥복이 한 치의 오차도 없이 몸에 잘 맞았기 때문이기도 했으리라. 짙은 청색의 깃털 장식이 붙은 펠트 모자와 진주색 비로드의 외투가 다이아몬드로 고정되어 있고 은실로 자수한 짙은

22. 무도회

청색 공단의 스커트——그리고 왼쪽 어깨에는 깃털 장식과 스커트와 같은 색의 끈으로 고정시켜 놓은 다이아몬드의 장식용 끈이 찬연히 빛나고 있지 않은가.

왕의 얼굴은 당장 기쁨으로 환해졌고 추기관은 분노로 떨고 있었다. 그러나 두 사람은 모두 왕비로부터 떨어져 있었기 때문에 다이아몬드의 수를 정확하게 셀 수는 없었다. 아뭏든 왕비가 그것을 가지고 있다는 것은 움직일 수 없는 사실이다. 이제는 그 보석의 수가 열 개인가 열두 개인가 하는 문제만이 남아 있는 것이다.

그때 바이올린이 무도의 시작을 알렸다. 왕은 무도 상대인 대법관 부인 쪽으로 걸어갔고, 왕제 전하는 왕비 곁으로 다가갔다. 다른 사람들도 각기 자리를 잡았고 마침내 무도는 시작되었다.

왕이 추고 있는 위치는 마침 왕비의 정면이었기 때문에 그 눈은 부단히 장식용 끈에 쏠리고 있었으나 그래도 그 수를 정확히 알 수는 없었다. 추기관의 이마에 비지땀이 솟아났다.

춤은 한 시간 가량 계속되었다——앙트레가 열여섯 번 있었다.

춤이 끝나자 우뢰와 같은 박수가 울려퍼지는 가운데 각자 자신의 무도 상대인 부인을 자리로 데리고 갔다. 그 중에서 왕은 그럴 필요가 없는 신분인 것을 기화로 뚜벅뚜벅 왕비가 있는 쪽으로 걸어갔다.

「내가 바라고 있는 대로 해 주어서 고맙소. 하지만 그 장식용 끈에는 보석이 두 개 부족할 것이오. 그것을 돌려 주리다.」

이렇게 말하고 아까 추기관에게서 받은 두 개의 다이아몬드를 왕비의 눈앞에 내놓았다.

「무슨 말씀을 하시는 것입니까? 이것 외에 또 두 개를 더 주시는 것인가요. 그럼 모두 열네 개가 되는군요.」

왕비는 일부러 놀라는 표정을 지으며 이렇게 말했다.

왕이 놀라 세어보니 열두 개의 보석이 왕비의 어깨에서 빛나고 있지 않은가.

왕은 추기관을 불러

「도대체 이것은…… 어떻게 된 거요?」하고 엄한 어조로 말했다.

「……실은 왕비님께 이 보석을 드리려고 생각했습니다만 제 손으로 드리는 것이 너무 송구스러워서 결국 이런 방법을 택한 것입니다…….」

「추기관님에게 깊은 감사를 드립니다.」

이렇게 말하는 왕비의 얼굴에는 그 따위 변명에는 속지 않는다는 것을 보여 주는 미소가 감돌고 있었다.

「이 두 개의 보석을 당신이 손에 넣게 된 데는 폐하께서 전에 주셨던 열두 개의 보석에 못지않을 만큼 많은 돈이 드셨을 테니까요.」

왕비는 이렇게 말하고는 왕과 추기관에게 목례한 다음 그길로 옷을 바꿔입는 거실로 가고 말았다.

그런데, 이 장(章)의 처음부터 등장하는 고귀한 사람들에 대한 이야기에만 치중한 나머지 정작 왕비로 하여금 추기관으로부터 거둔 전례없는 승리――이 승리를 가져다 준 진짜 공로자를 한동안 잊고 있었다. 그 당사자는 이 혼잡 속에 묻혀 아무에게도 그 존재를 알리지 않은 채 한 개의 문에서, 다만 네 사람――왕과 왕비, 추기관 그리고 그 자신을 제외하고는 아무도 그 까닭을 모르는 좀전의 광경을 지켜보고 있었다.

왕비가 방으로 들어가 버렸기 때문에 다르타냥도 그곳에서 떠나려고 했다. 그때 그의 어깨에 손을 댄 사람이 있었다. 돌아보자 젊은 여자가 손짓하고 있었다. 얼굴을 검정 비로드의 탈로 가리고 있지만 다른 사람이라면 모르되 다르타냥으로서는 자신을 안내하고 앞서가는 여자가 바로 그 사람――그 발랄하고 날렵한 보나슈 부인이란 것을 당장에 알 수 있었다.

그 전날 밤 그들은 그 제르망이라는 수위가 있는 곳에서 잠시 만났었다. 젊은 시녀는 심부름갔던 사람이 무사히 임무를 완수하고 돌아왔다는 기쁜 소식을 어서 왕비에게 전하고 싶은 생각으로 가슴이 뛰었기 때문에 연인끼리는 거의 말 한 마디 주고받지도 못했다. 그래서 다르타냥은 보나슈 부인의 뒤를 그리움과 호기심으로 가득찬 기분으로 따라갔다. 가는 도중 복도에 사람이 없자 다르타냥은 연인을 끌어안고 하다못해 한 번만이라도 얼굴을 잘 보아 두겠다고 마음이 설레였지만 상대는 참새처럼 이내 그의 손에서 빠져나가곤 했다. 말을 하려고 하면 곧장 손가락을 입에 대고 더할 나위 없이 사랑스러운 동작으로 제지하기 때문에 그럴 때마다 청년은 오직 얌전히 순종하는 수밖에 없었고 한 마디의 불만도 표시할 수 없었다. 1, 2분 동안 그렇게 꾸불꾸불 복도를 간 다음 보나슈 부인은 하나의 문을 열고 청년을 캄캄한 방으로 안내했다. 그곳에서 다시 잠자코 있으라고 손짓하고는 커튼이 드리워져 있는 제2의 문을 열었다. 그 순간 확 하고 강한 빛이 안쪽에서 새어나왔는데 그녀 혼자만 그 안으로 사라졌다.

  그곳에 혼자 있게 된 다르타냥은 도대체 어디에 와 있는지──알 수가 없었다. 그러나 곧 옆방에서 비치는 빛과, 그리고 자신의 얼굴에까지 흘러오는 따스하고 그윽한 향기, 두, 세 사람이 있는 것 같은 여인의 말소리, 기품있고 정중한 말투, 고귀한 사람에게만 쓰이는 존칭 등으로 미루어 자기가 와있는 곳이 왕비가 거처하는 방의 옆방이라는 것을 확실히 깨닫게 되었다.

  다르타냥은 어둠 속에 서서 두근대는 가슴을 안고 조용히 기다리고 있었다.

  왕비의 말소리는 명랑하였으며 매우 행복한 표정이었다. 항상 침울한 얼굴만을 보아왔던 주위의 시녀들은 그러한 왕비가 이상하게만 느껴졌다. 왕비는 자신이 이런 기분으로 들떠 있는 것은 무도회가 장려했고 춤이 매우 즐거웠기 때문이라고 했다. 왕비의 말에는──설혹 웃으시든 울으시든 반대할 수 없는 것으로서 모두 시의원들이 훌륭한 잔치를 베풀어 주었다고 입이 마르도록 칭찬하고 있었다.

  다르타냥은 아직 왕비를 만난 적은 없었으나 그 음성을 다른 여인들의 음성에서 곧 구별해 낼 수 있었다. 그것은 첫째 외국인의 말에서 느낄 수 있는 약간의 억양과, 그리고 거기에다 고귀한 사람들의 말에는 반드시 감돌게 마련인 차가운 어조를 느꼈기 때문이다. 그 음성이 문 가까이에 왔다가는 다시 멀어지기도 했고 사람의 그림자가 불빛을 가리고 지나가기도 했다.

얼마 후 별안간 하얀, 아름다운 팔이 커튼 사이에서 눈앞으로 쑥 나왔다. 다르타냥은 그것이 포상임을 직감했다. 그래서 곧 무릎을 꿇고 그 손을 잡고는 공손히 입을 댔다. 그러자 그 팔은 다시 안으로 들어갔는데 자신의 손바닥에 무엇이 남아 있었다. 그것은 반지였다. 곧 문은 닫혀졌으며 다르타냥이 있는 방은 캄캄해졌다.

다르타냥은 그 반지를 손가락에 끼고는 더 기다렸다. 이것으로 끝날 까닭이 없었다. 충성에 대한 포상이 있은 다음에는 사랑의 인사가 있지 않으면 안 된다. 거기에다 무도는 끝났지만 이제 막 야회는 시작되었고 3시에는 밤참도 나오게 되어 있지 않은가. 생장 성당의 큰시계가 아까 2시 45분을 알렸으니까.

조금씩 옆방의 이야기소리가 조용해졌고 멀어져 갔다. 그러자 다르타냥이 있는 방의 문이 확 열리면서 보나슈 부인이 뛰어들었다.

「이제야 겨우 당신을!」

「쉿!」

젊은 시녀는 청년의 입술에 곧 손가락을 댔다.

「잠자코 왔던 길로 돌아가세요.」

「그럼, 언제 어디서 다시 당신과 만날 수 있을까요?」

「돌아가시면 그에 대해 써 보낸 편지가 기다리고 있을 테니까요. 자, 어서 나가 주세요.」

이렇게 말하고는 복도 쪽의 문을 열고 다르타냥을 밖으로 밀어냈다.

다르타냥은 어린아이처럼 얌전했다. 조금도 거역하지 않고 불평 한 마디 하지 않았다. 드디어 진짜 사랑을 하고 있는 모습이 된 것이다.

23. 밀   회

 다르타냥은 뛰다시피 하여 집으로 돌아왔다. 이미 3시가 지난 데다 파리에서도 가장 위험한 지대를 지나왔지만 전혀 아무 일도 일어나지 않았다. 술에 녹초가 된 사람과 사랑을 하고 있는 사람에게는 수호신이 붙어 다닌다고 했는데 정말 그런 것만 같았다. 뜰 쪽에 나있는 문이 절반 가량 열려 있었기 때문에 거기에서 계단을 올라간 그는 부하와 약속하고 있는 방식대로 조용히 문을 노크했다. 시청에서 2시간 전에 먼저 귀가시켰던 프랑셰가 문을 열었다.
 「나에게 편지를 가지고 온 사람은 없었나?」하고 다르타냥은 성급하게 물었다.
 「편지를 가지고 온 사람은 아무도 없었습니다만…… 한데 멋대로 날아든 것이 하나 있긴 있습지요.」
 「바보! 무슨 소릴 하는 거야?」
 「즉 이런 것입죠…… 여기 열쇠는 분명히 제 호주머니에 간직하고 있고, 이 호주머니 속에서 꺼낸 적이 없습니다만, 그…… 돌아와서 보니까 주인님 침실의 녹색 융단 위에 편지가 한 통 뒹굴고 있지 뭡니까.」
 「그건 어디 있는가?」
 「그대로 놓아 두고 있습지요. 편지가 이런 식으로 들어오는 것은 예사로운 일이 아닙지요. 창이라도 조금 열려 있었다면 모르지만 아무튼 바람조차 들어올 틈이 없었는데…… 주인님, 조심해 주십시오. 왠지 무슨 까닭이 있을 것 같으니까요.」
 프랑세가 이렇게 말하고 있는 사이에 다르타냥은 침실로 들어가 편지를 보았다. 그것은 보나슈 부인이 보낸 것이었고――그 내용은 이랬다.

 『드리고 싶은 사례의 말씀은 태산같이 많습니다. 오늘 밤 10시경 생 쿠르의 데스트레 님 저택 모퉁이에 있는 별채 앞으로 와 주세요.
쎄. 비(C. B)』

 읽고 있는 사이에 다르타냥의 가슴은 활활 타올랐으며 흐뭇한 경련으로 옥죄었다.
 처음으로 받아 본 사랑의 편지, 처음으로 약속받은 밀회――그의 마음은 도취로 끓어 올랐으며 이 사랑이라는 지상 낙원의 문턱에서 당장 실신할 것만 같은 기분이었다.
 「어떻습니까? 제가 짐작한 대로 무슨 언짢은 일이죠. 역시?」
 주인의 얼굴이 붉으락푸르락 하는 것을 보고 프랑세는 지레짐작했다.
 「그렇지 않다. 프랑세! 그 증거로…… 자, 이 은화를 가지고 나가 나의 건강을 위해 한 잔 하고 오게나.」
 「은화는 감사히 받아서 틀림없이 지시대로 하겠습니다만, 아무튼 편지가 이렇게 꼭 닫혀 있는 집에 날아든다는 것은…….」
 「하늘에서 날아온 거야. 알겠나? 저…… 하늘에서 내려온 거라구.」
 「그럼 주인님은 어떤가요. 기뻐하고 계신건가요?」
 「그렇고말고. 나는 지금 이 세상에서 가장 행복한 사나이인 거야.」
 「그렇다면 그 행복을 기화로 잠시 휴식을 취해도 좋으시겠습니까?」

「아, 좋구말구.」

「하늘의 온갖 축복이 부디 주인님에게 내려오길. 그러나 뭐라 해도 그 편지는……」

다르타냥의 좋아라 하는 모습을 보고도 아직 납득할 수 없다는 듯 프랑셰는 고개를 갸웃거리면서 밖으로 나갔다.

혼자가 된 다르타냥은 다시 편지를 읽었으며 아름다운 애인의 손으로 씌어진 글에다 몇 번이고 입을 맞추었다.

다르타냥은 아침 7시에 일어나서 프랑셰를 불렀다. 두 번째 부르는 소리를 듣고 들어온 프랑셰의 얼굴에는 아직도 어젯밤의 불안의 흔적이 남아 있었다.

「프랑셰! 나는 오늘 낮 동안은 줄곧 밖에 나가 있을 테다. 그래서 저녁 일곱 시까지 너에게 자유를 준다. 그러나 일곱 시에는 어김없이 말 두 필을 준비하고 기다리고 있어야 한다. 알았나?」

「저런, 저런. 또 온몸이 상처투성이가 될 판이군.」

「장총과 권총도 준비해 두라구.」

「그래서 한 말이지요. 틀림없이 그럴 줄 알았지요. 그 수상한 편지가……」

「그렇지 않다. 바보 같은 놈이군. 잠시 놀러 갈 뿐이야.」

「그 놀러 간다는 게, 즉 요전의 여행 때와 같은 것으로서…… 총탄이 비오듯 퍼붓고 이곳저곳에는 복병이 있고……」

「좋아, 네가 그렇게 겁이 난다면 나 혼자 갈 테다. 겁쟁이를 성가시게 데리고 가는 것보다 혼자 가는 편이 훨씬 편하니까.」

「이번엔 매정한 말씀까지 하시는군요…….」

프랑셰는 볼을 불룩하게 했다.

「내 실력을 앞서 보여 드렸는데도.」

「응, 분명히 보았다. 하지만 너의 용기는 그때 몽땅 써 버린 것으로 생각되거든.」

「천만에, 아직 남아 있다는 것을 기회가 있으면 아실 겁니다. 다만 주인님께 부탁드리고 싶은 것은 그것을 조금씩 써주십시오 하는 거지요. 만약 오래 지속하시길 희망하신다면……」

「오늘 밤에 약간 써도 되겠나?」

「네, 끄떡없습니다……」

「좋아, 그럼 부탁하자꾸나.」

「지시하신 시간에 채비해 두겠습니다. 하지만 대기소의 마굿간에 주인님의 말은 한 필밖에 없는 것으로 압니다만……」

「지금은 정녕코 한 필밖에 없겠지만 오늘 밤까지는 틀림없이 네 필이 갖춰지는 거다.」

「결국, 앞서의 여행은 새 말을 구하기 위한 것이었군요.」

「딴은, 그런 셈인가?」

다르타냥은 이렇게 말하고 다시 한 번 다짐을 받은 다음 밖으로 나갔다.

대문 곁에 보나슈가 서 있었다. 다르타냥은 잡화상인에게 이야기할 기분이 아니어서 모르는 척하고 그냥 지나칠 생각이었으나 막상 상대 편에서 매우 상냥하게 목례를 했기 때문에 집주인에게 눈인사만으로 답한다는 것이 다소 미안한 생각이 들었다. 그런 데다 오늘 밤 생 쿠르에서 밀회하기로 되어 있는 부인의 남편에게 다소는 상냥하게 해 주는 것도――여기에 생각이 미치자 다르타냥은 웃는 얼굴로 그에게 다가갔다.

이야기는 자연 보나슈의 투옥 문제로 진전되어 갔다. 잡화상인은 다르타냥이 자신과 〈망의 남자〉와의 대화를 듣고 있었다는 사실을 몰랐기 때문에 라트마 씨를 추기관의 앞잡이라고 욕하고 바스티유 감옥의 실정과 고문하는 데 사용하는 도구 등에 대해 장황하게 늘어놓았다.

다르타냥은 싫어하는 표정 하나 짓지 않고 다 듣고 난 후 말했다.

「그래서 부인을 누가 납치해 갔는지 알았나요? 내가 당신과 가까워지게 된 것은 바로 그 사건 때문이었으니까요.」

「아닙니다. 그 사실만은 끝내 말해 주지 않았어요. 아내 역시 모른다고 잡아떼고 말입지요. 한데 도대체 귀하는……」

보나슈는 이렇게 짐짓 모르는 척하면서 물었다.
「요 며칠 동안 어딜 갔다 오셨습니까? 전혀 뵐 수가 없었고 또 친구 분들도 일체 보이지 않으시더군요. 어제 프랑셰가 닦고 있던 그 승마용 장화의 먼지는 아무래도 파리 시내의 먼지로는 보이지 않았기에 말씀입니다만……」
「그 추측은 적중했군요. 나와 친구들은 약간 먼 곳에 가 있었으니까요.」
「먼 곳이라고요?」
「뭐 사백 리쯤 떨어진 곳이지요. 아토스를 포도주 온천까지 데리고 갔던 터라서…… 다른 친구들은 아직도 그곳에 남아 있습니다만……」
「당신 혼자만 돌아오셨다……는 것이군요.」
보나슈는 매우 교활한 표정으로 이렇게 말했다.
「하긴 당신과 같은 미남자는 애인 쪽에서 좀체 놓아 주려고 하지 않을 테니까요. 파리에서는 그 애인이 하루를 천 년같이 기다리셨을 테니까요.」
「정말.」
다르타냥은 웃으면서 말했다.
「당신의 날카로운 눈에는 두 손 다 들었습니다만, 기다리고 있던 바지요. 그쪽이 열심이라서……」
그러자 보나슈의 얼굴에 일순간 어두운 그림자가 드리웠다. 그러나 다르타냥의 눈에는 띄지 않으리만큼 빨리 지나가 버리고 말았다.
「다급하게 돌아오셨으니까 오늘은 그에 대한 포상으로 실컷 사랑을 받으시겠군요. 틀림없이……」
잡화상인의 음성은 약간 떨렸으나 방금 전에 그의 이마를 스쳤던 일말의 어둔 그림자와 마찬가지로 다르타냥은 눈치채지 못했다.
「그리고 보니 당신은 예언자와 같은 사람이군그래.」 하고 다르타냥은 여전히 웃고 있었다.

「아니 그런 것은 아닙니다. 내가 하는 말은 오늘 밤은 귀가 시간이 늦으시는지 아닌지를 묻고 있는 것이지요.」

「왜 그런 것을 묻는 거지요? 내가 귀가하는 것을 기다려 주기라도 하겠다는 것인가요?」

「아닙니다. 실은 앞서 그런 식으로 체포당하기도 했고 도둑이 들어오기도 하고 했기 때문에 대문이 열릴 때마다 특히 밤에는 무서워지니까요. 사실 저는 기사가 아니거든요.」

「딴은 그렇겠군. 오늘 밤은 내가 한 시에 돌아오든, 두 시, 세 시가 되든, 혹시 전혀 돌아오지 않더라도 부디 걱정하지 말아요.」

그러자 이번에는 보나슈의 얼굴이 파랗게 질렸기 때문에 다르타냥도 간과하지 않았고 그래서 왜 그러느냐고 물었다.

「아니, 아무것도 아닙니다. 그런 일이 있고나서부터 수시로 이렇게 기분이 나빠지곤 하지요. 오한이 든 것입니다…… 뭐, 마음 쓰지 마십시오. 당신이 행복하게 된다는 것 외에는 아무 생각도 하지 마십시오.」

「그래서 한 가지 신경 쓰이는 것이 있는 셈이지요. 나는 지금 행복하기 때문에…….」

「아직이 아닙니까? 좀더 기다리셔야 하지요. 오늘 밤이라고 하시지 않으셨습니까?」

「하지만 그 오늘 밤은 곧 닥쳐오니까요. 당신 역시 오늘 밤을 적잖이 기다리고 있는 게 아니오? 오늘밤쯤에는 부인이 돌아오는 것이나 아닐까?」

「아닙니다. 처는 오늘 밤에는 짬을 낼 수 없습니다. 궁중의 일 때문에…….」

보나슈는 진지한 표정으로 이렇게 대답했다.

「그것 참 안됐군요, 정말. 나는 내 자신이 행복하면 누구나 모두 그렇게 되었으면 하는 성질이라서. 정말 안됐군요.」

다르타냥은 깔깔대면서 사라졌다. 이 농담은 나밖엔 아무도 모를 거다──이렇게 생각하면서──.

「실컷 즐기시라구요!」

뒤에서 던진 보나슈의 음성에는 왠지 불길한 느낌이 감돌고 있었다.

그때 다르타냥은 벌써 꽤 멀어져 있었기 때문에 그의 귀에는 그 말이 들리지 않았다. 만일 들렸다 하더라도 지금 그의 기분으로는 그런 것에 신경을 쓰지도 않았을 것이지만.

다르타냥은 그 길로 곧장 트레빌 경의 저택으로 갔다. 전날 밤의 심방이 그렇듯 짧은 시간이었고 충분히 이야기할 수 없었기 때문이었다.

트레빌 경은 매우 기분이 좋았다. 왕에게나 왕비에게도 무도회는 여간 즐거운 것이 아니었다. 한편 추기관은 마치 벌레라도 씹은 것과 같은 표정이었는데 그는 야밤에 약간 기분이 좋지 않다고 하면서 물러가고 말았다. 양 폐하는 아침 6시경에야 루브르 궁으로 돌아가셨던 것이다.

트레빌 경은 방 구석구석까지 돌아보고 다른 사람이 없는 것을 확인한 다음 음성을 낮추고는 말했다.

「그럼, 이제부터는 귀공의 문제에 대해 이야기하겠다. 양 폐하께서는 지금 매우 기분이 좋으시다. 이것은 귀공이 무사히 돌아온 것과 관계가 있다는 것을 부인할 순 없겠지. 한편 그것은 추기관의 체면을 손상시킨 것과도 관계가 있을테구. 그러니까 앞으로 귀공은 행동에 각별히 조심할 필요가 있다.」

「제가 양 폐하의 사랑을 받게 되었다면 도대체 무엇을 두려워할 필요가 있겠습니까?」

「모든 것을 ……이라고 말하고 싶다. 알겠나? 추기관은 자신을 속인 사람을 잊는다거나 하는 사람이 아니다. 이번의 경우 그 속였다는 사람이 내가 알고 있는, 곧 가스코뉴 출신의 젊은이인 것 같은데.」

「추기관도 각하와 같은 형안으로 제가 런던에 다녀온 것을 알고 계실까요?」

「그래그래. 귀공은 런던에 갔었지? 그리고 그 손가락에서 빛나고 있는 반지는 런던에서 가져 왔나? 조심하게나, 다르타냥! 적이 주는 선물은 결코 좋은 게 아니지. 어딘가 그렇게 말한 라틴어의 문구가 있었지 아마…… 잠깐…….」
「네, 분명히…….」
최초의 문법 규칙도 끝내 욀 수가 없었고 해서 가정 교사를 적잖이 괴롭혔던 다르타냥은 약간 당황했다.
「분명히 그런 글귀가 있었습니다만…….」
「분명히 있었던 거야.」
다소 이 분야에 대해서는 학문이 있는 트레빌 경은 말했다.
「언젠가 방스라드 경이 인용한 적이 있었거든. 잠깐만…… 응 생각났다…….
Timeo Danaos et dona ferentes. 이것은 〈그대에게 선물을 보내는 적에게 마음을 허락하지 말라〉는 뜻이지.」
「이 다이아몬드는 적으로부터 받은 것이 아닙니다. 왕비님으로부터 받았습니다.」
「왕비로부터? 오 그랬었군! 고귀하신 분의 소지품이야. 천 피스톨은 될 거다. 왕비께서는 누구의 손을 거쳐 이것을 건네주셨나?」
「왕비님 자신의 손으로…….」
「어디서?」
「그 의상을 바꿔입는 방의 옆방에서였습니다.」
「어떤 식으로?」
「손에 먼저 입맞추는 것을 허용하시고…….」
「왕비의 손에 입을 맞췄다고? 귀공이…….」
트레빌 경은 눈을 동그랗게 뜨고는 다르타냥의 얼굴을 바라보았다.
「특별히 그와 같은 영광을 허락하신 것입니다.」
「그런데, 남이 보는 앞에서 그랬다는 것인가? 곤란하군, 그렇듯 조심성없는 일을 하신다면!」

「아닙니다. 곁에는 아무도 없었습니다. 안심하십시오.」
 다르타냥은 이렇게 말하고 그때 상황에 대해 트레빌 경에게 소상히 말해 주었다.
「글쎄, 하여튼 여자라는 것은! 여자라는 것은!」
 트레빌 경의 입에서 탄식이 새어나왔다.
「그 따위 소설과 같은 짓을 여자는 항상 생각해 내는 거라구. 무언가 신비스럽다고 느껴지는 것이 있으면 곧 매력을 느끼는 버릇이 있거든. 그래서 귀공은 팔에서 아래를 배알했을 뿐이겠군. 왕비를 어디서 뵌다고 해도 그것만으로는 알 수 없겠지. 물론 그쪽에서도 귀공을 알 수 없을 테고.」
「그래도 이 반지로……..」
「잘 듣게나. 내 충고를 듣지 않을 텐가? 자네를 위한 충고를 말야. 친구로서의 충고인 거야.」
「말씀해 주십시오. 꼭…….」
「좋아! 그럼 이제부터 곧장 어디든 좋으니까 귀금속상에 가서 그 보석을 그쪽에서 말하는 가격으로 처분해 버리게나. 그 상인이 아무리 유태인이라 하더라도 팔백 피스톨은 줄 걸세. 금화에는 왕비의 이름이 없거든. 알겠나? 그러나 반지에는 분명히 이름이 있는 거다. 그걸 끼고 있는 사람을 곧 배신하게 마련인 거니까.」
「이 반지를 처분하라는 것입니까? 왕비님으로부터 받은 반지를요? 그것만은 할 수 없습니다.」
「그렇다면 그 보석만은 하다못해 안쪽을 뒤집어 놓도록 해야 한다. 가스코뉴 출신의 가난한 귀족이 어머니의 보석 상자를 아무리 뒤져도 그토록 훌륭한 것을 발견할 수 있다고 믿어 줄 사람은 이 세상에 단 한 명도 없으니까 말일세.」
「혹시 제 신변이 위태롭다고 생각하고 계시는 것입니까?」
「다시 말해서 말야. 도화선에 불이 붙은 지뢰 위에 누워 있는 사람일지라도 귀공에 비하면 훨씬 안전하다고 생각해도 좋을 걸세.」

「그렇다면 도대체 어떻게 해야 좋겠습니까?」
 트레빌 경이 자신있게 말하는 바람에 다르타냥도 약간 기가 질렸다.
「이십사 시간 사방에다 눈을 돌리고 있는 거다. 추기관은 기억이 썩 좋은 데다 집념이 강한 사람이라구. 반드시 어떤 복수가 있을 거야.」
「어떤 짓을?」
「그걸 낸들 어떻게 알겠나. 하지만 지금까지만 보더라도 온갖 사악한 술책을 구사하고 있지 않았나. 그렇지, 가장 손쉬운 수단은 귀공을 체포하는 것이겠지.」
「뭐라고요? 근위의 무사를 그렇게 멋대로 체포할 수 있는 것입니까?」
「하고말고. 아토스에 대해서도 조금도 배려해 주지 않았던 것 아닌가. 아무튼 삼십 년이나 궁중에 출입하고 있는 사람의 말을 믿어서 손해보는 일은 없을 거야. 그렇듯 안이하게 생각했다가는 그거야말로 끝장인 거지. 적은 사면 팔방에 있는 거다. 싸움을 걸어오면 살짝 몸을 피해야 한다. 상대가 열 살인 어린아이일 경우에도 말이지. 밤이든 낮이든 공격을 받으면 자존심을 버리고 도망치는 것이 현명한 거구. 다리를 건널 때에는 판자를 두들겨 보고 건너라. 건축 중인 집 앞을 지날 때에는 위에서 돌이 떨어져 오지 않나 조심해서 가도록 하고? 밤 늦게 귀가할 때에는 무장한 부하를 동반하는 것이 좋다. 그 부하에게도 신경을 쓰는 것이 중요하다. 아무도 믿어서는 안 된다. 친구도, 형제도, 애인도 말이지. 특히 애인에 대해서는 조심할 것……」
 그 말을 듣고 다르타냥은 얼굴을 빨갛게 붉혔다.
「애인에게……」
 그는 이렇게 기계적으로 반문했다.
「어째서 애인에게 특히 조심해야 하는 것일까요?」
「애인이라는 것은 추기관이 가장 흔히 사용하는 술책이거든. 그렇게 하는 것이 가장 손쉬운 것 같아. 약간의 돈으로도 여자는 매수할 수 있거든. 그 데릴라(애인 삼손이 잠든 사이에 그 힘이 깃들고 있는 머리를 잘라 적에게 넘겨준 여인. 남자를 배신하는 여인의 대명사로 되었다.)가 좋은 예가 아닌가. 성서의 이야기라면 귀공도 잘 알고 있겠지. 안 그래?」

 다르타냥은 오늘 밤에 있을 밀회를 생각해 보았다. 그러나 여기에서 우리의 주인공을 칭찬하는 뜻에서 말해 두지만——그는 트레빌 경이 그렇듯 여성을 혹평하는 것을 듣고 있으면서도 자신의 애인에 대해서는 한 점의 의심도 하지 않았던 것이다.

「이것은 딴 이야기지만 귀공의 세 친구는 어떻게 된 건가?」
 트레빌 경은 말을 돌렸다.
「실은 제 편에서 무슨 소식이 있는가 해서 왔습니다만……」
「전혀 모르고 있는 걸.」
「그러십니까? 저는 그들을 모두 도중에서 남겨 두고 갔습니다. 폴토스는 샹티에서 결투하고 있는 상태로, 어깨에 총상을 입은 아라미스는 크레브쿨에, 마지막으로 아토스는 아미앙에서 가짜 금화 제조자라고 몰리고 있는 데서……」
「그것 보라구. 그렇게 되는 거야. 한데 귀공은 어떻게 도망쳤나?」
「가슴에 약간 상처를 입었을 뿐이었습니다만 그건 기적과도 같은 것이었습니다. 하긴 왈드 백작이라든가 하는 사내를 카레 가도에서 마치 나비를 벽에다 꿰두는 식으로 꿰뚫어 주었습니다만.」
「위험하군! 왈드라면 추기관의 일당으로서 저 로슈폴의 사촌 동생인 거야. 옳지, 좋은 생각이 있다!」
「좋은 생각이라니요?」
「내가 귀공이라면 이렇게 하겠다.」
「어떻게 말입니까?」
「추기관이 파리 시내를 혈안이 되어 이잡듯 찾고 있는 사이에 슬그머니 피카르디 쪽으로 나가는 거야. 그리고는 겸해서 세 사람 친구의 안부를 알아 보는 거지. 어떤가? 그 정도는 친구로서 의당 해 주어야 할 게 아닌가?」

「좋습니다. 저는 내일 출발하겠습니다.」
「내일? 왜 오늘 밤은 안 되는 건가?」
「오늘 밤에는 약간 용무가 있기 때문에 파리를 떠날 수가 없습니다.」
「아, 그러니까 곤란한 거다. 젊은 놈은! 또 연애 문제겠군? 조심하라. 거듭 충고하지만 우리들 사내를 언제나 파멸시켰고 앞으로도 틀림없이 그렇게 하는 것은 여인, 여인인 거다. 나쁜 것은 권하지 않는다. 오늘 밤에 떠나라구.」
「그렇게는 안 되겠습니다.」
「약속을 한 것인가?」
「네.」
「그렇다면 할 수 없지. 하지만 만약 귀공이 오늘 밤 안으로 살해당하지 않는다면 내일은 꼭 떠나는 거다.…… 약속하겠나?」
「약속합니다.」
「돈은 아직 있는가?」
「오십 피스톨 남아 있습니다. 이것이면 충분하리라고 생각합니다.」
「친구들은?」
「아직은 가지고 있을 겁니다. 파리를 떠날 때 각자 칠십오 피스톨씩 나누어 가지고 갔기 때문에…….」
「출발하기 전에 다시 한 번 만날 수 있겠나?」
「정녕 뵙지 못할 것입니다. 무슨 일이 생기기 전에는…….」
「그럼 잘 다녀오게나.」
「감사합니다.」

다르타냥은 장관이 총사들에 대해 가지고 있는 어버이와 같은 정에 새삼 감복하면서 트레빌 경의 저택에서 나왔다.

그리고는 아토스, 폴토스, 아라미스의 집을 차례로 가 보았으나 아무도 돌아와 있지 않았다. 부하들도 없고 해서 주종들의 소식은 알길이 없었다.

혹시 애인의 집을 찾아가면 약간은 단서를 얻을 수 있을는지 모르겠으나 다르타냥은 폴토스의 애인과 아라미스의 애인을 만난 적이 없다. 아토스는 전혀 그런 것이 없을 것이었고.

경호사 대기실 앞을 지나 마굿간을 기웃거려 보니 네 필의 말 중에서 세 필은 이미 도착해 있었다. 프랑셰가 허둥대면서 빗으로 손질하고 있는 중이었다. 이미 두 필의 손질은 마치고 있는 것 같았다.

「아, 주인님! 그렇지 않아도 어서 뵈었으면 했습니다.」 하고 프랑셰는 다르타냥을 보자 이렇게 말했다.

「왜지?」

「그 보나슈라는 사내에 대해 마음을 놓고 계십니까?」

「내가? 천만의 말씀이다.」

「아, 그렇다면 다행입니다.」

「어찌 그런 것을 새삼스럽게 묻는 거지?」

「오늘 아침 주인님이 그 사내와 이야기하고 계시는 동안 저는 쭉 지켜보고 있었지요. 그랬더니 그치의 얼굴이 두, 세 번이나 붉어졌다 파래졌다 하고 있지 뭡니까.」

「아무리…….」

「아닙니다. 주인님은 그 이상한 편지에 정신이 팔리고 계셨기 때문에 깨닫지 못한 것이지요. 저는 그런 것이 날아왔던 터라서 더욱 신경을 쓰고 있었지요. 그래서 그 사내의 얼굴 근육이 약간 움직이는 것도 놓치지 않고 보았지요.」

「그래서 어떻게 생각했나?」

「배신자의 낯이라고요.」

「정말인가?」

「그뿐만이 아닙니다. 주인님이 거리의 모퉁이를 돌아가시기가 무섭게 보나슈는 모자를 들고 대문을 닫고는 허둥지둥 반대 방향으로 뛰어갔으니까요.」

「그러고 보니 네가 의심하는 것도 당연한 일이다. 왠지 이상하군.

하지만 너무 신경 쓰지 말게나. 그와 같은 수상한 거동이 확실해질 때까지는 집세를 지불하지 않을 테니까.」
「농담을 하고 계시지만, 절대 안심할 수 없습니다요.」
「그럼 어떻게 다른 방도가 없는 게 아닌가. 일어나야 할 것은 어찌됐든 일어나고야 마는 거야.」
「그렇다면 오늘 밤 외출하시는 것을 중지하지 않겠다는 것인가요 ?」
「천만에, 왜 중지하겠나 ? 보나슈가 수상한 놈이라면 그럴수록 네가 걱정하고 있는 그 편지에서 나오라는 장소에 더욱 가지 않으면 안 되는 거야.」
「그럼 벌써 주인님의 결심은……」
「요지부동인 거다. 그러니까 아홉 시에 여기서 채비하고 기다리고 있으라구. 돌아올 테니까.」
프랑셰는 주인의 생각을 단념시킬 수 없다는 것을 깨닫고 크게 한숨을 내쉬었다. 그리고는 세 번째 말의 손질에 착수했다.
다르타냥은 그래도 꽤나 신중한 청년이기 때문에 자기 집으로는 가지 않고 동향인 사제를 찾아가 저녁식사를 했다. 언젠가 네 사람의 생활이 아주 궁했을 때 초콜릿으로 만든 아침식사에 초대해 주었던 그 사제였다.

24. 별   채

 9시에 다르타냥이 경호사의 대기소에 가자 프랑셰는 벌써 채비를 마치고 있었다. 네 번째의 말도 도착해 있었다. 프랑셰는 지시한 대로 장총과 권총도 준비하고 있었다.
 다르타냥은 검 외에도 가죽 띠에 두 자루의 권총을 쑤셔넣었다. 그런 다음 두 사람은 각자의 말에 올라타고는 슬그머니 밖으로 나갔다. 해는 이미 완전히 지고 있었기 때문에 어둠이 깔려 남의 눈에 띄지 않았다. 프랑셰는 십 보쯤 간격을 두고 주인의 뒤를 따라갔다.
 다르타냥은 강변을 가로질러 콩페랑스 문을 나와 현재보다는 훨씬 훌륭했던 생 쿠르 가도를 택해 앞으로 나갔다.
 시내를 가고 있는 동안 프랑셰는 지시한 대로의 간격을 얌전히 지키고 있었으나 사람의 그림자가 드물어지고 주변이 더 어두워지자 슬금슬금 곁으로 접근해 왔다. 그리고 부로뉴의 숲속에 들어갔을 때에는 거의 주인과 어깨를 나란히 하고 있었다. 커다란 수목이 흔들리는 그림자와 어두운 풀숲에 반사하는 달빛 등이 줄곧 겁을 주고 있었다. 다르타냥도 부하가 안절부절하는 것을 보고
 「어이! 왜 그러는 거야? 프랑셰 대장!」
 「한데 주인님…… 숲이란 성당과 같다고 생각하지 않습니까?」

「왜 그렇지?」
「그 안에 들어가면 왠지 큰소리로 말할 수 없게 되니까요.」
「왜 큰소리로 말할 수 없다는 거야? 무서운가?」
「남들이 듣게 되면 곤란하니까요.」
「남들이 들으면 곤란하다구? 우리들의 대화는 언제나 도덕적인 것뿐이야. 남이 들어서 곤란한 것은 없었다.」
「하지만 말입니다, …… 주인님!」하고 말하는 프랑셰의 마음 속에는 줄곧 불안이 도사리고 있는 것만 같았다.
「그 보나슈의 눈썹이라든가 입술의 움직임을 보면 왠지 오싹해 지니까요.」
「왜 또 보나슈를 생각하고 있는 거지?」
「생각하기 싫은 일도 문득 생각하게 되는 경우가 있지요, 주인님!」
「너는 겁쟁이군.」
「아닙니다. 조심하는 것과 겁쟁이를 같은 것으로 취급해선 곤란합니다. 조심하는 것은 미덕이니까요.」
「너는 덕이 있는 사람이야. 정말로.」
「잠깐! 저기에서 반짝반짝 빛나고 있는 것은 총뿌리가 아닙니까? 머리를 숙일까요?」
「이건 정말, 너의 말을 듣고 있자니까 나까지 오싹해지는군.」하고 다르타냥은 트레빌 경의 충고가 생각나서 이렇게 말했다.
말의 속도를 높이자 프랑셰도 그림자처럼 그 뒤에 붙어 말을 몰았다.
「이런 식으로 온 밤을 가기만 하는 것인가요?」
「아냐. 이젠 네가 올 데까지 다 온 거다.」
「넷? 여기까지면 된다고요? 주인님은?」
「난 더 앞으로 나간다.」
「저 혼자만 이곳에 팽개쳐 두고 말씀인가요?」
「무섭나, 프랑셰?」

「아니, 그런 것은 아닙니다만…… 잠시 여쭙고 싶은 것은, 밤의 공기가 이렇듯 차고 몸이 떨리는 것은 류머티스의 원인이 된다는 것이지요. 류머티스에 걸린 부하란 그다지 쓸모가 없습지요. 특히 주인님과 같이 원기 왕성한 분에게는…….」

「좋아. 그럼 추워지면 저기 보이는 선술집에라도 들어가는 것이 어떻겠나? 그리고 내일 아침 여섯 시에 그 문에서 기다리고 있으라고.」

「저, 오늘 아침에 주신 돈은 분부대로 잽싸게 한 잔 했기 때문에 이제부터 추워진다 해도 사실은 동전 한 푼 남아 있지 않아서.」

「이 반 피스톨을 주겠다. 그럼 내일 아침에…….」

다르타냥은 말에서 내려 고삐를 프랑셰의 팔에다 던져 주고는 자신은 외투로 몸을 감싸고 잰걸음으로 사라졌다.

「오, 지독한 추위군!」

주인의 모습이 보이지 않게 되자 프랑셰는 이렇게 중얼댔다. 그리고는 일각이라도 빨리 불이 있는 곳으로 가기 위해 변두리 술집으로서 온갖 특색을 갖추고 있는 집의 문을 두드리려고 나갔다.

한편 다르타냥은 사잇길을 택하여 생쿠르에 도착했다. 앞쪽 거리에는 나가지 않고 별궁 뒤를 돌아 깊숙이 들어간 골목길에 이르자 곧 문제의 그 별채 앞에 이르렀다. 주변은 쥐죽은 듯이 조용하고 쓸쓸한 곳이다. 커다란 벽(그 모퉁이에 별채가 있는 것이다)이 골목길의 한쪽에 있고 반대쪽에는 생울타리로 둘러쳐져 있다. 울타리 저쪽은 작은 뜰로 되어 있고 그 안쪽에 허술하고 조그마한 집이 하나 있었다.

막상 약속 장소에 오긴 했으나 신호를 하라는 말은 없었기 때문에 조용히 기다리고 있었다.

바늘 떨어지는 소리 하나 들리지 않았다. 파리와는 백 리쯤 떨어져 있는 곳에 와 있는 느낌이었다. 다르타냥은 배후를 잠시 돌아본 다음 생울타리에 기댔다. 울타리의 저쪽──그 뜰과 작은 집의 훨씬 저편에는 파리가 잠들고 있는 그 광막한 암흑이 있는 것이다. 텅 비어 있는, 광막하기만 한 이 암흑 속에 몇개의 작은 불빛이 반짝이고 있다——지옥에서 깜박이는 불길한 별처럼.
 그러나 다르타냥에게는 온갖 물체의 형상이 도리어 행복을 상징하고 있는 것 같았고 모든 상념이 미소를 머금고 있는 것처럼 느껴졌으며 암흑마저 밝은 것으로 여겨졌다. 이제 곧 약속 시간이 된다.
 마침 그때 생 쿠르 성당의 종이 천천히 10시를 알렸다.
 암흑 속을 물결쳐 가는 그 청동의 울림에는 어쩐지 무시무시한 느낌이 깃들어 있었다.
 하지만 청년의 마음에는 고대했던 시간을 새겨가는 하나하나의 음향으로 즐겁게 울리기만 하는 것이었다.
 그의 눈은 벽의 한 모퉁이에 있는 별채에 고정되어 있었다. 창은 완전히 닫혀 있고 이층의 하나만 열려 있을 뿐이었다.
 그 창에서 부드러운 빛이 새어나와 뜰 밖에 서 있는 두, 세 그루의 보리수 나뭇잎을 은빛으로 물들이고 있었다. 이 부드러운 불이 밝혀져 있는 작은 창 안에 아름다운 보나슈 부인이 기다리고 있을 것이다.
 조금도 초조해 할 것 없이 얌전히 기다리고 있는 다르타냥의 눈에는 금빛으로 칠한 천장의 일부가 약간 보일 뿐이었지만 그것만으로도 그 방의 우아한 장식을 연상하는 데 충분했다.
 잠시 후 종두의 시계가 10시 반을 알렸다.
 이 소리를 듣자 왠지 다르타냥의 체내에서는 오싹 전율이 일어났다. 어쩌면 밤의 냉기 때문에 생리적인 감각이 그렇게 느꼈을지도 몰랐다.
 혹시 11시가 약속 시간인 것을 10시로 잘못 편지를 읽은 것인지도 모른다——.
 창가로 다가가서 불빛에 의지하고 호주머니에서 편지를 꺼내 다시 읽어 보았다. 틀림이 없다. 분명히 10시로 되어 있지 않은가.
 다시 원래의 장소로 돌아왔지만 호젓하고 고요함에 약간 가슴이 설레였다.

24. 별   채

11시——.

보나슈 부인에게 무슨 사고가 일어난 것은 아닐까? 다르타냥은 정신을 차리고 진지하게 생각하기 시작했다.

손박자를 세 번 쳐 보았다. 이것은 애인이 곧잘 사용하는 신호이다. 그러나 아무런 응답이 없다. 메아리조차.

어쩌면 기다리는 사이에 얼핏 잠이 든 것은 아닐까? 이렇게 생각하고는 벽에 다가가서 올라가 보려고 했으나 칠한 지가 얼마 되지 않아 그런지 손톱이 걸리지 않는다.

부지중 창에서 새어나온 빛을 받고 있는 나무를 돌아보자 그 중 하나가 길바닥으로 뻗고 있기 때문에 저 위에서라면——하는 생각이 들었다.

나무에 오르는 것이라면 아무것도 아니다. 아직 이십 세도 안 된 다르타냥에게는 어린 시절의 기억이 생생했다. 별로 힘들이지 않고 올라간 나뭇가지 사이로 유리창을 통해 별채의 내부를 두루 살펴보았다.

그렇게 살펴보고 있던 다르타냥은 그만 소스라치게 놀라고 말았다. 그리고 온몸이 오싹하고 떨리는 것을 어쩔 수 없었다. 그것은 밖에까지 새어나오고 있는 부드러운 빛이 낭자하게 흩어진 방 안의 광경을 보여 주었기 때문이었다. 유리창의 하나는 깨어져 있고 억지로 비틀어 연 입구의 문은 거의 망가져 너덜너덜했다. 위쪽에는 품위 있게 밤참을 차렸던 것으로 보이는 작은 탁자가 굴러 있고 물병의 파편과 발로 으깬 과일이 바닥에 흩어져 있다. 한 눈에도 격렬한 난투가 있었다는 것이 역력했다. 다르타냥의 눈에는 또 찢어진 옷 조각과 핏자국 등이 테이블 커버와 커튼 등에 남아 있는 것처럼 보였다.

그의 가슴은 당장 툭 하고 터질 듯이 고동쳤다. 그는 나무에서 내려와서 그 부근에도 어떤 흔적이 남아 있지 않은가 자세히 살펴보았다. 그러자 지금까지 깨닫지 못했던 게 오히려 이상할 정도로 그 일대의 지면 여기저기에 어지럽게 밟힌 자국이 나 있었다. 그

자국들은 사람의 것만이 아니고 말의 발자국도 섞여 있었다. 그뿐만이 아니다. 파리 쪽에서 온 것으로 생각되는 마차의 바퀴까지 물렁한 땅에 깊은 자국을 남기고 있었던 것이다. 그 바퀴 자국은 이 별채 앞에서 멎었다가 다시 그 길로 돌아간 것이 분명하지 않은가.

 마지막으로 다시 한 번 찬찬히 살펴보자 벽 가까이에서 찢어진 여자의 장갑 한 짝을 발견했다. 그 장갑은 아직 흙발에 닿지 않았고 손때도 전혀 묻지 않은 새것 그대로였다. 더구나 그것은 그가 그녀의 아름다운 손에서 빼앗고 싶어했던 향기를 머금은 장갑이었다.

 다르타냥의 이마에는 점차 비지땀이 배어나왔다. 가슴은 불안으로 조여들었고 숨결도 가빠졌다. 그러자 그는——보나슈 부인은 별채 앞에서 기다리고 있으라고만 했을 뿐 안으로 들어오라고는 하지 않았던 것이 생각났다. 그러니까 보나슈 부인은 이 집 안의 낭자한 사건과는 관계가 없는 것이다. 그녀는 다른 피치 못할 용무가 있거나 아니면 남편의 질투로 파리에서 빠져나올 수가 없는 것인지도 모른다. 이렇게 생각함으로써 마음을 안정시키려고 했다.

 그러나 마음 속 깊은 데서 마치 뱀처럼 쑥 목을 치켜들고 덤비는 것과 같은 불안은 이와 같은 안이한 자기 위안을 결코 허용하지 않았다. 우리에게는 커다란 불행이 덮치고 있는 것이다——라는 불길한 예감이 마음 속 깊은 데서 올라왔고 온몸을 사뭇 흔들어 대기만 했다.

 다르타냥은 거의 미친 사람처럼 가도 쪽으로 뛰어가서 먼저 왔던 길을 끝까지 가서는 나루터를 지키고 있는 사람에게 물었다.

 「저녁 일곱 시경 검정 외투로 몸을 감싼 부인을 태워 주었습니다만……」

 나룻배 사공은 이렇게 말했다.

 「남의 눈을 매우 꺼리는 것 같아서 저도 신경을 썼습니다. 네, 젊고 아름다운 분이었지요……」

 남의 눈을 피해 이곳을 찾는 젊은 부인은 그 무렵에도 적지 않았지만 다르타냥은 나룻배 사공이 말한 부인이 바로 보나슈 부인이었을 것으로 단정했다.
 다르타냥은 나루터를 지키는 오두막의 등잔불에다 비추어보고 편지의 사연이 틀림이 없다는 것을 다시 한 번 확인했다.
 이젠 자신의 예감이 적중한 것이다. 불행한 사건이 발생한 것이다——라고 단정할 수밖에 없었다.
 그래도 혹시 하고 그는 다시 한 번 돌아가 보았다. 자기가 없는 사이에 무슨 일이 발생했는지도 모르겠고 하다못해 무슨 단서라도 있을까 해서였다.
 골목길에는 여전히 사람의 기척이 없었고 창에서 새어나오는 조용한 불빛도 전과 다름이 없었다.
 다르타냥은 울타리 저쪽에 캄캄한 오두막집이 있는 것을 발견했다. 어둠 속에서 언뜻 무엇이 보였기 때문인지도 몰랐다.
 울타리의 문은 닫혀 있었으나 훌쩍 뛰어넘고는 사납게 짖어대는 개도 아랑곳하지 않고 그 오두막에 다가갔다.
 문을 두드려 보았으나 안에서는 아무런 반응이 없었다. 저 별채 속과 같이 고요하기만 했다. 그러나 이 오두막이 마지막 단서일 것이라는 생각에 다르타냥은 끈질기게 두드렸다.
 얼마 후 안쪽에서 인기척이 났는데 질문당하는 것을 두렵게 여기는 눈치였다.
 다르타냥은 힘껏 문을 두드렸다. 그리고는 온갖 말을 동원하여 간절히 애원했다. 그러자 얼마 후에야 온통 좀먹은 미늘창이 절반쯤 열렸다가는 방 한 구석에서 그을음을 내고 있는 등잔불이 다르타냥의 삼엄한 무장을 비춘 순간 딱 닫히고 말았다. 그 순간 다르타냥은 노인의 얼굴을 힐끔 보았다.
「여보게! 제발 부탁일세. 우선 내 말을 들어 주게. 나는 사람을 기다리고 있었는데 그 사람이 끝내 오지 않아 걱정이 되어 견딜 수 없는 것일세. 혹시 이 근처에서 무슨 변괴가 일어나진 않았는가?」
 그러자 미늘창이 다시 열리고 같은 얼굴이 살짝 보였다. 좀전보다 더 창백해진 얼굴이었다.
 다르타냥은 자신의 이름만을 숨기고 모든 이야기를 솔직히 털어놓았다. 어떤 젊은 부인과 약속한 장소에 와 보았으나 기다리는 부인은 오지 않고 보리수나무 위에서 별채의 내부를 살펴보자——
 노인은 고개를 끄덕이면서 열심히 듣고 있다가 다르타냥의 이야기가 끝나자 안됐다는 식으로 고개를 내저었다.
 「어떻게 된 건가? 제발 부탁이니 말해 주게나.」하고 다르타냥은 재촉했다.
 「아닙니다. 제게는 묻지 말아 주십시오. 말하게 되면 후에 당할 보복이 무서우니까요……」
 「그럼, 무언가 본 것이 있군그래. 여보게 부탁일세.」
 다르타냥은 금화 한 개를 훌쩍 던져주고는
 「부디 말해 주게나. 그대가 본 것을! 절대 남에게 말하지 않을 걸세. 귀족의 맹세로서……」
 그러자 노인은 다르타냥의 진지한 표정을 읽고는 그렇다면 하는 식으로 낮은 음성으로 말하기 시작했다.
 「아홉 시가 가까웠을 때였을까요, 거리 쪽에서 소리가 나서 무슨 일인가 하고 밖으로 나가려고 문고리를 잡는데 누군가 들어오려는 사람이 있었지요. 나는 보시다시피 가난뱅이라서 도둑맞을 것도 없기 때문에 문을 열려고 했어요. 그러자 밖에 조금 떨어진 곳에 세 명의 사내가 보이더군요. 어둠 속에는 말을 채워 둔 마차가 서 있고, 또 다른 세 필이 있는 것 같았는데. 그 말은 기사의 차림을 하고 있는 세 분의 것으로 생각했지요.」
 『나리님들, 무슨 일이십니까?』하고 말하자
 『사다리가 있겠지?』하고 우두머리인 듯한 사람이 말했지요.
 『네, 과일을 딸 때 쓰는 것이 있습지요.』하자
 『그것을 빌려주고 너는 안에 들어가 있거라. 이 은화는 그 대가이다. 하지만 지금부터 보거나 들은 것을, 어차피 귀를 막고 잠을 자라고 해도 듣지 않을 테니까 말이지만. 다른 사람에게 말하면 용서치 않겠다.』

 그렇게 말하고 은화를 던지고는 사다리를 가지고 갔습니다요.
 내가 문을 닫고 집으로 돌아오는 척하고 뒷문으로 슬그머니 나와 어둠 속을 더듬어 딱총나무 숲에 숨어 있자니까—.
 세 명의 사내는 소리가 나지 않도록 마차를 끌고 오더니 그 안에서 뚱뚱한 반백이 된 작은 사내를 끌어내더군요. 까맣고 초라한 복장을 한 그 작은 사내가 조심스럽게 사다리를 올라가서 방 안을 살며시 엿보는 것 같았는데 곧 발소리를 죽이고 내려와서는
 『······ 네, 그년이 맞습니다.』
 이렇게 소곤댔습니다.
 그러자 아까 저에게 사다리 문제로 이야기했던 사내가 곧 별채의 입구로 다가가서 가지고 있던 열쇠로 문을 열고는 안으로 모습을 감추고 말았던 것입니다. 다른 사내들은 모두 사다리로 올라갔고 그 작은 사내는 마차의 문 곁에 남아 있더군요. 마부는 마차를 붙들고 있고 또 한 명의 부하가 말 옆에 붙어 있었지요.
 별안간 여자의 비명소리가 방 안에서 터져나왔습니다. 그리고 부인은 창가로 퉁탕퉁탕 뛰어와서는 창을 열고 밖으로 뛰어나갈 생각이었겠지만—밖에는 또 다른 사내의 모습이 보였기 때문에 앗 하고 뒤로 몸을 빼는 순간 밖에 있는 두 사람이 창을 통해 안으로 들어갔습니다.
 그 후에는 아무것도 볼 수가 없었는데 가구가 부서지는 요란한 소리가 들려 왔습니다. 여자는 비단 찢어지는 음성으로 살려 줘요! 하고 부르짖고 있었지요. 그러나 그 소리도 곧 잠잠해졌고 여자의 몸을 안은 세 명의 사내가 창가에 나타나더군요. 그 중 두 사람이 사다리로 내려와 여자를 마차로 운반했습니다. 마차에는 작은 사내가 함께 탔습니다. 남아 있던 사람이 창을 닫고는 아까 들어갔던 문으로 나와 마차 안을 잠시 살펴본 것 같았습니다. 먼저 여자를 안고 왔던 두 사람은 벌써 말에 올라타고 있었구요. 그래서 이 사람도 말 위로 뛰어올랐고 부하는 마부 곁에 있더군요. 이렇게 해서 세

사람의 기사들의 호위를 받으면서 마차는 잽싸게 사라졌습니다. 그 후로는 아무것도 보고 듣지 못했습니다만.」

뜻하지 않게 사건 경위를 듣게 된 다르타냥은 까딱도 하지 않고 입을 꼭 다물고 있었다. 그의 가슴 속에는 분노와 질투의 폭풍이 거세게 휘몰아치고 있었다.

「하지만, 젊은 양반! 너무 걱정하지 마십시오. 살해된 것은 아니니까요. 그게 무엇보다 다행한 일 아니겠습니까.」

청년이 잠자코만 있는 것에 도리어 겁을 먹었는지 노인은 그렇게 위로했다.

「그 중에서 우두머리인 것 같았던 사내의 모습은 어땠나?」

「글쎄요. 전혀 모르겠는데요.」

「그래도 말을 해 봤으니까 얼굴은 보았을 게 아닌가?」

「아, 인상 말씀인가요?」

「그래.」

「키가 크고 햇볕에 그을은 얼굴색인 데다 검은 콧수염을 기르고 눈은 검은…… 귀족 같은 사람이었지요.」

「그렇군. 또 그놈이군! 언제나 그놈이었어! 그놈이야말로 나의 악마인 거야. 그리고 또 한 사람은?」

「그렇게 말씀하시면…….」

「네, 그 사람은 신분이 높은 사람은 아니었지요…… 분명히. 칼도 차지 않았고 다른 사람들이 그에게 거만하게 말하고 있었으니까요.」

「흥! 시종인가?」 하고 다르타냥은 중얼댔다.

「얼마나 잔학한 놈들이란 말인가! 가엾게도 얼마나 가혹한 짓을 당한 것일까, 그 부인은!」

그러자 노인은 이렇게 다시 한 번 다짐을 받았다.

「잠자코 있어 주시겠지요?」

「또 한 번 약속한다. 걱정하지 않아도 된다. 나는 귀족이다. 귀족의 맹세는 금보다 단단한 거다. 그런 맹세를 했으니까.」

아, 그 친구들이 곁에 있어 주었더라면! 조금은 찾아 낼 수 있는 희망을 가질 수 있을 텐데——한데, 그 친구들이 지금 어떻게들 하고 있는지 그것조차 모르고 있는 것이 아닌가.
  이제 거의 한밤중이다. 먼저 프랑셰를 찾지 않으면 안 된다. 다르타냥은 약간이라도 빛이 새어나오고 있는 술집들을 열게 해 보았으나 프랑셰는 아무데도 없었다.
  여섯 번째 술집까지 찾아 보고 다르타냥은 이것이 무리한 짓임을 깨달았다. 아침 6시에 만나자는 약속을 한 이상 그가 어디에 있든 무슨 할 말이 있겠는가.
  그의 머리에는 사건이 일어난 이 근처를 헤매고 있는 사이에 무언가 단서를 얻을지도 모른다는 생각이 들었다. 그래서 그 여섯 번째의 술집에 들어가 가장 고급 술을 주문하고는 어두운 안쪽 구석자리에서 아침이 오기를 기다리기로 했다. 그러나 그의 기대는 빗나갔다. 이곳에 모여 있는 하인과 직공, 짐마차를 끄는 인부들의 야비한 이야기에 귀를 기울였으나 유괴 사건에 관해서는 무엇 하나 실마리가 될 만한 것은 들을 수가 없었다. 결국 시간을 보내는 것과 남의 눈에 띄지 않게 하기 위해 술 한 병을 비우고는 그 구석자리에서 어떻게든 몸을 붙이고 잠을 잘 수밖에 다른 방도가 없었다. 다르타냥은 지겹게 되풀이 하는 것 같지만 아직 스무 살밖에 안 된 젊은이었다. 이 나이 때는 아무리 마음이 괴롭더라도 잠은 평소와 다름없이 엄습해 오기 마련인 것이다.
  다행히 그는 6시에 눈을 떴다. 불안한 한밤을 보낸 후의 불쾌한 찌꺼기가 앙금처럼 체내에 남아 있는 느낌이었다. 몸단장하는 것은 간단했다. 잠을 자고 있는 사이에 도난당한 것이 없는지 살펴보았으나 보석 반지는 손가락에, 지갑은 호주머니에, 그리고 권총도 제대로 가죽띠에 있었다. 그래서 다르타냥은 일어나서 술값을 셈 하고 어젯밤 찾지 못했던 프랑셰의 안부를 걱정하면서 밖으로 나왔다. 습기가 가득한 잿빛 안개 속에서 가장 먼저 눈에 띈 것은—— 어젯밤 그가 지나갔을 때에는 눈에 띄지 않던 아주 허술한 술집 앞에 두 필의 말을 데리고 얌전히 서 있는 프랑셰의 모습이었다.

25. 폴토스

 다르타냥은 집으로 가지 않고 곧장 트레빌 경의 저택으로 가서 계단을 허둥지둥 올라갔다. 어젯밤에 있었던 일에 대해 하나도 숨기지 않고 이야기할 결심이었다.

 어쩌면 유익한 충고를 해 줄지도 모르고, 또 트레빌 경은 거의 날마다 왕비를 만나고 있는 사람이기 때문에 이 사람을 통해 미상불 그 충절의 제물이 되고 있는 시녀 문제에 관해 어떤 단서를 얻을 것만 같아서였다.

 트레빌 경은 다르타냥의 이야기를 진지하게 듣고 있었다. 이것은 연애 문제만이 아니다――라고 직감한 모양이다. 이야기를 마치자 트레빌 경은「흥! 추기관이 조종하고 있는 끈이 보이는군.」하고 중얼댔다.

「그럼, 당장 어떻게 하는 것이 좋겠습니까?」

「어떻게 할…… 방도가 없군그래. 우선, 어제 말했던 대로 빨리 파리를 떠나는 거다. 가능한 한 속히. 나는 왕비를 만나 그 부인이 유괴당했다는 것을 여쭤야겠다. 아직 모르고 계실테니까. 왕비님께서도 도움이 되는 일이 있을 것이고, 나 역시 무슨 이야길 듣게 되면 귀공에게 말해 주겠다. 이건 약속하겠다.」

 다르타냥은 트레빌 경이 가스코뉴 태생인데도 약속 같은 것을 그다지 하지 않는 사람인 것으로 알고 있었다. 그러나 어떤 계기로 일단 약속하게 되면 그 약속 이상으로 성의를 다하는 사람이 아니던가. 그래서 다르타냥은 지난 일에나 앞으로의 일에 대해서나 모두 감사하는 마음으로 머리를 숙였다. 한편 고참 무사의 전형과 같은 장관 또한 활발한 젊은이의 모습을 믿음직스럽게 여겼는지 부드럽게 손을 잡고 작별의 인사말을 했다.

다르타냥은 트레빌 경의 충고를 이제부터 실행할 심산으로 여장을 갖추기 위해 포소와이율 거리의 집으로 돌아왔다. 집에 돌아오자 대문의 문턱에 아침옷 차림을 한 보나슈가 서 있었다. 다르타냥은 그를 보자 어젯밤 프랑셰가 이 뱃속이 엉큼한 집주인에 대해 이러쿵저러쿵 하던 말이 떠올랐다. 그래서 그를 평소와는 달리 주의 깊게 관찰해 보았다. 그러자 담즙이 혈액 속에 침투해 있는 것을 나타내는 병적인 황색 외에도 얼굴에 잡힌 주름에 무어라 형언할 수 없는 음흉한 것이 담겨져 있었다. 악당은 선인과 같은 방법으로 웃지 않으며 위선자는 성실한 사람처럼 웃지 않는 법이다. 모든 허위는 하나의 가면인 것이며 가면은 제아무리 교묘하게 만들어져 있더라도 약간만 주의해서 보면 능히 간파할 수 있는 것이다.

다르타냥의 눈에 비친 보나슈도 그러한 가면을 쓰고 있는 인간이었다. 더구나 가장 불쾌한 느낌을 주는 것을——쓰고 있다.

그래서 그 얼굴을 보는 것만으로도 불쾌하기 그지없었기 때문에 아무 말도 하지 않고 그냥 지나치려고 했으나——어제와 같이 보나슈가 먼저 입을 열었다.

「어제는 꽤나 유쾌하셨던 것 같군요. 이제 아침 일곱 시입니다. 여느 사람과는 반대로군요. 모두 나가는 시각에 귀가하시니 말입니다.」

「당신과 같은 사람도 없지요.」 하고 다르타냥도 할 수 없이 상대할 수밖에 없어 이렇게 말했다.

「정말 꼼꼼한 사람의 표본 같으니까 말이지요. 하긴 당신처럼 아름답고 젊은 부인이 있다면 재미를 보려고 어슬렁어슬렁 밤길을 헤맬 필요는 없을 테니까요. 먼저 상대 편에서 요구해 올 테니까 말입니다. 안 그런가요?」
 그러자 보나슈는 억지 웃음을 웃었다.
「정말 농담도 잘 하시는군요…… 한데 어젯밤에는 어느 쪽으로 가셨던가요? 큰거리를 벗어나자 매우 길이 나빴던 모양이군요.」
 보나슈의 그 말을 듣고 다르타냥은 자신의 구두를 보았다. 그리고 동시에 그 시선을 잡화상인의 단화와 양말로 옮겼다. 과연 그것도 자기 것과 마찬가지로 마치 진흙탕에 뛰어든 것으로밖에 볼 수 없을 정도로 더럽혀져 있지 않은가.
 그때 번쩍 하고 다르타냥의 머릿속에 떠오른 것이 있었다. 어젯밤의 키작은 사내, 다른 사내들에게 혹사당하고 있었다는, 시종과 흡사했다는 사내가 곧 보나슈였군! 아내가 유괴당하는 데 남편이 그 앞잡이가 되다니——.
 다르타냥은 잡화상인의 목을 조르고 싶은 억센 충동에 사로잡혔다. 하지만 원래 그는 신중한 청년이라서 꾹 참았다. 그러나 얼굴에 치솟은 분노는 숨길 수 없었기 때문에 보나슈는 당황해하며 뒤로 주춤주춤 물러섰는데 마침 뒷문이 닫혀 있었기 때문에 쿵 하고 등을 부딪치고 말았다.
「훙! 그대가 농담을 한 게 아닌가. 내 구두도 닦아야 하겠지만 그대의 양말과 단화도 그대로 둘 순 없겠는 걸. 당신도 혹시 밤길을 헤매고 다녔나요? 어때요, 보나슈 씨! 그대같이 나이가 많은 사람이 그래서는 안 됩니다. 더구나 그렇듯 아름다운 부인이 있는 주제에…….」
「그, 그런 것이 아닙니다. 어제는 식모가 꼭 있어야 하겠기에 생 망디까지 갔다 온 것입니다. 어찌나 길이 나빴던지 그만 이렇게 되었습니다만 손질할 짬이 없어서…….」
 보나슈가 갔었다는 장소는 도리어 다르타냥의 의심을 짙게 했다. 생 망디는 생 쿠르의 정반대 쪽에 있기 때문이었다.
 이런 혐의가 생긴 것만으로도 다르타냥은 다소 마음이 안정되었다. 만약 보나슈가 아내의 향방에 대해 열쇠를 쥐고 있다면 이 사내를 협박해서 그 입을 열게 하는 것쯤 전혀 불가능한 것도 아닐 것 같아서였다. 아무튼 이 혐의를 확실히 추적해 보는 것이 필요했다.

「보나슈 씨! 미안한 말이지만 잠을 자지 못한 아침에는 갈증이 나게 마련인데 당신 댁에서 물 한 그릇 마시겠소이다. 이웃끼리의 호의로……」

이렇게 말한 다르타냥은 그의 대답을 기다릴 것도 없이 집 안으로 들어가 잽싸게 침대 쪽을 살펴보았다. 그런데 침대는 가지런히 정돈되어 있지 않은가. 그것은 보나슈가 어젯밤 여기서 잠을 자지 않았다는 증거인 것이다. 겨우 2, 3시간 전에 돌아왔을 것이다. 아내가 유괴되어 간 곳까지 동행했던가, 아니면 적어도 최초의 말을 매어 둔 곳까지는 따라갔던 것이 분명했다.

「정말 고맙소!」

다르타냥은 물을 쭉 들이키고는 이렇게 말했다.

「이제 살 것 같군. 이젠 집에 가서 프랑셰에게 구두를 닦도록 해야지. 소원이라면 후에 당신 것도 닦도록 하리다.」

이렇게 말하고 다르타냥은 묘한 인사를 받고 멍청히 서 있는 보나슈를 거들떠 보지도 않고 잰걸음으로 사라졌다. 내가 해서는 안 될 말을 했나? 하고, 잡화상인은 생각에 잠기고 있었다.

계단 위에서는 프랑셰가 안절부절하고 있었다.

「아, 또 이상한 일이 있습니다요.」

「무슨 일이지?」

「주인님의 부재중에 누가 찾아왔는지 알아맞춰 보십시오.」

「언제 말인가?」

「좀전 트레빌 경의 저택에 가셨을 때 말입니다. 반 시간 전에……」

「누가 왔는지 빨리 말하라구.」

「카보아 님입지요.」

「카보아?」

「네, 그 분께서……」

「추기관 소속의 경호사 대장인?」
「그렇습지요.」
「나를 체포하려고 왔었나?」
「나도 그렇게 생각했지요. 매우 상냥한 자세였지만……」
「상냥한 자세였다고?」
「네, 간지러울 정도로.」
「정말인가?」
「추기관님의 부탁으로 왔다. 그곳으로 지금부터 주인에게 동행해 주시길 바란다……고 말입죠.」
「그래서 넌 무어라고 했나?」
「보시다시피 부재중이기 때문에 그것은 불가능하다고.」
「그러니까 저편에선?」
「그럼 오늘 중으로 그곳으로 오시도록…… 하고 한층 낮은 목소리로『주인께서 귀가하시거든 추기관님이 매우 호의를 가지고 계시는 것 같고, 이 알현은 출세하시는 데도 매우 중요한 뜻을 가지고 있다고 잘 전해 주게.』이렇게 말하고는 가셨지요.」
「추기관으로서는 허술한 덫이군!」하고 다르타냥은 깔깔대고 웃었다.
「저도 분명 덫이라고 생각되었기 때문에, 주인께서 돌아오시면 꽤나 유감스럽게 여기겠습니다, 하고 말해 주었습지요.
『어디 가셨나?』하고 카보아 님이 묻기에
『샹파뉴의 트로아에 가셨습니다.』
『언제 가셨나?』
『어젯밤입니다.』
이렇게 응대했습니다만.」
「프랑셰! 너는 정말 보물과 같은 존재다.」
「즉, 주인님께서 카보아 님을 만나셨을 때 사실은 그곳에 가지 않았는데 집의 부하가 잘못 알았던 것이라고 말씀하시면 되는 것입니다. 제가 거짓말을 한 꼴이 됩니다만, 저는 귀족이 아니니까 거짓말을 했다고 큰 문제가 되지는 않을 테니까요.」
「아니야. 네가 거짓말쟁이라는 평을 듣지 않도록 할 테니까 안심하게나. 십오분 후에 우리들은 출발해야 하니까.」
「저 역시 꼭 그렇게 하시도록 권하고 싶었지요. 그럼 어디로 가시는 것입니까? 물어도 좋으시다면…….」
「실은 네가 말했던 곳과는 정반대 방향이지. 그리고 너는 그리모와 무스크톤이 어떻게 되었는지 궁금하지도 않나? 내가 아토스와 폴토스의 소식을 궁금해 하고 있듯이 말야.」
「네, 그거야 두말할 필요가 없지요. 언제든 따라가겠습니다. 요즘 같아서는 시골 공기가 파리보다 훨씬 좋으니까요. 그럼…….」
「서둘러 채비를 하자꾸나. 의심 받지 않기 위해 나는 맨손으로 한 발 앞서 나갈 테니까 너는 대기소로 오도록 하라. 한데 프랑셰! 네가 아래에 있는 집주인에 대해 했던 말이 사실이더구나. 그 놈은 분명히 수상한 놈이야.」
「그렇습니다. 제 말에 틀림이 없습니다. 저는 인상을 볼 줄 아니까요. 자, 그럼…….」
다르타냥은 약속한 대로 먼저 집에서 나왔다. 그러나 혹시 몰랐기 때문에 다시 한 번 세 친구의 집에 들러 보기로 했다. 그들에게선 아직 아무런 소식도 없었다. 다만 아라미스의 집에 여자 글씨로 된 향긋한 편지가 한 통 와 있을 뿐이었다. 다르타냥은 그것을 호주머니에다 간직했다. 그로부터 10분 후 프랑셰는 대기소에 왔다. 다르타냥은 시간을 벌기 위해 그 스스로 말에다 안장을 채워 두었다.
다르타냥은 프랑셰가 여행에 필요한 짐을 말에다 모두 싣기를 기다렸다가「그럼 됐다. 다른 세 필의 말에 안장을 채우고 출발하는 거다.」
이렇게 말했다. 그러자「아니, 두 필씩 타고 가는 편이 빠르다는 말씀인가요?」하고 프랑셰가 농담을 했다.
「혹시 그 세 사람을 만나게 되면 태우고 와야 할 게 아닌가.」
「그분들을 과연 찾게 되는지…… 하지만 천주님의 자비를 빌면서 가기로 하시지요.」

「아멘……」 하고 다르타냥은 말에 올라타면서 말했다.

두 사람은 대기소에서 나와 조금 나간 다음 헤어졌다. 한 사람은 브레트 문에서, 또 한 사람은 몽마르트르 문에서 나가 생 드니 문을 지나서 만나기로 약속했다. 이 약속은 착실히 진행되었고 일단 성공했다. 다르타냥과 프랑셰는 동시에 피엘피트에 도착했던 것이다.

프랑셰는 솔직히 말해서 밤에는 그렇지 않았으나 낮에는 꽤 기개가 당당했다.

그러나 그는 그러면서도 선천적인 조심성이 대단했다. 앞서의 먼 여행 때 일어났던 사건을 낱낱이 기억하고 있었기 때문에 길에서 만나는 사람은 모두 적으로 보였다. 그것까지는 좋았으나 그로 인해 으레 모자를 벗곤 하는 버릇이 생기고 말았다. 그래서 다르타냥은 그렇듯 머리를 숙이고만 있으면 주인인 나까지 시시한 인간으로 보일 것이 아니냐고 거듭해서 잔소리를 해야 했다.

어쨌든 통행인이 프랑셰의 사교술에 매혹되었던 탓인지 아니면 이번에는 잠복한 자가 없어서 그랬는지는 모르나 그들은 아무 탈 없이 샹티에 도착하여 그랑 생 마르탱 여관으로 들어갔다. 앞서 왔을 때 휴식을 취했던 바로 그 집이었다.

여관 주인은 부하를 시켜 네 필의 말을 끌고 온 젊은 귀족을 보고 총총히 맞았다. 벌써 백십 리를 왔으니까 폴토스가 있든 없든 일단 쉬기로 하자, 다르타냥은 이렇게 생각했다. 대뜸 초장부터 총사에 관한 소식을 물어보는 것도 이상한 것 같아 다르타냥은 말을 부하에게 맡기고는 아무것도 묻지 않고 성큼성큼 곁방 같은 곳으로 가서 가장 좋은 술과 식사를 주문했다. 이러한 주문은 주인의 기분을 더욱 흐뭇하게 한 것 같았다. 주문한 것이 놀랄 만큼 빨리 다르타냥 앞에 나왔다.

근위 총사는 원래 국내의 일류 귀족 중에서 선발되기 마련이었다. 이렇듯 부하를 대동하고 훌륭한 말을 네 필이나 끌고 여행하고 있는 다르타냥은 비록 제복이 화려하지 않더라도 이채를 띠고 있는 것이 사실이었다. 주인은 자신의 시중을 들었으면 하는 표정이었다. 그것을 눈치 챈 다르타냥은 잔을 두 개 가져오게 하고는, 그런데 ──하는 식으로 말을 꺼냈다.
「자, 그럼 주인장!」하고 다르타냥은 두 개의 잔에 술을 따랐다.
「가장 고급 술을 주문했는데 만약 가짜라면 그건 자업 자득인 거야. 난 혼자 마시는 것을 싫어하는 성격이니까 상대해 주기 바라네. 자, 이 잔을 들라구. 한데 무엇을 위해 건배할까? 지장이 없는 것으로 하려면…… 옳지, 이 여관의 번영을 위해 건배하기로 하자.」
「송구스럽습니다. 정말 감사합니다.」
「뭐 그렇게 황송해 할 것은 없다구. 건배하자는 것은 이쪽에도 생각이 있어서 하는 것이니까. 여관이 번창하게 되면 즉각적으로 손님에 대한 대우가 달라질 테니 말야. 번창하지 못하는 여관만큼 고약한 것도 없거든. 주인이 이리저리 변통해 온 찌꺼기를 먹는 손님이야말로 피해를 입게 되는 거니까. 항상 여행을 하는 관계로 특히 이 가도를 곧잘 지나가게 되는 나로선 어느 여관이든 모두 번창했으면 하는 바램이거든.」
「그런 말씀을 듣고 보니 처음 뵙는 분은 아니신 것 같군요.」
「그렇지. 샹티에는 열 번도 더 왔었고 그 중 서너 번은 이 집 신세도 졌으니까. 최근 열흘 전에도 친구 총사들과 함께 지나갔지 않은가. 그 중 한 사람이 그 자리에 있던 여행자로부터 도전을 받고 싸움이 벌어졌지만.」
「오, 그러시면 그때의…… 이제 생각이 납니다. 그 친구의 한 분은…… 폴토스 님이지요?」
「그래. 그 사람은 나와 동행하던 사람이었는데. 그 후 그 사나이에게 무슨 문제라도 일어난 것은 아니겠지?」
「뒤를 쫓아가지 않으셨던 것은 사실입니다만…….」
「응, 따라 오겠다는 약속이었는데 끝내 오지 않았거든.」
「실은 제 집에 머물고 계십니다.」
「뭐라구, 이곳에?」

「네, 그렇습니다. 실은 그 문제로 약간 걱정되는 일이 있습니다만.」
「무슨 일인데?」
「숙박비 문제로…….」
「뭐야, 그런 문제로? 그런 것이라면 후에 깨끗이 지불할 게 아닌가?」
「나리님을 뵙게 되어 매우 마음이 놓입니다만…… 꽤 많은 외상이 밀려 있지요. 실은 오늘 아침에도 의사가 와서 만약 폴토스 님이 지불해 주지 않는다면 문진을 청한 것은 여관이었으니까 저에게 청구하겠다고 말했습니다.」
「그럼 폴토스는 부상을 했던 거군?」
「그러나, 그것은…….」
「왜 분명히 말하지 않나? 누구보다도 잘 알고 있을 것 같은데 말야.」
「그건 그렇습니다만, 저희들과 같이 신분이 낮은 사람은 알고 있다고 해서 모두를 말할 순 없으니까요. 더구나 함부로 혀를 놀렸다가는 목이 성하지 않을 거라는 말을 듣고 있는 처지이고 보니…….」
「그럼 됐다. 폴토스를 만나보는 것은 괜찮겠지?」
「그거야 물론이지요. 이층의 가장 좋은 방입니다. 다만 노크하시기 전에 당신의 이름을 확실히 말씀해 주셔야 합니다.」
「내 이름을 밝히라고?」
「네. 몸에 무슨 이상이라도 생기면 곤란하니까요.」
「무슨 이상이 생긴다는 말인가?」
「폴토스 님께서 여관 사람인 줄 아시면 화를 내시고 검으로 찌른다든가 총을 쏠지도 모르니까요.」
「도대체 그 사람은 여관에 무슨 원한이 있는 건가?」
「요금을 청구했다는 이유로…….」
「그래. 이제야 알겠군. 폴토스는 호주머니에 돈이 없을 때 그런 말을 듣게 되면 으레 신경이 곤두서는 사람이거든. 그러나 지금은 그렇지도 않을 텐데…….」
「저도 그렇게 생각하고 있었습니다. 저의 집에서는 그때그때 깨끗이 계산하는 것이 관례로 되어 있고 매주 일 회 정리하고 있지요. 그래서 일 주일이 되던 날 계산서를 드렸습니다만 마침 그때 기분이 좋지 않으셨던 것 같습니다. 서슬이 퍼래가지고 쫓아 버렸으니까요…… 딴은 그 전날 도박을 하셨던 것 같았습니다만…….」
「도박을 했다구. 누구와?」
「제가 그걸 어떻게 알겠습니까. 지나가던 귀족이었습니다만 그 사람에게 랑스크네(카드놀이의 일종)를 하자고 유인하셨던 것이지요.」
「알겠다. 그래서 모두 날려 버렸던 것이겠지?」
「글쎄. 타시는 말까지 그렇게 되셨지요. 상대했던 분이 떠나실 때 폴토스 님의 말에다 안장을 채우고 있기에 부하가 여보시오, 그것은 아닙니다라고 주의를 주었더니, 뭐야 이 말은 내 것이다. 공연한 참견 말라고 오히려 무안만 당했습니다. 그래 지체치 않고 폴토스 님에게 알려 드렸더니, 귀족의 말을 의심하는가, 상놈 주제에! 그가 자기의 것이라고 하는 이상 그 말이 틀림없다…… 고 말씀하셨습니다.」
「과연, 그 사람답군!」
「그래서 제 편에서도 만약 요금을 지불하실 수 없다면 제발 동업인 다른 여관으로 옮겨 주셨으면 좋겠다고 여쭈었지요. 그러자 이 여관이 마음에 드니까 당분간은 그대로 묵겠다는 말씀이셨습니다.
이렇게 말씀해 주시는 것이 고마워서…… 나가 주실 것을 강요할 수도 없는 처지입니다. 아쉬운 대로 지금 들고 계시는 최고급의 방에서 사층에 있는 산뜻한 작은 방으로 옮겨 주시면 좋겠습니다라고 말했더니, 아니다, 근일 중에 잘 알고 있는 지체높은 귀부인이 찾아오기로 되어 있기 때문에 지금 있는 방도 오히려 변변치 않은 것으로 생각하고 있다는 대답이셨습니다.
그 말씀을 의심한 것은 아니었습니다만 그렇다고 해서 그대로 물러설 수도 없는 일이라서 주저하고 있자, 그분은 더 이상의 입씨름은 불필요하다는 듯이 권총을 작은 탁자 위에 꺼내 놓고는, 밖에서나 집 안에서나 옮기라는 따위의 말을 하기만 해 봐라, 그 건방진 머리통에다 이것을 쏘고 말테다……이렇게 호령하셨기 때문에 그 후로는 그분의 부하 외에는 아무도 그 방에 들어가는 사람이 없습니다.」

「무스크톤도 와 있군그래.」

「네, 그렇습니다. 밖으로 나갔다가 십오 일째에 무뚝뚝한 표정으로 돌아 왔습니다만 분명 그 사람도 여행하던 중에 달갑잖은 꼴을 당했던 것이 아닐까요. 사실 곤란한 것은 그 사람이 주인보다 한 술 더 떠서 주인을 위해서라면 저희들의 형편이야 어찌됐든 상관 없다는 식입니다. 주문한 것을 가져다 주지 않는다 싶으면 필요한 것은 무어든 아무 말도 하지 않고 그냥 가지고 가니까요.」

「그 무스크톤이란 사내는 굉장한 충복인데다 꽤 영리한 놈이라고 항상 생각했었지.」

「그럴지도 모릅니다. 하지만 그 정도로 충복이고 영리한 사람이 일 년에 네 번만 온다면 저희들은 당장 파산하고 말 것입니다.」

「너무 걱정하지 않아도 될 거다. 폴토스는 곧 돈을 지불할테니까.」

「글쎄요…….」하고 여관 주인은 고개를 갸웃거렸다.

「그 사람을 돌봐 주는 귀부인이 있으니까 말이야. 그 부인이 이대로 팽개쳐 두진 않을 게다.」

「그런데, 그것에 관해 약간 알게 된 것이 있습니다만…….」

「무얼 말인가?」

「아니, 제가 약간 알고 있는 것…… 이라고 할까요.」

「무얼 알고 있다는 건가?」

「이미 분명해진 사실입니다만…….」

「글쎄, 그 사실이란 게 뭔가? 빨리 말해 보라구.」

「실은 그 귀부인을 저는 알고 있습니다.」

「뭐? 알고 있다구?」

「그건 뭐, 벌써…… 나리님이 잠자코 계신다면…….」
「맹세하지. 절대 폐는 끼치지 않을 테니까 말해 보라구.」
「좋습니다. 결국 사람은 불안해지면 무슨 짓이든 하게 마련인가 봅니다.」
「어떤 짓을 했다는 건가?」
「그건 뭐, 다만 외상을 주고 있는 사람의 권리라고 생각합니다만.」
「즉?」
「폴토스 님은 그 공작부인이라는 분에게 편지를 쓰시고는 우편으로 발송하라고 명령하셨던 거지요. 아직 부하는 돌아오지 않고 있던 때였고 해서 그 심부름을 저희들이 한 셈입니다.」
「그런데?」
「그 편지를 우편으로 보내지 않고(그다지 확실한 것도 아닌 것 같고 해서 말입니다), 마침 파리까지 심부름가는 사람이 있었기 때문에 그 사람에게 직접 공작부인의 저택으로 가지고 가도록 했지요. 이렇게 한 것은 순전히 폴토스 님의 편지를 정확하게 전달해 드리겠다는 생각에서였지요. 안 그렇습니까?」
「그건 그렇겠군.」
「그런데 그 귀부인이 어떤 사람인지 나리님은 알고 계십니까?」
「어떻게 내가 알겠나? 난 폴토스에게 들었을 뿐인데.」
「그 공작부인이 말씀입니다요.」
「글쎄, 난 전혀 모른다고 했잖은가.」
「샤트레의 공공사무소에 근무하는 대서인의 처로서 코크날 부인이라는 노파입니다. 이미 오십 세가 넘었을 터인데도 아직 질투를 하고 있다던가요. 우스운 이야기가 아닙니까? 무엇보다 그 따위 울스 거리 같은 너절한 거리에 어떻게 공작 귀부인께서…….」
「어떻게 그걸 알았나?」
「그 가지고 간 편지를 보고는 몹시 화를 냈다지 뭡니까. 폴토스 이 바람둥이 놈, 결투에서 입은 상처라구? 또 딴 계집 때문에 입은 것이겠지, 하고 말입니다.」

「…… 상처를 입었는가?」
「아니, 지금 제가 무어라고 했습니까?」
「폴토스가 결투로 상처를 입었다고 하지 않았나?」
「큰일이군. 그토록 굳게 입을 봉하라고 했는데!」
「뭐라구, 함구를?」
「하지만 그분은 상대를 아주 멋지게 해치웠다고 선전하고 계시니까요. 사실은 상대가 그분을 거리에다 쓰러뜨리고는 살려달라고 말하게 했던 것입니다. 폴토스 님은 허영심이 강한 분이기 때문에 누구에게나 부상했다는 말은 하지 않습지요. 공작부인에게는 동정을 사기 위해 소상하게 말씀하신 것 같습니다만.」
「그렇다면 그 상처 때문에 일어나지 못하고 있는 게 아닌가?」
「네, 그렇습니다. 그건 매우 큰 상처니까요. 정말 나리님의 친구는 고집쟁이인 것 같습니다.」
「그 결투의 모양을 보고 있었나?」
「실은 걱정이 되었기 때문에 뒤에서 슬그머니 따라가서 지켜보고 있었지요.」
「어떤 상태였나?」
「그것은 아주 순간적이었습니다. 두 분은 검을 뽑았고 여행 중이던 기사 쪽에서 유인하는 수법으로 폴토스 님의 자세를 무너뜨렸다고 본 순간 덤벼들었습니다. 얼마나 잽쌌는지…… 폴토스 님이 다시 자세를 고치려고 할 때에는 벌써 가슴을 세 곳이나 찔리고는 땅바닥에 엎어질 정도였으니까요. 상대는 재빨리 목에다 칼을 댔습지요. 폴토스 님도 더 이상 수가 없다고 생각하고는 사과했습니다. 그러자 기사는 폴토스 님의 이름을 묻고 그가 다르타냥이 아니라는 것을 알자 팔을 벌려 안아 일으켜 여관에 옮겨 놓고는 휙 말을 타고 사라져 버렸습니다.」
「다르타냥을…… 노리고 있었던 셈인가?」
「그런 것 같습니다.」
「한데 그 무사의 그 후 소식은 모르고 있나?」

「모릅니다. 그 후에는 전혀 나타나지 않았으니까요.」
「정말 고맙군. 이것으로 사정은 모두 알게 되었으니까. 폴토스의 방은 이층의 첫째라고 했던가?」
「네, 이 여관에서는 가장 좋은 방입니다. 그 동안 열 번도 더 그 방에 들겠다는 손님이 있었습니다만……」
「그런 소리 말게나. 폴토스도 곧 코크날 공작 부인의 돈으로 밀린 삯을 지불해 줄테니까.」
다르타냥은 이렇게 말하면서 빙긋이 웃었다.
「공작부인이든 대서인의 아내든, 돈주머니를 끌러 돈을 꺼내 주는 사람이라면 누구든 좋습니다. 저편에서는 폴토스 님의 외도와 염치없이 금품을 요구하는 데는 손을 들었다, 동전 한 푼 주는가 보라고 잘라 말했다지 않습니까.」
「그런 말을 폴토스에게 그대로 전했나?」
「천만에요! 그랬다가는 편지를 가지고 간 것이 탄로나게 되는데요.」
「그렇다면 저 친구는 그런 줄도 모르고 돈이 오기를 고대하고 있겠군?」
「그렇습니다. 어제도 편지 한 통을 쓰셨지요. 이번에는 부하가 우편으로 보내고 왔습니다만.」
「그 대서인의 아내는 나이가 많고 보기 흉한 여자였다고 했지?」
「아무튼 심부름 갔다 온 파토의 말에 의하면 쉰 살은 돼보이는 아주 추녀였다더군요.」
「흠! 그렇다면 더욱 걱정할 것은 없다. 이제 곧 여자의 기가 꺾일 테니까. 아무튼 폴토스의 빚도 그렇게 많은 것은 아닐 테고.」
「그렇게 많은 것은 아니라고 말씀하십니다만, 지금까지 의사에 대한 치료비는 그만두고라도 이십 피스톨이나 됩니다. 그런데도 그분은 꽤나 사치스런 말씀을 하십니다. 아무래도 호화스런 생활이 몸에 밴 것 같더군요.」
「알았다. 만약 애인이 협조해 주지 않는다면 친구가 있지 않은가.

걱정말고 그 친구의 요구대로 돌봐 주게나.」
 「대서인의 아내 문제와 상처에 관한 이야기는 절대 하지 않으시기로 약속하셨지요?」
 「그래. 분명히 약속했다.」
 「그렇게 되면 제 목숨이 위태로우니까요.」
 「그렇게 떨지 않아도 좋다! 그래 보여도 실상은 온순한 사람이니까.」
 다르타냥은 이렇게 말하고 나서 쿵쿵 소리를 내며 계단을 올라갔다. 여관 주인은 무엇보다도 불안해 했던 두 가지 문제, 즉 돈을 받는 것과 목숨을 위협받던 일에 대해 어느 정도 마음을 놓은 것 같았다.
 이층에 올라가자 먹으로 크게 〈1번〉이라고 쓴 문이 보였다. 다르타냥은 그 문을 가볍게 노크하고 안에서 응답하는 소리를 듣고는 들어갔다.
 폴토스는 엎드려 누운 자세로 무스크톤과 카드 놀이를 하고 있었다. 난로불 앞에는 자고새의 고기가 쇠꼬챙이에 꿰어져 구어지고 있었고 커다란 난로 선반의 양쪽에 놓여 있는 풍로 위에 올려 놓은 두 개의 냄비에서는 무언가를 삶는 냄새가 코를 찔렀다. 또한 책상과 장농 위에는 포도주의 빈 병이 비좁을 정도로 놓여져 있었다.
 친구를 보자 폴토스는 환성을 올렸다. 무스크톤은 공손히 일어서서 자리를 양보하고는 삶는 냄비 곁으로 갔다.
 「오, 귀공이었군. 정말 잘 와 주었네. 맞으러 나가지 못해서 미안하네.」
 폴토스는 이렇게 말하면서 떨떠름한 표정으로 다르타냥의 얼굴을 잠시 살폈다.
 「나에 대해 무슨 이야길 듣고 왔나?」
 「아니, 아무것도······.」
 「여관 주인이 아무 말도 하지 않았나?」
 「난 귀공이 여기 있다는 것을 확인하고는 곧장 올라온 거라구.」
 다르타냥의 이 말을 듣고 폴토스는 후유 하고 안심하는 표정을 지었다.
「왜 무슨 일이 있었나?」
 다르타냥은 짐짓 이렇게 물었다.
「아니야. 그 결투에서 적에게 덤벼들어 상대를 세 군데나 찌르고 네 번째 숨통을 찌르려고 했을 때 그만 돌에 걸려 무릎을 삐고 만 거야.」
「저런.」
「그랬다구. 그 바람에 상대는 구사 일생으로 살 수 있었던 거구. 도저히 살아서 돌아갈 수 없는 놈이었는데.」
「그럼 다음엔 어찌 되었나?」
「모르지. 잠자코 도망갔으니까. 그건 그렇고 귀공은 어떻게 되었나?」
「그래서 그때 삔 상처 때문에 아직 누워 있는 건가?」
「그런 셈이지. 뭐 이젠 앞으로 사, 오 일이 지나면 일어날 수 있을 거야.」
「왜 파리로 돌아가지 않았나? 이런 곳에선 답답했을 텐데.」
「나도 그렇게 생각은 했었지. 하지만…… 약간 고백하지 않으면 안 될 사정이 있기 때문에.」
「뭔데, 그게?」
「그 지루하고 따분했던 차에 마침 호주머니에 나누어 받은 칠십오 피스톨이 있기에 말야. 심심풀이로 지나가던 귀족을 방으로 불러 주사위놀이를 했거든. 그래서 칠십오 피스톨은 고스란히 그 자의 호주머니로 들어가 버린 거지. 덤으로 말까지 말야. 한데 귀공은 어찌되었나?」
「단념하라구. 두 가지 모두 좋을 순 없으니까. 속담에도 있지 않은가. 〈사랑에 운이 있으면 도박에는 운이 없다〉고. 귀공과 같은 바람둥이에겐 도박운은 없게 마련이거든. 하지만 그 정도의 손해라면 걱정할 것은 없지 않은가. 그 공작부인은 어찌 된 건가? 틀림없이 어떻게 해 줄 것 같은데.」
「응, 그렇지. 다르타냥! (폴토스는 시원스런 표정으로 말을 이었다.) 빚이 밀렸기 때문에 난 그 사람에게 곧 편지를 띄워 오십 루이 정도 보내 주도록 졸랐던 거야. 지금 형편으로는 꼭 그 정도는 있어야…….」
「그랬는데?」
「그것이 글쎄. 지금 그 부인은 영지가 있는 곳으로 휴양차 돌아가 있는 것 같아. 회답이 오지 않는 것을 보면…….」
「흠!」
「기다려도 소식이 없길래 어제 다시 전보다 더 급한 편지를 우송한 거야. 하지만 상관없다구. 귀공을 이렇게 만났으니까. 그쪽 이야기를 좀 하게나. 사실 걱정하고 있었다구.」
「이집 주인이 잘 대우해 주는 것 같군.」
다르타냥은 고기를 삶고 있는 냄비와 빈 병을 가리키면서 말했다.
「그저 그래…….」
폴토스는 이렇게 대답했다.
「삼, 사 일 전에 무례한 놈이 계산서를 가져오지 않았겠나. 호통을 치고 쫓아 버렸지. 계산서와 그 무례한 놈을 함께 말야. 그로부터 난 이곳을 점령하고 있는 셈이랄까. 정복자의 자세로 말이지. 따라서 언제 다시 공격해 올지 모르기 때문에 이렇게 항상 무장하고 있는 거라구.」
「하지만 더러는 밖에 나가지 않나?」 하고 다르타냥은 술병과 냄비를 턱으로 가리켰다.
「아니지, 난 그렇지 않아. 무릎을 삔 관계로 아직 걸질 못하거든. 일체 무스크톤이 뛰어다니면서 징발해 오는 거야. 이봐! 무스크톤. 지원병이 도착했으니까 또 식량을 보충하지 않으면 안 되겠다.」
그러자 다르타냥이 말했다.
「무스크톤에게 부탁할 게 있는데…….」

「무엇입니가?」
「그런 방법을 한번 프랑셰에게도 전수해 주게나. 나도 이와 같은 농성을 언제 하게 될지 모르니까. 그런 경우 지금 네가 하고 있듯이 열심히 주인을 돌봐 주었으면 해서.」
「별로 전수랄 것도 없습니다.」
무스크톤은 겸손한 자세로 대답했다.
「다만 약간 약삭빠르게만 굴면 되는 것이니까요. 그것뿐입니다. 저는 시골에서 자랐습니다만, 부친이 짬이 있을 땐 밀렵 같은 것도 하곤 했기 때문에…….」
「그렇다면 다른 때에는 무엇이 특기였나?」
「그저 이것저것 재치껏 했습지요.」
「어떤?」
「마침 그때는 종교전쟁이 한창이었고 구교도와 신교도가 피를 씻는 싸움을 하고 있던 무렵이었지요. 그런 식으로 신앙도 엉망이었기 때문에 저의 가친도 구교도가 되기도 하고 신교도가 되기도 하면서 절충식으로 하고 있었습니다. 항상 총을 들고 나가서 길거리에 숨어 있는 것이지요. 그러다가 만일 구교도가 혼자서 걸어오고 있으면 저의 부친은 순간적으로 신교도로 개종하고는 총뿌리를 그 지나가는 사람에게 겨누고 그 사람이 가까이 왔을 때 공갈 협박을 했습니다. 그러면 대개는 목숨이 아까운 나머지 돈지갑을 놓고 가는 게 보통이었지요. 만약 그가 신교도인 경우라면 이상하리만큼 부친은 구교도의 신앙에 불타게 되었고 이것이 옛부터 우리나라의 정통 종교라고 굳게 믿어 버리곤 했습니다. 그래서 그 부친에게서 태어난 저는 구교도지만 형은 부친의 의견에 따라 신교도가 되었습지요.」
「그렇다면 그 부친은 결국 어떻게 되었나?」
「네, 그러다가 정말 불행한 최후를 마쳤습지요. 어느 날 좁은 길에서 신교도와 구교도의 협공을 받게 되었는데 공교롭게도 그들 양쪽이 모두 전에 상대했던 사람들이었습니다. 그 두 사람은 곧 부친을 알아보고 신구 두 사람이 힘을 합해서 부친을 붙들어 길가의 나뭇가지에다 목을 매달았습니다. 그 후 근처에 있는 마을의 술집에 와서 그들이 무용담을 얘기하는 것을 마침 그곳에 있었던 저희들 형제가 들었습니다.」

「그래서, 어떻게 했나?」

「그치들에게 실컷 말하도록 그대로 두었습니다. 그리고 나서 그들이 각기 반대쪽으로 가는 것을 확인한 다음 저는 신교도 쪽을, 형은 구교도 쪽을 각각 맡아서 잠복하려고 갔습니다. 그로부터 두 시간 후에는 완전히 결판을 냈습니다만, 그때 저는 부친에 대해 과연 앞을 내다보는 안목이 있구나 하고 속으로 감복했습니다. 두 아들을 착실히 다른 종파로 나누어 길렀으니 말입니다……」

「과연 그렇겠군. 정말 너의 부친은 영리한 사람이었던 모양이구나. 그런데, 짬이 있을 땐 밀렵을 했다고 하지 않았나?」

「그렇습니다. 저는 부친으로부터 덫을 장치한다거나 낚시하는 법 등을 배웠습니다. 그래서 이 여관 주인이 저희들의 뱃속에 넣을 수 없는 지독한 고기를 먹이는 것을 보고는 약간 옛날에 했던 일이 생각나서 근처에 있는 왕태자의 소유로 되어 있는 숲을 산책하면서 하나 둘 덫을 숨겨 두었습니다. 그리고 고기를 잡지 못하게 되어 있는 연못가에 누워서는 슬그머니 낚시를 던졌습지요. 이런 방식으로 지금은 보시다시피 자고새와 토끼, 잉어, 뱀장어 등 병자의 몸에 좋은 식품을 항상 손에 넣고 있는 실정입니다만.」

「그럼 술은 어디서 가져 오나? 이 집 주인이 주는가?」

「그렇기도 하고, 또 그렇지 않기도 하고.」

「그것은 무슨 뜻인가?」

「이 집의 것이라는 건 틀림없습니다만 그들은 전혀 모르고 있는 것 같기에…….」

「자세히 말해 보게나. 네 말은 꽤 참고가 될테니까.」

「이렇습니다. 어느 날 그런 식으로 어슬렁어슬렁 밖을 걷고 있을 때 어느 에스파냐 인을 만났습니다. 그 사나이는 꽤나 많은 나라들을 유랑하고 다닌 사람이었습니다만, 특히 저 미국에도 갔다 왔다고 했습니다…….」

「미국과 여기 모여 있는 빈병과는 어떤 인연이라도 있다는 건가?」

「우선 잘 들어 보십시오. 이야기에는 순서가 있으니까요.」

「딴은 그래. 그럼 잠자코 듣기로 하겠다.」

「그 에스파냐 인이 멕시코를 여행했을 때 데리고 갔던 부하가 저와 같은 고향 사람입니다. 그래서 금방 가까워졌습니다만. 그리고 성격도 비슷했구요. 우리 두 사람은 모두 사냥하는 것이 밥 먹는 것보다도 즐거웠습니다. 그래서 이 사람이 그 곳 대초원에서 토인들이 호랑이와 소를 사로잡는 데 밧줄로 동그라미를 만들어 재치 있게 목에 던지는 것에 관해 말해 주었습니다. 처음에는 삼십 보나 떨어져서 그렇게 잘 던질 수 있을까 하고 전혀 믿질 않았습니다만 그가 시범을 보여 주었기 때문에 납득할 수 있었습니다. 이 에스파냐 인은 삼십 보 정도의 거리에다 술병을 놓고 밧줄을 던지는데 몇 차례나 병의 목에 멋있게 걸리는 게 아니겠습니까. 그래서 저도 그 기술을 연습하기 시작했는데 소질이 있는 모양이어서 지금은 누구에게 못지않을 정도로 기술이 능숙해졌습니다. 어떻습니까? 이것으로 아셨습니까? 이 집에는 많은 술을 저장해 둔 지하실이 있습니다만 열쇠는 주인이 가지고 있습니다. 그런데 이 지하실에는 통풍용 창이 있어서 그 창에서 밧줄을 던질 수가 있지요. 고급 술이 있는 곳도 확실히 알게 되었으니까 언제든지 가져 올 수 있습니다. 어떻습니까? 이것으로 미국과 이 책상 위의 빈병과 인연이 있는 까닭을 아셨는지요? 그럼 이 술을 한 잔 드시고 이번에는 술맛을 음미해 주시지요.」

「아니, 됐네. 난 아까 식사를 했으니까.」

「그렇다면, 무스크톤! 우리의 식사 준비를 빨리 해라. 우리는 식사를 하면서 다르타냥이 요 열흘 동안 어떻게 하고 있었는지 이야기를 듣기로 할 테니까.」 하고 폴토스는 독촉했다.

「아, 좋지!」
다르타냥도 쾌히 승낙했다.

포르토스와 무스크톤이 회복기에 접어든 병자다운 식욕에다 역경에 처해 있는 사람이 서로 느낄 수 있는 친밀성을 보이면서 점심 식사를 하고 있는 동안, 다르타냥은 그로부터 아라미스, 아토스와 차례로 헤어졌고 자신도 왈드 백작의 몸통에다 일격을 가한 다음 겨우 영국으로 건너갈 수 있었던 것을 이야기했다.

그러나 다르타냥은 그 이상은 이야기하지 않았다. 다만 영국에서 귀국할 때 굉장히 훌륭한 준마를 네 필 데리고 왔는데 그 중 한 필은 자신의 것으로 하고 다른 세 필은 각각 친구들에게 선물로 줄 생각이라고 말했다. 포르토스에게 증정할 말은 이미 여관의 마굿간에 들어가 있었다.

이렇게 말을 마쳤을 때 프랑셰가 들어와서 말은 충분히 휴식을 취했으니까 곧 출발하여 해가 지기 전에 클레르몽에 도착할 수 있도록 채비하는 것이 좋겠다고 말했다.

다르타냥은 포르토스의 상태는 알게 되었으므로 다른 두 친구의 소식도 어서 알고 싶었다. 그래서 병자에게 손을 내밀고는 지금부터 출발하여 다른 친구들을 찾아 볼 작정이라고 말했다. 그리고 7, 8일 후에 돌아올 테니까 그때까지 이 그랑 생 마르탱 여관에 머물러 있을 계획이라면 돌아오는 길에 들르겠다고 약속했다.

포르토스는 무릎을 삔 것은 그때까지도 낫지 않을 것이다, 게다가 공작부인으로부터의 회답을 기다리기 위해서도 이 샹티를 당분간은 떠날 수 없다고 말했다.

다르타냥은 포르토스에게 좋은 회답이 있기를 기원하였고 무스크톤에게도 환자의 시중을 잘 들도록 거듭거듭 당부하고는 여관의 셈을 치른 다음 프랑셰를 데리고 여행을 계속하기 시작했다. 물론 말 한 필은 여관의 마굿간에 그대로 남겨둔 채였다.

26. 아라미스의 논문

 다르타냥은 부상에 대한 문제와 대서인의 아내에 관한 이야기를 폴토스에게는 하지 않았다. 비록 나이는 어리지만 이 베아룬 태생의 청년은 매우 사려가 깊었다. 다르타냥은 허영심이 강한 폴토스가 말하는 것을 그대로 믿는 척하고 있었다. 비밀을 폭로하는 것은 우정에 있어서 위험한 일이다. 더구나 그것이 자존심에 관한 경우에는 더욱 그렇다는 것을 잘 알고 있었기 때문이었다. 자칫하면 주위 사람들의 비밀 생활을 알고 있다는 것에 우월감을 가지게 마련이다. 다르타냥은 앞으로의 일이라든가 자신의 출세를 위해서는 약간은 세 친구를 이용하겠다는 생각이 있었기 때문에 이렇게 해서 그 모두를 조종할 수 있는, 눈에 보이지 않는 끈을 손 안에 쥔다는 것을 그다지 나쁘다고 생각지는 않았다.
 이렇게 여행을 계속하고 있는 동안에 다르타냥의 마음은 우울해지기 시작했다. 감사하다는 인사를 그 부드러운 입으로 직접 듣고 싶었던 그 아름다운 보나슈 부인의 일이 끊임없이 마음을 괴롭혔다. 그렇듯 다르타냥의 마음이 아픈 것은 기대했던 행복을 얻지 못했다는 억울한 생각에서라기보다도 오히려 애인의 몸에 어떤 불행한 일이 일어나지나 않을까 하는 걱정 때문이었다. 추기관이 복수하는데 그 희생물이 되었다——이것은 이제 의심할 여지가 없는 것으로 생각되었다. 그 무서운 추기관의 복수로부터 자기 혼자만 이렇게 무사히 빠져 나온 것은 도대체 무슨 꼴이란 말인가——다르타냥은 화가 나서 견딜 수 없었다. 그 경호사 대장인 카보아가 찾아왔을 때 집에 있었다면 그 까닭이 무엇인지 듣게 되었을지도 모른다——이런 생각이 들기도 했다.

몸과 마음의 기능을 완전히 용해시키고 있는 상념만큼 가는 길을 짧게 느끼게 해주는 것도 없다. 다른 생활은 모두 잠들어 있고 다만 그 중심을 이런 상념만이 꿈처럼 흘러갔다. 시간에 매듭이 없고 공간은 이미 거리를 초월하고 있다. 한 장소에서 출발하여 다음 장소에 도착한다는 것뿐이며 도중의 기억은 뽀얀 안개 속에 수목과 산과 풍경 등이 그림자처럼 몽롱하게 뒤섞여 있을 뿐이다. 샹티에서 크레브쿨 사이의 육, 칠십 리를 다르타냥은 이와 같은 환각 속에서 말이 걷는 대로 맡겨두고 있었다. 마을에 당도했을 때 도중에서 무엇을 만나고 보았는지 전혀 기억에 없었다.

——겨우 정신이 든 다르타냥은 한 번 머리를 세차게 내두르고는 아라미스를 남겨 두었던 여관을 보고 말을 빨리 몰아 그 여관의 현관에 닿았다.

나와서 맞아 준 것은 주인이 아니라 그 집 안주인이었다. 인상을 보고 대강은 사람을 살피는 것을 익힌 다르타냥은 그 여인의 통통하고 쾌활한 듯한 얼굴을 보고는 이 여인이라면 충분히 마음을 놓을 수 있다고 생각했다.

「부인! 약 열흘 전에 이곳에다 팽개쳐 두고 갔던 친구인데 생각나지 않소?」

「스물 서넛 먹은 온순한 미남자로서 조용하고 날씬한 분 말이군요.」

「그리고 어깨에 부상했던?」

「네. 그렇습니다.」

「그래, 바로 그 사나이요.」

「그분이라면 아직 이곳에 계십니다.」

26. 아라미스의 논문

「그래? 그렇다면 정말 다행이군. 어디 있지? 어서 얼굴을 보구 싶은데.」

다르타냥은 이렇게 말하고 말에서 뛰어내려 고삐를 프랑셰에게 건네주었다.

「하지만 나리님! 지금 계시긴 하지만 만나시게 될지 어떨지……」

「왜지? 여자라도 와 있는가?」

「어머, 천만의 말씀을! 그 분에게는 절대로 여자 따위는 없습니다.」

「그럼 누가 와 있나?」

「몽테뒤외의 사제님과 아미앙의 제즈이트 파 수도원장님이지요.」

「뭐요! 그럼 그 사람의 용태가 좋지 않단 말요?」

「그렇지 않습니다. 부상하신 것이 완치되셨기 때문에 그것이 모두 천주님의 은총이라 믿고 드디어 사제가 될 결심을 하셨지요.」

「아, 그래 그래. 그가 임시로 총사를 하고 있다는 말을 했던 것을 잊었었군.」

「그래도 기필코 만나고 싶으신가요?」

「물론이지.」

「그럼 안뜰에서 계단을 올라가 곧장 오른쪽으로 가십시오. 삼층의 5호실입니다.」

그녀가 가르쳐 준 대로 오늘날에도 옛날부터의 여관 안뜰에서 흔히 볼 수 있는, 밖으로 나 있는 계단이 있었다. 그러나 그대로 곧장 미래의 사제 방에 성큼성큼 들어갈 수는 없었다. 아라미스의 방으로 통하고 있는 좁은 길은 아르미다의 뜰(아르미다는 이탈리아 시인 타소의 작중 여주인공. 불가사의한 매력을 가진 여자로서 유명하다. 그 아름다운 궁전과 뜰이 기사 르노를 현혹시켰다.)처럼 경계가 삼엄했다. 그것은 부하인 바장이 복도에서 파수를 보고 있으면서 가는 방향을 제지하였기 때문이다. 바장으로서는 평소 그토록 바라고 있던 꿈이 마침내 실현되려고 했기 때문에 이렇듯 대담한 짓을 할 수가 있었다.

바장의 꿈은 사제의 시종이 되는 것이었기 때문에 아라미스가 총사의 복장을 벗고 사제의 복장으로 갈아입는 날이 오기를 목을 늘이고 기다리고 있었다. 머지않아 그렇게 된다고 주인이 타일러서 그동안 꾹 참고 총사 곁에서 시중을 들고 있었지만, 마음 속에서는 이런 총사에게 시중드는 것은 영혼을 잃을 뿐이라고 굳게 믿고 있었다.

그래서 지금 바장의 기쁨은 대단했다. 이번에야말로 주인도 다시는 뜻을 바꾸지 않을 결심인 것 같고 드디어 영혼과 육신의 고뇌가 고대했던 결과를 가져오게 되었기 때문이었다. 몸과 마음에 모두 상처를 입은 아라미스는 끝내 종교에 전념할 것을 진지하게 마음 속에 새기기 시작했다. 애인의 실종과 어깨의 부상, 이 두 가지의 사건은 일종의 계시인 것만 같았다.

이와 같은 상황이었기 때문에 바장으로서 다르타냥의 출현이 얼마나 큰 장애였는지는 충분히 짐작하고도 남음이 있다. 다르타냥을 만나면 주인은 다시 속된 생각의 폭풍우 속으로 끌려갈 우려가 없지 않다. 그래서 그는 완강히 안에 들어가지 못하게 했다. 여관집 안주인이 그렇게 말한 이상 부재중이라고 할 수는 없었다. 그래서 바장은 오늘 아침부터 시작되고 있는 이름 높은 사제들과의 종교 담을 도중에서 방해하는 것은 예의에 벗어난 것이라고 열심히 설득했다. 그 담화는 저녁에나 끝난다——이렇게 말했다.

그러나 다르타냥은 바장이 누누이 말하는 이야기에는 전혀 귀를 기울이지 않았다. 그렇다고 친구의 부하와 논쟁을 벌일 수도 없었기 때문에 한 손으로 간단히 바장을 밀쳐내고, 또 한 손으로는 5호실의 손잡이를 돌렸다.

문이 열리자 다르타냥은 안으로 들어갔다.

아라미스는 검은 사제복을 입고 머리에는 둥글고 얇은 두건 모양의 것을 쓰고는 두루마리와 4절판 서적을 가득히 쌓아놓은 테이블 앞에 앉아 있었다. 오른쪽에는 제즈이트 파의 수도원장이, 왼쪽에는 몽테뒤외의 사제가 있었다. 커튼을 절반쯤 걷어 신비로운 어둠을

26. 아라미스의 논문   371

연출하고 있었다. 방에 들어갔을 때 눈에 띈 세속의 물건, 특히 그곳에 살고 있는 사람이 총사였을 때 볼 수 있었던 물건은 모조리 치워져 있었다. 어쩌면 바장이 주인의 마음을 세속으로 다시 돌아가게 해서는 안 된다고 걱정해서 미리 안 보이게 치워 버렸는지 검을 비롯해서 권총, 깃털로 장식한 모자, 수놓은 천, 레이스류 등 무엇 하나 찾아볼 수 없었다. 그 대신 어둠침침한 한쪽 구석에 스스로를 경계하는 데 사용하는 채찍이 벽의 못에 걸려 있었다.

　문이 열리는 소리를 듣고 아라미스는 머리를 약간 들고는 다르타냥을 바라보았다. 그런데 놀라운 것은 다르타냥의 모습을 보고서도 아라미스는 아무런 느낌도 받지 않는 것 같았다. 그만큼 세속의 일에서 그의 영혼이 깨끗해졌던 것이리라——.

　「오, 다르타냥! 잘 있었나? 오랫만에 만나게 되어 반갑군!」

　「나 역시 그렇지만, 한데 여기 있는 사람이 아라미스가 아닌 것만 같아 이상하군.」

　「나야. 틀림없다구. 왜 그렇게 묘한 기분이 들까?」

　「방을 잘못 들어왔나 했을 정도야. 완전히 사제님의 방에 들어왔구나 하고 말이지. 그리고 또 한 가지 착각했던 거야. 그것은 이런 분이 곁에 계시니까 귀공의 질환이 매우 중태가 아닌가고 말이지.」

　두 사람의 검은 사제복 차림의 손님은 다르타냥을 힐끗 보았지만 다르타냥은 그런 시선에는 전혀 관심을 가지지 않고는

　「왠지 방해하는 것 같아 미안하군. 아라미스. 보아하니 귀공은 고해를 하고 있는 중인 것 같군……」

　아라미스는 잠시 얼굴을 붉혔다.

　「뭐 방해라구? 그런 건 없다구. 그 증거로 나는 귀공의 건강한 모습을 보고 이렇게 기뻐하고 있지 않은가.」

　다르타냥은 아라미스의 이 말을 듣자

　『옳지! 이제야 제대로 이야기가 되는군.』

　이렇게 생각했다.

「그렇습니다. 이 젊은 친구는 최근 매우 위험한 일을 피해 왔기 때문에……」 하고 아라미스는 기특하게 다르타냥을 사제들에게 소개했다.

「신을 찬미하십시오.」

두 사람의 사제는 함께 약간 몸을 굽히면서 이렇게 말했다.

「물론 그렇게 했습니다.」

다르타냥도 목례하고는 대답했다.

그러자 아라미스는 이렇게 말했다.

「마침 잘 왔네. 귀공도 꼭 이 토론에 참가해서 의견을 말해 주었으면 하네. 아미앙의 수도원장님과 몽테뒤외의 사제님, 이 두 분과 내가 훨씬 이전부터 문제로 삼아 온 신학상의 일에 대해 여러 가지로 의견을 나누고 있던 중이었다구. 여기에서 귀공의 의견을 들을 수 있다는 것은 매우 다행이니까.」

「무사의 의견 따윈 전혀 무게가 없기 마련인 거야. 여기 계시는 분들의 학식으로서 충분하지 않겠나.」

다르타냥은 다소 분위기가 딱딱한 데에 기분을 상한 표정으로 쌀쌀맞게 말했다.

두 사람의 사제는 머리로 목례했다.

「아니, 그렇지 않네.(아라미스는 머리를 가로저었다.) 귀공의 의견은 매우 귀중하다구. 문제는 이런 거지. 수도원장님은 내가 쓰고 있는 논문이 특히 교리 중심이면서 교육적인 것이 아니면 안 된다고 말씀하시지…….」

「뭐, 논문? 귀공은 논문도 쓰는가?」

「그렇습니다. 서품식(가톨릭 교회에서 사제나 기타 성직에 종사할 자에게 직위를 줄 때 행하는 의식)을 받기 전의 시험 문제는 반드시 논문으로 답하지 않으면 안 되니까요.」 하고 수도원장이 말했다.

「서품식!」

여관집 안주인과 바장으로부터 그런 말을 듣고도 믿으려 하지 않았던 다르타냥은 아주 어이없다는 표정으로 앞에 있는 세 사람의 얼굴을 차례로 바라보았다.

「그럼.」하고 아라미스는 마치 귀부인의 거실에라도 있는 것같이 안락의자 위에서 긴장한 자세를 취하고는 여자와 같이 포동포동한 하얀 손을, 피를 내리게 하기 위해 공중에다 치켜 올렸다.

「그런데 다르타냥! 수도원장님은 내 논문이 교리 중심이어야 한다는 말씀이시지. 나는 오히려 사상적이어야 한다고 생각하지만. 그래서 수도원장님은 여지껏 아무도 다룬 적이 없는 이런 주제를 권하고 계시지. 나도 그것은 매우 흥미로운 문제를 간직하고 있다고는 생각하지만 말이네.

〈Utraque manus in benedi cendo clericis inferoribus necessaria est.〉」

우리들이 이미 그 박식함을 잘 알고 있는 다르타냥은 이 인용구를 듣고서도 앞서 트레빌 경이 라틴 어의 글귀를 말했을 때와 마찬가지로 까딱도 하지 않았다.

「이것은 즉 이런 뜻이야. (아라미스가 신경을 써 주었다.) 〈하위의 사제가 축도를 할 때에는 두 손이 필요하다.〉」

「훌륭한 주제입니다.」하고 수도원장이 말했다.

「훌륭하고 교리 중심적입니다.」

라틴 어에 있어서는 다르타냥의 학력과 맞먹는 사제는 보조를 맞추기 위해 수도원장의 얼굴을 살펴보고 곧 메아리처럼 반복했다.

다르타냥은 두 사제가 감탄하고 있는 데 대해서도 전혀 무감각한 표정을 짓고 있었다.

「훌륭하고 말고요. prorsus admirabile !」

아라미스는 이렇게 말하고는 다시 말을 이었다.

「그러나 교리와 성서에 대해서는 매우 깊이 연구할 필요가 있어. 한데 나는 이분들에게 고백한 대로 매우 부끄럽지만…… 총사대의 근무와 폐하에 대한 봉사 때문에 다소 연구를 태만히 했었거든. 나는 자신이 선택한 주제 쪽이 훨씬 쓰기 쉽다고 생각하지. facilius natans. 하긴 그런 것은 어려운 신학상의 문제에 비하면 형이상학에 대한 도덕론과 같은 것에 지나지 않지만 말야.」
 다르타냥은 적잖이 따분했다. 사제도 같은 표정이었다.
 「이미, 그대로 훌륭한 머리말이 아닙니까?」하고 수도원장이 추켜세우자
 「Exordium.」
 무슨 말이든 하지 않으면 안 된다 싶었는지 사제도 반복했다.
 「Quemadmodum inter ceelorum immensifatem.」
 아라미스가 다르타냥을 바라보자 턱이 떨어질 정도로 크게 하품을 하고 있었다.
 「프랑스 어로 말씀하시지요, 수도원장님. 다르타냥 씨는 그렇게 하는 것을 재미있게 생각할 것 같으니까.」
 「네. 약간 말을 빨리 몰고 있던 터라서 피로했기 때문입니다. 라틴 어가 왠지 귀에 잘 들어오질 않습니다.」하고 다르타냥이 말했다.
 「그럼. 좋습니다.」
 수도원장은 약간 기분이 언짢은 듯했으나 사제는 기뻐하는 눈초리로 살짝 다르타냥을 바라보았다.
 「그러면 먼저 여기 있는 이 주해를 어떻게 해석할 것인가에 대해 생각해 보기로 하지요.」
 그 모세, 신의 종인 모세…… 좋습니까? 단순한 종입니다. 이 모세는 두 손을 들고 축도하고 있다. 헤브라이 족이 적을 공격하고 있는 동안에 그는 두 팔을 높이 들었다. 따라서 두 손으로 축도한 것이 됩니다. 첫재 복음서에는 어떻게 기록되어 있나요? Imponite manus, 즉 manum이라고 씌어 있진 않지요. 두 손을 놓아라이지 한 손은 아니지요.」
 「두 손을 놓아라.」하고 사제는 그 동작을 해 보이면서 또 반복했다.
 「성 베드로는 맹세합니다. 법왕은 이 사람의 후계자입니다만, Porrige digitos. 손가락으로 하라. 어떻습니까? 아셨나요?」

「잘 알았습니다. 하지만 매우 미묘한 문제군요.」

아라미스는 매우 흥미가 있다는 투로 말했다.

「손가락입니다. 성 베드로는 손가락으로 축도하셨다. 그래서 법왕도 손가락으로 축도를 하신다. 몇 개의 손가락으로? 세 개입니다. 한 개는 하늘이신 아버지를 위해, 한 개는 아들 크리스도를 위해, 다른 한 개는 성령을 위해.」

모두는 십자를 그었다. 다르타냥도 그런 흉내를 내지 않으면 안 된다고 생각했다.

「법왕은 성 베드로의 후계자이기 때문에 세 가지 신권을 대표하고 있습니다. 나머지 하위 성직자 Ordines inferiores는 천사장과 여러 천사들의 이름으로 축도하는 셈이고, 보조 사제나 성당지기와 같은 최하급인 자는 무한히 많은 손가락을 형용하는 물그릇에 의해 축도합니다. 이 주제를 간추려서 말하면 대개 이렇습니다. Argumentum Ommi denudatum ornamento, 나라면 이 문제만으로 이 정도 크기의 책을 두 권 쓸 수 있지요.」

열이 오른 수도원장은 테이블이 휠 정도로 무거운 4절본 성문집을 탕 하고 두들겼다.

다르타냥은 저도 모르게 몸서리를 쳤다.

「분명히 이 주제가 훌륭하다는 것을 인정하는 데는 조금도 주저하지 않습니다만. 왠지 저에게는 짐이 너무 무겁기 때문에. (아라미스가 말했다.) 그래서 내가 선택한 주제라는 것은…… 귀공의 의견을 말해 주지 않겠나? 다르타냥! Non inutile est desiderium in oblatione. 즉 〈주님에게 바치는 것 중에는 약간의 후회는 허용되어 있다〉라는 것인데.」

그러나 수도원장은 당황해 하면서

「잠깐!」

이렇게 말했다.

「아무래도 이 주제는 이교적입니다. 저 사교의 창조자인 장세니우스의《아우그스티누스》속에 그와 흡사한 문구가 있지요. 그 책은 머지않아 불에 태우지 않으면 안 되는 것입니다만. 조심하시오, 젊은 친구. 그릇된 사고에 기울고 있는 것 같소이다. 그리되면 몸을 망치게 됩니다.」

「몸을 망치고 맙니다.」 하고 사제는 안타깝다는 듯이 머리를 저었다.

「당신은 저 위험한 자유 의지적인 사고에 근접하고 있는 것 같군. 그 페라주 파의 원조 부정설에 근접해 가고 있으니까요.」

「아닙니다, 수도원장님. 절대로……」

머리 위에 덮어씌워질 비난의 화살에 아라미스는 쩔쩔매고 있었다.

「신에게 자신을 바칠 때 세속을 애석하게 생각해야 한다는 것을 당신은 어떻게 증명하겠습니까? 이 대립에 대해 생각해 보십시오. 신은 신, 세속은 악마라는 것을 말입니다, 세속의 것에 미련을 둔다는 것은 악마에게 미련을 두는 것입니다. 이것이 나의 결론입니다.」

「나의 결론도 그것과 전적으로 같지요.」 하고 사제는 말했다.

「부디 저의……」

아라미스가 변명하려고 애를 쓰자

「Desideras diabolum. 불행한 인간!」

이렇게 수도원장이 못을 박았다.

「악마에게 미련을 두십니까? 당신은! (사제는 탄식하듯) 그것은 잘못입니다. 그것만은 해서는 안 됩니다.」

다르타냥은 정신이 어리둥절해지고 있었다. 마치 정신 병원에 와 있는 느낌이 들었고 자신도 눈앞에 있는 미치광이처럼 정신 이상에 걸린 것 같았다. 그러나 그들이 주고받는 이야기를 전혀 모르기 때문에 잠자코 있을 수밖에 없었다.

「아무튼 여러분! 제 말씀을 좀 들어 보세요. (아라미스는 예의를 갖춘 어조에다 약간 초조한 기분을 가미해서 말했다.) 나는 절대로 미련이 있다고는 말하지 않았습니다. 그래요. 조금도 교리에 어긋나는 말은 하지 않았습니다.」

그러자 수도원장은 두 팔을 약간 위로 올렸고 사제도 같은 동작을 취했다.

「절대 그런 생각은 아닙니다만…… 자신이 불쾌하게 여기고 있는 것만을 신께 바치는 것은 약간 제멋대로의 짓이 아닌가 해서…… 다르타냥! 어떻게 생각하나?」

「그거야 정말 그렇지!」하고 다르타냥은 타고난 커다란 음성으로 소리쳤다. 사제와 수도원장은 뛸 듯이 놀랐다.

「나의 출발점은 이런 것이지요. 즉 삼단 논법으로…… 세속에도 매력이 있다. 이 세속을 나는 버리는 것이다. 그러니까 나는 희생을 하게 된다. 성서에도 분명히 말하고 있지 않습니까. 〈그대여 주를 위해 희생하라〉고.」

그러자 「그건 그렇지.」하고 수도원장과 사제도 고개를 끄덕였다.

「그래서 나는 또…….」

아라미스는 귓불을 빨갛게 하기 위해 약간 꼬집었다. 손을 움직여 하얗게 보이려고 하는 것과 같이 「같은 뜻을 짤막한 시로 만들어 보았습니다만, 이것을 작년에 부아튀르(17세기 프랑스의 궁정 문학가. 당시 가장 뛰어난 문인으로 그의 시와 편지는 언제나 살롱에서 낭독되었으며 호평을 받았다.) 씨에게 보였더니…… 그 위대한 시인은 매우 칭찬해 주었습니다.」

「짧은 시!」

수도원장은 경멸하는 투로 말했다.

「짧은 시!」

사제도 여전히 기계적으로 반복했다.

「그럼, 그 시를 읊어 보게나. 기분도 전환될테고 재미있을 게 아닌가.」하고 다르타냥은 재촉했다.

「아니, 이것은 종교적인 것으로서…… 말하자면 운문의 신학이거든.」

「뭐야. 그렇다면 재미없겠군.」

다르타냥은 다시 외면을 했다.

「이런 것입니다만.」
아라미스는 약간 위선자와 같은 몸짓으로 겸허하게 읊었다.

    너는 즐거웠던 과거에 눈물을 흘리면서
    가엾게 어둔 날을 보내지만
    비탄의 밤은 밝아질 것이다.
    헛된 눈물 모아서
    신의 가슴에 쏟을 날이 있다면——.

이것을 듣고 다르타냥과 사제는 빙그레 웃었다. 수도원장만이 자신의 의견에 집착했다.
「신학 문제를 다루는 데 있어서 세속적인 감정을 섞어서는 안 됩니다. 성 아우그스티누스의 말을 기억하고 있습니까? Servus sit clericrum sermo.」
「그렇지, 설교는 명석하게 하라.」
사제가 이렇게 부연했다.
「아무튼……」
수도원장은 곁에 있는 사제가 틀린 말을 했기 때문에 얼른 가로막았다.
「당신이 쓰고 있는 논문은 반드시 귀부인들의 환심을 살 것이 틀림없소. 그 파트뤼의 변론(파트뤼〔Patru〕는 17세기 일류 변호사인데, 그 변론집은 유명하다.)처럼 호평을 받을 것입니다.」
「그렇다면 기쁩니다만……」 하고 아라미스는 부지중에 들뜬 기분으로 이렇게 말했다.
「자, 보세요. 당신에게는 세속의 소리가 아직도 잘 들리지요? 큰소리를 치면서 당신은 세속을 따라가고 있습니다. 그래서는 신의 은총을 기대할 수가 없지요.」
「아니, 안심하십시오. 맹세코…… 그 점은 끄떡없으니까요.」
「세속의 허영심이……」

「나는 자신을 잘 알고 있습니다. 이제 이 결심은 변하지 않습니다. 절대……」

「그렇다면 역시 그 주제로 논문을 쓰실 생각이십니까?」

「아무래도 그것을 쓰는 것이 좋을 것 같습니다. 그러니까 일단 계속 써 보겠습니다. 내일은 다소 말씀하신 입장에서 수정을 가해 뜻에 맞도록 해 보겠습니다.」

「시간을 가지고 연구하시는 것이 좋겠지요. 이렇게 대화를 가진 후에는 무언가 마음에 얻어지는 것이 있겠지요?」

「그렇지, 씨앗은 충분히 뿌려졌으니까.」

사제가 이렇게 말했다. 그러자 그 말을 받아 수도원장이 말했다.

「그 씨앗의 일부가 돌 위에 떨어진다든가 길바닥에 흩어지고 그 나머지는 새가 쪼아 버렸다. aves caeli cenederunt illam 등의 걱정은 이제 없을 테니까.」

「정말, 그 라틴 어는 지긋지긋하군!」

다르타냥은 참다못해 끝내 비명을 질렀다.

「그럼, 이만.」 하고 사제가 작별 인사를 했다.

「그럼, 또 내일, 젊고 대담한 사람. 당신은 우리 교계의 빛나는 명성이 되려고 노력하고 계십니다. 이 별빛이 속세의 업화가 되지 않기를 빌겠소.」

수도원장은 이렇게 말했다.

벌써 한 시간 전부터 손톱을 잘근잘근 깨물면서 견디고 있던 다르타냥은 더는 자리에 앉아 있을 수가 없을 정도였다.

두 사람의 검은 옷을 입은 사제는 일어서서 아라미스와 다르타냥에게 목례하고는 문 쪽으로 갔다. 기립한 자세로 이 종교 논쟁을 줄곧 듣고 있던 바쟁은 얼른 두 사람에게 다가와서 사제로부터는 기도서를, 그리고 수도원장으로부터는 미사 문집을 받아들고 앞장서서 공손히 안내했다.

아라미스는 아래층까지 전송하고는 아직도 멍하니 있는 다르타냥의 곁으로 돌아왔다.

두 사람이 마주앉자 잠시 어색한 침묵이 흘렀다. 다르타냥이 잠자코 있기 때문에 아라미스가 먼저 입을 열었다.
「어떤가? 이것으로 드디어 내가 바랬던 원래의 이상적인 생활로 돌아갔다고 생각하지 않나?」
「그렇군. 아까 사제가 말씀하신 대로 은총을 받은 것이겠지.」
「사실, 이렇게 해서 세속을 버리겠다는 생각은 어제 오늘 한 것이 아니거든. 전에도 말한 적이 있었지 않나?」
「그야 그랬지. 하지만 나는 귀공이 농담을 하는 것으로만 알았거든.」
「이런 문제에 있어서 어떻게 농담 따위를 할 수 있겠나? 다르타냥!」
「하지만 죽음과는 희롱한다고 하지 않는가.」
「그것이 첫째 나쁜 거야. 죽음이란 구원이든가 영혼의 파멸이든가…… 이 두 방향의 갈림길이니까.」
「그래, 그건 그렇다치고. 제발 신학은 중지해 주지 않겠나? 아라미스! 귀공도 그만큼 했으면 이제 오늘은 충분하지 않나? 나는 첫째 외우지도 않았던 라틴 어를 모두 까먹고 있으니 말이지. 그리고 …… 실은 오늘 아침 열 시부터 아무것도 먹지 않았기 때문에 보다시피 이만저만 배가 고픈 게 아니거든.」
「곧 식사 준비를 시키지. 한데 양해를 구해 두지만 오늘은 금요일이 아닌가. 이 날은 나는 육류를 일체 먹을 수 없다네. 내가 먹는 것은 테트라곤 삶은 것과 과일인데 그것으로 되겠나?」
「그 테트라곤이란 무엇인데?」
「시금치를 말하는 거지. 하지만 귀공을 위해 특별히 달걀을 곁들이기로 하겠네. 이것은 규칙에 위배되는 일이지만, 달걀은 육류에 속하거든. 닭을 낳으니까.」
「그다지 반가운 음식은 아니지만 참기로 하겠네. 귀공과 함께 있는 기쁨을 위해서.」
「잘 참아 주어서 고맙군. 이런 식사는 몸의 영양에는 부족하겠지만

26. 아라미스의 논문

영혼을 위해서는 매우 유익하다구……」

「그래서 결국, 아라미스! 귀공은 드디어 진짜 사제직으로 들어갈 셈인가? 다른 친구와 트레빌 경이 어떻게 생각하겠나. 반드시 탈주했다고 말할 걸세.」

「사제직에 들어가는 것이 아니라 복귀하는 셈이지. 탈주하고 있었던 것은 오히려 교계였으니까. 총사의 제복을 입게 된 사정도 실은 마지 못해서 입었지만…… 왜 알고 있지 않나?」

「아니, 그 이야긴 모르네.」

「내가 왜 신학교를 나왔던가에 관해서 아직 모르고 있나?」

「조금도……」

「그럼 그 이야기를 해 줄까. 〈서로 회개하라〉고 성서에는 씌어 있지. 그래서 귀공에게 회개하겠네. 다르타냥!」

「회개를 듣기 전에 죄를 사해 주겠네. 어때? 온순한 고해 신부가 아닌가?」

「종교 문제로 농담해서는 안 되네.」

「좋아. 그럼 얌전히 듣겠네.」

「나는 아홉 살 때 신학교에 들어갔었지. 스무 살도 되기 전에 마침내 한 사람의 신부가 되려고 했을 때였는데…… 어느 날 밤 그 무렵 더러 놀러가던 어느 집에 갔었지(만은 그땐 젊었었고 원래 인간이란 약한 것이니까). 그곳 부인에게 성인전을 읽어 주고 있는 나를 한 사람의 기사가 질투로 불타고 있는 눈으로 뚫어지게 쳐다보는 거야. 마침 그날 밤은 쥬디트의 이야기를 번역해서 그것을 운문으로 읽어 주자 부인은 매우 칭찬하면서 내 어깨에 기대고는 자기도 읽은 거지. 다소 그런 자세가 지나치게 다정하게 보였던 것은 사실이지만 그것을 보고 있던 기사는 몹시 분노했던 모양이야. 잠자코 있었는데 내가 밖으로 나오자 가까이 다가오지 않겠나.

『여보게 젊은 사제! 당신은 단장으로 얻어맞는 것이 좋은가 싫은가?』

이렇게 말하더군.

『글쎄요. 어떻게 대답해야 할지 모르겠군요. 지금까지 그런 대접을 받아 본 적이 없으니까요.』

『그렇다면 좋아. 앞으로 저 집에 계속해서 출입하면 내가 그렇게 해 줄테다.』

나는 그 말을 듣자 무섭기도 하고 해서 파랗게 질리고 말았지. 다리가 후둘후둘 떨렸고 무슨 말을 하려고 했으나 잘 생각나지도 않더군. 기사는 내가 잠자코 있는 것을 보고 깔깔대고는 그 집으로 사라지더군. 나는 그 길로 신학교로 돌아왔었지.

귀공도 아다시피 나는 역시 진짜 귀족으로 자라났거든. 그래서 받았던 모욕으로 심한 충격을 느꼈던 거야. 아무도 모르는 일이지만 가슴을 콱 찌르는 것 같았으니까. 그래서 교장에게 저는 서품을 받을 자격이 없다고 생각하니까 서품식을 일 년간 연기해 주십사고 했지.

그리고는 파리에서 첫째가는 검술 사범을 찾아가서 매일매일 하루도 거르지 않고 단련을 받았다구. 그런 단련을 만 일 년간 쌓았는데 모욕을 받았던 기념일에 나는 사제복을 벗고 기사의 모습이 되어 내가 좋아하는 부인이 베푼 야회에 나갔지 뭔가. 거기에 그 기사가 올 것을 미리 알고 있었거든. 폴스 감옥의 곁에 있는 프랑 부르주아 거리에 있는 저택이었지.

과연 그 기사가 와 있지 않겠나. 마침 그때 그는 부인들 앞에서 옛사랑의 노래를 부르고 있었는데 그 제 2 절을 부르고 있을 때 나는 그의 곁으로 뚜벅뚜벅 다가갔지.

『여보시오! 이 페이에느 거리의 집에 내가 출입하는 것이 지금도 내키지 않소? 만일 그런 짓을 내 마음대로 한다면 역시 단장으로 두들기려오?』

나는 이렇게 말했던 거야.

그러자 그 기사는 놀란 얼굴로 나를 바라보고 나서

『그게 무슨 뜻이오? 나는 당신을 전혀 모르겠는데.』

『나는 성인전 속의 쥬디트를 번역하고 있던 신학생이오.』

『아! 그러고보니 생각이 나는군. (기사는 우롱하는 투로) 한데

26. 아라미스의 논문

용건은?』

『잠시 저쪽으로 함께 가셨으면 합니다만.』

『내일 아침으로 합시다. 그렇다면 좋으니까.』

『아니, 내일 아침이 아니고 지금 곧.』

『굳이 그렇다면.』

『네, 간절한 요청이니까요.』

『좋아, 나가겠다. 부인은 부디 그대로 계십시오. 이 젊은 분을 잠깐 처치하고 나서 곧 다음 노래를 계속할 테니까요.』

그런 다음 밖으로 나갔지.

마침 일 년 전과 같은 시각이었고 그런 모욕을 받았던 그 장소로 말야. 참 달이 밝더군. 검을 뽑고 최초의 일격으로 상대를 쓰러뜨리고 말았거든…….』

「장하군!」

다르타냥이 말했다.

「그런데, 기다리고 있던 부인들은 그 기사가 끝내 돌아오지 않자 조사해 보았던 거야. 그리고 페이에느 거리에 그의 시체가 있었기 때문에 그 하수인이 나라는 것을 곧 알게 되었고 그래서 굉장한 소동이 벌어지게 되었지 뭔가. 한동안 나는 사제복을 입을 수 없게 되었거든. 마침 그 무렵에 알게 되었던 아토스와 나에게 검술을 지도한, 아니 그 외에도 여러 가지 것을 가르쳐 준 폴토스가 총사를 지원하도록 누누이 권고하더군. 왕 폐하는 아라스의 싸움에서 전사한 나의 부친을 기억하고 계셨기 때문에 그 요청이 받아들여지지 않았겠나. 그런 사정이니까 오늘 내가 드디어 원래 있던 곳인 사제의 세계로 돌아갈 시기가 왔다는 것을 알 수 있을 게 아닌가.」

「하지만…… 왜 오늘이 아니면 안 되는가? 내일이면 왜 안 되지? 그 따위 바보 같은 생각을 하게 된 동기는 무엇인가?」

「이 어깨의 상처야. 이것이 다시 말해서 하늘의 계시로…….」

「이 상처? 뭐야. 거의 치유되었지 않았나. 그리고 지금 귀공을 괴롭히고 있는 상처는 분명히 그것이 아닐 텔데.」

「그렇다면 무엇이겠나?」
「그것은 바로 귀공의 가슴에 있어. 어때? 아라미스! 여자 때문에 생긴 더욱 아픈 새 상처가……」
그러자 아라미스의 눈은 갑자기 빛나기 시작했다. 그러나 그는 마음 속의 동요를 지그시 억제하고는
「이제 뭐 그런 이야기는 그만 하게나. 사랑의 괴로움이라고? Vanitas Vanitatum(〈하늘이 텅 비어 있음〉 중세의 신학자 토마스 마켄피스의 '그리스도를 흉내내어' 중의 한 구절)! 새삼스럽게 내가 그런 문제로 머리를 앓고 있다는 것인가. 도대체 누구를 위해서? 주둔지에 있을 때 잠시 기분을 풀었던 도시의 아가씨인가, 심부름하는 몸종에게 라는 것인가? 집어치우라구!」
「아니야. 아라미스! 귀공의 상대 여성은 좀더 상위에 있다고 들었는데……」
「좀더 상위? 그 따위 추한 야심을 가진 나를 무엇으로 생각하겠나? 이름도 없는 가련한 총사가 아닌가? 뜻만 높고 거칠고 촌스러운, 사교계에서는 주눅이 들어 있는……」
「어이 어이! 아라미스!」하고 다르타냥은 믿을 수 없다는 표정으로 가로막았다.
「아니야. 모든 것은 먼지에 불과하거든. 그 먼지 속으로 나는 돌아가는 거야. 인생은 굴욕과 고통으로 가득차 있다구. (아라미스의 표정은 점점 흐려졌다.) 인생과 행복을 잇고 있는 끈은, 그 끈이 아름다우면 아름다울수록 무참하게 끊어지고 만다. (그의 어조는 점점 침통해져 갔다.) 보게나 다르타냥! 귀공도 마음에 상처를 받았을 경우 그것을 단단히 감싸고 있게나. 침묵만이 불행한 사람의 유일한 위안이니까. 자신의 고통을 남들이 탐지하지 못하게 해야 하거든. 집적거리는 타인은 상처입은 사슴의 피를 빠는 파리처럼 우리들의 눈물을 말려 버릴 테니까……」
「그러고보니 아라미스. 그 말은 정말 내 자신의 이야기 같군.」
다르타냥은 이렇게 말하고 깊은 한숨을 내쉬었다.

「뭐라구?」
「그렇다니까. 내가 몹시 사랑하고 있는 한 부인이 강제로 납치되고 말았거든. 그녀가 있는 곳을 전혀 알길이 없구. 엄중히 감시당하고 있겠지. 벌써 죽었는지도 모르고……」
「하나 귀공의 경우 그 애인이 자기의 생각으로 귀공을 헌신짝처럼 내버리고 간 것은 아니지 않는가. 그런 위안은 있지. 소식을 모른다 해도 그것은 편지 같은 것을 일체 보낼 수 없기 때문이겠지. 그런데……」
「그런데……?」
「아냐, 아무것도 아냐.」하고 아라미스는 얼른 취소했다.
「그래서 귀공은 마침내 속세를 버리겠다…… 그 결심은 움직이지 않을 거라는 말인가?」
「절대로. 오늘 귀공은 나의 친구이지만 내일은 이미 내 눈에는 그림자와 같다기보다 오히려 존재하지 않는 것과 같겠지. 이 세상은 공동 묘지거든. 정말 그렇다구.」
「원 저런, 매정한 소리만 하는군!」
「할 수 없다구. 이것은 나의 천직을 위해서니까.」
다르타냥은 빙긋이 웃었을 뿐 대답하지 않았다.
그러자 아라미스는 말을 이었다.
「그래서 말야. 이렇게 아직 세속과 이어져 있는 동안에 귀공과 다른 친구의 이야기가 하고 싶었다구.」
「나 역시 꼭 귀공을 만나 이야기하고 싶었지. 귀공 자신의 문제로 말야. 한데 막상 만나니까 이건 완전히 세속을 버린 사람같지 않은가. 사랑 따위는 관심조차 없고 이 세상은 묘지라고도 하고 말이지……」
「언젠가 귀공도 그렇게 생각할 때가 오겠지.」
「그렇다면 이제 그런 이야긴 그만두기로 하자.」
다르타냥은 이렇게 말하고 나서
「그리고 이 편지도 불에 태워 버리자구. 틀림없이 또 그 도시의 아가씨나 몸종이 바람을 피운 것을 썼을 테니까……」

「무슨 편진데?」

아라미스는 얼굴색이 달라지면서 황급히 말했다.

「귀공이 집에 없는 사이에 집으로 온 것을 전해 주려고 내가 가지고 왔지.」

「누, 누구에게서일까?」

「뭐 어느 집의 가엾은 시녀든가 비탄의 눈물을 흘리고 있는 도시의 아가씨겠지. 슈블즈 부인의 몸종일까? 주인과 함께 츨로 가지 않으면 안 되기 때문에 잠시 점잔을 빼구 향기가 밴 편지지 따위를 사용했고 겉봉에는 공작부인의 사인을 사용했던 것이 아닐까?」

「무슨 소릴 하고 있는 거야?」

「이런! 그 편지를 분실한 것 같군.」

다르타냥은 이렇게 말하고는 짐짓 찾는 척했다.

「하긴 잘 된 거지. 세속은 묘지이고 인간은…… 따라서 여인도 모두 그림자로서 사랑과는 이제 인연이 없을 테니 말야.」

「어이, 다르타냥! 그렇게 날 괴롭혀서……」

「아, 있었군. 있다구.」

다르타냥은 호주머니에서 편지를 꺼냈다.

아라미스는 덤벼들 듯 그것을 받아 단숨에 읽었다. 그러자 확 그의 얼굴이 밝아졌다.

「몸종이 제법 멋진 글을 쓴 모양이군.」 하고 다르타냥은 능청을 떨었다.

「다르타냥! 고맙네. 그 부인은 역시 부득이한 사정으로 츨에 돌아갔군. 나를 배신한 게 아니구. 역시 사랑하고 있다. 어이! 좀더 가까이 오게나. 나는 지금 너무나 행복해서 숨이 멎을 것만 같으니까.」

그들은 서로 손을 잡고 성문집의 주위를 빙글빙글 춤을 추면서 돌기 시작했고 바닥에 떨어진 논문의 초고를 짓밟았다.

마침 그때 바장이 시금치와 오믈렛을 들고 들어왔다.

「이봐! 다시 가져와. 바보 같은 놈!」

26. 아라미스의 논문

아라미스는 부하의 얼굴에다 모자를 내던졌다.

「빨리 그 따위 더러운 야채와 국을 가지고 나가라. 라드를 넣은 토끼와 살찐 닭고기와 양의 허벅다리, 그리고 오래된 부르고뉴 포도주를 네 병 잽싸게 주문해라.」

이렇듯 표변한 주인을 망연히 바라보고 있던 바장은 우울한 표정으로 오믈렛을 시금치 속에, 시금치를 방바닥에 줄줄 쏟고 있었다.

「이제 귀공의 신성한 일과가 시작될 시간이 아닌가? 만약 아직도 미련이 남아 있다면 말이지만…… Non inutile desiderium in oblation을…….」

「어이! 그 따위 라틴 어는 똥이나 먹으라고 해. 자, 다르타냥! 실컷 마시자구. 맛좋은 술을 실컷 마시는 거다. 그런 다음 그 후의 이야기를 좀 들려 주게나.」

27. 아토스의 아내

「이제부터 아토스가 어떻게 되었는지 그걸 알아 보기 위해 떠나야 한다구.」

다르타냥은 그 후 파리에서 일어났던 사건에 관해 이야기했다. 아주 훌륭한 식사가 한 사람에게는 논문을, 또 한 사람에게는 여행의 피로를 잊게 했을 때, 다르타냥은 기운을 회복한 아라미스에게 말했다.

「그 친구가 실수를 했다고는 생각할 수 없다구. 아토스는 그렇듯 냉정한 사람인데다 검도 잘 쓰니까.」

아라미스가 대답했다.

「그건 그래. 아토스의 용기와 검술을 가장 잘 알고 있는 것은 바로 나니까. 하지만 검을 가진 상대에게는 몽둥이보다 창이 오히려 좋거든. 그래서 아토스도 그런 하인들을 만나 의외로 어렵지 않았을까 해서 약간 걱정이 된다구. 하인이란 놈은 그저 뒤죽박죽 두들기는 것밖엔 모르니까 말이지. 그러니까 나는 어서 이곳을 떠나고 싶다구.」

「꼭 함께 갔으면 좋겠는데, 아직은 말을 탈 수 없으니…… 어제도 벽에 걸려 있는 수행용 채찍을 사용해 보았는데 아무래도 상처의 통증이 심해서 계속할 수가 없더군…….」

「총상을 치료하는 데 그 따위 수행용 채찍을 사용하다니, 무얼 착각하고 있는 게 아닌가. 아무튼 귀공은 환자가 아닌가. 병에 걸렸을 땐 약간 머리가 돌게 마련이니까. 용서해 주기로 하지.」
「그럼, 언제 떠나겠나?」
「내일 아침 일찍. 오늘 밤엔 충분히 휴식을 취하게나. 만약 가능하다면 내일 함께 떠나기로 하세.」
「응! 내일 떠나자구. 아무리 불사신인 귀공일지라도 오늘은 쉬지 않으면 안 되겠지.」
 다음날 아침 다르타냥이 일어나자 아라미스는 창가에 서 있었다.
「무얼 보고 있나?」
 다르타냥이 물었다.
「실은 마굿간의 하인이 끌고 가는 저 훌륭한 말을 보고 있었지. 세 필이 모두 훌륭하군. 저런 말을 타고 여행한다면 그야말로 제왕이 된 기분이겠지.」
「좋아. 그 기분을 귀공도 맛보는 게 어때? 그 중의 한 필은 귀공의 것이니까.」
「뭐라구? 어, 어느 말이?」
「저 세 필 중 어느 것이든지 좋다구. 나는 선호하진 않을 테니까.」
「저 말에 달려 있는 장식도 말인가?」
「물론이지.」
「농담이겠지? 다르타냥!」
「나는 귀공이 라틴 어가 아니고 프랑스 어를 사용한 후부터 농담 같은 건 하지 않고 있다구.」
「저 황금색 안장부대와 비로드의 깔개, 은으로 된 멈춤쇠가 붙어 있는 안장 등도 모두 내 것이란 말인가?」
「그렇다구. 그리고 지금 앞발로 땅을 차고 있는 말이 내것이구, 저쪽에서 어슬렁어슬렁 걷고 있는 것이 아토스의 말이지.」
「히야. 세 필 모두 굉장한 말이 아닌가!」
「귀공의 마음에 든다면 나도 기쁘네.」

「왕 폐하께서 주신 하사품인가?」

「그, 그렇지. 추기관님께 받은 것은 아니니까. 어디서 나왔는가에 대해서는 걱정할 것 없다구. 아무튼 하나는 귀공의 것이라고 생각하면 되니까……」

「나는 저 붉은 털의 하인이 끌고 가는 말을 받기로 하겠네.」

「좋지!」

「굉장하군!」 하고 아라미스는 커다란 환성을 올렸다.

「이젠 이것으로 상처는 모두 잊고 말았다. 서른 발쯤 더 탄환을 맞아도 말은 탈 수 있다. 아니 정말 저 등자는 얼마나 훌륭한가? 어이! 바장! 빨리 와라.」

그러자 바장이 우울한 표정으로 문턱에 나타났다.

「검을 닦아 둬라. 모자의 형을 제대로 고치고 외투에다 솔질을 해라. 그리고 권총에다 장전도 해 두어라.」

아라미스가 이렇게 분부하자.

「그 맨 나중에 한 명령은 쓸데없는 거야. 안장 부대에는 정확하게 장전한 권총이 들어 있으니까.」

다르타냥이 이렇게 말했다.

바장은 한숨을 내쉬었다.

「어이! 기운을 내라. 바장! 그렇게 꾸물꾸물 하지 말라구. 하늘 나라에는 어쨌든 가게 될 테니까.」

다르타냥의 위로를 받고 바장은 울먹이면서 말했다.

「우리 집 나리님은 그만큼 신학을 공부하셨는데! 대사교도, 아니…… 추기관도 되실 수 있을지 모르는데…….」

「하지만 바장! 잘 생각해 보라구. 사제가 되어 보았자 그게 뭐라는 건가? 전쟁에 가지 않아도 된다고 생각하나? 저, 실제 추기관님은 어떤가? 머리에 투구를 쓰구. 손에는 창을 가지고 언제든지 싸움터에 나가고 계시지 않던가? 노가레 드 라바레트(1593~1630, 툴루즈의 대사교. 리슐리외의 신임이 두터웠다. 종군하기 위해 성직을 떠난 사람이다.) 경은 어떤가? 그분도 추기관인 거야. 그분의 부하에게 몇 번이나 붕대를 준비하도록 했던가 물어 보라구.」
「아닙니다. 무슨 말씀인지는 잘 알고 있지요. 오늘날의 세상은 마치 사물이 거꾸로 되고 있으니까요.」
이렇게 말하면서 두 사람의 젊은이와 부하는 아래층으로 내려갔다.
「바장! 등자를 잡게나.」
그렇게 말하고 아라미스는 언제나와 같이 가볍고 멋지게 안장에 앉았다. 그러나 말이 약간 몸을 흔들자 그 영향으로 상처가 심한 통증을 일으켜서 그 서슬에 아라미스는 파랗게 질렸고 저도 모르게 앞으로 휘청했다. 곁에 있던 다르타냥은 아라미스에게서 조금도 눈을 떼지 않았기 때문에 곧장 뛰어나가 두 팔로 아라미스를 안아 방까지 데리고 돌아왔다.
「그럼, 아라미스! 천천히 요양하게나. 나는 혼자서 아토스를 찾아올 테니까.」
「정말, 귀공의 몸은 철근이 들어 있군그래.」
「천만에, 다만 나는 운이 좋았을 뿐이지. 하지만 내가 돌아올 때까지 어떻게 할 생각인가? 이젠 설마 손가락과 축도의 이야기는 하지 않겠지?」
「시를 만들고 있겠네.」
아라미스는 이렇게 말하면서 피식 하고 웃었다.
「그것도 좋겠지! 슈블즈 부인의 몸종이 보낸 연문의 부드러운 향기를 담은 시를 말이지. 바장에게도 시를 만드는 방법에 대해 약간 깨우쳐 주는 것도 좋겠지. 저 사나이의 기분도 전환될 테니까. 말은 매일 조금씩 타 보는 게 좋다구. 그러면 차츰 익숙해질 게 아닌가…….」
「아니, 이젠 괜찮다구. 돌아갈 때에는 반드시 함께 갈 수 있는 몸이 되어 있을 테니까.」
작별 인사를 교환하고 바장과 여관집 안주인에게도 친구의 가호를 부탁하고는 곧 다르타냥은 아미앙 쪽을 향해 말을 재촉했다.

그런데, 아토스를 어떻게 찾아낼 것인가? 그는 아직 살아 있을까——.

마지막에 버려 둔 채 갔을 때의 상태는 결코 낙관적인 것이 아니었다. 완전히 당하고 말았을지도 모른다는 생각도 들었다. 그렇게 생각하니 다르타냥의 표정은 흐려졌고 한숨이 그의 입술에서 절로 나왔다. 복수해 주겠다는 맹세가 마음 속에서 치솟았다. 친구 중에서 아토스가 가장 연장자였던 만큼 취미에 있어서나 성품에 있어서나 자신과는 가장 거리가 먼 것으로 생각되었다.

그러나 실상은 아토스에게 가장 마음이 끌리고 있었다. 그 기품과, 평소에는 고의로 닫히고 있는 것 같은, 뒤에서 때때로 빛을 발하는 섬광, 누구나 쉽게 친할 수 있는 구김살 없는 성격, 그리고 신랄한 맛이 있는 쾌활성, 극단적인 냉정의 결과라고 생각되지 않으면 저돌적인 것이라고밖에는 생각할 수 없는 용기 등, 그러한 훌륭한 모든 성격이 존경 이상으로 다르타냥을 끌어당겼고 우정이라기보다 진심에서 감복하게 하고 있는 그였다.

아토스는 저 궁정인인 트레빌 경과 비교하더라도 조금도 손색이 없었다. 쾌활한 때에는 오히려 풍채가 더욱 훌륭해 보일 정도였다. 중키인 데다 딱 벌어진 몸이었고, 언젠가 폴토스와 맞붙어 격투했을 때 총사들이 체력에 있어서 누구나 무서워하는 거인을 꾹 짓눌러 버리지 않았던가. 부릅 뜬 두 눈, 반듯한 코, 부르터스와 같은 턱——그러한 특색을 가진 얼굴은 무어라고 표현할 수 없는 위엄과 우아함이 넘치고 있다. 조금도 손질을 하지 않고 있는 손은 아만드 젖과 향유로 소중히 가꾸고 있는 아라미스가 질투하리만큼 아름답다. 그리고 그가 어떤 경우에도 젠 체하지 않는 그 행동 거지는——사교상의 교양과 상류 사회의 예법이 흠뻑 몸에 배어 있고 훌륭한 가문의 습성이 곧 몸에서 풍겨나오기 때문이라고 생각되었다.

주연이라도 있는 경우에는 손님 하나하나를 정확하게 그 가문과 신분에 따라 알맞은 자리에 앉게 하였고 그 접대하는 솜씨란 어떤 상류인에게도 결코 뒤지지 않았다. 가문의 문장에 관한 이야기가 나올 경우에는 프랑스 국내의 귀족 가문을 모두 알고 있을 뿐만 아니라 그 계보, 인척 관계, 문장은 물론 그 문장의 연유까지 소상하게 알고 있지 않은가. 예법에 있어서도 모르는 것이 없었고, 고장의 법률에 관해서나 사냥에 관해서도 통달하고 있었는데, 특히 사냥에 관해서는 어느 날 그 분야의 대가인 루이 13세를 놀라게 했을 정도였다.

그 당시의 제후들과 같이 마술 무예 등에도 뛰어나 있는 것은 두말할 나위가 없다. 그것만이 아니었다. 그가 받은 교육이 얼마나 완벽한 것이었나 하는 것은——이 시대의 귀족들이 소홀히 하기 쉬웠던 문학 분야에 대한 소양까지 훌륭히 갖추고 있는 것으로도 알 수 있었다. 아라미스가 이야기 속에다 라틴 어를 섞고 그것을 폴토스가 알겠다는 표정을 짓고 있을 때에도 그는 다만 미소를 짓고 있을 뿐이지만, 두, 세 번 아라미스가 초보자와 같은 실수를 했을 때 아토스는 동사를 올바른 시제로 바로잡아 주기도 하고 명사의 격을 정정도 하고 함으로써 친구들의 입을 딱 벌어지게 하곤 했었다. 또한 성실성에 있어서도 한 점 비난할 것이 없었다. 그 당시에는 무사라면 대개의 경우 종교와 도덕과 타협하였고, 애인은 오늘 날처럼 양심을 존중하지 않았으며, 가난한 사람은 신의 제 7 계(십계의 일곱 번째 〈도적질하지 말지니라〉, 즉 도적질하는 것을 경계하고 있는 말씀)를 소홀히 하기 쉬웠지만——한마디로 말해서 아토스는 드물게 보이는 인물이었다.

더구나 이 우수한 성질과 전아한 인물이 걸핏하면 비속한 생활 쪽으로 기울기 일쑤였다. 마치 노인이 무의식 중에 심신의 쇠퇴길을 밟아가듯——그렇게 의기가 소침해졌을 때에는 (이런 경우가 많았지만) 그의 빛나는 일면과 상쾌한 모습이 어두운 그림자 속에 깊이 파묻혀 버리고 말았다.

그렇게 되면 지금까지의 초인적인 모습은 사라지고 간신히 인간으로서의 테두리 안에 머물고 있는 것과 같았다. 머리를 푹 떨구고 눈은 빛을 잃었고 말수는 더욱 적어지곤 했다. 아토스는 몇 시간이든 포도주의 빈병과 술잔과 부하인 그리모의 얼굴을 멍청하니 바라보고 있을 뿐이었다. 눈치로 하는 명령에 따르도록 훈련되어 있는 그리모는 그 기력을 잃은 주인의 눈을 읽고 무엇인가를 깨닫고는 시중을 들기 마련이었다. 만일 이런 때 네 사람의 친구가 모여 있을라치면

――무진 애를 써서 겨우 한 마디 하였고 그 이상 아토스의 입에서는 아무 말도 들을 수가 없었다. 그대신 술은 사 인분을 벌컥벌컥 들이마시지만 그래도 이맛살을 찌푸리고는 침울한 표정으로 있을 뿐 평소와 그다지 다를 게 없었다.

사물에 대해 남달리 호기심을 가지곤 하는 다르타냥이기 때문에 이런 것을 깨닫고 있었지만 그러나 아직도 때때로 볼 수 있는 아토스의 우울한 원인과 사정을 분명히 알 수는 없었다. 아토스에게는 오는 편지도 없었고 그의 생활은 언제나 친구들에게 완전히 개방되어 있었다.

술 때문에 우울해진다――는 것은 아닌 것 같았다. 술은 그 우울을 해소시키기 위해 마시는 것이었다고나 할까. 그렇다고 도박탓도 아니었다. 형세가 바뀔 때마다 소란을 피우는 폴토스와는 달리 아토스는 이기든 지든 안색 하나 변하지 않았다. 총사들의 대기실에서 하룻밤에 천 피스톨이나 땄는가 하면 행사가 있는 날 사용해야 하는, 금으로 자수한 띠까지 날려 버리는 일도 있었다. 비록 그것을 만회하고 백 루이를 땄다고 해도 그의 아름다운 검은 눈썹은 조금도 움직이지 않았고 고상한 손의 빛깔도 변하지 않았으며 그날 밤 즐겁고 조용했다면 그 말투도 똑같았다.

지겹게 말하지만――아토스는 이웃나라의 영국인처럼 주위의 환경 변화에 따라 얼굴이 어두워지는 일도 없었다. 도리어 우울증이 일어나는 것은 1년 중 가장 밝고 좋은 계절에 많았기 때문이다. 즉 6, 7월경이 아토스에게는 가장 힘든 때였다.

지금 당장은 그다지 번민할 것도 없었으나 앞날을 생각할 때에도 어깨를 으쓱하고 마는 그였다. 그의 비밀은, 모두 과거에 있는 것

이다——다르타냥은 막연히 그런 말을 들은 적이 있었다.

이렇듯 모든 것이 비밀의 베일에 감싸여 있었기 때문에 도리어 이 사람에 대해 깊은 흥미를 가지게 되었다. 아무리 재치있는 질문의 화살을 던져도, 그가 아무리 술에 녹초가 되어도 지금까지 그 눈이나 입이 무엇 하나 고백 같은 것을 말한 적은 없었다.

「한데, 아무래도 아토스는 죽은 것만 같군.」하고 다르타냥은 말 위에서 중얼댔다.

「가엾게도. 나 때문이다. 이런 일에 끌어들인 것은 나였으니까. 그 친구는 아무것도 몰랐고 결과 역시 모른 채 끝나게 되겠지. 그래도 그 친구에게는 아무런 도움도 되지 않을 테니까.」

「그리고, 주인님!」하고 프랑셰가 말했다.

「우리들의 생명의 은인이었는지도 모릅니다. 그분이 다르타냥 도망쳐라! 난 붙들렸다…… 이렇게 고함치셨던 것을 기억하고 계시겠지요. 그리고는 두 발의 총탄을 쏘셨고! 그 무서운 칼이 부딪치는 소리. 이십여 명이나 되는 놈들이 덤벼들려고 했던 것을…….」

프랑셰의 말을 듣자 다르타냥의 마음은 더욱 초조해졌고 그래서 그는 말에다 박차를 가했다. 그러자 말은 기다렸다는 듯이 사뭇 뛰기 시작했다.

11시경에는 벌써 아미앙 시가 보였고 반 시간 후에 두 사람은 그 날 소동이 벌어졌던 여관 앞에 당도했다.

오는 동안 다르타냥은 줄곧 그 패씸한 여관집 주인에게 생각만 해도 가슴이 후련한——그런 복수를 하기로 마음 속에 다짐하고 있었다. 그래서 다르타냥은 모자를 푹 내려쓰고는 왼손으로는 칼의 손잡이를 잡고 오른손으로는 채찍을 휘두르면서 집 안으로 들어갔다.

「내 얼굴을 알겠나?」

다르타냥은 맞으러 나온 주인에게 대뜸 이렇게 말했다.

「아닙니다. 저희들은 한 번도 나리님을 뵌 적이 없습니다만…….」

다르타냥이 데리고 있는 당당한 부하에게 현혹되어 버린 주인은 될 수 있는 한 정중한 투로 말했다.
「흥! 알지 못한다구?」
「네, 네, 전혀……」
「좋다. 이렇게 한 마디 하면 기억할 수 있을 게다. 지금부터 십오일 전쯤에 이 여관에서 네가 발칙하게도 가짜 금화 제조 운운하면서 떠들었던…… 그 귀족은 어떻게 되었나?」
그러자 주인의 얼굴은 당장 새파랗게 질리고 말았다. 다르타냥의 모습이 매우 위협적인 데다 프랑셰마저 주인을 흉내내어 자세를 취하고 있었기 때문이었다.
「아, 제발…… 그 이야기는 부디 용서해 주시길. 아니 그때는 즉각 천벌을 받게 되었습죠. 정말 어떻게나 송구한 일인지…….」
주인의 음성은 당장 울음보라도 터뜨릴 것만 같았다.
「그 귀족이 어떻게 됐느냐고 묻지 않느냐?」
「제, 제발 나리님! 말하겠습니다…… 그렇게 무서운 얼굴을 하지 마시고 부디 우선 앉아 주십시오.」
분노와 불안이 사라지지 않은 다르타냥은 입을 다문 채 재판관처럼 준엄한 얼굴로 털썩 자리에 앉았다. 프랑셰도 안락의자에 버티고 앉았다.
「실은, 이렇게 되었습죠…….」 하고 주인은 떨리는 목소리로 겨우 입을 열었다.
「이제야 겨우 생각났습니다. 그분과 옥신각신 말썽이 일어났을 때 뛰어나가셨던 분이시죠?」
「그렇다. 그러니까 정직하게 모든 것을 말하지 않으면 그냥 두지 않을 테다.」
「네, 네. 들어 주십시오. 하나도 남김없이 다 말하겠습니다.」
「……어서 말해라!」
「그때 관으로부터 유명한 가짜 금화를 가진 자가 친구를 데리고 네 집에 가서 숙박할 것이니 조심해라, 그들은 총사와 경호사의 복장을 하고 있다, 그런 연락이 있었습니다. 말이라든가 부하의 모습,

전체의 인상 등을 모두 듣고 있었기 때문에…….」

「그래서 어떻게 했나?」

그와 같은 지시가 어느 계통에서 내려졌는지 다르타냥은 확실히 알 수 있었다.

「그리고 관에서 여섯 명이나 가세하려고 나왔고, 저도 그 가짜 돈의 사용자의 상태를 실지로 확인해 보려고…….」

「이 발칙한 놈아! 지금도 가짜돈의 사용자라고 말하는 거냐!」

「용서해 주십시오. 이렇게 말하는 것도…… 사실 관이 무서운 나머지 그렇습니다만, 아시다시피 이런 장사는 관에 대해서는 맞설 수 없는 약점이 있기 때문입지요.」

「다시 한 번 묻겠는데, 내가 찾고 있는 그 귀족은 어떻게 되었나? 어디에 있느냐? 살아 있나? 죽었나?」

「부, 부디 잠시만 참아 주십시오. 이제 그 말이 나올테니까요. 그래서 나리님도 알고 계신 그 소동이 일어났습지요. 나리님께서 그렇듯 잽싸게 도망치셨고, 그래서 무사히 끝날 줄로 알고 마음을 놓았습니다만, 친구분은 결사적으로 대항하셨고…… 부하는 마굿간 하인의 모습을 하고 있던 관리와 싸움을 걸고 하는 식으로…….」

「너희들은 모두 한 패가 되어 있었구나. 괘씸한 놈 같으니! 나는 왜 이놈들의 숨통을 단칼에 끊어 주지 않는 거지.」

「아닙니다. 저희들은 절대 공모했던 것이 아닙니다. 그에 관해서는 언젠가 곧 아시게 됩니다. 그런데 친구 분(존함을 말하지 못해서 죄송합니다만 실은 그분의 존함을 저희들은 모르고 있기 때문에), 그분은 권총으로 두 사람을 쓰러뜨리고는 검으로 막으면서 뒤로 물러나셨습니다. 그때 저희 쪽 하인 한 사람이 불구가 되었고, 저 역시 칼의 뒷면으로 두들겨 맞아 정신을 잃고는…….」

「이놈아, 그만두지 않겠나? 도대체 아토스는 어떻게 된 것이냐?」

「지금 말씀드린 것처럼 쭉 후퇴하시게 되면 뒤쪽에 마침 지하의 술창고로 가는 계단이 있습지요. 그 문이 열려 있었기 때문에 그대로 그 안에 들어가서는 자물쇠를 채우고 마셨지요. 계시는 장소를 알고 있었기 때문에 그대로 방치해 두고 말았습지요.」

「음, 그렇다면 그 친구를 살해할 생각은 없었던 모양이군. 그렇게 가두어 둘 심산이었나 ?」

「원 당치않은 말씀을, 나리님, 가두다니요 ? 자신이 그렇게 숨어서 농성하기로 했습니다, 순전히. 매우 거칠게 싸우셨는데 그래서…… 한 사람은 즉사하고 두 사람은 중상을 입었습니다만, 시체와 부상자는 그들이 운반해 갔고 그 후의 소식은 감감합니다. 저도 정신을 차리고는 그 길로 지방관을 찾아가서 사건 일체를 보고하고 붙든 사람을 어떻게 처치할 것인지 물었습니다. 그러자 그 지방관은 태연한 얼굴로 무슨 말인지 전혀 모르겠다고 말씀하셨습니다. 나는 그런 것을 지시한 적이 없다, 만일 내가 그런 일에 관여한 것처럼 소문내면 교수형에 처하겠다……고 말씀하시지 않겠습니까. 왠지 실수를 하신 것 같았습니다. 정작 잡아야 할 사람은 놓친것 같아서 말입니다.」

「그래서 아토스는 ? 아토스는 어떻게 되었느냐 ?」

다르타냥은 관헌이 손을 대지 않았다는 말을 듣자 더욱 신경이 쓰였다.

「그래서 술창고에 계신 분에게 사죄하려고 생각했었지요. 아무튼 밖으로 나와 주십사 하기 위해 그곳에 갔더니…… 이거야 원, 그분은 사람이 아니고 귀신과 같은 분이었습니다. 이젠 밖으로 나와 주십시오 하고 말하자, 이와 같은 함정에 빠트린 이상 밖으로 나가기 전에 할 말이 있다고 말씀하셨습니다. 저 역시 근위의 총사인 분을 난폭하게 대했던 터라 훗날이 무서웠기 때문에, 듣겠습니다라고 대답했지요.

『먼저, 부하에게 무기를 가져오게 하라.』

그렇게 말씀하시기에 곧 그에 따랐습니다. 정말 무어든 마음에 드시도록 할 생각이었지요. 그리모 씨(이분 역시 말이 없었지만 이름을 부르고 계셨기 때문에)는 부상을 당하고 있었습니다만 그런 몸으로 술창고에 내려갔습니다. 그러자 주인님은 그를 안으로 끌어들이고는 다시 문을 닫은 다음 모두 돌아가라고……」

「도대체 지금 아토스는 어디 있느냐?」

「술창고 안에…….」

「뭐라구? 그럼 그때부터 지금까지 계속 그 술창고에 가두어 두었던 셈이군? 어찌 그렇게 가혹한 짓을!」

「천부당만부당한 말씀을. 아닙니다, 나리님. 저희들이 어떻게 그런 짓을…… 그런데 나리님은 그분이 술창고 안에서 어떤 짓을 하고 계신지 아시겠습니까? 정말로 이제는…… 만일 그분을 그곳에서 밖으로 나오게 해 주신다면 평생 그 은혜는 잊지 않겠습니다요.」

「즉, 술창고에 있는 셈이군, 가면 만날 수 있겠지?」

「네, 그렇습니다. 아무리 사정해도 거기서 나오시지 않습니다. 매일 통풍용 창을 통해서 빵을 막대기 끝에다 달아 넣어드렸지요. 고기를 주문하실 때도 있습니다. 드시는 것이 빵과 고기뿐이라면 괜찮습니다만…… 이젠 정말. 한번은 제가 식모 두 사람을 데리고 그 창고에 들어가려고 했다가 큰 소란만 피웠습니다. 권총에다 탄환을 장전하고 계시는 소리와 부하가 장총을 철컥거리는 소리가 났습니다. 탄환은 사십 발 있다, 만약 한 사람이라도 이곳에 들어만 와 봐라, 마지막 한 방까지 쏘아댈 것이다라고 하셨으니까요. 그래서 다시 지방관에게 호소했더니 네가 잘못한 거다, 숙박하신 고귀한 분에게 그토록 무례한 짓을 했던 것에 대한 보상이라고 도리어…….」

「그래서 그때부터……?」

주인의 우는 낯을 보자 다르타냥은 피식 하고 실소하지 않을 수 없었다.

「저희들은 얼마나 비참하게 되었는지 모릅니다. 저희들은 식료품을 모두 그 술창고에 넣어 두고 있지요. 통조림, 통에 들어 있는 술, 맥주, 기름, 양념, 돼지고기, 순대 등 모두 그 안에 있습니다만, 그곳에 들어갈 수가 없기 때문에 손님에게 술과 음식을 대접할 수가 없게 되었습니다. 날이 갈수록 손님의 발길은 끊어지고 앞으로 일

주간만 나리님의 친구가 저 술창고에 더 계신다면 그땐 저희는 완전히 파산할 판입니다.」
「그것은 천벌인 거다. 우리들의 모습을 슬쩍 보기만 해도 가짜 돈을 사용하는 사람이 아니고 훌륭한 귀족이라는 것을 알 수 있을 게 아닌가?」
「그렇습니다. 정말. 아, 저렇게 또 분노하고 계십니다······.」
「쓸데없는 짓을 했기 때문이야.」
다르타냥은 이렇게 말했다.
「하지만 그건······ 달리 도리가 없는 것이니까요. 영국의 귀족 두 분이 오셨기 때문에······.」
「그래서 어떻게 했다는 거냐?」
「즉 영국의 귀족은 아시다시피 포도주를 좋아 하십니다. 이분들도 최고의 포도주를 가져오라는 주문이었지요. 그래서 저의 처가 아토스 님에게 손님에게 대접하기 위해서니까 잠시 들어가게 해 주십시오 했지만 전과 같이 안 된다고 잘라 말씀하시고는······ 보세요, 어떻습니까? 또 저렇게 소란을 피우고 계십니다.」
다르타냥의 귀에도 술창고 쪽에서 시끄러운 소리가 들려왔다. 그래서 다르타냥은 두 손으로 싹싹 비는 주인을 앞세우고 총을 가진 프랑셰를 대동하고 그쪽으로 걸어갔다.
영국의 귀족은 몹시 화를 내고 있었다. 먼 여행길을 말로 왔기 때문에 배도 고프고 갈증이 심해서 죽을 지경인 것 같았다.
「정말 가혹하군! (약간 이국 억양은 있으나 능숙한 프랑스 어로 호통치고 있었다.) 아무 죄도 없는 손님에게 술을 주지 않다니 괘씸한 미치광이다. 그렇다면 좋다. 그 입구의 문을 두들겨 부수겠다. 만약 계속해서 횡포를 부린다면 그땐 가차없이 죽여 버릴 테다.」
그것을 보고 다르타냥은 권총을 띠에서 빼내면서 말했다.
「좀 조용히 해 주시오. 죽이다니! 그건 온당치 않군그래.」
「괜찮다. 그 강자들이 들어 오겠다면 이곳에 넣어 주라구. 따끔한 맛을 보게 될 테니까.」 하고 안쪽에서 아토스의 침착한 음성이 울렸다.
 기세가 좋았던 두 귀족도 그 말을 듣고는 잠시 서로 얼굴을 마주보았다——이 술창고에는 전설 등에 나오는 굶주린 거지귀신이 있을지 모르니까 함부로 그 동굴 속에 들어갈 수 없다는 것과 같은 태도였다.
 잠시 잠자코 있던 두 영국 귀족은 이제와서 후퇴하는 것도 치욕인 것이라고 생각했는지 노기 띤 얼굴로 있던 한 사람이 오,륙 단의 계단을 한숨에 뛰어내려가서는 벽까지 무너질 정도로 강하게 문을 걷어찼다.
「프랑셰! 나는 위쪽에 있는 사람을 맡을 테니까 너는 내려간 놈을 노려라!」
 다르타냥은 이렇게 속삭이고는 권총을 겨냥했다.
「이봐요, 굳이 싸우기를 바란다면 내가 상대하겠소이다.」
 그러자 안에서
「아니, 다르타냥의 음성이 아닌가?」하고 아토스가 말했다.
「그래, 나라구.」
 다르타냥은 큰소리로 외쳤다.
「역시 그랬군. 이젠 됐다. 그럼 그 난폭한 놈을 처치하자꾸나.」
 그러자 영국인들도 칼에 손을 댔다——그러나 그들은 협공을 당하고 있다는 것을 깨닫고는 잠시 주저했다. 그러다가 다음 순간 자존심이 허락하지 않았는지 또 쾅 하고 문을 발길로 세차게 찼다. 이것으로 문은 완전히 갈라지고 말았다.
「다르타냥! 한 쪽으로 비켜서라! 총을 쏠 테니까 비키라구.」
 하고 아토스가 소리쳤다.
「아토스! 성급하게 굴어선 안 돼. 여보슈! 두 분! 잘 생각해 주기 바라오.」
 이런 때에도 다르타냥은 신중한 태도를 절대 잊지 않았다.
「두 분에게 말하지만 꽤 불리한 상황입니다. 복부가 벌집처럼 될 테니까요. 나와 부하가 세 발을 쏘고 술창고쪽에서도 그 정도는 날아올 테니까. 그리고 우리에게는 검도 있지. 저쪽 사람이나 나나 꽤 칼을 다룰 줄 알지요. 어쨌든 이 문제는 나에게 맡길 수 없을까요? 술은 곧 드리도록 할 테니까요.」

「남아 있으면 말이지.」 하고 아토스의 조롱하는 듯한 음성이 들려왔다.

여관집 주인의 등에서는 식은땀이 흘렀다.

『남아 있으면 ……이라구.』

「걱정하지 말라구. 남아 있다. 두 사람이 아무리 많이 마셨기로 설마 술창고 전부를 마셔 버리진 못한다. 그럼 두 분! 검을 거두어 주시기 바랍니다.」

다르타냥이 이렇게 말하자

「좋습니다. 그럼 당신도 권총을 치워 주시오.」

「알겠소이다.」

다르타냥은 그렇게 했고 프랑세에게도 장총을 거두도록 했다.

영국인도 무어라고 중얼대면서 검을 거두었기 때문에 다르타냥은 그들에게 아토스가 갇히게 된 이유에 대해 설명해 주었다. 그들 두 사람은 사리를 분별할 줄 아는 귀족이었기 때문에 그것은 주인에게 잘못이 있다고 했다.

「그럼. 모두 방으로 돌아들 가시오. 십 분쯤 지나면 주문한 물건은 무어든 가져다 드리도록 할 테니까요.」

영국 귀족은 목례하고는 사라졌다.

「자, 이젠 나 혼자만 있으니까 문을 열어 주게나.」

「알았네!」

아토스는 안에서 대답했다.

바스락바스락 하고 작은 나뭇가지가 스치는 소리와 재목이 삐걱거리는 소리가 났다. 농성했을 때의 보루를 안에서 철거하고 있는 소리였다.

뒤미처 딸깍 하고 문이 열리고는 아토스의 창백한 얼굴이 밖으로 나왔고 잽싸게 주위를 살펴보았다.

27. 아토스의 아내   403

 그러자 다르타냥은 그의 목을 끌어안고 우정어린 입술을 댔다. 그리고는 습기가 가득찬 지하실에서 밖으로 데리고 나오자 아토스는 휘청거렸다.
 「아니, 상처를 입은 건가?」
 「내가? 아니야. 전혀 그런 건 없지. 약간 술에 취했을 뿐이야. 정말 술을 마시는 데는 가능한 한 열심이었거든. 어이, 주인! 아주 좋았다구. 아무리 적게 잡아두 내가 마신 것만 해도…… 백오십 병은 될 테니까.」
 「어쩜, 그렇게도 무자비하게…… 만약 부하가 그 절반을 마셨다면 저는 이제 파산입니다!」
 「아니지. 그리모는 몸가짐이 얌전한 놈이다. 그놈은 주인이 마시는 술과 동일한 술은 절대 손을 대지 않았다. 그놈은 술통의 마개를 벗기고 직접 마시고 있었지. 오, 저 소리를 들어 보라구. 저놈이 마개 닫는 것을 잊은 것 같군. 자꾸 새는 소리가 나지 않나?」 하고 다르타냥은 큰소리로 웃어댔다. 그 소리를 듣고 있는 주인은 몸이 떨리다 못해서 얼굴이 빨갛게 변했다.
 그때 그리모가 장총을 어깨에 메고 머리를 설레설레 흔들면서 주인의 뒤를 따라 나타났다. 마치 루벤스의 그림에 있는 술에 취한 반수신과 같은 몰골로——몸의 앞과 뒤는 온통 반들반들 윤이 나는 액체로 젖어 있었다. 주인의 눈에는 그것이 최고급 올리브 기름이라는 것을 당장 알 수 있었다.
 이들 일행은 줄지어 넓다란 방을 가로질러 다르타냥이 멋대로 차지하고 있는 여관의 가장 좋은 방으로 들어갔다.
 그러고 있는 동안 여관집 주인과 그의 아내는 각등을 들고 술창고 안으로 다급하게 뛰어들어 가서는 오랫동안 들어가지 못했던 내부의 참상을 찬찬히 살펴보았다.
 자그마한 나뭇가지와 판대기 조각의 틈막이, 쌓아올린 빈통, 이런 것들로 전술의 멋을 부려 구축해 놓은 보루의 저쪽을 보자 기름과 술이 흘러 만들어진 늪에는 먹고 버린 햄 찌꺼기가 흩어져 있었으며 깨어진 빈병이 창고의 왼편 구석에 산처럼 쌓였고 또 한 쪽에는 술통의 마개가 뽑힌 채로 술이 흘러나오고 있었다. 죽음과 황폐의 광경이——옛시인이라면 그렇게 표현할지도 모를, 마치 싸움터와도 같이 널려 있었다. 대들보에 걸어둔 오십 개의 순대도 겨우 열 개 정도가 남아 있을 뿐이 아닌가——.

여관집 안주인의 울부짖는 소리가 술창고의 천장을 뚫고 들려왔기 때문에 다르타냥은 약간 측은한 생각이 들었다. 아토스는 전혀 들은 척도 하려고 하지 않았다.

비탄에 이어 억제할 수 없는 분노가 치밀었는지 주인은 불에 달군 꼬챙이를 들고 필사적으로 두 사람이 있는 방으로 들어왔다.

「술을 가져 와라!」

아토스는 주인을 보자 이렇게 말했다.

「수, 술?」하고 주인은 깜짝 놀랐다.

「술이라고요? 정말 당신은 백 피스톨 이상의 양을 마셨습니다. 이제 저희들은 더는 살아갈 수 없게 파산하고 말았는데 그러고도……」

「시끄럽다! 갈증이 멎지 않기 때문이다.」

아토스는 이렇게 호통쳤다.

「마시는 것이라면 좋습니다만, 병을 하나도 남기지 않고 깨 버렸으니!」

「너희들은 나를 병이 쌓여 있는 위를 걷게 했기 때문에 벌렁 넘어지고 말았다. 그건 너희들 잘못이지.」

「기름도 바닥이 나버렸고……」

「기름은 상처를 치료하는 데 소중한 약이다. 가엾게도 부상했던 그리모는 그것으로 치료했으니까 그렇게 될 수밖에.」

「순대도 모두 먹어 치우고……」

「그 술창고에는 쥐가 많이 있다.」

「모두 변상해 주셔야 합니다.」하고 주인은 핏대를 세우고 부르짖었다.

「바보 천치 같은 놈!」

아토스는 일어서려고 했으나 비틀거리다가 다시 주저 앉았다. 완전히 기진맥진해 있는 것 같았다. 그래서 다르타냥은 채찍을 들고 가세했다.

주인은 뒤로 물러나 엉엉 울기 시작했다.

「이것으로써 앞으로는 신께서 보낸 손님을 소중히 대접해야 한다는 것을 배웠겠지?」

「신이라구요? 차라리 악마라고 하십시오.」

「이봐! 언제까지고 그렇게 우는 소리만 지껄이고 우리들의 귀를 괴롭게 한다면 우리들 네 사람이 이제부터 다시 한 번 술창고에 들어가 농성하면서 네가 말하는 손해가 얼마나 심한지를 조사해 볼 테다……어떤가?」

다르타냥이 이렇게 엄포를 했다.

「아닙니다. 제가 잘못했습니다. 그 말씀에 불만은 없습니다만 다만…… 어떤 죄에도 자비는 있습니다. 당신들은 훌륭한 나리님들인 데 반해 저는 하찮은 여관집 주인일 뿐입니다…… 부디 불쌍히 여겨 주십시오.」

「옳지, 그렇게 점잖게 말하니까 나의 가슴은 찢어질 것만 같다. 눈에서 눈물이 넘치는군. 네 술통에서 술이 새듯이 말야. 딴은 우리들도 그렇게 귀신 같은 사람은 아니다. 자, 이리 와서 이야기해 보자구.」

아토스가 이렇게 말하자 주인은 어름어름 다가왔다.

「그렇게 무서워하지 말고 더 가까이 오라. 한데 요전에 내가 셈을 하려고 했을 때 분명히 지갑을 테이블 위에다 놓았지?」

「네, 그렇습니다.」

「그 지갑에는 육십 피스톨이 들어 있었는데 그것은 어디 있는가?」

「관리에게 건네주었습니다. 가짜 돈이라고 했기 때문에.」

「그래? 그럼 그것을 되찾아 오도록 해라. 그 육십 피스톨을 몽땅 너에게 주겠다.」

「하지만 잘 아시겠지만…… 관리는 일단 손에 들어온 것을 좀체 내놓지 않습니다. 그것이 가짜라면 희망은 있습니다만 불행하게도…… 그것은 진짜 금화이기 때문에.」

「그것은 네가 알아서 잘 교섭하는 것이 상책이다. 내가 알 바 아니니까. 그것 외에는 우리가 가진 게 없으니 말이다.」

「이봐! 아토스의 말은 어디 있나?」

다르타냥이 옆에서 말했다.

「마굿간에…….」

「그것의 값은 얼마나 되겠나?」

「글쎄요. 기껏해야 오십 피스톨 정도 될까요.」

「뭐라구? 귀공은 내 말을 팔 셈인가?」

아토스는 놀라면서 말했다.

「저 바자제트를? 그럼 싸움터에는 무엇을 타고 가야 하는가? 그리모를 타고 갈까?」

「귀공에게 주려고 다른 말 한 필을 끌고 왔거든.」 하고 다르타냥이 말했다.

「다른 말을?」

「훌륭한 말입니다.」

주인이 말했다.

「그렇게 훌륭하고 젊은 말이 있다면 늙은 말은 줄 테다. 그러니 어서 술이나 가져와라.」

「어느 것으로 하시겠습니까?」

그제야 겨우 마음이 놓인 주인은 이렇게 물었다.

「창고의 가장 안쪽에 쌓아 둔 것이다. 아직 스물다섯 병은 남아 있다. 다른 것은 내가 넘어졌을 때 모두 깨지고 말았으니 그것을 여섯 병 가져 와라.」

『정말 이 사람은 사람이 아닌 게야. 앞으로 십여 일만 이곳에 머물러 있으면서 마신 것만 지불해 준다면 손해를 보충할 수 있을 텐데.』

주인은 이렇게 중얼댔다.
「그리고 영국인 손님에게도 네 병 가져다 주는 것을 잊지 말게나.」
다르타냥은 밖으로 나가는 주인의 뒤에다 대고 이렇게 소리쳤다.
「자, 그럼 다르타냥! 술이 올 때까지 다른 친구들의 상황을 말해 주게나.」
그래서 다르타냥은 폴토스가 무릎을 삐어 누워 있다는 것과 아라미스는 두 사람의 사제와 신학에 대해 이야기하고 있는 중이라고 말해 주었다. 마침 그때 주인이 주문한 포도주와 다행히 술창고에 넣지 않았던 햄을 가지고 들어왔다.
아토스는 자기의 잔과 다르타냥의 잔에다 술을 따르고 이렇게 말했다.
「좋아, 이것으로 폴토스와 아라미스의 사정은 알았네. 그럼 이번에는 귀공 차례인데…… 도대체 귀공의 신상에는 어떤 일이 일어났던 것인가? 밝지 않은 표정인데 말야?」
「아냐…… 난 우리들 중에서 가장 불행하니까.」
「불행? 왜, 왜 귀공이 불행하단 말인가? 자, 그 까닭을 어서 말하게나.」
「아니, 요 다음에 하기로 하지.」
다르타냥은 이렇게 말했다.
「요 다음에? 왜 요 다음인가? 홍! 내가 술에 취했기 때문인가? 다르타냥! 확실히 말해 두겠는데, 나는 술을 마셨을 때 가장 머리가 명석해지는 거라구. 자 말해 주게나. 진지하게 듣고 있을 테니까.」
그래서 다르타냥은 보나슈 부인과의 관계에 대해 말했다.
아토스는 눈썹 하나 까딱하지 않고 듣고 있다가 다르타냥의 이야기가 끝나자
「시시하다. 정말 시시한 일이야.」 하고 꽤 불쾌한 투로 말했다.
「귀공은 언제나 입버릇처럼 시시하다는 말을 하지만…… 그건 좋지 않은 버릇이라구. 귀공은 한 번도 사랑을 해 본 적이 없으니까.」

그러자 아토스의 흐릿한 눈이 일순간 불이 붙은 것처럼 번쩍했다. 그러나 그것은 실로 순간적이었고 다시 흐릿하니 빛을 잃고 말았다.
「하긴 그래. 나는…… 한 번도 사랑을 해 본 적이 없거든.」
한동안 잠자코 있다가 아토스는 이렇게 조용히 말했다.
「그렇겠지. 귀공과 같이 돌 같은 심장을 가진 사나이가 여린 마음을 가진 사람을 혹평하는 것은 잘못이야.」
다르타냥이 대답했다.
「여린 마음이라구…… 구멍뿐인 마음이지.」
「그건 무슨 뜻인가?」
「내 말은…… 사랑이란 마치 제비를 뽑는 것과 같아서 그 제비를 잘 뽑은 사람은 죽음을 뽑은 거나 같다는 거라구. 귀공은 제비를 잘못 뽑았으니 오히려 다행인 거지. 암, 그렇구말구, 다르타냥! 그리고 나의 충고는 앞으로도 항상 그 제비를 잘못 뽑도록 하라는 거지.」
「그 부인은 꽤나 나를 사랑하고 있었는데…….」
「그런 것 같았겠지.」
「아니…… 분명히 날 사랑하고 있었단 말야.」
「아직도 어린아이군. 어떤 사내든 정부에게 사랑을 받고 있다고 생각지 않는 사내가 어디 있겠나? 그리고…… 결국 그 정부로부터 배신을 당하지 않는 사내 또한 절대로 없는 거야.」
「그야 귀공은 예외겠지. 처음부터 애인을 가지고 있지 않았으니까.」
「그렇지.」하고는 한동안 말이 없다가 아토스는 다시 말을 이었다.
「난 그런 것을 가져 본 적이 없는 거지. 자, 술이나 마시자구!」
「……한데 말야. 어쨌든 귀공은 철학자니까 여러 가지로 배우고 싶다구. 힘이 되어 주었으면 해. 지금의 나는 많은 것을 알고 싶기도 하고, 또 위로도 받고 싶거든…… 이런 심정이야.」
「무엇에 대해 위로를 받고 싶지?」
「이번에 있었던 불행에 대해…….」

「귀공의 불행은 웃기는 거라구. (아토스는 어깨를 으쓱했다.) 만일 내가 사랑이야기를 해 주면 무어라고 할지. 그것을 알고 싶군.」

「귀공 자신의 사랑이야기 말인가?」

「그것도 좋구. 내 친구중의 한 사람에 관한 것이든 또 그 어떤 것이든 상관없지만.」

「이야기해 주게나. 아토스, 부탁이야.」

「우선, 술이나 좀 들자구.」

「마신 다음 이야기해 주겠나?」

「그래, 그것도 좋겠군. (아토스는 쭉 잔을 비우고 다시 술을 따랐다.) 술과 사랑의 이야기…… 제법 재미있는 조화로군.」

「듣고 있다구.」

다르타냥은 재촉했다.

그러나 아토스는 잠시 생각에 잠기는 것 같았다. 그리고 생각에 잠기면 잠길수록 그는 더욱 창백해졌다. 그 정도로 많이 마신 여느 술꾼이라면 쓰러져서 잠들어 버렸을 테지만 그는 눈을 감지 않고 깨어 있으면서 마치 꿈을 꾸고 있는 것 같았다. 그 주기가 빚어내는, 마치 몽유병자와도 같은 모습에는 일종의 귀기마저 서려 있었다.

「기어코 듣겠다는 건가?」

얼마 후 아토스는 이렇게 물었다.

「아, 꼭 듣고 싶다구.」

「좋아. 그럼 귀공의 소원을 풀어 주기로 하지. 내 친구의 한 사람 (알겠나? 친구의 한 사람인 거다.), 내가 아닌 거야.」

아토스는 어두운 미소를 흘리면서 이렇게 힘주어 전제했다.

「이 사나이는 나의 고향 베리에서 당들로라든가 몽모랑시라든가 (당들로는 베네치아의 대귀족, 몽모랑시는 프랑스 제일의 명문 귀족) 하는 가문의 백작이었는데…… 이 사나이가 이십오 세 때 십육 세인, 참으로 아름다운 아가씨에게 홀딱 반했던 거야. 그 아가씨의 천진 난만한 아름다움에서 무언가 열렬한 사랑을 느낄 수 있었지. 여자의 마음이라기보다 시인의 마음과 같았다고나 할까? 나의 친구는 단순히 그 아가씨가 마음에 들었다기보다 완전히 도취해 버렸다구. 그 아가씨는 성 아래 도시에서 사제인 오빠와 함께 살고 있었는데, 그 오누이는 타국 사람이지만 어디서 왔는지는 알 수 없었지. 그러나 아가씨가 그토록 예뻤고 오빠가 경건한 성직자였으니까 아무도 괴이하게 여기는 사람은 없었지. 그리고 좋은 가문의 사람들이라는 평까지 자자했거든. 내 친구는 그 지방의 영주였기 때문에 그 아가씨를 얼마든지 유혹할 수도 있었고, 또 힘으로 자기 것으로 만들 수도 있는 신분이었다네. 도대체 어느 누가 그 따위 타국에서 온 그들 남매를 비호하겠나. 그러나 불행하게도 그 친구는 올바른 마음을 지닌 사람이었거든. 그래서 그 아가씨와 결혼하고 말았지. 정말 얼마나 바보이고 천치 같은 놈이었을까!」

「왜 그렇게 말하나? 그 아가씨를 사랑했을 게 아닌가?」

다르타냥은 이상하게 여겼다.

「아무튼 들어 보게나. 그 친구는 아가씨를 저택에서 살도록 했고 그 근방에서 가장 훌륭한 귀부인으로 만들어 주었지. 그리고…… 이것은 사실이지만, 여자는 의젓하게 그 신분에 걸맞는 품위를 유지하고 있었고.」

「그런데?」

「그런데…… 말이다. 어느 날 그들 부부는 함께 사냥에 나갔지. (아토스의 음성은 낮아졌고 점점 말이 빨라졌다.) 도중에서 아내는 말에서 떨어졌고 정신을 잃은 거야. 남편인 백작은 곧 곁으로 달려가서 아내의 옷이 답답하고 괴로울 것 같아 호신용 단도로 천을 갈라 어깨가 나오도록 해 주었지. 그런데, 그 어깨에…… 다르타냥! 뭐가 있었다고 생각하나?」하고 아토스는 공허한 음성으로 껄껄댔다.

「말해도 좋다면…….」

다르타냥은 이렇게 말했다.

「백합꽃이야. 그것이 낙인(옛날, 죄수의 어깨에 표시의 낙인을 찍는 풍습이 있었다. 또한 백합꽃은 프랑스 왕실의 문장이다.)돼 있지 않겠나…….」

「그, 그런…… 무슨 말을 하고 있나?」

「사실이야. 천사로 보였던 것이 실은 악마였다구. 그 아가씨는 도둑질을 했었다구.」
「그래서, 백작은 어떻게 했나?」
「백작은 권세가 당당한 영주가 아닌가. 자신의 영내에서는 어떤 일이든 자신의 뜻대로 할 수 있었거든. 그래서 그는 아내의 옷을 완전히 찢어발기고는 두 손을 뒤로 묶고 나뭇가지에다 목을 매달고 말았다구.」
「아, 끔찍하군! 살인자가 아닌가? 아토스!」
「그렇지, 살인자야. 정말 그건 귀공의 말대로야.」
이렇게 말하는 아토스의 얼굴은 죽은 사람보다도 더 창백했다.
「왠지 술이 부족하군!」
아토스는 마지막 한 병을 손에 쥐고 나발을 불었다.
그리고는 두 손으로 머리를 꼭 껴안았다. 다르타냥은 너무나 놀란 나머지 말이 나오질 않았다.
「이 이야기를 듣고 나는 아름다운 여인이든 시적인 사랑을 자극하는 여인이든 완전히 싫어졌다구. 귀공에게도 그렇게 싫어지는 때가 빨리 오기를…… 빌겠네.」 하고 아토스는 백작에게 비유한 이야기를 잊기라도 한듯 얼굴을 천천히 들었다.
「그래서, 그 여자는 죽었나?」
다르타냥은 소곤대듯 이렇게 물었다.
「물론이지. 자 빨리 잔을 비우라구. 햄을 먹자. 이건 뭐야? 이제 더는 술을 마시지 않을 텐가?」
「그 오빠는 어떻게 됐나?」
다르타냥은 겁에 질린 얼굴로 물었다.
「오빠?」
「그래, 사제라는…….」
「아, 그 사람, 응, 그놈두 목을 매달아 죽이려고 찾았지만…… 용케 알아차리고 그 전날 행방을 감추었더군.」
「그 사내의 정체는 알아냈나?」

「정녕 그 여인의 첫사랑이든가 해서 배를 맞추고 있었겠지. 정부를 잘 치우고 꽃가마라도 태워 주어야겠다고 제법 친절한 생각을 했던 게 아닐까? 능지 처참이라도 해 주었어야 했는데……」

「무서운 이야기군! 정말 몸서리가 쳐지는군……」

다르타냥은 온몸을 떨면서 고개를 저었다.

「자, 이 햄을 먹으라구. 맛이 좋다구.」 하고 아토스는 한 점을 잘라 다르타냥의 그릇에 담았다.

「이런 것이 겨우 네 개밖에 술창고에 없었던 게 정말 유감이군. 더 많이 있었다면 오십 병은 더 해치웠을 터인데……」

다르타냥은 머리가 점점 이상해지는 것같아 이야기를 계속하고 싶지 않았다. 그래서 머리를 두 손으로 감싸 안고는 졸고 있는 척 했다.

「젊은놈은 할 수 없군. 이렇게 맛좋은 술은 그렇게 흔한 게 아닌데……」

아토스는 가엾다는 눈으로 다르타냥의 졸고 있는 모습을 바라보면서 이렇게 중얼댔다.

28. 귀　　환

　다르타냥은 아토스로부터 잔인한 이야기를 듣고는 망연자실하고 말았다. 그렇기는 했으나 다르타냥은 아토스의 고백과도 같은 이야기에는 납득할 수 없는 점이 적지 않았다. 그것은 진탕 취한 사람이 절반쯤 취한 사람에게 한 이야기였기 때문이다. 그러나 두, 세 병의 부르고뉴 술로 멍해졌던 다르타냥의 머리에는——그 다음날 아침 정신이 들자 아토스가 했던 말이 이상할 정도로 또렷하게 새겨져 있었다. 이상하게 생각하면 생각할수록 어떻게 해서든 좀더 확실한 것을 알고 싶다는 호기심이 치솟았다. 그래서 다르타냥은 자리에서 일어나자 아토스에게 어젯밤에 했던 이야기를 계속시키려고 그의 방으로 건너갔다.
　아토스는 완전히 안정을 되찾은 상태였다——왜냐하면 그는 벌써 원래의 세심한, 자신의 이야기를 고백하지 않은 사람으로 돌아와 있었기 때문이다. 더구나 아토스는 다르타냥과 악수하고나서 이렇게 선수까지 쳤다.
　「아니, 다르타냥! 어젠 내가 진탕 취했던 모양이지? 오늘 아침 혀가 부은 것 같고 맥이 보통 상태가 아니기 때문에 깨달았지만……틀림없이 횡설수설했을 거야.」
　아토스는 이렇게 말하면서 다르타냥에게 눈이 부실 정도의 시선을 보냈다.

「아니야…… 생각이 나는 것으로…… 평소와 별로 다른 것을 말하진 않았는데.」

「그건 뜻밖이군. 틀림없이 음침한 이야길 하지 않았나 싶은데 말야.」

아토스의 눈은 더욱더 다르타냥의 마음 속을 살피듯이 바라보았다.

「그렇다면 내가 귀공보다 더 취했던 모양이군. 조금도 생각이 나지 않으니까 말야.」

다르타냥은 도망치려고 했다.

그러나 아토스는 다르타냥의 그 대답만으로는 성이 가시지 않는 듯 계속했다.

「알고 있겠지만 세상에는 여러 가지 형의 주벽이 있거든. 나의 주벽은 음침해지는 것이지. 나는 술에 취하면 어렸을 때 바보 같은 유모가 들려 주었던, 아무 가치도 없는 눅눅한 이야기를 연이어 지껄이는 버릇이 있다구. 이것이 나의 주사거든. 매우 나쁜 것이지. 이것만 제외하면 그런 대로 주벽은 좋은 편이라구.」

아토스의 말은 막히지 않고 줄줄 나왔기 때문에 다르타냥의 의혹도 풀리는 것 같았다. 그러나 다르타냥은 다시 한 번 진상에 관해 추적해 보고 싶었다. 그래서

「그래, 그럼 틀림없이 그 이야기였군. 꿈처럼 약간 머릿속에 남아 있는 것이 있는데…… 무언가 목을 매달아 죽인 사람 이야길 들은 것도 같고…….」

「역시 기억하고 있군. 그럴 줄 알았다구. 그 목을 매달아 죽인 이야기는 내 머리에 문어발처럼 달라붙어 있거든.」

아토스는 안색이 달라지고 있으면서도 굳이 웃으려고 했다.

「응 그래. 조금씩 생각이 나는군. 무언가…… 잠깐. 분명히 여자 얘기가 나온 것 같은데.」

「그거야. 그 이야기를 곧잘 지껄이는 거야…….」

아토스의 얼굴은 더욱 더 창백해졌다.

「금발 여인의 이야기지. 그 이야길 할 때에는 정말로 앞뒤를 분간할 수 없는 때였거든.」

「그랬다구. 금발 여인의 이야기였어. 키가 크고 아름답고 눈이 파란……」

「응, 그리고 목을 조른 거지.」

「남편이 말이지…… 귀공이 알고 있는, 어느 영주라 했던가?」

다르타냥은 아토스의 얼굴을 지그시 바라보았다.

「그, 그런 식으로…… 앞뒤를 분간 못하고 있으면 남에게 폐가 된다는 것은 생각지 않고 무어든 지껄이게 되거든. (아토스는 어깨를 으쓱했다.) 이제부턴 술에 취하는 것은 삼가야겠군. 두고보라구 다르타냥! 정말 술에 고주망태가 되는 것은 나쁜 습관이니까.」

다르타냥은 입을 다물었다.

그러자 아토스는 갑자기 화제를 바꾸었다.

「한데…… 귀공이 준 말은 정말 고맙군.」

「마음에 들었나?」

다르타냥이 물었다.

「응…… 그런데 모양은 좋으나 약간 몸이 약한 것 같더군.」

「실은 그렇지 않아. 난 그 말을 타고 한 시간 반도 채 안 되는 시간에 백 리를 뛰었으니까. 그러면서 생 슐피스 광장을 일주했는데도 피로한 기색이 없었다구.」

「그래? 그렇다면 애석한 짓을 했군…….」

「애석한 짓?」

「그렇다구. 날려 버렸으니까…….」

「어떻게 된 거야? 도대체.」

「실은 이렇게 된 거지……오늘 아침 여섯 시에 잠에서 깨어났는데 귀공은 곤히 자고 있기 때문에 나는 할일이 없었거든. 어제의 피로 때문에 아직 몸은 찌뿌둥하고. 그래서 아래로 내려가 거실로 가자 어제의 영국인 한 사람이 거간꾼을 상대로 말값을 깎고 있더군. 타던 말이 급사했다는 거야. 곁에 갔더니 짙은 갈색 말에 대해 백 피스톨을 지불하려고 하기에 내가 이렇게 말했지.

『여보시오! 나도 말을 한 필 가지고 있는데.』

『아주 훌륭한 말이더군요. 어제 부하가 끌고 가는 것을 보았습니다.』

이렇게 대답하더군.

『그 말은 백 피스톨의 가치가 있다고 생각지 않습니까?』

『생각하고말고요. 파실 생각이십니까?』

『아니, 내기 도박을 합시다.』

『내기를?』

『그렇소.』

『어떻게?』

『주사위로.』

……그래서 결국 이렇게 된 거야. 난 말을 빼앗겼지만. 하지만 알겠나? 마구는 다시 찾았다구.」

다르타냥은 이 말을 듣고 불쾌한 표정을 지었다.

「신경에 거슬렸나?」

아토스가 물었다.

「그래, 약간. 솔직하게 말하면 그 말은 싸움터에서 우리들을 식별하는 표시가 되는 것이었다구. 그리고 추억과 기념, 그런 뜻도 있었지. 아토스! 귀공은 잘못한 거라구.」

「하지만 내 입장이 돼서 생각해 보게나. 정말 답답했거든. 그리고…… 나는 왠지 영국의 말은 싫다구. 표시라면…… 그렇지 안장이 있으면 되는 거지. 그것만으로도 꽤 눈에 띄는 훌륭한 것이니까. 말을 없앤 이유에 대해서는 적당히 말하면 될거구. 괜찮다구. 말에도 수명은 있거든. 나의 것은 비저병이나 피저병에 걸린 것으로 해 두게나.」

그러나 다르타냥의 찌푸려진 눈썹은 좀체로 풀리지 않았다.

「그토록 귀공이 그 말을 애석하게 여긴다면 정말 나쁜 짓을 했군.

28. 귀　환

실은 아직 계속할 이야기가 있다구.」

「그리고는 어떻게 했나?」

「내 말을 십 대 구의 승부로 아깝게 졌기 때문에 이번에는 귀공의 말을 승부에 걸어 볼까 하고…… 그런 생각이 들었던 거지.」

「단지 그런 생각만 들었을 뿐이겠지?」

「아냐, 당장 실행에 옮겼지.」

「저런, 바보 같은!」

다르타냥은 불쾌한 기색을 역력히 나타내면서 말했다.

「승부를 하고 또 패했다구…….」

「내 말을?」

「귀공의 말을. 칠 대 팔…… 역시 일점 차로. 귀공은 속담을 알고 있겠지?」

「아토스! 귀공은 아직도 정신이 돌아오지 않았군.」

「응, 그것은 어제의 일이야. 그 따위 바보 같은 이야길 귀공에게 했던, 그때는 분명히 그랬지만, 오늘 아침에는 확실히 제정신이었다구. 그래서 말도 마구도 모두 날려 버린 거야.」

「무슨 짓을 한 거야?」

「자, 잠깐, 아직 할 이야기가 남아 있으니까. 나는 대개의 경우 적당한 때 그만두면 승부도 성과가 좋은데, 언제나 맺는 데가 없거든. 술을 마시는 것도 그렇다구……. 그래서 오늘 아침 역시 계속해서…….」

「하지만, 이젠 태울 것은 아무것도 없지 않은가?」

「있지. 확실히 있는 거야. 어제 보아두었지만…… 그 귀공의 손가락에서 빛을 발하고 있는 보석이 있거든.」

「이 보석?」

다르타냥은 이렇게 말하면서 부지중에 반지가 있는 곳으로 손을 가져갔다.

「응, 나는 보석을 감정할 수도 있고 전에 나도 그런 것을 가지고 있던 적이 있기 때문에 그 반지는 확실히 천 피스톨의 값은 있다고 보았거든.」
「이 보석에 대해서는 설마 그 자리에서 태우겠다고 말하진 않았겠지?」
다르타냥은 떨리는 가슴으로 이렇게 말했다.
「그런데 분명히 그렇게 말해 버렸다구. 하지만 그것만이 우리들의 유일한 재산이 되었으니까. 그것을 밑천으로 마구도 말도 모두 되찾고 덤으로 돌아가는 여비까지 생긴다면……」
「아토스! 나는 벌써 식은땀이 줄줄 흐른다구.」
「그래서 그 다이아몬드 이야길 했더니 상대방도 이미 잘 알고 있더군. 귀공이 나쁜 거야. 그렇듯 하늘에서 별이 떨어져 내린 것처럼 훌륭하게 빛나고 있는 돌을 손가락에 끼고 있으면서 남에게 보이지 않으려고 한다는 것은 무리라구.」
「빨리 모두 말해 주게. 끝까지 말해 주게나. 그렇듯 침착한 자세로 있다가는 숨이 막힐 것만 같으니까!」
「우리는 그 보석을 열로, 즉 백 피스톨로 나누었지.」
「이젠 정말 그 따위 말로 나를 놀리긴가? 귀공은!」
다르타냥은 화가 머리끝까지 치솟았다.
「아냐. 나는 결코 희롱하는 게 아냐. 어때? 귀공도…… 내 입장이 되어 보라구. 보름 동안 사람 얼굴 하나 보지 못하고 그런 술병만을 상대로 거친 생활을 해 온 내가 아닌가?」
「하지만 그것은 내 보석을 걸고 도박을 해야 하는 이유가 되지는 않아!」
다르타냥은 바르르 떨리는 손을 힘주어 꼭 쥐었다.
「그러지 말고 이야기의 종말을 들어 보게나. 그렇게 해서 백 피스톨씩으로 나누어서 십 회의 승부를 했는데 그만 십삼 회째에 완전히 패하고 말았지. 십삼이란 수는 역시 재수가 없더군. 칠 월 십삼 일에는 그……」
「더는 듣지 않겠다!」
오늘의 이 이야기로――어젯밤 이야기를 깡그리 잊게 된 다르타냥은 벌떡 일어섰다.
「그렇게 성급하게 말하지 말게나. 나는 또 생각이 떠올랐지. 저 영국인은 별난 사내로서 오늘 내 부하인 그리모에게 말하고 있는 것을 들었는데, 그리모의 이야기로는 그 사나이가 자기의 부하가 되지 않겠느냐고 꼬셨다는 거야. 그래서 그리모를 걸기로 했지. 저 무뚝뚝한 그리모를 또 열로 나누어서.」
「설마?」
다르타냥도 끝내 웃고 말았다.
「아니, 사실이야. 저 그리모를 말야. 저 사나이를 열로 나누어 (저런 놈은 사실 은화 한 개의 값어치도 없지만) 그것으로 보석을 되찾았지. 어때? 이래도 인내는 미덕이다라고 생각지 않나?」
「아니, 그건 재미있군.」
다소 마음이 놓인 다르타냥은 배꼽을 쥐고 웃었다.
「그래서 승운이 붙은 것에 자신을 얻은 나는 그 보석을 다시 한 번 걸기로 작정했다구.」
「지겹지두 않았나?」
다르타냥의 표정은 다시 싹 흐려졌다.
「그것으로 귀공의 말과 마구까지 되찾았고 다음…… 내 말과 마구를 되찾는 식으로 만회했는데, 그런데 결국 말은 또 빼앗겼다구. 즉 한 마디로 말하면 귀공의 마구와 나의 마구만을 되찾은 셈이야. 현재 상황은 이런 거지. 굉장한 승부였다구. 그래서 나도 이쯤에서 그만두기로 했거든.」
이 말을 듣고 다르타냥은 가슴을 억누르고 있던 무거운 것이 싹 사라진 것 같아 긴 숨을 몰아쉬었다. 그리고는 겁먹은 얼굴로 물었다.
「그래서 결국…… 이 보석은 내것이 된 거야?」
「그럼, 무사하구 말구. 그리고 귀공의 뷔세팔의 마구와 내 마구도 있다구.」
「그러나 말이 없는데 그 따위 안장만으로 무얼 할 수 있겠나?」
「나에게 생각이 있다구.」

「아토스! 또 헛된 생각을 하고 있겠지?」

「귀공은 오랫동안 내기 도박을 한 적이 없었지?」

「나는 내기 따윈 조금도 하고 싶지 않으니까.」

「그렇게 무작정 정하고 덤비는 게 아니야. 즉…… 귀공은 오랫동안 승부를 한 적이 없기 때문에 틀림없이 승운이 붙어 있을 거야.」

「그래서?」

「그런데 말야. 그 영국인들은 아직 여관에 머물고 있거든. 그 사나이는 마구를 도로 빼앗긴 것에 대해 매우 아쉽게 생각하고 있다구. 그리고 귀공 역시 말을 아까워하고 있고 말야. 내가 귀공이라면 서로 말과 마구를 걸고…… 한 판 승부를 하겠지만.」

「하지만, 저들은 마구 하나만 거는 것은 싫다고 하지 않을까?」

「내 것도 걸고 두 개로 승부하는 거야. 사실 나는 귀공처럼 이기주의자는 아니니까.」

「틀림없이 그렇게 해도 좋을까?」

다르타냥은 주저하면서 말했다. 아토스의 자신만만한 태도를 보고 조금씩 솔깃해지기도 했다.

「그럼, 좋고말고. 보증한다. 한번에 몽땅 거는 게 좋다구.」

「사실…… 말을 잃고 보니까 마구가 더욱 아깝다구.」

「그럼…… 다이아몬드를 걸게나.」

「무슨 소릴, 이것은…… 이것만은 안 돼. 이것만은 절대 안 된다구…….」

「할 수 없군. 차라리 프랑세를 걸라고 말하고 싶지만 아까도 그런 식으로 했기 때문에 상대 편에서 싫다고 하겠지.」

「솔직하게 말해서 아토스! 난 아무것도 날리고 싶진 않다구.」

「유감 천만이군. (아토스는 냉정하게 말했다.) 영국인은 그렇듯 많은 돈을 가지구 있는데…… 이봐! 한번만 해 보지 않겠나? 한 판 승부라면 곧 끝날 테니까.」

「만일 패한다면?」

「승리할 거야.」

「하지만, 만일 패한다면?」
「그렇다면 마구를 주면 되지.」
「……한번만이라면 해 보겠다.」
다르타냥은 그제야 결심했다.
그러자 아토스는 영국인을 찾기 위해 나갔다. 마침 영국인은 마 굿간에서 마구를 탐내는 눈초리로 보고 있었다. 좋은 기회였다. 그래서 아토스는 곧장 이야기를 꺼냈다. 두 벌의 마구에 대해 말한 필이나 금화 백 피스톨 중에서 어느 쪽이든 자유로이 선택할 수 있는 도박. 영국인은 곧 속셈을 했다. 두 벌의 마구는 합해서 삼백 피스톨의 값어치는 있지 않은가. 그래서 승낙했다.
다르타냥은 벌벌 떨면서 주사위를 던졌다.──그러자 3이 나왔다. 청년의 안색이 변했기 때문에 아토스도 가슴이 철렁했다.
「이런, 좋지 않은 수가 나왔군. 당신들은 드디어 마구를 갖추게 될 것 같군요.」
아토스가 이렇게 말했다.
영국인은 벌써 승리했다는 표정으로 주사위를 충분히 흔들지도 않고, 또 잘 보지도 않고 테이블 위에 던졌다. 승리할 것으로 확신하고──.
「이런 이런, 이것은!」 하고 아토스가 침착하게 말했다.
「이건 이상한 수가 나왔군. 이런 수는 지금까지 통틀어 네 번밖에 본 적이 없다구. 1이 두 개야!」
그것을 보고 영국인은 깜짝 놀랐고 다르타냥은 히죽 웃었다.
아토스는 말을 이었다.
「그렇지. 꼭 네 번뿐이야. 한 번은 크레키 경의 저택에서, 또 한 번은 시골에 있는 나의 집에서…… 그렇지, 나도 저택을 가지고 있던 때가 있었거든. 세 번째는 트레빌 경의 저택이었지. 이 수가 나왔을 때 모두 놀랐다구. 마지막 네 번째는 어느 요정에서…… 더구나 이것은 내가 던진 주사위에서 나왔거든. 덕분에 나는 패했고 백 루이를 날린 데다 저녁 식사까지 대접하게 되었지만.」

「그럼 말을 가지시겠습니까?」하고 영국인이 물었다.
「그렇습니다.」
다르타냥이 대답했다.
「일회 승부였던가요?」
「최초의 약속이니까 이것뿐이지요. 잘 아시고 계실 텐데요.」
「하긴 그렇습니다. 말은 부하에게 돌려 드리겠습니다.」
「잠시 기다려 주십시오. 친구에게 한 마디 하고 싶은 이야기가 있으니까요.」
아토스가 가로막았다.
「네, 알겠습니다.」
아토스는 다르타냥을 한쪽으로 데리고 갔다.
「뭐야? 또 무슨 말을 하려는 거지? 승부를 계속하라는 거야?」
다르타냥이 이렇게 선수를 쳤다.
「아닐세. 잘 생각해 보라는 거야.」
「생각하다니…… 무엇을?」
「귀공은 말을 가질 셈이지?」
「그거야 두말 하면 잔소리야.」
「그건 하찮은 거라구. 나라면 백 피스톨을 갖는다. 마구를 걸고 이기면 말이든 백 피스톨이든 마음대로 갖는다는 약속이었거든.」
「그건 그렇지.」
「나라면 백 피스톨을 택하겠다.」
「아냐, 난 말이 좋아.」
「그건 생각의 차이야. 반복해서 말하지만 생각해 보라구. 두 사람이 말 한 필로 어떻게 하자는 건가? 사실 난 말의 꽁무니에 탈 수도 없지 않겠나. 그런 짓을 하면 동생을 잃은 에몽 형제(《에몽의 네 아들 이야기》라는 12세기에 만들어진 기사도 이야기풍의 작품. 네 사람이 한 필의 말을 타고 모지스라는 마법사의 구원을 얻어 샤를마뉴 왕에게 대적한다는 이야기)의 이야기꼴이 될 테니까. 귀공 역시 혼자서 이렇듯 훌륭한 말에 올라타고 나를 내려다보면서 으시댈 그런 사내는 아

28. 귀　환

니지 않은가. 나 같으면…… 주저하지 않고 백 피스톨을 갖겠다. 파리로 돌아가려면 돈도 필요하니까.」

「저 말이 아까운 거야. 아토스!」

「그것은 틀린 생각이야. 말이란 돌에 걸려 넘어지기도 하고 뛰기도 하다가 무릎을 다친다던가 비저병에 전염되기도 하거든. 그렇게 되면 말 한 필, 아니 백 피스톨이 송두리째 날아가는 게 아닌가? 그리고 말은 주인이 보살펴줘야 하지만 백 피스톨은 주인을 먹여 살리거든.」

「하지만…… 그렇다면 어떻게 해서 돌아가지?」

「부하의 말을 타는 거야. 상관없지 않겠나. 풍채를 보면 우리들이 귀족이라는 것쯤 누구나 알 테니까.」

「너절한 짐말을 타고, 필시 좋은 꼴이겠군. 그런데 아라미스와 폴토스는 의젓하게 훌륭한 말을 타고…….」

「아라미스와 폴토스?」

아토스는 이렇게 말하고 픽 하고 웃음을 터뜨렸다.

「왜 그러지?」

다르타냥은 아토스가 웃는 까닭을 알 수 없었다.

「아냐. 아무것도…… 우선 이것부터 결정하자구.」

아토스는 얼버무리듯 말했다.

「그럼, 귀공의 의견은?」

「백 피스톨로 하라구, 다르타냥! 그 돈만 있으면 월말까지 맛있는 것을 먹을 수 있거든. 우리들은 여러 가지 일로 고생했기 때문에 지쳤다구. 안 그래? 약간 휴양하는 것도 나쁘진 않을 테니까.」

「휴양한다구? 그럴 순 없어. 난 파리로 돌아가면 곧장 그 부인의 행방부터 알아봐야 하거든.」

「그렇다면, 그러기 위해서도 금화보다 말이 도움이 된다고 생각하나? 내 말대로 백 피스톨을 가지도록 하게나. 나쁘게는 하지 않을 테니까.」

다르타냥은 무언가 적절한 이유만 있다면 자신의 고집을 꺾어도 좋다는 생각이었다. 그런데 아토스의 의견도 합당한 것으로 생각되었다. 첫째 언제까지고 망설이고만 있다가는 아토스에게 이기주의자라는 인상을 심어줄 우려가 있었다. 그래서 그는 백 피스톨을 받기로 결심하였고, 영국인은 즉시 그 돈을 건네주었다.

이것으로 드디어 출발할 단계가 되었다. 여관집에는 평화 교섭에 의해 아토스의 늙은 말에다 육 피스톨을 더 얹어주는 것으로 셈을 마무리했다. 다르타냥과 아토스는 프랑셰와 그리모의 말을 타기로 하고 부하들은 안장을 머리에 이고 걸어서 가기로 했다.

너절한 말이긴 했지만 그들은 부하를 대동하고 얼마 후에 크레브쾨르에 도착했다. 먼곳에서도 아라미스가 방의 창가에 기대어 서서 〈안 누나(페로의 동화《파란 수염의 사나이》속에서 일곱 번째의 아내가 자기도 푸른 수염에게 살해되려고 했을 때 안 누나를 구출하려고 오는 오빠들이 도착하는 모습을 창을 통해 보여준다는 삽화)〉와 같은 몰골로 지평선에 먼지가 일고 있는 것을 바라보고 있는 우울한 모습이 보였다.

「어이! 아라미스! 왜 그렇게 멍청히 서 있는가?」

두 사람은 함께 소리쳤다.

「원 이런! 귀공들이었군. 다르타냥에다 아토스까지!」하고 아라미스는 말했다.

「나는 지금 인간 세상이 너무나 어지럽게 돌아가고 있는 것을 생각하고 자못 감개에 젖어 있던 차였소. 저 길에 먼지를 자욱이 일으키면서 나의 영국산 말이 사라져가는 모습은…… 참으로 나에게는 뜬세상의 덧없음을 실감케 하는 좋은 것이었다구. 인생이란 정말…… Erat, est, fuit (있었다, 있다, 있을 것이다라는 라틴어)의 세 가지 단어로 요약되는 거야.」

그 말을 듣자 그렇다면? 하고 불안해진 다르타냥이 물었다.

「그것은 결국 무슨 뜻인가?」

「즉…… 나는 사기꾼을 만난 거야. 고작 육십 루이로…… 달리는 것으로 보아 한 시간에 오십 리는 거뜬히 뛸 것 같은 말이었는데…… 날려 버렸으니!」

그러자 다르타냥과 아토스는 껄껄대고 웃었다.
「보게나 다르타냥! 나쁘게는 생각지 말아 주게. 필요에는 법이 없다고 하지 않는가. 그런데다 맨 먼저 벌을 받은 것이 바로 내가 아니겠나. 그 패씸한 거간꾼은 적어도 오십 루이는 사기쳤을 거야. 귀공들은 아직 조심성이 대단하군. 그렇게 자신은 부하의 말을 타고 소중한 말은 뒤에서 슬슬 보살피면서 부하에게 끌고 오도록 하겠다는 심산이 아닌가?」

아라미스가 이렇게 말하고 있을 때 아미앙 가도 쪽에서 아까부터 보이고 있던 운송용 짐마차가 우뚝 멈춰섰다. 그러자 그 짐마차 안에서 그리모와 프랑셰가 안장을 머리에 이고 나왔다.

「아니! 어떻게 된 건가? 안장만……」
아라미스는 벌어진 입을 다물지 못한 채 멍청한 표정을 지었다.
「어때, 짐작할 수 있겠나?」
아토스가 말했다.
「응. 이것은 우연의 일치군. 나도 안장만은 남겨 두었거든…… 직감으로 말이지. 이봐! 바장! 나의 새로운 마구를 이 사람들의 것과 함께 보관해 두게나.」
「그런데, 그 사제들은 어떻게 했나?」
다르타냥이 이렇게 물었다.
「실은 그 다음날 만찬에 두 사람을 초대했지. 이 여관에는 맛좋은 술이 있거든…… 그것으로 두 사제를 진탕 취하게 했던 거야. 그러자 어찌 되었겠나. 사제는 나에게 총사를 사퇴하지 말라고 충고했고, 수도원장은 자기를 총사대에 넣어 달라고 졸라대지 뭔가!」
「논문도 없이 말인가? 논문도 없이 말이겠지. 아냐, 나는 논문이 없기를 바라니까.」
다르타냥은 유쾌한 듯 말했다.
「그때부터 나는 즐겁게 지내고 있었다구. 요즘 한 음절 한 행으로 계속되는 시를 만들기 시작했는데 이것은 꽤 어려운 거야. 그렇지만 무엇이든 어려운 일일수록 보람이 있기 마련이거든. 시의 내용은 사랑에 관한 것인데…… 언젠가 곧 맨 처음의 한 구절을 들려 주겠네. 사백 행으로 되어 있지만, 일 분이면 읊을 수 있거든.」

「아니지, 아라미스.」 하고, 라틴 어나 시나 모두 문외한인 다르타냥이 말했다.

「어렵다는 장점에 곁들여서 또 하나 짧다는 장점을 첨가하는 것을 권하고 싶군. 그렇게 하면 귀공의 시는 적어도 두 가지의 장점을 모두 가지게 되는 셈이니까.」

그러나 아라미스는 아무렇지도 않은 표정으로 말을 계속했다.

「뭐, 내 시는 지극히 순결한 애정을 표현하고 있으니까…… 그런데, 이제 우리들은 드디어 파리로 돌아가는 건가? 그래, 그건 기쁜 일이군. 난 언제든지 출발할 수 있다구. 이제부터는 그 폴토스와 만나게 되겠군. 정말 고맙구먼. 그 구멍 뚫린 사나이가 요즘엔 그립거든…… 그 사람은 설마 말을 팔지는 않았겠지. 왕국 전체와 바꾼다 해도 그렇게는 하지 않았을 테니까. 그래, 그 사나이가 훌륭한 말을 타고 점잖게 앉아 있는 모습을 빨리 보고 싶군. 틀림없이 몽고왕과 흡사한 모습이겠지?」

모두들 말에게 휴식을 주기 위해 한 시간 동안 머물렀다. 그러는 사이 아라미스는 숙박비를 치렀고 바장은 부하친구들과 함께 짐마차에 타고──이렇게 하여 마침내 그들은 폴토스가 묵고 있는 여관을 향해 떠났다.

폴토스는 회복되어 있었다. 앞서 다르타냥이 찾아왔을 때보다 안색도 좋아져 있었다. 일행이 도착했을 때 마침 그는 식사 중이었는데 그의 앞에는 네 사람 몫의 음식이 준비되어 있었다. 정성껏 만든 고기요리에다 고급 포도주, 훌륭한 과일 등 굉장한 진수성찬이었다.

「오, 이건 정말 때를 맞춰 잘들 왔군. (폴토스는 일어서면서 말했다.) 마침 지금 포타주를 먹고 있던 참이라구. 자, 함께 먹자구.」

다르타냥이 이상하다는 듯이

「이것은 왠지…… 이 술은 무스크톤이 밧줄을 던져 가져온 것으론 생각되지 않는걸. 더구나 그 푸리칸도하며 퓌레 요리 하며……」

「난 약간 영양을 섭취하고 있는 거야. 정말 무릎을 삔 것만큼 몸을 허약하게 하는 것도 없거든. 아토스! 귀공은 삔 적이 있었나?」

「한 번도 그런 적은 없었지. 생각나는 것은…… 그 페르의 거리에서 약간 싸움을 했을 때 검으로 찔렸는데 십오,륙 일 동안 귀공처럼 고생했던 것 뿐이라구.」

「그렇지만…… 이 식사는 귀공 혼자만의 몫이 아닌 것 같은데?」 하고 아라미스가 참견했다.

「그렇지. 실은 이 근처의 귀족들이 오기로 되어 있었는데 좀전에 올 수 없다는 전갈을 보냈더군. 마침 귀공들이 왔으니 오히려 잘 된 게 아니겠나. 이봐, 무스크톤! 의자부터 내놓구 술을 더 가져 오라고 말해라.」

그리고——10분쯤 지난 후

「귀공들은 지금 우리가 무엇을 먹고 있는지 알고 있는가?」 아토스가 별안간 이렇게 말했다.

「……한데, 이것은 야채를 곁들인 송아지 요리가 아닌가?」 다르타냥이 대답했다.

「내가 먹고 있는 것은 새끼 양의 군고기야.」 하고 폴토스가 말했다.

「나는 닭고기를 먹고 있다.」

아라미스도 대답했다.

「귀공들은 모두 착각하고 있는 거다. 우리들은 지금 말고기를 먹고 있는 거라구.」

아토스는 진지한 표정을 한 채 이렇게 말했다.

「천만에!」

다르타냥은 부인했다.

「말고기라고?」

아라미스는 불쾌한 듯 이마를 찌푸렸다.

「안 그래, 폴토스? 우리는 말고기를 먹고 있는 게 사실 아닌가? 어쩌면 마구까지 함께 먹고 있는지도 모르지.」

「아냐. 마구는 잘 간수해 두었다구.」
 폴토스는 그제야 비로소 입을 열었다.
 그러자 아라미스가 말했다.
「이건 정말 재미있군! 결국 우리는 모두 똑같은 셈이 아닌가. 마치 약속이나 한 것처럼.」
「사실 어쩔 수 없었다구. (폴토스가 변명했다.) 그 말이 너무나 훌륭했기 때문에 이 곳에 오는 객들이 모두 쩔쩔매는 거야. 나는 남들에게 쩔쩔매도록 하는 것은 성격에 맞지 않거든.」
「그리고…… 그 공작부인은 아직 요양차 갔던 곳에서 돌아오지 않은 것 같구먼, 그렇지?」
 다르타냥이 이렇게 묻자
「그래.」하고 폴토스는 크게 고개를 끄덕였다.
「실은…… 오늘 초대했던 근처의 귀족으로서 지방관을 하고 있는 사내가 그 말을 매우 탐내기에 주어 버렸어.」
「줘 버렸다구?」
「그렇다니까. 줘 버렸어…… 그 말은 분명히 백오십 루이의 가치는 있었는데 그치는 팔십 루이밖에 내놓지 않았으니까.」
「안장도 없이?」하고 아라미스가 물었다.
「그래, 안장 없이.」
「어떤가? 제군! 언제나 그랬지만 우리들 중에서 가장 값을 잘 붙이는 명수는 역시 폴토스라구.」
 아토스가 이렇게 말하고는 매듭을 지었다.
 그리고는 세 사람이 일시에 너털웃음을 터뜨렸기 때문에 폴토스는 거북한 표정을 지었다. 그러나 곧 그들이 깔깔대는 까닭을 알게 되자 그는 늘 하던 버릇대로 떠들어대기 시작했다.
「그리고 보니, 우리들은 모두 현금으로 가지고 있는 셈인가?」
 다르타냥이 이렇게 말하자
「나는 예외라구.」하고 아토스가 말했다.
「나는 아라미스가 묵었던 여관의 에스파냐 포도주가 매우 마음에 들었기 때문에 육십 병 정도 짐마차에 싣게 했으니까. 따라서 호주머니 속은 찬바람이 불고 있는 실정이라구.」
「나도 그랬는데.」
아라미스도 이렇게 말했다.
「몽테뒤외의 성당과 아미앙의 예수회에 거의 모두 헌금한 데다…… 내 자신과 귀공들의 영혼을 구하기 위해 미사를 올렸기 때문이지. 이것은 우리들의 앞날을 위해 결코 나쁘진 않을 것으로 믿고 있다구.」
그러자 폴토스도 잠자코 있지 않았다.
「내가 무릎을 삔 경우도 그저 돈이 들지 않고 끝난 줄 아나? 거기에다 무스크톤의 부상도 있었거든…… 그래서 나는 외과의사를 하루에 두 번이나 오게 하지 않으면 안 되었던 거야. 그 외과의사는 치료비를 두 배나 요구하지 않겠나. 저 바보 같은 무스크톤은 대개의 경우 약사에게 몰래 보이는 곳을 부상했다고 그 이유까지 밝히고 말야. 그래서 나는 그놈에게 앞으로는 절대로 그런 곳을 부상해서는 안 된다고 혼쭐을 내 주었다구.」
「그래, 그래, 됐다구. 과연, 귀공은 저 가엾은 사내를 잘 돌봐 준 셈이로군. 기특한 주인이야.」
아토스는 이렇게 말하면서 아라미스와 다르타냥 등과 미소를 교환했다.
「그래서 결국…… 이것저것 셈을 하고나니까 기껏 삼십 에퀴 정도밖에 남지 않은 거야.」
폴토스는 이렇게 말했다.
「나에게는 십 피스톨 있다구.」 하고 아라미스도 말했다.
「그러고 보니 자네들은 마치 크레주스(리디아 최후의 왕. 그는 거부(巨富)로 유명하다.)와 같은 부호들 아닌가. 한데, 다르타냥! 귀공의 백 피스톨은 어떻게 되었나?」
「내 백 피스톨? 귀공에게 절반 내주지 않았나?」
「그랬었나?」

「물론이지.」
「응, 그래. 생각나는군.」
「그리구 여관집에 육 피스톨을 지불했지.」
「지독한 놈이야. 그 여관집 주인. 왜 귀공은 육 피스톨이나 주었지?」
「귀공이 그 정도는 주라구 하지 않았나.」
「그랬지…… 아무튼 난 너무 사람이 좋은 것 같애. 그래서 결국 나머지는?」
「이십오 피스톨이야.」하고 다르타냥이 대답했다.
「한데, 이렇게 말하는 (아토스는 호주머니에서 잔돈을 꺼냈다.) 나는…….」
「귀공은 아무것도 없는 거야.」
「그렇군, 정말. 어차피 이 따위 잔돈은 계산에 넣을 수도 없겠지.」
「그럼, 모두 가지고 있는 돈을 세어보라구.」
「폴토스는?」
「삼십 에퀴.」
「아라미스?」
「십 피스톨.」
「다르타냥! 귀공은?」
「이십오 피스톨.」
「합해서?」하고 아토스가 말하자
「사백 칠십 오 리블이야.」
아르키메데스처럼 셈이 빠른 다르타냥이 즉각 대답했다.
「파리에 돌아가더라도 사백 정도는 남겠군. 그리고 마구도 있으니까.」
폴토스가 이렇게 말했다.
「그러나 우리들이 총사대로 돌아가면 말은 어떻게 하는 거지?」
아라미스가 물었다.
「그것은…… 네 필의 부하들 말 중에서 두 필을 떼어 주인용으로 하고 제비를 뽑아 탈 사람을 정하는 것이 어때. 그리고 사백 리블이면 말이 없는 사람의 반 필 값은 되니까 우리들은 따로 지갑을 털어서 긁어모은 돈을 다르타냥에게 준다. 이 사나이는 지금 승운이 붙어 있으니까…… 어디든 도박장에 가서 승부를 한다. 이런 순서로 하는 거지.」

「아무튼 식사부터 하자구. 식어 버리니까.」

폴토스가 재촉했다.

이렇게 해서 앞으로의 방침을 결정하자 마음이 안정된 네 사람은 식사를 하기 시작했고 나머지는 무스크톤, 바장, 프랑세, 그리모 등에게 돌렸다.

파리에 돌아가자 다르타냥 집에 트레빌 경의 편지가 와 있었다. 그것은 소원이 이루어져 폐하로부터 다르타냥을 총사대에 들어올 수 있는 특전을 부여했다는 통지였다.

보나슈 부인을 찾는 문제를 제외하고 그것은 다르탸냥이 크게 바랬던 것이었기 때문에 더할 나위 없이 기쁜 소식이었다. 그는 헤어진 지 반 시간도 되지 않은 친구들에게로 달려갔다. 그런데 가서 보니 친구들은 모두 완전히 풀이 죽어 있었고 적잖이 큰 걱정이 생긴 표정들이 아닌가. 아토스의 집에 세 사람이 모두 모여 있었는데 이것은 언제나 중대한 문제가 있을 때에만 있는 경우였다.

트레빌 경으로부터 폐하께서 마침내 5월 1일에 개전(開戰)하기로 결정하셨으니까 모두 무기 준비를 서두르라는 지시가 내려왔기 때문이었다.

네 사람의 철학자는 망연한 채 서로의 얼굴만 바라보고 있었다. 트레빌 경은 규율 문제에 있어서는 관대한 사람이 아니었다.

「그럼, 결국…… 그 준비라는 것에 어느 정도의 금액이 필요할 것으로 예정하고 있는 건가?」

다르타냥이 우선 이렇게 묻자

「지금 형편으로 보아 그다지 사치스러운 말은 구할 수 없지. 아주 스파르타 식으로 실질적이면서 야무진 견적을 지금 내 보았는데……

그래도 1인당 천오백 리블은 있어야 한다구.」
아라미스가 이렇게 설명했다.
「천오백의 네 배면…… 육천 리블이군.」하고 아토스가 덧붙였다.
「하지만.」
다르타냥이 이렇게 말했다.
「한 사람에게 천 리블만 있으면 어떻게든…… 하긴 나는 스파르타 식이라기보다 회계역으로서의 생각과 비슷할지도 모르지만…….」
회계역(대서인이라는 뜻도 된다.)이라는 말이 폴토스에게 어떤 암시를 준 것 같았다. 그래서 그는
「나에게 약간 생각난 것이 있는데.」
이렇게 말했다.
「그건 기특하군. 나에겐 전혀 생각이란 것이 떠오르지 않으니까.」
아토스는 냉정한 표정으로 말했다.
「하지만 다르타냥이 말하는 것은…… 어쩐지 총사대에 들어가게 되었다는 기쁨으로 머리가 약간 돈 것 같다구. 천 리블이라니? 천만에. 나 혼자서만도 이천 리블은 필요할 것 같거든.」
「2×4는 8…… 팔천 리블이 네 사람에게 필요한 자금이야. 딴은 그 중에서 안장은 있지만.」
아라미스가 이렇게 말했다.
「또 있다구.」
다르타냥이 트레빌 경의 저택으로 사례하기 위해 방에서 나가는 것을 전송하고 나서 아토스는 정색을 했다.
「우리들의 친구 손가락에서 빛나고 있는 저 다이아몬드가 있어. 뭐 걱정할 것은 없다구. 다르타냥은 국왕의 몸값이라고 해도 좋을 그 물건을 손가락에 끼고 있으면서 친구를 죽게 내버려 둘 사나이는 아니니까.」

29. 몸차림의 고심

　네 사람 중에서 가장 걱정이 되고 초조한 것은 사실 다르타냥이었다. 그는 아직 경호사의 신분이었기 때문에 영주격인 총사들보다는 준비하는 데도 훨씬 가볍게 끝낼 수 있었지만, 그러나 이 가스코뉴의 청년은 원래 세심한 데다 돈 문제에 있어서도 치밀하였으며——(약간 모순되는 것 같지만) 폴토스에 못지않으리만큼 허영심도 강했다. 그래서 그에게는 이 허영심에 따른 잔걱정에다 사실은 이기주의가 아닌 다른 근심이 덧씌워져 있었다. 보나슈 부인의 소식을 알기 위해 그 후 아무리 손을 써 보아도 전혀 단서조차 얻을 수가 없었다. 트레빌 경은 그런 사정을 왕비에게 말해 주었고, 왕비 역시 시녀의 행방을 전혀 모르기 때문에 꼭 찾도록 지시하겠다고 약속은 했지만——그 약속도 막연하였기 때문에 다르타냥을 안심시킬 수는 없었다.
　그런데 아토스라는 사내는 조금도 움직이려는 기색조차 보여 주지 않았다. 출전 준비 때문이라고는 하나 기대할 만한 곳도 없는데 부질없이 나돌아 다닐 필요가 어디 있는가, 하는 자세였다.
　「아직 십오 일의 여유는 있다.」 하고 아토스는 태연히 친구들에게 말했다.
　「그래…… 십오 일이 지나도 아무런 방법이 발견되지 않으면

이라기보다 어떤 좋은 방책이 이곳에 날아오지 않았기 때문이지. 나는 가톨릭 교도로서 권총 자살을 할 수는 없으니까 추기관 쪽의 경호사 네 사람이나, 혹은 영국인을 여덟 명쯤 찾아내서 싸움을 걸 작정이라구. 그리고 살해될 때까지 싸울 테야. 상대도 그 정도의 수라면 틀림없이 나를 쓰러뜨릴 수 있겠지. 그렇게 되면 표면적으로는 폐하를 위해 싸운 것이 될 테고, 그렇게 되면 무기 걱정을 하지 않고도 충성을 한 셈이 되거든.」

폴토스는 뒷짐을 지고 어슬렁어슬렁 방 안을 맴돌면서 머리를 끄덕이고는 이렇게 중얼댔다.

「나에게도 약간 계획이 있다구!」

그러나 아라미스는 흐린 표정을 짓고는 몸치장도 여느 때와는 달리 개의치 않은 채 벙어리가 되어 있었다.

이것으로 이들 친구들이 얼마나 의기 소침해 있는가는 능히 짐작할 수 있다.

부하들은 또한 그들대로 이폴리트의 군마(테제〔테세우스〕왕의 아들 이폴리트가 죽기 직전에 전차를 타고 성문을 나왔을 때 평소에는 〈경쾌하고 날렵했던 군마들〉이 불행을 예감하고 슬픈 모습으로 〈눈에는 힘이 없고 머리를 떨구고〉 있었다는 이야기. 라신 작인 비극 《페드르》 제 5 권 6장에서의 텔라멘의 대화중의 1절)처럼 주인의 슬픔을 함께 나누고 있었다. 무스크톤은 식량 수집에 열심이었고, 여전히 신앙심이 두터운 바장은 부지런히 성당에 나갔으며 프랑셰는 파리가 날아다니는 것만을 멀거니 바라보고 있었다. 그리고 이와 같은 주변의 어려움 때문에 가슴은 아프면서도 주인이 길들여 놓은 무언의 습관을 절대 깨려고 하지 않는 그리모는 이따금 목석의 마음도 움직일 것 같은 슬픈 탄식을 하고 있었다.

세 사람의 친구는――왜냐하면 아토스는 위에서 말한 바와 같이 절대 움직이지 않기로 결심하고 있었기 때문에――매일 아침 일찍 외출했다가는 밤 늦게 귀가했다. 거리를 헤매었고 치사한 눈초리로 포석 하나하나를 행여 돈지갑 같은 것이 떨어져 있지 않을까 하고

살폈다. 그리고 사냥감의 발자국이라도 쫓고 있듯이 초조해 했다. 그러다가 길에서 친구를 만나면

『뭐 발견한 것은 없나?』하고 슬픈 시선을 무의식 중에 교환하곤 했다.

그런데, 이렇게 하고 있는 사이에 맨 먼저『생각한 게 있다.』라고 했던 폴토스가 그 착상한 것을 열심히 궁리하고 있다가 드디어 솔선해서 실행에 옮겼다. 정말 이 폴토스라는 사나이야말로 실천가였다. 어느 날 다르타냥은 거리를 걷고 있던 중 폴토스가 생 루이 성당 쪽으로 걸어가고 있는 모습을 보았기 때문에 무심코 그 뒤를 밟았다. 폴토스는 입수염을 비틀어 올리고 턱수염을 반듯하게 세우고는 성당 안으로 들어갔다. 이 사람이 그렇게 할 때에는 무언가 반드시 꿍꿍이속이 있기 때문이었다. 다르타냥은 슬그머니 숨어 있었기 때문에 폴토스는 아무에게도 발각되지 않은 것으로 생각했던 모양이다. 다르타냥도 곧 뒤를 따라 안으로 들어갔다. 폴토스는 기둥 곁에 몸을 기댔다. 다르타냥도 보이지 않도록 반대쪽으로 몸을 기댔다.

마침 설교 시간이었기 때문에 성당 안은 신자들로 가득차 있었다. 그 혼잡을 기화로 폴토스는 부인석을 유심히 살펴보기 시작했다. 외모는 내부의 궁핍을 가리고도 남음이 있었다. 모자는 약간 닳아 있었고 깃털장식도 휘청거렸으며 자수도 퇴색한 데다 레이스도 약간 천이 훼손되어 있었으나 성당 안의 어둠침침한 빛은 이러한 결점을 완전히 덮어 주고 있었다――그리고 폴토스는 역시〈미남자 폴토스〉였다. 폴토스가 기대고 있는 기둥의 바로 곁에 있는 의자에는 약간 안색이 노리끼리하고 싱싱한 티가 가신, 딱딱하고 교만한 용모의 노파가 검정 두건을 쓰고 앉아 있는 것이――다르타냥의 눈에 띄었다. 폴토스의 시선은 훑깃하고 이 부인을 스쳐 곧 먼 곳의 한 옆으로 옮겨갔다.

부인 쪽에서는 몇 번이고 얼굴을 붉히면서 번갯불과 같은 눈초리를 폴토스에게 던지고 있었으나 그때마다 폴토스는 신경질적으로

눈을 먼 곳으로 보내곤 했다. 분명히 이 검은 두건의 부인을 화나게 하려는 속셈인 것이 틀림없었다. 부인은 입술을 꼭 깨물고는 코끝을 누르고 의자 위에서 꾸물대고 있었다.

그런 모습을 보고 폴토스는 또다시 수염을 비비꼬았다. 그리고 성가대석 곁에 있는 한 아름다운 귀부인에게 눈짓을 하기 시작했다. 그 귀부인은 아름다울 뿐만 아니라 지체가 높은 부인인 것 같았다. 왜냐하면 뒤에 방석을 대령하고 있는 검둥이 시동과 성경을 간수하기 위한, 문장이 들어 있는 손가방을 가진 시녀가 붙어 있었기 때문이다.

검은 두건을 쓴 부인은 폴토스의 헤메고 있는 시선을 끈질기게 추적해서 끝내 그것이 비로드 방석에 앉아 있고 시동과 몸종의 시중을 받고 있는 귀부인에게 쏠리고 있다는 것을 알아냈다.

그러는 사이 폴토스의 연기는 그 기교가 여간이 아니었다. 눈의 움직임과 입술과 가져가는 손끝, 그리고 뇌살시키는 미소――등은 멸시를 안겨주었던 부인을 몹시 부끄럽게 하고도 남음이 있었으니까.

그래서 그 부인은 그야말로 meâ clupâ (종교에서 죄를 회개하는 것) 하듯 가슴을 치면서 아! 하고 애달픈 탄식을 토하고 말았다. 그 소리가 어찌나 컸던지 주위에 있는 사람들이――빨간 방석에 앉은 그 귀부인까지 뒤돌아볼 정도였다. 폴토스는 끝까지 잘 참고 있었다. 그 부인이 탄식하는 소리를 듣고 있으면서도 그는 듣지 못한 척하고 있었다.

빨간 방석에 앉은 귀부인이 돌아다 본 순간, 세 가지의 효과가 있었다――검은 두건을 쓴 부인은 그 뛰어난 미모를 보고 무서운 연적이 나타났다고 생각했으며, 폴토스는 검은 두건을 쓴 부인에 비해 너무나 아름다운 것에 충격을 받았다. 한편 다르타냥은 그 얼굴을 보는 순간, 그 이마에 흉터가 있는 원수인 사내가 밀레이디라고 불렀던, 망에서의 부인――그리고 카레와 도버 항 사이에서 보았던 그 여자라는 것을 깨닫고는 깜짝 놀랐다. 다르타냥은 귀부인에게서 눈을 떼지 않았고, 한편 폴토스의 연기가 재미있었기 때문에 거기에도 눈을 돌리고 있었다. 검은 두건의 부인은 분명 그 울스 거리에 살고 있다는 대서인의 아내일 것이다. 이 생 루이 성당은 그곳에서 가깝기도 하지만——전후 사정으로 판단해서 폴토스는 샹티에서 냉대를 받았던 것에 대해 복수를 하고 있는 것으로 짐작되었다. 그때 대서인 부인이 돈지갑을 매정하게 잠그고 있었던 것에 그 원인이 있었다.

더구나 다르타냥이 조심해서 보자 폴토스의 그와 같은 추파에 대해 응답하고 있는 얼굴은 성당 안에 아무도 없었다. 그야말로 상대가 없는 환상적인 사랑의 무언극에 지나지 않았다. 진짜로 사랑하고 있는 마음과 진지한 질투는——그러한 환상과 망상을 그대로 현실로서 생각하고 있는 것은 아닐까?

사제의 설교가 끝났기 때문에 대서인의 부인은 성수가 담긴 그릇에 다가갔다. 폴토스는 그보다 한 발 먼저 가서는 그 물그릇 속에다 손가락만이 아니고 손 전체를 폭 담갔다. 폴토스가 자기를 위해 그렇게 해 주는 것으로 알고 대서인의 아내는 방긋이 웃었다. 그러나 그 기대는 곧 무참히 무너지고 말았다. 삼 보 앞까지 그 부인이 다가왔을 때 폴토스는 빙그르르 몸을 돌려 빨간 방석의 귀부인에게로 시선을 던졌던 것이다. 귀부인은 시동과 시녀를 대동하고 사뿐사뿐 그쪽으로 걸어나오고 있었다.

귀부인이 곁에 오자 폴토스는 물이 뚝뚝 떨어지고 있는 손을 성수그릇에서 꺼냈다. 아름다운 신자는 가냘픈 손을 폴토스의 커다란 손에 잠시 대고는 미소를 짓고 십자를 그은 다음 밖으로 나갔다.

그것을 본 대서인 부인은 더 이상 견딜 수가 없었다. 이 귀부인과 폴토스가 사랑하는 사이라는 것을 의심하지 않았다. 만약 자신도 지체 높은 귀부인이라면 그 자리에서 당장 실신했을 것이었다. 하지만 자신은 하찮은 대서인의 아내였기 때문에 분노를 삭인 목소리로 총사에게 이렇게 말했다.

「폴토스 님…… 나에게도 성수를 닿게 해 줄 수 없을까요?」

그 소리에──폴토스는 비로소 오랜 잠에서 깨어난 사나이처럼 깜짝 놀란 표정을 지었다.
「부…… 부인! 이거야 원, 당신이셨군요. 한데, 남편께서는 건강하신가요! 코크날 씨는? 여전히 욕심쟁이 같은 말만 하고 있나요? 그런데 두 시간이나 설교가 있는 동안 어째서 당신이 있다는 것을 몰랐을까요?」
「난 당신 바로 곁에 있었습니다. 하지만 당신의 눈은 아까 성수를 시중든 그 아름다운 분만 보고 계셨으니까 나는 보이지 않았던 거죠.」
그러자 폴토스는 야단났군! 하는 표정을 지었다.
「원 저런…… 그렇다면 눈치채고 있었나요?」
「그것이 보이지 않았다면 맹인이겠죠.」
「그런가.」 하고 폴토스는 대수롭지 않다는 투로 말했다.
「그 부인은 어느 공작의 부인인데…… 주인의 질투가 대단하기 때문에 만난다는 게 여간 어렵지 않지만. 오늘은 단지 내 얼굴을 보겠다고 이곳에…… 이렇듯 보잘것 없는 변두리 성당에 일부러 오겠다는 연락이 있었기 때문에…….」
「폴토스 님, 잠시 나에게 팔을 빌려 주시지 않겠어요? 잠깐 이야기하고도 싶습니다만.」
「뭐, 새삼스럽게 그렇게 말할 게 있습니까.」
폴토스는 예상했던 대로 돼가는 구나 싶어 속으로는 회심의 미소를 지었다.
마침 그 때 밀레이디의 뒤를 밟으려고 했던 다르타냥이 지나가면서 폴토스의 그와 같은 눈초리를 보았다.
『흥, 이것으로 어쨌든 저 사내는 언제든지 내키는 대로 몸차림을 할 수 있는 행운을 거머쥔 셈이군.』
호색 풍조가 왕성했던 당시의 방종한 인생관에 따라 다르타냥은 이렇게 혼자 중얼거렸다.
폴토스는 마치 배가 조종관에 따라 움직이듯 대서인 부인의 팔이 이끄는 대로 걸어 생 마르로알 수도원 근처까지 왔다. 그곳은 사람이 그다지 오지 않는 장소였고 양쪽 끝은 회전문으로 닫혀 있었는데 낮에는 거지들이 요기를 하든가 아니면 아이들이 놀고 있을 뿐이었다.

「아, 폴토스 님！」

주변에 여느때와 같이 사람이 거의 없다는 것을 확인하고 나서 대서인 부인은 떨리는 음성으로 입을 열었다.

「폴토스 님. 당신은…… 솜씨가 매우 놀랍군요.」

「내가? 왜 그럴까요?」

폴토스는 몸을 뒤로 젖히면서 반문했다.

「저, 아까의 여러 가지 동작, 성수의 일만 하더라도…… 그 사람은 틀림없이 지체가 높은 분이겠죠. 그렇게 시녀들을 데리고…….」

「뭐 대단한 것은 아니지요. 단순한 공작 부인일 뿐이니까요.」

「그래도 문간에는 시종이 대기하고 있었고, 훌륭한 제복을 입은 마부가 마차 위에서 기다리고 있던 것을 보면…….」

폴토스는 미처 시종과 마차는 보지 못했으나 코크날 부인은 여자의 질투심에 타는 눈으로 그런 것을 모두 보고 있었던 것이다.

폴토스는 처음부터 공비(公妃)라고 말했더라면 좋았을 것을 하고 후회했다.

대서인 아내는 깊은 한숨을 내쉬면서

「당신은 이젠 정말 아름다운 귀부인들의 환심을 사고 계시군요.」

「하지만…… 사내가, 나 정도의 풍채를 지녔다면 어쨌든 사랑 따윈 부자유한 게 없으니까요.」

「사내란…… 어쩜 그렇게 잊어버리는 것일까요?」

대서인 부인은 이렇게 말하고 하늘로 눈길을 돌렸다.

「여자 정도는 아니라고 생각합니다만 생각해 보십시오. 나는 당신에게 그런 대접을 받았던 사람이니까요. 부상을 하고 죽게 되었을 때, 한 사람의 의사를 의지하고 있어야만 했을 때에 명문의 후예인 내가 당신의 후의만을 헛되이 기대하고, 첫째는 상처 때문에 고통을 받았고…… 후에는 그 샹티의 허술한 여관에서 굶어 죽게 될 뻔도 했으니까요. 그런데도 당신은 내가 써 보냈던 진정이 담긴 편지에 대해 한번도 회답을 보내 주지 않았던 거요.」

「하지만 그것은…….」

대서인 아내는 입 안에서 중얼댔다. 당시의 귀부인들이 하듯이 자신도 하지 않은 잘못을 약간은 후회하고 있는 것 같았다.

「이 나는, 당신을 위해 남작부인 ……을 희생했는데…….」

「…… 알고 있어요.」

「그…… 백작부인도…….」

「폴토스 님, 그런 말씀은 이제 그만하세요.」

「…… 공작 부인의…….」

「폴토스 님. 제발 나를 괴롭히지 말아 주세요.」

「오, 그렇군. 내가 나빴군. 그만두지요. 한이 없을 테니까.」

「하지만, 남편은 남에게 돈을 빌려 주는 것을 싫어하니까요.」

「코크날 부인! 당신이 맨 처음 나에게 주셨던 편지를 기억해 주십시오. 그 편지가 내 머리에는 분명히 새겨져 있으니까요.」

그러자 대서인 아내는 신음하는 소리를 냈다.

「그래도 당신이 요구하신 금액이 좀 과다했기 때문에…….」

「부인! 나는 특별히 당신께 부탁했던 것입니다. 처음부터, …… 공작부인에게 편지를 썼다면 좋았을 것입니다. 그분의 이름은 말할 순 없지만. 나는 부인에게 폐 끼치는 짓을 못하는 성격이라서. 하지만 천 오백 정도의 돈을 그분에게 말했다면 아무것도 아니었으니까요.」

부인의 눈에서 눈물이 떨어졌다.

「폴토스 님! 지금 나는 분명히 나의 잘못에 대한 벌을 받고 있습니다. 만약…… 앞으로 그런 경우가 있다면 부디 나에게 말씀해 주세요.」

「그만두십시오. 아니, 돈 문제는 이야기하지 않겠습니다. 정말 품위가 손상되는 일이니까.」 하고 폴토스는 화가 난 것처럼 말했다.

「…… 이제, 당신은 나를 싫어하게 된 모양이군요.」
 여자는 김 빠진, 슬픈 음성으로 말했다.
 폴토스는 늠름한 자세로 침묵을 지키고 있었다.
「그것이 나에 대한 대답인가요? 네, 잘 알았어요, 잘.」
「당신이 나에게 얼마나 마음의 상처를 주었는지 한번 생각해 보십시오. 아직도 여기에 이렇게 남아 있으니까.」
 폴토스는 가슴에 손을 대고 꾹 눌러 보였다.
「그 상처를 치료해 드리겠어요. 반드시 내 손으로, 폴토스 님!」
「그리고 내가 부탁했던 것이 무엇입니까?」하고 폴토스는 어깨를 으쓱해 보이면서 말했다.
「잠시 빌리겠다고 했을 뿐이지요. 나 역시 절대 무리한 말은 하지 않으니까요. 당신이 그다지 부자가 아니라는 것을 나도 알고 있으니까요. 코크날 부인! 당신의 주인은 가엾은 소송인의 피를 빨아 잔돈푼을 긁어 모은 사람이거든요. 당신이 백작부인이라든가 후작 부인이라든가, 공작부인이라면 또 모르지만, 만약 그렇다면 더욱 더 용서할 수 없는 일이지만.」
 그러자 대서인 아내는 약간 발끈했다.
「폴토스 님. 나의 금고는…… 그거야 물론 대서인 아내의 금고에 불과한 것이겠지만, 그 따위 잘난 체하는 귀부인들의 돈상자보다 오히려 더 들어 있을지 모르지요.」
「그렇다면 당신은 이중으로 가혹한 사람이 아닙니까? 그렇듯 부자라면 거절할 이유가 없을 테니까.」
「돈이 있다고 해도…….」
 여자는 약간 말이 지나쳤다고 후회하면서 말했다.
「그것을 말 그대로 받아들여서는 곤란합니다. 내가 부자라는 것이 아니니까요. 다만 살아가는 데 부자유한 것은 없다는 것뿐이지.」
「아니 좋습니다. 이제 그런 이야긴 하지 마십시오. 당신은 나라는 사람을 잘못 보고 계신 것입니다. 아니지. 이제 우리들 사이에는 애정도 그 무엇도 모두 사라졌으니까.」

「박정한 분!」
「불만이 있다면 그야말로 소송을 하는 게 좋아요.」
「이젠…… 저 아름다운 공작 부인인가 하는 사람에게 가세요. 붙잡진 않을 테니까요.」
「아니, 그 부인의 일이라면 걱정할 것은 없어요!」
「하지만, 폴토스 님…… 한번만, 이제 이것으로 마지막이니까…… 당신은 아직도 날 사랑하고 계신가요?」
「아,」 하고 폴토스는 가능한 한 우울한 음성으로 말했다.
「이제부터 곧 우리들은 싸움터로 가는 거요. 그리고…… 나의 예감은 왠지 살아서 돌아올 수 없을 것으로…….」
「어머, 그런 슬픈 이야긴 하지 마세요.」
부인은 훌쩍훌쩍 울기 시작했다.
「왠지 그런 예감이 드는 거죠.」
폴토스의 모습은 점점 비통해 하는 모습으로 바뀌었다.
「차라리…… 새 애인이 생겼으면 그렇다고 말씀해 주세요.」
「그런 것은 없습니다. 분명히 맹세하지요. 내 마음을 그 따위 새로운 것이 움직이게 할 순 없어요. 아니 그렇다기보다 이 가슴의 저 밑바닥에 당신에게 호소하고 싶은 그 무엇이 있다는 것을 느끼고 있는 거지요. 하지만 앞으로 십 여일이 지나면 당신은 모르고 있겠지만 전쟁이 시작됩니다. 나는 내 자신의 준비에 적잖은 고생을 해야 합니다. 우선 부르타뉴의 산 속에 있는 내 고향에 돌아가서 출전하는 데 필요한 돈을 마련해 오지 않으면 안 되니까요.」
폴토스의 눈에——사랑과 인색의 마지막 불꽃을 퉁기고 있는 부인의 모습이 비쳤다.
「아까 성당에서 보셨던 그 공작부인이 내 고향 곁에 땅을 가지고 있는데 이번 여행에 함께 가 주는 것입니다. 길동무가 있으면 여행이란 지겹지 않은 것이니까요.」
「당신은 파리에는 친구분이 없으신가요!」 하고 여자가 물었다.
「…… 있는 것으로 생각하고 있었지요. 한데 나는 착각을 하고 있었던 거지요.」

폴토스는 다시 침울한 표정으로 돌아갔다.

「아닙니다. 있습니다. 있고말고요.」 하고 대서인 부인은 그 자신도 놀랄 만큼 흥분해서 말했다.

「내일, 우립 집으로 와 주세요. 당신은 나의 큰 어머니의 아들…… 즉 사촌동생이라 하고…… 그리고 피카르디의 노와이용에서 온 것으로 하는 거예요. 파리에서 몇 가지 소송해야 할 용무가 있는데 대서인을 찾을 수 없다고 그렇게 말하세요, 아셨죠?」

「잘 알았습니다.」

「점심 식사 때 오세요.」

「알겠습니다.」

「그리고…… 남편 앞에서는 조심해 주세요. 남편은 일흔 여섯이나 되었지만 제법 쌩쌩하니까요.」

「일흔 여섯? 히얏! 굉장한 노인이군!」

「좋은 노인이라고 말해야 합니다. 폴토스 님. 그래서…… 난 언제 과부가 될지 모르지만.」

부인은 뜻이 담긴 눈초리를 폴토스에게 보냈다.

「다행히 결혼 당시의 약속으로 두 사람 중에서 살아 남은 사람에게 모든 것을 송두리째 양도하기로 되어 있으니까요.」

「모든 것을?」

「네, 일체를.」

「당신은 꽤나 신중한 분이군요, 코크날 부인.」

그렇게 말하면서 폴토스는 부드럽게 여자의 손을 쥐었다.

「그럼 이제…… 이것으로 화해했지요?」 하고 코크날 부인은 애정이 담긴 목소리로 말했다.

「…… 평생.」

폴토스도 같은 음성으로 대답했다.

「그럼, 안녕. 박정한 사람.」

「안녕, 곧잘 잊어버리는 사람.」

「내일 또…… 나의 천사.」
「내일…… 내 생명의 불꽃.」

30. 밀레이디

다르타냥은 들통이 나지 않도록 조심하면서 밀레이디의 뒤를 밟았다. 그러자 그녀는 기다리고 있던 마차에 타고는 마부에게 생 제르맹으로 가도록 명령하고 있는 것이 보였다.

두 필의 힘센 말이 이끄는 마차를 도보로 미행한다는 것은 무리였다. 그래서 다르타냥은 포기하고 페르 거리로 돌아가기로 했다.

센 거리의 과자가게 앞에 서서 군침이 도는 브리오슈를 황홀한 눈으로 보고 있는 프랑셰를 만났다.

다르타냥은 부하에게 지금부터 곧장 트레빌 경 저택의 마굿간에 가서 자기들이 탈 말 두 필을 준비해서 아토스의 집까지 오도록 명령하였다. 다르타냥은 트레빌 경으로부터 마굿간의 사용을 허용 받고 있었다.

프랑셰는 코롱베 거리 쪽으로 사라졌고, 다르타냥은 페르 거리에 당도했다. 아토스는 집에 있으면서 피카르디에서 가지고 왔던 그 에스파냐 산 술을 우울한 표정으로 마시고 있었다. 아토스는 다르타냥의 얼굴을 보자 그리모에게 잔을 하나 더 가져오도록 신호하였고, 그리모는 항상 그렇게 하듯 잠자코 거기에 따랐다.

그래서 다르타냥은 아토스에게 좀전에 성당 안에서 폴토스와 대서인의 아내가 만났다는 것을 이야기하고 그 사람은 이것으로 마침내 준비를 할 수 있게 될 것이라고 말했다.
「난 별로 당황해 할 것은 없다구. 군자금 조달을 여자에게 의탁할 마음은 없으니까.」
아토스는 다르타냥의 이야기를 듣고 이렇게 말했다.
「그러나 귀공과 같이 훌륭한 미남 귀족이라면 아무리 지체가 높은 귀부인일지라도 유혹을 아니 당할 수 없을 텐데.」
「다르타냥의 말은 여전히 젊군!」 하고 아토스는 한 번 어깨를 으쓱했다.
그리고는 그리모에게 한 병을 더 가져오라고 눈으로 신호했다.
마침 그때 프랑세가 절반쯤 열린 문에서 얼굴을 내밀고 말을 대령했음을 알렸다.
「무슨 말인가?」
아토스는 의아한 표정을 지었다.
「트레빌 경께서 원행을 위해 잠시 빌려 주신 거지. 지금부터 나는 생 제르맹에 다녀 올거야.」
「생 제르맹은 왜 가는데?」
아토스가 물었다.
다르타냥은 역시 좀전의 그 성당에서 재회한 귀부인에 관해 말하고, 그 여자는 얼굴에 흉터가 나있는 검정 외투의 기사와 함께 한 번도 잊은 적이 없었노라고 했다.
「다시 말해서…… 귀공은 보나슈 부인에게 반한 것처럼 그 여자에게도 사랑을 느끼고 있는 거로군.」
아토스는 이렇게 말하고는 인간의 약한 것에 대해 적이 동정이라도 하듯 어깨를 또 한 번 으쓱했다.
「아냐. 그런 것은 아니라구. 나는 다만 그 부인을 둘러싸고 있는 불가사의한 수수께끼에 대해 호기심을 느끼고 있을 뿐이라구. 잘은 모르지만 왠지 서로 알지도 못하는 여자가 내 자신의 일생과 어떤 관계가 있는 것만 같은 기분이 자꾸 들거든.」
「응, 그래, 귀공의 말도 일리는 있다구. 하지만 어디로 갔는지 그 행방을 모르게 된 여자를 찾아나설 필요가 있는 것일까. 보나슈의 아내는 어디 있는지 모르니까. 할 수 없지 않겠나. 나타나고 싶으면 멋대로 나타나겠지!」

「그렇지 않다구, 아토스! 귀공은 오해하고 있어. 난 그 가엾은 콩스탕스를 더욱 그립게 여기고 있거든. 만일 있는 곳을 알면 세계의 끝까지라도 그 부인을 구하기 위해 뛰어갈 심산이야. 그러나 그것을 지금으로선 전혀 알길이 없거든. 아무리 단서를 찾으려고 해도 소용이 없으니. 할 수 없지…… 약간은 다른 것에 마음을 돌리지 않으면…….」

「그래. 그 밀레이디를 상대로 마음을 푸는 거야, 다르타냥! 만일 그짓을 할 수 있다면 꼭 그렇게 하도록 나는 진심으로 기원하겠다.」

「그건 그렇고, 아토스! 마치 금족령이라도 받은 듯 방 안에만 죽치고 있지 말고 말을 타고 함께 생 제르맹에 가지 않겠나?」

「난…… 말이 있을 땐 말을 타지만. 그렇지 않을 땐 도보로 간다.」

「그렇다면 내키는 대로 하라구.」

다른 사람이 그렇게 말했다면 더 화가 났겠지만――이런 생각을 하면서 다르타냥은 토라진 것 같은 아토스의 말에 미소를 지었다.

「난 귀공처럼 품위가 높지 않으니까 아무 말에나 탈 걸세. 그럼, 아토스!」

「잘가게!」

아토스는 새로 가져온 술병의 마개를 따도록 그리모에게 눈짓하면서 이렇게 대꾸했다.

다르타냥과 프랑셰는 말을 타고 생 제르맹 쪽으로 나아갔다.

그렇게 가고 있는 동안에도 다르타냥의 머리에는 줄곧 아토스가 보나슈 부인에 관해 했던 말이 떠올랐다. 다르타냥은 그다지 감상적인 사람은 아니었으나 그 아름다운 잡화상인의 아내에게는 완전히 마음을 빼앗기고 있었기 때문에――방금 전 아토스에게 말했듯 땅끝까지라도 찾아나설 심산이었다. 그러나 대지는 둥글기 때문에 땅끝은 얼마든지 많이 있을 게 아닌가. 그래서 도대체 어느 쪽으로 가야 할는지 벽에 부딪치고 말았다.
 그러는 사이에 먼저 밀레이디의 정체를 확인해 보려고 생각했다. 밀레이디는 그 검정 외투의 사내와 이야기하고 있었으니까 두 사람은 친근한 사이임에 틀림없다. 그런데, 보나슈 부인을 납치한 사람은 맨 처음의 경우와 마찬가지로 이번에도 그 검은 외투의 사나이임에 틀림없다——다르타냥은 이렇게 확신하고 있었다. 그래서 그는 밀레이디를 미행하고 있으면서도 콩스탕스를 결코 잊고 있지는 않았다고 말하는 것도 전적으로 거짓은 아닌 셈이었다.
 이런 식으로 여러 가지 상념에 잠긴 다르타냥은 이따금 생각난 듯이 말에다 박차를 가하였고 얼마 후에는 생 제르맹에 도착했다. 10년 후에 루이 14세가 탄생하게 되는 별궁 곁을 따라 계속 앞으로 나아갔다. 이젠 혹시 그 아름다운 영국 부인의 모습을 볼 수 있을지도 모르겠다는 생각에서 좌우에 신경을 쓰면서 인기척이 없는 거리를 가로질러 가던 중에 거리 쪽에 창이 없는 한 채의 산뜻한 집 앞에서 문득 낯이 익은 사람을 발견했다. 그 사나이는 꽃을 심은 언덕 같은 앞뜰을 어슬렁어슬렁 걷고 있었다. 그를 먼저 본 것은 프랑셰였다.
 「잠깐, 주인님! 저곳에서 멍청히 입을 벌리고 새를 보고 있는 사나이를 본 기억이 없으십니까?」
 「아니, 누구더라. 한데 저 얼굴은 처음 보는 것 같진 않은 걸.」
 「그렇구말굽쇼. 저건 그 왈드 백작의 부하인 뤼방입니다요. 왜 한 달 전에 카레에서 지방관리의 별장에 가는 도중 주인님께서 지독하게 손을 봐 주셨던 사람……」
 「그렇군…… 기억이 나는군. 어때, 저 사람이 네 얼굴을 아직도 기억하고 있을 것 같나?」
 「아닙니다. 그땐 놈이 꽤나 당황하고 있었으니까 똑똑하게 기억하진 못할 것입니다.」
 「좋아! 그럼 네가 저 사나이의 곁으로 가서 말을 걸어 보아라. 그리고 주인이 죽었는지 어떤지도 한 번 타진해 보구!」
 프랑셰는 말에서 내려 곧바로 뤼방 곁으로 다가갔다. 과연 그쪽은 잊고 있었기 때문에 두 사람의 부하는 벌써 십년지기나 된 듯 마음을 터놓고 잡담을 하기 시작했다. 그러고 있는 동안 다르타냥은 두 필의 말을 골목길과 같은 곳으로 끌고 가서는 그 저택 주위를 한 바퀴 돌아본 다음 개암나무의 생울타리 뒤로 와서 그 잡담 내용을 듣고 있었다.

한동안 그렇게 하고 있자니까 수레바퀴 소리가 울렸고 밀레이디의 마차가 눈앞에서 딱 멈춰섰다. 마차는 눈에 익었기 때문에 밀레이디가 그 안에 있다는 것은 의심할 여지가 없었다. 다르타냥은 말의 목에 딱 달라붙어 상황을 살펴보았다.

밀레이디는 그 아름다운 금발머리를 마차의 창 밖으로 내밀고는 시녀에게 무어라고 분부했다.

이 시녀는 스무 살을 갓넘은, 몸놀림이 활발한, 지체 높은 귀부인의 몸종 같은 아가씨였다. 분부를 듣고 당시의 풍속대로 앉아 있던 발판에서 뛰어내려 다르타냥이 뤼방의 모습을 발견했던 그 집의 앞뜰 쪽으로 급하게 걸어갔다.

다르타냥은 그 모습을 지그시 지켜보고 있었다. 그때 집 안에서 누군가가 뤼방을 불러들였기 때문에 혼자 남게 된 프랑셰는 슬금슬금 다르타냥이 있는 곳을 눈으로 찾고 있었다.

몸종은 뤼방으로 착각하고 프랑셰의 곁에 와서 작은 편지를 건네주었다.

「주인님께, 부탁합니다.」

「주인님께 말입니까?」

프랑셰는 어리둥절한 표정을 지었다.

「그렇습니다. 급한 일이니까 빨리 받아 주세요.」

그렇게 말한 몸종은 돌아서서 마차가 있는 곳으로 뛰어 갔다. 그리고 발판에 급히 앉자마자 마차는 그대로 달려갔다.

프랑셰는 손에 든 편지의 앞뒤를 살펴보다가 주인에게 순종하는 버릇대로 앞뜰에서 내려와 골목길을 가로질러 저쪽에서 걸어오고 있는 다르타냥에게 달려갔다.

「이것을 주인님께 드리라고 해서.」하고 프랑세는 편지를 다르타냥에게 건네주었다.

「뭐, 나에게? 틀림없는가?」

「네…… 그 말에 틀림은 없습니다. 몸종이 『주인님께』라고 했습니다. 저의 주인님이라면 당신밖에 없으니까요…… 정말 귀엽게 생긴 아가씨였습니다요. 그 몸종은!」

다르타냥이 편지를 꺼내서 읽어 보았다——.

『당신에게 매우 호의를 가진 사람이, 당신께서 언제 숲을 산책하시게 될는지 알고 싶다고 합니다. 내일 생 뒤 드라 돌의 저택에서 빨강과 검정 제복을 입은 시종이 답장을 기다리고 있겠습니다.』

「호오. 이것은 뜻밖이군. 밀레이디와 나는 두 사람이 모두 같은 인간의 상태를 알고 싶어 하고 있군. 응. 그런데 프랑세! 왈드 백작의 상태는 어땠나? 그 사람은 죽었다던가?」

「아닙니다. 몸에 네 군데나 상처를 입었는데도 어떻게 살아난 것 같습니다. 주인님께서 그 상처를 모두 내 주셨으니까요. 출혈로 아직 매우 쇠약해져 있다는 이야깁니다. 아무튼 뤼방은 제 얼굴을 잊고 있기 때문에 그 사건에 대해 아무 거리낌없이 나에게 말해 주었지요.」

「그건 다행이군, 프랑세! 넌 부하들 중의 왕이야, 정말. 자, 그렇다면 다시 말을 타고 저 마차를 뒤쫓는 거다.」

별로 힘이 들지 않았다——5분쯤 갔을 때 길 한쪽에 그 마차가 멎어 있는 것이 보였다. 그 창문 곁에는 화려한 복장을 한 귀족이 말에 탄 채 서 있었다.

밀레이디와 그 기사의 대화는 매우 과격한 것 같았다. 그래서 다르타냥이 마차의 저쪽까지 슬그머니 접근했는데도 그의 모습을 발견한 것은 그 아름다운 몸종뿐이었다.

30. 밀레이디

대화는 영어였기 때문에 다르타냥은 알아들을 수가 없었다. 그러나 그 어조로 보아 부인 쪽에서 무언가 매우 분노하고 있다는 것을 알 수 있었다. 그것은 잠시 침묵이 흐르는 사이 여자가 취한 몸짓으로 보아 의심할 여지가 없었다——그녀는 손에 들고 있는 부채를 신경질적으로 힘껏 두들겼고 그래서 그 화사한 부인용 부채가 여지 없이 망가지고 말았기 때문이다.

그러자 기사는 깔깔대고 웃었는데, 그래서 밀레이디의 분노는 더욱 가열된 것 같았다.

다르타냥은 그들 사이에 끼어들기에 좋은 때라 생각하고 마차의 창문 곁으로 다가가서 공손히 목례를 했다.

「실례입니다만…… 혹시 도와드릴 것은 없을까요? 보아하니 이 기사께서 당신을 분노케 하는 말을 한 것 같습니다만. 한 말씀만 하십시오. 나는 이 사람의 무례함을 벌해 줄 소임을 맡고 싶습니다만…….」

다르타냥의 이 말을 듣는 동안 밀레이디는 다르타냥을 놀란 얼굴로 바라보고 있었으나 다르타냥의 말이 끝나자

「당신의 호의를 당장 받아들이고 싶습니다만. 이분이 저의 시숙만 아니라면…….」

이렇게 능숙한 프랑스 어로 말했다.

「이건, 정말 실례했습니다. 두 분이 그런 사이라는 것을 전혀 몰랐기 때문에…….」하고 다르타냥은 죄송해 했다.

그러자 밀레이디의 오빠라는 기사가 마차의 창가까지 몸을 굽히고는 안을 들여다보면서

「저 아첨꾼인 사내가 무슨 참견을 하고 있지? 왜 냉큼 가지 않는 거지?」하고 고함쳤다.

「아첨꾼은 귀공 쪽이 아닌가?」

다르타냥도 말의 목에다 몸을 굽히고는 창너머로 응수했다.「난 머물고 싶으니까 머물고 있는 것뿐이다.」

그러자 기사는 다시 영어로 무언가 제수씨에게 말했다.

「이편에선 프랑스 말을 하고 있다. 부디 같은 말을 사용해 주었으면 한다. 당신은 이 귀부인의 시숙이겠지만 나는, 그렇지 않다. 다행히……..」

보통 여자라면 험악해진 이 장면을 더 악화되지 않도록 어떻게든 수습하려고 하겠으나——밀레이디는 잠자코 마차의 안쪽으로 자리를 옮겨 앉고는 마부에게 호령했다.

「저택으로……..」

아름다운 몸종은 불안한 듯한 눈을(다르타냥의 미모에 벌써 호의를 가지게 되었던 것일까) 잠시 다르타냥에게 던졌다.

마차가 사라지자 두 사나이는 마주서게 되었다.

기사는 잠시 마차의 뒤를 쫓아가려고 했으나 좀전부터 근질근질했던 다르타냥의 분노는 그가 바로 아미앙에서 내기 도박으로 소중한 말을 앗아갔을 뿐만 아니라 아토스와의 승부에서 하마터면 보석까지 빼앗길 뻔했던 그 영국인이라는 것을 확인하자 마치 기름을 끼얹은 듯 활활 타올랐다. 다르타냥은 냉큼 그가 타고 있는 말의 재갈을 붙들었다.

「아니, 귀하를 대하니 더욱 이상해지는군. 우리 사이에는 다소 인연이 있었다는 것을 잊으셨나?」

「호오, 그랬었군. 당신이었군. 그렇다면 또 한 번 승부하고 싶다는 건가?」

「그렇다. 꼭 한 번 원한을 풀어 주었으면 한다. 그대가 주사위통과 같은 정도로 검을 쓰는지 그 솜씨를 보고 싶군.」

「보다시피 지금 나는 검이 없는데.」 하고 영국인이 대답했다.

「무기가 없는 자에게 도전해 오는 것인가?」

「댁에는 있을 게 아닌가? 만일 댁에도 검이 없다면 나에게 둘이 있으니 빌려 주리다.」

「아니, 그렇게까진 할 필요가 없소. 집에는 충분히 있으니까.」

「좋소이다. 그럼 그 중에서 가장 긴 것을 골라 오늘 저녁 나에게 보여 주었으면 하오.」

「어디에서 ?」

「뤽상부르 궁 뒤요, 그곳은 그와 같은 산책을 하기엔 더할 나위 없이 좋은 곳이니까.」

「알았소. 가리다.」

「시간 형편은 ?」

「여섯 시.」

「한데…… 입회할 친구는 있겠지요 ?」

「함께 싸워 줄 사람이 세 사람 있지.」

「세 사람 ? 그것은 정말 안성맞춤이군. 내 쪽에도 마침 그 수만큼 있으니까.」

「그런데 이름은 ?」

「가스코뉴 귀족 다르타냥. 에살 후작 소속의 경호사. 당신은 ?」

「쉐필드 남작, 윈텔 경…….」

「좋소이다. 잘 부탁하오, 남작 ! 외우기 힘든 이름이지만.」

다르타냥은 그렇게 하고는 말에다 박차를 가해 파리로 돌아왔다.

항상 그렇게 해 왔듯이 다르타냥은 그 길로 곧장 아토스의 집으로 갔다.

아토스는 커다란 의자에 엎드려 누운 채 그 자신의 말대로 〈준비〉가 저쪽에서 찾아오기를 기다리고 있었다.

다르타냥은 자신이 겪었던 일에 관해 들려 주었다——왈드 백작의 편지 문제만을 제외하고는.

아토스는 영국인과 싸울 수 있다는 말을 듣고 매우 좋아했다. 전에도 말했지만 이것은 아토스가 고대하고 있는 일이었으니까.

지체치 않고 폴토스와 아라미스에게 부하를 보내고 사정을 알렸다.

폴토스는 손을 풀기 위해 장검을 뽑아 칼등으로 벽을 치고는 휙휙 뛰면서 뒤로 물러나기도 하고 춤을 추듯 무릎을 구부리기도 하곤 했다. 여전히 시를 만드는 일에 몰두하고 있는 아라미스는 아토스의 서재에 틀어박혀 싸움이 시작될 때까지 조용히 있게 해 달라고 부탁했다.
 아토스는 그리모에게 술을 가져오라고 눈짓했다.
 다르타냥은 그러는 사이에 머지않아 우리들도 알게 되겠지만, 어떤 사소한 계획을 혼자서 세우고 있었다. 그 계획에 의해 무슨 즐거운 사건이 벌어질 것이라는 것은 요즘 침울해져 있는 청년의 얼굴에 이따금 밝은 미소가 떠오르고 있는 것으로도 알 수 있었다.

한국남북문학 100선

1	소나기 · 이리도	황순원	29	세화의 성	손장순
2	무녀도 · 역마	김동리	30	절망 뒤에 오는 것	전병순
3	사랑손님과 어머니	주요섭	31	청동기	장용학
4	삼 대	염상섭	32	수라도	김정한
5	표본실의 청개구리	염상섭	33	신과의 약속	한말숙
6	농 민	이무영	34	때까치	최일남
7	을지문덕	안수길	35	서울 1964년 겨울	김승옥
8	고향 없는 사람들	박화성	36	청산을 기다리며	백시종
9	남풍북풍	이호철	37	가사자의 꿈	최창학
10	감자 · 붉은 산	김동인	38	토비아의 집	김의정
11	운현궁의 봄	김동인	39	비	박경수
12	무영탑	현진건	40	디데이의 병촌	홍성원
13	고향 · 운수좋은 날	현진건	41	핏 들	이동희
14	상록수	심 훈	42	수난이대	하근찬
15	물레방아	나도향	43	여름사냥	김주영
16	탁 류	채만식	44	아테나이의 비명	정을병
17	레디 메이드 인생	채만식	45	무 정	이광수
18	메밀꽃 필 무렵	이효석	46	흙	이광수
19	동백꽃	김유정	47	유 정 · 꿈	이광수
20	날 개	이 상	48	사 랑	이광수
21	순애보	박계주	49	단종애사	이광수
22	한밤의 목소리	최상규	50	무명 (단편집)	이광수
23	화요일의 사내들	김병총	51	이차돈의 사	이광수
24	그날의 초록	천승세	52	마의 태자	이광수
25	이상한 토요일	김문수	53	소설 이순신	이광수
26	광상곡	구혜영	54	원효대사	이광수
27	농 지	유승규			
28	메아리 메아리	조정래			

일신서적출판사

[121]-[110] 서울 마포구 신수동 177-3호
공급처 TEL. 703-3001~6 FAX. 703-3009

完譯版 世界 名作100選

No.	제목	저자	No.	제목	저자
1	누구를 위하여 종을 울리나	E. 헤밍웨이	25	백 경	허먼 멜빌
2	폭풍의 언덕	에밀리 브론테	26	죄와 벌	도스토예프스키
3	그리스 로마신화	T. 불핀치	27 28	안나 카레니나 I II	톨스토이
4	보바리 부인	플로베르	29	닥터 지바고	보리스파스테르나크
5	인간 조건	A. 말로	30 31	카라마조프가의 형제 I II	도스토예프스키
6	생의 한가운데	루이제 린저	32	마지막 잎새	O. 헨리
7	분노의 포도	존 스타인벡	33	채털리부인의 사랑	D.H. 로렌스
8	제인 에어	샤일럿 브론테	34	파우스트	괴 테
9	25時	게오르규	35	데카메론	보카치오
10	무기여 잘 있거라	E. 헤밍웨이	36	에덴의 동쪽	존 스타인벡
11	성	프란시스 카프카	37	신 곡	단 테
12	변신/심판	프란시스 카프카	38 39 40	장 크리스토프 I II III	R. 롤랑
13	지와 사랑	H. 헤세	41	마 음	나쓰메 소세키
14 15	인간의 굴레 I II	S. 모음	42	전원교향곡·배덕자·좁은문	A. 지드
16	적과 흑	스탕달	43 44 45	레 미제라블	빅토르 위고
17	테 스	T. 하디	46	여자의 일생·목걸이	모파상
18	부 활	톨스토이	47	빙 점 48 (속)빙 점	미우라 아야꼬
19 20	바람과 함께 사라지다 I II	마가렛 미첼	49	크눌프·데미안	H. 헤세
21	개선문	레마르크	50	페스트·이방인	A. 카뮈
22 23 24	전쟁과 평화 I II III	톨스토이	51 52 53	대 지 I II III	펄 벅

일신서적출판사

121-110 서울 마포구 신수동 177-3호
공급처: ☎ 703-3001~6, FAX: 703-3009

完譯版 世界  名作100選

54	안네의 일기	안네 프랑크	83	오만과 편견	제인 오스틴
55	달과 6펜스	서머셋 모옴	84	설 국	가와바타야스나리
56	나 나	에밀 졸라	85	일리아드	호메로스
57	목로주점	에밀 졸라	86	오디세이아	호메로스
58	골짜기의 백합(外)	오노레드 발자크	87	실락원	J. 밀턴
59 60	마의 산 ⅠⅡ	도스토예프스키	88	나의 라임오렌지나무	바스콘셀로스
61 62	악 령 ⅠⅡ	도스토예프스키	89	서부전선 이상없다	E.레마르크
63 64	백 치 ⅠⅡ	도스토예프스키	90	주홍글씨	A. 호돈
65 66	돈키호테 ⅠⅡ	세르반테스	91 92 93	아라비안 나이트	
67	미 성 년	도스토예프스키	94	말테의 수기(外)	R.M. 릴케
68 69 70	몬테크리스토백작 ⅠⅡⅢ	알렉상드르 뒤마	95	춘 희	알렉상드르 뒤마
71	인간의 대지(外)	생텍쥐페리	96	사랑의 기술	에리히 프롬
72 73	양철북 ⅠⅡ	G. 그라스	97	타인의 피	시몬느 보브와르
74 75	삼총사 ⅠⅡ	알렉상드르 뒤마	98	전락·추방과 왕국	A. 카뮈
76	크리스마스 캐럴	찰스 디킨스	99	첫사랑·아버지와 아들	
77	수레 바퀴 밑에서(外)	헤르만 헤세	100	아Q정전·광인일기	루 쉰
78	셰익스피어의 4대 비극	셰익스피어	101 102	아메리카의 비극	드라이저
79 80	쿠오 바디스 ⅠⅡ	솅키에비치	103	어머니	고리키
81	동물농장·1984년	조지 오웰	104	금색 야차(장 한몽)	오자키 고요
82	도리안 그레이의 초상	오스카 와일드	105 106	암병동 ⅠⅡ	솔제니친

 121-110 서울 마포구 신수동 177-3호
공급처: ☎ 703-3001~6, FAX: 703-3009

세계명작학술문고 **일신 그랜드 북스**

① 여자의 일생	㉛ 싯다르타
② 데미안	㉜ 이방인
③ 달과 6펜스	㉝㉞ 무기여 잘 있거라(ⅠⅡ)
④ 어린 왕자	㉟㊱ 지와 사랑(ⅠⅡ)
⑤ 로미오와 줄리엣	㊲㊳ 생활의 발견
⑥ 안네의 일기	㊴㊵ 생의 한가운데(ⅠⅡ)
⑦ 마지막 잎새	⑥① ⑥② 인간 조건(ⅠⅡ)
⑧ 젊은 베르테르의 슬픔	63 이반 데니소비치의 하루
⑨⑩ 부활(ⅠⅡ)	64 65 25시(ⅠⅡ)
⑪⑫ 죄와 벌(ⅠⅡ)	66~68 분노의 포도(ⅠⅡ)
⑬⑭ 테스(ⅠⅡ)	69 나의 생활과 사색에서
⑮⑯ 적과 흑(ⅠⅡ)	70~72 누구를 위하여 종은 울리나(ⅠⅡ)
⑰⑱ 채털리 부인의 사랑(ⅠⅡ)	73 주홍글씨
⑲⑳ 파우스트(ⅠⅡ)	74 슬픔이여 안녕
㉑㉒ 셜록홈즈의 모험(ⅠⅡ)	75 80일간의 세계일주
㉓ 이솝 우화	76 물과 원시림 사이에서
㉔ 탈무드	77 람바레네 통신
㉕㉖ 한국 민화(ⅠⅡ)	78~80 인간의 굴레(Ⅰ~Ⅲ)
㉗ 철학이란 무엇인가	81 독일인의 사랑
㉘ 역사란 무엇인가	82 죽음에 이르는 병
㉙ 인생론	83 목걸이
㉚㉛ 정신 분석 입문(ⅠⅡ)	84 크리스마스 캐럴
㉜ 소크라테스의 변명	85 노인과 바다
㉝ 금오신화·사씨남정기	86 87 허클베리 핀의 모험(ⅠⅡ)
㉞ 청춘·꿈	88 인형의 집
㉟ 날개	89 90 그리스 로마 신화(ⅠⅡ)
㊱ 황토기	91 인간론
㊲ 백범 일지	92 대지
㊳ 삼대(上)	93 94 보봐리 부인(ⅠⅡ)
㊴ 삼대(下)	95 가난한 사람들
㊵ 조선의 예술	96 변신
㊶㊷ 조선 상고사(ⅠⅡ)	97 킬리만자로의 눈
㊸ 백두산 근참기	98 말테의 수기
㊹ 선과 인생	99 마농 레스꼬
㊺㊻ 삼국유사(ⅠⅡ)	100 젊은이여, 시를 이야기하자
㊼ 욕망이라는 이름의 전차	101 피아노 명곡 해설
㊽ 리어왕·오셀로	102 관현악·협주곡 해설
㊾ 도리안그레이의 초상	103 교향곡 명곡 해설
㊿ 수레바퀴 밑에서	104 바로크 명곡 해설

판형 / 4·6판 ✳ 면수 / 평균 256면

세계명작학술문고 일신 그랜드 북스

⑩⑤ 혈의 누	⑮⓪ 한중록
⑩⑥ 자유종·추월색	⑮① 구운몽
⑩⑦ 벙어리 삼룡이	⑮② 양치는 언덕
⑩⑧ 동백꽃	⑮③ 아들과 연인
⑩⑨ 메밀꽃 필 무렵	⑮④⑮⑤ 에밀(ⅠⅡ)
⑪⓪ 상록수	⑮⑥⑮⑦ 팡세(ⅠⅡ)
⑪①⑪② 아들들(ⅠⅡ)	⑮⑧⑮⑨ 짜라투스트라는 이렇게 말했다(ⅠⅡ)
⑪③ 감자·배따라기	⑯⓪ 광란자
⑪④ B사감과 러브레터	⑯① 행복한 죽음
⑪⑤ 레디 메이드 인생	⑯② 김소월 시선
⑪⑥ 좁은문	⑯③ 윤동주 시선
⑪⑦ 운현궁의 봄	⑯④ 한용운 시선
⑪⑧ 카르멘	⑯⑤ 英·美명 시선
⑪⑨ 군주론	⑯⑥⑯⑦ 쇼펜하워 인생론
⑫⓪⑫① 제인 에어(ⅠⅡ)	⑯⑧⑯⑨ 수상록
⑫② 논어 이야기	⑰⓪⑰① 철학이야기
⑫③⑫④ 탁류(ⅠⅡ)	⑰②⑰③ 백경
⑫⑤ 에반젤린 이녹 아든	⑰④⑰⑤ 개선문
⑫⑥⑫⑦ 폭풍의 언덕(ⅠⅡ)	⑰⑥ 전원교향곡·배덕자
⑫⑧ 내훈	⑰⑦ 소나기(外)
⑫⑨ 명심보감과 동몽선습	⑰⑧ 무녀도(外)
⑬⓪ 난중일기	⑰⑨ 표본실의 청개구리(外)
⑬① 대위의 딸	⑱⓪ 사랑방 손님과 어머니(外)
⑬② 아버지와 아들	⑱① 순애보(上)
⑬③ 나의 라임오렌지나무	⑱② 순애보(下)
⑬④ 갈매기의 꿈	⑱③ 유리동물원(外)
⑬⑤⑬⑥ 젊은 그들(ⅠⅡ)	⑱④⑱⑤ 무영탑
⑬⑦ 한국의 영혼	⑱⑥⑱⑦ 대도전
⑬⑧ 명상록	⑱⑧ 태평천하
⑬⑨ 마지막 수업	⑱⑨⑲⓪ 실락원(ⅠⅡ)
⑭⓪ 잠 못 이루는 밤을 위하여	⑲① 베니스의 상인
⑭① 페스트	⑲② 사랑의 기술
⑭② 크눌프	⑳⓪ 무정
⑭③⑭④ 빙점(ⅠⅡ)	⑳①⑳② 흙
⑭⑤ 페이터의 산문	⑳③ 유정·꿈
⑭⑥ 적극적 사고방식	⑳④⑳⑤ 사랑
⑭⑦ 신념의 마력	⑳⑥⑳⑦ 단종애사
⑭⑧ 행복의 길	⑳⑧ 무명
⑭⑨ 카네기 처세술	⑳⑨ 이차돈의 사

판형 / 4·6판＊면수 / 평균 256면

삼 총 사 Ⅰ

- ■ 저　자 / 알렉상드르 뒤마
- ■ 역　자 / 박　수　현
- ■ 발행자 / 남　　　용
- ■ 발행소 / 一信書籍出版社

주소 : 121-110 서울 마포구 신수동 177-3
등록 : 1969. 9. 12. NO. 10-70
전화 : 영업부 703-3001~6
　　　 편집부 703-3007~8
　　　 FAX 703-3009

　　　ⓒ ILSIN PUBLISHING Co. 1990.